E. Altenzehnt

RUMENKRAG

Herbst der Automaten

Fantasy

1. Auflage

März 2017

Korrektorat und Satz: Petra Schmidt; www.lektorat-ps.com
Umschlaggestaltung: H.-S. Damaschke; www.sheep-black.com
Bildrechte: Mönch © Fotolia 77465079
Karten: © E. Altenzehnt
Herstellung und Verlag: BoD – Books on Demand, Norderstedt

© 2017 E. Altenzehnt; e.altenzehnt@gmx.de

Die Buch- und Cover-Rechte liegen beim Autor.

Das Werk ist urheberrechtlich geschützt.
Jede Verwertung und Vervielfältigung – auch auszugsweise – ist nur mit ausdrücklicher schriftlicher Genehmigung des Autors gestattet.
Alle Rechte, auch die der Übersetzung des Werkes, liegen beim Autor.
Zuwiderhandlung ist strafbar und verpflichtet zu Schadenersatz.

Bibliografische Information der Deutschen Nationalbibliothek:
Die Deutsche Nationalbibliothek verzeichnet diese Publikation in der Deutschen Nationalbibliografie; detaillierte bibliografische Daten sind im Internet über http://dnb.d-nb.de abrufbar.

ISBN: 978-3-74317-322-4

Für Frank Roland Deister

Über das Buch

Der Priester Matea erzählt. Seine Welt in der fernen Zukunft heißt „Rumenkrag". Der „Herbst der Automaten" – so nennt er einen Höchststand der Technik. Danach kommt ein tiefer Fall. Zu Mateas Zeiten sind Autos nur noch Schrott. Elektrischer Strom war auch gestern. Matea schreibt beim trüben Licht einer Kerze, mit Gänsefeder. Sein Thema: Wie der Rumenkrag völlig verwüstet wurde. Bio-Waffen ließen Fauna und Flora verrückt spielen.

Matea ist fromm, aber kein Technik-Versteher. Das Leben in seinem „Neu-Mittelalter" ist kurz, die sanitären Anlagen gewöhnungsbedürftig, die Rechtsprechung ausgesucht grausam. Wie bekämpft man mit Lanzen und Schwertern einen abnorm wuchernden Wald voll bizarrer Zoologie? Und warum ist ein ehemaliger Diktator, der längst in Frieden ruhen müsste, so auffallend unfriedlich?

Über den Autor

Der Autor, heute im Ruhestand, schreibt unter dem Pseudonym E. Altenzehnt. Er arbeitete 23 Jahre in einem Radiosender. Was die Anrufe der Hörer einer Nachtsendung oder die Mainzer Fastnacht an Merkwürdigkeiten und Skurrilem bieten, das hat ihn geprägt. Auch ein solides Studium konnte ihn nicht davon abhalten, schräg, hintergründig, manchmal untergründig und mit viel schwarzem Humor seit 1951 die Welt und seine Mitmenschen zu sehen.

„Rumenkrag", so Altenzehnt, „führt in eine Welt seltsamer Wortschöpfungen, schleimiger Lovecraftscher Monster, viktorianisch anmutender Apparate und Fluggeräte. Und bei manchem Motiv, manchem Protagonisten fragt man sich: Kenne ich das – oder den?"

INHALT

Kapitel 1: Erste Störungen	9
Kapitel 2: Der Neue Skorn	23
Kapitel 3: Tallos Bild	41
Kapitel 4: Piats, Gräber, Keltsevoi	53
Kapitel 5: Sichler und Trilonen	73
Kapitel 6: Wald der Muderer	86
Kapitel 7: Mordsee und Moruun	105
Kapitel 8: Abelas, Heilige Stadt	118
Kapitel 9: Kondraker Kindheit	124
Kapitel 10: Schlauchzüngler	146
Kapitel 11: Ruf Arasul an!	165
Kapitel 12: Als der Redner schwieg	177
Kapitel 13: Lernen und leiden	188
Kapitel 14: Brand-Bremben	200
Kapitel 15: Schamlose Dirnen	213
Kapitel 16: Lankadem und Wrank	230
Kapitel 17: Linkes Auge, rechtes Ohr	246
Kapitel 18: Zwei Bestattungen	266
Kapitel 19: Der 5-jährige Krieg	275
Kapitel 20: Der falsche Schädel	283
Kapitel 21: Das Wirtshaus an der Vestri	296
Glossar	320

Kondrake

Doggerwald · Nordtor · Kokaju · Fischerboote

Westtor · Osttor

→ Zum Hügel vor der Stadt, Keltsevoi und Marints

Alte Fabregge → · ← Straße nach Jehtse

E. Altenzehnt 2016

T: Türme
G: Gärten
B: Brunnen

Zahlen und Örtlichkeiten - nächste Seite

Legende

1. Jagladas Haus
2. Kreopat
3. Gefängnis
4. Kurtell
5. Dostars Gruft („kleine Tombe")
6. Enchgasse
7. Kergeturm mit Soniade
8. Kerge-Haupthalle
9. Glaskuppel, darunter „Oyare" (Altarraum)
10. Kondraker Friedhof („große Tombe")
11. Gruttgasse
12. Brauerei
13. Binhol
14. Neunehaus
15. Hof des Neunehauses
16. Andrugasse
17. Tschajeplatz
18. Eldegasse
19. Halkos Haus
20. Sittaweg
21. Komptehaus
22. Kambas Haus
23. Undaiplatz
24. Merkantehaus
25. Lexat
26. Taxat
27. Hospital
28. Akmaat
29. Harpnoigasse
30. Tongkugasse
31. Karpgasse
32. Ujellgasse
33. Dromaplatz
34. Svohngasse
35. Fuhgasse
36. Graufgasse
37. Donaiplatz
38. Espergasse
39. Numiweg
40. Harksgasse
41. Stadthaus des Duchems von Jehtse
42. Drygasse
43. Lunis' Haus
44. Osergasse
45. Palintsweg
46. Mateas Haus

„Ich weiß nicht, welche Waffen im nächsten Krieg
zur Anwendung kommen,
wohl aber, welche im übernächsten: Pfeil und Bogen."
(Albert Einstein)

Kapitel 1

Erste Störungen

Schlechte Luft hier drinnen, so konnte ich nicht arbeiten. Ich öffnete das Fenster, spürte aber keine Erleichterung – puh, ein Gestank wie auf einem Schlachtfeld! Ja, der Wind wehte heute wieder ungünstig, von Nordwesten. Und dann das furchtbare Schreien und Kreischen, seit Stunden schon mit einem besonders unangenehmen Solisten; ich hörte ein hässliches metallisches Zwitschern.

Vom Fenster meiner Wohnung aus sah ich über die Gasse hinweg. Auf dem Dach meines Nachbarn hüpfte ein kleiner Vogel hin und her. *Du bist unschuldig*, dachte ich. Gott sei Dank, es gibt noch gewöhnliche, normale Tiere. Aber dort drüben, am anderen Ufer, ist die Natur völlig aus den Fugen geraten.

Ich lebe im Süden meiner Heimatstadt Kondrake; damit bin ich privilegiert: Denn nicht nur der Fluss Kokaju, auch noch die halbe Stadt liegt zwischen mir und der verfluchten Quelle dauernden Lärms und Gestanks; die Bewohner im Nordviertel müssen viel mehr leiden.

Es braucht nicht viel, um mich nervös zu machen. Egal, ich wollte jetzt beginnen, stand schon vor meinem Arbeitstisch. Wo aber war meine Brille? Ich suchte im ganzen Zimmer; es war nicht leicht, hier etwas zu finden: Überall lagen Bücher und Dokumente herum, in größeren und kleineren Stapeln.

Ein Blick in mein Schlafzimmer, auf den kleinen Tisch neben dem Bett – keine Brille. Ich fluchte, und das sollte ein Priester des Arasul wie ich eigentlich nicht tun. Wo hatte ich sie denn zuletzt aufgehabt? Als wir heute die Versammlung abhielten? (Besonders ungünstig, dann müsste ich noch einmal durch halb Kondrake zurück.)

Aber da war sie doch! Gerade vor meiner Nase, ich hatte sie übersehen; auf meinem Arbeitstisch lag die Brille, neben der Heiligen Schrift, dem Libat Kreder.

Beruhigt konnte ich mich setzen, bis zur nächsten Aufregung. (Die würde kommen, ganz gewiss.) Ich hatte eigens ein Buch mit Hunderten von leeren Seiten für mich binden lassen; das schlug ich jetzt auf. Ja, nun hätte ich schreiben können. Aber es wollte mir kein Anfang einfallen.

So viele Dinge im Kopf, so viel gelesen, so viel selbst erfahren, aber wie das alles in eine begreifbare Reihenfolge bringen? Ah, so könnte es gehen! Ich tauchte die Feder ins Tintenfass. Da klopfte es an meine Tür.

„Wer ist da?", fragte ich etwas ungehalten.

„Ich bin es, Herr Matea", antwortete meine Haushälterin.

„Was hast du, Bisch?"

„Ich bringe die Wäsche", erwiderte sie.

„Komm herein!", sagte ich mürrisch.

Sie betrat mein Arbeitszimmer mit einem Korb unter dem Arm, eine kleine, dickliche Frau. *Die Wäsche*, dachte ich gereizt, *solche gewöhnlichen Dinge kommen vor der Kunst!* Ich musste ihr gleich deutlich machen, dass ich beschäftigt war, sonst fing die gute Bisch noch ein Gespräch mit mir an. Also hielt ich eine Hand an die Wange geschmiegt, in der anderen die schreibbereite Feder, und machte ein wichtiges, nachdenkliches Gesicht.

Wortlos ging meine Haushälterin zu dem großen Schrank und legte die Wäsche hinein. Aber schließlich konnte sie sich doch nicht bremsen, neugierig zu fragen:

„Was machen Sie denn da?"

„Ich will ein Buch schreiben", antwortete ich kühl, „über die Welt, in der wir leben."

„Bei unserem lieben Herrn Arasul!" Schnaufend atmete sie aus. „Um den Rumenkrag soll es gehen? Der ist ja schier grenzenlos."

„Es geht vorwiegend um die Geschichte unseres Landes", antwortete ich, jetzt doch lächelnd, „das macht die Aufgabe leichter."

„Also eigentlich ein Buch über das Slengsfelt?"

„Genau."

Bisch trat näher und schielte mir aus gebührender Entfernung vorsichtig über die Schulter.

„Aber da steht ja noch gar nichts", sagte sie.

„Und selbst wenn da etwas stünde", erwiderte ich, „du kannst doch nicht lesen."

Meine Haushälterin schien es überhört zu haben.

„Sie überfordern sich, wie immer!", schimpfte sie. „Ein Buch über das Slengsfelt, gar den Rumenkrag! Hören Sie nicht, riechen Sie nicht, was dort drüben wieder vorgeht! Wie können Sie denn da arbeiten?"

„Besser der Gestank des Dogger-Waldes als keine Luft hier im Zimmer."

(Heiliger Arasul, ist diese Frau anstrengend!)

„Dann warten Sie lieber auf anderen Wind. Oder darauf, dass es dort drüben ruhiger wird. Ruhen Sie sich so lange aus!"

„Aber ich will mich nicht ausruhen!", rief ich.

Bisch schwieg betroffen. Sofort war ich versöhnlich:

„Entschuldige! Geh bitte und schließe das Fenster."

Sie machte es. Der Lärm wurde ein wenig gedämpft, nicht viel. Der allgegenwärtige Gestank ließ sich ohnehin nicht vertreiben. Bisch trat wieder an meinen Arbeitstisch.

„Aber wenn das Buch fertig ist, können Sie mir doch etwas daraus vorlesen, nicht wahr?", plapperte sie weiter.

„Das wird wohl noch ein bisschen dauern, wie du siehst", antwortete ich, um Ruhe bemüht.

„Dann will ich nicht weiter stören."

„Oh, du störst nie", antwortete ich ironisch und klopfte leicht und ungeduldig mit der flachen Hand auf den Tisch.

Ich dachte schon, dass sie jetzt endlich draußen wäre, da hörte ich sie noch in der Tür sagen:

„Herr Matea, ich mache mir Gedanken um Ihre angegriffenen Nerven." (Die Gute, sie ist immer besorgt um mich, aber meine Mutter war nicht anders; das regt mich so auf!)

Da nahm ich die Brille ab und sagte streng, aber beherrscht:

„Meine angegriffenen Nerven sind meine eigene Sache. Lass mich jetzt bitte allein. Ich rufe dich schon, wenn ich etwas brauche."

Ich hörte, wie sie die Treppe hinabging. Unschlüssig saß ich lange da. Vorhin meinte ich doch, einen roten Faden gefunden zu haben. Und wo war er jetzt?

Nein, ich müsste nicht so vertraut sein mit Bisch, ich bräuchte ihr über mich gar keine Auskunft zu geben. Sie ist die Verwandte meines alten Pächters; eine Abhängige, eine Unfreie wie der Pächter selbst, eine Dependarin – eigentlich bin ich der Herr in meinem Haus, selbst wenn sie die Verhältnisse, in guter Absicht, manchmal umdreht.

Die Gesellschaft der Vergangenheit war sicher ganz anders gewesen; ich ziehe unsere vor, denn sie hat eine strenge Ordnung und jeder in unserem Volk der Slengsaaken kennt seinen Platz: In der überwiegenden Mehrheit sind Dependare Bauern. Sie treiben ihr Vieh auf die Weide, säen im Frühjahr und ernten im Herbst. Handwerker stellen, vor allem in den Städten, allerhand nützliche Dinge her, vom Werkzeug bis zur Waffe. Kaufleute treiben Handel; die Beziehungen der Fernkaufleute reichen gar bis ins Nachbarland der Brezzen. Männer wie ich predigen das Wort des großen Gottes Arasul. Besonders auf dem Land herrschen die Nobilen als reiche Grundbesitzer.

Aber das Slengsfeld ist ja nur ein kleiner, fast verschwindender Teil des Rumenkrags: Niemand von uns versteht die Welt, wie sie noch vor ein paar Jahrzehnten in anderen Ländern war. Wie konnten damals metallene Vögel als Voltanen am Himmel schweben?

Unser Längenmaß ist die Schrittlänge der menschlichen Beine, der Schreiter. Man nehme tausend von ihnen zusammen und hat den

Großschreiter! Fünftausend davon bewältigten die Menschen damals noch leicht – denn auf breiten Straßen fuhren ihre schnellen Movems, angetrieben von Ölen, in großen Mengen, fast bis zum völligen Verbrauch, aus dem Boden gegraben und sinnlos in sogenannten Makinen verbrannt. Fünftausend Großschreiter sind dabei für den Rumenkrag mit seinen riesigen Entfernungen noch wenig.

Wir heutigen Slengsaaken verbrennen keine Öle in wahnsinnigen Mengen um der Fortbewegung willen, sondern gebrauchen die Muskeln der eigenen Beine oder die Kräfte von Ochsen und Pferden – schon das Land der Brezzen scheint uns daher weit entfernt.

Dabei sollten wir mit dem Finger nicht vorwurfsvoll auf andere deuten, die heute längst tot sind: Zahlreiche Funde, teilweise zum Greifen nah, bestätigen immer wieder, dass auch bei uns einmal diese seltsam schnellen Wagen auf breiten Straßen fuhren. Im Untergrund von Kondrake gibt es heute noch baufällige Schächte für große Movems, die viele Menschen auf Schienen transportierten – unsere Vorfahren glaubten auch noch nicht an Arasul.

Da, es klopfte schon wieder, kaum, dass ich den ersten Absatz geschrieben hatte.

„Wer ist da!", rief ich, reichlich unfreundlich.

„Ich bin's, Fostin."

„Komm herein", antwortete ich rau.

Er trat an meinen Tisch, ein Mann in grauem Rock, mit dünnem Bart. Er beugte kurz den Kopf und ich blickte auf seine große Stirnglatze, dabei ist er erst 25, nicht viel älter als ich.

„Was bringst du?" Ich schaute ihn ein wenig gequält an.

„Die Rechnungen der vergangenen Woche." Er hielt mir einen Packen Papier hin.

„Lass mal sehen!" Ich stöhnte leise.

Fünf Valem für Heizholz im kommenden Winter, drei Valem für Bischs Einkäufe auf dem Markt und noch vieles mehr – nun gut, das war äußerst langweilig, nicht einmal der Erwähnung wert in meinem Buch, musste aber gemacht werden. An einer Stelle hatte ich Schwierigkeiten.

„Was ist das?", fragte ich Fostin und hielt ihm ein Blatt hin.

„20 Valem", antwortete er knapp.

„Das kann ich lesen! Aber wofür?"

„Ihr Pächter musste eine neue Kuh kaufen."

„20 Valem sind viel", wandte ich kraftlos ein.

„Die Preise sind gestiegen."

Flüchtig schaute ich die restlichen Papiere durch. Hauptsache, es ging schnell. Ohne dabei aufzusehen, fragte ich Fostin:

„Du warst auf meinem Hof?"

„Ja, erst gestern."

„Ich müsste auch mal wieder nach Keltsevoi fahren", sagte ich, meinte es aber nicht ernst.

„Ihr Pächter würde sich freuen", erwiderte Fostin, „seine Frau bekommt bald ihr sechstes Kind."

„Ah ja!" Etwas verkrampft lächelte ich ihn an. (Wie war noch gleich der Name dieses Pächters? Fostin hat ihn besorgt; der alte, Bischs Verwandter, war gestorben, mit knapp dreißig.)

„Das ist so in Ordnung", sagte ich und reichte ihm wieder den Packen. (Er hat gemerkt, dass ich manches gar nicht verstanden habe, oder? Und das war leider keine Ausnahme.) Aber sein Gesicht blieb ausdruckslos, ein Mann mit Respekt vor meinem Rang.

„Dann bis nachher, Fostin!" Mein Lächeln war diesmal unverkrampft, weil ich von den Rechnungen befreit war.

„Ja, bis nachher." Er beugte den Kopf mit dem schütteren Haar.

Die Tür ging zu; ich war erneut allein. Wie kam ich jetzt wieder auf unsere heutigen Ochsen- und Pferdekarren, die Voltanen und Movems der alten Welt zurück? Vielleicht sollte ich einfach weiter von Fostin erzählen:

Eigentlich ist er ein Krieger, oder, wie wir sagen – ein Gardoi. Leute wie ich, mit einem Amt in hohem Rang, sogar mit einem Doppel-Amt, bekommen meist einen oder zwei solcher Gardoi als Leibwächter zugeteilt, begrenzt auf ein Jahr, dann werden die fraglichen Männer ausgetauscht.

Ich erinnerte mich, deswegen vor einiger Zeit in der Kurtell gewesen zu sein – das ist unsere Festungsanlage. Beim Gang über den großen Hof sah ich rechts und links von mir trutzige Türme, Ställe und Werkstätten. Ich wollte zum zuständigen Mann, einem Majaden namens Pekks, dem ranghöchsten Gardoi und Herrn über die Besatzung der Kurtell.

„Ich habe Sie bereits erwartet", begrüßte er mich freundlich. „Sie kommen zu mir wegen der neuen Leibwächter, nicht wahr?"

„So ist es, Pekks", antwortete ich.

Er machte sich gern ein wenig wichtig, blätterte bedeutungsvoll in einem dicken Buch und sprach, mehr zu sich selbst:

„Lassen Sie mich schauen, wen könnte ich Ihnen denn geben?"

Die Angst ließ mich sagen:

„Leute, auf die ich mich blind verlassen kann!"

Er wusste, was ich meinte.

„Jetzt fürchten Sie wohl auch um Ihr Leben?"

„Natürlich!", rief ich. „Der feige Anschlag auf diesen Kaufmann letzte Woche, das genügt doch, oder? Morgen kann es mich treffen! Und wer war's? Die verfluchten Anhänger der falschen Prophetin!"

„Wir suchen die Kerle, glauben Sie mir!"
„Das hoffe ich doch!"
„Nun ja, ich kenne Ihr hohes Bedürfnis nach Sicherheit." Seine Augen folgten dem suchenden Zeigefinger in seinem Buch. Dann schaute er lächelnd zu mir hoch: „Wissen Sie was? Ich stelle Ihnen vier Mann zur Verfügung!"
„Was?", rief ich verwundert. „Eine ganze Kampione? An wen denken Sie?"
„Die vier Mann unter dem Bajaden Fostin."
„Ja", sagte ich langsam, denn ich dachte nach, „von diesem Unterführer habe ich schon gehört."
„Ganz ausgezeichnete Leute", sagte Pekks freundlich, „alle vier gläubige Arasuliten und mutige Kämpfer. Mehr noch – ich habe gehört, Herr Matea, Sie seien unzufrieden mit Ihrem Verwalter."
„Diesen Tropf habe ich heute entlassen!", rief ich.
„Dann versuchen Sie es doch einmal mit Fostin", antwortete Pekks, „er ist ein wahres Organisationstalent."
Warum machte der Majade mir ein solches Angebot? Nicht aus reiner Menschenliebe, das hatte ich mir gleich gedacht. Als Priester des Arasul bin ich im gehobenen Rang des Predikars und sollte dem Sohn von Pekks helfen, die Weihe zum einfachen Kuranten zu bestehen. Das war, nebenbei bemerkt, Schwerstarbeit, denn der junge Mann erwies sich als so dumm wie Stroh. Aber es hatte sich gelohnt: Fostin, ganz ungewöhnlich für einen Gardoi, nimmt mir praktisch alle Verwaltungsarbeiten ab. Und in Gegenwart meiner neuen Leibwächter fühle ich mich sicherer als je zuvor.
Einmal zeigte mir Fostin eine große Narbe auf seiner Brust: Die hatte er im 5-jährigen Krieg erhalten, als Slengsaaken auf Slengsaaken einschlugen; das ist noch nicht lange her. Ich bin ein Geistlicher und habe noch nie an einer Schlacht teilgenommen. Aber ich kann es mir lebhaft vorstellen, wie Gardoi, beritten oder zu Fuß, geschützt von Schilden, mit Schwertern aufeinander losgehen.

Das unvergleichliche Toben und Schlagen im Rumenkrag, das vor 94 Jahren begann, verstehe ich allerdings nicht und bin damit in bester Gesellschaft – diese Zeit ist für uns rätselhaft: Da marschierten nicht die 80 Mann unserer Kondraker Kurtell, sondern riesige Armeen. Die Schande der Welt, der Verräter aller Verräter, der finstere Drubal, stürzte damals mit seinen Voltanen den Rumenkrag in Not und Elend. Öl verbrennende Kampf-Movems fuhren gegeneinander wie wilde Stiere!
Das Slengsfelt bekannte sich damals schon zum Herrn Arasul. Er erhörte unsere innigen Gebete, stieg selbst aus dem Meer und nahm sich der gerechten Sache an. Das Licht kämpfte gegen die Finsternis; die gute Macht

stritt auf das Erbittertste gegen das Böse. Großes Feuer fiel vom Himmel, Wasser und Böden wurden vergiftet. Viele Städte des Rumenkrags fielen in Trümmer. Am Ende kamen noch die unglaublichsten Wesen und fraßen das Land – kurz, die Welt versank in dem, was wir die Gotteskriege nennen.

Man kann sich die Jahrzehnte dauernde allgemeine Zerstörung nicht schrecklich genug vorstellen! Doch schließlich schien die Wut der kämpfenden Parteien erloschen. Die berühmte Stadt Abelas ist den Arasuliten heilig, denn unser Herr errichtete nach den Kriegen, so glauben wir, sein ewiges Reich auf dem Grund des nahe liegenden Santaroi-Sees. Was aber geschah mit dem bösen Drubal? Manche sagen, Arasul hätte ihn in der Unterwelt für tausend Jahre angekettet. Es gibt aber auch Gründe, ihn in unserer Nähe zu vermuten: Der Meister aller Schurken würde im Dogger-Wald lauern und dort finstere Ränke schmieden, meinen andere.

Als die Waffen schwiegen, der Fraß an der Landschaft endlich aufhörte, waren die Menschen des Rumenkrags so zerstört wie ihre Häuser: Sie hockten im Schmutz, vermissten ihre toten oder verschollenen Verwandten und Freunde. Wer konnte sagen, wie die Welt aussah, bevor die großen künstlichen Gewitter alles um uns herum umgepflügt hatten? Im Slengsfelt nicht, dem Herrn sei Dank – aber ansonsten gab es in allen Ländern breite Schneisen der Zerstörung durch entsetzlichste Kampfwesen!

Ich habe versucht, ein paar beschädigte Bücher aus alter Zeit zu lesen – das Rätselraten wurde nur größer. Noch heute versuchen wir, uns zu erinnern, aber unser Gedächtnis ist wie eine erloschene Kerze. Hier im Slengsfelt ging es uns wohl nicht anders als im übrigen Rumenkrag: Wir hausten in Löchern, die wir in den Boden gruben, und lebten wie wilde Tiere.

Dennoch konnten nach einiger Zeit (in bescheidenem Maße zunächst) wieder Ackerbau und Viehzucht betrieben werden. Es waren ja so viele gestorben. Kondrake, die verheerte Hauptstadt, wurde, wenigstens im Kern, wieder aufgebaut, mit ihren Plätzen, verwinkelten, engen Gassen und der starken Wehrmauer. Dort, wo schon der niedergebrannte Vorgängerbau stand, errichteten wir dem huldvollen Arasul zu Ehren die „Kerge Unseres Guten Herrn vom Meer". Kranke aus dem ganzen Land wurden im neugegründeten Hospital gepflegt von den „Brüdern und Schwestern vom Gottesfisch" – sie verehren den Gott, der aus dem Ozean kam, wie wir alle; „Gottesfisch" ist nur ein anderer Name für ihn.

Ich bin stolz darauf, die berühmteste Schule im Slengsfelt besucht zu haben: Damals entstand jedenfalls das der Kerge angegliederte Kreopat. Schließlich ging man an den Wiederaufbau der anderen zerstörten Städte – Marints, Jehtse, Kirgmehs und Tangeleit. Weitere Ortschaften wurden gegründet; Dörfer wie Ti und Kleit, Am und Baats, alle am Kachoi- und am Lagoi-See gelegen, wuchsen zu bedeutenden Großdörfern zusammen.

Hätten wir den Aufbau allein zustande gebracht, wäre ich zufrieden. Jedoch kam ein Mann ins Slengsfelt, ein Fremder namens Dostar; sein eigenes Unglück hatte ihn hierher verschlagen. In gewisser Weise war es ein Glück für uns, denn Dostar hatte Kräfte wie zehn Slengsaaken sowie Wissen und Fähigkeiten, die staunen machten. Er half uns aus der größten Not, packte alle Dinge mit einer schier unerschöpflichen Energie an und führte uns aus furchtbarem Elend heraus.

Es gibt immer noch Leute in unserem Volk, die Dostar deswegen über die Maßen bewundern, ihn für einen Boten des Arasul halten, was er ja auch selbst behauptete. Ich vertrete als Predikar dagegen die geprüfte Meinung der Heiligen Kerge: Zweifellos ist uns dieser Helfer von Drubal geschickt worden!

Mit dem Ende der Gotteskriege ist auch die Welt der Öl verbrennenden Movems, der Knopfdrücker und Hebelspieler versunken. Wir können es doch nur begrüßen, dass Dinge verschwinden, die den Rumenkrag fast auseinandergerissen hätten! Arasul selbst sagt im Libat Kreder:

„Wer seinen Wagen künstlich schnell macht, dass er auf den Straßen wild daherjagen kann, der soll niemals in mein ewiges Reich kommen!"

Ich ahne jedenfalls schon lange, dass Dostar durch und durch ein Kind dieser untergegangenen Welt war. Er hätte wohl am Ende das ganze verdammte Makinenzeug wieder eingeführt – Grund genug für die Heilige Kerge, ihn im Nachhinein als Drubalisten zu bezeichnen, als Lästerer Unseres Herrn, als verfluchten Eksler!

Dostar beseitigte die alte Macht, setzte sich an ihre Stelle, hielt in einem ungewöhnlich langen Leben eisern daran fest und ging nicht zimperlich mit seinen Gegnern um. Dagegen nutzte und förderte er Kräfte im Slengsfelt, die ihm entgegenkamen: Nie konnte man mit den reichsten Nobilen, die riesige Ländereien besaßen, besser zusammenarbeiten als damals. Um ihnen zu schmeicheln, ernannte er sie zu Duchems. Bis heute sind sie mächtige lokale Führer in Kirgmehs, Jehtse und Tangeleit.

Mit der Kondraker Konklause schuf Dostar eine völlig neue Regierungsform für das ganze Slengsfelt: Er selbst stand als Erster Habitant acht Beisitzern, den Fredern, vor und sorgte dafür, dass auch alle anderen Orte in unserem Land Neunerräte erhielten.

Im Kreopat habe ich in meiner Heimatsprache schreiben gelernt – nach der „Grammatik des Slingsch", verfasst von Dostar. Ja, dieser Mann hatte sogar noch Zeit und Kraft, Bücher zu schreiben. Als er starb, brach um seine Nachfolge der 5-jährige Krieg aus. Fostin weiß wohl, in welcher Schlacht er seine Wunde erhielt. Der Kampf um das Amt des Ersten Habitanten wurde mit solcher Erbitterung ausgetragen, dass am Schluss niemand mehr übrig blieb, der für das Amt wirklich infrage kam.

So wurde es einem jungen Nachrücker wie mir angetragen, Erster Habitant zu werden – und ich habe angenommen! Eine Woche lang befand ich mich in Hochstimmung: Denn ich bekam etwas geschenkt, wofür sich andere hatten totschlagen lassen – es fiel mir einfach zu wie ein reifer Apfel. Ach, hätte ich den Mut besessen, abzulehnen! Ich bin ein Predikar des Arasul und kann Leuten in geistlichen Dingen helfen. Als Mann der Macht, der immer das letzte Wort hat, alles weiß oder zumindest vorgibt, alles zu wissen, bin ich völlig ungeeignet. Die Leute erwarten aber auch von einem Ersten Habitanten manchmal Dinge, die er nicht leisten kann.

Vor Kurzem gestand mir ein alter Kondraker, Lärm und Gestank vom anderen Ufer der Kokaju zermürbten ihn völlig. Mich auch, antwortete ich ihm. Er war enttäuscht, hatte mehr erwartet. Aber was soll ich, im Grunde ein einfacher Slengsaake, denn tun?

Die Liste meiner kaum oder gar nicht lösbaren Probleme als Erster Habitant ist lang: Etwa 800 Großschreiter von Kondrake entfernt, jenseits des Brezzenlandes, schließt sich im Osten das Limbranat an. Wer dort freiwillig hineinginge, den müsste man für wahnsinnig halten! Auch dort litt die Natur unter giftigen Substanzen, die in den Gotteskriegen eingesetzt worden waren. Sie brachte wüste Abweichungen hervor, Muderer allesamt, Wesen wie aus finstersten Albträumen, die denen des Dogger-Waldes in nichts nachstehen: Die Limbranen jenseits des Brezzenlandes gehen aufrecht wie Menschen, gleichen aber sonst eher Echsen mit Vogelköpfen.

In ihrer heimatlichen Steppe ernähren sie sich natürlich nicht von Beeren an Sträuchern, sondern von freilaufenden, ungezähmten Rindern. Sind diese Tiere zu wenig wachsam und vorsichtig? Ändern sich ihre Wanderwege? Sind die Limbranen allzu hungrig und schrumpfen daher die Herden? Vermehren sich umgekehrt die Bestien über jedes Maß? Eigentlich könnte es mir egal sein, was sich in dem von Gott verlassenen Land weit östlich des Slengsfelts abspielt. Leider erreichen uns derzeit Nachrichten, dass sich diese Widerlinge einmal mehr fleischsuchend auf dem Weg nach Westen befinden!

Man stelle sich einen Gardoi vor, der schwer bewaffnet einem Limbranen gegenübertritt; einer Kreatur, die fast einen Schreiter größer ist als er. Unser Mann schießt Bolzen ab, die von ihrer Panzerung wirkungslos abprallen. Am Bauch des Limbranen, am Nabel ist er verwundbar; da müsste unser Mann treffen. Freilich, dort weiß sich die Kreatur auch am besten zu schützen.

Der Vogel-Echsen-Muderer hat einen starken, biegsamen Schwanz – er setzt ihn manchmal ein wie eine ungeheure Peitsche. Gefürchtet sind auch seine Klauen, die alles packen und zerreißen. Ist der Gardoi beritten? Armer Kerl, dann kämpfst du mehr mit der Panik deines Pferdes als mit der Bestie selbst. Doch damit nicht genug: Was ist an den Schnäbeln dieser Kreaturen so einzigartig und erschreckend? Warum nennt man sie auch „Schlauchzüngler"? Hier kann ich nur warnen: Wer neugierig war und es erfahren hat, stellt meistens keine Fragen mehr.

Regelmäßig halte ich Gottesdienste in der Kerge ab. Die Freitags-Divibale ist dabei immer die wichtigste. Gestern redete ich wieder darüber, was unser Herr einst gegen den bösen Drubal unternahm. Danach kamen Gläubige auf mich zu: „Sprechen Sie mit Arasul, dass er uns vor den Limbranen verschont." Aber das tue ich ja! Meine täglichen Gebete sind erfüllt mit solchen Bitten! Bisher hat Er nicht geruht, meinem Volk diese schwere Prüfung zu ersparen. Ständig erreichen mich Berichte, dass schon wieder Slengsaaken die Mägen der Limbranen füllen.

Gegenwärtig wird die Stadt Braits besonders hart bedrängt; sie liegt nicht weit vom Limbranat entfernt. Aber zum einen ist die Stadt gut genug befestigt, um die Bestien abzuhalten. Zum anderen handelt es sich bei den Brezzen um Ungläubige – sie verehren nicht den einen wunderbaren Herrn wie wir, sondern beten zu verschiedenen Götzen.

Sicher dachte man in der Vergangenheit über Fragen der Religion anders. Wer meint, ich solle gegenüber Ungläubigen nachsichtiger sein, dem kann ich nur entgegnen: Ich darf in diesem Fall nicht gnädig sein. Als Predikar des Arasul bin ich gehalten, gegen Unglauben und Ekslerei scharf vorzugehen!

Wahrscheinlich ist unser Herr zornig über die brezzische Vielgötterei und benutzt die Limbranen als Instrumente seiner Vollstreckung. Aber in seinem unerklärlichen Ratschluss verschont Arasul auch seine slengsaakischen Kinder nicht: Uns Kondraker erreichen Meldungen, dass die Ungeheuer aus dem Limbranat ihre Opfer in den Dörfern und Flecken rund um Tangeleit suchen. Die Menschen flohen zunächst hinter die schützenden Mauern von Kirgmehs, Jehtse und Marints.

Seit etwa drei Wochen kommt hier in Kondrake ebenfalls ein Strom von Flüchtlingen an. Die Konklause hat alle Hände voll zu tun, diese Hilfesuchenden möglichst nicht abzuweisen, sondern sie (wenigstens vorerst) irgendwo unterzubringen. Einerseits sorgen wir dafür, dass bereits vorhandene Häuser besser genutzt werden. Mitunter muss jetzt auf schon begrenztem Raum die doppelte Anzahl von Personen zusammenleben.

Das wird freilich, wenn es so weitergeht, nicht genügen. Zwei Freder meiner Konklause sind gerade dabei, den Bau von mehreren neuen Häusern vorzubereiten. Darin kennen sie sich aus, denn es ist ihr eigentlicher Beruf. Ich als Erster Habitant brauche die beiden, auch wenn ich als Predikar leider sagen muss: Diese erfahrenen Bauherren haben für Arasul nur Lippenbekenntnisse übrig.

Die meisten Flüchtlinge sind mittellos und können ihre Wohnungen nicht bezahlen. Alteingesessene Kondraker, bei denen sie untergebracht sind, treten an die Konklause heran und fordern Entschädigung von der Stadt. Einer meiner Freder namens Halko verwaltet unsere Kasse und hat bereits den ein oder anderen Zuschuss gewährt. Gott sei Dank verhandelt er mit diesen Geizhälsen und nicht ich! Was verstehe ich schon vom Mietzins?

Mein eigenes Haus habe ich von meinem Vater geerbt. Geld spielte in meinem bisherigen Leben keine große Rolle, denn der Herr Arasul hat meine Familie mit Reichtum gesegnet. Da beziehe ich Einkünfte aus meinem Hof in Keltsevoi, lebe teilweise von seinen Erzeugnissen und kümmere mich nicht darum. Oft habe ich das Bedürfnis, mich von der Wirklichkeit abzukehren, zu vergeistigen und nur Arasul zu dienen. Ja, ich hätte Predikar bleiben sollen. Manchmal spiele ich mit dem Gedanken, vom Amt des Ersten Habitanten zurückzutreten. Aber das hat (in der Nachfolge des Dostar) noch nie jemand getan, freiwillig jedenfalls nicht.

Immer deutlicher wird, dass in mein geplantes Geschichtswerk auch viel Selbstbekenntnis einfließt – das fertige Ganze ist also nur teilweise für die slengsaakische Öffentlichkeit geeignet. So wollte es das Schicksal, dass ich das Amt des Ersten Mannes im Land einnehme. Pnot, dieser listige Schweinehund, wäre viel geeigneter, hätte es gerne gehabt, ist aber nur mein Stellvertreter geworden.

Mein eigener Kandidat als Oberhaupt der Slengsaaken wäre Halko. Ich kenne ihn schon lange, denn im Kreopat saß er neben mir auf der Schulbank. Mein Wunsch war es von Anfang an, Priester Unserer Kerge zu werden; Halko aber sollte die Nachfolge seines Vaters, eines reichen Kondraker Kaufmanns, antreten. Als Kurant oder als Predikar hätte er auch wenig getaugt, denn er war schon immer ein unabhängiger Denker, der alles hinterfragte und kritisierte. Es kommt mir seltsam vor: Ausgerechnet ein Mann von ganz anderem Wesen als ich ist wohl mein einziger Freund.

Zur gleichen Zeit fingen wir damals an, in der Dostar-Nachfolge, nach dem 5-jährigen Krieg, und beide in Regierungsgeschäften völlig unerfahren: Während ich aber bis heute glaube, in vielem ein Stümper zu sein, erwies sich Halko, etwa als Schriftführer unserer Sitzungen und später als Kassenwart, rasch als unentbehrlich. In letzter Zeit habe ich manchmal das Gefühl, meine Freundschaft zu ihm wäre getrübt. Denn ihm scheinen Dinge zuzufallen, bei denen ich mich endlos quäle, und ich traue mich nicht, meinen Neid zuzugeben.

Seit Dostars Zeiten als Erster Habitant heißt das Haus, in dem er sich mit seinen acht Fredern traf, das „Neunehaus"; es liegt am Kondraker Tschajeplatz. Damals wie heute wurde im Allgemeinen zweimal die Woche getagt, aber die Themen und Probleme waren teilweise ganz andere: Momentan geht es bis zur Erschöpfung fast ausschließlich um erneute Gräuel der Limbranen und natürlich um Flüchtlinge.

Lange tat ich so, als ob ich mir alles genau anhörte, abwog und meine Meinung dazu äußerte. Dabei hatte ich allerdings ein geheimes, selbstsüchtiges Ziel, nämlich Zuzug in mein eigenes Haus abzuwehren. Das war gar nicht so leicht, denn alle Kondraker, die Armen wie die Reichen, bringen Opfer und nehmen zusätzlich Leute auf; sogar mein alter Lehrer Lemreck hat in seinem Haus eine Flüchtlingsfamilie untergebracht – fünf Leute aus dem jetzt fast verlassenen Ti-Kleit wohnen in seinem Keller. Der Gedanke, dass außer Bisch und Fostins Kampione noch jemand bei mir lebt, war mir lange beinahe unerträglich. Mein Amt als Oberhaupt von acht Fredern fiel mir schon schwer genug; wenigstens meinen Wohnbereich wollte ich freihalten vom irren Chaos.

Vor Kurzem trat der Fall ein, dass Halko mich brauchte. Ein entfernter Verwandter von ihm besaß als Nobiler große Landstücke in dem Flecken Kidnam bei Tangeleit. An einem Morgen vor etwa zwei Monaten war dieser reiche und geachtete Mann auf seine Felder gegangen, um dort arbeitende Dependare zu beaufsichtigen. Aber weder er noch seine Bediensteten kehrten abends zurück. Man schickte einen Suchtrupp los, der die Überreste menschlicher Leichen, den Kadaver eines Ochsens sowie zerbrochenes Ackergerät zwischen einigen Büschen fand – ein Massaker, das die deutliche „Klauenschrift" der Limbranen trug.

Der getötete Nobile hatte im „Rat der Neun" von Kidnam den Vorsitz geführt. In den darauf folgenden Wochen kam es noch zu drei weiteren Todesfällen – unter anderem wurde ein Beisitzer des Rates halb gefressen aufgefunden. Das so geschrumpfte Organ der Obrigkeit erklärte daraufhin seine Handlungsunfähigkeit. Es beschloss, den Ort ganz aufzugeben, mit seinen fünfzig Schutzbefohlenen, Männern, Frauen, Kindern, nach Kondrake zu fliehen und dort um Aufnahme zu bitten.

Auf diese Weise kam die junge Witwe des getöteten Nobilen mit ihrem Sohn in Halkos Haus. Es ist erst eine Woche her, dass Halko zu mir sagte, er hätte sich in sie verliebt und wolle Delba – so heißt die Frau – heiraten. Aber unter seinem Dach lebt ja auch ihre Familie, mit der sie geflohen war, was zu erheblichen Platzproblemen führt. Ob ich seine Braut mit dem zehnjährigen Jungen nicht vorübergehend bei mir aufnehmen könnte, fragte mich Halko; ich würde allen Beteiligten einen großen Gefallen tun. Diesen Freundschaftsdienst konnte ich ihm nicht abschlagen und willigte schweren Herzens ein. Vielleicht bringe ich damit das Gemunkel zum Schweigen, der Erste Habitant lebe so zurückgezogen wie sonst niemand in der Stadt.

Zu meiner Überraschung gewöhnte ich mich bald an den neuen Zustand: Delbas verstorbener Vater hatte seiner Tochter schon früh das Lesen und Schreiben beigebracht – seltene Fähigkeiten bei Frauen, vor allem im entlegenen Osten des Slengsfelts. Sie ist fromm, gebildet und im Umgang angenehm. Ihr schweres Schicksal rührt mich, denn oft erzählt sie mir von den schrecklichen Tagen der Angst in Kidnam, die mit dem Tod ihres Mannes begonnen hatten. Täglich kommt Halko, um nach seiner Braut und dem Jungen zu schauen. Und meine Befürchtung, ein Zehnjähriger wäre lebhaft und würde mein stilles, zurückgezogenes Privatleben stören, bewahrheitete sich nicht: Koppin war nach dem Tod seines Vaters ernst und traurig geworden.

Da – ein plötzliches, heiseres Bellen aus dem Dogger-Wald, sogar bei geschlossenem Fenster deutlich zu hören! Zitternd hielt ich die Schreibfeder in der Hand; wie empfindlich ich doch war! Jetzt schwieg der grässliche Solist wieder. Im Zimmer nebenan fiel etwas zu Boden – dort wohnen Delba und Koppin.

„Das Abendessen ist fertig!", rief da von unten Bisch, fast singend. Einen Augenblick später knarrte die Treppe. Meine Gäste gingen ins Grundgeschoss hinab.

Ich spürte noch gar keinen Hunger, wollte am liebsten weiterschreiben, aber was genau? Manches hatte ich angeschnitten, vieles noch mit keinem Wort erwähnt. Unzufrieden klappte ich das Buch mit den vielen leeren Seiten zu. Im Wald, am anderen Ufer, brüllten die Tiere mit einem Mal wie besessen; wurde der neue Solist gerade völlig verrückt?

Ich fühlte mich hin- und hergerissen: Körperlich jetzt auch auf der Treppe ins Grundgeschoss, war ich geistig noch immer bei der Geschichte des Rumenkrags, des Slengsfelts, meinem eigenen Leben. Halt, so könnte es gehen – eine Idee! Am liebsten wäre ich wieder zurück in meine Zimmer, aber Bisch und die zwei Gäste warteten.

Zu dritt saßen wir schließlich am Tisch, Delba, Koppin und ich. Meine Haushälterin kocht ganz hervorragend: Es gab Kalbfleisch und grüne Plättchen von gepresstem Gemüse. Ich aß jetzt doch mit einigem Appetit und meine beiden Gäste auch.

Es wäre schön, wenn Koppin, dieser nette, zehnjährige Junge, seinem Alter gemäß etwas mitteilsamer wäre. Er schnitt sein Kalbfleisch und biss in die grünen Plättchen, aber redete nur, wenn er gefragt wurde.

Dafür sprach seine Mutter Delba umso mehr. Sie hatte mit ihrem Sohn am Abend zuvor den Auftritt eines berühmten Sängers auf dem Kondraker Undaiplatz erlebt und war ganz begeistert davon.

„Ich habe diesen Mann auch schon einmal gehört", sagte ich freundlich, mit halbvollem Mund, „und fand ihn ebenfalls … recht gut."

„Nicht sehr gut?", fragte sie und trank etwas.

„Zu viele Liebeslieder", antwortete ich kauend. „Wo blieb denn das Lob des Herrn Arasul?"

„Das stimmt!" Delba lachte.

„Wie fandest du seinen Auftritt gestern, Koppin?", fragte ich.

„Gut", antwortete der Junge knapp.

„Kannst du das noch ein bisschen ausführen?", forderte ich ihn auf.

„Seine Stimme", meinte Koppin und rümpfte etwas die Nase, „war wie die einer Frau."

Delba lächelte angestrengt.

„Damit er so hoch singen kann, hat man ihm als Kind, ähm, gewisse Teile entfernt."

„Ich weiß", antwortete Koppin. „Jetzt singt er Liebeslieder, aber lieben kann er nicht mehr."

Die junge Mutter wurde rot, ich auch. Wir lachten beide.

Bisch kam herein und fragte:

„Na, schmeckt's denn?"

„Ausgezeichnet, Bisch!", rief ich, froh über die Ablenkung. Meine Hände schnitten das Kalbfleisch, mein Kopf aber dachte an abgetrennte Hoden.

Delba war immer noch bei diesem Sänger. Sie wusste alles über ihn, wann er seine Lieder selbst schreibt, wo er auftritt, wer ihn auf welchen Instrumenten begleitet. (Ich war nicht verstümmelt, dachte ich, aber als Predikar der Heiligen Kerge durfte ich nur den Herrn lieben, keine Frau.)

Mit einem Ohr hörte ich Delba zu. Bisch kam immer wieder herein, räumte scheinbar ab, konnte aber nicht genug kriegen vom Lob ihrer Kochkunst.

In Gedanken war ich jetzt ganz bei meinem Buch und sah mit einem Mal ein Bild vor meinem inneren Auge: *Ich stehe in einer Landschaft mit Bergen, Ebenen, Häusern. Da rast plötzlich die Welle eines fernen, überkippenden Meeres großschreiterhoch heran und überschwemmt alles mit Blut!*

Ich schüttelte mich, besann mich, wo ich war – niemand hatte etwas bemerkt. Bisch brachte eine Schüssel weg, Koppin kaute schweigend, Delba sprach über das von ihrem Lieblings-Sänger bevorzugte Versmaß. Vor mir stand ein Glas mit brezzischem Rotwein. Ich spürte mit einem Mal geradezu einen Ekel, ihn zu trinken, und begnügte mich den Rest des Abends mit Wasser.

Kapitel 2

Der Neue Skorn

Bisch hatte recht: Die Geschichte des Slengsfelts, gar des Rumenkrags zu schreiben, ist schwieriger, als ich zuerst dachte. Dennoch arbeite ich an meinem Buch heute zügig, denn eine Idee, wie es weitergehen könnte, hatte ich ja schon – die Schilderung eines bestimmten Tages schien mir besonders geeignet.

Er begann damit, dass ich allein frühstückte. Delba und Koppin waren zu dieser Zeit erst drei Tage in meinem Haus und ich kannte die beiden noch nicht so gut wie heute. Aber es war mir natürlich gleich aufgefallen, dass Mutter und Sohn wesentlich früher aufstanden als ich. Wenn mich nicht Pflichten drängten, blieb ich so lange wie möglich im Bett.

Die Tür zur Küche stand offen. Ich hörte, wie Bisch hin und her lief und dabei vor sich hinmurmelte. Dann kam sie ins Speisezimmer und hielt eine Kanne Milch am Henkel. Ich kaute ein Stück Brot, schluckte und fragte:

„Wo ist Delba?"

„Sie wollte zum Herrn Halko", antwortete Bisch.

„Und Koppin?"

„Der wartet schon länger auf Sie." Bisch goss mir Milch in die Tasse. Der leise Vorwurf in ihrer Stimme war unüberhörbar: Ein tüchtiger Mann steht früher auf, dachte wohl meine Haushälterin. Ich tat so, als ob ich nichts bemerkt hätte.

„Wo ist er denn?", fragte ich.

„Draußen im Garten", antwortete sie knapp.

Später am Morgen öffnete ich die Hintertür meines Hauses. Der Wind kam heute wieder aus nördlicher Richtung, denn sofort empfing mich der Gestank des Dogger-Waldes. Der übliche, ungebetene Tierchor von dort war dagegen mäßig laut.

Ich ging durch einen schmalen Weg zwischen Gemüsebeeten. Leise gackernd lief eines meiner Hühner vor mir weg. Der herbstliche Himmel war grau und bewölkt. Das Laub mehrerer, fast kahler Bäume lag überall verstreut. Etwa in der Mitte meines Gartens steht eine Bank. Dort saß Koppin vornübergebeugt, hielt die Hände verschränkt und schaute auf den Boden.

„Arasul zum Gruß, mein Junge", sagte ich. Er grüßte in gleicher Weise, blickte aber kaum auf. Ich setzte mich neben ihn. „Du trauerst wieder um deinen Vater?"

Er wollte wohl nicht antworten und fragte stattdessen:
„Wie hieß denn Ihr Vater, Herr Matea?"
„Sein Name war Palint."
„Dann ist die Gasse vor Ihrem Haus nach ihm benannt?"
„Der Palintsweg – ja."
Er öffnete den Mund, um etwas zu erwidern. Da gesellte sich plötzlich, Großschreiter von uns entfernt, im Norden einer zu dem Tierchor, der lauter war als die anderen – wir hörten einen langgezogenen, schmerzvollen und wütenden Schrei. Koppin zuckte zusammen. Ich legte ihm die Hand auf die Schulter.
„Ruhig, mein Junge, das kennst du doch jetzt schon."
Blass im Gesicht, sagte er leise:
„Ich kann mich nicht daran gewöhnen."
Ich ahnte schon, was ihm durch den Kopf ging.
„Du kannst nicht zurück nach Kidnam", meinte ich, „im Moment jedenfalls nicht."
„Ich weiß, man hat ja gar keine Wahl: Dort die Limbranen, hier der Dogger-Wald." Einen Augenblick dachte er nach und sagte dann niedergeschlagen: „Ich glaubte einmal, diese Stadt wäre unsere Rettung."
„Aber das ist sie doch auch!", rief ich und fasste ihn am Oberarm. Nachdenklich kaute er an seiner Lippe. „Wir sprachen erst gestern darüber." Ich wurde etwas ungeduldig. „Was schützt uns einerseits?"
„Die Kokaju." Koppin schien gelangweilt. „Sie ist 200 Schreiter breit zwischen dem Wald und uns."
„Und andererseits?"
„Eine starke Nordmauer zum Fluss hin; das Solideste, was es im ganzen Slengsfelt gibt." Er wiederholte fast wörtlich meine Erklärungen.
„Aber du glaubst mir nicht recht?"
„Doch", antwortete er gleichmütig.
„Du bist nicht wirklich überzeugt, weil du Kondrake noch gar nicht richtig gesehen hast."
„Meine Mutter und ich sind auch noch nicht so lange hier."
„Dann wird es höchste Zeit, dass ich dir die Stadt zeige. Hatten wir das gestern nicht ausgemacht?"
„Ja, ja", sagte er, blieb aber ruhig sitzen und starrte vor sich hin. Beim Arasul! Vielleicht half ein Wechsel des Themas.
„Gestern Abend hast du mich überrascht", sagte ich. „Du warst in Kidnam auf einer Schule?"
„Nein", antwortete er, „das gibt es dort nicht. Die Mutter unterrichtete mich." Jetzt schaute er mich an, zum ersten Mal lächelnd. „Ich habe sogar das Libat Kreder gelesen – teilweise zumindest."
„Eine stolze Leistung für einen Zehnjährigen", meinte ich. „Was willst du denn einmal werden?"

„Predikar wie Sie, Herr Matea."
„Oha!" Ich war angenehm überrascht. „Du willst aber hoch aufsteigen in Unserer Kerge. Bei so einem hohen Amt muss man einiges verlangen können."
„Sie können ja herausfinden, wie viel ich weiß." Er wurde rot im Gesicht.
„Angehende Priester müssen immer ihre Kenntnisse unter Beweis stellen. Wir machen das später. Komm jetzt, die anderen warten bereits."

Die Entfernungen in der Stadt sind nicht groß: Wenn ich vom Süd- ins Nordviertel will, gehe ich gewöhnlich mit meinen Leibwächtern zu Fuß. Heute aber stand mein Wagen draußen auf dem Palintsweg. (Das Holz dafür und die Handwerker haben mich viele Valem gekostet.)

Ich trat mit Koppin aus der Haustür.
„Arasul zum Gruß, meine Herren."
Die drei Gardoi drehten ihre Köpfe zu mir.
„Arasul zum Gruß, mein Erster Habitant", hörte ich mehrstimmig.
Zwei der Leibwächter, Klabo und Jorp, standen vor der geöffneten Wagentür, auf ihre Schutzschilde gestützt. An ihren Gürteln steckten je ein Dolch und ein langes Schwert. Sie trugen schwere Kampfkleidung, Harnische an Unterarmen und Unterschenkeln, dicke Handschuhe und knielange Kettenhemden, darüber mit Metallplatten besetzte Lederröcke. Auf den Helm-Wölbungen der Köpfe erhob sich je eine Kresne: Das ist unser Heiliges Zeichen; es sieht aus wie eine kleine Gabel mit zwei Zinken. An den Helmen unten schützten Netze aus Metallringen Hälse und Ohren. Große Stoffkresnen zierten die Brustteile der Lederröcke. Wegen ihrer besonderen Spitzen werden die slengsaakischen Helme auch Zweizinker genannt.

Fostin saß auf dem Bock des Wagens, in der einen Hand die Peitsche, in der anderen die Zügel. Die beiden Pferde wedelten mit den Schweifen.
„Wo ist denn Birut?", fragte ich gutgelaunt.
„Hier, mein Erster Habitant", sagte eine Stimme hinter mir. Der vierte meiner Gardoi stand an einer Ecke meines Hauses. Er trug eine Lanze über der Schulter, eine dieser gefürchteten Paiken – eine Stichwaffe mit zwei seitlichen Haken zum Heranziehen des Feindes.
„Du passt auf das Haus auf", sagte ich freundlich zu ihm, „und willst nicht mit hinaus ins Slengsfeld?"
Koppin schaute mich erschrocken an.
„Es geht nach draußen?"
„Zuerst durch die Stadt, mein Junge", antwortete ich, „und in die Kerge natürlich. Aber dann hinaus ins Slengsfeld, ja."
In Koppins Miene war Angst.
„Wir fahren durch das Stadttor?"

Ich musste lachen.

„Wir sollten zu einem bestimmten Ort. Von dort kannst du ganz Kondrake überblicken. Es lohnt sich also."

„Und die Limbranen?"

„Sind nicht so weit westlich. Wenn es anders wäre, wüssten wir es längst."

„Aber die Anhänger der falschen Prophetin könnten uns auflauern", wandte Jorp ein.

„Gegen diese verdammten Revai-Banditen", erwiderte Klabo, „hilft mein Drissong." In seinem rechten, gefütterten Handschuh hielt er einen Bogen. Er lässt sich mit einer Vorrichtung spannen und verschießt durchschlagende Bolzen.

„In der Stadt", meinte Jorp zu Koppin, „ist es augenblicklich gefährlicher als draußen vor der Mauer." Der Junge schien sich zu beruhigen.

„Wollen wir hoffen, dass der Tag friedlich bleibt." Der Gedanke an diese Revai machte mich beklommen.

Birut blickte zum Himmel.

„Ich befürchte, dass es nicht mehr lange trocken bleibt."

„Dann wollen wir keine Zeit verschwenden." Ich stieg als Erster in den Wagen.

Wir saßen auf einfachen Holzbänken, der Junge mir gegenüber, links und rechts von uns je ein Gardoi. Fostin draußen auf dem Bock rief den Pferden etwas zu. Seine Peitsche knallte durch die Luft und die großen Räder begannen zu rollen.

Im Südviertel wohnen die Reichen, Wohlhabenden und Mächtigen. Die Türen meines Wagens haben feine, halbdurchsichtige Holzgitter – wir fuhren durch die Osergasse mit ausgedehnten, oft mehrflügeligen, einstöckigen Villen, geschmückt mit Türmchen, Erkern und Zinnen. Die Fassaden sind bemalt mit allerlei Geschichts- oder Tiermotiven. Ich schaute, über niedrige Mauern hinweg, in Gärten hinein. Vor einem knorrigen, hohen Baum stand eine Frau im grauen Kleid und hing Wäsche für ihre Herrschaft auf die Leine.

Die Osergasse ist ungepflastert, von Fahrrillen durchzogen. An diesem Tag war sie auch schlammig vom Regen des Vortages. Ein Mann lief über Trittsteine von einer Seite zur anderen – so blieben seine Schuhe trocken. Fostin steuerte unseren Wagen zwischen zweien dieser Steine hindurch. Aus einer Gasse weiter östlich war der Lärm eines Hammers zu hören. Die hohen Flügel einer Windmühle erhoben sich über die Dächer der Villen davor und drehten sich langsam im Wind.

Ich machte ein ernstes Gesicht und fragte Koppin:

„Bist du bereit?"

Er wirkte mit einem Mal unsicher.

„Ja, fragen Sie."
Ich schmiegte mein bärtiges Kinn in die Hand.
„Sag mir doch: Wer war Johanaba Skorn?"
Sofort kam die Antwort:
„Er stammt, ähm, aus der Stadt Brauzess. Sie liegt am Westmeer Salte."
„Wann wurde er geboren?"
„Vor 146 Jahren."
„Was war davor?"
Schwitzend dachte er nach.
„Das weiß wohl niemand genau", antwortete er schließlich, „mit Johanaba Skorn beginnt unsere Zeitrechnung."
„Richtig." Ich nickte anerkennend. „Erzähl mir etwas über Brauzess."
„So hieß die Hauptstadt des Omer-Haukats, einem Land im Nordwesten des Rumenkrags."
„Was bedeutet dieser Name?" (Ich machte keine Pause!)
„Ähm, Reich aller Hauker – das waren mehrere Völker, die sich zusammenschlossen."
„Was haben wir Slengsaaken mit den Haukern gemeinsam?"
„Wir glauben an den gleichen Schöpfergott und nennen ihn den Großen Gestalter."

Unser Wagen fuhr durch die mehrfach gewundene Harksgasse: Rechts und links drängen sich kleine, zweistöckige Häuser. In den schiefen Winkeln zwischen ihnen wachsen wilde Sträucher und Unkraut. Die glaslosen Fenster sind mit Tierhäuten bespannt. Hinter großen Toren schnatterte, bellte oder muhte es wie immer am Tag.

Hier leben und arbeiten die Tuchmacher und Schneider. Manche verkaufen durch die geöffneten Fensterläden der Grundgeschosse, andere stellen ihre Tische vor die Häuser. „Herrschaften, hier gibt es die feinste Ware!", riefen sie. Ein Mann probierte verschiedene Röcke an. Seine Frau schaute ihm nachdenklich dabei zu. Der Schneider redete unablässig auf die beiden ein.

„Macht Platz dem Ersten Habitanten!", hörte ich Fostin immer wieder rufen. Wir kamen nur langsam voran, überall mussten erst Kisten, Kästen und sonstiger Kram weggeräumt werden. Vor den Türen und Toren spielten lärmende Kinder in Schmutz und Schlamm der Gasse, ihre Mütter zogen sie jetzt weg.

In der Harksgasse gibt es keine Trittsteine wie im feinen Südviertel, man legt von manchen Häusern zu den gegenüberliegenden lange Bretter. Fostin musste die Leute ständig auffordern, diese Hindernisse zu entfernen – dabei ging es sehr gemächlich zu. Klabo öffnete die Wagentür einen Spalt und schrie hinaus:

„Heh, geht das ein bisschen schneller? Wir haben nicht den ganzen Tag Zeit!"

Ich kam wieder auf unser Thema zurück:

„Rechtschaffene wie Skorn also glaubten an den Großen Gestalter. Wer leugnete denn, dass er den Rumenkrag geschaffen hat?"

„Die Nachbarländer des Omer-Haukats", antwortete Koppin. „Dort beschäftigte man sich mit allem, was verwerflich und heute bei uns verboten ist – im Prussidel, im Estrigat und in der Stadt Schardrumin, die ein weites Umland beherrschte."

Nachdenklich schaute ich durch das Holzgitter der Tür. Ein Mann mit schwerer Last auf dem Rücken lief langsam und gebeugt neben meinem Wagen. Ich deutete auf ihn:

„War das auch damals bei diesen ungläubigen Nachbarn üblich? Ein Mensch hat solche Mühe mit einem Sack?"

„Nein", antwortete der Junge, „dafür hatte man andere dienstbare Helfer."

„Arbeiteten die mit Muskelkraft?"

„Nein, ähm, mit Elektritt."

„Was ist nun das wieder?"

Eine Zeit lang saß er mit verschränkten Armen und suchte nach Worten.

„Elektritt", sagte er schließlich, „das waren machtvolle Ströme, die durch hohle Drähte flossen. Sie trieben allerhand seltsame Automaten, Apparate und Makinen an."

Listig nahm ich die Haltung der Gottlosen ein:

„Muss man nicht dieses Elektritt als eine Erleichterung begrüßen? Und diese eigenartigen Metallgebilde, die seine Ströme brauchten wie wir das Blut in den Adern?"

„Dabei blieb es ja nicht", antwortete Koppin. „Die künstlichen Helfer wurden rasch weiterentwickelt und übernahmen bald alle Arbeiten. Viele Menschen wurden nicht mehr gebraucht, verdienten nichts und lebten in Armut."

„Wer dagegen wurde unglaublich reich?"

„Die Hersteller der metallenen Helfer", antwortete Koppin. „Am Anfang waren das Menschen. Dann begannen die Makinen, sich selbst herzustellen. Mit einem Mal hatten ihre gewinnsüchtigen Herren das Nachsehen."

„Der Konflikt zwischen Mensch und Makine wurde immer schärfer!", rief ich. „Mit welchem Ergebnis?"

„Der Mensch stand einer neuen Generation von allwissenden Metall-Kreaturen gegenüber. Das Organische, Natürliche drohte, bedeutungslos zu werden."

Wir erreichten den Donaiplatz. Hier bilden die Häuser, mit schiefen Winkeln dazwischen, einen annähernden Kreis. Die wohlriechenden Waren der Kondraker Bäcker lagen in den offenen Fensterläden oder auf Tischen. Es war leider nicht anders als bisher, denn ständig blieb mein Wagen im Gedränge stecken – eine Nervenprobe!

Von allen Seiten ertönten Rufe: „Ich habe den besten Kuchen! Probiert ihn, Herrschaften!" – „Süßes Gebäck, schlagt euch die Mägen damit voll!" – „Das könnt ihr euch leisten, Freunde, eure Gaumen lechzen danach!" (Wenigstens ist hier der überall gegenwärtige Gestank der Stadt noch am besten zu ertragen.)

Einige Leute schleppten große Säcke in ein öffentliches Backhaus; eine alte, bucklige Frau trug einen Korb mit mehreren Broten heraus. Im Unkraut zwischen zwei Häusern saß ein Mann auf einem Hocker und spielte Flöte. In einem Korb hatte sich eine Schlange aufgerichtet und wiegte ihren glatten Körper vor ihm, ein paar Leute schauten gespannt zu.

„Macht Platz! Schneller!" Fostin klang sehr gereizt.

Mein Wagen fuhr langsam an einem zerlumpten Bettler vorbei. Er hatte ein rötliches Geschwür am Kopf von der Größe eines Blumenkohls, auf dem spärliches Haar wuchs. Ich zeigte auf ihn und fragte Koppin:

„Hätte man damals so etwas heilen können?"

„Den Ärzten war wohl in dieser Zeit nichts unmöglich", meinte er.

„Wenn ich das alles recht verstanden habe," sagte ich grimmig, „dann gingen manche Leute zum Mediziner wie heute Kunden zum Händler. Zuerst gab es rechtlose Sklaven, die dort ihre Körperteile zum Kauf anboten. Später züchtete man wohl in Gefäßen künstliche Organe wie bei uns Früchte am Baum."

„Man konnte sich sogar neu zusammensetzen", fiel Koppin ein. „Vielleicht wollte einer drei Beine oder vier Arme haben – das war möglich!"

„Ich kenne in der Geschichte des Rumenkrags", erwiderte ich ernst, „einen einzigen Fall, bei dem diese Methode gerechtfertigt war. Du weißt, wen ich meine?"

„Natürlich."

„Wie hieß diese Methode und welche verderblichen Wünsche wurden sonst damit erfüllt?"

„Man nannte sie Körperwahl", antwortete der Junge. „Wer sie durchführen ließ, war nicht mehr er selbst. Er vereinigte sich mit anderen zum, äh, Zweck der Lust, zur dauerhaften Reizung der Geschlechtsorgane."

„Schamlos, nicht wahr?", rief ich. „Was für eine Welt damals: Ärzte, die vergessen hatten, dass sie heilen sollten. Patienten, die nicht krank waren, sondern nur lüstern! Und was brauchten sie dafür?"

„Viel Geld", sagte er knapp.

„Also ungerecht war das Ganze außerdem! Wie nennen wir diese Endzeit, kurz bevor alle diese Narren mit ihren Makinen in den Abgrund stürzten?"

„Herbst der Automaten", antwortete Koppin.

Eine durchdringende Männerstimme lenkte uns ab. „Brezzischer Wein!", rief sie. „Hier gibt es besten brezzischen Wein!" Eine andere: „Solch feines Leder habt ihr noch nie gesehen!" Eine dritte: „Schön geschnitzte Figürchen! Die Preise purzeln, Kondraker! Nehmt vier für zwei Valem. Greift zu, solange der Vorrat reicht!"

Wir waren in der Espergasse. Hier leben meist wohlhabende Kondraker Fernhändler. Die vornehmen Häuser haben auch hier in den ersten Stockwerken viele Türmchen, Zinnen und Erker. Die Geschäfte werden meist auf kleinen, hölzernen Vorbauten vor den Grundgeschossen abgewickelt.

Fostin war vom vielen Rufen fast heiser. Lachende oder schimpfende Stimmen im Gedränge antworteten ihm. Durch die Holzgitter-Tür sah ich, wie die Leute ständig hin- und herräumten.

Endlich waren wir ein Stück vorangekommen, da öffnete sich seitlich vor uns ein Tor zwischen zwei Häusern und ein großer, bis oben beladener, von Ochsen gezogener Wagen fuhr heraus. Zunächst nahm er fast die ganze Breite der Espergasse ein, drehte dann endlich nach mehreren Versuchen schwerfällig und fuhr eine ganze Zeit lang in die gleiche Richtung wie wir. Ich begann, die Fußgänger zu beneiden.

Um einen bekannten Prediger am Ende der Gasse scharten sich viele Menschen. Selbst der Händler auf dem nächsten hölzernen Vorbau verkaufte nicht, sondern hörte dem frommen Mann zu. Sein Anblick regte mich an, auf unseren Glauben zurückzukommen.

„Um die Zeit von Skorns Geburt", sagte ich, „kam dort, wo später Marints entstehen sollte, ein anderer Mann zur Welt – mit erstaunlichen Fähigkeiten. Was steht im Libat Kreder über ihn?"

„*Er befahl Gebirgen, langsam aus dem Boden zu wachsen, Meeren, sich zu öffnen oder zu schließen, und fernen Vulkanen, auszubrechen. Die Leute fragten ihn: ‚Wer bist du?' Er antwortete: ‚Ich bin der Große Gestalter, der einst den Rumenkrag schuf. Ich wollte nicht in der Geisteswelt bleiben, sondern ein Mensch sein und leiden wie ihr. Ich heiße Rumelan.'*"

„Was behaupteten dagegen seine Feinde, die Schardruminer?"

„*Du bist kein Gott im Körper eines Mannes, sondern ein Schwindler, ein Zauberer!*"

„Was geschah?"

„Sie suchten Rumelan am Kachoi-See und entführten ihn durch die Luft in ihre Stadt. Dort wurde er in einen Apparat gestellt, einen sogenannten Nichter, angetrieben von unheiligem Elektritt. Damit zerstrahlten sie ihn, lösten ihn auf und schickten seine kleinsten Teilchen nach allen Richtungen bis zu den fernsten Sternen, Milliarden Großschreiter entfernt. Nie mehr sollte Rumelan die Kraft haben, in den Rumenkrag zu seiner alten Gestalt zurückzufinden."

„Gibt es Hoffnung, mein Junge?"

„Ja", antwortete Koppin. „Der Gott-Mensch hatte einen Freund, der von den Mordplänen wusste. Er suchte ihn vor der Entführung auf und warnte ihn:

,Bald wirst du sterben, Herr!' Da führte ihn der Wundermann zu einem nahen Acker. Dort schnitt er in seine Hand, ließ drei Blutstropfen in die Krume fallen und sagte: ‚Was hier von mir zurückbleibt, vergeht nicht. Es wird wachsen und wachsen, bis ein Kind ohne Mutter, ein Mensch aus dem Boden steigt – ein neuer Rumelan, ein Spiegelbild des alten. Wenn ihr verzweifelt seid am Ende eurer Tage, wird Er bei euch sein.'"

„Wunderbar!" Ich klatschte leichten Beifall. „Selbst die Zitate stimmen, mein Kompliment." Sein Gesicht lief rot an. „Die Heilige Schrift verheißt uns also ein Wunder in ferner Zukunft", fuhr ich fort. „Der Gläubige hofft darauf, dem Eksler gilt es nichts. Wer gab denn den Befehl, den Rumelan zu zerstrahlen?"

Der Junge räusperte sich.

„Der Herrscher von Schardrumin: Drubal."

„Warum hat dieser niederträchtige Lump den Gott-Menschen gehasst?"

„Weil er selbst das Böse in reinster Form verkörperte. Drubal war eine denkende Makine, die dem Elektritt zum endgültigen Sieg verhelfen wollte."

Ich verzog das Gesicht.

„Wie müssen wir uns diese Makine Drubal vorstellen?"

„Als einen achteckigen, schweren und doch frei in der Luft schwebenden Schild."

„Ein seelenloses Kunstding also, ohne einen Funken Ehrfurcht und völlig skrupellos!", rief ich. „Was empfand dagegen Johanaba Skorn für Rumelan?"

„Seine Zerstrahlung im Jahr 51", antwortete Koppin, „stürzte den Tiefgläubigen in große Verzweiflung. Er ordnete ein halbes Jahr der Trauer und des Klagens im Omer-Haukat an."

Endlich fuhren wir auf den Dromaplatz. Dort war an diesem Morgen Viehmarkt. Neben dem zentralen Brunnen hatte man an einem Mast die Marktfahne hochgezogen. In den schlammigen Boden gerammte Holzpflöcke bildeten kleine Pferche mit Pferden, Ochsen, Kühen, Ziegen und Schafen. Daneben standen Kisten mit lebendem Geflügel, Gänsen, Enten und Hühnern – was für ein Muhen, Blöken, Wiehern, Schnattern und Gackern!

Gruppen von Verkäufern und Käufern diskutierten lebhaft und gestenreich miteinander. Sie deuteten auf das ein oder andere Tier oder fassten es an. Ein griesgrämiger Mann öffnete seinen Beutel und bezahlte einen anderen, der mit verschmitztem Gesicht die Hand aufhielt.

Als unser Wagen gerade um den Brunnen herumgefahren war, versuchte ein Bauer vor uns, drei Kühe in einen leeren Pferch zu treiben, aber die Tiere gehorchten nicht.

Plötzlich gab es großes Geschrei! Ein Mann rannte, so schnell es eben ging, durch die Menge. Jetzt packten ihn zwei Leute und hielten ihn fest.

„Der hat wohl gestohlen", meinte Koppin.

„Was sind denn kleine Taschendiebe heutzutage", fiel mir ein, „gegen maßlose Räuber im Herbst der Automaten? Was nämlich planten dieser Makinen-Bandit Drubal, seine Helfer und Verbündeten?"

„Sie wollten die anderen Länder besiegen, besetzen und die Beute untereinander teilen", antwortete Koppin. „Alle Menschen im Rumenkrag, die nicht Prusser, Estriger und Schardruminer waren, sollten versklavt und letzten Endes umgebracht werden."

„Solche Feinde der Menschheit mussten entschieden bekämpft werden!", rief ich. „Das konnte nur Johanaba Skorn. Was benutzte er dazu?"

„Die Mittel und Methoden, die ihm im Herbst der Automaten zur Verfügung standen."

Ein braver Schüler, dachte ich, *geradezu mustergültig*. Zufrieden lehnte ich mich zurück.

„Wieso erlauben wir dem großen Hauker, was wir bei anderen verurteilen?"

„Die Heilige Kerge ist überzeugt davon", antwortete Koppin, „dass Johanaba Skorn als Einziger die Reife hatte, mit diesen Automaten, Apparaten und Makinen angemessen umzugehen."

„Richtig. Wenn der Feind metallene Dependare baut, um dich zu überwältigen, was brauchst du selbst?"

„Ähm, noch bessere metallene Dependare?"

„Du sagst es."

„Wer nur Ochsenkarren hat, kann nicht gegen flammenspeiende Movems antreten."

„Kluger Junge." Ich musste lächeln. „Die Zeichen standen also auf Krieg und es war Johanaba Skorn, der ihn begann. Warum tat er das?"

„Um die Nichtung des Rumelan zu rächen und, ähm, weil er ahnte, was Drubal und seine Genossen im Sinn hatten. Durch einen Angriff wollte er ihnen zuvorkommen. Das war im Jahr 52."

Unruhig rieb ich meine schwitzenden Hände aneinander.

„Wie muss man sich einen Krieg damals vorstellen?"

„Die gegnerischen Parteien hatten große Voltanen, die selten selbst gegeneinander antraten. Sie bargen in ihren künstlichen Leibern Kampf-Movems, die sie am Boden ausluden. Oder man ließ hunderte kleiner Metallvögel vor der Schlacht in die Luft steigen. Freund und Feind waren leicht zu unterscheiden: Die kleinen Flugwerke des Skorn hatten die Form einer fliegenden Sichel – daher der Name ‚Sichler'. Die Ungläubigen sah man am Himmel in Dreiecksschiffen fliegen, den Trilonen."

„Welche Waffen wurden benutzt?"

Er überlegte einen Augenblick.

„Aus großen Rohren schossen Kugeln. Strahlwaffen ließen alles dahinschmelzen wie Butter in der Sonne. Sichler und Trilonen warfen Metallkörper in großer Zahl ab. Am Boden zersprengten sie mit furchtbarer Kraft, lösten manchmal große Feuer aus und legten ganze Städte in Schutt und Asche. Man nannte sie Bremben."

Wir fuhren langsam durch die Harpnoigasse. In den Fensterläden der Häuser hingen Hälften von Rindern, Schweinen und kopfüber baumelndes, gerupftes Geflügel. Fleischstücke aller Größen, abgehackte Köpfe und Füße lagen auf den Tischen. Hier war das kleine, blutige Reich der Kondraker Metzger. Lautstark priesen sie ihre Ware an.

Die Gasse hatte an diesem Morgen wieder reichlich Kundschaft. Oft kauften einfach gekleidete Dependarinnen für ihre Herrschaft ein. Sie blieben da und dort vor Fenstern und Tischen stehen, betrachteten das Fleisch kritisch und begannen zu feilschen.

Unser Wagen fuhr vor einem Haus mitten durch einen Misthaufen. Gleich daneben hatte jemand vor seiner Tür große Mengen Holzscheite aufgeschichtet. Auf Fostins Schimpfen hin räumte ein Mann sie jetzt in aller Ruhe weg – die Leute hierzulande haben ein anderes Zeitmaß, die Hektik im Herbst der Automaten ist ihnen fremd.

Man muss also geduldig sein bei uns, heute gelang mir das nicht recht.

„Wir sind am Anfang dessen, was man später die Gotteskriege nannte", sagte ich. „Wie schlugen sich denn Johanaba Skorn und seine Hauker?"

„Anfangs eilten sie von Sieg zu Sieg", antwortete Koppin, „bis die meisten Voltanen und Kampf-Movems zerstört, die riesigen Armeen ausgeblutet und erschöpft waren."

„In welchem Jahr?"

„Ähm, 58 nach Skorn."

„Gut!" rief ich. (Seine Antworten waren wirklich hervorragend, das hat man selten.) „Erzähl einfach weiter."

„Johanaba Skorn erlitt eine entscheidende Niederlage, aber immer noch war sein Einfluss im Rumenkrag groß. Seine Feinde galten als erbarmungslose Schlächter und wollten das schlechte Bild, das man sich von ihnen machte, etwas aufhellen. Also gestatteten sie ihm, seine Regierungsgeschäfte niederzulegen und das Omer-Haukat zu verlassen. Während Brauzess von den Schardruminern besetzt wurde, ging Skorn in die Verbannung. Etwa

500 seiner Anhänger begleiteten ihn nach Vendroma, eine Stadt in der Tiefe des Westmeers Salte."

Mal sehen, was er jetzt antwortet.

„Wie kann man denn in einer untermeerischen Stadt leben?"

Er überlegte und zuckte dann mit den Schultern.

„Wirklich verstanden habe ich das nicht. Vendroma soll eine starke Kuppel gehabt haben, die das Wasser abhielt, und Rohre, durch die Atemluft gepumpt wurde."

Ich lächelte.

„Bemüh dich nicht! Wer begreift schon alle seltsamen Wunder im Herbst der Automaten? Was geschah denn auf dem Festland während Skorns Verbannung?"

„Schardrumin führte zusammen mit den Prussern einen verheerenden Krieg gegen die Estriger."

„Da hast du doch den Beweis!", rief ich. „Kaum war ihr gemeinsamer Feind außer Gefecht, begannen sie, sich gegenseitig zu zerfleischen. Mit welchem Ergebnis?"

„Am Ende war das Estrigat buchstäblich ausgelöscht. Da erklärte Schardrumin überraschend seinen Verbündeten, den Prussern, den Krieg."

„Was passierte?" Ich spürte großes Unbehagen.

„Ich weiß nicht, wie ich das beschreiben soll." Der Junge senkte den Kopf.

„Verständlich", sagte ich ernst.

Wir schwiegen einen Augenblick und hingen höchst unangenehmen Gedanken nach.

Draußen lagen im Dreck der Gasse blutige Reste. Ein Hund, der ein Stück blutiges Gedärm zwischen den Zähnen hielt, lief neben uns her. Zwei offenbar hungrige Artgenossen folgten ihm.

„Der maßlose Schrecken von damals", meinte ich schließlich, „überfordert unsere Vorstellungskraft. Millionen Bewohner des Rumenkrags kamen in den Jahren 65 und 66 ums Leben. Am Ende erhob sich ein stinkender Leichenberg neben dem anderen. Und wer war letztlich dafür verantwortlich?"

„Drubal, die böse Schildmakine", antwortete der Junge.

„Jawohl." Mir brach der Schweiß aus; mein Herz klopfte wild. Neben meinem Wagen kämpften drei Hunde knurrend und zähnefletschend um ein Stück Darm. „Freunde und Treue", rief ich erregt, „waren dem Drubal fremd, er kannte nur schamloseste Verstellung und niederträchtigsten Verrat! Dieser elektrittische Gotteslästerer! Achteckiger Erz-Eksler! Am Ende wäre dieses Makinending noch zu den Sternen geflogen und hätte dort alles verseucht mit seiner verfluchten Kunstenergie – das ist jedenfalls die geprüfte Meinung der Heiligen Kerge!"

„Herr Matea!", rief Fostin von draußen. „Soll ich einmal ganz um den Undaiplatz fahren?"

„Ja, bitte." Schnaufend lehnte ich mich zurück und versuchte, mich zu beruhigen.

Die Räder meines Wagens drehten sich im Matsch des Bodens. Der Junge schaute mit großen Augen durch das Holzgitter. Wie verschlafen war im Vergleich zu Kondrake sein heimatliches Kidnam.

In der Mitte des Undaiplatzes wurde ein Holzgerüst errichtet. Seitlich hingen schon Leinentücher; eine Frau schmückte sie gerade mit Laub. Zahlreiche Gaffer standen vor der künftigen Bühne. Der Auftritt einer fahrenden Schauspieltruppe war immer eine willkommene Abwechslung. Überall herrschte reges Treiben. Man zeigte hier gern seine neuen Kleider, auch die seiner Kinder.

Fostin war es wohl leid, die Leute zu bitten. Wir fuhren so langsam – ein Lahmer hätte uns überholen können.

Über die ganze Vorderseite eines Gebäudes, eingepasst zwischen hohe Fenster, zieht sich ein Relief: Ein kleiner gebückter Mann (hinter ihm sitzt offenbar eine Gruppe von Zuhörern) steht vor einem sehr großen, der streng auf ihn herabblickt.

Koppin zeigte darauf und meinte:

„Das kann doch nur das Gericht sein."

„Du hast recht – es ist das Lexat." Ich lächelte. „Wer sein Leben redlich führt, erspart sich die Begegnung mit dem gefürchteten Kondraker Lexer."

Vor einem Eckfenster sind mögliche, fatale Folgen abgebildet: Ein Verurteilter kniet am Boden und hat seinen Kopf auf einen Block gelegt, während neben ihm der sogenannte „Hinrichter" sein Beil hebt.

Das Nachbarhaus des Gerichtes hat vier Stockwerke, alle mit dem in Kondrake üblichen Fassadenschmuck der Wohlhabenden.

„So hoch und schön", sagte Koppin staunend. (In Kidnam gibt es so etwas nicht.)

Ich hatte mein Vergnügen daran, dass er sich freute.

„Es wird Merkantehaus genannt. Hier tagen die Kondraker Kaufleute."

Unter den Neugierigen vor der künftigen Bühne entdeckte ich meinen Stellvertreter Pnot. Aber er schien meinen Wagen nicht zu beachten und ich war froh, als ich ihn nicht mehr sehen konnte.

Wir fuhren an einem anderen vornehmen vierstöckigen Haus vorbei. Über der Eingangstür unten ragen zwei Skulpturen aus der Mauer. Es sind Fäuste aus Stein; die eine hält einen Hammer, die andere einen Meißel.

„Eine erstaunliche Steinmetzarbeit," meinte Koppin. „Sie wirkt irgendwie kämpferisch."

„Ja", antwortete ich heiter. „Als wollten die Fäuste aus der Mauer springen und mit ihren Werkzeugen auf die Leute losgehen."
„Was macht man dort?"
„Hier tagen die Kompte – die Vereinigungen der Kondraker Handwerker. Daher heißt es Komptehaus."

Ein junger Mann hatte eine alte, zerzauste Decke auf dem Schlamm ausgebreitet. Er schlug ein ums andere Mal das Rad darauf und erhielt von Umstehenden viel Beifall. Ein paar Regentropfen fielen.

An der Ecke zum Sittaweg spielte ein Bettler auf einer kratzigen Fiedel ein bekanntes, wehmütiges Stück und sang dazu mit rauer Stimme. Ein paar Leute hörten ihm zu; einer warf ihm etwas in die Büchse, die er vor sich stehen hatte. Ich mochte die Melodie, denn sie hatte etwas Tröstliches.

„Setzte denn in der finsteren Kriegszeit damals", fragte ich Koppin, „jemand auch ein Zeichen des Lichts?"

„Ja", entgegnete er. „Die Überlebenden der Gotteskriege sahen und hörten zum ersten Mal die Akoi. Diese Heiligen Männer mit hellen, langen Haaren und Bärten trugen weiße, knöchellange Gewänder. Sie waren ungewöhnlich groß und ihre Augen so tiefblau, dass die Leute sie fragten: ,Seid ihr denn Menschen?'"

„Und was antworteten die Akoi?"

„Sie wären ehemalige Hauker, hätten in Vendroma die jetzige Gestalt angenommen und brächten Botschaft von ihrem Herrn Johanaba Skorn. Die Leute wunderten sich, denn von dem Verbannten hatten sie zehn Jahre lang nichts mehr gehört – man glaubte, er wäre in der Salte ertrunken."

Jetzt musste eine besonders schöne Geschichte kommen; erwartungsvoll beugte ich mich vor.

„Was sollten denn die Akoi mitteilen?"

„Sie sagten: ,Hört auf, zu klagen! Seid nicht bedrückt! Der Erste Gott, der Schöpfer Rumelan – wann steigt sein Ebenbild aus jener Ackerkrume? Man weiß es nicht. Doch seine Kraft und Macht ging über auf Johanaba Skorn. Bald kommt der große Hauker wieder, als Zweiter Gott.'
Ähm ..."

Er zitierte wieder aus dem Libat Kreder und wusste nicht weiter. Ich half ihm:

„Die Menschen fragten, wie man ihn erkennt."

„Ach ja, danke ...

,Er kommt in anderer Gestalt wie wir Akoi. Der Neue Skorn, das ist der Viele.' – ,Der Viele? Was ist das und wie wird es möglich?' Die Männer sagten: ,Durch Körperwahl! Skorn rief nach Vendroma,

tief in der See, zum großen Wunderapparat. Da kamen hunderte Geschöpfe, Freunde, Hauker, Menschen, Tiere – sie wurden eins mit ihm und bilden jetzt den Zweiten Gott. So etwas gab es vorher nie: ein Riesenleib, geformt aus Leibern!'"
Ich lächelte.
„Glaubten die Menschen denn die fromme Botschaft?"
Koppin nickte.
„Bald wartete man überall im Rumenkrag auf die Ankunft des Neuen Skorn – sogar im Prussidel und im Estrigat."
„Wer wie diese Erz-Eksler im Dreck sitzt", meinte ich abfällig, „greift nach allem, was ihn retten könnte. Wie war es denn im Slengsfeld?"
„Ähm, im Jahr 72 kamen aus der Heiligen Stadt Abelas fünfzig Akoi zu uns. Sie verteilten sich auf Stadt und Land, zwölf von ihnen blieben in Kondrake, angeführt von dem edlen Gobinast. Das Slengsfeld hatte schwer gelitten; die Hochgewachsenen halfen uns aus tiefstem Elend. Sie standen mit dem Herrn Skorn im regen Austausch."
„Aber diese reinen Männer", wandte ich scheinbar ein, „waren doch an Land und der Zweite Gott im Meer, tausende Großschreiter entfernt."
„Die Akoi, besonders Gobinast, konnten seine Gedanken lesen", erklärte Koppin. „Sie schrieben nieder, was im Hirn der Hirne vorging, die Geschichte des Rumenkrags, das Verschwinden des Rumelan, Skorns Erinnerungen, seine Kämpfe, seine Feinde, seine Niederlagen und Siege. Erzählungen frommer Slengsaaken kamen später hinzu – so entstand das Libat Kreder."

Draußen lagen auf den Tischen jetzt Stiefel und Schuhe; in den Fensterläden hingen sie an ihren Schnürsenkeln zusammengebunden herab – wir fuhren durch die Gasse der Kondraker Schuster, die Eldegasse.
Eine junge Frau schien sich bei einem der Ladenbesitzer zu beklagen. Sie zog einen ihrer Schuhe aus und der Mann wischte ihn erst mit einem Lappen ab, denn er war vom Gassenkot ganz verschmiert. Beide gingen in die Werkstatt. Es fiel ein leichter Regen.

Was jetzt folgen musste, ist für alle Gläubigen der Triumph des neuen Weltherrschers:
„Erzähle mir vom Tag der größten Wunder!"
„Vor Brauzess stiegen an einem Morgen viele riesige Schiffe aus dem Westmeer Salte", sagte Koppin. „Reglos schwebten sie über dem Wasser nahe dem Strand. Unter den Brauzessen waren einige Akoi den Häschern des Drubal immer entkommen. Diese weisen Männer sagten: ‚Da draußen ist die Flotte des Neuen Skorn. Lange genug haben euch die Schardruminer gedemütigt. Werft ihr Joch endlich ab! Schlagt die Gottlosen tot!'

Es wurde leichter, als sie dachten, denn ihre Sache war gerecht. Bald lebte keiner mehr der Fremden in der Stadt."

Versonnen strich ich mir über den Bart.

„Nachdem das Blut der Bösen vergossen worden war – was machten die Brauzessen dann?"

„Alle eilten jauchzend und jubelnd zum Strand, den Neuen Skorn zu begrüßen. Eines der Schiffe flog langsam über sie hinweg und warf einen gewaltigen Schatten. An der Unterseite des wunderbaren Metallvogels sahen sie eine große Kugel. Die Akoi erklärten ihnen: ‚Das ist die fliegende Wohnung des Zweiten Gottes, das Heilige Schattel.'"

„Du erzählst wunderbar, Junge!", rief ich. „Weiter, nur zu!"

„Eine Luke öffnete sich am Heiligen Schattel und ein unglaublicher Riese schwebte heraus, der setzte sich zusammen aus kleineren Gestalten. Sie waren alle unter, über oder neben anderen und mit Rümpfen, Köpfen oder Gliedmaßen verbunden in einem verwirrend gebauten Körper, vielleicht 100 Schreiter groß. Die Brauzessen waren sprachlos vor Staunen! Sie rätselten: Wer ist dieser oder jener da oben, unten, rechts oder links? Ein Hauker, den wir kennen? Ein Freund des Alten Johanaba Skorn? Ein Verwandter? Ein prachtvoll-farbiges Meerestier? Die Menge betete laut und verzückt. Da öffnete der Zweite Gott in einem seiner Köpfe einen Mund, groß wie ein Tor, mit baumstarken, schön geschwungenen Lippen. Er begann zu reden. Einige ältere Bewohner der Stadt erkannten die tiefe, wohlklingende Stimme des Alten Skorn – sie war nur viel lauter, dabei nicht dröhnend. Jedermann, wo immer er am Strand ehrfürchtig kniete, verstand die schwebende Vielgestalt. Sie rief:

‚Brauzessen! In eurer Stadt wurde ich einst geboren. Als Johanaba Skorn habe ich über euch geherrscht.'

Und, ähm ..."

Ich kannte den Text nur zu gut; lächelnd half ich Koppin erneut weiter:

„Und so sollt ihr mich nennen ..."

„Ja, genau.

‚Und so sollt ihr mich nennen: Arasul, den Guten Herrn vom Meer. Ab morgen gibt es wieder Krieg. Denn die Toten des Rumenkrags schreien nach Rache! Brennen sollst du, ruchloses Schardrumin! Stürzen sollst du, Drubal, in den Weltengrund. Zittere vor mir, denn mein Zorn wird entsetzlich sein!'"

„Mit welchem Lied feiern wir in der Kerge diesen legendären Tag?", fragte ich.

„In unseren Reihen kämpfst Du vorn/
Herr Arasul, der Neue Skorn."

„Ausgezeichnet, mein Lieber!" Ich klatschte leicht in die Hände und sah mit Vergnügen, wie Koppins Gesicht rot anlief.

Klabo und Jorp hatten beeindruckt zugehört.

„Was meint ihr dazu?", fragte ich sie. „Ich hatte schon angehende Kuranten in der Prüfung, die wussten viel weniger als dieser Zehnjährige."

Unser Wagen rollte über Pflaster; wir waren auf dem Tschajeplatz. Fostin hielt an. Vor ein paar Minuten hatte ein heftiger Regen begonnen. Fußgänger liefen und suchten eilig Schutz. Jetzt schüttete es so stark, dass ich weder das Neunehaus auf der einen Seite des Platzes noch das ehrwürdige Kreopat auf der anderen sehen konnte.

Vor uns erhob sich die massige Westmauer der „Kerge Unseres Guten Herrn vom Meer". Von den Dächern hoch oben liefen kleine Wasserbäche.

Fostin stieg rasch vom Bock. Regentropfen spritzten von seinem Zweizinker. Er band die Zügel der Pferde an einen Ring, der in einen Pfeiler eingelassen war.

Ich legte Koppin die Hand auf die Schulter.

„Du hast dir eine Belohnung redlich verdient. Gleich siehst du das schönste Gebäude im ganzen Slengsfelt."

Zu viert sprangen wir hinaus, dann einige Schritte durch platschende Pfützen und die wenigen Stufen einer breiten Treppe hinauf. Zwischen dem großen Portal und der Mauer standen wir dann im Trockenen. Über uns wölbten sich steinerne Bögen mit gemeißelten Formen und Figuren. Koppin betrachtete sie schweigend.

„Hier ist die Schöpfung des Rumelan dargestellt", sagte ich lächelnd. „Aber im Inneren findest du noch ganz andere Kunstwerke."

Ich zog am großen, mit einem Tierkopf geschmückten Ring des Portals. Im Hineingehen sah ich zu Fostin hinüber. Er hatte den ruhig stehenden Pferden Decken über die Rücken geworfen und sich selbst ins Innere des Wagens gesetzt. Es konnte dauern, bis der Regen aufhörte.

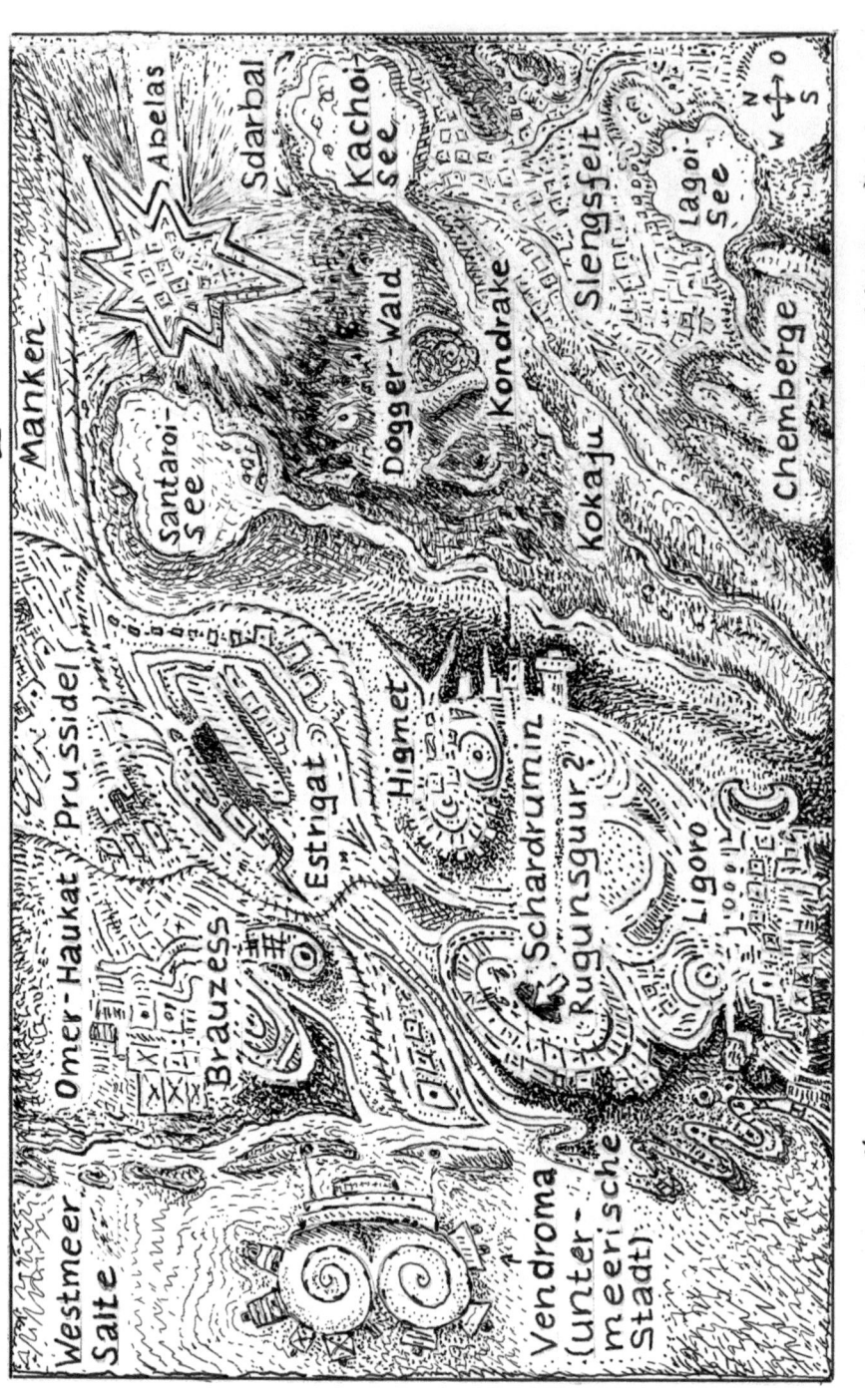

Kapitel 3

Tallos Bild

Ich hatte große Freude daran, Koppin zu beobachten. Sprachlos, mit offenem Mund, schaute er sich um. In seinem heimatlichen Kidnam gibt es nur eine bescheidene Kerge mit flacher Holzdecke. (Leider wurde sie von den Limbranen völlig verwüstet.) Dagegen ist unser Kondraker Gotteshaus ein Wunder der Baukunst, mit Kunstwerken, einmalig im Slengsfelt.

Jorp schloss als Letzter unserer Gruppe leise das Hallentor. Hoch darüber sahen wir eine Empore mit einem ornamentreichen, eisernen Geländer. Dahinter herrschte Halbdunkel. Undeutlich waren große, verschieden hohe Pfeifen erkennbar – sie gehören zu einem Musikinstrument mit beeindruckender Tonfülle, dem Orgem.

Zu beiden Seiten Reihen von Holzbänken, gingen wir auf reich verziertem Kachelboden durch die große Haupthalle. Die Kerge ist der einzige Ort in der Stadt, in dem der Dogger-Wald bei gewöhnlicher Lautstärke nicht zu hören ist – Stille umgab uns. Schmunzelnd bemerkte ich, dass Koppin ständig zur Decke blickte. Dort oben gibt es Fenster aus wunderbar farbigem Glas in grünen, blauen und hellroten Tönen zu bestaunen. Noch höher bilden sichelförmige Mauerteile das abschließende Gewölbe.

Ich fasste den Jungen an der Schulter und deutete mit dem Finger – wir gingen durch eine leere Bankreihe, ich voran. Die Kerge ist Tag und Nacht geöffnet. Weiter hinten saß ein Bekannter in stiller Andacht. Ich grüßte ihn wortlos und er nickte.

Durch einen torgroßen Rundbogen traten wir in eine der beiden Seitenhallen. Die sichelförmigen Gewölbe über den farbigen Fenstern sind niedriger als in der Haupthalle. Man fühlt sich wie in ruhigen, von sanftem Licht erfüllten Tunneln.

Kunstvolle Glasmosaiken zeigen farbenprächtige Motive: Ein großer Akoi mit tiefblauen Augen sitzt an einem Weg und streicht über seine nackten, wunden Füße. Dagegen nähert sich demütig ein Zwerg von einem Schuster, ein paar Schuhe als Geschenk in der Hand – das Fenster wurde von der Kompte der Kondraker Schuhmacher gestiftet.

Auf dem Fenster daneben wird eine Geschichte aus den Gotteskriegen erzählt: Vor einem brennenden slengsaakischen Dorf ist ein alter Mann, der Heilige Fias, zu sehen. Todesmutig (seine Kleidung steht lichterloh in Flammen) hält er seine Schrift hoch, die berühmten „Sprüche" aus dem Libat Kreder.

Am Pfeiler eines Rundbogens steht die vergoldete Statue eines kleinen Mädchens. Sie war der Legende nach dem Herrn Arasul immer treu und wurde von einem Drubalisten als 5-Jährige missbraucht und umgebracht. In die Statue eingefügt wurden ihre originale Schädeldecke, ein Oberschenkelknochen und ihr Unterkiefer.

Die Kapellen haben an den Seiten hohe Metallgitter. Die Türen sind immer offen. Auf niedrigen Tischen brennen Dutzende von Kerzen. Manchmal kniete jemand davor, als wir eintraten. Häufig machen die Gläubigen das Heilige Zeichen der Kresne: Mit beiden Zeigefingern wird, oben beginnend, ein „U" in die Luft gezeichnet und dort, wo sie sich unten treffen, ein „Stiel" ergänzt – insgesamt die bekannte Gabel mit zwei Zinken.

Die Slengsaaken beten mit der rechten Hand auf dem Herzen. In den Kapellen schauen sie dabei auf gläserne, mit Gold und Silber verzierte Schreine. Darin werden Relikte von hohem, kultischem Rang aufbewahrt: Altersgraue, zerfallende Gewänder missionierender Akoi, Federn, mit denen sie schrieben, ein Stück vom ersten Manuskript des Libat Kreder und eine Kappe, die der große Gobinast einst auf dem Kopf trug.

In der „Kapelle des herrlichen Johanaba" liegt – in einem schön verzierten Glaskasten – eine rundliche, ölverkrustete Makine mit verschiedenen Schläuchen. Sie soll einmal das Movem des großen Haukers angetrieben haben.

Das Einzige, was uns von Rumelan erhalten blieb, ist in einem anderen Schrein zu sehen: eine Messlatte, mit dem er das langsame Wachstum von Gebirgen ermittelt hatte, eine künstliche Flosse zum Tauchen in neugeschaffenen Meeren (die zweite ist nicht erhalten) und eine Atemmaske zum Hinabsteigen in rauchende Vulkane.

Am Ende geht die Haupthalle in einen weiträumigen und hohen Kuppelbau über – das ist der Raum des Predigers, die Oyare.

Koppin blickt staunend in die Höhe. Im Zenit der Kuppel ist ein großes, rundes, teils aus gemauerten Streben, teils aus buntem Glas bestehendes Fenster eingefügt, das nach oben gewölbt ist.

Zwanzig Schreiter tiefer, auf dem Boden der Oyare, steht auf einem Sockel ein breiter Altar aus dunklem, grau gemasertem Stein. Er ist bedeckt mit feinem Spitzentuch, auf dem farbige Stoffblüten liegen. Darüber hängt ein acht Schreiter breites und vier Schreiter hohes Gemälde. Mit schweren Ketten ist es seitlich am Mauerwerk befestigt. An sonnigen Tagen genügt zur Betrachtung das Licht, das durch das Kuppelfenster fällt. Jetzt aber fiel draußen heftiger Regen. Ohne die mehrarmigen Leuchter auf dem Altar wäre es unten fast dunkel gewesen.

Ein älterer Dependar der Kerge wechselte einige heruntergebrannte Kerzen aus. Er grüßte mich mit Kopfnicken und ging schlurfend durch die Haupthalle zurück.

Koppin konnte sich an dem Riesengemälde nicht sattsehen.

„Das ist ja unglaublich! Wer hat es gemalt?"

„Ein Kondraker Künstler namens Tallo."

„Oh, von dem habe ich schon gehört."

Lange Zeit war Schweigen. Klabos Räuspern hinter mir kam von den Wänden als Echo zurück.

„Ich bin von dieser Fülle ganz erschlagen", sagte der Junge nach einer Weile.

„Es soll auch nichts weniger sein", erklärte ich, „als eine Vision vom Herbst der Automaten."

Die Aufmerksamkeit des Betrachters gilt meist zuerst einem besonders seltsamen Wesen: Zwischen seinen Schultern wachsen verschieden lange Stengel heraus, auf denen Köpfe von Fischen, Lurchen oder Menschen mit grünen Schuppenhäuten und Kiemen sitzen. Die Gesichter haben drei oder mehr blau-grüne Augenpaare. Mäuler und Münder zeigen – milde lächelnd – reine, weiße Zähne.

Die merkwürdige Kreatur trägt einen langen Mantel mit mehreren Ärmeln; aus zweien ragen menschliche Hände, aus den anderen Flossen, schlauchartige Glieder mit Saugnäpfen und schilfartige Gräser. Große Beulen im Mantel lassen weitere körperliche Verbiegungen ahnen. Neben zwei (offenbar normalen) Füßen in Stiefeln ragen mehrere Fischschwänze unter dem Saum hervor.

Vom dunkelblauen Hintergrund mit silbernen Sternen hebt sich das Mehrfach-Geschöpf in hellen Tönen ab. Man hat, wegen der schreitenden Stiefel, den Eindruck eines Spaziergängers im All.

„Hat Arasul wirklich so ausgesehen?" Der Junge sprach ehrfürchtig leise.

„Wahrscheinlich nicht." Ich lächelte.

„Warum nicht?"

„Frag 500 Leute, denen er am Strand von Brauzess erschienen ist", antwortete ich, „und du bekommst 500 verschiedene Antworten. Man kann Arasul nicht recht fassen."

„Vom Meeresgrund stieg er hier bis in den Weltraum auf", sagte Koppin verträumt.

„Er ist eben Herr über alles", antwortete ich. „Sieh doch, unter seinen Stiefeln liegt unsere Welt."

Der Rumenkrag ist eine im All treibende Scholle, unten beinahe flach, aus felsigem Gestein. Von den Rändern zu einer leicht gewölbten Mitte steigt die Oberfläche an. Sie ist braun, grün, flachwellig und erhebt sich manchmal zu grauen Hochländern und Gebirgen. Hellblaue Flüsse münden entweder in Seen oder in einen dunkelblauen Ozean, der am linken Schollenrand in den Weltraum überzugehen scheint. Von dieser Oberfläche bis zu den Stiefelsohlen des Gottes erstreckt sich die halbdurchsichtige, bläuliche Schicht der atembaren Luft.

„Hier ist alles, was wir zum Verständnis brauchen." Ich zeigte mit dem Finger auf den Ozean: „Was ist das?"
„Die Salte", antwortete Koppin.
„Sehr schön." In einem Hafen liegt eine Flotte von Schiffen vor Anker; dahinter stehen viele Häuser entlang einer Uferstraße. „Wie heißt die Stadt?", fragte ich.
„Brauzess", erwiderte er.
„Ausgezeichnet!" Mein Zeigefinger wanderte zu einer weiteren Stadt, östlich von Brauzess, mit hohem Kergeturm, Dächern in vornehmem Dunkelrot und einer sternförmigen Stadtmauer. In der Nähe liegt – wie ein bläuliches Auge – ein See. „Auch das ist leicht", meinte ich.
„Die Heilige Stadt Abelas und der Santaroi-See." Er lächelte.
„Richtig."
Koppin deutete auf eine andere Stelle.
„Das soll wohl Kondrake sein?"
„Genau", antwortete ich. „Woran hast du es erkannt?"
„Ähm, am Kergeturm. Er scheint der gleiche wie in Abelas."
„Gut beobachtet."
Er verschränkte die Arme.
„Ansonsten ist vom Slengsfelt wenig zu erkennen."
„Auch wenn uns das eigene Land groß erscheint", meinte ich, „so ist es doch in einem schier grenzenlosen Rumenkrag klein und unbedeutend."
Eine Weile waren wir stumm, in Betrachtung vertieft. Weit hinten in der Haupthalle hustete jemand. Das Echo war hier vorne deutlich zu hören.
„Die Maße stimmen irgendwie nicht", meinte Koppin schließlich. „Der Herr Arasul ist ein Riese, gewiss. Aber auf diesem Gemälde auch halb so groß wie die Welt-Scholle."
„Tallo wollte keine Landkarte malen", erklärte ich, „an der sich Reisende orientieren können. Stattdessen führte der Geist des Zweiten Gottes seinen Pinsel. Schau nur", zeigte ich auf zwei Stellen, „wie nah die Stadt des Bösen an Kondrake liegt. In Wirklichkeit ist sie tausende Großschreiter entfernt. Unser Glück!"

Schardrumin dehnt sich so sehr, dass es fast ein Viertel des Rumenkrags einnimmt. Zu beiden Seiten breiter, kreisförmiger Straßen stehen Häuser eng zusammen. Je weiter innen sie liegen, desto höher sind sie und die im Zentrum (auf der höchsten Wölbung der Welt-Scholle) haben fantastische zehn, fünfzehn Stockwerke. Alle Gebäude scheinen aus grauen, menschlichen und tierischen Skeletten zusammengesteckt. Matt leuchten hunderte hingetupfte, dunkelrote Fenster, wie Blutflecken. Hoch über den flachen Dächern wölbt sich eine Art gelb-orangenes Glas.

Ich deutete darauf und fragte:

„Was könnte das sein?"

„Wahrscheinlich der Schutzschirm von Schardrumin", antwortete Koppin.

„Was ist mit diesem Ding?"

„Das Elektritt, ähm, floss hier nicht durch Drähte, sondern bildete um die Stadt eine Kuppel aus Energie. Sie war kaum sichtbar und fast nicht zu durchdringen. Lange hat dieser Schirm verhindert, dass die Stadt von Arasuls Akoi-Armee eingenommen wurde."

Ich zeigte auf eine matt leuchtende Kugel – sie schwebt im Zenit der Kuppel.

„Was könnte das sein?"

„Eine Kunstsonne", sagte der Junge. „Die Schardruminer wollten völlig unabhängig von der Außenwelt sein."

„Sie glaubten, mit ihrer Makinen-Zauberei alles zu erreichen!", rief ich. „Das Helle, das Natürliche, konnten sie nicht ertragen. Die schöne Welt-Scholle selbst wollten sie ruinieren, den Rumenkrag in einen Haufen Dreck verwandeln. Warum sollte die Oberwelt der Unterwelt gleichen, Koppin?"

„Weil die Heimat der Schardruminer ursprünglich die Tiefe war. Sie stiegen aus dem finsteren Abgrund ins Licht, um uns zu verderben."

„Wo ist das auf dem Gemälde, mein Junge? Siehst du dieses verhängnisvolle Loch?"

„Ja, hier." Er zeigte darauf. „Da ist der Eingang zum Reich des Bösen."

„Wie sagen wir Slengsaaken zu diesem Keller der Welt?"

„Rugunsguur", antwortete er.

Auf einem großen Platz im Zentrum, umgeben von den höchsten Skelett-Häusern, führt ein Schacht durch die Welt. Er weitet sich, wo es flach und felsig wird, zu einer schwarzblauen Höhle. Wie eine riesige Blase hängt der Rugunsguur unten an der Scholle.

Aus einem tintigen Meer auf seinem Grund steigt – scheinbar gewichtslos – eine zahlenstarke Gruppe seltsamer Figuren: Da sind Männer mit hohen, zerbeulten Hüten und schmutzigen, langen Jacken. Sie strecken wolllüstig ihre steifen Hähne aus zerfetzten Hosen. Ihre grinsenden Gesichter scheinen mehr tierisch als menschlich. Neben ihnen heben Weiber mit Hochfrisuren ihre knöchellangen, bauschigen Röcke und entblößen haarlose, rötliche Muscheln. Alle schweben aufwärts, hin zum Schacht und weiter nach oben. Dabei finden sich schamvergessene Paare zu allerlei Befriedigung ihrer Lust, unterschiedliche, aber auch gleiche Geschlechter. Über dem tintigen Meer feiert eine gemischte Gruppe eine abstoßende Orgie: Einige Weiber ziehen an Schlingen, die Männern die Hälse abschnüren. Die fast Erstickten haben offenbar noch Spaß an dieser Quälerei.

Andere Figuren scheinen eher belebte Dinge: Es gibt Tische mit vier äußerst biegbaren Holzbeinen – eines davon steckt einem fülligen, nackten Weib mit imponierender Hochfrisur schlangenartig in der Muschel. Aus halb geöffneten Schubladen dieser merkwürdigen Möbel lugen mehrere Augen, große, gezähnte Messer und allerlei Rohre.

„Diese da", erklärte ich und zeigte mit dem Finger darauf, „sollen die Leibwächter der bösen Schildmakine gewesen sein."

Es sind Kreaturen mit Körpern wie Pyramiden, hässlichen Mäulern wie grobe Kerben und jeweils einem einzigen Auge im spitzen Kopf. An ihren breiten Fundamenten tragen sie große, abstehende Kragen aus Metallgittern mit Dornen. Auf ihnen sind mehrere der liederlich gekleideten Männer und Frauen blutend aufgespießt.

Viele der Figuren sind schon aus dem Loch zur Unterwelt-Höhle heraus und steigen bis zum gelb-orangenen Schutzschirm hinauf.

Nervös zupfte ich an meinem Bart. Unsere Blicke trafen sich; Koppins Gesicht war puterrot.

„Was geht dir durch den Kopf?", fragte ich.

„So, ähm, freizügige Darstellungen habe ich noch nie gesehen", antwortete er, „und schon gar nicht in einer Kerge."

„Als Tallo dieses Bild malte", erklärte ich, „war der Zeitgeist ein anderer. Im Übrigen schau nur zurück." Wir blickten zu viert in die gleiche Richtung, die zwei Gardoi, der Junge und ich. „Die vordere Sitzbank ist, wie du siehst, fünf Schreiter von der untersten Stufe der Oyare entfernt. Schon von dort aus kann man diese Einzelheiten auf dem Gemälde nicht mehr erkennen. Und den Ort, auf dem der Priester steht, wagt sonst kein Arasulit zu betreten."

Wir wandten uns wieder Tallos Kunstwerk zu. Koppins Augen konnten sich nicht von den Exzessen der Schardruminer lösen – ich hörte seinen unruhigen Atem.

„Du kannst einem Priester wie mir", sagte ich nach einer Weile, „ruhig deine Empfindungen mitteilen. Erregt dich das?"

„J...nein", stotterte er, „ähm, diese Menschen teilen verbotene Lust, aber es ist einfach nur abstoßend. Wer denkt sich denn so etwas aus?"

„Das frage ich dich. Wo war denn die Schardruminer Brutstätte der schlimmsten Übel?"

„Im Rathaus, das sie Urbiale nannten", antwortete der Junge. „Vielleicht ist es das hier." Er zeigte auf ein besonders hohes Haus mit hunderten hingetupfter Blutflecken-Fenster, gleich neben dem Schacht zum Rugunsguur.

„Auch ihren Anführer muss man nicht lange suchen", sagte ich laut, mit kräftigem Echo. „Wo nämlich ist der Schuft?"

„Hier." Koppin hob den Finger.

Die böse Schildmakine hat eine ihrer acht Kanten in den zentralen Platz gebohrt und sich so verankert. Sie besteht offenbar aus Metall, trägt aber wie eine groteske Maske die schlaff herabhängende, blutige Gesichtshaut eines Menschen. Eine spitze, verdrehte Nase ragt daraus hervor. Mit trüben, toten Augen beobachtet sie den Aufstieg ihrer verdorbenen Geschöpfe aus dem Loch zum Rugunsguur. Hier hat sich der Maler Tallo selbst übertroffen: Keine Kreatur grinst mit dieser ekelhaften Gesichtsmaske schauerlicher als Drubal.

Der Krieg des Lichten, im All Schreitenden gegen den in den Platz gebohrten Finsteren aber ist in vollem Gang: Über dem Schardruminer Schutzschirm schweben mehrere große Flugwerke, die aussehen wie Räder mit Speichen. An ihren Rundungen entlassen offene Tore die kleinen Dreiecks-Voltanen des Feindes. Diese Trilonen werden begleitet von fliegenden, verlotterten Männern und ihren schamlosen Huren. (Deren gebauschte Röcke scheinen ideal für das luftige Element geeignet.) Mit ihnen ziehen hoch am Himmel auch belebte Dinge in den Krieg – einäugige, kerbmäulige Pyramiden mit blutigen Dornenkragen und Tischartige mit Dutzenden von gezähnten, aus Schubladen ragenden Messern.

Einige Trilonen haben ihr Ziel schon erreicht. Über Brauzess öffnen sie Klappen an ihren Metallbäuchen. Unten gehen Häuser und Schiffe in Flammen auf. Die ganze Stadt scheint in blutrote Glut getaucht.

Westlich des Brauzesser Hafens schweben andere große Flugkörper über dem Westmeer Salte. Jeder besteht aus drei übereinander liegenden, durch kurze, senkrechte Rohre verbundenen Platten. Heute unser religiöses Symbol, war die Kresne damals die tödlichste Waffe des Arasul. Am Bug der obersten Platte steht jeweils eine der zweigezinkten Gabeln.

Aus den Schiffen des Zweiten Gottes strömen scharenweise die Halbmonde der Sichler. Viele weißbärtige Akoi fliegen, wie ihre Gegner aus Schardrumin, frei neben den kleinen Flugwerken, mit weiten, flatternden Gewändern und bis an die Zähne bewaffnet – zweifellos ein dunkler, malerischer Traum vom Makinen-Herbst, und nicht die geschichtliche Wirklichkeit.

Über Brauzess hindern Sichler der Unsrigen Trilonen der Widergöttlichen daran, weiterhin ihre verderblichen Todeseier auf die hilflose Stadt zu werfen: Da umkreisen sich Freund und Feind in wohl zwanzig kleineren Schiffen. Weißlich-hellgelb zuckt es aus den Mündungen der Waffen, gehen Flugwerke in Flammen auf, stürzen Trümmer zum Rumenkrag herab. Akoi und Schardruminer stoßen in der Luft zusammen, sind in blutigsten Kampf verwickelt, durchbohren, zerstückeln oder zerschmelzen sich mit Strahlwaffen.

Jenseits der Stadt liegen zwischen rauchenden Teilen der Flugwerke abgestürzte Körper am Boden. Edle Hochgewachsene sind darunter, ihre wunderbar-blauen Augen jetzt stumpf, aber vor allem Leichen der Schardruminer – Tischartige ohne gelenkige Holzbeine, augenlose Pyramidenbruchstücke mit Resten von Dornen-Gitter-Kragen, verlotterte Männer mit blutbefleckten Hosen und ohne Hähne, sowie einige schamlose Weiber, wie zerbrochene Puppen mit rosa Muscheln.

„Schau mal hier." Ich zeigte auf eine breite Ebene zwischen zwei grauen Bergländern.

„Kampf-Movems!", sagte Koppin.

Bucklige Kästen rollen auf Rädern in sich drehenden Bändern. Die Wagen des Feindes haben vorne metallene, furchterregende Echsenköpfe, die der Unsrigen bullige Fischköpfe. Neben und hinter den Kampf-Movems laufen die „Fuß-Gardoi": Vollbärtige Männer mit funkelnd-blauen, kampfeslustigen Augen reißen waffenstarrende Schubladen heraus, schlagen lebende Tischplatten entzwei und entmannen einen ganzen Trupp schäbiger Männer. Neben ihnen ein Haufen abgetrennter Hähne, krümmen die sich vor Schmerz, während Akoi mit blutigen Messern offenbar ein frommes Lied singen.

Aus den offenen Rachen der Fisch- und Echsenköpfe schlagen gewaltige Flammen. Kampf-Movems zersprengen, Akoi wie Schardruminer verbrennen und im Zentrum der Schlacht ist anscheinend ein Fluss verdampft.

„Was soll das nun wieder bedeuten – denkende Bremben?", fragte ich. „Siehst du sie?"

„Ja", antwortete Koppin leise.

Er zeigte dorthin, wo die elektrittische Kuppel zum Boden herabsteigt: Außerhalb der bösen Stadt liegen Bündel gedrungener Stifte. Sie werden von Seilen zusammengehalten und haben gläserne Augen, die leuchten wie Lampen.

„Damit konnten sie ihre jeweiligen Ziele erkennen", erklärte ich. „Und hier", Koppin folgte meinem Finger, „siehst du, was die verfluchten Dinger anrichteten."

Männer mit hündischen Gesichtern feuern Bündel in die Luft; von einem hat sich das Halteseil gelöst. So entfesselt, scheinen einzelne Stifte ihre Ziele noch zu suchen. Andere haben sie schon gefunden und alles ausgelöscht, sich selbst und drei Ortschaften. Hinter der Heiligen Stadt steigen zwischen Gebäudetrümmern große, weißgelbe Pilzwolken auf, hell wie Sonnen.

„Wenn eine solche Brembe das Slengsfelt getroffen hätte", sagte ich zu Koppin, „stünden wir heute nicht hier, mein Lieber."

„Der Herr hat dieses Land vor dem Schlimmsten bewahrt", meinte er, „aber die Mörder-Stifte bringen selbst ihn in Not."

„Gott sei Dank nur auf Tallos Bild." Ich lächelte.

Ein Bündel entfesselter Stifte rast auf den im All schreitenden Arasul zu; schon drohen sie, die glänzenden, braunen Stiefel des Herrlichen zu zersprengen. Aber frei fliegende Akoi haben sich auf die Rümpfe der denkenden Bremben gesetzt und klopfen ihnen mit Hämmern die Lampen-Augen heraus.

„Ich sehe überall Drubalisten in großer Bedrängnis", meinte Koppin.

„Ja, ihr Oberschurke muss sich etwas einfallen lassen", kommentierte ich grimmig. „Schau nur, was dabei herausgekommen ist."

Mehrere feindliche Radschiffe schweben im westlichen Rumenkrag dicht über dem Boden. Aus offenen Luken quellen zähe Massen.

„Das sind Saatschiffe", erklärte ich ernst, „die einen schrecklichen Kot nach dem anderen legten."

Koppin schluckte.

„So brachten sie den fressenden Tod selbst in die Welt."

„Was nämlich passierte?", fragte ich.

„Der Metallvogel-Kot begann zu kriechen. Dabei verschlang er alles, Belebtes wie Unbelebtes. Er wuchs und wuchs bis zu unglaublicher Größe."

„Wie hießen diese schlingenden Riesenmassen, Drubals äußerste Waffe?"

„Moddar!", antwortete Koppin.

Überall zwischen Abelas und Brauzess geht die ekelhafte Saat auf. Die Moddar vernichten, vertilgen alles auf ihrem Weg. Je älter, desto größer sind sie. Als hätte man gewaltige Eimer geleert, angefüllt mit schlierigen Angelwürmern – so kriechen sie, formlos, ohne sichtbare Gliedmaßen, längliche, wackelnde Berge.

Eine dieser Riesenmassen hat offenbar einen Wald und eine große Stadt mit Brücken, Straßen und Häusern verschwinden lassen – die Schleimspur eines Moddar ist immer ein verätzt qualmendes, schwärzliches Nichts.

Bei Brauzess hat sich ein zweiter Allesverschlinger über den Hafen gewälzt und saugt durch ein rasch gebildetes Trichtermaul das Wasser der Salte derart auf, dass noch einige vor Anker liegende Schiffe verschluckt werden.

Kampf-Movems der Akoi greifen in einem Bergland ein drittes der gewaltigen Wesen an. Der Moddar wälzt sich über sie hinweg und scheint noch das Feuer zu schlucken, in dem die Wagen zersprengen.

„Zuerst wusste man sich wohl gar nicht zu helfen", meinte Koppin.
„Wie willst du etwas töten, das schon tot ist?", fragte ich. „Aber der wunderbare Arasul fand schließlich doch eine Gegenwaffe. Sieh nur!"
Zwei große Moddar, einer klumpig und blassrot wie Erbrochenes, der andere schwärzlich-braun, wälzen sich auf die Heilige Stadt zu. Aber mehrere halbmondförmige Sichler der Akoi sind schon in der Luft über ihnen. Die blassrote Masse hat eine Art plumpe, menschenähnliche Riesenhand geformt, eine Voltane gepackt und zieht sie zu sich herab.
Die übrigen Sichler aber sind erfolgreich. Aus ihren Luken fallen Unmengen von Bremben. Sie zersprengen auf dem ungeschlachten Körper des Kotig-Braunen und geben ein grünlich leuchtendes Gas frei – dieser Moddar beginnt, sich aufzulösen und als Jauche in den Tälern und Senken vor Abelas abzufließen.
„Das grünlich leuchtende Gas brachte den Erfolg?", fragte Koppin. „Das hat man mir auch erzählt. Wie war das möglich?"
„Gewöhnlich", sagte ich, „verachten wir die Erfinder. Dass aber Arasul noch bessere hatte als Drubal, war der Untergang der Moddar und die Bewahrung der Welt."

Hinter mir hörte ich ein hallendes Räuspern.
„Verzeihen Sie, mein Erster Habitant", sagte Jorp, „ich wollte nur erwähnen, dass es nicht mehr regnet."
Ich schaute zur Glaskuppel hinauf. Das leise Prasseln dort oben hatte aufgehört. In der Oyare war es heller geworden; das merkte ich jetzt erst.
„Du hast recht, Jorp", antwortete ich. „Wenn wir ins Slengsfeld hinauswollen, sollten wir jetzt aufbrechen. Ist das in Ordnung, mein Junge?"
Ich legte ihm die Hand auf die Schulter – er nickte.

Wir gingen wieder zurück durch die Haupthalle und standen draußen unter dem figurengeschmückten Portal. Statt des Tschajeplatzes sahen wir so etwas wie einen kleinen, flachen See vor uns – ein Mann watete mit seinen Stiefeln hindurch. Eine blasse, dennoch blendende Sonne schien vom Himmel. In unserem Wagen saß Fostin und wartete. Koppin blickte zu Boden; diese Haltung kannte ich ja bei ihm.
„Was bedrückt dich denn?", fragte ich.
„Ich kann es gar nicht sagen."
„Immer heraus damit. Nur keine Scheu!"
Er sprach zögernd:
„Ich soll doch Predikar werden. Das heißt: Ich will."
„Du bist dafür auch sehr geeignet."
„Es ist nur – manchmal zweifle ich."
Ich atmete tief durch.

„Das musst du unterdrücken, Koppin."
„Ich weiß", antwortete er.
„Woran zweifelst du?"
„Dass die Arasuliten recht haben."
Ich runzelte die Stirn.
„Bist du von selbst auf solche Gedanken gekommen?"
„Nein, ähm, ein Kamerad in Kidnam hat mir erzählt, sein Vater habe gesagt, die Kerge würde alles verdrehen."
„Verdrehen?!" Ich fragte trotzdem, auch wenn ich die Antwort schon ahnte: „Was genau hat er gesagt?"
„Dass man, ähm, nicht immer dem Drubal alles ankreiden soll. Der Neue Skorn sei in Wahrheit ... ein übler Tyrann gewesen!"
„Aha." Ich versuchte, meinen Ärger nicht zu zeigen. „Auf solche schamlosen Lügen hörst du!?", rief ich. „Meinst du, der wunderbare Johanaba hat sich zum Arasul gewandelt, um alle seine Gläubigen zu verderben? Das ist doch absurd!"
„Ja, das stimmt natürlich." (Er schaute immer noch von mir weg.)
„Na, siehst du." Der Junge tat mir leid, aber ich musste so hart mit ihm sein. Versöhnlich streichelte ich seinen Arm.
„Enttäusche mich nicht, Koppin! Unser Glaube ruht auf einem sicheren Fundament: Das ist die ewige Wahrheit des Libat Kreder."
„Ich werde es beherzigen."

Im Wagen saßen wir auf den gleichen Plätzen wie vorhin. Die Räder rollten durch die Pfützen. Ich hatte ihn getadelt, was sollte ich sonst tun? Dabei waren mir solche Zweifel nicht fremd. Manchmal hatte ich ein Gefühl, als würde ein Topf auf dem Herd kochen – es machte mir viel Mühe, den Deckel fest darauf zu drücken. Etwas stimmte nicht! Dann betete ich lange, bis die Plagegeister wichen und ich dachte, etwas stimmte nicht mit *mir*. *Mein Arasul, Du wolltest mich prüfen.* Wieder war ich zu schwach gewesen. *Verzeih!*

Wir fuhren durch die Svohngasse Richtung Osttor. Neben uns hatte es ein anderer Wagen besonders eilig. Ich hörte Fostin draußen auf dem Bock schimpfen. Der andere überholte uns. Ein Schwall Schlamm platschte gegen die Tür auf meiner Seite. Ich wurde nicht schmutzig, denn das Holzgitter war engmaschig.

Mein Buch fiel mir ein. Ich wollte ja nicht nur über Geschichte, sondern auch über mich selbst schreiben. Das würde schwieriger werden, als ich gedacht hatte: Was ich nach außen vertreten musste, vertrug sich nicht immer mit meinem Grundsatz der Ehrlichkeit. Wenn ein Unbefugter lesen würde, was mir manchmal durch den Kopf ging und mich denunzierte – mein Leben wäre ruiniert!

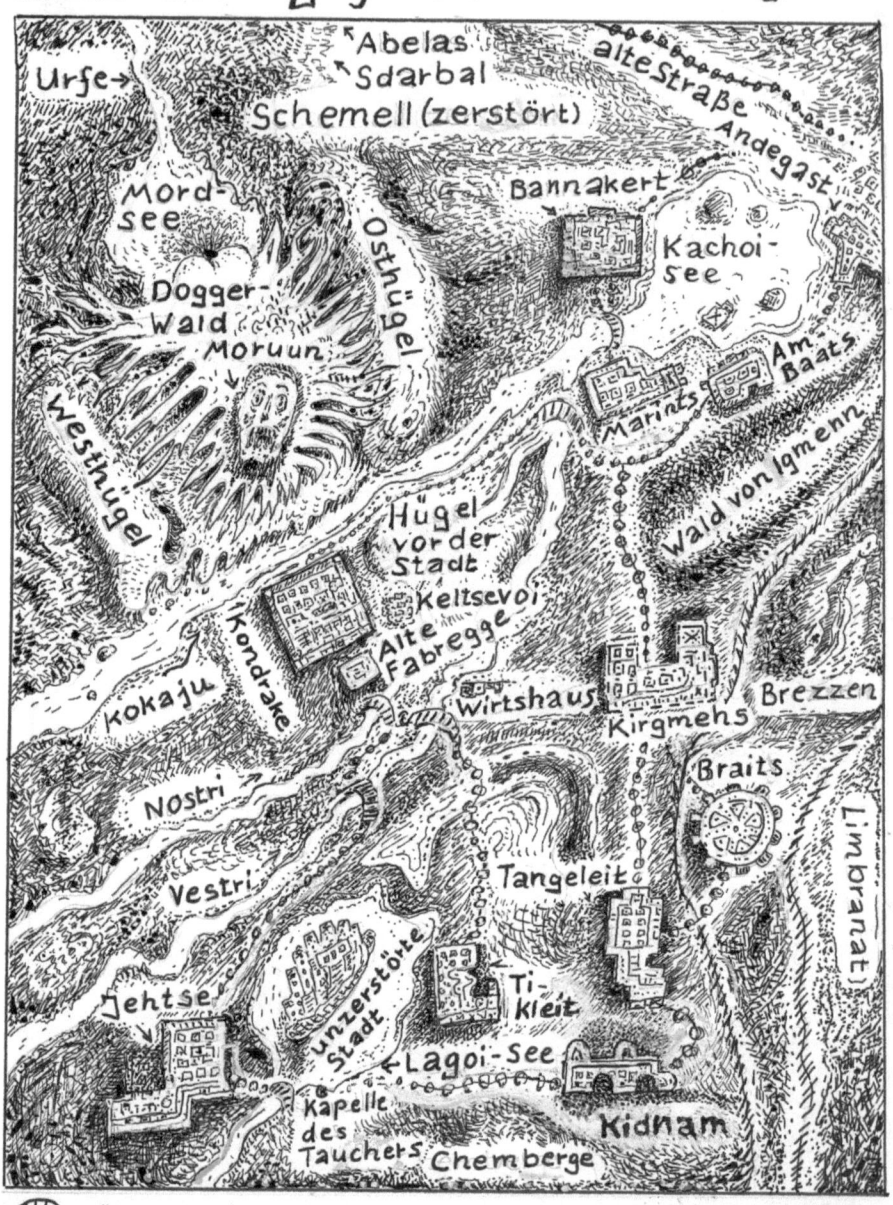

Kapitel 4

Piats, Gräber, Keltsevoi

„Das wäre geschafft." Ich wischte mir den Schweiß von der Stirn.
Koppin lächelte:
„Aber es hat sich gelohnt."
Wir waren vielleicht 50 Schreiter aufgestiegen, nicht viel für ein Leichtgewicht wie den Jungen. *Ich bewege mich zu wenig und bin leider alles andere als mager – Bischs Küche ist zu gut.*
Jetzt standen wir oben auf einem Hügel, einer aus einer ganzen Reihe, die sich wie Girlanden durch das Land ziehen, bis zur Kokaju und darüber hinaus. Der Untergrund ist loses Gestein aller Größen, das einst von Gletschern hierher transportiert worden sein soll – in Zeiten, als das Klima noch ganz anders war als heute. (Bitte, ich bin Priester und deute nur an, was ich gelesen habe, in einem Werk der „Forschung" aus jenem Herbst, den meine Kerge so verachtet!)
Wir kehrten zwei kleinen, krummen Bäumchen den Rücken zu. Noch nie – ich kenne diesen Ort zu allen Jahreszeiten – habe ich an ihnen ein einziges grünes Blatt gesehen. Ansonsten ist der Boden spärlich von Moosen bewachsen. Auf diesen Hügel kommt man nur wegen der Aussicht.
„Du hast bisher viel erzählt, mein Junge", sagte ich lächelnd, „nun bin ich an der Reihe."
„Sehr gern, Herr Matea."

Unter uns breitete sich hohes Gras über zwanzig Großschreiter flachwelliges Gelände. Der Wind machte daraus bis zum Horizont ein wogendes blassgrün-bräunliches Pflanzenmeer. Dazwischen liegen, wie dunkle Flecken in der Landschaft, kleine Wäldchen aus verkrüppelten Büschen und Bäumchen, ähnlich denen hier oben. Die Gotteskriege haben dem Slengsfelt, besonders um Kondrake, schwer zugesetzt. Außer Steinen steckt im Untergrund dieses Hügels noch etwas anderes, sonst wäre er nicht so karg – ich möchte gar nicht wissen, was es ist.
Alle hundert Schreiter steht dort unten eine pflanzenüberwucherte Ruine an der nächsten. Einige flache Gebäude im Süden wirken abweisend, scheinen aber weniger zerstört.

Von der Hügelkuppe kann man halb Kondrake überblicken, den Ostteil der trutzigen Wehrmauer mit dem großen Tor und zwei flankierenden Türmen. Um einiges höher sind nur der Westturm der Kerge und zwei klotzige Bauten an der Kurtell.

Im Norden zieht sich das graue, gewundene Band der Kokaju durchs Land. Der Stadt gegenüber, auf der anderen Uferseite, hinter Regenschleiern heute verborgen, liegt der Dogger-Wald. Noch hier draußen, Großschreiter entfernt, hörten wir ein verzerrtes Bellen.

Die Piats – das sind rabenähnliche Vögel – waren für uns an diesem Tag jedenfalls lauter. Vier von ihnen kreisten oben in der Luft. Aber das heisere Gekrächze verrriet, dass sich mehrere Dutzend in der Nähe verbargen.

Das sonst fast mannshohe Gras ist am Fuß des Hügels viel niedriger – dort stand Fostin beim Wagen und striegelte die Pferde. Klabo ging mit Jorp hin und her. Jetzt schauten die beiden zu uns hinauf. Gut, dass sie aufpassten, aber die Gefahr eines Angriffs war gering. Die Revai verüben ihre Mordtaten gewöhnlich nicht an entlegenen Plätzen. Dort würden sie niemandem gleich auffallen, der darüber entsetzt sein könnte.

Ich streckte die Hand aus und sagte zu Koppin:

„Die vielen Ruinen da unten waren einst Teil der Stadt vor den Gotteskriegen."

„Dann war Kondrake wohl einmal um ein Mehrfaches größer als heute?"

„Genau. Von Bremben geschlagene Trichter sind heute meist vom Gras überwachsen. Viele zerstörte Häuser wurden nie wieder aufgebaut."

„Und diese flachen, schwärzlichen Gebäude?" Sein Finger wies nach Süden.

„Du weißt doch sicher, was einst eine Fabregge war?"

„Ja. Dort wurden im Herbst der Automaten künstliche, heute verbotene Dinge hergestellt. Auch im Slengsfelt hat man einmal Makinen benutzt."

„Da hast du leider recht. Wie war die Lage damals? Der Alte Skorn, der haukische Held, noch nicht zum Arasul gewandelt, kämpfte gegen Prusser, Estriger und Schardruminer. Da wurden wir zum ersten Mal angegriffen, vor 92 Jahren – was für ein gewaltiger Schlag!"

„Dabei muss so viel zerstört worden sein", meinte Koppin, „dass man hinterher nicht mehr sagen konnte: Wer hat das getan und warum?"

„Weil fast alle Chroniken zu Asche verbrannten", erklärte ich. „Waren die Verbrecher Prusser, Estriger oder Schardruminer? Keiner kennt die Antwort. Hatten wir Verbündete? Die Hauker? Vielleicht. Nur dass der Feind aus der Luft kam, wissen wir. Und dass im Slengsfelt Zehntausende ums Leben kamen. Das Elend muss unbeschreiblich gewesen sein!"

„Die Mutter hat mir erzählt: Nach diesem Angriff gab es im Slengsfelt keine einzige arbeitende Makine mehr", sagte Koppin.

Ich runzelte die Stirn.

„Gott sei Dank – das ganze Zeug stürzte gleichsam in den Weltengrund. Aber die Unbelehrbaren, alle die geheimen Knopfdrücker hierzulande, ließen sich nicht beirren: Mühevoll ging es nach dem Luftschlag an den Wiederaufbau, da wollten diese Drubalisten bereits, dass die Fabregge wieder arbeitete."

„Aber mittlerweile missionierten wohl schon die Akoi im Slengsfelt?"

Ich nickte ernst.

„Das stimmt. Die Heiligen Männer kamen zu Fuß aus Abelas zu uns – und nicht etwa mit einem Öl fressenden Movem! Sie belehrten uns immer wieder:

Makinen zu erfinden, ist allein Sache des Neuen Skorn. Wenn der Zweite Gott will, dass wir Akoi sie einsetzen, geschieht es, sonst nicht. Lasst die Hände von dem ganzen Kunstzeug. Es hat euch letztlich nur bitterstes Unglück gebracht; die verkohlten Beweise liegen noch überall herum!'"

„Ich hörte, dass diese Mahnungen nicht genügten."

„Mehr noch!", rief ich empört. „Die Akoi mussten mit Gottesgerichten gegen Leute vorgehen, die – frech und unverhohlen – die Vorzüge des verfluchten Elektritt lobten! Leider wirkten die Hochgewachsenen nicht lange genug unter uns. Der Schmutz der Vergangenheit konnte durch ihr frommes Werk nicht vollständig beseitigt werden. Denn dann, mein Lieber, würde kein geheimer Drubalist unter uns heute wagen, erneut sein Schandmaul aufzureißen!"

„Die knappe Zeit dieser Reinen war wohl so bemessen", meinte der Junge, „dass sie andere im Glauben anleiten und schulen konnten."

„Das ist ihnen gelungen, gewiss." Ich beruhigte mich wieder. „Sie gründeten die Kerge, wie wir sie kennen, mit Kuranten und Predikaren, die auf das Wort des höchsten Priesters hören, des Devante."

„In Kidnam erzählte mir die Mutter vom alten Lemreck, der dieses Amt schon so lange ausübt."

„Du wirst ihn kennenlernen." Ich lächelte. „Dieser fromme und gelehrte Mann war schon Devante, als er mich im Kreopat unterrichtete."

„Er ist der erste und einzige Nachfolger des Akoi Gobinast, nicht wahr?"

„So ist es. Gobinast begründete dieses Amt. Er war damals der mächtigste Mann im Slengsfelt. Vor ihm kuschten selbst Nobile. Ach, das war ganz anders als heute."

„Der alte Lemreck ist ja auch ein Mensch."

Was für ein mustergültiger Schüler, dachte ich.

„Du hast gut gelernt", lobte ich ihn. „Die Blauäugigen waren gottgesandte Wesen, nicht von dieser Welt – die Würdenträger der Kerge heute sind gewöhnliche Sterbliche."

Plötzlich erschraken wir: Etwa vierzig Piats stiegen schlagartig, aufgeregt lärmend, von einer nahen Ruine auf. Wie eine dunkle, geschmeidige Wolke verschwanden sie an anderer Stelle wieder im Grasland – wahrscheinlich hatten die Aasfresser dort lohnende Beute entdeckt. Ihr Gekrächze ließ rasch nach.

„Die Jahre gingen ins Land", nahm ich den Faden wieder auf. „Die Gotteskriege schienen uns nur noch ferne Ereignisse zu sein, von denen uns manchmal Nachrichten erreichten: Denkende Bremben sollen bei Abelas niedergegangen sein. Im Süden des Rumenkrags hatte ein kriechender Moddar großschreiterweit nichts Lebendiges hinterlassen. Man sprach hierzulande nicht mehr jeden Tag über das erste, schreckliche Unglück aus der Luft. Bis dann, völlig unerwartet, das zweite eintrat. Die Feinde kamen an einem Sommertag vor 60 Jahren, frühmorgens, als die meisten Kondraker noch schliefen. Selbst unsere nächtlichen Wachen hatten die Angreifer nicht gesehen, nur gehört. Es waren wohl sehr viele Voltanen, die leise brummend über den Wolken flogen. Dann ließen sie Bremben in solcher Zahl fallen, dass sofort die ganze Stadt brannte. Viele Kondraker wussten nicht, wohin sie laufen sollten, denn die Flammen waren überall. Die Feuersbrunst wurde von einem starken Nordostwind angefacht und erreichte eine Kraft, dass die Menschen wie in den Sog eines Sturms hineingezogen wurden. Jeder Löschversuch war sinnlos. Dort, wo heute der Undaiplatz ist, schichteten die Überlebenden die verkohlten Leichen auf. Es wurde ein flacher Berg bis in die seitlichen Gassen hinein."

„Schrecklich!" Koppin wurde blass. „Mein Großvater erzählte mir in Kidnam davon, dass noch auf seinem Feld eines dieser Todeseier heruntergegangen ist."

„Weil die Himmels-Banditen weiterflogen und das ganze Slengsfelt verwüsteten!" Ich wischte mir eine Träne der Wut von der Wange. „Besonders hart hatte es das dichtbesiedelte Kondrake getroffen. Die Leute lebten in einer Geisterstadt wie Schatten. Sie gingen in den zerrissensten, schmutzigsten Lumpen und hungerten, weil die meisten Vorräte verbrannt waren. Viele stillten ihren Durst in der Sommerhitze nur, wenn sie es nicht mehr aushielten. Denn bei dem Bremben-Überfall war ein unbekanntes, äußerst tückisches Gift ins Wasser gelangt. Wer davon trank, dem quoll rasch ein dauernder Blutstrom aus Mund und Nase."

„Haben uns Schardruminer Trilonen ins Elend gebremst?", fragte Koppin.

„Die Prusser und Estriger", antwortete ich, „waren doch zur fraglichen Zeit besiegt. Wer sollte in diesem Stadium der Gotteskriege sonst eine so ruchlose Tat vollbringen?"

„Aber warum griffen die Voltanen-Verbrecher ausgerechnet uns an? Sie hatten alle Mittel aus dem Herbst der Automaten und wir waren mittlerweile als Makinenlose keine ernsthaften Gegner."

„Ich vermute, dass es ihnen weniger um die Slengsaaken als um die Akoi ging."

Koppin schaute entsetzt.

„Sie setzten so viele Trilonen ein, um fünfzig Akoi zu töten?"

„Die Drubalisten der bösen Stadt hassten die weißbärtigen Boten des Arasul über alle Maßen!"

„Und die vielen slengsaakischen Opfer nahmen sie dabei in Kauf?"

Meine Miene wurde düster.

„Für diese skrupellosen Mörder waren zehntausende Tote wohl nur Zahlen auf einem Papier." Ich überlegte. „In Kondrake starben fast alle Akoi gleichzeitig."

„Wie das?", fragte der Junge.

„Die zwölf Reinen, die in der Stadt missionierten", erklärte ich, „hatten sich im Vorgängerbau der heutigen Kerge versammelt. Sie wollten eine frühmorgendliche Divibale feiern und warteten noch auf Gobinast. Sicher hat Arasul damals seine gütigen Hände über unseren Devante gebreitet, denn plötzlich wurde der Bau von mehreren fallenden Bremben getroffen. Von den Akoi fand man hinterher nicht den kleinsten Knochen – einzig Gobinast hatte durch diesen Zufall überlebt!"

„Aber er war jetzt allein mit der Not der Slengsaaken?"

„Du hast es erfasst. Er musste ein Chaos in den Griff bekommen. Wie groß waren die Schäden in anderen Orten? Wer konnte auf unseren zerstörten Straßen reisen, um das zu erfahren? Gab es überhaupt noch andere Akoi? Offenbar nicht. Wenn die frommen Boten des Neuen Skorn nicht gewöhnliche Männer schon geistlich geschult hätten, mit der noch jungen Kerge wäre es gleich wieder zu Ende gewesen. Der Devante versuchte jedenfalls, die spärlichen Vorräte in Kondrake gerecht zu verteilen. Er stellte Gruppen zusammen, die die Gassen von Trümmern freiräumten und bestrafte so manchen Plünderer mit dem Tode."

Minutenlang war es beinahe ruhig gewesen unten im Grasland. Jetzt stieg ein weiterer Schwarm krächzender Piats auf. Augenblicke später waren sie schon fast über uns. Die beiden vorderen trugen irgendetwas in den Schnäbeln, das die vielen Artgenossen hinter ihnen unbedingt auch wollten.

Wir verfolgten die Bahn von Jägern und Gejagten. Das graue, gewundene Band der Kokaju erstreckt sich weit nach Osten. Es geht in den Kachoi-See über, von dem man hier oben nur einen schmalen Streifen erkennen kann – dort verschwanden die Vögel.

„Ein Jahr nach diesem schrecklichen Luftschlag", erklärte ich, „hatte sich die Lage keineswegs gebessert: In Kondrake gingen viele Menschen – eher mit Haut überzogene Skelette – wie Schlafwandler umher oder hockten teilnahmslos auf den Trümmern. Wir wussten keinen Ausweg mehr aus unserer Not. Da war eines Tages eine heftige, einzelne Zersprengung in der

Nähe der alten Fabregge zu hören. Gobinast ließ einen Trupp aufstellen, der nach dem Rechten sehen sollte. Auf einem Pfad im Grasland kam ihnen ein kahlköpfiger, mit einem schwarzen, weiten Anzug bekleideter Mann entgegen."

„Dostar also", sagte Koppin. „Von ihm weiß ich am wenigsten. In Kidnam wurde nur hinter vorgehaltener Hand über ihn gesprochen."

„Das muss auch so sein!", rief ich. „Kinder sollen sich an diesem Erzschurken kein Beispiel nehmen. Aber jetzt bist du alt genug, um alles über ihn zu erfahren. Leider konnten die von Gobinast geschickten Leute nicht in die Zukunft schauen – sonst hätten sie von dem Unheil gewusst, das er anrichten sollte, und versucht, ihn gleich totzuschlagen!"

„Aber sie taten ihm wohl nichts?"

„Richtig. Der Fremde lenkte sie mit staunenswerten Leistungen ab: Er zog ohne sichtliche Anstrengung eine große Kiste hinter sich her, mit der noch drei von ihnen zusammen ihre Mühe gehabt hätten. Dabei war der Kahlköpfige beträchtlich verletzt. Sein schwarzer Anzug war blutbesudelt und seine rechte Gesichtshälfte verstümmelt – das Auge, das er dort verloren hatte, trug er als Klumpen auf dem Handteller seines Handschuhs. Wen es so furchtbar getroffen hat, der schreit gewöhnlich vor Schmerzen, ist zumindest einer vernünftigen Handlung kaum fähig. Aber der Mann in Schwarz sprach zu dem Trupp vollkommen ruhig und gelassen, anfangs ähnlich wie die vielen anderen, die bei uns Zuflucht gefunden hatten – man verstand kaum oder gar nicht, was er sagte. Nachdem es einige Zeit mit Wiederholungen und Gesten hin und her gegangen war, trat eine unerwartete Entwicklung ein: Der Fremde redete – mit einem kleinen, harten Einschlag seiner eigenen Sprache – plötzlich in Slingsch zu dem Trupp! Er nannte seinen Namen, Dostar, und sagte:

,Ich bin ein Prusser in Diensten des Großen Arasul und flog mit meinem Sichler über eurem Gebiet.'

Diese einfachen Männer hatten natürlich kaum eine Ahnung von den Möglichkeiten im Herbst der Automaten. Sie wussten aber, dass man Voltanen am Boden gewöhnlich in Hallen abstellte, und fragten misstrauisch:

,Wo ist der Voltaport für deinen Sichler, Prusser Dostar?'

,In der Heiligen Stadt Abelas', antwortete der Fremde, ,von dort flog ich so manchen Angriff gegen die Schardruminer Himmelhunde.'

Die Kondraker meinten daraufhin, dann hätte man wohl einen gemeinsamen Feind. Von diesen fliegenden Schurken sei das ganze Slengsfeld vor einem Jahr niedergebremst worden.

,Ich weiß von eurem Unglück', erwiderte Dostar. ,Vorhin hat mich diese verdammte Bande selbst angeschossen. Mein Sichler ging hier zu Boden, aber bevor er zersprengte, konnte ich mich retten.'

Einige aus dem Trupp fanden die Unglücksstelle auf Anhieb, denn weithin stieg Rauch auf. Aber man konnte dem Wrack nicht mehr ansehen, was genau es gewesen war – jenseits eines tiefen Trichters lagen hunderte, bis weit ins Grasland verstreute Trümmer."

„Was ist denn mit Dostars Behauptung, ein Prusser in Diensten Arasuls gewesen zu sein?", fragte Koppin.

„Von den Prussern hatten wir viel gehört", erwiderte ich, „aber noch nie einen gesehen. Die Schardruminer hatten ihre ehemaligen Verbündeten ja fast ausgerottet. Manche von ihnen sollen sich daraufhin besonnen und an der Seite des Zweiten Gottes gekämpft haben."

Koppin schaute nachdenklich auf das wogende Meer der Halme.

„Einige aus dem Trupp erkundeten die Absturzstelle und die anderen bewachten Dostar?"

„Ja. Als die Männer vom Wrack wieder zurückkamen, war allerdings eine bedeutsame Veränderung eingetreten. Der Fremde hatte seine Bewacher gebeten, ihn einen Augenblick mit seiner geretteten Kiste allein zu lassen. Mir ist rätselhaft, warum sie das zuließen; vielleicht waren sie schon eingeschüchtert. Dostar schien jedenfalls seine schwere Verletzung bereits auf das Beste versorgt zu haben! Kein Slengsaake wäre zu solcher Hilfe auch nur im Ansatz fähig gewesen: Auf seiner rechten Gesichtshälfte waren statt einer blutigen Masse nur noch ein paar große Narben zu erkennen – als wäre sein Himmelssturz nicht erst eine knappe Stunde, sondern schon Jahre her. Er trug neue Handschuhe und einen anderen schwarzen, sauberen Anzug. Seine rechte Hand ruhte – scheinbar absichtslos – auf dem Griff einer kleinen Feuerwaffe an seinem Gürtel. Vorfahren der armseligen Kondraker wäre so ein Ding vielleicht vertraut vorgekommen. Sie fragten Dostar, wie es hieß und erfuhren:

‚*Das ist eine Nengune. Ich kann damit einzelne Kugeln verschießen, aber auch, wenn ich will, sehr viele und rasend schnell.*'

Niemand im Trupp wünschte eine Demonstration."

„Wahrscheinlich dachten diese einfachen Leute", meinte Koppin, „dass solche Eigenschaften und Fähigkeiten nur gottnahe Wesen hatten."

„Oder drubalische!" Ich lächelte böse. „Glaube mir: Wenn Dostar ein Prusser war, sind Menschenfrauen auch imstande, Limbranen zu gebären."

„Aber wenn der Schwarzgekleidete tatsächlich in einer Trilone saß, als er abstürzte? Dann kann er doch – ein Jahr zuvor – mitgeholfen haben, das Slengsfelt niederzubrennen?"

„Das ist möglich, ja!"

„Und jetzt war er ausgerechnet in seiner Not ... unter den ehemaligen Opfern gelandet. Wie dumm!", meinte Koppin.

„Besser noch", ergänzte ich bissig. „Die Opfer schauten wahrscheinlich erstmals einem Täter ins Auge. So mancher mag auch einen Verdacht gehabt haben, jedoch beweisen konnte er nichts."

Der Junge überlegte.

„Aber Tallos Bild", sagte er schließlich, „zeigt Schardruminer, die ganz anders aussehen."

Ich lachte leise.

„Das Bild ist großartig, gewiss. Aber wer hat wohl – viele Jahre nach diesem Himmelssturz – den Auftrag gegeben, es für die Kerge zu malen?"

„Natürlich!", rief Koppin. „Mittlerweile war ja Dostar schon an der Macht. Er selbst machte wahrscheinlich dem Tallo Vorgaben."

„So ist es, mein Lieber." Ich griff vertraulich seinen Arm. „Ja, glaubst du denn, der Herr des Slengsfelts hätte dem Künstler erlaubt, alle Schardruminer glatzköpfig, einäugig und in weiten, schwarzen Anzügen zu malen?"

Am Fuß des Hügels waren Hasen aus dem hohen Gras hervorgekommen. Ich hatte sie schon öfters aus der Nähe gesehen. Sie waren bejammernswert mager, mit räudigen Fellen. Klabo und Jorp warfen ihnen Brotstücke aus ihren Vorratsbeuteln zu. Die schnappten sie und verschwanden schnell wieder in ihren Verstecken.

Koppin schaute mich erwartungsvoll an. (Was für schöne, dunkelbraune Augen er hatte.)

„Der Trupp brachte den Fremden zu Gobinast", fuhr ich fort. „Dort erzählte er die gleiche Lügengeschichte, aber ich bin mir sicher: Der Devante erkannte gleich das Widergöttliche in Dostar und dieser das Licht des Zweiten Gottes in dem edlen Akoi, das er selbst nicht ertragen konnte. Die beiden Männer verbargen wohl von Anfang an ihre gegenseitige Abneigung hinter höflichen Worten. Gobinast fragte nach Dostars Alter und der Kahlköpfige erwiderte, er sei 69 Jahre. Am Anfang glaubte das niemand. Aber rechne nur einmal die Jahre von Dostars Herrschaft über uns zusammen – das ist bereits die Zeitspanne im Leben eines gewöhnlichen Slengsaaken."

„Warum hat denn der Devante diesen verdächtigen Fremden nicht abgewiesen?", fragte Koppin.

„Der Luftüberfall der Voltanen-Verbrecher hat ihm schwer zugesetzt", antwortete ich. „Der Devante war alt und krank. Nach dem Tod der anderen Akoi ging wohl auch die geistige Verbindung zum Herrn Arasul verloren. Vielleicht fürchtete er sich vor Dostar, wer weiß? Wir hatten ja schon andere Opfer des Krieges bei uns aufgenommen. Der einäugige Kahlkopf durfte also in unserer völlig verwüsteten Stadt bleiben."

„Dort soll er mit drubalischen Wundern die Leute geblendet haben", sagte der Junge.

Ich lachte grimmig.

„Im äußersten Elend ist selbst die rettende Hand des Widersachers willkommen. Aus seiner Kiste holte er eine hierzulande unbekannte Arznei

– sie bewahrte Menschen, die vergiftetes Wasser getrunken hatten, vor dem Verbluten. Respektvoll nannte man ihn bald den schwarzen Meister. Marints hatte unter den Luftschlägen lange nicht so gelitten wie Kondrake. Schließlich gelang es, dauerhafte Hilfslieferungen von dort zu organisieren. Leider waren es Dostar und seine wachsende Anhängerschaft, die das zustande brachten, nicht Gobinast, die Kerge oder Nobile der Stadt."

„Mein Großvater", fiel Koppin ein, „konnte seinen Acker nicht mehr bestellen, weil die Brembe, die darin steckte, nicht zersprengt war."

„Nur eine?", rief ich. „Lieber Junge, in und um Kondrake waren im Boden eines jeden Bauern gleich mehrere von ihnen! Niemand traute sich mehr auf die Felder. Auch hier half der schwarze Meister. Seine Leute gruben unter Lebensgefahr eine verborgene Brembe halbwegs aus. Dann kam er, machte sich mit größter Kaltblütigkeit daran zu schaffen und setzte den Apparat, der die Zersprengung auslöste, außer Kraft."

„Ich finde es erstaunlich", meinte Koppin, „dass ihm dabei selbst nie etwas passiert ist."

„So viel Todesmut imponiert auch mir", sagte ich, „und dem Bauern damals, der wieder ohne Furcht säen und ernten konnte. Seit Jahrzehnten düngten er und seine Vorfahren ihre Äcker mit Tierkot und Abfällen. Oder man säte auf einem Teil seines Landes nichts aus, damit es sich erholen konnte. Die Erträge ernährten in Friedenszeiten gerade mal ihren Mann. Jetzt wuchs aber vielfach gar nichts mehr, denn bei dem Luftschlag waren Gifte in die Äcker gelangt. Dagegen waren wir machtlos – bis Dostar die Böden ‚reinigte'. Es blieb den Slengsaaken wenig Zeit, sich darüber zu wundern, denn gleich folgte eine neue Großtat: Der Mann in Schwarz entwickelte einen künstlichen Dünger, der das Getreide doppelt so hoch wachsen ließ wie zuvor. Er bekämpfte erfolgreich eine tödliche Seuche unter Rindern. Die Kühe gaben wieder Milch, die man auch trinken konnte."

„Mein Großvater", fiel Koppin ein, „erzählte mir von völlig neuen Gerätschaften, die Dostar einführte."

„Seit Jahrzehnten", erklärte ich, „bearbeitete der Bauer den Boden mit einem einfachen Pflug. Das erschien dem schwarzen Meister als nicht wirkungsvoll genug. Aus Trümmern, die auf dem Slengsfeld herumlagen, baute er ein Wunderding, das mit der Kraft von dampfendem Wasser betrieben wurde! Dostar zeigte seinen Anhängern, wie man diese Acker-Apparate nachbauen konnte und ließ sie an die Bauern verteilen. Viele von ihnen dachten wohl nicht mehr an das furchtbare Unglück, das der Herbst der Automaten über sie gebracht hatte, sondern nur an seine vermeintlichen Segnungen. In dem Maß, wie die Anhängerschaft dieses Makinen-Zauberers wuchs, sank die der Arasuliten. Was sollten sie gegen den seltsamen Mann tun, der sich über alle Verbote glatt hinwegsetzte? Niemand wagte, gegen den mit einer Nengune bewaffneten Übermenschen vorzugehen. Viele sanken nicht mehr vor den Priestern, sondern vor Dostar auf die Knie, wenn er unter ihnen erschien."

„Was machte denn Gobinast in dieser Lage?", fragte der Junge.

„Die Spannungen zwischen der jungen Kerge und Dostars Leuten waren groß", sagte ich. „Um sie zu lösen, lud eines Tages der Devante den schwarzen Meister zu einem öffentlichen Disput. Auf dem Undaiplatz drängten sich die neugierigen Kondraker. Hinter ihnen lagen die Ruinen zerstörter Häuser. Dostar erschien mit einigen Getreuen, die Äxte und Speere trugen. In seiner Rede gab Gobinast zu, dass der ‚fremde Prusser' den Slengsaaken wirkungsvoll geholfen hatte. Aber kamen seine Mittel und Methoden auch vom Zweiten Gott? (Der Devante wollte den Leuten zeigen, wessen Geistes Kind der Einäugige in Wirklichkeit war.) Er forderte die sofortige Einstellung der künstlichen Düngung und die Zerstörung aller Dampfpflüge! Dostar antwortete voller Verachtung: Versager sollten lieber schweigen und ernsthafte Leute nicht bei ihrer Arbeit stören! Dann, fast wörtlich:

‚Ein paar Anhänger sind dir noch geblieben, Gobinast. Aber ich werde auch sie belehren und allen zeigen, dass du nichts bist als ein kleiner, verkrüppelter Giftzwerg!'

Sprachs und verließ mit seinen Anhängern den Undaiplatz; die Menge machte ihnen ängstlich Platz."

Der Junge schüttelte den Kopf.

„Ein Hochgewachsener ist doch kein verkrüppelter Giftzwerg. Hatte es Dostar denn nötig, seinen Gegner zu beleidigen?"

Ich lachte grimmig.

„Also war er zu weit gegangen, oder? So wie du dachten wohl damals viele Kondraker. Aber der schwarze Schuft war doch schlauer als sie!" Ich fasste den Jungen am Arm. „Komm mit, wir steigen hinunter."

„Wohin führen Sie mich?"

„Dieser Hügel, mein Lieber", antwortete ich, „bietet noch mehr als eine gute Aussicht."

Auf dem gleichen Pfad, den wir hinaufgegangen waren, kamen wir wieder herab, erst ich und dicht hinter mir der Junge – über regenfeuchten Boden, leichte Steigungen, niedriges Gras, von dem Wassertröpfchen perlten, und durch flache, schlammige Senken. Ich tat mich weniger schwer als beim Aufstieg. Trotzdem blieb ich mehrmals schnaufend stehen. Meine drei Gardoi beobachteten aufmerksam unseren Abstieg.

Ein Stück vom Wagen entfernt, am Fuß des Hügels, lag die Stelle, die ich Koppin zeigen wollte. Ich wies mit der Hand dorthin.

Die Leibwächter brauchten nicht zu fragen. Sie kannten den Ort und traten wortlos hinter uns. Nicht weit entfernt krächzten die Piats. Unsere

Stiefelsohlen standen in breiten Pfützen. Vor uns lag, spärlich flankiert von längeren Halmen, ein kleiner Hügel aufgeworfenen Bodens. Eine windschiefe Holzkresne steckte darin, mit einem beschrifteten Schild in der Gabelung – hier war, weit außerhalb der Stadt, ein einzelnes Grab.

Koppin ging nahe heran und kniff die Augen zusammen.

„Ich lese nur: Gobinast. Alles andere ist verwittert."

„Du wusstest, dass er hier draußen liegt?", fragte ich.

„Ja, ich hörte davon." Er dachte einen Moment nach. „Ich finde dieses Grab, ehrlich gesagt, ziemlich vernachlässigt."

„Stimmt." Ich legte meine Hand auf seine Schulter. „Gobinast ist der Vater der Kerge, ein Heiliger. Wieso liegt er ausgerechnet hier, regelrecht verscharrt?"

„Das hat der schwarze Meister getan, nicht wahr?" Koppin schaute mich gespannt an.

„Wer sonst?", antwortete ich. „Der Disput auf dem Undaiplatz war ein paar Tage her. Leute, die in der Nähe von Gobinast in irgendwelchen Löchern hausten, hörten eines Nachts ungewohnten Lärm. Er kam aus der Ruine, die der Devante bewohnte. Aber sie hatten gelernt, nicht auf Dinge zu achten, die sie nichts angingen, und schliefen bald weiter. Am nächsten Morgen war es Dostar, der alle Kondraker erneut auf den Undaiplatz bestellte. Viele Anhänger der Kerge kamen schon mit einem Gefühl der Machtlosigkeit, denn inzwischen hatten sie Gerüchte gehört, der Devante sei tot. Tatsächlich standen der Meister und seine bewaffneten Anhänger um einen geschlossenen Sarg. Die halbe Stadt hatte sich versammelt. Da öffnete der kahlköpfige Verbrecher den Sargdeckel mit einem Tritt seines Stiefels. Die Menge trat näher, Hälse reckten sich, erstaunte und erschrockene Rufe waren zu hören: Wie konnte das sein? Der Sarg hatte Platz für einen Erwachsenen, aber eine kindsgroße Kreatur lag darin. Sie hatte einen durch mehrere dicke Beulen entstellten Rumpf. Mit dünnen Ärmchen und Beinchen glich sie einem Verhungerten. Ihre trüben Augen waren dort, wo Menschen Brustwarzen haben. Wie eine große Wunde klaffte ein Maul über dem Bauch. Hinter wulstigen, narbigen Lippen sah man keine Zähne, sondern nur etwas wie Gedärm. Hatte das grotesk verunstaltete Wesen trotzdem einen zweiten Kopf gehabt, wo er eigentlich hingehörte? Vielleicht hatte man ihn abgeschlagen. Aus rotverkrusteten Wunden des Halses lugten irgendwelche Stücke unbekannter Apparate."

„Bah!" Koppin schüttelte sich. „Also doch ein hässlicher Zwerg statt eines würdigen Akoi. Das war ein Trick, oder?"

„Auf jeden Fall!", rief ich. „Wenn man diesen Makinen-Zauberer nur einmal offen der Täuschung hätte überführen können!"

„Welche Erklärung hatte Dostar dafür?"

„Er sagte den Leuten:

‚Schon lange ahnte ich, dass Gobinast ein kleiner, übler Betrüger ist! Ich drang mit einigen Helfern gestern Nacht in sein Haus ein und wollte ihn verhaften. Es kam zum Streit; ich zog die Nengune und drückte ab. Der große, bärtige Devante fiel augenblicklich in sich zusammen und dieser sonderbare Kopflose mit dem Brustgesicht lag vor mir.'"

„Unglaublich!" Koppin verschränkte die Arme.

„Aus dem offenen Hals des vermeintlichen Zwerges", fuhr ich fort, „zog der schwarze Mann eine Art gezacktes Spiegelbruchstück. Er hielt es hoch und rief:

‚Dies, Kondraker, ist eine Morfe! Sie täuscht eine andere Gestalt vor! Damit verbarg sich das drubalische Geschöpf unter euch, viele Jahre lang. Es war ein schardruminscher Spion, getarnt durch diese elektrittische Apparate-Maske!'"

„Aber das glauben Sie doch sicher nicht?", fragte der Junge.

„Natürlich nicht!", rief ich. „Es war genau umgekehrt!"

„Im Sarg lag der Hochgewachsene, aber die Kondraker sahen ihn als Kindsgroßen?"

„Eine Illusion, ja", antwortete ich. „Wir können nur ahnen, was diesen famosen Freunden der Makinen-Mogelei damals alles möglich war! Der schwarze Halunke hat jedenfalls geschickt alles verdreht. Jetzt war plötzlich der tote Devante ein Feind des Arasul, nicht er!"

„Der ehrwürdige Gobinast soll ein Spion des Feindes gewesen sein?", fragte Koppin. „Glaubten denn die Kondraker das?"

„Für viel zu viele", meinte ich bitter, „galt Dostar damals schon als uneingeschränkte Autorität. Er ließ den angeblichen Krüppel-Zwerg tagelang in seinem Sarg auf dem Undaiplatz stehen. Damit auch wirklich alle, selbst Kranke, die von Angehörigen dorthin getragen werden mussten, die Kreatur sehen konnten. Der getötete Akoi aber begann unter seinem Trugbild in der Sommerhitze zu verwesen. Da wurde er von einigen Anhängern des Meisters hierher, zum Fuß des Hügels gebracht und verscharrt. Niemand protestierte dagegen. Man wollte nur diesen befremdlichen Kadaver endlich loswerden."

Eine Zeit lang schwiegen wir. Der Wind bewegte die spärlichen Halme um die Holzkresne. Die Vögel krächzten mit einem Mal sehr aufgeregt. Plötzlich flitzte ein magerer Hase zwischen uns und dem Grab vorbei, verfolgt von einem Piat wie ein schwarzer Schatten, fast auf unserer Kopfhöhe – augenblicklich verschwanden Jäger und Beute dort, wo das Gras dicht und hoch stand.

„Ist nicht der Zauber dieser Morfe längst vergangen?" Der Junge schaute mich unsicher an. „Man könnte doch *jetzt* die Gebeine ausgraben und sich vergewissern: Liegt hier ein kleiner, verwachsener Täuscher oder nicht?"

„Darüber hat die Kerge auch lange nachgedacht", erklärte ich, „aber man konnte sich nicht einigen. Bis dem Devanten Lemreck eines Nachts der Herr Arasul im Traum erschien und sprach: ‚Am Hügel liegt mein lieber Sohn Gobinast im Boden. Lasst ihn in Frieden! Stört seine Totenruhe nicht!' Daran haben wir uns bis heute gehalten."

„Sie scheinen nicht ganz zufrieden mit dieser Lösung?", fragte Koppin. (Er kannte mich mittlerweile so gut wie ich ihn.)

Jetzt musste ich als Predikar reagieren! Verlegen suchte ich nach Worten.

„Gewiss liegt hier im Boden das Skelett eines ungewöhnlich großen, ähm, Menschenähnlichen." (Eine fromme Lüge, dachte ich.) „Natürlich könnten wir graben!" (Ich bemühte mich um Zuversicht.) „Das Ergebnis würde alle Drubalisten auf einen Schlag widerlegen!" Eine Pause, dann hatte ich mich wieder gefangen. „Diese Verleumder bewerfen nicht nur den Vater der Kerge mit Schmutz", schimpfte ich, „sondern verbreiten schon seit Jahrzehnten das Gerücht: Hinter jedem Akoi steckte einst eine solche kleine, kopflose Kreatur! Sie wären *alle* getarnte, missgestaltete Zwerge gewesen!"

Der Junge schwieg. Verlegen blickte er von mir weg.

„Rede über deine Zweifel!", forderte ich streng.

Er räusperte sich.

„Ich kannte diesen Vorwurf bereits."

„Wer hat dir davon erzählt?", fragte ich gereizt. „Dein Kamerad in Kidnam?" Koppin nickte. „Da haben wir's doch wieder mal!", rief ich empört. „Die Ekslerei ist eine ansteckende Krankheit, die sogar Kinder befällt. Drubal sei eine Makine des Guten gewesen, wird behauptet. Ob es sich um den Neuen Skorn oder den Alten handelt – sie sollen schwerste Verbrechen verübt haben, der Gott noch schlimmer als der haukische Held. Macht nur immer weiter so, Ungläubige! Bald habt ihr nichts mehr zu lachen, dann werden euch die frechen Mäuler gestopft!"

„Ich weiß manchmal nicht mehr, was ich glauben soll!", klagte er.

Ich streichelte seinen Arm.

„Ich weiß, mein Lieber. Lass nicht zu, dass dein Herz vergiftet wird. Verschließe dein Ohr den falschen Botschaften."

„Das werde ich tun, Herr Matea."

„Brav." Ich strich ihm übers Haar.

Wo der verfolgte Hase im hohen Gras verschwunden war, raschelte es mit einem Mal geradezu hektisch. Ich sah einen flüchtigen Schemen im grünen Halbdunkel, dann war es wieder ruhig.

„Eines verstehe ich nicht", begann Koppin erneut. „Warum gab es nach dem Luftschlag tausende von menschlichen Toten, aber bis auf Gobinast waren alle Akoi spurlos verschwunden?"

„Obwohl sie sich nicht sehr von uns zu unterscheiden schienen", erklärte ich, schon viel ruhiger, „waren die Heiligen Männer doch wohl leichter als wir, von geradezu ätherischer Substanz. Als die Bremben am Boden Feuerstürme entfachten, lösten sich ihre Körper schneller auf und ihre guten Seelen kehrten zum Neuen Skorn zurück."

Wild krächzend jagten zwei Piats in geringer Höhe über uns hinweg.

„Nach Dostars Tod", meinte Koppin, „hat doch die Kerge offenbar Gobinasts Ruf wiederhergestellt. Die Mutter erzählte mir von einer regelmäßigen Zeremonie."

„Das stimmt", bestätigte ich. „Am Jahrestag seiner Ermordung ziehen wir Arasuliten, liedersingend und fahnenschwenkend, durch die halbe Stadt und schließlich durch das Osttor hierher zum Hügel. Ich selbst habe solche Prozessionen als Predikar schon oft angeführt. Wir beten für die vielen Toten."

„Also nicht für Gobinast allein?"

„Nein. Dieses Opfer war nur der Anfang."

„Ich ahne Schlimmes", sagte der Junge leise.

„Kaum hatte man den Vater der Kerge", erklärte ich ernst, „in dieses Loch am Hügel geworfen, da gingen Gerüchte durch die Stadt: Dostar wolle gegen sogenannte Unruhestifter vorgehen, die die Ordnung in Kondrake gefährdeten. In diesem Zusammenhang wurden die Namen angesehener Männer genannt, darunter vieler Kuranten. In einer Nacht schwärmten Anhänger des schwarzen Mannes aus, um alle diese Menschen zu verhaften. Man brachte sie mit Karren außerhalb der Stadt, wo sie eine große Grube graben mussten. Die ersten zehn bekamen den Befehl, sich hineinzulegen. Dann ging der Meister selbst von einem zum anderen und tötete sie mit Genickschüssen aus seiner Nengune. Die Toten wurden mit Boden bedeckt, dann mussten sich die nächsten Unglücklichen darauflegen und so fort. Etwa 50 Gegner hat er in dieser Nacht persönlich umgebracht."

„Das ist ja grauenhaft!", rief Koppin. „Wo liegt denn das Grab der Vielen?"

Ich hob den Zeigefinger; mich fröstelte mit einem Mal.

„Wo der Hase verschwand, etwa drei Schreiter weiter rechts."

Koppin ging dorthin, zerteilte hohe Halme und schaute lange ins grünbraune Halbdunkel. Er schien enttäuscht, als er zurückkam.

„Mir ist nichts aufgefallen."

„Es braucht einen geschulten Blick", meinte ich, „die schwachen Spuren zu deuten. Das Massaker an so vielen braven Männern ist immerhin schon 56 Jahre her."

„Damals war hier wohl mehr offenes Gelände?"

„Weil die Feuerwalzen der Bremben alles verschlungen hatten", antwortete ich. „Über Dostars furchtbare Schandtat ist seither viel Gras gewachsen."

Hinter mir räusperte sich Klabo.

„Mein Erster Habitant", sagte er, „ich erzählte Ihnen doch: Ein Verwandter von mir, ein Dependar der Kerge, liegt dort drüben im Boden.

Dostar hat ihm aus solcher Nähe in den Hinterkopf geschossen, dass Hirnmasse auf seine Stiefel spritzte."

„Ja, Klabo, ich erinnere mich." Ich verzog das Gesicht. „Lasst uns jetzt gehen. Dieser Ort hat eine schlechte Ausstrahlung – gerade spüre ich es wieder deutlich."

Erneut am Wagen angekommen, fragte mich Fostin:

„Fahren wir wieder über die Nordstraße?"

„Ich denke, Keltsevoi ist uns näher."

„Wie Sie wünschen", erwiderte er. „Wollen Sie bei Ihrem Hof aussteigen?"

„Heute nicht." Ich schaute zum Himmel. „Es wird wohl bald wieder regnen." (Das war keine gute Ausrede.)

„Steigen Sie ein", sagte Fostin unbewegt.

Der schmale Weg war sehr kurvig, morastig und manchmal kaum zu erkennen. Zu beiden Seiten wuchs dichtes, hohes Gras, fast eine grünbraune, undurchdringliche Mauer. Fostin fuhr vorsichtig; die Räder rollten langsam. Der Wagen hob, senkte sich und schwankte leicht. Ich trank aus einem Wasserschlauch; Koppin – mir gegenüber – aß einen Apfel. Auch Klabo und Jorp saßen wie auf der Hinfahrt.

Einige Zeit blieben wir stumm. Kaum hatte er den letzten Bissen geschluckt, fragte der Junge:

„Hat nicht die Ermordung so vieler Kuranten die Kerge sehr geschwächt?"

„Dostars Herrschaft gründete auf Brutalität", erklärte ich. „Er stützte und förderte aber auch immer unterwürfige und nützliche Leute. Kuranten und Predikare waren ihm sogar besonders willkommen. Er benutzte die Religion als Instrument seiner Macht."

„Dabei war ihm die Heilige Lehre sicher gleichgültig?"

„Vollkommen!", rief ich. „Trotzdem kannte sich der einäugige Glatzkopf im Libat Kreder sehr gut aus. Privat und unbeobachtet hat er das Heilige Buch – verzeih das drastische Bild – nur benutzt, um damit Fliegen an der Wand zu erschlagen!"

„Es soll eine Zeit gegeben haben", fiel Koppin ein, „in der Dostar sogar als höchster Priester des Arasul galt, mehr als der Devante."

„Nie wurde ein größeres Schwein", brummte ich, „als vollkommen rein dargestellt! Für manche meiner Amtsbrüder, die voller Lob für ihn waren, kann ich mich nur schämen. Wer dagegen ein freies Wort sagen wollte, musste aufpassen, dass nicht ein Spitzel hinter der Tür lauschte."

„Mein Vater hat einmal zur Mutter gesagt: ‚Ausgerechnet der schlimmste Eksler hat so viel für das Slengsfeld getan.'"

„Das stimmt leider." Ich lächelte säuerlich. „Im Jahr 92 begann eine ungeheure Aufbauarbeit in Kondrake. Überall sah man Leute, die Steine klopften, Bindemassen anrührten, mauerten oder schwere Lasten mit Kränen hoben. Wer hat das organisiert? Er selbst natürlich! An alter Stelle wuchs die ‚Kerge Unseres Guten Herrn vom Meer' aus den Trümmern, prächtiger als zuvor – der schlaue Schurke wusste die Gläubigen für sich zu gewinnen."

„Das ging wohl noch ein paar Jahre so", sagte Koppin. „Der Großvater erzählte mir, wie Kidnam wieder erstand."

„Und die anderen slengsaakischen Orte", ergänzte ich. „Die Jahre 93 -98 waren ein einziges, kraftvolles, landesweites Heraus-aus-den-Ruinen. Aber Dostar achtete sehr darauf, dass er die Fäden immer in der Hand behielt. Oder er beauftragte Leute, denen er unbedingt vertraute. Wehe dem, der ihn betrog!"

„Vor seiner Herrschaft gab es wohl auch keine Gardoi?"

„Zur Sicherung der Macht", erwiderte ich, „brauchte er eine starke Truppe. Aber ja, Einrichtungen, Dienstgrade, Waffen, Ausbildung – beinahe alles geht auf ihn zurück."

„Im Haus meines Vaters in Kidnam hing eine Urkunde, die ihn als Nobilen bestätigt. Unterschrieben von Dostar."

„Nahezu alle heutigen Würdenträger im Slengsfelt", sagte ich, „stammen von Großeltern ab, die Dostar einmal berufen hat – ob uns das passt oder nicht."

„Dieser Mann hat hierzulande offenbar überall Spuren hinterlassen wie kein Zweiter."

„Du hast es völlig erfasst", erwiderte ich grimmig. „Nimm im Slengsfelt, was du willst, etwa Straßenbau, Gesetzbücher bis hin zu Anweisungen für Steuereintreiber, den sogenannten Taxern – mit allem hat sich dieser Halunke befasst und war jedem anderen überlegen."

Der Wagen senkte sich plötzlich einseitig, als wir durch ein großes Schlagloch fuhren. Es gab ein wenig Durcheinander im Wagen. Als wir alle wieder auf den Plätzen saßen, schaute ich durch das Türgitter. Die Kondraker Stadtmauer wurde größer. Zu beiden Seiten lagen abgeerntete Felder und eingezäuntes Weideland mit Kühen. Der schmale Weg war hier weniger morastig und geradliniger.

Ein Bauer, eine Hacke über der Schulter, ritt auf einem Esel und verschwand hinter einer niedrigen Kuppe. Ein Schäfer stand auf einen Stock gestützt; ein Hund umkreiste seine Herde. In weiten Schlingen fließt das träge Flüsschen Nostri. Dann kommen die ersten ärmlichen Hütten von Dependaren, deren Besitzer in Kondrake leben; einer davon bin ich. Keltsevoi liegt zwei Großschreiter vor der Stadt – ein bescheidener Flecken. Aber Getreide und Vieh von dort sind für uns unentbehrlich.

Auf dem Weg vor uns fuhr ein Karren, der mit langen Holzstücken beladen war und offenbar zum Kondraker Markt wollte. Ein Bauer saß vornübergebeugt auf dem Bock; sein Zugochse ging sehr langsam und schwerfällig. Fostin überholte ihn.

Drinnen im Wagen ging es immer noch um Dostar.
„Die meisten seiner Bewunderer sehen nur die Hälfte der Wahrheit", klagte ich. „Nicht überall gibt es eine so große Leichengrube wie am Hügel vor der Stadt. Der Ort ist natürlich auch bedeutend, weil die Gebeine des Kerge-Vaters dort liegen. Aber selbst der kleinste Flecken im Slengsfelt verzeichnet zwei oder drei Hingerichtete, die dem schwarzen Meister nicht genehm waren. Die Kerge erklärt heute offen, was er getan hat."
„Aber weiß sie denn auch, wer er war?" Koppin lächelte verlegen.
Ich zögerte mit der Antwort.
„Im Grunde – nein. Dostars Person ist uns ein Rätsel. Bis heute."
„Allein dieses hohe Alter", meinte der Junge.
„Sein 100. Geburtstag", sagte ich, „wurde damals im Slengsfelt groß gefeiert. Da herrschte er als Erster Habitant schon 28 Jahre. Trotzdem sah man ihm nicht an, wie alt er war – überhaupt nicht."
Koppin lehnte sich zurück, verschränkte die Arme und lächelte versonnen.
„Ich kann mir das gar nicht recht vorstellen."
(Freilich, dieser Austausch heute strengte an.)
„Der Meister", erklärte ich mit etwas Mühe, „war ein Mann mittlerer Größe mit schmalen Lippen und leichter Hakennase. Um seine rechte Augenhöhle zog sich ein Kranz von Narben des einstigen Himmelssturzes. Aber er hatte selbst im hohen Alter keine einzige Falte im Gesicht; sehr lange schienen auch die Kräfte nicht nachzulassen. Wie ihn die Väter und Mütter sahen, als er zu uns gekommen war, so sahen ihn die Söhne und Töchter: ein vermutlich 100-Jähriger, voller Ehrgeiz und Energie wie bei uns ein Mann von 25."
Koppin dachte lange nach, bevor er fragte:
„Warum greift einer wie er ausgerechnet nach der Herrschaft im Slengsfelt – ein Fremder, wie von einem anderen Stern?"
„Weil er wie geschaffen war für die Ausübung von Macht!", antwortete ich.

Wir fuhren an einer Hütte vorbei. Ein Mann saß auf einem hölzernen Vorbau und flocht einen Korb. Eine alte, verkrümmte Frau hing graue, unansehnliche Wäschestücke auf die Leine. Sie erkannten Fostin auf dem Bock meines Wagens und hoben grüßend die Hände.
Ein halbnacktes Kind mit zerzaustem Haar spielte mit einem abgebrochenen Stuhlbein. In einem schmutzigen Gehege standen mehrere Ziegen im Schlamm. Ein kleineres Schwein versuchte grunzend, ein größeres zu begatten.
„Mein Hof", sagte ich knapp. (Mehr wollte mir nicht einfallen.)

Der Junge schaute durch die Gittertür und meinte:
„Er ist recht groß. Wann besichtigen wir ihn?"
„Ein anderes Mal." Ich lächelte verkrampft.
Eine Schar Gänse und Hühner stand in aller Ruhe auf unserem Weg. Fostin fluchte und ließ die Peitsche durch die Luft knallen. Gackernd und schnatternd machten sie schließlich Platz.
Immer, wenn ich meinen Hof sehe, fallen mir quälend meine Versäumnisse ein. Erst wenn er, wie jetzt, kleiner und kleiner wird, kann ich ihn leichter vergessen.

„Dostar griff im Jahr 90 nach der Herrschaft im Slengsfelt", erzählte ich, „da waren die Gotteskriege im Rumenkrag noch lange nicht zu Ende. Manchmal kamen Fremde zu uns, die ausführlich befragt wurden. Ansonsten lebten wir Apparatelosen abgeschnitten vom Rest der Welt. Mit Ausnahme des Meisters." Ich lächelte böse. „Er erhielt Neuigkeiten unmittelbar von Arasul – angeblich."
Koppin lachte.
„Aha, wie das?"
„Aus seiner geretteten Kiste", fuhr ich fort, „holte er einen kleinen schwarzen Kasten, ein Fonem. Er konnte selbst in dieses Ding hineinsprechen, aber auch andere Stimmen und sogar Musik empfangen. Das war für die armseligen Menschen unter seiner Knute eine Sensation! So einen kleinen, klingenden Kasten hatten vielleicht ihre Urgroßväter noch selbst in den Händen gehalten. Sechs Monate war Dostars Himmelssturz her, da hörte er wohl aus seinem Fonem, dass die elektrittische Kuppel von Schardrumin zusammengebrochen war. Die Akoi hätten die Stadt dem Boden gleichgemacht. Aber Drubal lebte. Der achteckige Erz-Eksler war unbesiegt. Er leitete neue Widerstands-Nester im Hinterland des zerstörten Schardrumin, in Higmet und Ligoro. Von den Voltaports dieser Städte flogen jetzt seine Radschiffe und verbreiteten weiterhin Angst und Schrecken. Von dort empfing Dostar auch, schwach und verschwommen, drubalische Musik mit ihren verrückten, gotteslästerlichen Klängen. Nicht der Zweite Gott sprach zu ihm, wie er seinen Untertanen weismachte: Er wollte wissen, was seine Verbrecherfreunde machten. Aber zu ihnen zurückzukehren, war nicht möglich. Tausende von Großschreitern, teilweise durch vergiftetes Land, konnte auch ein Kerl mit Kräften wie er nicht bewältigen."
„Redete Dostar mit der bösen Schildmakine selbst?", fragte Koppin.
„Das weiß man nicht", antwortete ich. „Sicher ist nur, dass er über das Fonem mit einer Frau sprach."
Der Junge wirkte sehr neugierig.
„Eine Frau? Wer war das?"
Ich musste lächeln.

„Manche behaupten, sie sei in Schardrumin mit Dostar vermählt gewesen. Vielleicht war sie auch seine Geliebte, wer weiß?"
„Mit Dostar vermählt? Seine Geliebte?" Er schüttelte verwundert den Kopf.
„Nun, das ist wirklich schwer vorstellbar", entgegnete ich. „Eher hätte der Meister wohl Steine geliebt als einen Menschen. Mit dem fernsprechenden Fonem nahm er mehrmals Verbindung zu der Frau auf. Dabei zog er sich immer zurück. Aber man schlich ihm manchmal nach und belauschte, was er mit ihr über tausende Großschreiter hinweg sprach. Wiederholt nannte er ihren Namen: Sie hieß Adre."
„Das kommt mir irgendwie bekannt vor." Koppin schien in sich hineinzuhorchen. „Aber Genaues weiß ich nicht. Um wen handelt es sich?"
Als ich antwortete, fuhr mir ein Schauer über den Rücken.
„Sie brachte diesen Halunken wohl einst zur Welt – Adre war die Mutter des schwarzen Mannes."

Da! Ein gellend lauter, spitzer Schrei ertönte! Ein paar Sekunden lang. Er kam nicht aus der Nähe. Noch das Land vor Keltsevoi erbebte davon. Nie zuvor hatte ich so etwas gehört: eine ungeheure Stimme! Etwas Metallisches darin schien kraftvoll über Stein zu schleifen. Ich zuckte zusammen; es war kaum zu ertragen. Dann stürzte offenbar – Großschreiter entfernt – ein gewaltiges Gewicht zu Boden, sodass mein Wagen wackelte, gefolgt von minutenlangem Stöhnen und Röcheln – endlich Verstummen!
Die Natur um uns herum war freilich in Aufruhr. Vielleicht fünfzig Piats krächzten aufgeregt – wie eine dunkle, jeden Augenblick sich verändernde Wolke schwirrten sie am Himmel über dem Grasland.
Meine Hand lag auf dem wild klopfenden Herzen. Klabo und Jorp schauten sich verwirrt an. Mein Wagen war stehengeblieben; die Pferde wieherten unruhig. Fostin versuchte, sie zu beruhigen.
„Beim Arasul!" Koppins Gesicht war leichenblass. „Man ist vom Dogger-Wald einiges gewohnt. Aber so etwas?"
„Ja, wirklich grässlich." (Gewöhnlich sprach ich nicht so hoch und dünn.)
„Was da wohl geschehen ist?" Koppins Lippen zitterten, als würde er frieren.
„Es klang, als hätte ein riesiges Tier mit dem Tod gerungen." (Ich schnaufte, denn ich bekam schlecht Luft.)
Einige Zeit blieben wir stehen. Die Pferde beruhigten sich wieder. Die Räder des Wagens begannen erneut zu rollen. Da fuhr der Karren des Bauern, den wir vorhin überholt hatten, langsam an uns vorbei. Erst sah ich den Ochsen, dann den gebeugt sitzenden Bauern mit aufrecht gehaltener Peitsche, schließlich die Holzladung.

Koppin atmete tief durch.

„War denn der Dogger-Wald schon immer so bedrohlich, Herr Matea?"

„Keineswegs." Ich schaute auf die Rückseite des Karrens; wie müde ich war! „Du siehst hier, dass Holz manchmal von weither zu uns gebracht wird. Das hatte Kondrake in den Jahren des Wiederaufbaus nicht nötig. Damals holte man es für den Bau der Häuser aus dem Dogger-Wald. Jeder Einheimische konnte dort nach Belieben den eigenen Bedarf decken – dieses Recht hatte der Erste Habitant selbst verfügt. Damals gab es sogar ein Dorf namens Schemell östlich des Waldes. Dostar hatte es gründen lassen. Ob einfache Kähne von Dependaren oder große Boote von Nobilen, die übersetzten und sogar im Dogger auf Jagd gingen – die Kokaju war ein vielbefahrener Fluss. Heutzutage passen die paar Fischer, die sich noch hinaustrauen, sehr genau auf, dem anderen Ufer nicht allzu nahe zu kommen."

„Wann wurde denn aus einem viel genutzten Wald ein gemiedener Ort des Grauens?", fragte Koppin.

„Lass uns ein anderes Mal darüber sprechen", erwiderte ich. „Vielleicht morgen. Ich bin jetzt etwas erschöpft."

„Wir sind auch gleich da", sagte er.

Die flankierenden Türme erhoben sich mächtig vor uns; wir waren fast am Kondraker Osttor. Man hatte schon von Weitem gesehen, dass zwei Fahrzeuge nahten. Die schweren, eisenbeschlagenen Torflügel öffneten sich nach innen. Der Ochsenkarren blieb davor stehen. Drei Gardoi traten heraus – einer redete vorne mit dem Bauer, ein zweiter überprüfte hinten die Holzladung.

Mein Wagen war überall bekannt. Er wurde von dem dritten Mann durchgewunken. Wir fuhren in die Stadt hinein. Bald waren wir wieder im dichten Gedränge der Svohngasse. Ich hatte mir große Mühe gegeben, dem Jungen alles zu erklären. Dabei hätte ich selbst manche Erklärung gebraucht für Dinge, die ich nur scheinbar sicher wusste.

Kapitel 5

Sichler und Trilonen

Wo sind nur die Limbranen geblieben? Schreckensmeldungen über sie gibt es schon seit Wochen nicht mehr. Auch von brezzischem Gebiet, wo diese Scheusale wesentlich schlimmer gehaust hatten als im östlichen Slengsfeld, sind sie offenbar – und überraschend – verschwunden. Zwar hatten wir dieses plötzliche Auftauchen, Zuschlagen und Zurückziehen schon öfters und wissen, dass sich irgendwann die gleiche leidvolle Erfahrung wiederholen wird. Aber überall ist bei uns augenblicklich große Erleichterung zu spüren – die Menschen atmen wieder freier.

Gewöhnlich bleiben die Kondraker gern unter sich und mögen keine Fremden. Kaum hat sich die Lage entspannt, höre ich die Einheimischen sagen: Wir haben euch Flüchtlingen geholfen, aber jetzt kehrt auch bitteschön wieder in eure Heimatorte zurück. Die Betroffenen jedoch trauen der frohen Botschaft vom Ende der Gefahr nicht so recht und wollen noch bleiben.

Ob Kondraker oder Fremder, eine schlechte Angewohnheit haben alle Slengsaaken gemeinsam: Je größer der Ort, umso mehr Unrat liegt überall herum. Kondrake stinkt manchmal unerträglich – und das nicht nur wegen des Dogger-Waldes. Ganze Stadtteile versinken buchstäblich im Dreck, das merken die Leute wohl, aber sie ändern ihr Verhalten deshalb noch lange nicht. So ist es etwa üblich, dass die Hausfrau morgens den Inhalt eines meist von mehreren genutzten Nachttopfs auf die Gasse kippt.

In meinen Zimmern habe ich mir einen persönlichen Abort einbauen lassen – eine sogenannte Pinne. Meine Hinterlassenschaften fallen in eine im Grundgeschoss liegende Grube, die gelegentlich ausgehoben werden muss. Freilich, ich bin ein wohlhabender Mann und die Pinne war nicht gerade billig. Armen Familien in der Fuh- oder Gruttgasse kann man das nicht empfehlen.

Die beiden Bauherren in meiner Konklause sind die Zwillingsbrüder Lunis und Laats. Sie planen, einen südlich vor Kondrake fließenden Bach als Kanal zu nutzen, der unsere Abfälle in die Kokaju leitet.

Heute hörte ich mir in der Sitzung einen langen Vortrag der beiden Brüder an, wie sie das umsetzen wollen. Zu meinem eigenen Ärger verstand ich immer weniger, weil ich mich für das Thema nicht erwärmen konnte. Ich musste verstehen, wollte aber eigentlich nicht. Am Ende des Vortrags blamierte ich mich dann auch noch vor den Fredern – von Lunis ironisch kommentiert – mit einer Frage, die längst behandelt war. Nein, über das Amt des Ersten Habitanten könnte ich manchmal nur fluchen.

Für mein Vorhaben, ein Buch zu schreiben, ist es allerdings von unschätzbarem Vorteil. Die letzten Wochen konnte ich gut nutzen, um Dokumente, Urkunden und Schilderungen von Chronisten zu sichten. Ob Konklausen, Dostar-Reden oder wichtige Aussagen von Fredern und anderen Machtträgern der Stadt – alles wird seit Jahrzehnten protokolliert, lagert im Keller des Neunehauses und steht mir unbegrenzt zur Verfügung. Von der Fülle des Materials bin ich ganz erschlagen. Außerdem gehe ich zu Leuten, die Dostar noch kannten, spreche mit ihnen und mache mir umfangreiche Notizen.

Eine Kerze brennt auf meinem Arbeitstisch. Erneut nehme ich das Buch mit den vielen noch leeren Seiten, tauche die Feder ins Tintenfass und schreibe einen Titel auf den Einband: „Die Rumenkrag-Erzählung". Sie wird zunächst keinen Leser haben, aber einen Hörer: Koppin. Zwei Monate ist unser Ausflug jetzt her.

Freilich darf ich mich vor einem Zehnjährigen nicht bloßstellen. Ich werde kennzeichnen, was er nicht erfahren soll. Wenn ich geschickt kürze, wird er es auch nicht merken. Das bedeutet doppelte Arbeit, aber im Augenblick sehe ich darüber hinweg. Wir freuen uns beide auf meine Vorträge, der immer wissbegierige Junge und ich, der sprechende Autor.

Meine Laune hat sich seit heute Morgen sehr gebessert: Die Beschäftigung mit einem Mistkerl wie Dostar ist sicher spannender als die städtische Abfallbeseitigung.

*

Zwölf Akoi missionierten uns damals in Kondrake und zwölf Stunden hat der Tag. Immer wieder stehen Menschen auf dem Tschajeplatz und blicken zum Westturm der Kerge hinauf. Zur achten Stunde des Abends begann ich heute zu schreiben. Dann sieht man oben, in einem Fenster, die zwölf Akoi als überlebensgroße Figuren achtmal langsam im Kreis laufen, jedes Mal mit einem hellen Klingeln. Dieses Spielwerk nennen wir die „Soniade". In der Nacht ertönt sie leiser. Die stündliche Anzeige ist die „Soniade der Zeit".

Bei würdigen Anlässen – Heiraten, Bestattungen, Divibalen – laufen die Figuren noch langsamer; tief und dunkel klingt das Spielwerk zur „Soniade des Herrn".

Fehlt noch die „Soniade der Not", wenn Gefahren drohen: ein dauerndes Bimmeln und die zwölf Akoi drehen sich schnell wirbelnd.

An einem Frühlingsmorgen vor 26 Jahren, fast noch in der Nacht, hatten die zwölf Figuren jedenfalls viel zu tun – die Soniade der Not war wohl eine

Stunde lang zu hören. Schlaftrunken und halb bekleidet liefen die Menschen auf die Gassen und riefen:
„Was ist los?"
„Der Feind ist vor Kondrake!", antworteten andere. „Eine große Voltane wurde gesichtet."
„Gleich werfen sie wieder Spreng-Eier auf uns!"
„Betet zum Zweiten Gott: Arasul hilf!"
„Das tun wir, das tun wir!"
„Wo ist Drubals Flugwerk?"
„Von der Nordmauer aus kann man es sehen."

Gewöhnlich haben die wachhabenden Gardoi strenge Vorschriften: Kein Unbefugter darf ohne Weiteres in Bereiche der Beobachtung und Verteidigung. An diesem Morgen allgemeiner Aufregung aber wurde diese Regel wie selbstverständlich außer Kraft gesetzt – oben auf dem Wehrgang der Nordmauer versammelten sich die Kondraker auch nicht getrennt nach Schichten wie sonst. Da standen etwa Kuranten des Kreopats neben einfachen Dependaren und reiche Nobile neben Bettlern.

Rasch herrschte dichtes Gedränge und immer noch kamen Leute dazu, die auf den Treppen bleiben mussten – mehr Menschen hatten dort oben keinen Platz. Irgendwo, eingekeilt zwischen anderen, beobachtete der Künstler Tallo aufmerksam das Geschehen – damals war er noch unbekannt.

Die Nordmauer hat zwei Ecktürme und zwei weitere Türme beiderseits des Tores, das zum Ufer führt. Aus jedem Fenster dort schauten vier, fünf Neugierige heraus, die garantiert zum ersten Mal hier waren.

Auf dem Wehrgang, direkt hinter den Zinnen, mit bester Sicht auf Ufer, Fluss und anschließenden Wald, stand neben seinem Stellvertreter Wiwinner, einem Freder namens Tomter und zwei Leibwächtern der Erste Habitant Dostar. Dieser denkwürdige Morgen im Jahr 120 sollte in unsere Geschichte eingehen. Der Herr über Stadt und Land war damals schon ehrfurchtgebietend alt, nämlich 102, seit Jahrzehnten einäugig, aber von unverminderter Kraft.

Über dem Land ging gerade die Sonne auf – der Kachoi-See im Osten, für uns ein schmales Band am Horizont, erglänzte silbrig. Die Kondraker Fischer hatten wie immer mit ihrer kleinen Flotte früh auslaufen wollen. Sie waren alle bei den Booten, aber keiner machte Anstalten, mit der Arbeit zu beginnen.

Hunderte von Augen schauten gebannt, was am jenseitigen Ufer vorging: In einer breiten Senke zwischen zwei begrenzenden Hügeln liegt dort der Dogger-Wald. Und tatsächlich schwebte über ihm das unglaublichste Ding in der Luft!

Kein damals lebender Slengsaake hatte bis zu diesem Zeitpunkt eine Voltane des Automaten-Herbstes selbst gesehen; wir kannten nur Beschreibungen. Wir wussten nicht einmal, wo genau im Rumenkrag gekämpft wurde. Schardrumin war schon vor Jahrzehnten untergegangen – die Nachricht hatte Dostar aus seinem tönenden Fonem.

Aber jetzt gab es keinen Zweifel mehr, dass die alten Feinde lebten. Sie waren mit einem großen Schiff gekommen, aus Higmet oder Ligoro, den neuen Terror-Städten der verfluchten Drubalisten – eine Art Radfelge erstreckte sich, hoch in der Luft, fünf Großschreiter breit, beinahe von einem Dogger-Wald-Hügel zum anderen. So etwas wie Speichen (wahrscheinlich Verbindungsgänge) trafen sich im Zentrum des Schiffes in einer großen Kugel. Von dort steuerten wohl der Navemeister und seine Gehilfen das ganze Riesending.

Über den Fluss hinweg hörten die Kondraker ein anhaltendes, tiefes Brummen: Ein unglaubliches Flugwerk wie dieses, mit einem Gewicht wie ein Berg, wurde in der Luft gehalten durch die schwerelösende Kraft einer besonderen Makine, des Leviators.

Der Wunder gab es viele an diesem Morgen: Das ganze Radschiff schien unter einem gewaltigen Glas von gelb-orangener Färbung zu liegen. Der Schutzschirm dieser fliegenden Festung wehrte Schüsse des Gegners ab, ließ aber die eigenen hindurch – das hatten uns die Akoi erzählt. Rohre der Kanonen und Strahlwaffen ragten, klein wie Stöckchen aus der Entfernung, überall an dem Flugwerk aus flachen Kuppeln. Wie furchtbar ihre Wirkung war, konnten wir nur ahnen. Würde die Feuerkraft gleich die ganze Stadt, das halbe Slengsfeld hinwegfegen?

Was tun, wenn ein Sturm drohte, das Kornfeld auf einen Schlag niederzumähen? Die Kondraker auf der Mauer riefen Arasul an, beteten, die rechte Hand auf dem Herzen, aber noch nie so innig wie jetzt – sie flehten um ihr Leben. Manche schrien ihre Verzweiflung heraus, stimmten gemeinsam ein frommes Lied an oder machten mit den Zeigefingern gegen die Radvoltane das unheilbannende Zeichen der Kresne.

Einige Frauen versuchten tränenüberströmt, ihre Väter und Söhne unten an den Booten zurückzurufen. Das tiefe Brummen des Leviators übertönte sie wohl. Warum kamen die Fischer nicht von selbst in die Stadt zurück? Eine ungelöste Frage – bis heute. Fest steht, dass sie sich nicht von der Stelle rührten, den Blick unverwandt aufs andere Ufer gerichtet, wie Kaninchen vor der Schlange.

Da flog mit einem Mal ein zweites Flugwerk brummend hoch über den Kondrakern, langsam von Süd nach Nord. Drei dicke Platten (zwei Großschreiter lang) lagen übereinander, verbunden durch kurze Rohre. Auf der obersten Platte erstreckte sich mit länglichen Hallen und gedrungenen Türmen so etwas wie eine kleine Stadt. Der Dreifach-Leib des Riesenschiffes hatte überall waffenstarrende Kuppeln und wurde ebenfalls umhüllt von einem gelb-orangenen Schirm.

Durch die Akoi war uns die Heilige Kresne wohlvertraut, aber zum ersten Mal sahen Gläubige hierzulande das Original – die gabelförmige

Strahlkanone am Bug der obersten Platte, gleichsam am „Stadtrand". Sie drehte sich in ihrer Verankerung, offenbar prüfend, in großen Winkeln nach allen Richtungen.

An diesem Morgen gab es so viel zu bestaunen, wie bei den meisten sonst im ganzen Leben nicht: Zangen wie metallische Insektenfühler hielten am Boden der untersten Platte eine große Kugel – dort hing zweifellos die fliegende Wohnung des Arasul, das Heilige Schattel!

An die ewigen Eksler gerichtet, könnte ich fragen: Gibt es einen besseren Beweis dafür, dass der Zweite Gott tatsächlich hilft? Im entscheidenden Augenblick? Dass der Glaube nur tief genug sein muss, damit eine aussichtslose Lage vollkommen umgekehrt wird? Wie wir Unwürdige doch erhoben wurden, denn er schickte damals nicht irgendein Schiff seiner Flotte; der Neue Skorn kam selbst!

Einige Priester der Kerge konnten haukisch. Sie entzifferten die unübersehbare, leuchtende Schrift auf der mittleren Platte. Rasch ging es durch die Menge: Das Flaggschiff des Herrn, von dem die Akoi so viel erzählt hatten, die „Argesului", flog über uns hinweg. Ehrfürchtig riefen die Gläubigen mehrmals im Chor den Heiligen Namen Argesului! In tiefster Seele ergriffen schauten sie zum Himmel empor. Das ungeheuerliche Geschehen schien ihnen ein verzückender Traum.

Durch die Menge ging ein Stöhnen, einige riefen und schrien. Dann brach ein unbeschreiblicher Jubel aus, Hunderte streckten die Arme und winkten begeistert dem Flugwerk zu. Aus Jammern und Flehen wurden innige Dankgebete, aus Todesangst berauschendes Glücksgefühl. Menschen, die sich gar nicht kannten, vielleicht verschiedenen Schichten angehörten, umarmten sich in drangvoller Enge. Einige begannen, bekannte Kerge-Lieder zu singen, in die immer mehr einstimmten: *„Kresne, kämpfe für Kondrake!"* und *„Segen Deinen Waffen, Skorn!"*

Im allgemeinen Freudentaumel blieb Dostar allein ernst, war seine Miene beinahe finster. Was ging ihm durch den kahlen Kopf? Dass er nicht allein auf der Mauer stand? Sicher hätte er gern (unbeobachtet) mit seinem fernsprechenden Fonem eine Verbindung zum Radschiff gesucht: ‚Holla, Freunde, ich habe lange auf euch gewartet. Holt mich hoch in eure große Voltane, bevor ihr die Stadt beschießt.' Aber er stand ja inmitten des Volkes, das er regierte, ein gerissener, schwarzer Hund unter lauter ahnungslosen Schafen. Vielleicht verbrannte er jetzt versehentlich in einem Strahlschuss seiner gottlosen Kumpane, was für ein Pech!

Musste man sich jedoch wirklich gefasst machen auf Kondrakes Untergang? Ein starker Helfer war doch gekommen – der göttliche Erzrivale, der rächende Skorn, bereit, den Terrorflieger aus Higmet-Ligoro vom Himmel zu holen und in den Rugunsguur zu stürzen!

An den großen Flugwerken öffneten sich Tore, das geschah fast zeitgleich: Sichler und Trilonen stiegen in die Luft, vielleicht 40 auf jeder Seite, alle umgeben von kleineren Schutzschirmen. Das tiefe Brummen über Stadt, Fluss und Wald verstärkte sich durch achtzig weitere Leviatoren. Die Metallvögel bewegten sich langsam aufeinander zu und verhielten sich gleichförmig, wie Gardoi bei der Parade. Mal senkten sich alle Sichler, mal stiegen sämtliche Trilonen leicht an – und umgekehrt.

Mit einem Mal versuchten die Feinde, die Gottesvoltane anzugreifen und die Unsrigen wollten zum Radschiff vordringen. Die festen Gruppen lösten sich in Schwärme auf, das tiefe Brummen wurde zum durchdringenden Dröhnen. Einige Trilonen erschienen plötzlich hinter mehreren Sichlern, die – dem Herrn sei Dank – augenblicklich reagierten. Mit nach unten gerichteten Spitzen stürzten sie scheinbar alle in die Tiefe, in einem atemberaubenden Kreisflug aber wieder nach oben, um den Gegner nun ihrerseits von hinten zu attackieren.

Kanonen spuckten, mit ohrenbetäubenden Rattern, so schnell Kugeln aus, dass ihre Mündungen flammten – ein einziger, vielleicht versehentlicher Treffer und unsere Nordmauer hätte mindestens ein großes Loch gehabt. Strahlwaffen schossen weißglühende Gewitterbündel ab, unter denen die Kerge wohl augenblicklich geschmolzen wäre.

Erhielt ein Flugboot einen Treffer, wurde sein gelb-oranger Schirm einen Augenblick heller. Gleich darauf war aber alles wie vorher, der elektrittische Schutz hatte gehalten. Man sah Sichler (die man schon verloren glaubte) wie Trilonen (die besser gleich abstürzen könnten) ohne Schäden wieder am Himmel jagen, verfolgen und schießen – zumindest war es am Anfang so. Der Kampf dauerte jedoch keine fünf Minuten, da hatten zwei, drei Trilonen einen Sichler so heftig attackiert, dass sein Schirm in einem grellweißen Lichtblitz verging. Gleich darauf zersprengte das kleine Schiff mit ungeheurem Knall und seine schwarz rauchenden Trümmer stürzten in den Fluss.

Die Kondraker fühlten sich wohl wie Zwerge, die gebannt dem Kampf fliegender Riesen zusahen. Für uns ist schon ein galoppierendes Pferd schnell – hier aber fegten Voltanen mit Makinen-Zauberei über die Kokaju und führten Wendungen aus, deren bloßer Anblick uns schwindeln ließ. Der Schlachtenlärm überstieg jedes Maß. Dieses unaufhörliche Dröhnen und Rattern! Und wie rasch war es Tag geworden, ein unnatürlich heller Tag, der Himmel auf unheimliche Weise in Fetzen gerissen von künstlichen Gewittern, für die Augen kaum zu ertragen! Die Leute schwankten ständig zwischen Angst und Hoffnung. Man schrie, wenn die Akoi in Bedrängnis gerieten, und jubelte, wenn der Feind momentan unterlag. Laut weinend beteten viele für einen Sieg des Neuen Skorn.

Die Attacken wurden so heftig, dass der Himmel zu brennen schien. Immer wieder platzten jetzt gelb-orangene Schirme in grellweißen Lichtblitzen. Manche Voltanen flogen ohne Schutz weiter, zogen Rauchfahnen hinter sich her, landeten auf der Kokaju oder stürzten platschend hinein und versanken. Andere Flugboote zersprengten sofort und ein Regen von Trümmerteilen fiel in den Fluss.

Einigen hartnäckig kämpfenden Sichlern gelang es fast, zur Mutter des Feindes, dem schwebenden Radschiff, vorzudringen – das verhinderten Trilonen im letzten Moment so gründlich, dass der flammende Himmel für Augenblicke beinahe frei war von Flugbooten; viele Navemeister hatten sich selbst geopfert. An einigen Stellen sahen die Kondraker den Dogger-Wald brennen. (Bäume wachsen wieder, so dachte man später irrtümlicherweise.)

Was für eine Katastrophe aber auf unserer Seite, unten am Ufer, wo die Kondraker Fischer nicht wagten, sich vom Fleck zu rühren: Eine heftig beschossene Trilone drehte sich mit einem Mal auf die Spitze und stürzte jaulend ab, mitten hinein in unsere kleine Fischerflotte. Unter einem ungeheuren Schlag vibrierte die Nordmauer; Stimmen kreischten panisch. Eine schwarz-rote Flammen- und Rauchsäule stieg auf.

Der leicht wehende Nordostwind enthüllte schließlich an diesem Morgen ein schreckliches Bild. Bizarre Haufen aus Metallschrott, schwärzlichen Bootsteilen und menschlichen Überresten lagen auf dem Ufer oder schwammen im Fluss. Wie einige Frauen auf der Mauer da verzweifelt die Namen ihrer Väter, Brüder und Söhne riefen!

Die Schlacht des Lichten gegen den Finsteren kam der Menschenstadt immer näher. Unter dem Geratter feuerspuckender Kanonen und gleißenden Blitzen der Strahlwaffen verfolgten zwei Trilonen einen fliehenden Sichler. Die drei Flugboote rasten so dicht über die Nordmauer hinweg, dass Männern die Hüte von den Köpfen, teilweise die Mauer hinunterflogen. Sekunden später waren bedrängter Sichler wie angreifende Trilonen schon weit im Süden, wo es in der Nähe der alten Fabregge nach einem gewaltigen Schlag wieder turmhoch brannte.

Wie waren die Kondraker noch vor wenigen Minuten begeistert gewesen vom Erscheinen des Zweiten Gottes, vom Kampfgeist der Akoi! Jetzt wollten viele doch wieder von der Mauer herunter, aber das war nicht so einfach. Die auf den Treppen standen und weniger sahen, hatten jetzt den Vorteil, schneller von der Stelle zu kommen. Oben begann ein Drängeln und Schubsen in der Enge und niemand wusste so recht, wer bleiben und wer weg wollte. Dostar rief wohl mehrfach: „Langsam, ihr Dummköpfe, lasst erst die weiter hinten hinab!" Aber wer nicht unmittelbar neben ihm stand, hörte ihn gar nicht. Schließlich gelang ein erster Rückzug aber doch;

auf dem Wehrgang war etwas mehr Platz – glücklicherweise, sonst wäre aus unserem Unglück ein sehr großes geworden.

Ein angeschossener Sichler landete mit einem harten Schlag etwa dort, wo Trümmer und Leichenteile unserer zerstörten Fischerflotte lagen. Augenblicklich glitt er unter hässlichem Knirschen einen Großschreiter weit über die Unebenheiten des Ufers, überschlug sich schließlich zweimal, prallte in der Nähe des Tores auf und zersprengte mit solcher Wucht, dass die Nordmauer erzitterte! Wieder Kreischen in panischer Angst – zwei Leute fielen von den Treppen.

Es gab keine Sekunde Gelegenheit für ruhiges Nachdenken: Eine Trilone raste fliehend, verfolgt von zwei Sichlern, genau auf uns zu. Sie stieg plötzlich um etwa zehn Schreiter ab und entwischte so zunächst den feuernden Waffen der Jäger. Leider streifte sie dabei den Nordwestturm unserer Mauer. Der Trilone machte das nichts; ihr gelb-oranger Schirm wurde kurz heller, dann setzte sie ihren wahnwitzigen Flug fort, die Verfolger dicht hinter ihr.

Was soll ich sagen? Einen elektrittischen Schutz hatten wir natürlich nicht. Alle Kondraker, die aus den Fenstern des Nordwestturms der Schlacht zuschauten, bezahlten ihre Neugier mit dem Leben – das spitze Dach über ihnen war wie mit einem großen Messer vollständig weggerasiert; wer auf der Mauer daneben stand, auf den hagelte es fliegende Ziegeln, Latten- und Leichenteile.

Leider konnte auch kein Dostar jetzt noch einen halbwegs geordneten Rückzug zustande bringen. Wenn er Befehle rief, waren sie sinnlos. Männer brüllten, Frauen kreischten, Kinder heulten. Die Menge war kopflos, eine unbeschreibliche Panik brach aus; alle wollten gleichzeitig zu den Treppen. Aus unruhigem Schubsen und Drängeln wurde jetzt ein Kampf der Ellbogen und Fäuste. Auf der stadtwärtigen Seite, im Rücken der Leute, begrenzte ein niedriges Gitter den Wehrgang. Diesem Ansturm war es nicht gewachsen und brach einfach weg. Am Rande stehend, weggestoßen von anderen, fielen jetzt Menschen zehn Schreiter in die Tiefe. Wer nicht sofort tot war, überlebte seine Knochenbrüche nicht lange.

Wie durch ein Wunder entkamen die meisten mit heiler Haut diesem Durcheinander; der Wehrgang hatte sich beträchtlich geleert. Weil aber Dostar nicht geflohen war, blieben auch seine Begleiter tapfer bei ihm. Sie wurden umweht von schwarzen Rauchschleiern, die von der zersprengten Voltane nahe dem Nordtor aufstiegen. Jenseits des weggebrochenen Gitters jammerten und stöhnten die Schwerverletzten.

Das Dröhnen, Rattern und die künstlichen Gewitter hatten nachgelassen. Einige der kleinen Voltanen kämpften noch. Plötzlich und fast gleichzeitig flogen Sichler und Trilonen wieder zu ihren Mutterschiffen, manche gerade noch flugfähig, und verschwanden in den offenen Toren.

Der Zweite Habitant Wiwinner gab später – als Dokument der Konklause – zu Protokoll:
> *„Ich dachte schon, die Schlacht sei zu Ende. Man konnte wieder in den Himmel sehen, ohne geblendet zu werden. Während die kleinen Metallvögel tobten, schwebten die großen Mutterschiffe brummend auf der Stelle – die Argesului hoch über uns, zwischen Nordmauer und Kokaju. Jetzt flog sie langsam Richtung Dogger-Wald. Die Kresne auf der obersten Platte richtete sich schwenkend aus. Plötzlich schossen aus den Gabelrohren zwei hellblaue Lichtblitze! Der Schirm des feindlichen Radschiffes flammte auf, als wollte eine zweite Sonne aufgehen! Sofort schloss ich die Augen und hörte den Ersten Habitanten rufen: ‚Alle auf den Boden! Gesicht nach unten! Mit den Armen schützen! Nicht aufblicken, bis ich es sage!'*
> *Ich lag auf dem Wehrgang und wagte kaum, mich zu rühren. Den furchtbaren Licht-Tag meinte ich, noch hinter geschlossenen Augenlidern zu sehen. Ich hatte Glück gehabt, denn ich könnte blind sein.*
> *Dann gab es einen Schlag, als würde ein niedersausender, göttlicher Hammer das Land in Stücke hauen! Etwas sehr Großes splitterte und barst; ich spürte Hitze am Körper entlangstreichen und gleich darauf einen Druck, der mich ein ganzes Stück nach hinten schob, wo das Schutzgitter weggebrochen war – meine Füße hingen über der Tiefe. Noch einmal zersprengte etwas, diesmal weiter weg und schwächer. Mir wurde warm; ich blieb aber liegen, wo ich war. Schließlich sagte uns der Erste Habitant, dass wir aufstehen könnten.*
> *Die großen Mutterschiffe am Himmel waren verschwunden. Der Dogger-Wald war ein einziges Flammenmeer. Wo das Dorf Schemell liegen musste, jenseits des Osthügels, brannte es ebenfalls lichterloh. Dicke Rauchschwaden wehten zu uns hinauf und wir alle husteten wie Lungenkranke. Kurz darauf begann ein starker Regen, der aschgraues Schmutzwasser über Stadt, Kokaju und Wald ergoss und alle Brände wieder erlöschen ließ."*

Gab es zu Beginn des Luftkampfes sehr viele Zeugen, so war es zum Schluss nur noch ein Einziger: Dostar. Er sagte vor der Konklause:
> *„Meine Herren! Das Ende der Kämpfe ist Ihnen entgangen, weil Ihre Augen es nicht ertrugen. Was ist geschehen?*
> *Das Plattenschiff des Arasul feuerte aus den zwei Gabeln auf die große schardruminische Voltane – die wehrte sich mit einer Waffe, die der Kresne in nichts nachstand. Der Zufall wollte es, dass die Schirme der Gegner fast gleichzeitig zusammenbrachen! Gleich*

darauf gelang der Kresne ein Volltreffer, das Feindschiff hatte bedenkliche Schlagseite. Aber bevor es auseinanderflog – der erste gewaltige Schlag, den Sie hörten –, gelang es dem Schardruminer seinerseits, der Argesului schweren Schaden zuzufügen. Brennend drehte das Gottesschiff nach Nordosten ab und zersprengte über Schemell – der zweite Schlag, für Sie schwächer als der erste, weil in größerer Ferne. Das wäre alles!"

Der Freder Tomter fragte laut Protokoll:
"Mein Erster Habitant, ist nicht zu befürchten, dass der Neue Skorn selbst an Bord der zerstörten Argesului war?"

Antwort des Ersten Habitanten:
"Ich kann Sie und alle anderen, die sich um das Schicksal des Zweiten Gottes sorgen, beruhigen. Bevor sein Hauptschiff abstürzte, lösten sich die großen metallischen Zangen an der untersten Platte und ich sah das Heilige Schattel schnell davonfliegen!"

Eine Frage des Zweiten Habitanten Wiwinner:
"Mein Erster Habitant, wie konnten Sie das Ende dieser Himmelsschlacht beobachten, aber wir nicht?"

Der Angesprochene legte daraufhin vor seinen Fredern eine Brille mit geschwärzten Gläsern auf den Tisch.

So weit das Protokoll. Alle Arasuliten waren von Herzen froh und dankbar, dass der Zweite Gott der Vernichtung entgangen war – Dostar, die größte Autorität, hatte es ihnen versichert.

Beim Absturz einer Voltane auf die Stadt wäre es noch schlimmer gekommen. Dennoch hatten wir solche Schäden in Kondrake seit dem letzten Luftüberfall nicht mehr: Ein Turm, dem das obere Drittel fehlte, beträchtliche Schäden an der Nordmauer, 52 Tote insgesamt und eine zerstörte Fischerflotte.

Jenseits der Kokaju gab es keine Bäume mehr, sondern über Großschreiter hinweg nur niedrige, schwarzverbrannte Stümpfe. Einige Freder der Konklause wollten mit Booten übersetzen und schauen, ob noch etwas vom Dorf Schemell existierte, aber der Erste Habitant verbot es. Flammen und Rauch der zersprengten Argesului waren so hoch aufgestiegen, dass nicht mit Überlebenden am Boden zu rechnen war. Tatsächlich kam auch in den nächsten Tagen niemand von der anderen Seite, der Hilfe suchte.

Vor der Südmauer klafften mehrere riesige Trichter im Boden, mit randlichen Wällen aus Schutt und Metallteilen. „Keiner darf ohne meine Erlaubnis dort hinaus!", befahl Dostar. Er selbst hielt sich nicht an sein Verbot, was ihm großen Respekt einbrachte. Immer wieder sahen ihn wachhabende Gardoi von der Südmauer aus allein auf den Wällen der Trichter, eine kleine Figur in der Ferne. Aus seiner mittlerweile legendären Kiste hatte der Meister einen kleinen Apparat geholt, der tickte, wenn er ihn anstellte. In der Konklause nach dem Zweck gefragt, antwortete er: „Es gibt nicht nur sichtbare Strahlen des Kampfes am Himmel, sondern auch unsichtbare im Boden – danach suche ich, denn sie können Mensch wie Vieh umbringen."

Die Untersuchungen liefen offenbar zu seiner Zufriedenheit ab. Bald sammelte eine Gruppe von Dependaren vor der Südmauer hunderte von Trümmern auf, in die eine der Voltanen zersprengt war. Eine andere war völlig verformt und die organischen Reste der Navemeister in einem Metallklumpen eingeschmolzen.

In monatelanger Arbeit wurden die Krater mit dem Material ihrer Wälle zugeschüttet, die Schäden an Kondrakes Nordmauer, besonders am Tor, beseitigt und das obere Drittel des Eckturms wieder aufgebaut.

Ein paar Tage lang machte Dostar mit seinem tickenden Apparat Messungen am Ufer. Auch hier gebe es keine gefährlichen Strahlen, sagte er und befahl ein großes Aufräumen. Die unglücklichen Frauen der Fischer sammelten Trümmer und suchten (vergeblich) nach Überresten ihrer Männer, Söhne und Brüder.

Ein Vierteljahr verging. Immer wieder stand Dostar allein unten am Ufer, vor einer neuen Anlegestelle ohne Boote, das Strahlen-Mess-Ding immer zur Hand. Lange blickte er zur anderen Seite hinüber. Was gab es dort zu sehen außer schwärzlichen Baumstümpfen und verbranntem Boden?

In der Konklause fragten ihn seine Freder:

„Was ist mit dem Dogger-Wald, mein Erster Habitant?"

„Nichts", antwortete Dostar, „wahrscheinlich ist es nichts."

*

Ich ließ mein Manuskript sinken. Koppin saß mir im Arbeitszimmer gegenüber. Er hatte mir aufmerksam zugehört. Jetzt konnte er sich äußern.

„Was meinst du?", fragte ich.

„Von der Schlacht über dem Wald habe ich schon im Heiligen Buch gelesen", antwortete er. „Nur Dostar wird dort mit keinem Wort erwähnt."

„Wundert dich das?" Ich runzelte die Stirn. „Die Kerge hat schließlich doch den Namen dieses Schweinehundes aus den neueren Ausgaben tilgen lassen. Was steht im Libat Kreder zur Flucht des Neuen Skorn?"

„Er kehrte mit dem Heiligen Schattel zu seiner Flotte zurück und führte sie erneut gegen die feindlichen Städte. Higmet und Ligoro konnten zerstört werden. Letztlich zerbrach damit die alte Schardruminer Macht und die Gotteskriege waren zu Ende."

„Sieg also auf ganzer Linie", sagte ich, merkwürdig kraftlos. Müde schloss ich einen Augenblick die Augen und fragte dann: „Was war denn die letzte Großtat Unseres Herrn?"

„Er flog mit der Wohnkugel nach Abelas, tauchte damit und errichtete auf dem Grund des Santaroi-Sees sein ewiges Reich Animalte."

„Auf den ersten Blick ein wahrer Triumph des Glaubens", sagte ich nach einer Weile. „Leider blieb eine Plage zurück, mit der wir seitdem schwer geprüft werden."

„Sie meinen den Dogger-Wald?"

„Ja. Die zersprengte Radvoltane war wahrscheinlich – ein Saatschiff!"

„Ach so!" Koppin schluckte aufgeregt. „Der Schardruminer legte den schrecklichen Kot der Metallvögel? Der Wald ist ... ein Moddar?"

„Zumindest etwas Ähnliches", antwortete ich.

Eine Zeit lang schaute er nachdenklich zu Boden, wurde mit einem Mal rot im Gesicht, sagte aber nichts.

„Du hast wieder einen peinlichen Gedanken?" Ich fragte bemüht sanft. Er nickte stumm. „Dann erleichtere dein Herz!"

„Nicht Drubal hat Saatschiffe gebaut und Moddar in die Welt gesetzt, sondern, ähm, Arasul – das erzählte mir der Ka... Kamerad in Kidnam", stotterte er.

„Mein Lieber." Ich versuchte, ruhig zu bleiben. „Du hast mir gesagt, was dich bewegt. Gut so! Aber jetzt vergiss diesen Unflat! Einem zehnjährigen Jungen wird das sicher noch verziehen. Ich kannte einmal einen Mann, der behauptete das Gleiche wie du. Da brachte ihn die Heilige Kerge vor das Gottesgericht. Was war sein Urteil? Der Hinrichter schnitt ihm die Lästerzunge heraus!"

„Oh!" Der Junge erbleichte. „Dann schweige ich lieber!"

Später am Abend saß ich allein und dachte über die vergangenen Stunden nach. Koppin war wieder nebenan bei seiner Mutter; ich hörte durch die Wand ein Murmeln. Gewiss, mein Vortrag hatte ihm gefallen. Bei seinen Fragen war mir bang gewesen, denn ein Wermutstropfen ist im reinen Wein des Glaubens. Aber er ging nicht darauf ein. Warum? Wusste er nichts davon? Wo Drubals Geist leicht schon spielende Kinder erfasst? Wie froh ich war, mich darüber hinwegstehlen zu können – es ist das Schreckgespenst des Kerge-Priesters.

Der Einzige, der Arasul entkommen sah, war Dostar selbst, dank seiner Brille. Und wenn er nun gelogen hätte? (Es wäre nicht das erste Mal!) Sein mögliches Motiv: die eigene Herrschaft – sie gründete auf der Macht der Kerge. Wenn Arasul mit seinem Flaggschiff über Schemell zersprengt worden wäre, gäbe es Unseren Gott nicht mehr! Kein Gott, kein Animalte und die Kerge ein zusammenbrechendes Kartenhaus – keine Stütze für Dostar, den Herrn.

Da ist noch eine weitere Möglichkeit – so irrwitzig, dass meine schreibende Feder zittert! Kennt Koppin auch sie nicht? Er hat nicht danach gefragt; vielleicht, weil er mich schonen wollte. Es ist die ärgste Waffe jedes Ekslers, das schärfste Schwert, den Glauben zu zerstören.

Mir bricht der Angstschweiß aus, ich kann nichts dazu sagen und breche ab, an anderer Stelle mehr davon ... vielleicht.

Kapitel 6

Wald der Muderer

Die Fischer fassten als Erste Mut; ein Jahr nach der Luftschlacht fuhren ihre Boote wieder auf den Fluss hinaus. Trotzdem kam das Gewerbe nicht mehr recht in Schwung. An der tiefsten Stelle des Dogger-Waldes war immer die Urfe geflossen – an ihrer ursprünglichen Mündung strömte aber jetzt kein Wasser mehr in die Kokaju. Schwarzverbrannt standen Baumstümpfe in Ufernähe; dazwischen lagen ausgebrannte Wrackteile von Voltanen aller Art. Drei Großschreiter weiter nördlich aber kam etwas aus dem aschegetränkten Boden, das die Fischer zutiefst erschreckte. Es fehlten ihnen die Worte, zu beschreiben, was sie sahen: Eine breite, seltsame Form wuchs aus dem Boden und bildete eine Art hügelige Ausstülpung. Der Geruch des Brandes vom anderen Ufer vermengte sich mit dem des Gebildes zu einer Mischung aus Aasgestank, Verwesung und Kotgrube.

Das Ding aus dem Boden wuchs weiter und der Gestank nahm zu. Der vorwiegende Wind aus nördlicher Richtung trug ihn bald bis in die Stadt hinüber; an schlimmen Tagen meinten die Kondraker, ein Schlachtfeld mit Kadavern liege vor ihrer Mauer. Bei oder in dem wuchernden Gebilde lebten offenbar ganz ungewohnte Tiere; die Fischer hörten ihre seltsamen Laute zuerst. Und der Lärm nahm zu wie der Gestank. Ein heiseres, vielstimmiges, irgendwie metallisches Krächzen, ein Brüllen, Knurren, Heulen wurde bald zu einem ständigen Begleiter der Kondraker – eine schaurige Musik wie aus dem Rugunsguur.

„Im Dogger geht etwas Unheimliches vor", sagte man bald überall in der Stadt. In diesen Tagen war Dostar immer wieder unten am Ufer zu sehen, in Begleitung von Kondraker Würdenträgern. Hier war man, auf unserer Seite, dem Dogger-Wald am nächsten. Dieser entsetzliche Gestank, dieses schreckliche Geheul! Die hügelige Ausstülpung auf der Mitte der breiten, seltsamen Form war deutlich gewachsen. Meist hielt Dostar seinen tickenden Apparat in den Händen und schaute auf Zahlen, die sich unter kleinen Glasscheiben ständig änderten.

„Mein Erster Habitant", sagte sein Stellvertreter Wiwinner zu ihm, „wir sollten dort drüben dringend nach dem Rechten sehen. Die Kondraker werden unruhig."

„Etwas Geduld noch", erwiderte Dostar, „wir müssen warten, bis das Gelände dort drüben gefahrlos betreten werden kann!"

Im Frühjahr 123 nach Skorn gab der Mann in Schwarz das lang erwartete Signal. Eine Gruppe mit dem Ersten Habitanten selbst, mehreren Fredern der Konklause, dem Majaden der Kurtell und zwei Kampionen Gardoi wurde von Dependaren über die Kokaju gerudert. Das aus dem Boden wachsende Gebilde schien in drei Großschreitern Entfernung, nördlich der verkohlten Bäume, gut erreichbar zu sein. Aber Dostar wusste nicht, was ihn und seine Begleiter erwartete – er wählte einen Fußweg am ascheverkrusteten Ufer entlang.

Nie waren Kondraker dem beißenden Gestank, dem erschreckenden Tier-Chor so nahe gewesen. Unverdrossen ging der Erste Habitant voran, die anderen folgten ihm. Seine gewiss nicht feigen Männer blickten sich mit bleichen, ernsten Gesichtern an und versuchten, sich mit einem verkrampften Lächeln Mut zu machen. Dostar führte sie zu dem langgestreckten Hügel nordöstlich des Dogger-Waldes. Dort war alles kahl, wuchs auch Jahre nach der Katastrophe keine einzige Pflanze.

Die Gruppe, der schwarze Mann an der Spitze, stieg hinauf. Dostar schien völlig ungerührt. Was aber seine Begleiter unten im breiten Tal sahen, ließ selbst die weniger Frommen unter ihnen hastig das Zeichen der Kresne machen und flüchtige Gebete murmeln. Einige entfernten sich rasch von der Gruppe und übergaben sich. Schließlich befahl Dostar, zu halten. Die Stelle war günstig, denn unter ihnen fiel der Hang in leichter Neigung ab. Dreißig Schreiter von ihnen entfernt lag das seltsame Gebilde.

Was war das? Bäume, die eine Art Gebäude bildeten? So etwas wie ein Gebäude, ja, nicht sehr hoch, aber breit und langgestreckt wie der Talgrund. Nein, nicht eigentlich Bäume. Eher gedrungene Säulen, schmutzig-bräunlich und voller gesprenkelter Knoten. Die Säulen bildeten eine untere Reihe, wie eine Palisade, nicht ganz geschlossen – immer wieder unterbrochen von schwarzen Höhleneingängen. Wo man Baumkronen erwartet hätte, wuchsen die gesprenkelten Knoten besonders üppig, eine eigene Schicht. Darauf baute die nächste Säulenreihe auf, bildete ein „erstes Stockwerk", auch nicht durchgehend, immer wieder unterbrochen von schwarzen, lochartigen Fenstern, dann eine zweite Knotenschicht, darüber eine dritte Reihe von Säulen.

Drei Säulenreihen übereinander, manchmal vier. Und alles wild gewachsene Krüppelformen – da schoben sich Reihen ineinander, die oberen schienen die unteren am Wachstum zu hindern oder die unteren machten sich groß. Ein unbegreiflicher Bau von pflanzlichen Muderern. Ganz besonders üppig waren die abschließenden Knoten des dritten, des vierten Stockwerks. Sie bildeten ein breites, welliges, gesprenkeltes Dach, zehn Schreiter über dem Boden. Aus seiner Mitte wuchs jenes Gebilde heraus, das man noch in Kondrake sehen konnte: ein grauer Hügel, überzogen von Wellen, Schründen und Klüften, wie ein riesiger, verschrumpelter Apfel.

An der Basis des Gebildes wuchsen andere schmutzig-braune und gesprenkelt-knotige Bäume. Sie standen jedoch nicht, sondern lagen, waren nicht kurz und gedrungen, sondern streckten sich über den Waldboden, hügelaufwärts, manche arm-, andere schreiterdick, wieder andere vom Umfang eines Fasses. Manche wuchsen einzeln, viele verzweigten sich, wurden zwei, drei und mehr. Bäume wie Riesenschlangen mit großen Wunden. Aus einem rosa- oder blassroten Inneren quoll weißliches Sekret und bildete auf dem Boden große Lachen. Die Kondraker oben auf dem Hügel sahen, wie manche dieser Kriechbäume sich langsam bewegten. Ihre Stämme erhoben sich vielleicht träge einen halben Schreiter und fielen wieder zu Boden, wobei die Sekret-Pfützen aufspritzten. An den Enden wurden die Kriechbäume dünner. Und viele dieser Enden lagen nur fünf Schreiter von der Gruppe entfernt, kahle, schnell zuckende Ästchen.

An diesem Tag herrschte klares, sonniges Wetter. Trotzdem schien der Stockwerksbau dort unten vor den Kondrakern manchmal zu verschwimmen. Das lag an den Schwärmen im Wind schwebender Insekten, die sich mitunter wie wabernde Nebel vor ihn schoben. Wuselnde Ballen kleiner Geschöpfe hingen an den gedrungenen Säulen des Baus. Etwa zwanzig Schreiter hangabwärts lag ein Wrackteil der Luftschlacht. Die Männer sahen zwei Kreaturen aus dem Inneren hervorkriechen. Waren das große Igel? Oder Schildkröten?

Überall in den ausgedehnten Pfützen des weißlichen Sekrets spritzte und platschte es vor ekelhaftem Leben. Was für ein Gestank! Was für ein lärmendes Toben! Das metallische Krächzen und Kreischen konnte man jetzt zuordnen: Es kam offenbar von den Kreaturen in den wuselnden Ballen an den Säulen. Die beiden großen Igel oder Schildkröten rasselten und röchelten laut, als würden sie abgestochen. Im grauenhaften Chor dieser und anderer Stimmen ragten zwei Solisten hervor – zu hören war ihr bedrohliches Knurren, manchmal qualvolles Heulen und angriffsbereites Brüllen. Doch, es mussten zwei sein, aber sehen konnte man sie nicht – wahrscheinlich hielten sie sich im Dunkel eines Höhleneingangs verborgen.

Die Kondraker waren fassungslos. Mit bleichen, ratlosen Gesichtern standen sie auf dem Hügel; einige trauten wohl ihren Augen nicht. Nur Dostars Miene war wie immer: ernst, ohne jedes Anzeichen von Furcht und unnahbar. Er drehte sich um, blickte seine Leute mit dem linken Auge an und rief in die Runde, denn anders konnte man sich nicht verständlich machen:

„Erwarten Sie jetzt nicht, dass ich Ihnen das alles erklären kann."

„Mein Erster Habitant", fragte sein Stellvertreter Wiwinner, „ist hier die schreckliche Saat des Schardruminers aufgegangen?"

„Das wäre möglich." Der Meister sprach so laut, dass ihn alle hörten.

„Aber der ganze Wald stand doch in Flammen. Ist der Metallvogel-Kot dabei nicht verbrannt?"

Von unten ein Anschwellen des Gekreischs, ein Heulen der verborgenen Hunde, was immer es war.

„Einem entstehenden Moddar", rief Dostar gegen den Lärm an, „macht das nichts! Er schluckt auch das stärkste Feuer!"

Der Freder Tomter stand in der Nähe des schwarzen Mannes.

„Mein Erster Habitant", fragte er, „kann dieser Moddar der Stadt gefährlich werden?"

„Das Gebilde wächst", antwortete Dostar gleichmütig, „aber es scheint sich nicht zu bewegen. Als Ganzes jedenfalls nicht. Unser Glück."

„Können wir dieses Ding denn bekämpfen?", fragte Tomter.

Der Meister schien ungeduldig zu werden.

„Mein lieber Tomter, dazu muss ich erst einmal wissen, was genau es ist. Helfen Sie mir doch dabei!"

Der Freder fühlte sich jetzt sichtlich beklommen.

„Helfen? Wie denn?"

Sein Dienstherr holte ein Glasgefäß und eine Art Löffel aus einer Tasche, die er umhängen hatte.

„Damit!", rief er.

Tomter klopfte das Herz bis zum Hals. Er hatte sich zu weit vorgewagt.

„Was, ähm, was soll ich denn tun?"

„Gehen Sie zum Waldrand hinunter und schöpfen Sie etwas aus den weißlichen Pfützen in dieses Glas. So ..." Er zeigte ihm, wie er Löffel und Gefäß handhaben musste.

„Mein Erster Habitant, ich werde sterben!", rief Tomter.

„Wenn ich vom Gegner nichts weiß", entgegnete Dostar unbewegt, „kann ich ihn auch nicht bekämpfen. Helfen Sie mir also oder nicht?"

Tomter versuchte, sich herauszureden. Der Mann in Schwarz wandte sich an die ganze Gruppe: „Meine Herren, soll ich selbst hinabgehen?"

Alle wussten, dass er es ernst meinte. Er spaßte nie. Dostar, der Drubalskerl – vor nichts hatte er Angst. Er schien noch den eigenen Tod zu verachten.

Heftiger Widerspruch von allen.

„Mein Erster Habitant!", rief etwa der Majade der Kurtell. „Was wir am dringendsten brauchen, sind Ihre Kenntnisse und Fähigkeiten! Wenn Sie dort unten umkommen, sind wir ganz und gar verloren!"

„Vollkommen richtig", antwortete er ruhig, „ich bin wirklich nicht zu ersetzen. Also, wer von Ihnen ist bereit, mir eine Probe dieses Sekrets zu bringen?"

Allgemeines Zögern.

„Ich mache es!", rief Tomter. (Er hatte wohl Angst, sein Gesicht zu verlieren.)

„Dass Sie sich überwunden haben, freut mich." (Auf Dostars Gesicht war aber keine Freude zu sehen.) „Hier sind Gefäß und Löffel. Gehen Sie ohne Furcht, Tomter! Wir passen auf Sie auf. Bei Gefahr schießen wir, die Gardoi mit ihren Drissong und ich mit meiner Nengune!"

Für das Archiv der Konklause gab Tomter später zu Protokoll:
„Ich ging in großer Angst zwischen zweien dieser merkwürdigen Schlangenbäume hinab – dem Arasul sei Dank: Sie lagen weit genug auseinander. Die beiden Kreaturen aus dem Wrackteil kreuzten meinen Weg. Ihre ovalen, gepanzerten Körper wurden von hunderten kleiner Beinchen getragen. Ich sah keine Mäuler, die solche furchtbar rasselnden Geräusche ausstoßen konnten, überhaupt keine Gesichter. Doch die beiden schienen harmlos und krochen an mir vorbei. Einige blassgrüne Insekten setzten sich auf meine Kleidung, aber ich versuchte, sie nicht zu beachten.
Unten am Waldrand näherte ich mich einer ausgedehnten Sekret-Lache, fast ein kleiner, flacher See. Ich bückte mich, um eine Probe zu entnehmen. Da sah ich so etwas wie Kampfkeulen mit Stacheln darin schwimmen, hier aber äußerst biegsame, lebendige Waffen. Eine holte mit so großer Wucht aus, dass sie mich beinahe schwer an der Hand verletzt hätte.
Ich wollte die gewünschte Probe an einer anderen Stelle schöpfen – in dem flachen Sekret-See tummelten sich jetzt vielleicht zwanzig Wesen, die auf den ersten Blick wirkten wie hässliche, blassrosa gemusterte Lappen. Plötzlich öffnete eine der Kreaturen eine Hautfalte; ein großes, grünes Auge starrte mich an. Im gleichen Augenblick sprang das lappige Ding hoch, auf zwei außerordentlich langen und dünnen Beinchen, die ich jetzt erst sah. Es wäre auf meinem Gesicht gelandet, aber ich drehte mich schnell weg. Die Kreatur verfehlte mich, fiel auf den Boden und kroch rasch in die Pfütze zurück, ohne mich erneut anzugreifen.
Jetzt war ich recht nah an einem der schwarzen Höhleneingänge. Ich hörte ein mörderisches Gekreisch von einem der gedrungenen Säulenbäume daneben, wo ein Ballen beinloser Vögel hing. Sie schienen rot und hautlos, wie gekocht, und bewegten sich mit Haken an den Flügeln.
Ich bückte mich erneut. Die gallertigen, faustgroßen Maden, die sich hier in der Pfütze suhlten, schienen mich nicht angreifen zu wollen. Beim Arasul, endlich hatte ich eine Probe schleimigen Sekrets im Glas – höchste Zeit! Ich atmete mittlerweile die kleinsten dieser Insekten mit jedem Atemzug ein. So schnell wie möglich wollte ich nun zurück.

Plötzlich stand ein unglaubliches Wesen im Höhleneingang vor mir: eine Art kalbsgroßer Hund auf sechs Beinen, dem vorne am Rumpf zwei Oberkörper herauswuchsen! Auch diese Kreatur wirkte hautlos; an manchen Stellen sah ich Reste eines Fells, an anderen weißliche Sehnen hervortreten. Und dann diese zwei Oberkörper am Rumpf; als hätte ein Schlachter gerade angefangen, das Fleisch zu zerteilen, einfach widerlich! Die abstoßende Bestie starrte mich an – mit welchen Augen eigentlich? – und brüllte, dass es mir jetzt noch in den Ohren gellt, entblößte in jedem der Mäuler ein Gebiss wie ein Arsenal gelber Messer und rannte auf mich zu! In meiner Panik verlor ich das Gleichgewicht und setzte mich rückwärts in eine Sekret-Pfütze. Da hörte ich durch allen Lärm die Stimme des Ersten Habitanten: „Schießt! Schießt!" Mehrere Drissong-Bolzen trafen den Hundeartigen an den Beinen und an einem seiner Oberkörper. Einen halben Schreiter von ihm entfernt roch ich seinen fauligen Atem; er wurde langsamer. Da ratterte, wie in der Ferne, die Nengune des Ersten Habitanten. Einer der Köpfe des Angreifers platzte und ich wurde bespritzt mit seltsam dunkelrotem Blut und Fleischfetzen. Das Maul des anderen Kopfes stieß ein heulendes Klagen aus. Das grauenvolle, schwer verwundete Geschöpf drehte sich um und verschwand schnell in der Höhle, aus der es gekommen war.

Nun erst wurde mir richtig bewusst, dass ich in dieser Pfütze saß und mein Gesäß schrecklich schmerzte. Schreiend löste ich mich von dem mittlerweile klebenden Sekret, das sich durch meine Hose gebrannt hatte, und verlor reichlich Haut dabei. So schnell wie möglich kletterte ich den Hang wieder hinauf. Oben halfen mir viele, mich von den Insekten zu befreien, die immer noch an mir hafteten. Ein heilkundiger Gardoi versorgte mein brennendes Gesäß fürs Erste.

Aber ich war erfolgreich gewesen, hatte nicht nur mein Leben gerettet, sondern konnte auch noch dem Herrn Dostar die gewünschte Probe wohlbehalten übergeben."

So weit Tomters Bericht. Der Erste Habitant wagte an diesem Tag keinen weiteren Vorstoß zum Dogger-Wald und befahl die Rückkehr nach Kondrake.

Eine Woche danach. Der große Versammlungsraum der Handwerker im Komptehaus am Undaiplatz konnte kaum so viele Personen fassen. Alle wichtigen Männer der Stadt waren gekommen, sogar der Predikar von Marints und der Duchem von Kirgmehs eigens angereist. Dostar führte aus, was er bisher über den Dogger-Wald vermutete oder wusste. Dabei stützte er sich auch auf Tomters Beobachtungen. Der Freder selbst konnte an der Versammlung nicht mehr teilnehmen. Die Verätzung seines Gesäßes hatte sich auf die ganze Haut ausgebreitet; sie war ihm buchstäblich abgefallen. Tomter hatte das „Taxat", die Kondraker Steuerbehörde in der Karpgasse, geleitet. Jetzt war er qualvoll gestorben. Sein Nachfolger im Amt wurde mein Vater Palint. So schweigsam mein Vater meist war, erzählte er jedoch öfters bei Tisch, dass er bei dieser legendären Versammlung erstmals ganz vorn bei den anderen Fredern saß.

Dostar hatte große, farbige Zeichnungen aller bislang bekannten pflanzlichen und tierischen Muderer des Waldes angefertigt, die er in seinem Vortrag zu deuten versuchte. In unserer Sprache ließen sich die neuen, schrecklichen Formen nur ungenau beschreiben. (Manchmal verwendete er angeblich Worte seiner prussischen Heimat, der alte Gauner!)

An diesem Nachmittag im Kondraker Komptehaus prägte Dostar jedenfalls die entscheidenden Begriffe, die seitdem im Slingsch gebräuchlich sind. Im Keller eines Hauses am Tschajeplatz hatten der Erste Habitant und einige Helfer einen alten Vervielfältiger wiederhergestellt, eine Prente. Was aus den Walzen dieser Makine kam, hing bald an einem Schwarzen Brett vor dem Neunehaus. Flugblätter wurden in Kondrake verteilt, gelangten in andere Städte des Slengsfelts und schließlich sogar bis in kleinste Dörfer. Wer nur Bilder anschauen, aber nicht lesen konnte, dem erklärten es Beauftragte mit kräftigen Stimmen auf den großen Plätzen – wir nennen diese Leute „Auskunfter".

Rasch war der Dogger-Wald in aller Munde. Man sprach von den seltsamen, gedrungenen Säulen des Baus und nannte sie Funzide. Ihre liegenden Gegenstücke, die kriechenden Riesenbäume, das waren die Metrosen. Den geheimnisvollen Hügel auf dem knotigen Dach kannten bald alle Slengsaaken als Moruun. Und jedermann sprach – als hätte er sie selbst gesehen – von beinlosen Vögeln, Panzerasseln, faustgroßen Maden, Lappenfröschen und Keulenaalen. Kinder erschreckten sich untereinander durch Anrufung des hundeartigen Muderers: „Warte nur, bis der Doppelwolf kommt!" (Wie war so etwas auch möglich: Ein Kopf zersprengt, von Dostar zerschossen, aber das Vieh lebte dennoch weiter.) Und dass es noch mehr dieser widerlichen Fresser geben musste, bewiesen die täglichen und nächtlichen Brüll-, Heul- und Bellkonzerte.

Der Erste Habitant ließ keinen Zweifel daran, dass kein gewöhnlicher Sterblicher etwas gegen den Wald unternehmen könne; jedenfalls nicht mit unseren Mitteln. Aber Dostar war ja kein gewöhnlicher Sterblicher.

Bei einer öffentlichen Rede rief er:

„Kondraker! Drüben am anderen Ufer wohnt das Böse! Wird es nach uns greifen, hier, in der Stadt? Wann? Und wie? Ich weiß es nicht. Gibt es eine Methode, den Wald zu vernichten? Auch das

weiß ich nicht. Aber ich werde danach suchen, so wahr ich Dostar heiße!"

Mein Vater Palint war damals auf dem Undaiplatz dabei. Er berichtete von tobendem Beifall der Menge. Der Erste Habitant war auf dem Höhepunkt seiner Beliebtheit. Seine Anhänger erfanden eine besondere Ehrenbezeugung für ihn: Man hielt die Unterarme in Brusthöhe, drückte die rechte Faust in die linke, offene Hand und rief: „Dostar – Kraft und Tat!" Junge Männer, die den Ersten Habitanten über alles bewunderten, nannten sich „Söhne Dostars", rasierten sich die Köpfe und trugen schwarze, weite Anzüge – aber sie waren allesamt nur schlechte Kopien des großen Vorbilds.

Diesmal bereitete sich Dostar gründlich vor. Die Regierungsgeschäfte übergab er vorübergehend dem Zweiten Habitanten Wiwinner; er selbst reiste durchs halbe Slengsfelt und besuchte wichtige Leute, allen voran die drei Duchems. Überall im Land gab es Überreste der Gotteskriege; das meiste war Schrott, aber manches auch mit einigen Kenntnissen wiederherzustellen oder verwendbar – Material für Hebelspieler, wie ich zu sagen pflege, dem schwarzen Mann aber sicher nützlich bei einem Vorhaben, das schwieriger kaum sein konnte. Die örtlichen Behörden im Slengsfelt wussten immer am besten, wo lohnende Fundstellen für den einäugigen Sammler lagen. In den Städten sprach Dostar mit Männern, die verschiedene Wissenschaften pflegten und deshalb von der Kerge oft argwöhnisch beobachtet wurden. (Aber was konnte man tun, solange der schwarze Meister den Ton angab.)

Für sein geplantes Unternehmen suchte er neue Leute: Nernst war ein Verwandter des Duchems von Jehtse. Im Dienstgrad des Lotnams führte er in der dortigen Kurtell eine Kvarente Gardoi – das sind 40 Mann. Dostar ließ ihn ablösen, schickte ihn nach Kondrake und reiste selbst weiter nach Marints. Bei der Luftschlacht vor drei Jahren soll eine der kleinen Voltanen dreißig Großschreiter geflogen und dort aus Not gelandet sein. Es muss sich um eine Trilone gehandelt haben, weil erschrockene Bauern offenbar den Navemeister zu Tode geprügelt hatten. Der Predikar von Marints war Dostar in dieser Zeit sehr zu Willen. Er soll dem schwarzen Mann geholfen haben, diese ansonsten nur leicht beschädigte Voltane zu bergen und zu verstecken. Wenn die Geschichte stimmt, hat Dostar Glück gehabt, denn jetzt konnte er das Flugwerk ausschlachten und alles Nützliche für sich verwerten.

Schließlich kehrte er nach Kondrake zurück. Das Haus am Tschajeplatz, in dem auch die Prente stand, gehörte Jaglada, einem Baumeister der Kerge. Bald lagerten dort allerlei nützliche Ausrüstungsgegenstände, vom Keller bis zum Dach. Wochenlang gingen Leute ein und aus, die Dostar mit irgendetwas beauftragt hatte. Bis in die Nacht hinein werkelte der Erste Habitant in diesem Haus, zusammen mit Jaglada und Nernst, und niemand wusste, was diese drei trieben.

Die zweite Erkundung des Dogger-Waldes begann vier Monate nach der ersten. Angeführt wurde die Gruppe vom Ersten Habitanten; Jaglada und Nernst waren seine persönlichen Helfer. Der Lotnam aus Jehtse befehligte zwei Kampionen Gardoi. Diese acht Mann sollten vorwiegend die zehn Dependare beaufsichtigen, die man zu der Erkundung halb gezwungen, halb überredet hatte – Schwerverbrecher, dem Mann in Schwarz aus allen Teilen des Slengsfelts zur Verfügung gestellt. Dostar hatte ihnen die Freiheit versprochen, wenn sie künftige – und sehr gefährliche – Aufträge erfolgreich ausführen würden. (Das war ein großer Anreiz etwa für Straßenräuber und Mörder, auf die eigentlich schon der Hinrichter wartete.)

Das Unternehmen begann mit Verzögerung. Einige mitgeführte Pferde wurden schon auf der Mitte der Kokaju so unruhig, dass sie das Transport-Floß beinahe zum Kentern brachten. Einmal auf dem anderen Ufer, drei Großschreiter von Drubals neuem Wald entfernt, führten sie sich derart panisch auf, dass weder gutes Zureden noch die Peitsche half. Dostar ließ die Tiere wieder nach Kondrake zurückbringen. Jetzt trugen die Dependare die gesamte Ausrüstung zu einem Platz am Ufer, den der Erste Habitant ihnen anwies. Mehrere Zelte wurden aufgebaut, je eines für Jaglada und Nernst, die Gardoi und die Strafgefangenen; das mit Abstand größte war Dostars Arbeits- und Wohnzelt.

Die erste Nacht auf dem verfluchten Gelände, mit dem unheimlichen Stockwerksbau hinter den alten, verbrannten Bäumen, dem entsetzlichen Gestank und dem schaurigen Tierchor. Manch einer der Teilnehmer berichtete später von Schlaflosigkeit. Daran änderte sich auch in den folgenden Nächten wenig. Ohne Wachskugeln in den Ohren kam niemand auch nur ein paar Stunden zur Ruhe. Jeweils vier Gardoi waren zu nächtlichem Dienst eingeteilt. Sie bewachten einerseits das Zelt der Dependare. (Aber wohin hätte man in diesem von Gott verfluchten Land schon fliehen können?) Andererseits unterhielten die Gardoi ein großes Feuer, um möglicherweise angreifende Kreaturen aus dem Wald vom Lager fernzuhalten.

Am nächsten Morgen ging Dostar mit den beiden Helfern, einigen Gardoi und Dependaren wieder auf den langgestreckten, östlichen Hügel. Bei der ersten Erkundung war keine Kreatur aus dem Talgrund die dreißig Schreiter bis zur Kuppe emporgekommen, um die Menschen anzugreifen – die Arbeit dort oben galt als einigermaßen sicher.

Zunächst mussten Dostars Begleiter nicht viel tun, denn ihr Herr und Meister machte Bilder. Nein, er hatte keinen Zeichenstift oder Papier auf einem Brett. Jaglada und Nernst kannten das wohl, die anderen aber wunderten sich. Dostar zog einen kleinen Apparat aus einer Tasche.

„Meine Herren, das ist eine Mirade", sagte er.

Seine Ausbeute im Wrack der abgestürzten Voltane war offenbar ergiebig gewesen. Denn dieses handgroße, drubalische Zauberding konnte selbst er nicht zusammenbauen. Die Mirade lieferte ihm Bilder vom Dogger-Wald, die vollkommen natürlich aussahen. Sie konnte sogar Dinge, die weiter entfernt lagen, nahe heranholen, etwa wie ein Raubvogel tief unter sich am Boden eine Maus entdeckt. Dostars Gardoi staunten jedenfalls nicht schlecht, als sie das kleine Abbild einer Metrose unten im Tal auf diesem Apparat unter einem Glasfenster sehen konnten.

Die Gruppe gab diesen Bildern einen Namen, der rasch allgemein geläufig wurde: die „Lebensechten". Der Meister machte viele von ihnen in den nächsten Tagen, denn rasch wurde klar: Die Fülle an Muderern im Dogger-Wald war viel größer, als Tomters erste Beschreibung vermuten ließ. Immer wieder ließ Dostar die Gruppe weitergehen und halten. Dann nahm er seine Mirade vors Auge, ging damit in die Knie, um vielleicht eine günstigere Position zu erreichen und drückte aufs Knöpfchen.

Die Ausrüstung für die Männer, die unten am Waldrand arbeiten sollten, ähnelte der von berittenen Gardoi in der Schlacht: dicke, verstärkte Handschuhe, ein Ganzkörper-Kettenhemd, darüber einen Lederrock und als Kopfschutz einen Zweizinker mit verstellbarer Sicht- und Atemklappe. Während der Durchführung des Auftrags durfte dieser Helm nicht geöffnet werden. Wer wollte solche Kleidung tragen in der Hitze des Hochsommers?

Der freie Wille der Arbeiter war jedoch völlig bedeutungslos. Zunächst wurde ein Gardoi hinuntergeschickt, der lesen und schreiben konnte. Dostar wollte etwa wissen, wie klein oder groß Pflanzen und Tiere des Waldes im Vergleich zu anderen waren. Der Gardoi hatte sogar ein Knotenband bei sich, mit dem hierzulande gemessen wird, aber wann hätte er es wirklich anwenden können? Wer näherte sich etwa freiwillig einer Metrose? Man führte seinen Auftrag durch – bei eingeschränkter Sicht durch die Augenklappe und dreißig Ponder schwerer Rüstung – und war froh, wohlbehalten zurückzukommen.

Dostar gab Dependaren seine Mirade mit, wenn er räumlich vom Hügel aus an bestimmte Dinge nicht herankam. Diese Aufgabe war eher leicht, denn selbst der einfachste Mann kann ein Knöpfchen drücken, wenn man ihm sagt, welches. Aber das Brüllen, Bellen und Heulen aus den Höhleneingängen verhieß nichts Gutes. Die Gardoi waren wachsam. Jederzeit konnte wieder ein Doppelwolf hervorspringen. Und weitere Gefahren waren zu ahnen. Man machte also seine „Lebensechten" und sah zu, dass Dostar die Mirade so schnell wie möglich unbeschädigt wieder erhielt. Nicht auszudenken, dass dem kostbaren Apparat etwas passierte – er könnte nicht ersetzt werden! Für diesen Fall hatte der Mann in Schwarz den Dependaren schwere Strafen angekündigt.

Ihre Hauptaufgabe war das Sammeln von Proben. Zwischen den Sekret-Lachen der Metrosen wuchs auf feuchtem Boden graues, schwammiges Gras. Dostar wollte etwas davon haben. Ein anderer Dependar sollte für ihn ein Stück von einem der Funzide herunterschneiden. Das Material erwies sich als überraschend weich, aber dem Mann spritzte ein Schwall ätzender Flüssigkeit entgegen. Wieder oben am Hügel, konnte der Dependar seine Probe abliefern – er selbst war unversehrt, aber im Lederrock war ein großes Loch und noch das Brustteil des Kettenhemdes hatte beträchtliche Schäden. (Wie lange brauchte ein Schmied, ein Kettenhemd herzustellen, und wie teuer war es!)

Wer am Waldrand arbeitete, den bedeckten sofort Insekten, in allen Größen, Formen und Farben. War der Mann zurück, mit durchgeführtem Auftrag, kamen gleich Jaglada und Nernst mit dicken Handschuhen und entfernten das ekelhafte Viehzeug; notfalls halfen ein paar Eimer Wasser.

Dostars Probensammlung wuchs und wuchs. Ständig stieß man, neben allmählich Bekanntem, auf neue, sonderbare Arten – etwa auf handtellergroße Insektenweibchen, die ihre gerade geschlüpften Jungen mit Brüsten säugten. Aber der Mann in Schwarz verlangte ständig mehr und anderes. Alle Proben wurden von Jaglada und Nernst so bald wie möglich ins Untersuchungszelt gebracht, das nur vier Leute ungefragt betreten durften: Dostar selbst, seine beiden Helfer und ein besonders bewährter Dependar namens Grulf.

Dann befahl der Erste Habitant einem Strafgefangenen:

„Bring mir einen beinlosen Vogel von einem Funzid."

Unten am Wald angekommen, war der Dependar rasch bedeckt von Insekten jeder Art. Er ging zu einem der wuselnden Schwärme an einem gedrungenen Säulenbaum, griff ein einzelnes zappelndes Tier – da lösten sich plötzlich alle und hingen mit krallenbewehrten Flügeln an ihm! Über und über bedeckt von Kreaturen erreichte der verzweifelt fuchtelnde Dependar aber wieder die Kuppe des Hügels – wie er das bei behinderter Sicht schaffte, wusste er wohl selbst nicht. Jaglada, Nernst und ein Gardoi klaubten mit dicken Handschuhen die Vögel von dem Mann. Wenn viele dieser Kreaturen auf die gleiche Stelle einhacken, können sie sogar Kettenhemden durchdringen. Der Dependar blutete ein wenig an der Schulter, wo sich einige eiserne Ringe gelöst hatten, war aber wohl froh, mit dem Schrecken davongekommen zu sein.

Jaglada, Nernst und der Gardoi mussten alle beinlosen Muderer töten, denn sie wollten sich einfach lebend nicht sammeln lassen. Eine dieser kleinen, rötlichen Missgeburten glitt dem Gardoi aus dem Handschuh und hackte ihm ins Gesicht. Innerhalb von Tagen bekam der scheinbar nur unbedeutend Verletzte dort ein großes Geschwür, das ihn vollkommen entstellte. Jaglada und Nernst brachten ihn ins Untersuchungszelt; Dostar betätigte sich als Chirurg und schnitt ihn auf – was hätte dieser Drubalskerl nicht gekonnt? Es nutzte nichts; der Mann starb. Dem Dependar mit den gelösten Ringen am Kettenhemd schwoll die Schulter zu einem eiternden, bläulichen Gebilde an. Dostars Operation im Untersuchungszelt missglückte auch dieses Mal und der Patient war tot.

Die Probensammlung ging trotz dieser Rückschläge erbarmungslos weiter und viele fragten sich: Was will denn der Alte damit?

Wie der Doppelwolf, der Tomter angegriffen hatte, war das Blut aller Dogger-Wald-Tiere eigenartig dunkelrot und von höchst unangenehmem Geruch. Was die zur Arbeit Gezwungenen ekelhaft fanden, erregte gerade Dostars forschende Neugier.

Einmal hielt er vor allen Leuten einen längeren Vortrag zum Thema: Warum kommen die Muderer nicht zur Kuppe des Hügels empor? Weil sie offenbar die Gifte in unmittelbarer Waldesnähe brauchen, die für andere Lebewesen tödlich sind. (Das war Glück für seine Erkundung, die er ansonsten kaum hätte durchführen können.) Am Ende des Vortrags klatschten Jaglada und Nernst zuerst, Gardoi und Dependare folgten zögernd – schließlich wollte man den Herrn über Leben und Tod nicht verärgern.

Unten am Waldrand verwendete Ausrüstung, ob beschädigt oder nicht, musste immer ordnungsgemäß zurückgegeben werden. Dostar führte genau Buch. Er wollte vermeiden, dass Dependare etwa Messer versteckten, um sie gegen die Gardoi, seine Helfer oder ihn selbst einzusetzen.

Verkrüppelungen zu studieren, schien ihm besonders wichtig. Ein paar faustgroße Maden aus verschiedenen Sekret-Lachen hatte er schon in seiner Sammlung. Da entdeckte er, mithilfe seiner vergrößernden Mirade, in einem Tümpel einen großen, verbackenen Klumpen dieser Tiere. Dostar gab einem Dependar den Auftrag, die Probe zu beschaffen.

Das war wohl nicht schwierig, denn noch nie hatten diese Tiere angegriffen. Unten am Waldrand angekommen, wollte der Mann auch einfach den ganzen Haufen aus der Brühe in einen Behälter heben. Aber die anderen Muderer im Tümpel waren nicht so friedlich. Als der Dependar sich bückte, sprang ihn ein Lappenfrosch an. Den Lederrock, auf dem er landete, fand er nicht essbar und fiel wieder herunter. Der Beauftragte war unverletzt, schien aber reichlich mutlos und hatte wahrscheinlich im Sinn, ohne Befehl einfach umzukehren.

Auch ein Dostar konnte – 30 Schreiter entfernt – nicht gegen den Lärm des Waldes anbrüllen. Auf dem Hügel oben befahl er dem Dependar wild gestikulierend, es noch einmal zu versuchen. Wieder sprang der Lappenfrosch den Mann an, hing jetzt wie ein Fladen vorne auf dem Schutzhelm und schlang seine langen, gelenklosen Beinchen um ihn. Der Dependar konnte nichts sehen, keine Luft mehr holen, aber auch den Helm nicht abziehen; er hantierte verzweifelt und lag schließlich reglos am Boden.

„Geh und hilf ihm!", rief Dostar einem anderen Dependar zu, der schon in ganzer Rüstung einsatzbereit neben ihm stand.

Dieser zweite Mann eilte den Hügel hinab und schnitt dem Kameraden das ganze Vieh mitsamt Beinchen herunter – aber der Unglückliche war bereits erstickt.

Jetzt versuchte der zweite Dependar, offenbar von falschem Ehrgeiz getrieben, den Auftrag des Toten durchzuführen und seinem Meister doch noch diesen Tier-Klumpen zu beschaffen! Er versuchte es an anderer Stelle der Sekret-Lache. Dort griff ihn, wie eine stark gespannte, plötzlich gelöste Feder, ein Keulenaal an. Er streifte den Arm des Mannes, schlug einige Ringe des Kettenhemds heraus, attackierte ihn aber kein zweites Mal. Erfolgreich konnte der Dependar zur Kuppe zurückkehren. Jaglada und Nernst brachten die Probe im Behälter gleich zum Untersuchungszelt.

Einige Tage danach schwoll der Unterarm des Mannes zu einer Art schmerzendem Schlauch an. Er wurde vom Meister erfolgreich amputiert und gewann tatsächlich seine Freiheit. Das nächste Versorgungsboot nahm ihn mit nach Kondrake. Unter den Dependaren ging der Satz um: „Dostar hält sein Versprechen. Wer seine Sache gut macht und Glück hat, ist nicht verloren!"

Die Besetzung in seiner täglichen Erkundungsgruppe wechselte, aber neben Jaglada und Nernst war der Dependar Grulf immer dabei. Ihn behielt sich der Erste Habitant für besondere Aufgaben vor, um sich in einem Fall für einen anderen zu entscheiden: Ein wegen angeblicher Hetzreden gegen ihn zum Tod verurteilter Handwerker bekam den Auftrag, ein Stück von einer Metrose herunterzuschneiden. Würde denn der Kriechbaum dabei auch stillhalten? Man durfte es bezweifeln.

Oben auf dem Hügel schauten alle dem Bedauernswerten gespannt zu. Er näherte sich unten vorsichtig einer ruhig daliegenden Metrose, setzte ein großes Messer an und begann mit einem Mal, hastig zu schneiden. Da erhob sich das tonnenschwere Gebilde, schlug ihm vor die Brust, dass er rückwärts in eine Sekret-Pfütze stürzte, ließ sich auf ihn fallen und zerquetschte den Mann wie eine Nuss!

„Gut, dass ich dich nicht geschickt habe", sagte Dostar zu Grulf, der neben ihm stand. Der Dependar lächelte.

Grulf war ein etwa dreißigjähriger, kräftiger Mann mit einem besonders großen, kantigen Schädel. Wegen einer Gaumenspalte sprach er sehr undeutlich. Niemand wusste, was ihn in seiner Lage als einen möglichen Kandidaten des Todes so heiter stimmte. Wahrscheinlich wusste Grulf es selbst nicht, denn er war geistig auf einem niedrigen Stand. Die anderen nannten ihn den „Lächler". Grulf hatte in seinem Heimatort Kirgmehs zwei Knaben geschändet, ermordet und verscharrt. Vielleicht machte ihn eine gewisse Verrücktheit aber gerade zu Dostars Unternehmen besonders geeignet. Blut, Gestank und Verwesung gefielen ihm offenbar! Man hielt ihn wohl für fähig, noch am eigenen Sterben Freude zu finden.

Dostar konnte zu ihm sagen: „Kindsmörder, bring mir dies und hol mir das!" Grulf tat es. Er ging nach unten an den Waldrand und handelte auch in der Rüstung, ständig sichtbehindert, sehr schnell und umsichtig, blieb ungeheuer kaltblütig. Er hatte einen Blick für eigentlich gefährliche, aber kranke oder junge Tiere, erschlug tatsächlich einige Lappenfrösche und Keulenaale und brachte sie seinem Meister.

Dostars Gruppe ging oben auf dem langgestreckten Hügel weiter nach Norden. Unten am Waldrand wurden die anfangs flachen Sekret-Pfützen immer mehr zu ekelhaften, knietiefen Teichen. Grulf griff bedenkenlos hinein und förderte allerhand glibbriges, gedunsenes Material zutage – es passierte ihm nichts.

Die Erwartungen des schwarzen Meisters wurden offenbar noch übertroffen. Die Natur schien im Dogger-Wald regelrecht Kopf zu stehen. So lebten etwa ehemalige Piats (also Vögel!) als Plattfische mit schwarzen Federn auf dem Grund der Teiche, konnten aber auch in weiten Bögen über die Oberflächen springen. Vor einer großen Höhle im Stockwerksbau rang der kirgmehsische Kindsmörder eine Art Schwein nieder, das aufrecht ging, ihm bis zur Hüfte reichte und ziemliche Hauer im Maul hatte.

Der Meister lobte seinen Lieblings-Dependar. „Ich hätte wenig zu untersuchen", sagte er öfters, „wenn Grulf nicht wäre."

In den Winkeln zwischen Stockwerksbau und Metrosen wuchsen manchmal Gebilde, die aussahen wie riesige Perücken weißhaariger Greise. Am ganzen Wald war Bewegung, nur dort nicht. Wovon lebten diese reglosen Büsche? Dostar rätselte lange, bis am Waldrand schafsartige Kreaturen auftauchten. Jede schien fast völlig bedeckt von großen, eiternden Beulen. Eines der Tiere näherte sich einer weißlichen Riesenperücke. Da wurden die Greisenhaare plötzlich lebendig, packten das jämmerlich blökende Geschöpf und verdauten es allmählich.

Dieser fleischfressenden Pflanze gab Dostar den Namen „Pareste". Nachdem sie das Schafsartige restlos vertilgt hatte, fiel sie wieder in wartende Starre. Der schwarze Meister nahm an, dass die Pflanze jetzt satt und weniger gefährlich war. Grulf wurde nach unten geschickt, eines der Greisenhaare abzuschneiden; irgendein Dummkopf musste die Arbeit ja machen im Land des Todes.

Die Pareste wehrte sich nicht, als sie von Dostars bestem Dependar beschnitten wurde – oben auf der Hügelkuppe blickten sich alle erstaunt an, denn das hatte niemand erwartet. Triumphierend hielt Grulf die Probe hoch, da wickelte sie sich plötzlich wie eine geschmeidige Schlange um seinen rechten Unterarm und zog fest zu!

Lange arbeitete der Operateur in Schwarz wieder mit allerlei Gerät im Untersuchungszelt, um das drosselnde Gebilde zu entfernen. Am Ende befahl er:

„Beweg mal deinen Arm!" Grulf tat es. „Du hast Glück gehabt, dass er dir erhalten blieb", meinte Dostar.

„Ich danke Ihnen", nuschelte Grulf.

„Die Knaben, die du getötet hast", sagte der Meister gleichmütig, „hätten eine Amputation sicher begrüßt."

Grulf lächelte idiotisch und schien sehr zufrieden.

Panzerasseln waren schwergewichtige, aber ungefährliche und sehr langsame Kreaturen. Tagelang kroch ein besonders großes Exemplar schon am Waldrand im Kreis. Seine gewöhnlichen Lebensgeräusche glichen einem lauten Röcheln wie im Todeskampf. Der Mann in Schwarz wollte es unbedingt für seine Sammlung. Hinter dem Tier lag zwischen zwei Funziden im Stockwerksbau eine Höhle, in der ein Doppelwolf hauste – ständig hörte man sein verzerrtes Bellen.

Zwei Dependare wurden nach unten geschickt, die Panzerassel in einer Schüssel zur Hügelkuppe zu bringen. Grulf gab man eine Paike, er sollte die beiden vor dem möglichen Angreifer schützen.

Die drei standen gerade unten am Waldrand, da schoss der Doppelwolf aus dem Höhleneingang, als hätte er nur auf sie gewartet. Aus seinem Rumpf wuchsen zwei scheinbar fast skelettierte, blutige Oberkörper. Er reichte einem Menschen nur bis zum Knie, war aber äußerst wendig und aggressiv. Auf zwei Vorder- und vier Hinterbeinen raste das Vieh – ein stimmkranker, aber lauter Beller – durch spritzende Pfützen. Es sprang einem der Dependare kraftvoll auf die Brust, der Mann fiel auf den Rücken. Sein Begleiter versuchte, den Hang hinauf zu fliehen. Grulf hielt abwartend die Paike in der Hand.

Der Doppelwolf zerbiss mit zwei Mäulern augenblicklich Kettenhemd und Helm seines Opfers; der Mann zuckte blutüberströmt. Dann machte sich der verfluchte Muderer daran, ihn am Bein in Richtung seiner Höhle zu zerren. Dostar gab den Gardoi oben auf der Kuppe den Schieß-Befehl. Augenblicklich spickten Drissong-Bolzen die rasende Bestie an Beinen, Rumpf und Oberkörpern. (Wie leicht hätten sie auch das menschliche, aber wohl schon verlorene Opfer treffen können.)

Der Muderer heulte auf eine Weise, die alle schaudern ließ. Einen Moment sah es danach aus, als wolle er tatsächlich den Hügel erklimmen. Dostars Nengune ratterte mit einem Mal und sprengte Fleischstücke aus seinem Rumpf. Schnaufend und halbtot lag er auf dem schwerverletzten Dependar. Mit zwei Sprüngen war Grulf zur Stelle und durchbohrte mit der Paike Jäger wie Beute. Ströme von rotem und dunkelrotem Blut flossen, eine vollendete Schlachterei.

Der geflohene Dependar war oben am Hang angekommen. Unter Androhung des Todes jagte ihn Dostar wieder hinunter. Er musste Grulf helfen, die Panzerassel heraufzuholen und die beiden Leichen zu bergen.

Einigen Leuten den Auftrag zu geben, einen Doppelwolf zu erlegen, bedeutete ein hohes Risiko – Dostar war mittlerweile vorsichtiger geworden, was den Verlust von Dependaren anbelangte. Der Zufall hatte ihm den Körper eines Hundeartigen eingebracht. Da es aber noch mehrere, ähnliche Zusammenstöße seiner Männer mit diesen Kreaturen gab, wuchs seine Sammlung bald auch an entsprechenden Tierleichen – sehr zu seiner Zufriedenheit.

Der gleiche Tisch im Zelt, auf dem der Meister ab und an Menschen operierte, diente auch zur Untersuchung der Proben – Jaglada und Nernst bereiteten ihn immer vor. Dostar arbeitete mit Zangen, Scheren und anderen, nur für ihn angefertigten Instrumenten; die beiden Helfer reichten ihm, was er brauchte.

Im Allgemeinen lebten die Tiere nicht mehr, als sie untersucht wurden. Aber die Panzerassel war von ihrer harten Außenhülle bestens geschützt; Dostars Messer glitt ständig ab. Er wollte wissen, mit welchen Organen das Tier immer seine schauderhaft rasselnden Laute ausstieß, ließ es kurzerhand umdrehen und schnitt ihm von den hundert Füßchen bis in die Eingeweide! (Die unerträglich hohen Pfeiftöne der Kreatur waren im ganzen Lager zu hören!)

Am Ende jedes Arbeitstages wurde der Tisch von Grulf gereinigt. Manchmal sah man den Kindsmörder im Abendrot. Er trug einen feuchten Sack zum Fluss, kippte die Reste hinein und summte ein Lied dabei.

Auf einem zweiten Tisch im Zelt standen kleinere und größere, tickende und summende Makinen. Niemand außer Dostar wusste, zu was sie dienten; teilweise waren wohl seine Helfer eingeweiht.

Ich, Matea, trage eine Brille, die ein Kondraker Feinschleifer hergestellt hat. Der Vater dieses Mannes hat damals besondere Gläser geliefert – für einen vom Meister selbstgebauten Apparat. Er arbeitete ähnlich wie die Mirade: Kleinste Proben erschienen dem hindurchblickenden Auge in beträchtlicher Größe.

An den Innenwänden des Zeltes standen Regale mit bauchigen Flaschen. Dort schwammen in bewahrenden Lösungen Teile oder vollständig erhaltene Kreaturen des Waldes.

Manchmal setzte Dostar ein lebendes Tier in ein großes Glasgefäß; in einem anderen verbrannte er verschiedene Substanzen zu giftigem Rauch. Durch einen verschließbaren Kolben waren beide miteinander verbunden. Nun öffnete der schwarze Meister den Verschluss, leitete den giftigen Rauch in das Gefäß mit der Kreatur und wartete, ob und wie sein „Material" zu Tode kam.

Die Ergebnisse seiner grausigen Untersuchungen fasste er in einem Buch mit dem Titel „Der reglose Moddar" zusammen. Am Manuskript schrieb er nachts bei Kerzenlicht im Untersuchungszelt, wenn Jaglada und Nernst längst gegangen waren. Er selbst war genügsam, geradezu anspruchslos – die blutige, nach allerlei Substanzen und Tod riechende Umgebung störte ihn nicht; neben seinem Arbeitstisch stand sein Bett. Er scheint wenig Schlaf gebraucht zu haben.

Als Folge der Luftschlacht, so Dostar, mischten sich der Kot der Metallvögel und andere austretende Gifte auf chaotische Weise. Die Katastrophe brachte etwas erschreckend Neues, Ungewolltes hervor: keinen Moddar, der eine Schneise der Verwüstung hinterließ, wo immer er kroch, sondern etwas Ortsfestes, eben den befremdlichen Stockwerksbau mit seinen abstoßenden Tieren und Pflanzen. Der zur Bewegungslosigkeit verdammte Moddar aber will diesen Nachteil beseitigen und sucht nach einer Möglichkeit, über den Fluss hinweg Kondrake anzugreifen – keine guten Zukunftsaussichten also.

Exemplare der gleichen Art – sagt der Meister weiter – stammen im Dogger-Wald immer von der gleichen Mutter ab. Es war auch ihm nicht möglich, die Mütter all dieser Kreaturen zu studieren. Sie leben offenbar in einem Bereich, den nicht einmal ein Selbstmörder betreten könnte, denn er wäre lange vorher tot: in den schwarzen Höhlen im Inneren des Stockwerkbaus, im sogenannten „Mittelwald", der (nach seiner Schätzung) bis zum Moruun reicht. Ihre Würfe und Bälger, so klein oder groß sie sein mögen, gegen die Mütter sind sie Zwerge. Riesinnen bringen sie hervor und vielleicht sind es die Schreie dieser Ur-Wesen, die uns erbleichen lassen und bis ins Mark erschüttern – sie gebären unter grauenhaften Schmerzen und brüllen ihr Leid heraus. Ich höre sie ja nur manchmal und denke, mein Herz steht still. Was für ein Glück, dass ich die Gewaltigen nicht sehen muss!

Was ich als Priester des Neuen Skorn nicht dürfte, habe ich getan: Dostars Buch gelesen. (Weder Koppin noch irgendjemand aus der Kerge darf und wird das je erfahren!) Natürlich atmet es den Geist aus dem Herbst der Automaten – zwar in Slingsch geschrieben, doch in einer ungewohnten Sprache sogenannter „Forschung" voller Zahlenreihen in Zeichnungen. Leider ist es aber auch die einzig verlässliche Quelle über den Wald der Muderer. Worüber sollte ich schreiben, ohne das Werk des Feindes zu studieren?

In „Der reglose Moddar" betont der Meister immer wieder, dass seine Quälereien und grausamen Versuche am Wald notwendig waren. Er wollte eine Methode finden, den gewaltigen Misthaufen auf dem anderen Ufer zu beseitigen. Wir werden noch sehen, wie weit er damit kam. Trotzdem meine ich: Was damals in Dostars Untersuchungszelt geschah, diente häufig einfach seiner skrupellosen Wissbegier.

*

„Herr Matea!"
„Ja, Bisch?" Verdrießlich ließ ich mein Buch in den Händen sinken. (Ich hatte nicht alles vorgetragen.)
Meine Haushälterin stand draußen auf der Treppe und traute sich nicht herein.
„Der Freder Kaver von der Konklause ist unten bei mir!", rief sie. „Er will Sie sprechen."
Ich schnaufte.
„Er soll sich einen Augenblick gedulden."
„Ich richte es aus." Ihre Schritte entfernten sich.
„Jetzt müssen Sie wohl aufhören?" Koppin saß mir gegenüber.
„Ja, leider."
„Schade, dass Sie mir so selten vorlesen."
„Ich hatte keine Zeit, mein Junge. Meine beiden Ämter fordern mich." Erschöpft blies ich Luft durch die Lippen. „Auch das Schreiben dauert immer lange. Im Herbst letzten Jahres habe ich angefangen."
„Jetzt ist es wieder fast Frühsommer." Koppin lächelte. (Ich mochte seine dunkelbraunen Augen.)
Einen Augenblick dachte ich nach.
„Fast auf den Tag genau vor 24 Jahren", erklärte ich schließlich, „musste Dostar seine Wald-Erkundung abbrechen."
„Warum das?"
„Weil in seinem Lager eine Seuche ausbrach. Du hast schon von der Harrou gehört?" Er nickte ernst. „Der Wald der Muderer war damals neu und diese Krankheit auch", erklärte ich. „Dostar beschrieb sie zum ersten Mal. Was weißt du darüber?"
Nach kurzem Zögern antwortete er:
„Die Harrou-Kranken haben starkes Fieber, entzündete Augen, blutigrote Schlünde und Zungen. Einige tauchen in eine Welt schlimmer Fantasien ein. Ihr Atem riecht übel; durch Mund und Nase dringt starker Ausfluss. Wer das überlebt, dem schlägt es auf Magen und Darm. Nach ein paar Tagen ist man, ähm, gewöhnlich tot."
„Mitunter", ergänzte ich, „reden diese Unglücklichen auch in erstaunlicher Weise über Dinge, die sie nicht wissen können. Drei Mann aus Dostars Erkundungsgruppe starben damals an der Harrou. Ein vierter war schwer

erkrankt. Ein Dependar aus Tangeleit, der seine Frau umgebracht hatte. Ausgerechnet dieser armselige Mörder sprach über das Leben des Meisters – vor dem Voltanen-Absturz!"

„Es stimmte alles?"

„Wahrscheinlich bis in die Einzelheiten! Wie gibt es denn so etwas? Ein Schweinehirt, der kenntnisreich Makinen beschrieb." Ich lächelte verlegen. „Jaglada und Nernst, mehrere Gardoi und Dependare waren Zeugen des Geschehens."

„Lassen Sie mich raten", sagte Koppin. „Sie alle hatten zu schweigen. Dostars Geheimnis musste gewahrt werden."

„Richtig."

„Haben Sie eine Erklärung für diese Visionen?"

Ich schüttelte den Kopf.

Wir schwiegen beide. Für die Jahreszeit war es zu heiß. Das Fenster in meinem Arbeitszimmer stand weit offen. Am anderen Ufer gaben wütende Doppelwölfe ein ungebetenes Konzert.

„Jetzt haben sie die Harrou öfters hier in der Stadt?", fragte Koppin.

„Für den Wald", meinte ich bitter, „wäre das Wetter jetzt gerade richtig, neue Keime auszubrüten. Letztes Jahr um diese Zeit hatten wir zehn Tote. Ich bete, dass es in diesem Sommer nicht mehr werden."

Kapitel 7

Mordsee und Moruun

Seine Leute bewunderten Dostar. Rüstig und furchtlos ging der 106-Jährige wieder allen voran – an einem Ort, den andere nur zu gern mieden: oben auf dem östlichen Hügel mit dem Dogger-Wald im Talgrund. Absichtlich hatte der Mann in Schwarz für diese dritte Erkundung das Frühjahr des Jahres 124 ausgewählt. Er hoffte, dass zu dieser Zeit nicht erneut die Harrou ausbrechen würde wie in der Hitze des letzten Sommers. Jaglada, Nernst, zwei Kampionen Gardoi und zehn Dependare – Strafgefangene mit schwerem Gepäck – folgten ihm.

Außer den beiden persönlichen Helfern und Grulf war keiner aus dem Vorjahr dabei. So mancher empfand daher die Nähe zum Wald als besonders ungewohnt und schrecklich. Man war dem unsäglichen Tierchor so nah wie noch nie zuvor. Es brauchte auch immer einige Zeit, sich an den entsetzlichen Gestank zu gewöhnen.

An einer Stelle, die dem schwarzen Meister günstig erschien, brüllte er Befehle. (Es war unmöglich, sich anders verständlich zu machen.) Das Auspacken und Vorbereiten musste zügig geschehen und war vorher mehrfach geübt worden. Zuerst breitete man eine große Hülle auf der Hügelkuppe aus – durch ein künstliches Gebläse wurde daraus rasch ein faltiges Gebilde.

Davor arbeiteten Jaglada und Nernst mit einigen Strafgefangenen. Sie legten einen geräumigen, geflochtenen Korb, der oben ein Gestell mit einem Brennapparat trug, auf die Seite. Dann spien sie große, aber kontrollierte Flammen durch die torgroße Öffnung der Hülle. Allmählich wurde die Luft darin so erhitzt, dass eine Art Kugel ein paar Schreiter über der Hügelkuppe aufstieg. Mittlerweile war der Korb mit Trageseilen an starken Lastgurten der Hülle befestigt worden – die beiden Helfer schossen jetzt ihre Flammengarben stehend von unten durch die Öffnung. Das rundliche Gebilde wäre wohl davongeschwebt, hing aber am armdicken Seil einer fest verankerten Winde.

Die Helfer kletterten immer wieder über die geflochtenen Seitenwände des Korbs, richteten seltsame Instrumente mit Zahlen unter Glasscheiben oder verstauten Gepäck. Dann stiegen sie selber ein – ein paar Flammenstöße aus dem Brennapparat genügten; gleichzeitig ließ Dostar dem haltenden Seil mehr Spielraum geben. Ein Luftschiff stieg in den Himmel, ein schwebendes

Riesenei oben, das sich nach unten, wo Jaglada und Nernst im Korb standen, sehr verjüngte.

Wer als Dependar vorher in bestimmte Arbeiten eingewiesen worden war, wird dieser Aufbau und Aufstieg nicht überrascht haben. Alle anderen kamen – trotz des widerwärtigen Schauplatzes – aus dem Staunen nicht heraus! Das galt vor allem für die Gardoi, die im Wesentlichen die Gefangenen bewachen sollten. Viele machten heimlich das Zeichen der Kresne, denn sie hielten das Luftgefährt für Drubalswerk!

Damit hatten sie natürlich recht, denn woher stammte das meiste für dieses Unternehmen verwendete Material und Gerät? Der Meister brauchte gerade, was Arasuliten verachteten. Durch mehr oder weniger zufällige Funde und Reparaturen hatte er auch hier die Ausrüstung zusammengestellt: die aufblasbare, unbrennbare Hülle, das Gebläse, den Brennapparat und der Nachschub für das ständige Feuern – mit Gas gefüllte Metallflaschen.

Nur die Dogger-Wald-Tiere schienen an diesem Tag von Dostars Luftfahrzeug nicht beeindruckt. Ihr Lärmen und Toben ging unvermindert weiter. Die Männer auf dem Hügel aber schauten stumm, fast andächtig, zu dem schwebenden Kugelgebilde hinauf. Die Sonne war noch nicht lange aufgegangen.

Einer der leitenden Gardoi war ein Kaunet. (Das ist ein Dienstgrad zwischen Bajade und Lotnam.)

„Mein Erster Habitant!", brüllte dieser Mann Dostar fast ins Ohr. „Was ist das für eine Voltane?"

Der Meister stand mit verschränkten Armen. Er antwortete ebenso laut: „So etwas nannten wir Prusser eine Pilate."

„Welchen Zweck hat sie, mein Herr?"

„Ich will damit den Dogger-Wald von oben erforschen!" Aufmerksam beobachtete er seine Pilate und den wolkenlosen Himmel. Jede Wetteränderung konnte den Abbruch des Fluges zur Folge haben.

Steigen und Sinken des Luftgefährts wurden durch wechselndes „An" und „Aus" des Brennapparates herbeigeführt – die Menschengruppe sah immer wieder Flammenstöße zur Öffnung in der Hülle emporlodern oder erlöschen. Die Pilate wurde an diesem Tag horizontal ein Stück über den Dogger-Wald getrieben. Dostar wollte den nicht sehr häufigen schwachen, südöstlichen Wind nutzen, denn das kugelige Gebilde hatte keinen eigenen Antrieb.

Mit weit ausholenden Armbewegungen versuchten Herr und Helfer, sich zu verständigen. Schließlich schien in einiger Entfernung vom Hügel und in etwa einem Großschreiter Höhe eine günstige Position erreicht. Unten befahl der schwarze Meister, das Seil festzumachen. Oben im Luftschiff hingen die Helfer irgendwelche Instrumente an langen Ketten herab, um Messungen vorzunehmen; häufig benutzten sie auch die Mirade.

Nach ein paar Stunden gab er durch heftiges Winken das Signal, die luftige Forschungsreise zu beenden. Die beiden Helfer betätigten den Feuerapparat der Pilate nicht mehr. Sie öffneten mit einer langen Leine ein Ventil oben an dem Riesenei, sodass die heiße Luft allmählich herausströmte. Dependare kurbelten derweil unten schwitzend an der Seilwinde.

Jaglada und Nernst stiegen schließlich wohlbehalten aus dem Korb und Dostar beglückwünschte sie zur ersten erfolgreichen Luftfahrt mit Handschlag. Alles wurde sorgfältig verpackt und man ging zurück zum Ufer der Kokaju, wo am Tag zuvor wieder das Lager aufgeschlagen worden war.

Dostar las im Untersuchungszelt die Werte der Instrumente ab oder kontrollierte die Aufzeichnungen seiner Helfer. Er schaute sich lange die neuen Lebensechten an – die meisten zeigten Ausschnitte des löchrigen, knotigen Dogger-Wald-Dachs.

Am nächsten Morgen ließ der Meister Jaglada und Nernst von einer anderen Stelle des Hügels wieder aufsteigen. Der südöstliche Wind trieb die Pilate diesmal fast auf die westliche Seite des Waldes – gründlich, mit ernster Miene studierte er danach kleine Abbildungen von Metrosen in seiner Mirade.

Am dritten Tag ging die Gruppe auf dem Hügel weit nach Norden. Nach einer erneuten Luftfahrt hatten Dostar und seine Helfer auch einen Eindruck vom Ende des Waldes. Wo man den Oberlauf der Urfe vermutete, dehnte sich ein ungewöhnlich trüber See.

Das wäre, sollte man meinen, für den wissbegierigen Forscher ein neues, lohnendes Ziel gewesen. Doch der Meister gab Jaglada und Nernst eine neue Richtung vor:

„Meine Herren, der zentrale Berg ist am wichtigsten."

Am nächsten Morgen allerdings schaute er zum Himmel hinauf, an dem dicke Wolken schwebten, und untersagte den geplanten Aufstieg. Eine ungünstige Windströmung hätte seine wertvolle Pilate möglicherweise gefährdet.

Das Unternehmen fand schließlich am fünften Tag statt. Schwacher südöstlicher Wind ließ die Pilate von einer flussnahen Stelle Richtung Kokaju schweben. Nernst hantierte an einem Messapparat und Jaglada hob die Mirade ans Auge, um Lebensechte zu erhalten, so nah am Moruun wie nie zuvor – da wurde die Pilate durch rasch einsetzenden nordwestlichen Wind zurückgetrieben. Sie schwebte – jenseits des östlichen Hangs – über waldfreiem Gebiet, unweit des zerstörten Dorfes Schemell.

Bei so ungünstigen Bedingungen blieb es auch an den folgenden Tagen und der schwarze Zauberer hätte wohl gern noch das Wetter seinem Willen unterworfen!

„Wir lassen die Pilate vom westlichen Hügel aus aufsteigen", schlug er seinen beiden Helfern vor.

„Mein Erster Habitant", wandte Jaglada ein, „dort ist der flussnahe, südliche Teil zerklüftet. Eine Gruppe mit schwerer Ausrüstung wie unsere kommt dort nicht voran."

„Haben Sie eine andere Idee?", fragte Dostar.

„Wir könnten über den nördlichen Teil des West-Hügels, er ist breit und flach", sagte Nernst zögernd. „Dazu müssten wir über den Ost-Hügel zum Ende des Dogger-Waldes. Und dann auf die andere Seite, über diesen unbekannten, trüben See."

Die Helfer schienen besorgt, aber der Meister verzog keine Miene.

„Wir machen es genau so", meinte er. „Glauben Sie mir: Der Moruun lohnt den Aufwand."

Das Lager an der Kokaju wurde abgebaut und die ganze Gruppe ging mit sämtlichem Gepäck – Zelten, den Teilen der Pilate, Brennapparat, Gasflaschen und Booten zur Überquerung des seltsamen Sees – schwerfällig den östlichen Hügel entlang nach Norden.

Dabei kamen sie weiter als jemals zuvor. Der Moruun in ihrem Rücken schien schließlich ungewohnt klein. Die Metrosen im Talgrund wuchsen so dicht übereinander, dass die oberen die unteren tief in die Sekret-Tümpel drückten. Grulf ging schwerbeladen ein paar Schreiter hinter Dostar. Der drehte sich zu ihm um und rief:

„In diesen Rugunsguur kann ich selbst dich nicht hinabschicken!"

Der Kindsmörder freute sich über die Zuwendung wie ein Hund, der die Stimme seines Herrn hört.

Der Meister fürchtete, dass Metrosen über die Hügelkuppe hinweg wuchern könnten – dann wäre der einzig gangbare Weg versperrt. Zum Glück für die Gruppe endeten die Kriechbäume aber immer ein paar Schreiter unter ihnen am Hang. Die äußeren Enden ihrer Ästchen zuckten manchmal ebenso bedrohlich wie vergeblich nach den langsamen Menschen.

Und wieder veränderte sich der Wald. Die Länge der Metrosen auf dem Hang und ihre Dichte im Talgrund nahmen ab. In den Sekret-Tümpeln schien weniger Leben. Auf ihrem Weg nach Norden hörte Dostars Gruppe manchmal wütendes Gebell und Geheul verborgener Doppelwölfe. Aber es gab für diese Bestien immer weniger Höhlen – sie verschwanden allmählich zwischen enger stehenden Funziden. Der Stockwerksbau flachte ab, bis er nur ein lappiges, knotiges, schwarz gesprenkeltes Gebilde war. Kurze Metrosen hingen an ihm wie Ärmchen an einem verkrüppelten Riesen.

Nach zehn Großschreitern Fußmarsch mit schwerem Gepäck sahen sie schließlich das Ende des Dogger-Waldes: zwei halbkugelartige Formen von etwa zehn Schreitern Durchmesser. Sie wurden getrennt durch eine senkrechte Furche mit einer Art zerklüftetem Krater in der Mitte.

Die ehemalige Urfe war von den Halbkugelgebilden zu einem nicht sehr breiten, aber großschreiterlangen Gewässer aufgestaut worden. Etwa alle zehn Minuten schoss aus dem Krater der Furche ein Schwall übelriechender Jauche. Der See darunter war eine einzige bräunlich-schwärzliche Kloake.

Schon reichlich müde rastete Dostars Gruppe einen Augenblick in seiner Nähe; vielen war schlecht von seinem bestialischen Gestank. Flaches Ufergelände, von Steinen übersät und mit spärlichen, unansehnlichen Pflanzen bewachsen, erstreckte sich bis zum Horizont. Weiter östlich stand ein lückenhafter Wald verbrannter Baumstümpfe – dahinter musste das zerstörte Dorf Schemell liegen. Jaglada und Nernst wollten dort nach dem Rechten sehen, aber ihr Meister verbot es.

„Meine Herren", sagte Dostar, „ersparen Sie sich doch schwere, zum Tod führende Krankheiten!" Dann fuhr er fort: „Ich will dem See eine Probe entnehmen. Wartet alle hier!"

Ohne die geringsten Anzeichen von Erschöpfung ging er eine Zeit lang am Ufer entlang. Seine Leute sahen ihn als kleine Figur dort stehen, wo matte Wellen gegen die Steine schlugen. Dostar bückte sich mit einem Glasgefäß, sprang plötzlich zurück, hielt die Nengune in der Hand und feuerte eine knatternde Salve in das dunkle, aufspritzende Wasser. Er wartete lange, legte seine Waffe griffbereit auf den Boden, machte sich an die Arbeit der Entnahme, beobachtete aber auch immer wieder aufmerksam die Oberfläche der trübe schwappenden Brühe.

„Was war im See, mein Erster Habitant?", fragte Nernst nach seiner Rückkehr.

„Nichts weiter", erwiderte er knapp. „Übles Viehzeug."

Mit wenigem, rasch ausgepacktem Instrumentarium wertete der Meister seine Probe aus und kam zum Ergebnis: Das Wasser dieser riesigen Kloake war auch ätzend und würde das Holz der Boote angreifen. Daraufhin gab er den Befehl, das Gepäck aufzunehmen und weiterzugehen. Irgendwann musste der See ja enden und ein Übergang nach Westen auf dem Landweg möglich sein.

Nach etwa einer halben Stunde fanden sie ungefähr dreißig Kreaturen auf den Steinen am Ufer; sie sahen aus wie schreiterlange, deformierte „Brote". Waren das Fische oder Lurche? Aus verkümmerten Flossen, mit denen sie wohl kaum schwimmen konnten, schienen sich bei manchen Beinchen entwickelt zu haben, die zum Laufen nicht taugten. Die meisten schnappten schwer verletzt nach Luft oder waren schon tot. Mal fehlte ein Stück des Schwanzes, mal des Rumpfes oder die Eingeweide quollen hervor. Wer hatte die Tiere so zugerichtet?

Auf Dostars Befehl zogen Jaglada und Nernst Handschuhe an, zerlegten einige von ihnen und sammelten die Teile in bewahrenden Lösungen.

Weiter ging es am Ufer, schwitzend und stöhnend! Der Lärm aus dem Dogger-Wald ließ mit zunehmender Entfernung nach – dagegen schien der

See neben ihnen geradezu todesstill. Nach einer Viertelstunde stieß man auf steinigem Ufer wieder auf etwa zwanzig dieser missratenen Kreaturen, nach Luft schnappend, schwer verletzt oder verendet.

Jetzt lernte Dostars Gruppe auch die Bestien kennen, die diese halb verdaute Fressorgie angerichtet hatten: Neben einem neugeborenen Fisch-Lurch zerriss eine von ihnen das Muttertier. Ein paar Schreiter entfernt waren sieben oder acht der gleichen räuberischen Art. Die Rümpfe glichen denen ihrer armseligen Opfer, aber sie standen sicher auf dürren, mehrfach gegliederten Beinen. Jedes Exemplar hatte mindestens vier, manchmal sechs davon. Weil sie auf diese Weise – sehr zum Schrecken der Gruppe – riesigen Insekten glichen, nannte sie ihr Meister später „Spinnenfische". Der Name des kotigen Gewässers geht auf einen Gardoi zurück, der es zuerst so nannte: „Mordsee".

Mensch sah Monster und umgekehrt. Die Spinnenfische öffneten drohend ihre widerlichen Mäuler und zeigten Dutzende von Zähnen wie Dolchklingen. Dostar rief Befehle; die Dependare stellten die schwere Ausrüstung ab, die Gardoi hoben ihre Waffen.

Mehr als dreißig dürre Beinchen der verfluchten Muderer bewegten sich plötzlich schnell und gelenkig, aber der Meister und seine Leute reagierten sofort. Drissong-Bolzen bohrten sich in längliche Kreaturen-Körper und ließen sie stürzen. Ein Gardoi, stark wie ein Ochse, spießte einen zuckenden Brotlaibigen auf seine Paike und hielt sie triumphierend hoch. Am meisten aber wütete die Nengune ihres Anführers. Es gab nur ein anhaltendes „Tack, Tack, Tack!" und Körperteile von drei oder vier Spinnenfischen flogen durch die Luft wie zerplatzende Eier. Der schwarze Anzug des Schützen, selbst sein Gesicht, war über und über von dunkelrotem Blut bespritzt.

Solche bewaffnete, heftige Gegenwehr war die hungrige Raubbande offenbar nicht gewohnt. Drei von ihnen gaben auf und flüchteten in das bräunlich-schwarze Wasser des Mordsees.

Jaglada und Nernst entnahmen den getöteten Spinnenfischen die unvermeidlichen Proben – besonderen Wert legte Dostar auf die Konservierung einiger gelenkiger, dürrer Beine. Schließlich gab er den Befehl zum Aufbruch. Mit forschem Schritt ging der Meister voran, während seine teils gepäcktragenden Leute Mühe hatten, ihm zu folgen.

Das Ufer weitete sich zu einer Art Schlachtfeld: Die Gruppen zusammenliegender halbtoter und toter Fisch-Lurche wollten kein Ende mehr nehmen. Eine weitere Attacke brotlaibiger, dürrbeiniger Muderer musste abgewehrt werden – diesmal nicht ohne menschliche Opfer.

Nach einem mehrstündigen Marsch erreichten der Mann in Schwarz und seine Begleiter das Ende des trüben Mordsees. In ihn mündete ein Fluss von geringer Breite und Tiefe, vielleicht die einstige Urfe. Dostar ordnete an, seinem Lauf zu folgen. Tatsächlich wurde das Wasser in zunehmender

Entfernung zum Dogger-Wald immer klarer. Der Meister entnahm eine Wasserprobe und betrachtete sie genau.

„Wir können gefahrlos auf die andere Seite", meinte er.

Seine Leute waren erleichtert, denn viele hatten schon mit ihrem Leben abgeschlossen.

Problemlos durchwateten sie den Fluss. Dann ging es aber mehrere Großschreiter am westlichen Mordsee-Ufer wieder zurück nach Süden, auch hier vorbei an zahllosen Kadavern hingemetzelter Fisch-Lurche. Erneut und mit letzten Kräften trieb man vor Wut fauchende, flinke Spinnenfische zurück ins schmutzige Wasser.

Nach einem Tag schier endloser Strapazen wurde das Lager aufgeschlagen, etwa einen Großschreiter vom westlichen Hügel entfernt. Die Dostar-Gruppe hatte im Kampf mit drei Raubfischbanden den einen leitenden Kaunet und zwei Dependare verloren. Ohne die Nengune des schwarzen Meisters wären die Verluste größer gewesen. Viele fragten sich verzweifelt: Wozu der irrwitzige Aufwand, der Blutzoll? Alles wegen diesem blödsinnigen, zentralen Dogger-Wald-Berg?

Am nächsten Morgen traten die beiden Helfer aus ihrem Zelt. Dostar stand bereits davor und betrachtete besorgt den Himmel.

„Es wird zu heiß heute", sagte er. „Die Luft könnte aus der Hülle unten herausgedrückt werden. Sie dürfen nicht aufsteigen."

Dabei blieb es drei Tage lang. Die Wetterlage änderte sich nicht.

Die Wartezeit wurde aber sehr verkürzt. Etwas Eigentümliches erregte die Aufmerksamkeit des nimmermüden Forschers: Etwa zwei Großschreiter westlich des Lagers lebte im Grasland eine Gruppe magerer Hasen; jedem von ihnen wuchs (spiegelbildlich) ein kleinerer Hase auf dem Rücken. Die wahrscheinlich blinden Geschöpfe streckten ihre verkümmerten Beinchen himmelwärts. Dostar wollte eines dieser Doppelwesen für seine Sammlung.

Begleitet von Grulf und einem zweiten Dependar ging der Meister durchs Grasland, in der Hoffnung auf Beute. Die beiden Arbeitssklaven trugen auch im offenen Gelände die am Waldrand übliche schwere Schutzkleidung. Bereits ohne diese Ausrüstung wären ihnen die mageren Hasen mühelos davongerannt. Aber Dostar nahm an, dass die Kreaturen mit dem Ballast eines zweiten Tieres deutlich langsamer waren.

Man näherte sich vorsichtig den etwa zehn Doppelhasen. Ein paar Schritte von der Horde entfernt stand eine Baumruine. Ihre Krone war abgebrochen und die großen Wurzeln lagen teilweise frei. Dostar gab den Befehl, Grulf schlich sehr langsam auf die Tiere zu. Sie reckten aufmerksam die Köpfe (die unteren, die gesunden), sprangen plötzlich auf und verschwanden augenblicklich in ihrem Bau – unter den Wurzeln der Baumruine. Sie waren also keineswegs leicht zu fangen.

Grulf bückte sich, langte mit dem dicken Handschuh in den Bau, konnte aber nichts greifen. Er begann zu graben, ließ es jedoch bald sein – das dauerte zu lange. Dann rüttelte er am Stamm, um die Tiere herauszuscheuchen. Unterhalb der abgebrochenen Krone war der Stamm hohl. Von dort stieg ein Schwarm daumengroßer Fliegen auf. Bösartig brummend attackierten sie Grulfs Kettenhemd und den Zweizinker. Ungerührt klatschte der Dependar viele Angreifer mit den Handschuhen zu Brei. Es knackte jedes Mal und hinterließ einen dicken grauen Fleck auf seiner Schutzkleidung.

Wieder rüttelte er am Stamm, der sich knirschend neigte. Aber keine Doppelhasen kamen unten aus dem Bau, dafür oben aus dem Loch ein weiterer Schwarm – diesmal so etwas wie Schmetterlinge in giftig-grellen Farben. Grulf schlug auch hier viele von ihnen tot, aber es kamen immer mehr. Man sah schließlich keinen Menschen mehr, sondern eine einzige flatternde, krabbelnde, zappelnde Masse.

Der Kindsmörder schien trotz dichtester Bedeckung ruhig. Der hohle Baumstamm fiel krachend auf die Seite, mitsamt der großen Wurzeln. Der Dependar pflückte einige Grellfarbene von seinen Handschuhen. Aus dem jetzt freiliegenden Bau flitzte ein Doppelhase. Hinter ihm stieg schon ein zweiter heraus, den er packen wollte. Doch plötzlich straffte er sich, stand einen Augenblick starr und steif, drehte sich um, begann zu laufen und ruderte wild mit den Armen. Man hörte ihn, gedämpft unter dem Zweizinker, aber anhaltend schreien. Ein hüpfender, springender, bunter Riesenball kam auf Dostar und den anderen Dependar zu. Ein paar Schritte vor ihnen fiel er vornüber ins Gras und war augenblicklich still.

Stunden danach: Zu zweit hatten sie Grulf ins Lager gebracht, der Meister und sein Begleiter. Wie konnte man Mensch und Insekten trennen? Ein paar Eimer Wasser halfen hier nicht. Hartnäckig klebten sie an ihrem Opfer. Der Meister operierte im Untersuchungszelt; Jaglada und Nernst halfen ihm. Er schnitt einen ekelhaften Schmetterling nach dem anderen herunter. Was immer noch flatterte und zappelte, wurde getötet. Bald schwammen die kleinen Leichname in bauchigen Flaschen.

Es stellte sich heraus, dass ein wesentlicher Teil ihrer Köpfchen aus kleinen Saugnäpfen bestand, mit denen sie fest an dem Dependar hafteten. Der Lederrock war vollständig aufgelöst. An vielen Stellen gab es Kettenhemd, Zweizinker, teilweise Grulf gar nicht mehr – der Operateur fand stattdessen eine zähe, übelriechende Masse.

Durch die Saugnäpfe hatten die Grellgiftigen eine zersetzende Säure auf ihr Opfer gespritzt. Dann legten sie hunderte von Eiern in ihm ab, die überall steckten, in Armen und Beinen, inneren Organen, in Augen, Kehle und sogar in der Nase. Die Mutter-Falter hatten ihren Zweck erfüllt, der Nachwuchs sollte in dem Toten schlüpfen und sich von seinem faulenden

Fleisch ernähren. Dostar verhinderte das. Nachdem er alle Proben gewonnen hatte, ordnete er die sofortige Verbrennung der Überreste an.

Der Morgen danach: Fast die ganze Mannschaft – die Dependare schwer beladen – ging mit Dostar an der Spitze erstmals über den westlichen Hügel, in Richtung Kokaju. Der Wind wehte günstig aus Nordwesten. Die eingespielte Gruppe begann wieder mit zügigen Vorbereitungen zum Aufstieg der Pilate. Bald schwebte das Riesenei etwa einen Großschreiter über dem Dogger-Wald-Dach und mehrmals genau über dem Moruun.

Am späten Vormittag waren sie zurück im Lager. Der Meister traf sich mit Jaglada und Nernst im großen Arbeitszelt. Die Helfer erzählten von merkwürdigen Eindrücken und Dostar hörte ihnen unbewegt zu. Lange schaute man sich die neuen Lebensechten an, die Jaglada mit der Mirade gemacht hatte – eines nach dem anderen erschien unter der kleinen Glasscheibe. Der Bericht der Luftfahrer und ihre Bilder schienen sich zu ergänzen, aber lag hier nicht eine Sinnestäuschung vor? Es konnte nicht sein, was nicht sein durfte.

„Wir überprüfen das morgen", sagte Dostar, „wenn die Wetterlage es zulässt."

Die Bedingungen für die Pilate am nächsten Morgen waren ideal. Erneut fand am späten Vormittag eine Besprechung im Arbeitszelt statt. Man betrachtete unter der Glasscheibe der Mirade Dutzende Lebensechte: der zentrale Dogger-Wald-Berg mal weiter westlich, dann weiter östlich, aus allen Himmelsrichtungen und in voller Ausdehnung. Aber Dostar hatte sich wohl getäuscht; es blieb bei dem irritierenden Befund vom Vortag.

Was man den Helfern nicht geglaubt hätte, ihre Bilder bestätigten es: Der Moruun besteht im Wesentlichen aus großen, grauen, schwarz gesprenkelten Knoten – aber sie wachsen nicht regellos, wie man bisher geglaubt hatte, sondern gleichsam organisiert. Jaglada und Nernst schüttelten die Köpfe und selbst Dostar war ratlos. Zusammenwachsende Knoten bilden insgesamt ein von zahllosen Flecken übersätes menschliches Gesicht! Das war keine zufällige Bildung; deutlich konnten sie auf den Lebensechten Augen, Nase, Mund, Stirn und Wangenknochen erkennen – fast, als hätte der berühmte Tallo mit einer geisterhaften Truppe aus seiner Werkstatt eine riesige Skulptur dort oben geschaffen, ein gewaltiges Kunstwerk ausgerechnet auf der höchsten Erhebung des grauenhaften Waldes!

Die Miraden-Bilder erlaubten erstmals, die Sichtweise eines hoch fliegenden Vogels einzunehmen. Es galt, sehr viele Lebensechte zu gewinnen, denn teilweise schwebte die Pilate über dichten Wolken. In der Gesamtschau verschmolzen die großen, grauen Knoten zu wellenförmigen Strukturen, die an der Stirn, am Kinn ansetzten. Hatte dieses landschaftsfassende Gesicht, das ständig nur in den Himmel blicken konnte, einen Bart?

Wenn Dostars Riesenei noch höher stieg (das gelang an zwei weiteren Tagen), hatte man einen Überblick wie noch nie, aber auch mehr Fragen als Antworten: War der Dogger-Wald im Ganzen so etwas wie ein gewaltiger Kopf? Mit breiten, langen Haarsträhnen, die über das ganze Dach liefen und unten am Waldrand endeten in den Spitzen der Metrosen? Diese Skulptur schien einen gewöhnlichen Slengsaaken in landesüblicher, schulterlanger Haartracht darzustellen. Lag hier ein Kopf-Riese, der sich alle Schauerlichkeiten des Dogger nur ausdachte?

„Es gibt für alles eine Erklärung", sagte Dostar immer wieder.

Im Fall des mysteriösen Gesichtes hätte er sie nur zu gern gefunden, aber die Umstände änderten sich drastisch. Die Bilder der Mirade aus sehr großer Höhe waren die letzten gewesen. Am Tag danach sah man Dostar und seine beiden Helfer vor dem Arbeitszelt stehen, über das wichtige, kleine Gerät gebeugt. Irgendetwas arbeitete daran nicht und dem Meister fehlten offenbar geeignete Werkzeuge.

Niemand außer ihm sowie Jaglada und Nernst hatten die Lebensechten gesehen. Aber irgendjemand musste unter Gardoi und Dependaren verbreitet haben: „Auf dem Moruun ist das gewaltige Gesicht des Dogger-Erbauers Drubal. Wir sind alle verloren; er fühlt sich von uns gestört und wird sich furchtbar rächen!"

Dann fegte ein Frühjahrssturm über das Land, wie man ihn schon lange nicht mehr erlebt hatte. Alles, was wenig befestigt war, wirbelte umher. Dostars kleine Zeltstadt drohte, in Regenfluten abzusaufen. Einmal musste ein neuer Standort gefunden werden, mitten im übelsten Wetter. Ständig wurden neue Pflöcke eingeschlagen, damit die Zelte nicht davonwehten. Der Meister sorgte sich um seine kostbare Sammlung – unter Gefahren für Leib und Leben brachten sie Dependare immer wieder in Sicherheit. (Das machte die schlechte Stimmung im Lager nicht besser.)

Als das Unwetter nachließ, brach sich der Unmut freie Bahn: Hatte nicht der aufgestörte Drubal den Sturm geschickt, sie alle zu verderben? War das nicht seine Rache an dem frevelnden Tiersammler und seinen Helfern? Nachdem sie das ohne größeren Schaden überstanden hatten, würde nicht Schlimmeres folgen? Unter Gardoi wie Dependaren kursierten die übelsten Geschichten. Vor Dostar hatten sie Angst, vor dem Riesengesicht aber noch mehr. Fast wäre es zu einem kleinen Aufstand gekommen.

Daraufhin ließ der Meister die Mannschaft sich versammeln und hörte einem ihrer Sprecher lange und ruhig zu. Davon ermutigt, steigerte sich der Mann lautstark zu haltlosen Vorwürfen. Da zog Dostar die Nengune und schoss ihn nieder. Er sagte kein einziges Wort, er argumentierte nicht. Er hatte ihnen seine Macht gezeigt; augenblicklich war Ruhe.

Viel Zeit blieb nicht mehr. Eine Ausweitung der Erkundung auf die westliche Seite war ursprünglich nicht vorgesehen. Wo des Meisters Leute jetzt standen, konnte sie ein Versorgungsboot von Kondrake nicht erreichen und die Vorräte gingen zu Ende.

Also wurde auf Dostars Befehl (und zur Erleichterung der meisten) das Lager abgebaut. Teilweise mit schwerer Ausrüstung ging es denselben, beschwerlichen Weg zurück, vorbei an hunderten mittlerweile skelettierten Fisch-Lurchen. Ihre sonst so angriffslustigen Schlächter hatten mittlerweile großen Respekt vor den Menschenwaffen. Schnell laufende Dürrbeinige verschwanden rasch im trüben Mordsee, wenn die Gruppe des Meisters nahte.

Zwei Monate später stand Dostar aber wieder auf dem östlichen Hügel. Er beobachtete zwei Gardoi auf ihrem Weg hinunter zum Waldrand. Die beiden trugen neue, leichte Schutzanzüge; das war es eigentlich, was dieses Unternehmen zu einer Sensation machte. Die schwerfälligen Kettenhemden und Zweizinker gehörten (zumindest für Arbeiten in vergiftetem Gelände) der Vergangenheit an. Dostars Leute hatten jetzt Abrellen: weite, lappige Anzüge mit Stiefeln, Handschuhen und Kopfhauben. Gelbe Kleidung verhüllte den ganzen Körper.

Der damalige Kondraker Feinschleifer (der Vater meines Brillenherstellers) hatte in die Kopfhauben der Abrellen Sichtgläser eingesetzt. Ein so rundum Geschützter atmete durch einen die Luft reinigenden Filter. Wie lange der Meister gebraucht hat, diese besonderen Anzüge zu finden oder herzustellen, ist ungewiss – möglicherweise Jahre.

Die beiden Gardoi trugen in seinem Auftrag eine große Kanne zum Waldrand. Einer betätigte eine Pumpe, der andere hielt einen Schlauch, aus dem eine Flüssigkeit herausspritzte. Die gelben Anzüge schützten nicht nur vor den Kreaturen des Dogger, sondern auch vor dem eigenen, überall herabtropfenden Gift.

Trauben beinloser Vögel sollen von den Funziden gefallen, Metrosen geschrumpft sein, auf begrenztem Gebiet, vielleicht ein paar Schreiter in Länge und Breite. Das Vertilgungsmittel, das ungeschützte Männer augenblicklich getötet hätte, erwies sich für den Wald als zu schwach. Man hätte vielleicht auch mehr davon gebrauchen. Immerhin, das war ein erster Versuch.

Wie ein Lauffeuer hatte sich damals in Kondrake die Geschichte vom Gesicht auf dem Berg verbreitet, erzählt und mit gruseligen Einzelheiten ausgeschmückt von Gardoi und Dependaren der letzten Erkundung. Auch die Kerge griff dieses bedrohliche Bild auf. Bei allen Predigten in den Divibalen war fortan zu hören: „Auf dem Moruun zeigt sich das Antlitz der bösen Schildmakine. Ihre leeren Augen starren immer nur auf eine Stelle im Himmel. Dort erscheinen, wenn unsere fleißigen Gebete erhört werden, am letzten Tag der Welt Arasuls neue Flugschiffe, um den Dogger-Wald bis auf den Grund niederzubrennen!"

Am zweiten Tag des Unternehmens stieg wieder die Pilate auf, mit Jaglada und Nernst im Korb, beide in Abrellen. Schwacher, südöstlicher Wind trieb sie über den Moruun. An Flaschen mit brennbaren Flüssigkeiten hingen lange Stofflappen; die zündeten sie an und warfen sie auf die Gesichts-Skulptur. Passiert war nichts, ja, ich glaube, es sollte nichts geschehen.

Dostar gab ihnen den Befehl zur Zerstörung wahrscheinlich nur als Vorwand. Er wollte hinter das Geheimnis des mysteriösen Riesen kommen, nicht ihn vernichten. Die Kerge hat ihn dazu gebracht: ‚Du willst unsere Unterstützung? Dann verbrenne zuerst das Antlitz des Drubal!' (So lautete die unausgesprochene Botschaft.) Mit diesem vierten Unternehmen wollte der Meister die Gemüter der Gläubigen beruhigen. Das Ausprobieren seiner Abrellen stand eigentlich im Vordergrund – sie hatten noch ganz andere Fähigkeiten, auf die der bald zurückgreifen würde.

Als Priester bin ich verpflichtet, im Namen des Arasul zu reden. Nach langem Beten und gründlicher Gewissensprüfung habe ich mich entschlossen, in diesem Fall meinen Bedenken nachzugeben: Einmal hat mich das Buch „Der reglose Moddar" beeindruckt. Unter der scheinbar friedlichen Stirn des Berg-Gesichtes vermutet der Meister „eine Art böses Gehirn des Waldes". Hat einer aus der Mannschaft des Schardruminer Radschiffs die Zersprengung überlebt? Haust in den Tiefen des Moruun die Schildmakine Drubal? Ja, sagen die meisten Vertreter der Kerge.

Wen wundert es, dass Dostar etwas anderes andeutet:
„Wenn Jaglada und Nernst vom Pilatenkorb aus auf die Skulptur hinabblickten, berichteten sie mir von verstörenden Gefühlen. Die gleiche, abgeschwächte Wirkung trat bei der gemeinsamen Betrachtung der Bilder auf; jeder glaubte, sein eigenes Porträt wäre, riesig vergrößert, dort oben in Stein gemeißelt. Ich selbst hatte solche Vorstellungen nicht, wahrscheinlich, weil ich einem langhaarigen, bärtigen Slengsaaken überhaupt nicht ähnlich sehe."

Als ich, Matea, sechs Jahre alt war, quälten mich zwei gleichaltrige Buben. „In der Karpgasse", sagten sie grinsend, „wächst neben dem Taxat dein eigenes Gesicht aus der Mauer – ein Moruun mit einer ganz langen Nase." Auch wenn ich ihnen nicht glaubte, ging ich voller Sorge hin: Nichts war! Aber ich hatte mich doch vergewissert und in diesem Augenblick kamen die beiden Strolche aus ihrem Versteck und wollten sich schier totlachen!

Oder wie sollte ich einen bestimmten Traum ignorieren? In großen Abständen kehrt er wieder, immer derselbe:

Ich liege, klein wie ein Punkt, auf dem Grund eines gewaltigen Gefäßes. Alles, was ich kenne oder von dem ich nur gelesen oder gehört habe, umgibt mich, manches ist größer als ich, manches noch winziger. Das Gefäß ist der Rumenkrag. Von seinem oberen Rand, dort, wo der Himmel beginnt, schauen zwei riesige Augen auf mich herab. Beobachtet mich Arasul? Oder Rumelan? Gar Drubal? Nein. Ein Unbekannter ist es. Er hat diese Welt „erfunden". (Oh, ich weiß, wie belastet dieses Wort bei uns ist.) Ich bin sein Geschöpf.

Wenn ich mich schneide, spüre ich Schmerz. Also lebe ich? Vielleicht bin ich nur ein Traum. Sein Traum. *Nicht wirklich.* Der Traum ist nicht immer logisch. Manchmal wird das Gerade schräg. Oder unten ist der Wahnsinns-Wald und oben der bärtige, ruhende Slengsaake. Es passt nicht zusammen. Oder etwa doch?

Ich schreibe über den Rumenkrag? Das glaube ich wohl nur. Der Unbekannte lässt alle seine Geschöpfe leiden, auch mich: Damit Er Stoff hat zum Erzählen. Unsere Welt ist vielleicht deshalb so grausam, weil Ihn sein eigenes Leben langweilt. Es lohnt sich nicht, über Ihn zu spekulieren; mehr werde ich nie erfahren. Ich darf nicht mehr erfahren, es ist gefährlich! Ich tue, was Er will – manchmal auch, wenn ich mutig bin, handele ich nach eigenem Ermessen. Dann hat Er Mehr-Arbeit und wird zornig! Er reißt mir ein Bein aus, wenn Er will. Ich bin seine Ameise. Er bündelt den Sonnenstrahl über mir und ich verbrenne!

Wieder einmal bin ich davon erwacht. Es ist fast früher Morgen. Ich sitze bei brennender Kerze und schreibe über diesen ungeheuren Traum. Besser: Ich meine, darüber zu schreiben. Im Wachen träume ich. Und wenn ich träume, wache ich. Das eine ist so viel Illusion wie das andere. Wenn ich das endlich merke, nutzt es mir nichts; wohin sollte ich fliehen? Ich bin eine „erfundene Person" und leide, als *wäre ich wirklich*. Kein Trost, keine Perspektive. Lange bete ich dann jedes Mal: Arasul, hilf mir!

Tatsächlich, auch dieser Traum hat keinen Bestand. Die nächtliche Erfahrung verflüchtigt sich im Hellen. Der Alltag hat mich wieder, mein Haus, die Stadt, die Kerge, die Konklause. Gott sei Dank! Wahrscheinlich werde ich vernichten, was ich gerade schreibe, die Seite zerreißen. Niemand darf es lesen; man würde mich für verrückt halten. Gern lasse ich Koppin im Glauben, das Berg-Gesicht sei „die Fratze des Drubal". Wenn er das sagt, fällt er nicht auf und lebt länger.

Vielleicht bin ich schon verrückt. Ich muss den Anschein des Normalen erwecken, das ist harte Arbeit. Manchmal habe ich Angst, dass ich ganz plötzlich, vor vielen anderen, vielleicht in der Divibale, grundlos zu schreien beginne! Wer geisteskrank ist, den hat Arasul selbst aus der Gemeinschaft der Gläubigen ausgestoßen – so denken die Slengsaaken.

Ich lege mich besser hin und beruhige mich. Vielleicht bewacht ja der gnädige Herr Skorn meinen Schlaf.

KAPITEL 8

Abelas, Heilige Stadt

Dieses Durcheinander! Wieder suchte ich lange auf meinem Arbeitstisch.
„Ah, gefunden." Ich hielt ein vergilbtes Blatt in der Hand. „Das ist ein altes Protokoll der Konklause. Die Mitschrift einer Dostar-Rede."
„Wann hat er sie gehalten?", fragte Koppin.
„Moment." Ich überflog die Zeilen. „Im Neunehaus im Jahr 124. Zwei Monate nach dem Versuch, den Dogger-Wald zu vergiften." Ich schaute den Jungen über meine Brille hinweg an. „Soll ich?"
„Ja, bitte!"
Und ich begann zu lesen:

*

„Meine Herren Freder, ich begrüße Sie zur heutigen Sitzung. Arasul zum Gruß auch dem Devanten Lemreck, den ich aus besonderem Grund eingeladen habe. Ein Willkommen meinen bewährten Helfern Jaglada und Nernst. Mein Dank gilt dem Zweiten Habitanten Wiwinner, der mich wieder während meiner Abwesenheit vertreten hat. Sie alle fragten zu Recht nach meinem Verbleib in jüngster Zeit. Gerne will ich Ihnen darüber Auskunft geben. Hier ist mein Bericht:
Eine alte Karte aus dem Herbst der Automaten machte mich aufmerksam. Ich wollte überprüfen, ob vielleicht manches noch so war, wie aus ihr hervorging. Danach beginnt eine lange Straße am Nordufer des Kachoi-Sees und zieht sich in großem Abstand um den Dogger-Wald und den Mordsee herum. Eine Brücke soll den Oberlauf der Urfe überqueren. Wäre ich mit meiner Gruppe vor fünf Monaten ein paar Großschreiter weitermarschiert, hätten wir sie finden müssen. Aber die Straße geht anscheinend noch weiter, nämlich durch den Sdarbal, ein seit dem Jahr des ersten Luftschlages 54 nach Skorn schwer geschädigtes Gebiet.
Vor vier Wochen setzten wir in Booten über den Kachoi-See, ich, meine beiden Helfer sowie mehrere Gardoi mit Zugtieren und schwerer Ausrüstung. Tatsächlich fanden wir die Straße, von Gras

überwachsen, stellenweise brüchig, aber immerhin befahrbar. Ich ließ meine Begleiter mitgebrachte Teile zu einem zweispännigen Pferdewagen zusammensetzen. Nach einem Tag erreichten wir einen einzelnen Bauernhof. Die dort lebende Familie sprach gebrochen Slingsch. Sie sagten, dass niemand von ihnen oder ihren Eltern jemals den Sdarbal betreten hätte oder es tun würde. Dort strahlten die Steine Unheil aus und ließen bei Mensch und Tier alle Haare ausfallen.

Pferde, Wagen und Gardoi mussten auf dem Bauernhof zurückbleiben. Ich und meine beiden Helfer gingen mit Rucksäcken zu Fuß weiter auf der alten Straße. Die tödliche Gefahr war nicht zu spüren, aber mein Messapparat gab uns genaue Auskunft. Wir liefen durch Grasland mit vereinzelten Baumgruppen, da befahl ich schon, die Abrellen anzuziehen. Jeden Tag legten wir 30 Großschreiter zurück.

Vor mehr als 50 Jahren hatte ich den Sdarbal flüchtig kennengelernt und hatte angenehme Erinnerungen daran. In den Gotteskriegen wurde dann diese einstmals blühende Landschaft vollständig ruiniert; ich wunderte mich, dass die alte Straße überhaupt erhalten war. Als Navemeister des Neuen Skorn hatte ich mit meinem Sichler den Rumenkrag auch verlassen und war auf fremden Planeten gewesen. Jetzt dachte ich wieder daran, als wir durch eine felsige, vegetationslose Wüste gingen. Die Abrellen zogen wir nie aus, schliefen darin, saugten flüssige Nahrung durch Röhrchen und erledigten unsere Notdurft in innen angenähten Beuteln.

Am achten Tag entdeckten wir eine von den Akoi erbaute, tief im Boden versenkbare Festung. Flog einst der Feind darüber, wurde die Anlage emporgefahren und ihre mächtigen Kanonen holten wohl so manche Trilone herunter. Hier gibt es sicher einige noch nützliche und nicht alltägliche Dinge zu entdecken. Ich beschloss, so bald wie möglich dorthin zurückkehren.

Nach zehn Tagen Fußmarsch ergaben meine Messungen, dass wir die Abrellen ausziehen konnten. Die Wüste war auch schon wieder Bäumen und Grasland gewichen. Wir stillten in zahlreichen Gewässern gefahrlos unseren Durst. Statt von Röhrchen-Nahrung leben zu müssen, jagten und verzehrten wir Tiere.

Zwei Tage später erreichten wir einen Höhenrücken. Unter uns lag in einer weiten Tiefebene die Heilige Stadt Abelas! Wir sahen die sternförmige Mauer und die schnurgeraden Straßen, die zum Palast, zur Kerge und zum Hospital führen, in der Ferne ein Stück des Santaroi-Sees mit dem Reich des Zweiten Gottes auf dem Grund.

Das Unglück der Kriege hatte die abelasischen und die slengsaakischen Arasuliten voneinander getrennt. Wie lange schon? Diese Erkundung sehe ich als die bedeutsamste seit Langem für unser geistliches Leben, trotz der tödlichen Gefahren des Sdarbal. Ich wünschte, Sie, Herr Devante, wären bei diesem historischen Moment dabei gewesen!"
(Das Protokoll vermerkt: Beifall der Versammlung.)

„Wir wurden in die Stadt eingelassen", fuhr Dostar fort, „und gingen die Hauptstraße entlang Richtung Palast. Die Aufnahme durch die abelasische Bevölkerung war ausgesprochen herzlich. In der Stadt leben Menschen wie wir; die meisten werden aber dank einer hervorragenden Medizin doppelt so alt wie Slengsaaken. Hochgewachsene, blauäugige Akoi gibt es in Abelas nicht mehr, vielleicht nicht einmal mehr im ganzen Rumenkrag – aber der Ort, wo die Seligen jetzt bei Arasul wohnen, ist ja durch einen Fußmarsch zu erreichen!
Im Palast wurde mir die Herrscherin von Abelas vorgestellt. Sie stammt aus der Sippe der Agermanats, trägt den Titel ‚Rea' und heißt Neri. Lange hatte ich mit ihr ein Gespräch unter vier Augen. Sie erfuhr von unserer beschwerlichen Reise und wir dachten über die Risiken des Sdarbal nach. Ich erwähnte meine Pilate und sagte: ‚Sie ist ohne Steuerung und allein vom Wind abhängig. Wenn ich einen Antrieb dafür hätte, käme man leichter vom Slengsfelt hierher.'
Daraufhin führte mich Neri zum abelasischen Voltaport, wo vier stark beschädigte Sichler standen. Aber weder die Rea noch ich hatten das geeignete Werkzeug, die Leviatoren instandzusetzen.
Ähnlich war es bei den Abrellen, von denen ich sechs hatte herstellen können, dann war mir das dafür geeignete Material ausgegangen. Ich zeigte der Rea einen solchen Schutzanzug, aber sie schüttelte nur den Kopf und konnte mir nicht weiterhelfen.
An den folgenden Tagen begleitete die Hohe Frau mich und die Herren Jaglada und Nernst zu allen wichtigen Orten und Plätzen der Stadt. Wir besichtigten die herrlichen, weitläufigen Gärten nahe dem Palast und das berühmte Hospital, in dem für uns Slengsaaken tödliche Krankheiten vollständig kuriert werden können. Von den Zerstörungen durch die Gotteskriege ist in Abelas nichts mehr zu sehen; alles ist aufs Beste wiederhergestellt.
Wer in der Heiligen Stadt lebt, kann sich glücklich schätzen. Die meisten Abelasen haben in ihren großen Wohnungen ein Zimmer zur Verehrung des Neuen Skorn eingerichtet. Einiges ist in der re-

ligiösen Tradition aber anders als bei uns – das bewirken die vielen Jahrzehnte der Isolation. Das Heilige Buch der Abelasen etwa enthält viele Geschichten um den großen Hauker, die auch wir kennen. Die missionierenden Akoi haben wohl ein Exemplar als Grundlage des späteren Libat Kreder verwendet. Leider ging diese ursprüngliche Glaubens-Schrift bei der Zerstörung des Slengsfelts verloren.
Ich durfte das umfangreiche abelasische Archiv einsehen und fand Papiere aus der Zeit, in der Neris Großvater in der Stadt herrschte. Dort sind alle Hochgewachsenen, die zu uns im Slengsfeld kamen, namentlich aufgeführt, nur einer fehlt! Herr Devante, ich bitte Sie, diese Erkenntnis bei den nächsten Divibalen unter den Gläubigen verbreiten zu lassen. Ein ‚Gobinast' ist in Abelas nicht bekannt! Ich werde nicht müde, Sie immer wieder daran zu erinnern: Ein hässlicher Zwerg hatte sich, mit der Morfe getarnt, damals unter die Heiligen Männer gemischt, um für den Feind zu spionieren!
Verehrte Anwesende, aus der Heiligen Stadt nahmen ich und meine Begleiter unvergessliche Eindrücke mit nach Hause. Was ist prächtiger als die baulich so kühne Kuppel der abelasischen ‚Kerge vom gottgewordenen Skorn'? Ein Höhepunkt war zweifellos der letzte Tag unseres Aufenthalts – halb Abelas, an der Spitze das Boot der Rea mit mir sowie Jaglada und Nernst, fuhr auf den Santaroi-See hinaus. Unter Gebeten und Gesängen streuten wir Blumen aufs Wasser und gedachten der guten Seelen dort unten, im Reich des Animalte.
Mit dem festen Wunsch, wiederzukommen, verabschiedeten wir uns von der Hohen Frau. Wir sollten den Kondrakern, dem slengsaakischen Volk, als Zeichen ihrer Hochachtung ein wertvolles Geschenk mitbringen, sagte sie. Es ist eine kleine Makine, die einst das Movem des großen Haukers angetrieben hat. Möge dieser gesegnete Antriebs-Apparat, verehrter Herr Devante, in der Kerge seinen endgültigen, würdigen Platz finden. Ich danke Ihnen."
(Das Protokoll vermerkt minutenlangen Beifall.)

*

„Soweit dies." Ich legte das vergilbte Blatt auf den Arbeitstisch. „Du lächelst?", fragte ich freundlich. „Was erheitert dich?"
Typisch: Als hätte ich einen Nerv getroffen, lief sein Gesicht rot an.
„Ach, es ist mir ein wenig peinlich. Eine Schneiderin bei uns in Kidnam hieß Neri."
Ich musste lauthals lachen, das ist selten.

„Köstlich!", meinte ich schließlich, „eine Dependarin als Rea von Abelas."

Der Junge wirkte gleich entspannter.

„Sie nehmen diese Neri also nicht ernst?"

„Es gab sie vielleicht nicht."

„Von den Agermanats habe ich aber schon gehört."

„Eine weithin bekannte Sippe vor 75 Jahren", erwiderte ich. „Unsere Verbindung zu Abelas ist seither praktisch erloschen. Nur Dostar behauptete, etwas darüber zu wissen."

„Was stimmt denn an seinem Bericht überhaupt?"

„Sicher ist nur, dass er und seine Helfer mit den Abrellen durch den Sdarbal gingen. Aber seine Beschreibung der Stadt ist wohl – sagen wir – geschönt."

„Ich hörte von schwersten Kriegszerstörungen in Abelas. Die Narben der Luftschläge wären heute noch zu sehen."

„So wurde es mir auch erzählt."

„Er lügt vor der Konklause – aus welchem Grund?"

Ich lächelte grimmig.

„Warum lädt er den Devante zur Sitzung der Freder? Warum spricht der finsterste Ungläubige wie der frömmste Priester?"

„Weil er den Arasuliten gefallen wollte?", fragte Koppin vorsichtig.

„Ganz genau!" Ich klatschte in die Hände. „Die eigentliche Botschaft hieß: Schaut her, was ich für den Wahren Glauben tue!"

„In einer Kapelle", erinnerte sich Koppin, „habe ich das Geschenk der Rea ja gesehen. Also ist es nicht echt?"

„Unter den vielen Kostbarkeiten der Kerge", meinte ich böse, „ist diese Movem-Makine vielleicht die einzige drubalische Fälschung. Ich würde sie entfernen lassen, aber andere sind nicht meiner Meinung."

„Ich verstehe nicht ganz", sagte Koppin nach einer Weile. „Der Meister erzählt Geschichten, über die er selbst wahrscheinlich spottet. Er bringt ein angeblich heiliges Relikt von irgendeinem Movem-Schrottplatz mit. Mir wäre dafür der Aufwand einer gefährlichen Reise zu viel."

„Mir auch!" Ich lächelte listig. „Dabei hatte er sogar ein starkes Motiv, in die Heilige Stadt zu kommen. Was könnte das denn sein?"

Koppin schüttelte den Kopf und schwieg.

„Denk einmal an Dostars Verletzung", sagte ich.

„Sein verlorenes, rechtes Auge?"

„Ja. Die alte Wunde machte ihm zunehmend Schwierigkeiten. Seine gerettete Ausrüstung aus der abgestürzten Voltane genügte nicht. Der schwarze Mann brauchte Hilfe."

„Und fand sie in der Heiligen Stadt?"

„Zumindest hat er dort danach gesucht."

„Wie kam er darauf?"

„Dostar sprach in die Ferne mit seinem Fonem. Lange, bevor er eine Möglichkeit fand, den Sdarbal zu überwinden. Jemand hatte einen entsprechenden Antwort-Apparat – im Hospital von Abelas!"

„Er redete mit einem Arzt?" Koppin schaute verblüfft.

„Das nicht." (Wie mir der Schweiß plötzlich ausbrach vor lauter Hass!) „Ha, wie viele von dieser Drubalsbande konnten sich aus Schardrumin retten? Manche von ihnen lebten wie Dostar unter Feinden. Ein solcher Flüchtling arbeitete im abelasischen Hospital, getarnt als Krankenschwester. Mit ihr nahm der Einäugige Verbindung auf."

„Ah!" Koppin schnippte nervös mit den Fingern. „Der Name liegt mir auf der Zunge."

„Es war die Mutter des schwarzen Mannes!", rief ich. „Sie hieß Adre."

Da! Ein Schrei – ich kannte ihn schon. Gellend laut und spitz! Aus dem verdammten Wald, woher sonst? Dann wieder eine Art metallisches Schleifen über Stein, sodass mir die Haare zu Berge standen! Etwas Gewaltiges schien umzustürzen; der Boden bis zu unserer Uferseite bebte leicht – schließlich ein einziges, unerträglich hohes Pfeifen und es war vorbei.

In meinem Kopf jagten sich chaotische Gedanken: *War das gerade eine Riesin des inneren Waldes gewesen, die noch kein Mensch gesehen hat? Die durch unaufhörliches Gebären für den schrecklichen Nachwuchs des Dogger sorgt? Warum schrie die furchtbare Kreatur wieder, als ich erneut den Namen von Dostars Mutter nannte? Ein Zufall? Schweig endlich über dieses Schardruminer Weib!*, befahl ich mir selbst. Lange saß ich nur da und atmete schnaufend.

Koppin hatte die Augen geschlossen. Sein Gesicht war aschfahl. Er hielt die Fäuste geballt.

„Verdammtes, kreischendes Pack", murmelte er. „Haut endlich ab!"

Meine rechte Hand begann mit einem Mal zu zittern.

„Dein Wunsch ist sinnlos", antwortete ich mit schwacher Stimme, „so einfach verschwinden diese Bestien nicht. Nur der eigene Tod erlöst uns von ihren grauenhaften Schreien."

KAPITEL 9

Kondraker Kindheit

Nur zu gern verdränge ich Dinge, die ich nicht hören will. Als Erster Habitant muss ich sie freilich wissen – ein schmerzhafter Widerspruch. Es hat bereits einige Harrou-Fälle gegeben, das war für die Jahreszeit zu erwarten, und natürlich wurde in der Stadt darüber geredet. Mein persönlicher Bedarf an schlechten Nachrichten wäre schon mit dem zufrieden gewesen, was ich auf diese Weise zufällig erfuhr – bis ich gestern im Neunehaus Laubin traf: Er ist leitender Arzt des Kondraker Hospitals im Sittaweg und Freder meiner Konklause.

Es stand keine Sitzung an; ich wollte mir die gute Stimmung an diesem Tag nicht verderben und hatte es nach freundlicher Begrüßung plötzlich ganz eilig, zu gehen. Da gab mir Laubin unaufgefordert einen lückenlosen und beklemmenden Bericht über die Harrou, denn er beobachtet wie kein Zweiter alle Erscheinungsformen der furchtbaren Krankheit:

Einige Tage zuvor war er zu einem alten Mann gerufen worden, der mit hohem Fieber bereits im Sterben lag. Laubin blieb nichts anderes übrig, als den Leichenwagen zu bestellen. Als der Tote abgeholt wurde, sah der Sohn des Verstorbenen den schwarzen Mann hinten auf den Wagen aufspringen. (Wohlgemerkt – ich schreibe im Jahr 147 und meine nicht den Lebenden, sondern Dostars Geist!)

Kurz darauf erkrankte auch der Sohn des Alten und starb. Laubin konnte nicht zweifelsfrei ermitteln, ob die beiden an der Harrou gestorben waren oder nicht – die frühen Zeichen sind leicht mit einer schweren Grippe zu verwechseln.

Es gibt eine einfache Methode, die Krankheit in ihrer Ausbreitung zu verlangsamen: Man verbietet dem Patienten, seine Wohnung zu verlassen. Sind mehrere Leute, vielleicht ganze Familien betroffen, wird genauso verfahren. Zwei Wachen wechseln sich ab; einer hat die Hausschlüssel, der andere erledigt Besorgungen für die Eingesperrten. Wer auf diese Weise drei Wochen überlebt, gilt als „gesund". (Diese sogenannte „Absonderung" ist natürlich grausam, aber wir haben nicht viele andere Möglichkeiten.)

Laubin hat dafür in seinem Hospital besondere Zellen einrichten lassen. Ist der Patient einmal drinnen, darf niemand mehr hinein, auch die pflegenden „Brüder und Schwestern vom Gottesfisch" nicht.

Momentan hat er so einen Mann isoliert, der immer wieder plötzlich in einen schlafartigen Zustand fällt. Nach dem „Erwachen" erzählte er einmal von einer Schänke in Schardrumin, wo sich Dostar mit einem Freund getroffen haben soll. Dieser Mann namens Kybalt hat wahrscheinlich Gott gespielt. In seiner Werkstatt baute er die Schildmakine Drubal zusammen und hauchte ihr verbotenes, elektrittisches Leben ein. Verständlich, dass Laubin unbedingt Näheres wissen will, auch wenn ich ihn als Priester nur warnen kann: Das Böse ist überall!

Essen, Trinken und Austausch des Aborteimers erfolgt drei Wochen lang – eine gewisse Mithilfe des Kranken vorausgesetzt – über zwei Versorgungsklappen in der Zellentür. Laubin öffnet jeden Tag eine der Durchreichen, befragt den Abgesonderten und macht sich Notizen. Er vergleicht Protokolle verschiedenster Patienten über Jahre hinweg – mehrmals taucht der Name Kybalt auf, auch, dass ihm möglicherweise die Akoi ein schlimmes Ende bereiteten. (Recht so, sage ich als Predikar des Neuen Skorn.)

„Dieser Fall ist sehr merkwürdig", meinte Laubin. „Die Visionen des Patienten erinnern an die Harrou, aber körperliche Zeichen hat er nicht: keine Grippe, kein Magen-Darm-Leiden. Unter zehn Patienten mit dieser Krankheit ist immer mindestens einer, der sich kaum einordnen lässt."

Während sonst in der Stadt über alles und jeden hergezogen und geklatscht wird, dringt aus dem Hospital kaum etwas nach außen. Laubin hat als leitender Arzt beinahe die völlige Kontrolle. Wenn er befiehlt, zu schweigen, wird es normalerweise eingehalten; die Strafen für eine Missachtung sind beträchtlich. Über diesen besonderen Patienten erfahren die Kondraker also wahrscheinlich gar nichts. Gut so – denn einige fangen schon wieder an, wegen der beiden Todesfälle nervös zu werden und wir wollen nicht Öl ins Feuer gießen.

Am Abend erwarte ich Koppin und natürlich wird das erste Thema die Harrou sein. Ich habe mir vorgenommen, das Gespräch darüber nicht unnötig auszuweiten. Er wird heute auch nicht merken, dass ich bei der Lesung manches weglasse: Denn es geht um meine eigene, höchst private Geschichte.

„Herein!", rief ich, als es klopfte.

Bisch kam und hielt eine Schüssel in den Händen.

„Arasul zum Gruß, Herr Matea."

Ich antwortete in gleicher Weise, ein wenig verdrossen.

„Das Waschwasser hat eine angenehme Temperatur", sagte sie.

„Stell es ins Schlafzimmer."

Sie verschwand einen Moment im Nebenraum. Das Fenster stand weit offen; ich brauchte Luft beim Schreiben. Aus dem Dogger-Wald war mäßig laut ein seltsames Geplärre zu hören. Bisch kam zurück und fragte:

„Haben Sie gut geschlafen?"

„Einigermaßen." Ich notierte zum Schein etwas und schaute nicht auf. „Stundenlang diese einzelne Tierstimme – das hat mich lange wach gehalten."

„Mich auch, Herr Matea." Da war etwas Unausgesprochenes, ich kannte sie doch. Schließlich siegte ihre Neugier und sie fragte: „Schreiben Sie an Ihrer Predigt?"

„Nein, die ist schon fertig. Ich arbeite an der Geschichte des Rumenkrags, des Slengsfelts."

„Ach so." Bisch wirkte unsicher; meine Erzählung konnte sie nicht einschätzen. „Ich dachte bloß, Sie stünden wieder unter Zeitdruck. Wegen der Divibale heute."

„Nein, ausnahmsweise nicht." *Wann geht sie denn endlich?*, dachte ich. „Du meinst, weil es noch so früh ist?"

„Ja."

Ich tauchte die Feder ins Tintenfass.

„Mir war eben danach zumute", antwortete ich knapp. „Man sollte den Tag nutzen."

„Den könnten Sie noch viel besser nutzen", sagte sie schnippisch, „wenn Sie gefrühstückt hätten."

„Es geht im Moment auch ohne", erwiderte ich ärgerlich. (Da, ein Klecks auf dem Papier! Dass mich dieses Weibsstück auch immer ablenken musste!)

„Wann kommen Sie nach unten?", fragte sie mit beleidigter Miene.

„Wenn auch Delba und Koppin frühstücken wollen."

„Also in einer Stunde?"

„So etwa."

Bisch war schon an der Tür, als sie sich umdrehte und sagte: „Ich habe auch Ihre Predikars-Kleidung gereinigt. Sie hängt im Schrank."

„Ich danke dir." Jetzt war sie endlich draußen.

Schnaufend setzte ich mich im Stuhl zurück, hob verdrossen die Feder, brachte aber nichts Vernünftiges zustande. Wo meine Haushälterin war, schien mich die Eingebung zu verlassen.

Aus dem Zimmer nebenan kamen Geräusche. Delba und Koppin waren also wach. Ich öffnete meinen Schrank. Da hingen Jacke und Mantel des Predikars, weinrot, mit aufgestickten kleinen, blauen Kresnen und unterschiedlich großen Figürchen – sie stellen Akoi und Heilige des Slengsfelts dar. Darüber lag in einem Fach die Kappe des Priesters mit den gleichen Farben und Motiven. Die gute Bisch – tatsächlich war alles blitzsauber. Zur Freitags-Divibale heute würde ich meinem Amt entsprechend angezogen sein. Aber wie lange blieb das so in einer Stadt mit Schmutz an jeder Ecke?

Über der Waschschüssel hing ein Spiegel. Für mein Äußeres könnte ich mehr tun, habe aber als Priester immer die Ausrede, dass ich ja keiner Frau gefallen muss. Ich war schon immer dick, habe in letzter Zeit noch zugenommen und schnaufe schon, wenn ich Treppen steigen muss. Die Predikars-Kleidung im Schrank ist bereits jetzt fast zu eng. Mein Schneider in der Harksgasse ist immer sehr freundlich, denn er verdient gut an mir.

Nein, ich schaue mich nicht gern an. Unter meinen wässrigen, graubraunen Augen sind Tränensäcke. Die Nase ist etwas schief und der Mund fast verdeckt, denn um Kinn und Wange ringelt sich ein Vollbart. Das lange Kopfhaar fällt noch über die Schultern.

Ich bin 23 Jahre alt, aber mein Gesicht hat bereits Falten. Ein Mensch aus dem Herbst der Automaten würde mich wahrscheinlich auf über 50 schätzen. Damit bin ich keine Ausnahme: Die meisten Slengsaaken altern schnell und gehen früh ins Grab. Wer bedauert es schon, eine Welt voll schmerzlicher Narben vergangener Kriege bald wieder zu verlassen?

*

Als kleiner Junge blickte ich in denselben Spiegel wie jetzt, denn er hing in meinem Kinderzimmer – dort, wo jetzt Delba und Koppin wohnen. Als der 106-jährige Dostar von seiner Reise nach Abelas zurückkehrte, wurde ich gerade geboren. Bischs Vorgängerin in diesem Haus war eine alte Dependarin namens Zerfe. Auf ihre mitunter ruppige Weise brachte sie mir ein wenig Zuneigung entgegen.

Meine Mutter gab immer vor, zärtliche Gefühle für mich zu empfinden. Das verstand ich erst viel später. Andere Kondraker Frauen hatten nicht selten fünf, sechs Kinder und mehr. Aber meine Mutter konnte nach meiner Geburt keinen weiteren Nachwuchs zur Welt bringen. Ich war ihr Einziger. Sie wurde von der Vorstellung gequält, ihrem kleinen Matea könnte etwas zustoßen.

Heute weiß ich, dass meine Melancholie auf sie zurückgeht. Als Kind fühlte ich mich einsam, war wenig gesellig und empfindsam. Bald merkte ich, dass in meiner Umgebung etwas grundlegend nicht stimmte, ohne das Problem benennen zu können. Viele junge Slengsaaken haben wohl ein ähnliches, unklares Empfinden, verlieren rasch ihre Unbeschwertheit und werden allzu schnell erwachsen.

Mein Vater war – als Nachfolger des verstorbenen Tomter – Dostars oberster Steuereintreiber. Seinen Arbeitsplatz im Taxat in der Kondraker Karpgasse verließ er oft, um auf Dienstreisen rangniedere „Taxer" in anderen Orten zu kontrollieren. Ich fühlte mich immer erleichtert, wenn er nicht zu Hause war. Sein einziger Sohn Matea sollte später einmal ein gleich hohes, wenn nicht höheres Amt einnehmen als er selbst. Bald merkte der alte Palint, dass das nicht von selbst gehen würde, und wollte mich in seinem Sinne

„modeln" und „abhärten". Eigentlich war es mein nie ausgesprochener, aber fester Wille, ihm zu widerstehen – auf kuriose Weise ist dann sein ursprünglicher Plan doch Wirklichkeit geworden, verhängnisvoll für mich.

Wenn der Sommer kam, spielte ich als 3-Jähriger im Garten meines Vaterhauses gern unter einem bestimmten Baum stundenlang allein. Unsere Haushälterin Zerfe hatte mir vom Kondraker Markt kleine Holzfiguren mitgebracht, die Pferde, Gardoi und Heilige meiner Heimat darstellten. Von dem einäugigen Herrn der Slengsaaken hatte ich schon gehört, konnte ihn mir aber nur ungenau vorstellen.

Einmal kam die alte Zerfe aus dem Haus, um nach mir zu schauen, da fragte ich sie:

„Muss ich denn vor dem Ersten Habitanten mehr Angst haben als vor Vater?"

„Dummer Junge – was für ein Vergleich!" Sie gab mir eine leichte Ohrfeige, die nicht wehtat. Daraufhin nannte ich eine roh geschnitzte, schwärzliche Holzfigur in meiner Sammlung „Dostar" und traute mich manchmal nicht, sie anzufassen.

Unsere Haushälterin erzählte mir öfters von dem verfluchten Gebiet am anderen Flussufer und wie der Herr der Slengsaaken die entsetzlichen Pflanzen und Tiere dort töten wolle. Sie hielt das wohl für erzieherisch nützlich, um mich früh auf den „Ernst des Lebens" vorzubereiten. Leider verfolgten mich die bedrängenden Bilder, die sie dadurch in mir erzeugte, bis in den Schlaf. Nicht selten wachte ich nachts mehrmals mit einem Schrecken auf, als 3-Jähriger!

Dann starb in unserem Haus meine geliebte Katze. Zerfe begrub sie im Garten in der Ecke eines Gemüsebeetes. Wenn ich allein war, zeichnete ich dort mit dem Finger wirre Muster in den Boden und stellte meine schwärzliche Dostar-Figur daneben. Dann suchte ich unter jedem Stein nach Käfern und Würmern, tötete sie, legte sie in seltsamen Gruppen auf meinen kleinen Platz und nannte die dunkle, kindliche Kultstätte „Dogger-Wald".

Mein Vater war ein geachteter, gut bezahlter Mann. In seinem Haus gab es eigentlich nie einen Mangel an vielfältiger Nahrung. Deshalb wunderte ich mich, dass der Tisch mehrere Monate lang nicht so reich gedeckt war wie sonst. Zu den Mahlzeiten bekam ich schwarzes, trockenes Brot, Haferbrei, gekochte Erbsen, Linsen und trank Wasser – alles ungewohnt karg, aber immer noch ausreichend. Anderen ging es wesentlich schlechter als mir; das merkte ich selbst als Kind. Als ich mit meiner Mutter durch Kondrake ging, bettelten viele magere, zerlumpte Menschen in den Gassen.

Zwei Jahre lang hatten damals – wie ich später erfuhr – Unwetter einen Großteil der Ernte landesweit vernichtet. Im östlichen Slengsfeld kam es zu Spannungen vor allem zwischen Dependaren sowie Nobilen und Großnobilen; in mehreren Dörfern drohte eine Hungersnot.

Der schwarze Meister ließ sich immer über die Lage im Land genau unterrichten und war wahrscheinlich mit Absicht getäuscht worden. Jedenfalls glaubte er, alles sei in Ordnung und hatte zu dieser Zeit seine Amtsgeschäfte erneut dem Zweiten Habitanten Wiwinner übergeben. In Begleitung von persönlichen Helfern und Gardoi war er zum zweiten Mal zur versenkbaren Festung der Akoi aufgebrochen.

Anschließend stand noch mehr auf seinem Plan und jedermann wusste, dass er lange wegbleiben würde. Dostar wollte Teile vor allem des nordwestlichen Rumenkrags erkunden. Sein Ziel dabei war es, die seit Jahrzehnten anhaltende Isolation des Slengsfelts zu überwinden. Lange hatte er auch im Merkantehaus am Undaiplatz mit den Fernkaufleuten darüber diskutiert. Der Handel mit den Brezzen reichte nicht aus, die slengsaakische Wirtschaft (besser: den Wohlstand der Kaufleute) zu mehren; man suchte neue Märkte in einer Außenwelt, die sich seit den Gotteskriegen dramatisch verändert haben musste.

Kaum war der gefürchtete Landesherr abgereist, kamen seine Widersacher vor allem im Ost-Slengsfelt aus sämtlichen Schlupflöchern und machten einen Aufstand, wie wir ihn seit Jahrzehnten nicht erlebt hatten! Dostars Stellvertreter wurde mit der kritischen Lage bald nicht mehr fertig und schickte eine Gruppe los, den Ersten Habitanten zu suchen. Am letzten Hof vor dem Sdarbal erfuhr man vom Bauern und seiner Familie: Die drei Herren mit den seltsamen gelben Anzügen seien schon wieder aus dem verbotenen Gebiet zurück und mit den Gardoi zu neuen Zielen aufgebrochen; wohin, wisse man nicht. Unverrichteter Dinge kehrten Wiwinners Leute nach Kondrake zurück.

Was hatte sich da im Osten zusammengebraut und wie heftig entlud es sich: Die Bruchstelle zwischen Reichen und Habenichtsen wurde im „Jahr des Mangels" 127 zu einer gefährlichen Kluft. Die strenge Ordnung unserer Schichten soll den Frieden erhalten. Wir glauben, dass jeder Dependar einen Gebieter braucht, der ihn zu Fleiß, Arbeit und Zucht anhält. Aber dieser Herr sollte auch die Weisheit haben, zu sagen: „Wenn man dem Ochsen nichts zu fressen gibt, zieht er keinen Pflug." An dieser Einsicht mangelt es vielen unserer Nobilen und Großnobilen. Sie wollen sich zu keiner Zeit einschränken lassen; alle Bestimmungen, Steuern und Abgaben für die Dependare blieben in diesem fatalen Jahr die gleichen oder wurden sogar verschärft. Der arme Bauer bekam auch noch das letzte Mark aus den Knochen gesaugt.

Es kam sogar so weit, dass bisher Privilegierte Not litten und sich mit hungrigen, wutentbrannten Dependaren verbündeten. (Ich schäme mich dafür, dass auch Priester der Kerge bei diesen Kämpfen mitmischten und ihren Vorteil suchten.)

Vor allem die Unvernunft und Raffgier der Großnobilen war verantwortlich für das Entstehen der Revai-Bewegung: Ob kompromisslose „Durger" oder gemäßigte „Fasilaren" – es sind „Zu-Kurz-Gekommene", die sich holen, was ihnen bislang fehlte. Geführt werden sie dabei von Oberbanditen, die nicht lesen und schreiben können, sich aber anmaßend „Scheffe" nennen.

Der Herrscher über die Brezzen trägt den Titel „Topkamer". Wiwinner hatte mit ihm über sprachkundige Mittelsmänner verhandelt, denn das Brezzische ist mit dem Slingsch nicht zu vergleichen. Für unsere notleidenden Dörfer wurden umfangreiche, aber teure Lieferungen von Nahrungsmitteln ausgemacht. Nur geringe Teile der vereinbarten Mengen erreichten jedoch die Zielorte. Da verschwanden Transportwagen auf undurchsichtige Weise, blieben an den Rändern schlechter Straßen hängen; ihr Gut verdarb oder wurde Beute von Revai-Gesindel.

Die Kondraker Konklause unter Wiwinner hielt eine Krisensitzung nach der anderen ab und man munkelte im Slengsfelt schon von einer Revolution, die alles Bestehende hinwegfegen würde. Da tauchte Dostar mit seinen beiden Helfern plötzlich auf, unweit der alten Fabregge, offenbar rein zufällig und gerade noch rechtzeitig.

Warum wurde der Erste Habitant mit einer Bedrohung fertig, an der sein Stellvertreter gescheitert war? Weil man ihn fürchtete und achtete wie keinen zweiten: Er rief und alle sprangen! Binnen weniger Monate wurden unter seiner Leitung die schlechten Straßen im Ost-Slengsfelt ausgebessert oder neue gebaut; das war gerade in Zeiten der Not ein ungeheurer Kraftakt!

Das Brezzisch der ungläubigen Nachbarn sollte man nicht lernen, meinen sehr strenge Arasuliten. Weil es aber zur Bildung höherer Schichten gehört, habe ich mich im Kreopat damit mühevoll beschäftigen müssen. (Und nur zu gern wieder verlernt, denn es gab keine praktische Anwendung.) Dostar war auch darin Meister. Er redete ohne Mittelsmänner mit dem Topkamer fließend in dessen eigener Sprache. Erneut hielt der Brezzen-Herrscher die Hand auf und wurde reichlich entlohnt, denn aus Menschenliebe half er den Slengsaaken gewiss nicht.

Die Bestechlichkeit ist bei uns eine Schlange mit vielen Köpfen: Haut man einen ab, wachsen zwei nach. Als Dostar im Jahr 127 das giftige Sinnbild der Bereicherung anging, blieben (vorübergehend) tatsächlich nur Stümpfe übrig: Die gelieferten Nahrungsmittel erreichten die Notleidenden jetzt immer öfter in vollständiger Menge.

Überall im Slengsfelt hielt der Landesherr die Obrigkeiten und Mächtigen zur Mäßigung gegenüber den Dependaren an. Er überredete Nobile und Großnobile, ihre streng bewachten Vorratslager zu öffnen. Im Laufe der kommenden Monate sah man in den Dörfern immer weniger Menschen, die wandelnden Toten glichen.

Die Plünderungen nahmen immer mehr ab, weil es entweder keine Plünderer mehr gab oder sie es vorzogen, in ihren Verstecken zu bleiben. Die Gardoi aller Orte waren vorübergehend (und mit großem Erfolg) von Dostar persönlich gelenkt worden. In den Dörfern wurden zahlreiche Menschen verhaftet, manchmal auch die falschen. So viele Todesurteile wie damals konnten die Hinrichter nur zusammen mit ihren Gesellen, den sogenannten „Peitschern" vollstrecken. (Dem Henker in jedem slengsaakischen Ort stehen zwei dieser Helfer zu und sie peitschen auch nicht nur ...) Oft gab es weder Anklagen noch Verhandlungen: An den Straßenrändern hingen manchmal zehn, zwanzig Tote zur Abschreckung in sogenannten „Leichenbäumen". Die Revai, gerade erst entstanden, schienen fast schon wieder am Ende. Aber der fleißige Gärtner muss ständig rupfen, sonst wächst das Unkraut nach.

Als die blutige Hauptarbeit getan war, hielt Dostar einen Vortrag im Merkantehaus. Er sagte zu den versammelten Kaufleuten:

„Meine Herren, ich war in Gebieten des nordwestlichen Rumenkrags unter anderem deshalb so lange unterwegs, weil Sie mich um eine Erkundung neuer Verdienstquellen baten. Meine Abwesenheit zur Unzeit war mein eigener Fehler, dessen Folgen gerade noch abgewehrt werden konnten. Der Friede ist also wiederhergestellt; ihrem ungestörten Handel mit allen Teilen des Landes und mit Braits steht nichts mehr im Wege.

Ohne Übertreibung kann ich behaupten, dass nicht einmal Ihre Vorväter so weit gekommen sind wie ich und meine Begleiter. Wir reisten vom Sdarbal über das Estrigat und das Prussidel weit nach Norden, bis ins Land der Manken, dann wieder nach Süden und über brezzisches Gebiet weiter in die Chemberge. Dabei habe ich manchmal großschreiterweit nur Schrott und Trümmer gesehen, im besten Fall Inseln armseliger Natur, die gerade dabei ist, sich von der größten Verwüstung zu erholen.

Ja, in den genannten Gebieten leben auch Menschen. Aber kann man sie noch als Prusser, Estriger, Manken oder Chemmen bezeichnen? Sie sind spärlich bekleidet oder nackt, bauen vielleicht nicht einmal Hütten, können kaum sprechen und liefen in abergläubischer Angst immer vor uns weg. Stellen Sie sich Verhältnisse vor, wie sie im Slengsfeld unmittelbar nach dem letzten Luftschlag herrschten: So etwa sieht es in Teilen des Rumenkrags heute noch aus. Wir können auf die erstaunliche Aufbauarbeit in unserem Land, die ich vielfach angeregt habe, sehr stolz sein.

Von den Relikten der Gotteskriege habe ich auf dieser Reise mitgenommen, was mir nützlich schien. Bedürftige und Krüppel gibt es dort draußen zu tausenden, aber niemand, der Ihnen, meine Herren, Gewinn bringen könnte. Vielleicht würde ich in anderen Teilen des Rumenkrags fündig. Nur, wie wollen Sie dorthin gelangen? Immer wieder werden Sie plötzlich aufgehalten. Vor Ihnen hat ein riesiger Moddar vor Jahrzehnten die Landschaft verschlungen. So etwas kann man nicht beschreiben, nur erleben. Über ein schwarzes Nichts, wo die Welt-Scholle gleichsam abbricht, gibt es keine wie auch immer große Brücke. Beschaffen Sie mir eine Voltane, mit der ich fliegen, ein Movem, mit dem ich auf unzerstörten Straßen überall hin fahren kann. Dann besorge ich Ihnen Handelsgenossen, denen Sie gern auch fein gewebte Röcke aus Kondrake verkaufen können. – Ich bedanke mich für Ihre Aufmerksamkeit."

(Das Protokoll vermerkt: Die Kaufleute applaudierten zurückhaltend.)

In meinem Vaterhaus lebten damals vier Personen: Ich, Matea, meine Mutter, Zerfe und ein Gardoi zu unserem Schutz – drei seiner Kameraden waren in der Karpgasse ständig bei meinem Vater. Dostars oberster Taxer brauchte besonderen Schutz, vor allem auf seinen Reisen.

Als 3-Jähriger verstand ich kaum etwas von den Themen der Erwachsenen. Meist ging es wohl um persönliches Befinden oder um Dinge des täglichen Lebens. Über die Lage in Kondrake und im Slengsfelt zu sprechen, war nicht ungefährlich. Hier wurden meist nur, abhängig vom Grad der Vertraulichkeit, ein paar Worte gewechselt, mussten dürftige Anmerkungen genügen. Denn der gescheiterte, große Aufstand hatte ein fernes Echo: In immer breiteren Kreisen wurde Dostars Herrschaft nicht mehr fraglos hingenommen. Dagegen hatte er umfassende Maßnahmen eingeleitet. Wer seine Zunge nicht im Zaum hielt, musste selbst in einem entlegenen Dorf mit einer Anzeige rechnen.

Besonders in Kondrake wurde ein gut arbeitendes System des Verrats eingerichtet: Die rabenartigen Piats sind ja schwarzgefiederte Aasfresser. Irgendein Witzbold hat seine Schänke am Donaiplatz „Zum Blauen Piat" genannt; über Humor lässt sich streiten. In dieser bekanntesten Kondraker Wirtschaft treffen sich bis heute tatsächlich die seltsamsten „Vögel", um in den erwünschten „blauen" Zustand zu geraten. Zu Beginn von Dostars Herrschaft konnten die Trunkenbolde dort unbeschwerter sein. Jetzt waren sie vorsichtiger – vielleicht stillte der freundliche Zecher auf dem Stuhl daneben seinen Durst im Auftrag und auf fremde Kosten. Die Fäden der Bespitzelung liefen wohl in der Kurtell zusammen, aber Genaueres wusste niemand.

Selbst in den Familien war man nicht immer sicher. Es sind Fälle aus der damaligen Zeit bekannt, wo Väter, Mütter, Söhne und Töchter ihre Angehörigen angezeigt hatten. Dabei ging es meist weniger um Kritik an den herrschenden Verhältnissen als um irgendeine kleinliche, persönliche Rache.

Im Haus meines Vaters Palint waren wir, dem Arasul sei Dank, weit von solchen Zuständen entfernt. Aber die menschlichen Beziehungen schienen überall vergiftet. Manchmal schwieg mein engster Personenkreis, wenn ich dazutrat, und wechselte das Thema. Man strich mir dann über den Kopf und fragte mich mit falschem Lächeln: „Wie geht es dir, Matea?" – Leider habe ich das missverstanden und glaubte, an der Verlogenheit der anderen selber schuld zu sein.

Eines Tages kam mein Vater aus der Konklause und war ungewöhnlich nervös. Bald hatte er meine Mutter damit angesteckt. Der Kopfschmerz plagte sie wie lange nicht und in ihrer Zerstreutheit ließ sie ständig Gegenstände fallen.

Woher rührte die Beklemmung? Dostar hatte auf einer Konklausensitzung die schwere Erkrankung seines Stellvertreters bekanntgegeben. Er habe sein Amt zur Verfügung gestellt und sich auf sein Landgut bei Jehtse zurückgezogen. Alle, die es hörten, nickten, aber niemand glaubte es. Zufällig entnahm ich einem Gesprächsfetzen zwischen Mutter und Vater, dass Wiwinner wahrscheinlich tot war.

Der Zweite Habitant hatte die häufige Machtübertragung durch seinen Dienstherrn wohl häufig zu eigenem Nutzen gebraucht. Zu seinen Freunden zählte der Duchem von Jehtse, von dem das Gerücht umging, er sei ein entschiedener Dostar-Gegner.

Als der schwarze Meister die Kondraker Stadtkasse öffnete, um den Brezzen-Topkamer für die ausgehandelten Lieferungen zu bezahlen, fehlte eine Teilsumme und rasch fand man einen Schuldigen: Wiwinner! Wer in seiner engsten Umgebung Dostars Misstrauen weckte, war verloren – dabei konnte der in Ungnade Gefallene auch früher ausdrücklich gelobt worden sein. Die heimliche Botschaft lautete: Du lebst nur so lange, wie du dem Ersten Habitanten bedingungslos gehorchst! Dabei weitete sich sein unerbittlich prüfender Blick auch auf die gesamte Umgebung des einstigen Vertrauten.

Unsere Hinrichter kennen viele Methoden, einem Verurteilten ein qualvolles Ende zu bereiten. Im schlimmsten Fall werden Mörder öffentlich zersägt. (Die Peitscher trennen die Gliedmaßen ab und ihr Dienstherr schließlich den Kopf.) Dieses alte slengsaakische Recht hat Dostar aufgegriffen. Es steht in einem von ihm verfassten, bis heute gültigen Gesetzeswerk, dem Jureks. Darin kann man auch lesen, dass das Recht des Ersten Habitanten höher anzusetzen ist als das slengsaakische Recht, was bedeutete: Niemand, auch kein Gericht konnte dem Führer des Landes bei seinen Entscheidungen dreinreden. Wen er für einen Gegner hielt, den holten vielleicht eines Tages ganz unerwartet die Gardoi, und nach ihm verschwand möglicherweise auch seine Familie.

Immer wieder tauchten Gerüchte auf: Man habe Menschen gezwungen, schutzlos in das lebensfeindliche Gebiet vor dem Dogger-Wald hinabzusteigen. (Stimmt das denn? Vielleicht kann ich als erster Slengsaake eine Antwort darauf geben; eine Idee, wie es herauszufinden wäre, habe ich schon.)

Mein Vater hatte mit dem Zweiten Habitanten immer gut zusammengearbeitet. Was einst als gewissenhafte Amtsführung galt, geriet in einem Klima der Verdächtigungen und Verleumdungen jetzt zu einem fatalen Nachteil: Hatte sich der alte Palint auch bereichert? Wochenlang schwebte damals diese Frage wie ein scharfes Beil über meiner Familie, bis die schlimmsten Befürchtungen wieder zerstreut werden konnten. – Beim Spiel im Garten hatte ich in meinem kleinen, kindlichen Kultplatz eine Holzfigur vergraben und „Wiwinner" genannt.

Sehr gern hielt ich mich in der Nähe von Zerfe auf. Eines Morgens putzte sie im ersten Stock unseres Hauses und drehte mir den Rücken zu. Ich ging in den Raum nebenan. Er sollte einmal dem erwachsenen Matea als Arbeitszimmer dienen. Zu dieser Zeit – im Jahr 128 – war ich erst vier. Nur mit Mühe konnte ich über das Brett des offenen Fensters schauen, war aber neugierig. Im vornehmen Süden ging es schon immer ruhiger zu als in den anderen Stadtteilen; der spätere Palintsweg war an diesem Morgen menschenleer.

Plötzlich lief, so schnell er konnte, ein Mann dort unten entlang, hinter ihm zwei Gardoi. Sie riefen immer wieder: „Stehenbleiben!" Der Verfolgte gehorchte nicht. Er war schon aus meinem Blickfeld, aber ich sah einen der Gardoi einen Drissong-Bolzen auf ihn abschießen: Der Getroffene schrie!

Ich war ein dickliches, schwerfälliges Kind, vergaß aber in diesem Moment vollkommen, was ich mir zutrauen konnte oder nicht. Auf einem Stuhl kletterte ich schnaufend hoch und saß rittlings auf dem Fensterbrett, das eine Bein drinnen im Zimmer, das andere an der Außenmauer des Hauses. Von diesem luftigen Platz hatte ich einen viel besseren Blick auf das ungewöhnliche Geschehen und allein darauf kam es mir an.

Der Flüchtende lag verletzt am Boden; ein Bolzen steckte ihm in der Nierengegend. Langsam und mühevoll versuchte er, in Richtung Osergasse zu kriechen. (Das Kind Matea dachte wohl: Dem armen Mann geht's gar nicht gut; seine verzweifelte Lage konnte ich mir nicht wirklich vorstellen.)

Die beiden Gardoi traten neben ihn. Er hob den Kopf und schaute zu dem einen Verfolger mit dem Drissong empor. Ich konnte sein schmerzverzerrtes

Gesicht sehen und sogar sein Name fiel mir ein – ich kannte ihn flüchtig. Da hob der Gardoi seine Waffe in aller Ruhe und schoss; der Bolzen bohrte sich seitlich in die Schläfe des Opfers – ich verstand gar nicht, dass ich eine Art Hinrichtung erlebte.

Die Menschenjäger hatten es nicht eilig. Sie standen neben dem leblosen Körper und redeten leise miteinander. Bis heute habe ich das Bild vor mir: Zwei behelmte Köpfe drehten sich mit einem Mal in Richtung unseres Hauses und sahen den kleinen Zeugen der Mordtat, auf dem Fensterbrett im ersten Stock, über ihnen.

In diesem Augenblick stürzte Zerfe geradezu durch die offene Tür und kreischte:

„Lass das, dummes Kind, willst du dir den Hals brechen?!" Mit ein paar Schritten war sie bei mir, packte mich unter den Armen und riss mich herunter.

Meine Mutter arbeitete an diesem Morgen im Grundgeschoss. Sie merkte, dass ihr geliebter Sohn im ersten Stock irgendetwas angestellt hatte; wahrscheinlich war sie noch nie so schnell eine Treppe hinaufgerannt wie jetzt. Nach Luft schnappend hörte sie an, was Zerfe über mein allzu kühnes Abenteuer zu sagen hatte und gab mir ein paar schallende Ohrfeigen.

„Aber ich hab's gesehen!", rief ich heulend. „Die beiden da draußen haben dem anderen in den Kopf geschossen!"

„Was hast du gesehen?!" Die beiden Frauen gingen vor mir in die Hocke, starrten mir ins Gesicht und redeten erregt auf mich ein. „Da ist nichts! Halt deinen Mund, sonst kommen die bösen Männer hier herein und holen dich auch!"

Es war nichts zu machen. Mehr oder weniger hartnäckig leugneten sie das Geschehen, das ich beobachtet hatte, und gingen nicht einmal hinaus, um nachzuschauen. Stattdessen verhielt sich meine Mutter auf eine merkwürdige Weise, die ich schon von ihr kannte: In heftiger Besorgnis, voller Gefühlsüberschwang, kniete sie vor mir nieder und nötigte mir das feierliche Versprechen ab, niemals wieder, unter keinen Umständen, auf dieses Fensterbrett zu klettern!

„Beim Herrn Arasul!", rief sie weinend. „Ich will nicht noch meinen einzigen Sohn verlieren! Wo du doch so ungeschickt und unbeweglich bist! Willst du, dass deine Mutter noch stirbt vor Sorge um dich?"

Oh, sie war eine Meisterin darin, mir Schuldgefühle zu bereiten. Voll schlechten Gewissens und tief betroffen von dem Leid, das ich ihr angetan hatte, versprach ich alles, was sie wollte.

Später war ich mit den beiden Frauen unten in der Küche. Meine Mutter saß wie schwerkrank auf einem Stuhl und Zerfe legte ihr einen kalten Umschlag auf die Stirn – ihre Kopfschmerzen waren wichtiger als der tote Mann vor unserer Tür.

Zu dieser Zeit ging ich gewöhnlich mit Zerfe zwei- bis dreimal in der Woche in die Stadt. Nach diesem Vorfall verbot mir meine Mutter fast einen Monat lang, auch in Begleitung das Haus zu verlassen. Sie befürchtete wohl, dass in irgendeinem dunklen Winkel des Weges draußen jemand auf mich „wartete". Ich weiß nicht, ob das wirklich hätte eintreten können oder nur eine ihrer Angstfantasien war.

Jedenfalls fühlte ich mich wie befreit, als ich an der Hand unserer Haushälterin wieder aus diesem „Schutz-Arrest" herauskam. Zerfe wollte mit mir zum Donaiplatz, zuvor aber etwas allein mit ihrer Freundin besprechen; ich sollte bitte warten.

Allein stand ich als 4-Jähriger dort, wo die Osergasse in den künftigen Palintsweg einmündet. Fast hätte ich mir gewünscht, dass der Leichnam noch dort läge. Ich zweifelte, ob diese Tat vielleicht nur in meinem kleinen, kranken Kopf stattgefunden hatte, wie meine Mutter öfters behauptete. Überall waren doch die Fenster anderer Häuser. Konnte mir jemand helfen? Hatte keiner außer mir diesen Mord beobachtet?

Dabei war der Getötete einmal in unserem Haus gewesen. Die verschiedenen Kompte der Handwerker, etwa die Bäcker oder Schneider, wurden von einem einflussreichen Komptemeister geleitet. Die Gardoi hatten den Sohn dieses Mannes hingerichtet.

Ein paarmal schreckte ich in dieser Zeit nachts schweißüberströmt hoch. Ich hatte von zwei Männern geträumt, die mein Schlafzimmer betraten und mir einen Drissong-Bolzen in den Kopf schossen.

In diesen Tagen kamen noch mehr Slengsaaken überall im Land in heftige Bedrängnis, wurden verhaftet oder verschwanden einfach. Sie waren Opfer eines regelrechten Spinnennetzes aus Kondraker Kurtell und deren Beauftragten. Nicht immer genau fassbare, pflichteifrige Männer versuchten, herauszufinden: Wer verschwor sich gegen Dostar? Wie groß war der Kreis der gesuchten Personen? Gab es Verbindungen zu den gerade geschlagenen Revai? Mancher wollte vielleicht einfach nur eine Erleichterung von drückenden Steuerlasten und eine Verbesserung des Lebens der Dependare. Dann hatte er möglicherweise Pech und war am Ende genauso tot wie ein Aufrührer mit Blut an den Händen – das Rechtsbewusstsein war gering und es wurde nicht viel Federlesens gemacht.

Die Hetzjagd war auch Folge eines außerordentlichen Ereignisses. Mehrere Nobile, Gardoi und Dependare hatten ein Attentat auf Dostar geplant. So etwa muss es abgelaufen sein: Wochenlang beobachteten sie das Neunenhaus von gegenüberliegenden Gebäuden aus. Dostar, persönlich sehr bescheiden, bewohnte dort zwei Zimmer im ersten Stock. Es war bekannt, dass er nachts lange arbeitete. Hinter den geschlossenen Läden seiner Fenster konnte man vom Tschajeplatz aus den Lichtschimmer einer Lampe sehen, die zwischen der dritten und vierten Morgenstunde immer erlosch. Wenn der schwarze Meister schlief, wollte man ihn überwältigen. Dazu mussten ein Dependar, der Dostar persönlich bediente, und ein Gardoi bestochen werden.

In der Tatnacht machten es die beiden Verräter möglich, dass man zwei zur Wache eingeteilte Gardoi ziemlich geräuschlos töten konnte. Drei Attentäter standen im abgedunkelten Schein einer Kerze auf der Mitte der Treppe, die in den ersten Stock führte. Oben wartete Dostars persönlicher Dependar mit den Schlüsseln. Man wollte rasch öffnen, eindringen und den Ersten Habitanten auf der Stelle ermorden!

Der Tierchor aus dem Dogger-Wald sang in dieser Nacht laut genug und die Attentäter bemühten sich, sehr leise zu sein. Man wusste um die besonders scharfen Sinne des schwarzen Meisters.

Da flog mit einem Mal die Tür zu seinen Zimmern von innen auf. Ihr Bewohner, vollständig bekleidet, Stiefel an den Füßen, trat schnell auf den Flur hinaus, die Nengune in der Hand. Augenblicklich erschoss er den Dependar, der die Schlüssel hielt – mit einer beiläufigen Bewegung, wie er später erzählte. Im nächsten Moment stand Dostar am Treppenabsatz und feuerte in der Beinahe-Dunkelheit dreimal mit vollkommener Zielsicherheit. Die Attentäter stürzten hinab und blieben im Grundgeschoss liegen; jeder mit einer Kugel in der Stirn!

Im Neunehaus und im Hof dahinter warteten noch einige Mitverschwörer. Sie hörten Dostars gefürchtete kleine Waffe bei der Arbeit und machten, dass sie davonkamen.

Als das passierte, war ich sechs Jahre alt. Es war geplant, dass ich mit sieben das Kreopat besuchen sollte. Aber mein Vater gab sich nicht damit zufrieden, dass sein Sohn Matea dort möglicherweise nicht der Beste gewesen wäre. Er bezahlte einen privaten Lehrer, der mir noch vor Schulbeginn das Wichtigste beibringen sollte.

Im Schreiben und Lesen machte ich rasch Fortschritte, aber dann hörte der alte Palint von meinen schlechten Leistungen im Rechnen. Er zwang mich zum Lernen, merkte aber, dass auch Anschreien und Demütigungen nicht viel nutzten.

Einmal erwischte mich mein Vater beim Spielen im Garten zu einer Zeit, wo ich eigentlich Rechenaufgaben lösen sollte. Er versetzte mir einen kräftigen Hieb, dass ich rücklings in ein Beet stürzte, beugte sich über mich und schlug mit den Handflächen brutal und wahllos auf mich Zwerg ein – als erbarmungslos strafender Riese, wie mir schien. Mein Umgang mit Zahlen ist davon bis heute nicht besser geworden.

In meiner Nachbarschaft lebten genug Kinder, mit denen ich hätte spielen können. Aber auch die freundlichen und harmlosen unter ihnen wurden völlig beherrscht von zwei Raufbolden. (Ich erwähnte die beiden Kerle bereits in einem früheren Kapitel.)

Eine Zeit lang versuchte ich, mich ihrer Gruppe anzuschließen, aber die Anführer erkannten in mir ein williges Opfer und brachten schließlich auch alle anderen dazu, mich zu quälen. Zuerst kam ich nach Hause und überall klebte der Speichel an mir, mit dem sie mich vollgespuckt hatten. Ein anderes Mal packten mich die zwei kleinen Banditen im Beisein der anderen und drückten mich in den Schmutz der Gasse, bis ich glaubte, zu ersticken. Schließlich banden und knebelten sie mich in einem Kondraker Ruinengrundstück und ließen mich dort liegen.

Zerfe fragte einige Kinder, wo ich war, und befreite mich schließlich. Manchmal besuchte mich noch heimlich ein gleichaltriger Freund – ansonsten spielte ich wieder allein im Garten meines Elternhauses.

Die zwei Raufbolde, mein strenger Vater, der alles beherrschende, schwarze Meister, der Gestank und Lärm vom anderen Ufer und vieles mehr – die Welt schien das Kind Matea mit Stacheln zu bedrohen. Ich war schreckhaft und häufig krank. Wenn die Nacht kam und ich allein im Bett lag, krochen schattenhafte Gestalten aus den Ecken meines Zimmers. Nur mit Gebeten zu Arasul konnte ich diese bedrängenden Fantasien einigermaßen aus meinem müden Kopf verbannen – in dieser Zeit wünschte ich zum ersten Mal, Priester der Heiligen Kerge zu werden.

Nach den Zwischenfällen mit der Kindergruppe durfte ich auf Weisung meiner Mutter wieder nur in Begleitung aus dem Haus.

Eines Tages ging ich mit Zerfe zum Markt auf dem Undaiplatz. Sie feilschte an einem Stand mit einem Händler. Ich sah einige Neugierige, die im Halbkreis um einen Auskunfter standen.

„Kondraker!", rief der Mann. „Unbekannte Wesen aus dem Osten haben Dörfer in der Umgebung von Braits angegriffen. Sie sind bis ins Slengsfeld vorgedrungen."

War das schon alles? Als einige Leute ihm lautstark Fragen stellten, übertönte sie der Auskunfter noch mit rauer, kräftiger Stimme:

„Die Eindringlinge kommen nicht weit. Es ist geplant, ihnen mit aller Macht entgegenzutreten."

Wer waren diese Wesen und wer griff sie an? Seine Zuhörer rätselten. Wie konnte man nur diesen Mann mit so spärlichen Nachrichten losschicken? Nach eigener Meinung hatte er wohl seine Pflicht getan, wimmelte alle ab, die ihn bedrängten und war offenbar froh, schnell wegzukommen.

Einige Tage danach bat mich Zerfe in der Stadt, an einer bestimmten Stelle zu warten, und ging wieder allein davon. Ich hörte zufällig, was zwei alte Kondraker miteinander redeten.

„Das Limbranat war mir bis vor Kurzem unbekannt", sagte der eine.

„Mir ging es ebenso", gab der andere zu.
Wieder der eine:
„Es ist die Heimat die Limbranen. Sind das Tiere oder Menschen?"
Der andere:
„Ich weiß es nicht. Sie können wohl selbst kein Feuer machen. Aber – verdammt – sie wissen, es anzuwenden."
„Wie meinst du das?"
„Hast du es gestern nicht gehört? Diese Scheusale haben einen Flecken bei Tangeleit überfallen, vielleicht in einer Herdstelle gewühlt und alles in Schutt und Asche gelegt."
„Furchtbar!"
„Ja, aber es kommt noch schlimmer. Die Limbranen fressen Menschen!"
„Nein, wie entsetzlich!"
„In diesem Flecken gibt es nichts Lebendiges mehr, nur noch Knochen."
Ganz Ohr und voller Angst wollte ich noch mehr erfahren, aber unsere Haushälterin kam zurück und zog mich weg.

Besondere Qualen litt ich, wenn ich gelegentlich mit meiner Mutter in die Stadt musste. Einige Tage nach dem erlauschten Gespräch der beiden Alten war ich mit ihr in der Espergasse; sie wollte sich Armringe und Ohrschmuck kaufen. Mich 6-Jährigen hielt sie stets schützend bei der Hand. (Das machte sie noch, als ich bereits zehn war – dadurch wurde ich endgültig zum Gespött Gleichaltriger.)

Durch viel Quängeln hatte ich an diesem Tag erreicht, dass ich nicht mit auf den hölzernen Verkaufs-Vorbau des Händlers steigen musste. Entgegen ihrer Mahnung entfernte ich mich sogar ein Stück weit. Da stand plötzlich einer der beiden Raufbolde aus der Kindergruppe neben mir. Gehässig fragte er:
„Von den Limbranen hast du schon gehört, dickes Schwein?"
„Ja, sicher. Lass mich, sonst rufe ich meine Mutter."
„Wenn diese Kreaturen angreifen", antwortete der kleine Strolch, „kann sie dir auch nicht helfen."
„Innerhalb der Kondraker Mauern", fiel mir momentan ein, „bin ich geschützt."
„Das glaubst du?"
„Ja."
„Weißt du denn, wie die Bestien aussehen?" (Er zielte schlecht beim Spucken und traf meinen Schuh nicht.)
„Dazu kann niemand was Genaues sagen."
„Irrtum, du Stinker!" Er quetschte heftig meinen Arm; ich hatte hinterher einen blauen Fleck. „Die Limbranen sind Riesen mit zwei ungeheuren Sprungbeinen!", zischte er. „Damit setzen sie über alle Hindernisse und der erste appetitliche Happen bist du, Fettsack!"

Meine Mutter hatte vom Holzvorbau aus meine Bedrängnis bemerkt und kam mit energischen Schritten auf uns zu. Der Raufbold verdrückte sich sofort. Sie war noch nicht zum Kaufen gekommen und jetzt hatte ich ihr die Laune verdorben; sie wollte nach Hause. Auf dem Weg zurück musste ich wieder ihre Hand halten und mir ihr Gekeife anhören:

„Du ziehst diese Quälgeister geradezu an, Matea! Man kann dich wirklich keinen Augenblick aus den Augen lassen! Muss ich mir wegen dir den Kopf zerbrechen? Kein Wunder, dass mich ständig Schmerzen plagen!"

Jedermann wusste, dass die Auskunfter manchmal mit kräftigen Stimmen über spärliche Inhalte ihrer Reden hinwegtäuschten. Das änderte sich jetzt mit den Flüchtlingen, die zu uns kamen, denn ihre Schilderungen waren drastisch! Ein paar Tage nach meinem Espergassen-Erlebnis voll mütterlicher Sorge gab es ein einziges, großes Thema in der Stadt: die Limbranen.

Noch immer wurde gerätselt, wie diese Ungeheuer aussahen.

„Sie können fliegen und stoßen bald auf uns herab – wie riesige Piats."

„Erzähl keinen Unsinn, Schwätzer, nur ihre Köpfe ähneln denen großer Vögel." So mancher malte in diesen Tagen allerlei Schreckensgemälde, um sich wichtig zu tun.

Als sicher galt, dass der Duchem von Kirgmehs eine Kvarente Reiter-Gardoi zur Verteidigung eines seiner Dörfer gegen die Kreaturen hatte antreten lassen. Wie Pferde auf Limbranen reagieren, lernte man sogleich in einer schmerzlichen Lektion. Es gab ein vollkommenes Chaos und eine blutige Niederlage – unter den Toten viele Gardoi und ihre Tiere, aber kein einziger Feind!

Die Angst ging um in Kondrake: Was passiert, wenn diese Bestien ihren Marsch nach Westen fortsetzen und vor der Stadt auftauchen?

Einige verehrten Dostar. Andere wären ihn gern losgeworden. Er war Herrscher und Fremder in einem, der einzige bartlose Glatzkopf unter lauter Langhaarigen, ausgenommen seine „Söhne", die schlechten Kopien. Aber wer hatte immer die besten Ideen? Wer schien das ganze Land von unten nach oben wenden zu können? Wo niemand sonst der Bedrohung entgegentrat, ruhten die Hoffnungen natürlich auf ihm.

Als schon bei Marints Limbranen gesehen wurden, musste die Konklause dringend handeln. Eine Krisensitzung des engsten Kreises sollte stattfinden. Aber das Neunehaus wurde gerade gründlich renoviert. Mein Vater schlug für das Treffen sein eigenes Haus vor und der Vorschlag wurde angenommen.

Als meine Mutter erfuhr, dass Dostar persönlich kommt, wollte sie ständig ganz viel im Haus tun, aber die Kopfschmerzen hielten sie davon ab – was für eine Quälerei!

Zerfe hatte in Erwartung des hohen Besuches schon einige Tage vorher alles saubergemacht, unter bescheidener und eher störender Mitwirkung meiner Mutter. Aber das genügte unserer Haushälterin offenbar nicht. Jetzt reinigte sie Flur, Küche und sämtliche Zimmer noch einmal in einem einzigen, mehrere Stunden dauernden Kraftakt.

Mein Vater hatte sich viele Akten mit nach Hause genommen, konnte sie aber offenbar nicht abarbeiten. Das machte ihn jähzornig wie nie; es störte ihn buchstäblich die Mücke an der Wand!

Zur vereinbarten Stunde warteten wir alle unten im Flur unseres Hauses – ich an der Hand meiner Mutter, flankiert von Zerfe und meinem Vater, hinter uns die vier Gardoi der Leibwache.

„Wie begrüßt du den Herrn Dostar?", fragte mich meine Mutter zum wiederholten Mal. (Es blieb nichts anderes; ich musste es ihr noch einmal vorführen.) „Sag bloß nicht vor lauter Aufregung ‚Arasul zum Gruß'", mahnte sie.

„Nein, Mutter", antwortete ich mürrisch.

Wir hörten Schritte; jemand betätigte den Türklopfer und mein Vater öffnete. Der Erste Habitant trat ein, hinter ihm kamen Jaglada, Nernst und ein Unbekannter. Verwundert dachte ich: *Gehört der denn zum engsten Kreis?* Auf dem Weg draußen sah ich flüchtig die bewaffneten Begleiter der Herren.

Jetzt kam der Auftritt der Hausbewohner und Gardoi, der „Ehren-Gruß" mit rechter Faust in linker Hand und dem Ruf: „Dostar – Kraft und Tat!". (Das gemeinsame Ritual hatte bei den Proben vorher viel besser geklappt.) Der berühmte Gast machte die gleiche Geste, jedoch schweigend. Jaglada, Nernst und der Unbekannte lächelten ständig, als wäre ihre Mimik eingefroren.

Mein Vater stellte seinem Dienstherrn zuerst meine Mutter und Zerfe vor. Beide Frauen verbeugten sich vor Dostar. Dann sagte der alte Palint einen banalen Satz, der mir trotzdem in unauslöschlicher Erinnerung blieb: „Das ist mein Sohn Matea." Denn jetzt hatte ich, ein empfindsames, dickliches Kind, einen Augenblick lang die Aufmerksamkeit des legendären Meisters.

Diesen einmaligen persönlich-geschichtlichen Moment konnte ich aber so gar nicht genießen. Ich war völlig verwirrt, mein Herz klopfte wild und ich dachte fast panisch: *Ich muss schon wieder dringend Wasser lassen!*

Dostars stummes Interesse an mir währte ein paar Sekunden. Er sagte etwas zu den vier Gardoi hinter mir. Jetzt erst traute ich mich, ihn genauer anzusehen.

Sein schlanker Körper wirkte kräftig wie von sportlichen Übungen. Sein weiter, schwarzer Anzug war gut geschnitten. In Hüfthöhe bauschte sich seine Jacke etwas über dem Gürtel, an dem seine gefürchtete Schusswaffe in einem Futteral steckte. Die Stiefel glänzten frisch gewichst.

Als 6-Jähriger fragte ich mich: War Dostars Schädel schon immer so kahl gewesen? Er hatte eine markante, etwas höckrige Nase und schmale, verkniffene Lippen. Warum musste ich bei seinem Anblick an ein lauerndes Raubtier denken?

In meiner Erinnerung blieb ein eigenartiges Bild: Zwei Hautfalten an seinen Wangen scheinen mir heute noch alterslos – ohne, dass ich das begründen könnte. Es gab noch viele andere solcher Merkmale, die sich meiner Beschreibung entziehen und ihn rätselhaft machten. Ich zweifle nicht daran, dass mir damals tatsächlich ein 112-Jähriger gegenüberstand, der nicht älter als dreißig schien.

Mein Vater sagte etwas zu jedem, der in seinem Haus arbeitete und wohnte; Dostars linkes, graues Auge bewegte sich von einer Person zur nächsten. Nie werde ich diesen Blick vergessen: durchdringend, hellwach, völlig gefühllos. Statt eines rechten Auges hatte er dieses hässliche, von keiner Stoffklappe verdeckte „Loch im Gesicht", umgeben von einem bizarren Narbenkranz – man wollte diesem Mann nicht im Dunklen begegnen.

Dostar sprach mit bassiger Stimme, aber wenig; er bedankte sich etwa für den freundlichen Empfang. Seine Betonungen waren hart, besonders die Mitlaute: Was er sagte, klang ernst, grimmig oder bedrohlich.

Seine Begleiter Jaglada und Nernst sah ich zum ersten Mal zusammen – die zwei etwa 25 Jahre alten Männer schienen mir äußerlich sehr ähnlich, ohne verwandt zu sein. Der Unbekannte neben ihnen war untersetzt, hatte eine knollige Nase sowie schulterlange und ungewöhnlich helle Haare. Dostar stellte den Blonden vor; er sagte:

„Das ist Jókkobi, mein neuer Gehilfe, ein enger Vertrauter des Predikars von Marints."

Die Herkunft hätte man auch leicht erraten können. Denn Jókkobi sprach unverkennbar im Dialekt unserer Nachbarstadt, jedes „ch" war ein „sch". So sagte er etwa: „Isch freue misch, Sie kennenzulernen." Häufig strich er in einer eitlen Geste eine seiner langen Strähnen aus der Stirn.

Die Begrüßung war rasch zu Ende; die drei Herren und der alte Palint gingen in dessen Arbeitszimmer. Unsere vier Gardoi verschwanden scheinbar irgendwo im Haus, wären aber im Bedarfsfall sofort zur Stelle gewesen.

„Diese Kopfschmerzen!", sagte meine Mutter mit leidendem Blick und stieg die Treppe zum ersten Stock hinauf. Ich sollte bei Zerfe bleiben, die im Grundgeschoss in der Küche zu tun hatte.

Die Haushälterin kochte das Mittagessen. Ich saß auf einem Stuhl und schaute ihr zu. Die Küchentür stand offen. Aus dem gegenüberliegenden Arbeitszimmer hörte ich ein leises Gemurmel.

„Sei schön lieb, Matea", sagte Zerfe, „ich muss gerade mal hinunter in den Keller."

Sie ließ mich allein. Erwachsene konnten sich meist blind auf mich verlassen – ich war wirklich sehr gehorsam. Aber in diesem Augenblick fuhr gleichsam der Drubal in mich: Ich ging ein paar Schritte in Richtung des väterlichen Zimmers. Da verließ mich der Mut und ich kehrte wieder um. Wie lange würde wohl Zerfe im Keller brauchen? Die Neugier war stark und die Gelegenheit musste genutzt werden! Wieder stand ich auf, drückte diesmal das Ohr gegen die Tür, hinter der die wichtigen, geheimen Dinge beraten wurden. Manchmal redete drinnen einer der Herren ein bisschen lauter oder deutlicher. Leider verstand ich auch dann meist nur Teilsätze.

Jókkobi sagte:
„Sie führen Gefangene mit sich ..."
Dostar antwortete:
„Wir haben die Möglichkeit ..."
Die Stimme meines Vaters:
„Es gehen Gerüchte durch die Stadt ..."
Eine Zeit lang hörte ich lediglich Wortfetzen. Dann fragte Dostar:
„Wie weit sind Sie, meine Herren?"
„Fertig, mein Erster Habitant", antworteten entweder Jaglada oder Nernst.
Aber dann, unverkennbar, Jókkobi:
„Isch denke, wir können handeln."

Die Zeit drängte. Ich musste wieder meinen Platz auf dem Küchenstuhl einnehmen! Auch wenn ich kaum eine Ahnung hatte, um was es eigentlich ging; der Reiz des Heimlichen, Verbotenen hielt mich fest. Ein kleiner Junge, der erfuhr, was große Männer denken – wie aufregend!

Mein Ohr schien am Holz der Tür zu kleben. Dostar sprach gerade. Er war keineswegs zu leise. Ich hätte ihn verstehen müssen. Aber ich verstand mit einem Mal gar nichts mehr. Wie hatte sich seine Stimme gewandelt! Er klang plötzlich so merkwürdig, so überraschend anders. Redete eine andere Person? Nein!

Mir wurde ganz schlecht vor Angst. Ohne die Tür des Arbeitszimmers aus den Augen zu lassen, ging ich rückwärts in die Küche und setzte mich auf meinen Stuhl.

Zerfe kam herein und stellte einen Korb mit Gemüse auf den Tisch. Sie sagte:
„Du bist so bleich, Matea. Was ist los?"
„Das ist die A...Aufregung", stotterte ich. *Beim Arasul, nimm dich zusammen!*
„Weil der Erste Habitant hier ist?" Sie rührte in ihrem Kochtopf.
„Ja."
Die Haushälterin nahm einen Löffel und schmeckte die Suppe ab.
„Aber einem 6-jährigen Kind", meinte sie beiläufig und blies, weil es zu heiß war, „wird doch der große Dostar nichts tun."
„Ich weiß."

Während Zerfe weiter kochte, warf sie immer wieder einen Blick auf die Tür des Arbeitszimmers. Das Gemurmel wurde lauter und ich hörte Stühlerücken; die Sitzung war wohl fast zu Ende. Die Tür öffnete sich halb und ich sah meinen Vater. Er machte mit einer Hand eine energische, kreisförmige Bewegung, öffnete und schloss den Mund, blieb aber stumm.

Zerfe rannte aus der Küche und war Augenblicke später wieder zurück – hinter ihr kamen meine (ungewöhnlich schnelle) Mutter und die vier Gardoi. Mein Vater trat schnell zu uns – acht Leute standen parat wie bei der Begrüßung.

Dostar trat aus dem Arbeitszimmer, gefolgt von seinen Begleitern. Wir machten – eine mäßig begabte Schauspieltruppe – die üblichen Gesten und riefen wieder alle zusammen: „Dostar – Kraft und Tat!" Diesmal gelang der Chor besser.

Mit Schaudern dachte ich: *Gleich wird der schwarze Meister mit dieser ungewohnten Stimme sprechen!* Aber er erwiderte nur den Gruß mit Faust und Hand. Er sagte: „Ich danke Ihnen." Ganz normal. Ein Bass mit harten Mitlauten – wie man ihn kannte. Die drei Herren hinter ihm verbeugten sich leicht und lächelten weniger verkrampft.

Dann ging die Eingangstür zu – die Bewohner des Hauses Palint standen einen Augenblick unschlüssig und entspannten sich.

„Mein Kopf!", sagte Mutter. „Zerfe, mach mir einen kalten Umschlag." Ich spürte das dringende Bedürfnis, sofort meine Blase zu entleeren.

Ein paar Tage danach betrat ich wieder die Küche. Der Topf dampfte ohne Aufsicht; Zerfe war auch jetzt wohl im Keller. Die Tür zum Speisezimmer stand offen. Von drinnen hörte ich die Stimmen meiner Eltern, die schon am Tisch saßen. Bald würde die Haushälterin das Mittagessen auftragen.

Wenn man dem Drubal Macht gibt, drängt er stets: Mach doch! Im Lauschen hatte ich ja schon Übung. Ich stellte mich so neben die Tür, dass man mich nicht sehen konnte.

„Der Erste Habitant soll manchmal eine ganz seltsame Stimme haben", sagte meine Mutter drinnen.

„Wer hat dir das erzählt?" Der Vater war heute wieder sehr mürrisch.

„Die Freundin unserer Nachbarin."

„Ah, die schwätzt gern und viel."

„Aber in dem Fall hat sie recht, oder?"

„Jaa", brummte er unwillig.

Meine Mutter konnte sehr hartnäckig sein.

„Komm, heraus damit, wie muss ich mir diese andere Stimme vorstellen?" Eine Sekunde Stille. Schließlich mein Vater, mit Absicht lakonisch: „Sie klingt ziemlich erschreckend."

„Palint!", rief meine Mutter vorwurfsvoll. „Du machst mir Angst!"

„Wer viel fragt", meinte er trocken, „erhält die passende Antwort."

Ich hörte Zerfes Schritte auf der Kellertreppe und trat sofort hinter der Tür hervor ins Speisezimmer. Wie aufgeregt ich war, merkte man das?

„Skorn segne das Mahl", sagte ich, so harmlos wie möglich. Der übliche Spruch zu dieser Tageszeit. Nein, meinen Eltern fiel nichts auf.

„Skorn segne das Mahl", erwiderten sie.

Wir aßen. Die Stimmung bei Tisch war, wie meistens, recht kühl.

*

Koppin hatte mir wie gewohnt, innerlich gesammelt, mit geschlossenen Augen zugehört. Ich legte mein Manuskript (die „Kurz-Fassung") auf den Tisch. Das Fenster stand weit offen. Aus dem Dogger-Wald tönte ein aggressives Kreischen über Fluss und Stadt.

„Hast du Fragen, Junge?" Ich zog die Brille ab.

Er schluckte und räusperte sich.

„Wann kamen denn die Limbranen?"

„Warte bitte." Ich musste lächeln. „Du wirst es bald erfahren."

Er überlegte einen Moment und sagte dann:

„Was war denn so erschreckend an Dostars Stimme? Das ist mir nicht klar."

Wie konnte man das beschreiben? Einen Moment lang suchte ich nach Worten. Da gesellte sich jenseits der Kokaju zu dem kreischenden Solisten ein ganz anderer.

„Da!", rief ich. „So ähnlich klang er, als ich damals an der Tür lauschte. Wie diese Kreatur aus dem Dogger-Wald – langsam, tief und verzerrt. Niemand von uns, Koppin, kann solche Laute erzeugen. Kein Mensch!"

KAPITEL 10

Schlauchzüngler

Koppin öffnete die Tür meines Arbeitszimmers.
„Arasul zum Abend, Herr Matea", sagte er.
Warum hatte er wieder diesen gelangweilten Ton in der Stimme? Ich fragte nicht weiter nach, erwiderte den Gruß und bat ihn, Platz zu nehmen.
Draußen stand die Sonne schon tief über dem Horizont. Vom anderen Ufer war ein andauerndes bedrohliches Gemurmel zu hören. Auf meinem Tisch brannte die Kerze; daneben lag die Rumenkrag-Erzählung.
„Deine Mutter sah ich heute Morgen in der Divibale, aber dich nicht", sagte ich leicht vorwurfsvoll.
„Ich fühlte mich nicht gut", antwortete er und blickte zu Boden.
„So?" Ich schaute ihn über die Brille hinweg an. „Was war denn?"
„Ach, nichts Besonderes. Schon wieder in Ordnung." Er lief rot an, wahrscheinlich ein peinlicher Gedanke. „Sie predigten selbst bei der Divibale?"
„Ja, über ein Gleichnis des Heiligen Fias."
„Über welches?" (Er wollte es nicht wissen, sondern fragte aus Höflichkeit.)
„Über den Baum im Heiligen Garten, der jedes Jahr neue Früchte des Glaubens bringt." Ein einzelner, spitzer Schrei übertönte das Gemurmel im Dogger – wir zuckten beide zusammen.
„Dieses Gleichnis", meinte Koppin schließlich, „habe ich schon viele Male gehört."
„Selbst gläubige Arasuliten", erwiderte ich ernst, „brauchen eine ständige Wiederholung ewiger Wahrheit."
„Natürlich, Sie haben ja recht." (Das sagte er, damit ich Ruhe gab.)
Was beschäftigte ihn? Müßig, danach zu fragen – er würde nicht ehrlich antworten.
Ich schlug mein Manuskript auf.
„Wenn du ein Problem hast", sagte ich, „bin ich immer für dich da."
„Das weiß ich, Herr Matea." Er machte ein Gesicht, dem man nichts entnehmen konnte.
„Willst du jetzt weiter zuhören?"
„Ich bitte darum." (Das war ehrlich gemeint.)
„Also dann."

*

Ich war sechs im Sommer des Jahres 130 nach Skorn. Eines Morgens – zwei Tage zuvor hatte ich meine Eltern belauscht – wurde ich frühmorgens vom anhaltenden Gebimmel der „Soniade der Not" unsanft geweckt. Augenblicklich war ich hellwach, sprang aus dem Bett und schlüpfte in meine Kleider.

Da hörte ich die Stimme eines Auskunfters in der Ferne und verstand ihn zunächst nicht. Aber er wiederholte seine Botschaft mehrmals und rief mit einem Mal so laut, als würde er unten vor unserer Haustür stehen:

„Kondraker, Limbranen lagern vor der Stadt und haben gefangene Menschen dabei. Der Erste Habitant lässt euch aber versichern, dass keinerlei Gefahr besteht! Alle Tore sind geschlossen und schwer bewacht. Er fordert euch auf, zur Südmauer zu kommen und euch von der Lage selbst ein Bild zu machen."

Also ganz in der Nähe meines Elternhauses geschah etwas Furchtbares. Meine Hände zitterten, als ich mir die Schuhe zuband.

Am Tisch im Speisezimmer saßen schon meine Eltern. Der Vater war bleich und ernst, die Mutter ungeheuer nervös und fahrig. Sie erschrak schon, als die Tür zur Küche aufging und Zerfe mit einem Tragebrett hereinkam.

„Beeile dich, Matea." Mein Vater biss in sein Brot. „Gleich müssen wir zur Südmauer."

Ich hatte so etwas eigentlich erwartet, verschluckte mich aber doch fast an der Milch.

„Vater, muss das sein? Ich will diese Limbranen nicht sehen."

„Du hast ganz recht, mein Liebling." Meine Mutter wollte mir übers Haar streichen, aber ich drehte den Kopf leicht weg. „Diese Kreaturen sollen ja ausgesprochen scheußlich sein." Mein Vater schüttelte mehrmals langsam und nachdrücklich den Kopf. „Bitte, Palint!" Meine Mutter setzte ihre stärkste Waffe ein: Sie fing an zu weinen und ballte gleichzeitig die Fäuste. „Ich befürchte das Schlimmste! Willst du das einem unschuldigen Kind, einem 6-Jährigen, zumuten?"

Zuletzt hatte sie (gewöhnlich sehr wirksam) beinahe geschrien. Aber mein Vater kannte das zur Genüge.

„Ich kann dein Geplärre nicht mehr hören." Er wischte sich den Mund ab. „Du kannst meinetwegen zu Hause bleiben. Matea geht mit!"

Jetzt fing auch ich an zu schluchzen.

„Vater, ich habe Angst!"

„Da haben wir doch." Der alte Palint – die Hand gegen mich ausgestreckt – schaute meine Mutter böse an. „Ich, ein Freder der Konklause, oberster Taxer und Vertrauter des großen Dostar, muss mich am Ende noch auslachen lassen, dein und leider auch mein Sohn wäre ein Schwächling!"

„Lass ihn hier, bitte." Meine Mutter sprach mit einem Mal ganz ruhig. „Und ich sage: Nein!" Der Vater klopfte mit seinem Löffel auf den Tisch, als wäre es ein Urteilsspruch. Die Mutter stand schweigend auf. Mit hochrotem Kopf und großen Schritten verließ sie das Speisezimmer. An diesem Tag sah ich sie nicht mehr.

Kurz darauf standen ich, mein Vater, Zerfe und drei unserer Leibwächter vor der Eingangstür unseres Hauses. Wir sollten warten, hatte der alte Palint angeordnet. Ich ahnte, auf wen, und hätte mich am liebsten verkrochen. Die Haushälterin legte mir beruhigend die Hand auf die Schulter.

So viel Trubel hatte ich in diesem Stadtteil noch nie erlebt. Ein Strom von Menschen kam aus der Drygasse. In Höhe unseres Nachbarhauses vereinigte er sich mit einem zweiten aus der Osergasse und alle wollten zur Südmauer. Manchmal gingen Familien zusammen oder Berufsgruppen. Wer getrennt war von anderen, aber zu ihnen wollte, winkte und rief, drängelte und schob.

Der Tag würde heute wahrscheinlich wieder sehr heiß werden. Die Leute schwitzten und ihre Gespräche waren ernst. Stumm grüßte ich zwei Frauen, die ich kannte.

„Lieber Krieg und Hunger als jetzt das", sagte die eine. „Ich habe genug von Muderern aller Art."

„Richtig, Nachbarin", meinte die andere. „Ich hoffe auf ein besseres Leben nach dem Tod."

„Ja, im Animalte herrscht dann endlich Frieden."

Die beiden verschwanden in der Menge. Hinter ihnen kamen einige Kondraker Fernhändler und reiche Handwerker mit ihren Gattinnen. Diese vornehmen Männer trugen Hosen und Westen aus farbigem Tuch, rote Hüte mit breiten Krempen, ihre Frauen allerlei wertvolle Ringe und Ketten sowie modische, knöchellange Röcke.

Ich sah mehrere junge Nachahmer des Ersten Habitanten; einer von den „Söhnen Dostars" täuschte sogar (schlecht geschminkt) ein herausgeschlagenes Auge vor. Hinter ihnen trat eine große Gruppe von Dependaren in einfachen grau-braunen Hosen und Kitteln aus der Drygasse.

Schon früh werden slengsaakische Kinder, etwa bei Vollstreckungen durch die Hinrichter, an Blut gewöhnt – ich war also keine Ausnahme. Ehemalige Spielkameraden gingen an den Händen ihrer Mütter vorbei. Die zwei Raufbolde, die mich gequält hatten, ignorierten mich absichtlich.

Dann trat, je zwei Gardoi schützend rechts und links, Dostar aus der Drygasse. Hinter ihm kamen der Devante Lemreck, der Majade der Kurtell, der Komptemeister und vier Freder der Konklause – zusammen mit meinem Vater und dem Ersten Habitanten machten zu dieser Zeit nur sechs Personen die Regierungsarbeit. Wiwinners Nachfolger hatte sein Amt nicht lange behalten, ein Freder galt seit einer Dienstreise als verschollen, ein dritter war angeblich aus Gesundheitsgründen zurückgetreten. Den Komptemeister hatte Dostar vor zwei Jahren ernannt. Sein überraschend verstorbener Vorgänger war der Vater des jungen Mannes, den man vor meinen Augen getötet hatte.

Die Leute auf der Gasse wichen dem Ersten Habitanten sofort und beinahe erschrocken aus. Trotz des Gedränges ging er also zügig und seine Begleiter folgten fast im Gleichschritt. Als seine „Söhne" ihren Meister bemerkten, grüßten sie ihn betont männlich und mit scharfen Appellen an „Kraft und Tat". Das große Vorbild schien sie nicht zu beachten und kam schnurstracks auf uns Wartende zu. Wir grüßten ihn auf dieselbe Weise, wenn auch weniger stramm.

Mein Vater stellte mich allen vor, die mich vielleicht nicht kannten. (Wie aufgeregt mein Herz klopfte!) Dostar sagte – in unauffälliger Stimmlage – ein paar Worte, die ich vergessen habe. Er stand unmittelbar vor mir, aber ich blickte hartnäckig an ihm vorbei. Das fehlende Auge machte mir Angst. Die schwitzenden Gesichter seiner Begleiter wirkten verkniffen; nur der Devante lächelte. Ich hatte die Fantasie, dass sie dachten: *Seht nur, Matea hat die Hosen voll!*

An der Seite mein Vater, hinter mir der Komptemeister, vor mir Dostar, so lief ich schließlich auch Richtung Mauer und fühlte mich zuerst ganz schrecklich, denn Zerfe musste als Dependarin in der Gruppe der hohen Herren hinten bleiben. Da spürte ich mit einem Mal Lemrecks tröstende Hand auf meinem Arm. Mein Gefühl bestätigte sich jetzt – als Einziger unter Kondrakes wichtigsten Männern war mir der Devante gleich sympathisch gewesen. Ich ahnte natürlich nicht, dass ich gerade einen wichtigen Mann für mein späteres Leben kennenlernte.

Hinter meinem Vaterhaus und den Häusern unserer Nachbarn liegen die zu den jeweiligen Grundstücken gehörenden Gärten. Zwischen ihnen und der Südmauer ist ein schmaler, von Unkraut überwucherter Weg. Heute (ganz ungewohnt) drängelten sich dort die Menschen. Auch hier machte man dem Ersten Habitanten und seinen Begleitern unverzüglich Platz.

Eigentlich hatten wir einen Umweg genommen, aber mein Vater musste ja als Amtsperson seine Zugehörigkeit öffentlich demonstrieren. Hinter mir lag das hölzerne Tor zu unserem eigenen Garten. Er wäre mir als Fluchtweg gerade recht gewesen. Aber tapfer stieg ich, an zwei Wachen vorbei, die Treppe zum Wehrgang hinauf.

Was war das? Auf der anderen Mauerseite schrie plötzlich eine Frau um Hilfe – ich zuckte zusammen. Danach ertönte ein Keckern wie von großen Vögeln (ganz befremdlich!) gefolgt von einem Klappern. Jetzt mehrmals. Immer, wenn die Frau schrie, setzte (gleichsam eines höhnischen Kommentars) dieser unheimliche Tierchor ein. Fast wie im Dogger-Wald, dachte ich, nur heute im Süden statt im Norden.

Ich blieb mitten auf der Treppe stehen und schaute den Devante an, der mit beiden Händen eine hilflose Geste machte. Um mich herum sah ich ratlose, schweißüberströmte Gesichter.

Dostar war ein Stück vor mir und drehte sich um. Auf dem Wehrgang oben standen viele Leute, mehr aber noch unten im schmalen Weg – der Erste Habitant wollte offenbar zu uns sprechen.

Würde seine Stimme wieder schrecklich tief und langsam werden? Manchen jener Kreaturen nicht unähnlich, die eigentlich zu bekämpfen er vorgab? Nein, er sprach zu der Menge in einer typischen Weise, von der ich schon viel gehört hatte, klar, fest und mit kämpferischer Entschlossenheit:

„Kondraker! Dies ist ein besonderer Tag für uns alle. Heute werdet ihr Dinge erleben, von denen ihr noch euren Enkeln erzählt."

(Da – die Frau schrie wieder, gefolgt von bedrohlichem Keckern und Klappern; ein Mann fing an, laut zu beten!)

Solange es lärmte (nicht lange), schwieg der Erste Habitant. Schließlich rief er:

„Bewohner dieser Stadt! Der Feind will euch Angst einjagen – lasst es nicht zu! Gewiss, er hat es bis vor unsere Tore geschafft, mitsamt seiner Beute. Viel Blut wird fließen und sich mit euren Tränen vermischen. Aber heute, Kondraker, werdet ihr genauso erleben, dass es diese verbrecherische Brut bitter bereut, sich frech so weit vorgewagt zu haben – dafür gebe ich euch mein heiliges Ehrenwort!"

Da sah ich viele Fäuste gegen Hände gedrückt und hörte, mitten hinein in neue Hilferufe und keckernde Vogelstimmen, tapfere Sprechchöre „Kraft und Tat" beschwören.

Unsere Gruppe betrat spät den Wehrgang, stand aber, der Bedeutung entsprechend, rasch ganz vorne. Ich war umgeben von Männern in farbigen Westen und Hosen und ihren geschmückten Frauen. In meiner Nähe stand ein kleiner, schmächtiger Kerl in schlotterndem, schwarzen Anzug – der sogenannte „Erste Sohn", also der Vorsitzende dieser angriffslustigen Schreihälse.

Ein Gardoi, in der einen Hand einen Drissong, drehte mir den breiten Rücken zu. Einen weiteren Schützen sah ich einige Schreiter daneben. Wahrscheinlich standen sie, wie in solchen Fällen üblich, den ganzen Gang entlang vor den Zinnen. Niemand suchte dahinter Deckung. Die Limbranen waren mörderisch, hatten aber keine Speere oder Bögen.

Mein Vater neben mir sagte schon seit geraumer Zeit keinen Ton. Sein blasses Gesicht war schweißnass. Ich spürte die beruhigende Hand des Devante. Wo Zerfe stand, wusste ich nicht. Viele Leute, die nach uns kamen, wurden von den beiden Wachen wahrscheinlich abgewiesen. Der Wehrgang war voll.

Wieder diese erbarmungswürdigen Schreie und der höhnische Vogelchor. Die Zuschauer murmelten unruhig. Wer war nicht betroffen von dem, was er sah? Dostar sagte etwas leise zu dem Gardoi vor mir. Der Mann nickte diensteifrig.

Von unserem Garten her kannte ich die Stelle, auf der wir standen. Ein Fahnenmast musste hier erst heute Morgen aufgestellt worden sein – die Fahne selbst lag wohl zu Füßen des Ersten Habitanten.

Durch eine Lücke zwischen Dostar und dem Drissong-Schützen hatte ich gute Sicht auf das Vorfeld der Mauer, flaches, meist steiniges Gelände. Hier und da vertrocknete Gras in der heißen Sommersonne. Schatten spendeten wenige knorrige, fast kahle Bäume.

In Wurfweite ragten die flankierenden Türme des Südtores hoch über mir auf. In einem Fenster sah ich zwei Wachen. Das Tor selbst lag, zehn Schreiter tiefer, schräg unter mir. Von dort zieht sich eine bucklige, gepflasterte Straße bis nach Jehtse. Zwei Großschreiter entfernt umgeht sie in großem Bogen die alte Fabregge, deren unzerstörte Mauer mir dunkel und bedrohlich schien.

Neben der Straße hockten etwa zehn Menschen, Frauen wie Männer, im gelblichen Gras. Weißliche, ausgefaserte Bahnen liefen um ihre Oberkörper und fesselten ihre Hände auf den Rücken. Wie wurden diese sogenannten „Limbranen-Seile" gemacht? Soll man den Gerüchten glauben, die Ungeheuer würden sie aus eigenem Erbrochenen formen?

Wie einfältig ich doch als 6-Jähriger war: Die Gefangenen beiderlei Geschlechts sind nackt, dachte ich, wie ungehörig! Eine Zeit lang starrte ich eine hochschwangere Frau an. Ihr Gesicht, verdeckt von strähnigem Haar, blickte niedergeschlagen zu Boden.

Mehrere der Armseligen lagen ungefesselt, aus zahlreichen Wunden blutend, auf zerschlissenen Tüchern. Einer hob immer wieder den rötlichen Stumpf seines Oberschenkels.

Woher stammten sie? Wohl aus einem Flecken nahe Marints, der von den Limbranen fürchterlich verwüstet worden war, wie ich später erfuhr. Einige Überlebende hatten die Ungeheuer jetzt als „Vorrat" vor die Stadt gebracht.

Wenn die Welt „verwundet" worden war, musste sie in den Augen des Kindes Matea „heilen". Gleich wird Arasul kommen, dachte ich, und lässt dem Schwerverletzten mit dem Stumpf einen Unterschenkel nachwachsen. Erst langsam wurde mir bewusst, dass eine dunkle Macht den Rugunsguur für mich aufschloss und mich zwang, genau hinzuschauen.

Erlebte ich einen Alptraum? Oder geschah alles wirklich? Das frage ich mich manchmal auch zwanzig Jahre später noch. Etwa dreißig Limbranen standen damals im Halbkreis um ihre menschlichen Gefangenen herum. Wem erschienen diese Ungeheuer nicht als Riesen? Jeder war drei Schreiter groß, zumindest die Erwachsenen. Zuerst dachte ich, dass ihre Körper vollständig in engen, schwarzen Lederanzügen steckten. Sie wirkten manchmal wie gepolstert und ich wunderte mich sehr, weil es doch so heiß war. Dann aber begriff ich, dass ihnen die vermeintliche Kleidung von einer aus den Fugen geratenen Natur als Schutz mitgegeben worden war. Einige Weiber hatten nicht weiche, sondern starre Brüste, spitz zulaufende, schwarze Hügel.

Die kräftigen Beine der Limbranen endeten in großen Vogelfüßen, die menschenähnlichen Hände in vier Fingern und einem Daumen, alle auffallend lang und hakenförmig. Die vielleicht eineinhalb Schreiter langen Schwänze schwangen langsam und bedrohlich in alle Richtungen.

Die kurzen, kraftvollen Schnäbel bestanden nicht nur aus Ober- und Unterschnabel; sie öffneten vier schräg aufklappende Teile – was für ein sonderbar-grausiger Anblick!

Es gab keinen weiteren Stehplatz oben auf der Mauer. Die Aufführung unten begann mit einem „Musikstück", dass mir die Haare zu Berge standen: Die schon mehrfach gehörte Frau schrie sich heiser und warf den Kopf dabei hin und her, als wäre sie irre. Ein Mann begann von Neuem mit klarer, ruhiger Stimme ein Gebet. Mehrere andere Gefangene sangen ein Kergelied, alles begleitet vom schaurigen Chor der Peiniger. Das Klappern wurde erzeugt durch kurzes, rhythmisches Öffnen und Schließen der vier Schnabelteile.

Nach etwa einer Viertelstunde des menschlichen Klagens und bestialischen Höhnens trat beinahe völlige Ruhe ein. Auf einem rotgesprenkelten Tuch im Gras lagen die Überreste eines Toten. Ein riesiger, wohl dreieinhalb Schreiter großer Limbrane beugte sich nieder und packte irgendetwas mit seinen langen Hakenfingern. Nach Art dieser Vogelechsen ging er – mit vorgebeugtem Oberkörper, geschmeidig wie ein Raubtier – auf das Südtor zu und blieb kurz davor stehen. Die beiden Wachen im Turmfenster gestikulierten heftig miteinander.

Der Körper der Kreatur war vollständig bedeckt von Systemen flacher, schwarzer Buckel – jeder von ihnen passte seine unregelmäßige Form denen der Nachbarn an. (Die größten unter ihnen an Brust und Rücken hatte ich aus der Entfernung irrtümlich als Polster gedeutet.) Viel kleinere dieser Buckel saßen an den Gelenken. Die sehr stattlichen Geschlechtsorgane schienen aus einem Gewimmel schwarzer Steinchen zu bestehen.

Unter vorspringenden Stirnwülsten lugten kleine, grünliche Augen hervor. Voller Ekel erkannte ich, dass der Limbrane blutiges Gedärm in den Klauen hielt. Das hob er jetzt über seinen gepanzerten Vogelkopf, dass es auf ihn herabtropfte, und warf die Masse kraftvoll gegen das Südtor. Ich hörte ein schwaches Klatschen und hätte mich beinahe inmitten der Zuschauer übergeben.

Eine Provokation natürlich. ‚Tut etwas, ihr Menschenzwerge', schien der Riese sagen zu wollen. ‚Zeigt, was ihr könnt. Sonst spiele ich auch mit euren Eingeweiden!'

„Legt an!", rief Dostar. Sofort hob der Gardoi vor mir seinen Drissong. Wie viele andere Schützen auf der Mauer machten es genauso? Man war bereit, auch oben im Turmfenster, wie ich sehen konnte. Alle warteten. Aber der Befehl zum Schießen kam nicht. Der Erste Habitant schwieg.

Da keckerte der Limbrane unten vor dem Stadttor, dass es mir durch Mark und Bein ging! Er riss den Schnabel weit auf. Sein dunkler Schlund war umgeben von vier nach innen gewölbten Dreiecken, zahnlos wie bei Vögeln. Eine Zunge schoss hervor, einen halben Schreiter lang, ein rotes, lebendes Seil! Das Ungeheuer rollte es zu kunstvollen Schlingen. Der Zungen-Artist grüßte spöttisch alle begehrten Leckerbissen auf der Mauer!

Oben blieb alles ruhig. Die künftige, noch im Fleisch lebende Beute schien sich nicht herausfordern zu lassen. Der Limbrane zog sein seilartiges Organ wieder in den Schlund und machte mit den Hakenfingern eine deutlich verachtende Bewegung. Dostar rief laut:

„Schießt!"

Vielleicht dreißig Bolzen zischten von der Mauer, aus dem Turmfenster herab; genug, um mehrere Ochsen sofort zu töten – der Limbrane vor dem Südtor aber stand. Der Gardoi neben Dostar machte vor Staunen den Mund nicht zu. Wahrscheinlich hatte er, wie alle, auf den Nabel gezielt. Eine Stelle, groß wie ein Knopf, leicht zu verfehlen. Ich sah, dass die Bestie die Langfinger einer Hand davor hielt. Nur Hahn und Hoden (wie seltsam) waren verschwunden, offenbar in eine schützende Hauttasche eingezogen.

Vor ihm lagen also ungefähr 29 Bolzen am Boden. Sie waren alle abgeprallt. Die ledrige Buckelhaut dieser Kreaturen – was ließe sich mit diesem Schutz vergleichen? Gewiss nicht die Kettenhemden unserer Gardoi.

Hinter mir hörte ich Raunen. Menschen, die alles gesehen hatten, berichteten anderen, die weiter hinten standen, was geschehen war. Man sagte es denen unten an der Treppe, wie wirkungslos unsere Waffen waren! In meiner Nähe schluchzte eine schön geschmückte Frau. Der Mann an ihrer Seite trug einen roten Hut mit breiter Krempe. Sein Gesicht darunter war wie erstarrt.

„Hilfe! Hilfe!" – die verzweifelte Stimme der Frau im Grasland versagte beinah. Wie gut mir die Hand des Devante tat, fest auf meine Schulter gedrückt. An Dostars Gürtel sah ich die Nengune hängen. Warum setzte er sie nicht ein?

Ein einziger Bolzen der vielen Schützen hatte getroffen. Er steckte in der Hüfte des Limbranen, wohl durch Zufall an einer Schwachstelle zwischen zwei schwarzglänzenden Buckeln. War die Bestie doch verwundet? Ich sah sie den Bolzen herausziehen. Dabei floss Blut – dunkelrot war es, wie bei den Kreaturen des Dogger-Waldes. Nicht viel Blut; ich hatte mehr erwartet.

Ein Mensch hätte geschrien, aber von dem Riesen war kein Laut zu hören. Er drehte sich um. Seine Horde klapperte leise und erwartungsvoll mit den Schnäbeln. Mehrere Gefangene begannen ein gemeinsames Gebet mit einer Innigkeit, wie ich das nie wieder gehört habe. Ich sah auf den kräftigen, mit großen, flachen Buckeln bedeckten Rücken des Leit-Limbranen. Sein Schwanz pendelte langsam hin und her.

Dann hob er schlagartig die schwarzgepanzerten Arme. Mit einer beiläufigen Bewegung zerbrach er den Drissong-Bolzen und schleuderte ihn zu Boden. Sein weit geöffneter Schnabel stieß ein gellendes Keckern aus, einen Kriegsschrei. Mit raschen Schritten ging er auf seine Ungeheuer-Gesellen und die menschliche Beute zu.

Das war das Signal: Ein Limbrane zog einen Gefangenen hoch. Die weißliche Fessel fiel sofort – die Hakenfinger schnitten wohl wie scharfe Messer. Er packte den rechten Arm seines Opfers und riss ihn ohne sichtbare Anstrengung aus der Schulter wie ein morsches Holzstück. Den furchtbaren Schrei des Gemarterten vergesse ich nie!

Eine lange Zunge schoss hervor, wand sich um das abgetrennte Glied und zog sich zurück. Der Schlund des Ungeheuers pumpte kräftig, der ganze Arm ging nicht hindurch, aber die vier Schnabelteile schnitten wie scharfe Scheren. Die eine Hälfte der blutigen Beute fiel zu Boden und wurde gleich darauf von der behenden Zunge eines Zweiten gepackt, dessen Hals sich deutlich weitete. Als er versuchte, das erbeutete Stück schnell hinunterzuwürgen, wurde er von dem ersten Scheusal wütend attackiert, bis er es wieder ausspuckte.

Alles musste so schnell wie möglich gehen; die Konkurrenz war groß. Ein Dritter eilte herbei und drehte den linken Arm des Opfers regelrecht heraus. Das Blut spritzte jetzt aus zwei gegenüberliegenden, großen Wunden. Der grauenhaft Verstümmelte fiel zu Boden wie ein halbleerer Sack.

Jetzt wollten sie sich zu dritt über seine Beine hermachen, konnten sich aber nicht einigen, wem was gehörte, und begannen eine Prügelei. Da schoss der Leit-Limbrane auf sie zu, verscheuchte die anderen mit wütendem Keckern und fraß die armlosen Reste des Mannes. Dabei ließ er sich etwas mehr Zeit; den Anführer zu stören, traute sich niemand.

Ein Gefangener nach dem anderen wurde jetzt hochgezerrt und von seiner weißlichen Fessel „befreit" – zum Tod! Es nutzte mir nichts, dass ich mir wiederholt die Ohren zuhielt, ich hörte die furchtbaren Schreie der

Schwerverletzten, der Sterbenden doch. Bis in die Gegenwart werde ich aus nächtlichem Schlaf manchmal von diesem erbarmungswürdigen „Nein, nein, bitte nicht!", „Mutter, Mutter!" und „Herr Arasul, hilf!" geweckt.

Einzelheiten der Schlachterei nahm ich wie halb betäubt wahr, als müsste ich meinen Verstand schützen. Der Anblick des wahnsinnigen Tobens hat mein Vertrauen in die Welt stark erschüttert. Ich lernte etwas kennen, was meine Seele erkranken und nie wieder gesunden ließ – die Vielfalt der Methoden, zappelnde Opfer umzubringen. Da wurden etwa drei Menschen von Händen mit überlangen Fingern gehalten, Seil-Zungen schlangen sich um ihre Köpfe und rissen sie ruckartig von den Schultern.

Ständig gab es Streit um die Beute: Ein Limbrane zerrte an den Beinen, ein anderer an den Armen eines Mannes, bis der Gemarterte zweigeteilt war und ihm ein langes Stück rötlicher Wirbelsäule aus dem Rumpf ragte.

Ein Limbrane hob die hochschwangere Frau hoch und schlitzte ihr den Bauch auf, mit einem einzigen Schnitt seiner Hakenfinger. (Ich dachte an einen Fischer, der sein pralles Netz aufschneidet und die Fische purzeln heraus.) Das Gesicht der Frau unter dem strähnig herabhängenden Haar sah ich nie, hörte aber jetzt ihr Kreischen. Der Vogelköpfige griff ihr ins herausquellende Gedärm. Triumphierend hielt er ein blutiges Etwas hoch – es war ihr ungeborenes Kind!

Vielleicht 150 Leute auf dem Wehrgang waren Zeugen dieses Grauens. Das Leben im Slengsfelt ist hart; die meisten Erwachsenen hatten schon schlimme Dinge gesehen und nicht jedes Kind war so empfindsam wie ich. Aber dieser Tag hinterließ tiefe Eindrücke bei jedem: Mein Vater schaute mit weit geöffneten Augen, die Hände über der Nase gefaltet. Der Devante hielt die Hand auf dem Herzen und betete leise. Die schön geschmückte Frau schluchzte. Das Gesicht ihres Mannes unter dem breitkrempigen Hut war aschfahl. Und der sogenannte „Erste Sohn", der schmalbrüstige Vorsitzende der vereinigten Schreihälse? Seine Lippen zitterten, als müsse er gleich weinen.

Insgesamt waren sie jedoch auffallend still, die 150 Kondraker. Gewiss, hier starben erst einmal die „anderen". Wie aber stand es um die eigene Haut? Hatte die Mauer nicht irgendein verborgenes Schlupfloch? Ein Tor, nicht so sicher, wie man dachte? Nicht auszudenken, wenn vogelköpfige Bestien in diese Stadt eindringen würden. Da wäre Panik in allen Gassen und Ströme von Blut würden fließen!

Der Erste Habitant stand reglos, mit verschränkten Armen, vor der Zinne. Was hatte er vorhin versprochen? Er gebe sein „heiliges Ehrenwort", gegen die „verbrecherische Brut" vorzugehen. Wie wollte er das einlösen?

Unten im gelblichen Gras, neben der Straße nach Jehtse ging das widerwärtige „Schau-Töten" weiter: Die Hochschwangere war seitlich umgekippt.

Ein großes Loch mit randlichem Gekröse klaffte in ihrem Leib. Der Limbrane spießte ihr Ungeborenes auf seine Zunge und ließ es hin und her tanzen. Dabei fiel der kleine Leichnam herunter. Augenblicklich schnappte sich eine andere Bestie den Happen.

Beim Arasul, es geschah so viel und manches gleichzeitig: Dostar zog mit zwei Händen am Seil des Fahnenmastes. Die slengsaakische Fahne flatterte jetzt hoch im Wind, rote Sonne auf weißem Grund. Ich dachte, wie viele andere auch: Ein Signal! Irgendwo draußen im Grasland, in einer Bodensenke, wartet eine Kvarente Gardoi, bis an die Zähne bewaffnet! Wir irrten uns.

Ich verstand, warum diese Scheusale auch „Schlauchzüngler" genannt werden: Die ungeheuer biegsamen Organe sind innen hohl. Der Limbrane, der sich das Ungeborene geschnappt hatte, bohrte seine lange Zunge hinein und begann, es auszusaugen. Da fiel der Bestohlene über ihn her; die beiden wälzten sich keckernd und klappernd in wildem Kampf am Boden. Ein Limbranenweib mit großen Hügel-Brüsten nutzte die Gelegenheit und holte sich die schon in zwei Teile zerfallene Beute. Mehrere andere zerlegten den Leichnam der Mutter mit ihren Schnabelscheren.

Über der alten Fabregge stieg etwas auf. Zwei Großschreiter entfernt schwebte ein knopfgroßes Ding am Himmel. Was war das? Mein Herz klopfte.

Heiliger Arasul, das Ding flog auf uns zu und wuchs rasch! Eine Pilate, natürlich. Aber nicht der Wind bewegte sie – er wehte an diesem Tag aus Nordosten – das Luftgefährt hatte wohl eine antreibende Makine. Warum hörte ich sie nicht? Verfluchtes Keckern und Klappern der Ungeheuer, es übertönte alles. Ich hatte weniger klare Gedanken als gegensätzliche Gefühle. Das Gemetzel der Vogelköpfigen ekelte mich maßlos. Aber nahte hier nicht Rettung? Sollte ich nicht jubeln?

Die Limbranen jedenfalls waren der Gier nach blutigem Fleisch verfallen, weder schauten sie hinter sich noch zum Himmel. Mehrere hügelbrüstige Weiber und eines ihrer zwei Schreiter großen Kinder fraßen und stritten sich um drei kopflose Leichname. Andere hatten die Spitzen ihrer Zungen in die am Boden liegenden, abgerissenen Köpfe versenkt, in Hälse und Hirne. Weitere dieser widerwärtigen Muderer traten mit großen Vogelfüßen die Schwerverletzten auf den blutbesudelten Tüchern zu Brei, saugten sie ein und mussten sich ständig gegen zu kurz gekommene Artgenossen wehren. Was für ein böses, zorniges Lärmen!

Dagegen dieses Luftschiff, lautlos, wie es schien, in etwa 300 Schreitern Höhe. Ein fliegendes Wunder, eine Erscheinung wie aus einer anderen Welt. Die Kondraker streckten bittend die Hände danach aus. Wenn die Mörder dort unten einen Augenblick leiser waren, hörte ich hier oben ein aufgeregtes Gemurmel verschiedener Gebete. Verstohlen schaute ich von der Seite meinen

Vater an. Eine dicke Träne floss ihm die Wange herab. Das war beinahe der einzige Moment in meinem Leben, in dem ich Sympathie für ihn fühlte.

Hoch am Himmel kam die makinengetriebene Pilate näher. Im Gegensatz zu der ersten, am Dogger-Wald verwendeten war sie von länglich-elliptischer Form. Erstaunte, ergriffene Stimmen auf dem Wehrgang riefen „Ah!" und „Oh!", „Heiliger Arasul!", aber auch mutig „Dostar – Kraft und Tat!". Der Meister selbst stand reglos vor einer Mauerzinne, mit verschränkten Armen. Sein Luftschiff – das bezweifelte niemand. Aber konnte es die Unbesiegbaren besiegen? Und wie?

Die ranghöheren Limbranen hatten offenbar genug gefressen. Ihr Anführer, der dreieinhalb Schreiter große Riese, hockte im gelben Gras und schlug gelangweilt mit einem großen Knochen auf einen blutigen Brustkorb ein. Jetzt waren die Jüngsten und niedere Weiber an der Reihe. Sie krochen durch einen flachen Haufen aus Köpfen, Gliedern, glitschigem Gedärm und Blut-Pfützen. Scherenschnäbel schlossen sich über pumpenden Schlünden und geschickte Schlauchzungen saugten gierig die letzten Reste ein. Würde das widerliche Geschmeiß davon satt werden?

Das Luftschiff sank mit einem Mal und flog dann, etwa 50 Schreiter über dem Boden, wieder auf uns zu. An den Seiten bewegte sich etwas rasend schnell im Kreis.

Die schön geschmückte Frau in meiner Nähe umklammerte den Arm ihres Mannes und strahlte übers ganze Gesicht. Der Devante schien im innigen Gebet mehr mit seiner Innen- als der Außenwelt beschäftigt. Irgendjemand hinter mir rief lallend:

„Nieder mit den Scheißviechern! Ein Hoch der Fisch-Pilate!" Der Betrunkene wusste nicht, dass er damit dem Luftschiff einen passenden Namen gab – denn genauso war es fortan in aller Munde.

Die Fisch-Pilate flog über ein paar knorrigen Bäumen, nicht weit von den Limbranen. Sie war etwa 80 Schreiter lang und mit 20 Schreitern ungefähr so breit wie hoch. An ihrer Unterseite hing eine Art flaches und teilweise durchsichtiges Boot. Wer saß dort ganz vorne? Das waren sicher die Navemeister in ihrem Steuerhaus.

Der gewaltige Lang-Leib hatte künstliche Heckflossen, je zwei oben und unten, die Seiten- und Höhenruder, wie sich herausstellte. Wie waren wir alle dumm, starrten das seltsam geformte Wunderding an, erfuhren manches später und verstanden dann vielleicht immer noch nicht.

So war etwa der riesige Schiffskörper mit einem besonderen Gas gefüllt und im Grunde leicht. Längliche Metallblätter sausten an beiden Seiten im Kreis, so schnell, dass man sie nicht sehen konnte. Sie hingen an zwei Kunstarmen. In welche Richtung man diese auch immer verstellte, dorthin flog das Himmelsgefährt in unterschiedlichen Geschwindigkeiten. Die seltsame Bewegungs-Apparatur war im Vergleich zur gesamten Pilate klein und doch so wirksam!

Die halbe „Fischhaut" war bedeckt mit fremdartigen Schriftzeichen in vielen Größen und Farben. Keiner konnte sie lesen; viel wurde später gerätselt: Waren das göttliche Botschaften? Und in welcher Sprache?

Auf dem Wehrgang der Mauer hielten sich viele jetzt an den Händen und sangen lauthals ein Kerge-Lied. Die Limbranen merkten, dass die Stimmung umschlug. Eines ihrer Weiber keckerte schrill und deutete auf das Luftschiff. Die Sonne stand hoch am Himmel. Der künstliche Fischleib warf einen gewaltigen Schatten am Boden.

Was ging in den gepanzerten Vogelköpfen vor? Die Ungeheuer schauten hinauf und staunten wohl wie wir, konnten das fliegende Ding nicht einschätzen. Manche keckerten leise; ihre Schwänze bewegten sich nicht.

Die Fisch-Pilate war beinahe über ihnen. Ich konnte jetzt eine Art inneres Skelett erkennen: Unter der Hülle stützten parallele Streben vom Bug bis zum Heck die längliche Form. Das halbe Steuerhaus an der Unterseite schien aus Glas zu bestehen. (Allein das – ich denke an die kleinen Scheiben der vornehmen Kondraker Häuser und staune.) Vorne in diesem „Boot" aber saßen keine Götter, sondern zwei Menschen, umgeben von rätselhaften Makinen. Einer der Navemeister griff nach einem großen Hebel an seiner Seite. Der andere schaute auf einen Kasten über seinem Kopf. Die Metallblätter an den Kunstarmen drehten sich jetzt so langsam, dass ich sie sehen konnte – es waren jeweils drei auf jeder Seite. Die Pilate schwebte fast auf der Stelle.

Der eine Mensch am großen Hebel winkte uns zu. War das nicht Jaglada? Natürlich, andere Leute auf der Mauer erkannten ihn auch und riefen seinen Namen. Und neben ihm, den Blick ständig nach oben gerichtet, saß Nernst. Die letzten Zweifel waren zerstreut: Geachtete Männer der Stadt, Dostars Helfer, flogen in diesem Schiff. Zwei weitere machten sich weiter hinten im Steuerhaus zu schaffen und schienen etwas aufzubauen.

Der schwarze Meister musste diese Pilate irgendwo gefunden haben, überlegte ich. Wozu sonst prangte die fremde Schrift auf der Hülle? Riesengroß waren die seltsamen Zeichen, als wollten sie hoch in der Luft den Zuschauern am Boden etwas anpreisen.

Was hatten uns diese schmackhaften Menschen mit ihren lächerlichen Waffen jemals angetan? Solche oder ähnliche Gedanken gingen vielleicht den Limbranen durch die gepanzerten Köpfe. Jedenfalls waren sie wieder mutiger, machten mit Keckern und Klappern erneut diesen Rugunsguur-Lärm. Die Ranghöheren trommelten sich auf die Brust, andere reckten die langen Hakenfinger in die Luft, als wollten sie den seltsamen Riesenfischvogel aufschlitzen. Oder sie warfen mit kleinen Leichenteilen danach.

Schließlich erhob sich der Leit-Limbrane. Er trat mit dem einen Vogelfuß den blutigen Brustkorb wütend von sich. Dann schleuderte er den Knochen in seiner Hand mit aller Kraft gegen das Steuerhaus – er drehte sich ein paarmal in der Luft und fiel wieder zu Boden. Die Pilate schwebte zu hoch. Ein seitliches Fenster wurde beiseite geschoben. Ein Mann beugte sich hinaus. Eine blonde Haartolle hing ihm von der Stirn.

„Jókkobi!", rief die schön geschmückte Frau neben mir verblüfft. Sicher, das war er, Dostars Mann aus Marints. Alle aus dem engsten Umfeld des Ersten Habitanten und mindestens noch ein weiterer befanden sich also an Bord. Natürlich, diese drei fehlten vorhin in der Gruppe der wichtigsten Kondraker. Aber ich war zu aufgeregt gewesen, um es zu bemerken.

Plötzlich fiel mir ein: Über dieses Luftschiff hatten sie wohl zu fünft gesprochen, als ich heimlich an der Tür des Arbeitszimmers lauschte! Ich schaute meinen Vater an – und seltsamerweise er mich auch, im gleichen Augenblick. (Konnte er Gedanken lesen? Aber das war doch unmöglich!) Sein Blick schien kalt, aber vielleicht legte ich auch zu viel hinein. Dann drehte er den Kopf weg. Wir haben nie mehr darüber gesprochen.

Jókkobi in der Fisch-Pilate hielt etwas mit ausgestreckten Armen aus dem Fenster, das war oben länglich, unten breiter und spitz zulaufend.

Dostar rief, so laut er konnte:

„Achtung!" Drüben am Luftschiff öffnete Jókkobi seine Fäuste.

Am Boden tat es einen gewaltigen Schlag! Ich war geblendet von einem weißlichen Blitz! Rauchsäulen stiegen nach allen Seiten auf; Dinge flogen durch die Gegend! Ein keckerndes Kreischen ertönte!

Die Menschen auf der Mauer schrien vor Überraschung. Einer rief:

„Eine Brembe, eine Brembe!" Ich merkte, dass meine Hose nass wurde.

Der Rauch verwehte, aufgewirbelter Staub sank. Ich sah einen Krater, mehrere Schreiter breit, rings umgeben von herausgeschleudertem Boden und Gras. Darauf und zum Teil weiter verstreut lagen Leichenteile, Arme, Beine, Rümpfe, Köpfe. Nicht von Menschen, von Limbranen!

Fünf oder sechs dieser Scheusale, die wir fast für unsterblich gehalten hatten, waren von einem Moment auf den nächsten „verschwunden", ausgelöscht! Jenseits des randlichen Auswurfs lagen mehrere andere mit offenbar noch festen Gliedern, einige in grotesken Haltungen. Ein Weib hockte hilflos keckernd auf dem Boden und streckte eines ihrer Beine in einem merkwürdigen Winkel von sich.

Die Übrigen schienen unverletzt. Einige waren bedeckt von Schmutz, aber die Hautpanzer hatten wohl gehalten. Einen Moment standen sie nahezu reglos, wie erstarrt, als könnten sie die böse Überraschung nicht fassen. Kein Keckern oder Klappern war zu hören.

Es ging alles viel schneller, als ich erzählen kann:

Oben am Luftschiff ragte jetzt ein Rohr aus dem Fenster. Es war von einem Gehäuse umschlossen, endete in einem länglichen Kasten und ruhte auf einer Gabel. Jókkobi drückte einen rückwärtigen Kolben gegen seine Schulter. Sein Helfer neben ihm hielt etwas in den offenen Händen.

An Dostars Gürtel hing wohl ein kleineres Ebenbild dieser Waffe. An jenem denkwürdigen Sommertag erhielt sie vom Volk selbst ihren Namen: die „große Nengune".

Heiliger Arasul, nicht nur die Brembe hatte diese „umwerfende" Wirkung! Jókkobi drückte – das habe ich später erfahren – mit einem Finger auf einen Hebel und das Rohr spuckte vorne, unter ohrenbetäubendem Rattern, einen kleinen, dauerhaften Feuerstrahl!

Wohin der Schütze zielte, schlugen gleich Dutzende Geschosse ein, in Linien wechselnder Höhe und so rasend schnell, dass kein Auge folgen konnte. Erst auf die Vogelköpfe, dann auf Brustkörbe, schließlich auf die Beine und wieder von oben nach unten. Einige schwarze Panzer-Splitter flogen umher, Boden und Gras spritzte auf.

Das gehunfähige, hockende Weib wurde von einer Wolke aus Staub und kleinen fliegenden Metallteilen fast verhüllt. Als man wieder etwas sehen konnte, lag nur noch ihr durchlöcherter Rumpf auf der Seite – ohne Beine.

Wie zäh diese Ungeheuer waren: Manche schienen augenblicklich standhaft unter einem wahren Hagel vom Himmel, andere wollten offenbar angreifen und liefen fast unter das Schiff. Dabei rollten sie die Zungen dagegen aus, als könnten sie es umschlingen.

Jókkobi oben am Fenster schien selbst ein Teil seiner ratternden Makine zu werden. Mit großer Kraft drückte er die Schulterbeuge gegen den rückwärtigen Kolben, während sein Helfer offenbar die leichtere Arbeit hatte – er ließ die Geschosse an einem Gurt in die große Nengune gleiten, wie man mir hinterher erzählte.

Menschen wären sofort gestorben, hier brauchte es viele Salven. Der Dauerschuss-Apparat zerfetzte mehrere frech herausgestreckte Langzungen. Eine der Bestien hatte mit einem Mal statt eines Schnabels eine große, klaffende Wunde in ihrem Vogelgesicht.

Einem der Weiber wurden die schwarzen Hügelbrüste weggesprengt; dunkelrote Ströme flossen an ihr herab. (Nie hatten Menschen Limbranen bluten sehen – bis zu diesem Tag!) Mit einem Mal flog ein Arm im hohen Bogen durch die Luft. Der krumme, alte Limbrane, der ihn verlor, schaute ihn erstaunt an, als wollte er sagen: Das war meiner!

An der Mündung der großen Nengune setzte das Kunstgewitter einen Augenblick aus. Eine schreckliche kleine Pause, erfüllt von nie gehörtem, panischem Keckern und Klappern am Boden. Jókkobi wischte sich die blonde Strähne aus der Stirn. Dann spuckte seine Waffe wieder ratternd Feuer, wurde unten der Boden umgepflügt, brachen immer mehr schwarze Panzer in Stücke.

Das vormals hügelbrüstige Weib lief noch einen Moment auf den Stümpfen ihrer Beine, bevor sie umfiel – die halbtote Kreatur zog sich mit den langen Hakenfingern über den Boden.

Einige Limbranen waren jetzt doch auf der Flucht, bloß weg von diesem fliegenden Schiff! Jókkobi beharkte sie derart, dass ihr Rückenschutz (breite, flache Buckel) in Fetzen ging. Blutend und zuckend stürzten sie zu Boden.

Der Limbrane mit dem großen Gesichtsloch wurde dort noch mehrmals getroffen. Seine Augen liefen schließlich an dem herab, was von seinem Kopf noch übrig war. Das kriechende, halbtote Weib drohte dem Luftschiff mit der geballten Faust, bis sie ihr weggeschossen wurde. Jetzt lag sie still in einer großen, dunkelroten Lache.

Wie lange sogar das halbwegs Hingemetzelte noch keckerte und klapperte! Jókkobi feuerte mitten hinein in einen Haufen von Verwundeten, bis sich nichts mehr rührte.

Die ratternde Todesmakine schwieg. Im Sprengtrichter der Brembe gab es schwache Bewegung. Was dort lag, erhob sich: Es war der dreieinhalb Schreiter große Leit-Limbrane. Langsam machte er sich daran, herauszusteigen, der ganze Kerl mit schiefem Rumpf auf einem Unterleib, aus dem sein Gedärm quoll. Er hielt es notdürftig mit überlangen Fingern.

Ich sah, wie oben am Schiff das Rohr der Waffe gedreht wurde, auf seinen Rücken. Dann spie die große Nengune erneut furchtbaren Metall-Hagel. Aus zahllosen Wunden des Limbranen spritzte Blut wie aus einem Springbrunnen. Da stürzte er endlich auf den randlichen Auswurf-Hügel.

Es dauerte wieder, bis sich der Rauch verzog. Der Boden über vielleicht dreißig Schreiter hinweg war regelrecht zersiebt. Zerstreut lagen unkenntliche, abscheuliche Stücke und Teile. An einer Stelle hatte die große Nengune sogar das Pflaster der Straße nach Jehtse aufgerissen.

Ein Moment beinahe völliger Ruhe, kein Kreischen der Piats, nicht einmal der Dogger-Wald war zu hören. Die Kondraker standen schweigend auf dem Wehrgang. Sie schienen mir zu atmen wie ein einziger, großer Organismus.

In meinem Kopf herrschte ein wirres Durcheinander. Sollte ich mich nicht freuen? Sofort kam ein starkes Echo des Entsetzens und verhinderte es.

Immer noch stand ich wie erstarrt, als um mich herum ein wahrer Sturm der Begeisterung losbrach! Die Menschen weinten vor Freude, beteten laut, priesen den Herrn Arasul und alle Heiligen Akoi, dankten überschwänglich dem Ersten Habitanten. So viele Ehren-Grüße hatte er noch nie erhalten. Verwandte, Freunde und Leute, die sich wahrscheinlich kaum kannten, lagen sich in den Armen. Da erst begriff ich, dass unser Sieg vollkommen war und der furchtbarste Feind zerschmettert!

Ich spürte jetzt auch ein großes Bedürfnis nach körperlicher Nähe; wie gern hätte ich Zerfe an meiner Seite gewünscht. In der Enge des Wehrgangs schob man mich mehrfach hin und her. Neben mir stand plötzlich eine Frau, die ich kannte. Sie strich mir über die Haare, da hängte ich mich an ihren Rock und hörte sie sagen:

„Aber Matea, warum schaust du so traurig? Es ist doch alles glücklich ausgegangen!"

Zur Seite gedrängt sah ich ein paar Schreiter entfernt meinen Vater. Mit unterwürfigen Gesten und hochrotem Kopf sagte er etwas zum Ersten Habitanten. Er schien ihm zu gratulieren, aber ich verstand kein Wort bei diesem Lärm. Andere trauten sich sogar, den Meister anzufassen, was selten geschah. Angesehene Männer der Stadt, reiche Kaufleute, Freder der Konklause und der Devante Lemreck senkten vor ihm die Köpfe und schüttelten ihm die Hand. (Immer trug er Handschuhe, das schaffte gleich Distanz.)

Plötzlich bahnte sich ein offenbar Verrückter den Weg durch die Menge, fiel vor Dostar nieder und versuchte, seine Stiefel zu küssen. Dabei entstand so viel Durcheinander, dass ich gegen die hintere Absperrung des Wehrgangs gedrückt wurde. Einige fluchten und schimpften. Zwei Gardoi zogen den Mann vom Ersten Habitanten weg.

Dostar ließ sich durch nichts aus der Ruhe bringen. Selbst in der Stunde seines größten Triumphes war seine Miene ernst. Er gab der schwebenden Pilate ein Zeichen, näherzukommen.

Die Langblätter an den Kunstarmen des Schiffes bildeten wieder zwei rasende, immer größer werdende Kreise. Wer da hineingeriete, ein Vogel etwa, würde zerfetzt.

Schnell und summend bewegte sich die Fisch-Pilate auf die Mauer zu. Ohne ein sichtbares Bremsen verharrte sie mit einem Mal in der Luft, einige Schreiter von den Zinnen entfernt, über unseren Köpfen und beinahe vor dem Fahnenmast.

Staunend sah ich das Steuerhaus aus nächster Nähe. An seiner Unterseite hing ein dickes Rad an einem anderen, spitzwinkligen Kunstarm; die ganze Apparatur gab es, fast unter dem Heck, dann noch einmal – Vorrichtungen zur Landung, sagte man mir später.

Über dem „Boot" der Navemeister wölbte sich der vordere Teil des beschrifteten Riesenfischkörpers. Hinter großen Fenstern lenkten Jaglada und Nernst dieses Wunderding aus einer anderen Zeit, offenbar mit großer Übung und Gelassenheit. Dabei trugen sie ihre gewöhnliche Kleidung, als würden sie gerade über den Undaiplatz gehen – *ein seltsamer Widerspruch*, dachte ich.

„Dankt nicht mir allein", rief der schwarze Meister und hob beide Arme, „sondern diesen tollkühnen Männern! Dort oben sind die Helden der Stunde!"

Mehr hätte er gar nicht sagen können, alles andere ging unter. Die Kondraker riefen „Hoch! Hoch!" und trampelten vor Begeisterung mit den

Füßen. Jetzt sahen auch die Leute unten an der Mauer, im schmalen Weg, das Luftschiff über sich und stimmten mit ein. So eine rauschhafte Freude hatte diese Stadt schon lange nicht mehr erlebt!

Oben im Steuerhaus lächelten und winkten Dostars Helfer. Jetzt kamen auch Jókkobi und der vierte Mann nach vorne, ein Gardoi dieser Stadt, wie sich herausstellte. (Ich dachte: Vor Kurzem noch hielten sie wahrscheinlich einen Drissong für die tödlichste Waffe, bis sie den Umgang mit Bremben und mörderischem Dauerfeuer lernten.)

Die Leute oben auf der Mauer und unten im Weg tobten. Es dauerte so lange, dass sich Sprechchöre bildeten. Man teilte die Namen der Luftfahrer in Silben und klatschte rhythmisch bei jeder Rufpause in die Hände. Oder es wurde dreimal in die Hände geklatscht und beim vierten Mal „Nernst!" gerufen.

Hinter den großen Glasfenstern kommentierte man offenbar den Jubel, deutete hierhin und dorthin, grüßte mit stummen Gesten Bekannte auf der Mauer. Jókkobi sagte etwas, das Jaglada sehr erheiterte. (Ich erwähne es, weil das Verhältnis der beiden damals noch harmonisch schien.) Der Mann aus Marints ging nach hinten, wo das Rohr der Nengune immer noch aus dem Fenster ragte, und feuerte unter dem Johlen der Zuschauer mehrere Salven in die Luft.

Etwa eine halbe Stunde verging. Die Sprechchöre und Hoch-Rufe wurden allmählich leiser. Immer wieder hatten sich Dostar und seine tollkühnen Flieger mit Handzeichen verständigt. Einen Sprech-Apparat zum Luftschiff gab es offenbar nicht.

Mit einem Mal trat beinahe Ruhe ein, eine Erschöpfungspause. Wie ein Echo kehrte bei mir die grausige Erinnerung an die Menschenopfer dieses Tages zurück. Seltsamerweise ging es anderen, fast zeitgleich, genauso, wie ich später herausfand.

Ob der Erste Habitant ein Signal gab, weiß ich nicht. Jaglada und Nernst machten sich schließlich wieder an ihren Apparaten zu schaffen. Die Kunstarme an den Seiten schwenkten im rechten Winkel nach oben; die wirbelnden Metallblätter wurden erneut für gewöhnliche Augen unsichtbar. Die riesige Fisch-Pilate stieg summend auf wie der leichteste Vogel. (Erstaunte, bewundernde Rufe: „Ah!" und „Oh!") Dann hatte das Luftschiff wohl die alte Höhe von 300 Schreitern erreicht. Es wendete mit einer einzigen, großen Bewegung. Hinter den rechteckigen Rudern, am spitz zulaufenden Heck, sah ich noch zwei weitere im Kreis rasende Antriebe.

Der schwarze Meister reckte die Hand empor.

„Kondraker!", rief er. „Ihr habt gesehen, was diese Pilate vermag. Jetzt werdet ihr sie lange vermissen. Warum? Weil sie Jagd macht auf alle Limbranen. Entweder die verdammten Muderer sterben gleich oder sie fliehen vor diesem Luftschiff durchs Grasland, schneller als die mageren Hasen!"

Wieder wollten die Ehren-Grüße für ihn kein Ende mehr nehmen. Über der alten Fabregge war das Himmelsgefährt wieder nur noch so groß wie ein Knopf.

*

„Genug für heute." Ich klappte mein Manuskript zu. Der Vortrag hatte offenbar gewirkt; Koppins verdrießliche Miene war verschwunden. „Was denkst du?", fragte ich ihn.

„Solch ein Luftschiff, solche Waffen!", rief er. „Wenn wir sie heute hätten, die Limbranen lernten von uns das Fürchten!"

Das war mir doch ein bisschen viel der Schwärmerei.

„Ich darf dich daran erinnern", meinte ich ernst, „dass die Kerge Makinen aller Art verbietet."

„Herr Matea", erwiderte er leidenschaftlich, „aus Ihrem Vortrag klang doch auch Freude über die Vernichtung des Feindes. Sie bewunderten die Mittel, die Kondrake siegen ließ!"

„Das stimmt", gab ich zu. „Aber wer hat diese glückliche Wendung herbeigeführt?"

„Dostar und seine Helfer."

„Falsch!", verbesserte ich vorwurfsvoll. „Natürlich triumphierte der Herr Arasul am Ende über die Limbranen – nichts geht ohne seinen Willen."

„Ach so, natürlich", sagte er beiläufig.

Ich beugte mich vertraulich vor.

„Am Westmeer Salte gibt es ein Sprichwort: ‚Dem Seemann im Sturm ist jeder Hafen recht.' Ein Priester der Kerge hält sich dagegen an das Libat Kreder. Was nämlich befiehlt uns Arasul?"

Er überlegte einen Moment und zitierte dann, wenig begeistert:

„Wer mein Verbot missachtet und Makinen baut, der ist verdammt! Seine Sucht, schneller zu reisen, höher und weiter zu fliegen, zu wem auch immer zu sprechen in immer weiterer Ferne, lässt ihn hochmütig werden und vom Glauben an mich abfallen."

„Genau!" Ich klatschte leicht Beifall. „Du weißt es doch! Man muss dich nur gelegentlich daran erinnern."

„Ja, danke für die Belehrung." (Das war geheuchelt.)

„Alle bitte zum Abendessen!", rief Bisch unten im Grundgeschoss, wieder mit diesem Sing-Sang in der Stimme.

Aber ich war froh über die Unterbrechung und stand sofort auf. Koppin stieg vor mir die Treppe hinab. *Mein lieber Junge*, dachte ich, *auf diese Weise wirst du kein Predikar!* Irgendjemand hatte ihn mit ekslerischem Gedankengut infiziert. Nicht in Kidnam, sondern erst vor Kurzem. Ich hatte auch schon einen Verdacht.

Kapitel 11

Ruf Arasul an!

Immer wenn ich Laubin sehe, kriege ich einen leichten Schreck: Die Harrou ist kein Thema, auf das ich mich jederzeit einlassen kann. Der Arzt und Freder aber erzählt nur zu gern möglichst grausige Einzelheiten.

Gestern war ich zu früh im Neunehaus, nur Laubin saß schon im Konklausenzimmer. Ich kann mich nicht gut verstellen. Wahrscheinlich verriet meine Miene heimliche Fluchtgedanken und er lächelte breit. (Ich habe den Verdacht, dass ihm das Quälen anderer eine gewisse Freude bereitet.) Nein, erklärte er, es gebe keine neuen Harrou-Fälle – entspannt atmete ich aus.

„Aber ich muss dir etwas zeigen", sagte er, zog ein Papier aus der Tasche und entfaltete es auf dem runden Tisch des Zimmers. „Schau her!"

Vor mir lag wohl die Skizze eines Tauchbootes der Vorkriegszeit, zumindest eine Hälfte, denn man hatte auch das Innere, die Makinen sowie die Zwei-Mann-Besatzung an der Steuerung abbilden wollen. Alles war beschriftet, teils in Slingsch, teils in unbekannten Schriftzeichen – zum genaueren Verständnis fehlte mir die Grundlage.

„Das ist ein Bauplan aus dem Herbst der Automaten", meinte ich, „in überraschender Qualität, weder angerissen noch vergilbt und ohne Brandspuren."

„Du denkst also, er wäre Jahrzehnte alt." Laubins Miene war verschmitzt. „Und wenn ich dir sage, dass er gestern erst entstanden ist?"

„Wer hat ihn gezeichnet?"

„Mein besonderer Patient, den ich seit Wochen isoliert halte."

„Was?!" Ich wich drei Schritte zurück. „Der Harrou-Kranke hat das gemacht? Und du fasst es an und bringst es sogar mit?"

„Keine Angst." Beschwichtigend hob er die Hand. „Ich beobachte den Mann schon seit vier Wochen. Er verdreht die Augen, wird bewusstlos und erzählt hinterher wirre Geschichten. Aber wenn er die Harrou hätte, wäre er längst tot."

Ich trat näher an den Tisch und schaute den Plan genauer an.

„Ich bin nur ein Priester", sagte ich, „aber auf mich wirkt das absolut echt. Wie kommt der Mann auf so was?"

„Dostars Geist hat ihm die Hand geführt – sagt er."

„War dein Patient denn früher ein Gelehrter?"

„Ach was! Ein einfältiger Dependar, der nie eine Schule besucht hat."

„Wie kann er dann sein Blatt in Slingsch beschriften?"
„Ja, das erklär' du mir." Laubin zuckte verlegen mit den Achseln.
Ich war buchstäblich sprachlos. Er wollte natürlich verstehen, wie diese Visionen zustande kamen. Warum glichen sie mitunter denen anderer Kranker, Leuten, die sich nicht kannten, weit voneinander entfernt wohnten und verschiedenen Generationen angehörten? Warum schienen ihre Geschichten – wenn man viel Unsinn herausfilterte – oft einen wahren Kern zu haben? Wie kam es, dass ein einfacher Schäfer aus Keltsevoi (denn das war dieser besondere Patient) das Tauchboot einer versunkenen Epoche in allen Einzelheiten skizzieren konnte?

„Laubin!", rief ich. „Pass auf, die Sache ist unheimlich!"
Er stimmte mir im Prinzip zu, würde aber in seinem Ehrgeiz, das Wissen des Ärzte-Standes zu mehren, nicht nachlassen – das war mir klar.

Vorerst kann ich die Sache als Notiz in meiner Erzählung auf sich beruhen lassen; so ist es mir immer am liebsten. Wenn Koppin nachher kommt, werde ich ihm einen anderen Kapitelanfang vorlesen. Er ist schon gespannt, wie es mir weiter als Kind erging. Zurück also in die Zeit, als Dostar noch lebte und ich sechs war, im Jahr 130.

*

In den Wochen nach dem Gemetzel erwachte ich nachts immer mehrmals schweißgebadet. Die fürchterlichsten Albträume wurden manchmal gemildert durch die Erscheinung eines strahlenden Luftschiffs. Einige Zeit, bevor die Sonne aufging, war an Schlaf gar nicht mehr zu denken; dann weckte mich das Gekreisch der Piats. (Das Schlachtfeld aus Menschen- und Limbranenteilen lag ja nur ein paar Steinwürfe von meinem Vaterhaus entfernt.) Lange blieb ich noch liegen, versenkte mich manchmal geradezu in dieses Lärmen und hatte den Wunsch, zu sterben.

Zur achten Stunde frühstückte ich allein. Mein Vater beschäftigte sich um diese Zeit entweder im Taxat schon mit Steuern oder er war auf dem Weg zu einer Konklausensitzung. Zerfe erzählte gern von dem, was sie an jenem besonderen Tag von der Mauer herab gesehen hatte. Meine Mutter ertrug das nicht und zog sich meist früh schon zurück; das war ganz in meinem Sinne. (Vielleicht ärgerte sie sich auch, denn die ganze Stadt sprach von der Fisch-Pilate, nur sie konnte nicht mithalten.) Lustlos aß ich, was die Haushälterin mir auftrug. Das Zanken der Vögel um Beute war selbst hier im Speisezimmer zu hören und nahm mir jeden Appetit.

Später ging ich meist in den Garten und schaute zum Wehrgang hinauf. Dort oben hatte ich in der Menschenmenge gestanden. Jetzt wehte nur die von Dostar gehisste Fahne im Wind. Ab und zu ging der wachhabende Gardoi am Mast vorbei; Zweizinker, Kettenhemd und Schild funkelten in der Sonne. Die dunklen, unruhigen Schwärme der Piats verdichteten sich am Himmel, wo unten am Boden die nahrhaften Reste lagen. In diesen Tagen schienen mir die schwarzen Vögel sogar die Dogger-Wald-Tiere zu übertönen.

Nach etwa einer Woche nahm das Nahrungsangebot vor der Südmauer wohl ab, denn ich konnte frühmorgens deutlich besser schlafen. Dostar schickte Arbeiter hinaus, die schadhafte Straße nach Jehtse instand zu setzen. Es war nicht wahrscheinlich, dass eine weitere Limbranenhorde gleich wieder so weit nach Westen vorstoßen würde, aber immerhin möglich. Die Gardoi am Südtor wurden daher angehalten, das Gelände genau zu beobachten und die Arbeiter bei Gefahr sofort in die Stadt zu lassen.

Die Reparatur der Straße zog sich hin, weil man mehr damit beschäftigt war, Relikte des Massakers zu sammeln. Zu den fleißigen Arbeitern gesellten sich bald Bauern aus Keltsevoi, die eigentlich für die Felder und das weidende Vieh ihrer Herren sorgen sollten. Die Zeit für makabre Andenken war aber günstig, denn in den ersten Tagen „danach" waren die Piats so gierig gewesen, dass sie wohl in den Sammlern Konkurrenz vermutet und angegriffen hätten.

Als Dostar von diesem Suchen und Finden hörte, verbot er es sofort, denn Reste von Limbranen hätten schwere, unbekannte Krankheiten auslösen können. Ein paar Arbeiter und Bauern mussten ihre Taschen leeren und wurden ausgepeitscht, aber die besten Stücke blieben verschwunden. Die Gardoi am Südtor, die mit den Sammlern offensichtlich rege zusammengearbeitet hatten, bestrafte man nicht.

Zerfe erzählte mir, dass einige der begehrten Überreste auf dem Markt wieder aufgetaucht seien und manchmal für viel Geld den Besitzer wechselten. Besonders begehrt waren verformte Geschosse aus Jókkobis großer Nengune – nicht immer echt, aber teuer.

Ein kleiner Gauner aus dem Kondraker Armenviertel um die Fuhgasse wurde festgenommen. Er hatte Knochen von Limbranen angeboten, die wahrscheinlich von gewöhnlichen Haustieren stammten. Gemäß dem rasch gefällten Urteil wurde dem Betrüger auf dem Undaiplatz vom Hinrichter die rechte Hand abgeschlagen. Ich war bei der Vollstreckung nicht dabei, obwohl mich unsere Haushälterin mitgenommen hätte – vorerst jedenfalls konnte ich kein Blut mehr sehen.

Innerhalb von zwei Monaten nach ihrem ersten Einsatz suchte die Fisch-Pilate das Slengsfelt gründlich nach Limbranen ab, besonders Kondrake, die Gegend um den Kachoi-See, Jehtse, Kirgmehs, Tangeleit und die brezzische Grenze.

Einmal sah ich am Abend von unserem Garten aus das Luftschiff. Es flog in geringer Höhe und mit mäßiger Geschwindigkeit südwärts und verschwand jenseits der Stadtmauer. Wahrscheinlich würde es die Nacht in der alten Fabregge stehen, die neuerdings so streng abgeschirmt war, dass noch keine Maus sich auf hundert Schreiter herantraute.

Meine Mutter hörte ich mit Zerfe in der Küche sprechen und hätte nur zu rufen brauchen: ‚Schau mal, da oben schwebt der Kunstfischvogel!' Aber ich unterließ es und hatte mit einem Mal ein sehr befriedigendes Gefühl von Häme.

Die meisten Slengsaaken kennen Flugwerke nur aus den Erzählungen des Libat Kreder. Vor allem in den Dörfern des Ostens liefen die Menschen anfangs in Panik aus ihren Häusern, wenn das Luftschiff am Himmel schwebte. Die Erinnerung an den schlimmsten Tag des Slengsfelts saß tief. Man befürchtete, dass gleich wieder die Bremben fallen würden, kniete nieder, betete zu Arasul und machte erschrocken das Zeichen der Kresne. Flog der Kunstfischvogel zum vierten oder fünften Mal über den gleichen Dörfern, wich die Angst der Neugier auf dieses Himmels-Movem. „Seht", so hieß es, „damit wurden die grausamsten Bestien vor Kondrake besiegt!"

Es war Brauch, dass man jeden Neuankömmling in Kondrake ausführlich nach seinen Erlebnissen befragte. Denn weder dem Schwarzen Brett noch den Auskunftern konnte man voll vertrauen. Manchmal wurden Zusammenhänge geschönt oder verdreht; auch mit den Zahlen nahm man es nicht so genau. Dennoch stellten selbst kritische Kondraker in diesen Tagen fest, dass es eine weitgehende Übereinstimmung gab zwischen dem offiziell Bekannten und dem, was wir von Fremden erfuhren.

Jókkobi hatte bei Jehtse wohl mit einer Brembe fünf Schlauchzüngler in die Luft gesprengt und mit der großen Nengune zwanzig weiteren bei Kirgmehs die schwarzen Panzer zerschossen. Ein Auskunfter auf dem Donaiplatz brachte seine Nachricht in die moderne Kurzform:

„Luftangriff an brezzischer Grenze – Vierzig Vogelköpfige weniger. Weiter so!"

Wenn unsere Schlachttiere sagen könnten: ‚Wir haben genug, wir können uns wehren' – die Menschen müssten ihre Ernährung überdenken.

Limbranen halten keine Menschen im Stall und auf der Weide; sie jagen und zerreißen uns wie Raubtiere. Diese primitiven Mord-Muderer weben keine Kleidung, laufen nackt, bauen keine Häuser, schlafen im Gras und können nicht sprechen. Aber auch mit Keckern und Klappern kann man sich wohl (sogar über große Entfernungen) schnell verständigen, wenn es um die eigene, verletzbar gewordene Haut geht.

Knapp neun Wochen war das Massaker vor der Südmauer jetzt her. Die drei Navemeister konnten keine schweifenden Horden mehr ausmachen. Friedlich lagen unsere Dörfer und Städte unter der schwebenden Fisch-Pilate am Boden. Der fleischfressende Feind hatte sich wohl zurückgezogen und jagte leichtere Beute.

Nun bietet unser weites Land tausende Möglichkeiten, sich zu verstecken und überraschend wieder zuzuschlagen. Der Sieg war also nur vorläufig, das zeigt sich bis in die jüngste Gegenwart: Immer wieder suchen blutgierige Vierschnäbler ihre Opfer im Slengsfelt.

Solche Bedenken gingen damals im allgemeinen Freudentaumel unter: „Hast du schon gehört? Die Limbranen sind weg!" – so machte die frohe Botschaft die Runde. Man tanzte und sang auf allen Gassen und Plätzen des Landes; überall in den Kergen wurden Divibalen gefeiert.

Nachdem die Waffen des Luftschiffs eine zehnte Woche geschwiegen hatten, ließ die Konklause bekanntgeben:

„In Kürze werden die tapferen Flieger nach Kondrake zurückkehren."

Ihre Ehrung sollte nur der Auftakt sein zu einem Spektakel, von dem noch unsere Nachkommen berichten würden.

Dazu reisten alle an, die im Slengsfelt Rang und Namen hatten: der Predikar von Marints, die drei Duchems, viele Nobile und Kuranten, alle mit großem Gefolge, außerdem Schausteller und Schauspieler mit ihren Wanderbühnen. (Wo viele Männer sind, kommen leider auch eine Menge loser Weiber – nie zuvor und danach hat man so viele Huren in Kondrake gesehen.)

Die Überfüllung war zu dieser Zeit genauso groß wie heute, mit dem Unterschied, dass vor Limbranen Flüchtende eher bleiben und Gäste wieder gehen. Die Bevölkerung unserer Stadt verdreifachte sich damals vorübergehend. Die Schänken der Stadt machten ein Riesengeschäft und der Wirt des „Blauen Piat" konnte endlich seine hohen Schulden begleichen.

Wer zu spät anreiste, zahlte für die Unterbringung Wucherpreise. Glücklich, wer Verwandte in Kondrake hatte. Nicht wenige erinnerten sich an beinahe vergessene Bindungen. Damals lebten in fast jedem Haus neben den Besitzern kurzzeitig auch deren Onkel, Tanten, Nichten und Neffen aus allen Teilen des Slengsfelts.

Bei uns wohnten etwa eine Woche lang ein Vetter meines Vaters mit Frau und fünf Kindern aus Jehtse. (Ich hatte diese Leute zuvor und danach nie mehr gesehen.) Zwei Söhne des Vetters waren etwas älter als ich. Obwohl ich die beiden nicht leiden konnte, wurden sie auf ausdrücklichen Wunsch des alten Palint in meinem Zimmer untergebracht. Die Piats im Grasland hatten Ruhe gegeben, jetzt konnte ich vor lauter Zorn auf meinen Vater und diese Lümmel in den anderen Betten nicht schlafen!

Am Tag der Rückkehr unserer Helden war ich entsprechend müde. Verdrossen stand ich, eine Hand auf den Brunnenrand am Dromaplatz gestützt, umgeben von Angehörigen und Verwandten des Hauses Palint; hinter mir war Zerfe. Die Soniade im Kergeturm klingelte zur neunten Stunde. Ein mir unbekannter hochgewachsener Mann nahm mir jede gute Sicht. Neben ihm stand eine Frau mit einem Korb und vor ihm waren drei behelmte Gardoi, in Kettenhemden, an den Gürteln die kurzen Dolche, aber ohne Schilde. Zusammen mit vielen Kameraden hielten sie einen Weg für Dostars Flieger frei.

Wie ich das hasste, eingezwängt zu sein, schlimmer als auf dem Wehrgang der Mauer! (Zerfe hatte gemerkt, wie ich litt und ihre Hände auf meine Schultern gelegt.) Viele andere schienen diese Enge ja zu genießen – überall hörte ich Murmeln, Gespräche und Lachen.

An einem Marktstand hinter mir hatte sich eine Musikgruppe aus Jehtse aufgestellt. Auf allerhand Blas-, Zupf-, Streichinstrumenten und Trommeln spielten sie im Slengfeld bekannte Stücke – leider viel zu laut und falsch. Ich fügte mich in meine Pflicht, als Sohn des Freders Palint hier zu sein, und keineswegs freiwillig!

Die drei Retter der Stadt wollten vom Südtor aus durch halb Kondrake bis zum Neunehaus reiten. Überall warteten Menschen auf sie, selbst in den engsten Gassen. Es war mir schleierhaft, wie man dort Menschenreihen bilden und noch gefahrlos reiten konnte. Aber die Leute wollten lachen und feiern; sie machten sich keine Sorgen.

Vom nahen Donaiplatz hörte ich Rufe: „Sie sind da! Sie sind da!" Im nächsten Augenblick wurden ich, Zerfe und alle anderen hinter mir, von starken Kräften nach vorne geschoben. Die dicht stehenden Gardoi fassten sich an den Händen und drückten dagegen, bis die Menge wieder ruhig war.

Durch den freigelassenen Weg ritten die Helden des Tages, Jaglada, Nernst und Jókkobi. Der untersetzte Mann aus Marints hatte seine langen blonden Haare im Nacken zusammengebunden. Er saß auf einem nervös tänzelnden Pferd.

„Hoch"-Rufe erklangen; manchmal flogen Hüte und Mützen durch die Luft. Die großen Idole winkten freundlich lächelnd. An Kleinigkeiten merkte ich, dass sie eigentlich sehr erschöpft waren.

Die Leute jubelten, waren aber jetzt diszipliniert; die Gardoi hatten die Hände ihrer Kameraden losgelassen. Hinter ihnen standen alle paar Schreiter Frauen mit Körben. Wo die Luftfahrer ritten, wurden sie mit Blumen überschüttet.

Ah, diese schreckliche Musikgruppe aus Jehtse! Als der erste Reiter – Jaglada – sichtbar wurde, hatte sie begonnen, noch lauter und falscher zu spielen als zuvor.

Zerfe rief dem langen Kerl zu, der mir die Sicht verstellte:

„Lass doch mal den Jungen vor, der kann ja gar nichts sehen!"

Der Mann trat tatsächlich zur Seite. Die Frau neben ihm warf Nernst einen Strauß Blumen zu, den er lachend auffing.

Gedankenlos machte ich, zwischen zwei Gardoi hindurch, einen Schritt nach vorne – und stand plötzlich im Weg der Reiter, vor Jókkobi. Da bäumte sich das nervöse Pferd des Luftfahrers auf und er hatte alle Mühe, es unter Kontrolle zu bringen. Der Huf des scheuenden Tieres verfehlte nur knapp meinen Kopf!

Zur neunten Stunde dieser Gefahr knapp entronnen, saß ich zur elften auf einer Bank in der Kerge ziemlich weit vorne, neben mir einer unserer Gardoi und meine Mutter mit beleidigter Miene. (Lange hatte sie mich vorwurfsvoll mit Worten traktiert, als wären es die Hufschläge des Pferdes, jetzt schwieg sie endlich.)

In der Reihe vor mir waren Dostar (ich sah auf seinen kahlen Hinterkopf), die drei Luftfahrer, Freder der Konklause und andere hohe Herren aus allen Teilen des Slengsfelts – noch als sie wieder abreisten, konnte ich sie nicht alle zweifelsfrei auseinanderhalten.

Man wartete auf den Beginn der Feier und sprach in gedämpftem Ton. Häufig ging es um Tallos großes Gemälde der Gotteskriege, das damals erst zwei Tage über dem Altar hing. Manche Besucher waren schockiert von den Darstellungen, aber es überwog das Lob.

Das Dauer-Geschimpfe meiner Mutter hatte alle Müdigkeit verscheucht und ich spürte sogar etwas Vorfreude: Die würdige Kerge mit ihren schönen Zeremonien lag mir wesentlich mehr als der Trubel der Gasse.

Dann trat der Devante vor den Altar und die große „Divibale des Dankes" begann mit seiner Predigt:

„Mit Dostar zu Frieden und Glück: Denn er weiß, was Arasul will."

Dieses Thema führte der große Redner in immer neuen, kunstvollen Wendungen aus. (Jahrzehnte später gestand er mir, dass er sich für diese Lobrede damals schämte – es sei ihm nichts anderes übrig geblieben.)

Anschließend kam eine gemischte, zehnköpfige Musikgruppe aus Kirgmehs auf die Oyare. Die Männer begleiteten den Chor der Frauen auf ihren Instrumenten. Etwa eine Stunde lang erklangen Werke des berühmten slengsaakischen Tonsetzers Ulfru – das war freilich eine andere Musik als die auf der Gasse! Ich erinnere mich an ein Lied mit anspielungsreichem Text:

„Und käm der Bestien Hundertschaft/
wir wollten sie zerhau'n/
auf unseres Herren Wunderkraft/
auf Arasul nur bau'n."

Dann sprach Lemreck seinen Segen über die Versammlung. Abschließend sangen alle – im großen Raum hallend und kraftvoll begleitet vom Orgem über der Eingangstür – zwei Kerge-Lieder: *„Drubal liegt in Banden nun"* und *„Der Neue Skorn ist mein Kurtell"*.

Am späten Nachmittag des gleichen Tages: Ich stand mitten im Gedränge auf dem Tschajeplatz neben meinem Vater. Er hielt ein Holzbrett mit eingeklemmten Papierseiten schreibbereit in einer Hand. Vor uns erhob sich eine Tribüne mit einem Podest. Andere hätten mich um meinen guten Platz beneidet, aber ich kämpfte wieder mit meiner Angst, eingequetscht zu werden. Natürlich war ich nicht freiwillig hierher gekommen.

Das Raunen der Menge wurde mit einem Mal lauter. Durch das Holzgerüst sah ich den schwarzen Meister kommen, umgeben von Leibwächtern, den Luftfahrern und Fredern der Konklause. Eine Musikkapelle (deutlich besser als die aus Jehtse) begann vor der Kerge zu spielen. Durch ständiges Trommelschlagen klang sie sehr kriegerisch.

Der Landesherr war hinaufgestiegen. Oben am Pult schien er mir besonders groß, denn ich schaute von schräg unten zu ihm empor. Raue Männerkehlen riefen nach einem Dostar voller „Kraft und Tat". (In meiner Nähe standen einige Schreihälse seiner „Söhne".)

Dann hob er beide Hände; sofort verstummte die Kapelle. Eine gespannte, beinahe gespenstische Ruhe war auf dem Tschajeplatz. Sein linkes Auge blickte über die versammelte Menge – mit Verachtung, so meinte ich, möglicherweise habe ich es mir auch eingebildet. So viele Leute waren gekommen, seine Rede zu hören!

Einen Augenblick lang dachte ich: *Diesmal wird seine Stimme versagen*; gleichzeitig befürchtete ich das und wünschte es.

Mein Vater neben mir hob das Holzbrett. Er sollte protokollieren, was der Erste Habitant sagte:

„Kondraker! Gäste aus allen Teilen des Landes! Wie wahr sind die Worte des Devante: Dostar weiß, was Arasul will. Das stimmt, denn ich habe tatsächlich Verbindung zum Zweiten Gott. Aber dazu muss ich mich nicht versenken, nicht in mich hineinhören, wie es die meisten von euch tun. Im Gegenteil, ich höre in die Welt hinaus, über hunderte von Großschreitern hinweg, mit diesem Fonem nämlich."

Er hielt ein kleines, flaches Kästchen hoch; erstaunte Rufe in der Menge.

„Von euren Vätern habt ihr sicher viele Legenden über diesen Wunderapparat gehört. Wie arbeitet er? Mein Fonem hat eine Art Gedächtnis. In ihm ist die geheime Nummer, sind göttliche Zahlen gespeichert. Denn Unser Herr – ich lüfte hier ein Mysterium – hat ein eigenes Fonem. Ich brauche nur einen bestimmten Knopf zu drücken, so ..."

Er tat es, das kleine Kästchen leuchtete auf, verblüfft rief die Versammlung „Ah!" und „Oh!".

„Dann nehme ich den Apparat ans Ohr – seht ihr – und warte, dass eine tiefe Stimme sagt: ‚Hier ist Arasul!'"

Eine neben mir stehende junge Frau seufzte und knickte in den Knien ein; ein Mann hinter ihr hielt sie unter den Achseln aufrecht.

„Dann, Kondraker, werte Gäste, trage ich in Demut meine Frage vor und der Herr antwortet. Das wäre der Idealfall. Leider geht es oft anders und man beneidet vielleicht doch die apparatelosen Gläubigen um ihre innere Schau. Was meine ich damit?

Vor drei Jahren war ich, wie ihr wisst, monatelang unterwegs. Ich und meine Begleiter ritten gerade jenseits der Chemberge – da merkten wir, dass unsere Karten nicht stimmten. Sofort dachte ich: ‚Du brauchst den Rat des Herrn, ruf Arasul an!' Ich handelte, wie ich es beschrieb. Und hörte ein ‚Freizeichen' – so sagt man in der Sprache der Fonem-Nutzer. Aber keiner von Arasuls vielen Händen geruhte, nach dem eigenen Apparat zu greifen.

Was nun? Ich deutete die Karten, wie ich meinte, dass es richtig sei – da kamen wir noch weiter vom Weg ab. In meiner Verzweiflung hatte ich nur einen Gedanken, nämlich welchen?"

Auffordernd hob Dostar beide Arme; vor allem seine „Söhne" antworteten im Chor: „Ruf Arasul an!"

„Wieder und wieder wählte ich die Heilige Nummer, aber immer erhielt ich das Zeichen: Der Herr spricht bereits. Wer im Rumenkrag hatte denn noch ein weiteres Sprechkästchen? Dieses Geheimnis habe ich nie gelüftet.

Schließlich hatten wir uns hoffnungslos verirrt und die Not war groß; zwei meiner Gardoi starben. Mehrmals griff ich zum Fonem. Dem Herrn sei Dank – endlich ertönte das Freizeichen. Aber nicht Arasul, sondern eine andere Stimme, die eines Weibes, sagte: ‚Der Teilnehmer ist im Moment nicht erreichbar.'"

Die fromme Geschichte schien viele in der Menge zu rühren; hinter mir hörte ich Weinen und Gebete.

„Unser letztes Pferd hatten wir schon geschlachtet und der eigene Tod stand uns vor Augen! Da endlich geruhte der Herr, mit mir zu sprechen. ‚Ich lasse nicht mehr von diesem Fonem', sagte ich zu ihm. Er aber antwortete: ‚Fortan bleibe ich bei dir.'

Arasul führte uns zu einem unbekannten Voltaport, wo wir Nahrung und Wasser fanden. Mit wiedererstarkten Leibern betraten wir eine Halle. Dort waren Waffen aus den Gotteskriegen, da stand das Luftschiff, das ihr die Fisch-Pilate nennt – inmitten einer Trümmerwelt ein Ort, an dem nichts zerstört war, ein Wunder!"

„Gott segne den Herrn Dostar!", sagte ergriffen eine Frau hinter mir.

„Stundenlang hielt ich diesen kleinen Apparat an mein Ohr! Er arbeitet mit Elektritt. Ich hatte Sorge, dass es mir ausgeht und ich es

nicht nachfüllen kann. Aber der Herr sagte zu mir: ‚Fürchte dich nicht.'

Wie das Schiff zu fliegen war, erfuhr ich von ihm und gab es weiter. Wir fuhren schnell durch die Lüfte und landeten wohlbehalten nachts, von Seiner Stimme geführt, von niemandem bemerkt, mitten in der alten Fabregge. Ich fragte: ‚Herr, was sollen wir jetzt mit dem Kunstvogel?' Er aber antwortete in mein Ohr: ‚Die Zeit wird kommen, wo du seinen Nutzen erkennst.' Lange rätselte ich. Vor Kurzem erst, als das halbe Slengsfelt nach Hilfe schrie, hatte ich die Idee: Das hat er gemeint. Denn die Schlauchzüngler, meine Freunde, sind auch dem Herrn ein Gräuel!

Kondraker! Werte Gäste! Bei diesen fernen Gesprächen mit dem Neuen Skorn haben drei Getreue mit mir gebangt. Sie wurden schwer geprüft und haben mit mir überlebt. Ohne sie hätte ich das Luft-Movem nicht fliegen können. Tollkühn brachten sie Tod und Verderben über Ungeheuer. Solche Männer braucht das Land an höchster Stelle. Und so ernenne ich denn – vor Arasul, der Kerge und dem slengsaakischen Volk – Jaglada und Nernst zu Fredern der Konklause und Jókkobi zu meinem Stellvertreter!"

Dostar drehte sich um und nickte kurz. Durch das Holzgerüst sah ich die drei Luftfahrer die kurze Treppe hinaufsteigen. Sie traten neben das Redner-Podest. Der Erste Habitant überreichte ihnen Schriftstücke. (Es gab kein Händeschütteln.) Die Musikkapelle begann wieder zu spielen; der Trommler übertraf sich selbst mit kunstvollen Wirbeln!

Der Erste Habitant zeigte immer wieder auf die Geehrten. Die Menge applaudierte begeistert. Alle wussten: Diese öffentliche Ernennung war ungewöhnlich; zum Freder der Konklause wurde man meist hinter verschlossenen Türen.

Die Leute riefen anhaltend den Ehren-Gruß. Dostar wiederholte mit Faust und Hand, aber stumm, ihre Gesten. Wohin immer er sich zur Versammlung drehte, wurde der Beifall lauter.

Eine heisere Männerstimme ertönte: „Ruf Arasul an!" Mehrere andere stimmten mit ein. Die Luftfahrer hatten ihre Urkunden unter die Arme geklemmt und klatschten mit den freien Händen. Sie lächelten, der Erste Habitant nicht.

Ich hörte meinen Vater leise fluchen; er bückte sich und hob das Schreibbrett vom Boden hoch. Aber die Rede war protokolliert – an seine Aufzeichnungen habe ich mich gerade weitgehend gehalten.

Das Kind Matea war von dem Trubel auf dem Tschajeplatz, von Dostars Rede geradezu geblendet. Der Erwachsene denkt nüchtern: Mit diesen Ernennungen füllte Dostar die Reihen seiner Freder, die er selbst gelichtet hatte. Ob die Ämter den neuen Leuten bekömmlicher waren als den alten? – Ich werde es erzählen.

Fragte man die drei Getreuen nach ihren Erlebnissen jenseits der Chemberge, sagten sie dasselbe wie ihr Herr. Trotzdem halte ich manches für fragwürdig. Menschen werden schnell durch Hunger und Durst vom Tod bedroht, aber der schwarze Meister? Er lebte nicht allein von Wasser und Brot; sein bester Verbündeter Drubal versorgte ihn mit Energie.

„Was wissen Sie denn von Makinen, Herr Matea?", könnte man mir zurufen. Auch wenn ich manches wahrscheinlich missverstehe, bin ich doch nicht ganz blöde: Eine Fisch-Pilate kann man nicht einfach nach fernen, durch ein Fonem gesprochene Anweisungen steuern – es braucht eine gründliche, jahrelange Schulung. Und das auch noch in einer Sprache, deren Zeichen uns wie kunstvolle Kleckse erscheinen. Aber nicht nur die Hülle war mit großen Lettern derart beschriftet, sondern auch innen die Apparate der Navemeister. Die vielen künstlichen Lichter, die Reihen von Hebeln und Knöpfen, die kleinen Glasscheiben, unter denen sich während des Fluges Bilder und Zeiger auf fantastische Weise von selbst bewegten – überall stand die Bedeutung daneben, aber wer konnte das übersetzen?

Nachts wollen Herr und Helfer, von Arasul geleitet, mit ihrem Himmelsgefährt „mitten in der alten Fabregge" gelandet sein. Ein idealer Standort, aber wie kamen dort Movems hin? Kein Schrott, wie man ihn überall findet, sondern zwei tüchtige Fahrzeuge auf prallen Rädern. Auf der Ladefläche des einen stand ein Mast, an dem das Luftschiff ankerte, das andere trug eine Art Fass mit dem Gas, das – hinübergeleitet – den fischigen Riesenleib leicht machte. Woher ich das weiß? Man muss hartnäckig sein, Leute finden, die dabei waren und Auskunft geben, wenn man ihnen auch einen Gefallen tut.

So sagte man mir, dass Werkstätten mit vielen Arbeitern nötig waren, um die Fisch-Pilate auf Dauer und ohne Gefahr nutzen zu können. Das alles hatte Dostar? Ja, natürlich. Genügend Männer, die in Kondrake unbekannt waren, die Stadt nie betraten, dazu Makinen unbekannter Anzahl und Herkunft.

Heutzutage predigt jeder Kurant bei der Divibale: Die böse Schildmakine selbst zeigte dem Meister und seinen Genossen, wie man mit geheimem Wissen aus vergangenen Zeiten dieses Kunst-Ding aus Stoff und Metall in die Luft steigen ließ.

Die vielbefahrene Straße nach Jehtse führt nahe der alten Fabregge vorbei. Beim Anblick der düsteren Mauer machte so mancher fromme Reisende das Zeichen der Kresne. Dann setzte er seinen Weg fort, ohne nachzuschauen. Warum war das so? Meine Meinung: Weil Drubal sich in die Gedanken des Reisenden schlich. ‚Bleib weg', lautete die Botschaft des Bösen, ‚dort ist es nicht geheuer!' Drei Jahre lang merkte kein (unbefugter) Kondraker, was sich nahe der Stadt tat. Als die Fisch-Pilate dann am Tag des Limbranen-Massakers auf uns zuflog, waren alle vollkommen überrrascht.

Mit der Demonstration seines Sprech-Apparates hatte Dostar wieder viele getäuscht. Von einem Fonem zu einem anderen konnte man nur durch ein ausgedehntes Helfer-Netz feiner Elektritt-Ströme sprechen. So etwas gab es im Herbst der Automaten, vielleicht auch noch, als der schwarze Meister zu uns kam, aber nicht mehr im Jahr 130! Wie sollte er auf diese Weise die Stimme Arasuls hören? Zumal der Zweite Gott im Animalte wohnt, auf dem Grund des Santaroi-Sees – und Fonems vertragen wohl viel, nur kein Wasser!

Warum hat er überhaupt diese Geschichte erzählt? ‚Seht her', wollte Dostar zeigen, ‚durch die Gunst des Zweiten Gottes darf ich Apparate nutzen, die euch verboten sind.' Ich selbst habe als Sechsjähriger das fernsprechende Kästchen blinken sehen. Da war natürlich ein Trick im Spiel; ein Zauberer auf dem Markt hätte es nicht besser gekonnt: Dieses kleine Ding, meine ich, arbeitete schon lange nicht mehr. Weil kein Elektritt sein makinenhaftes Schein-Leben aufrecht erhielt.

Kapitel 12

Als der Redner schwieg

Das Unglück war mir seit frühster Jugend vertraut. In den Tagen nach der Ehrung der Luftfahrer sollte ich auch ein bescheidenes Glück erfahren: Der Sieg über die Limbranen wurde beim größten slengsaakischen Volksfest tüchtig gefeiert. Meist ging ich dabei an der Hand von Zerfe. Ihre Nähe trug wesentlich dazu bei, dass mir das Gedränge weniger ausmachte.

Auf den Plätzen der Stadt standen überall Buden, Bühnen und Zelte. Einheimische und fremde Wirte hatten Bänke und Tische im Freien aufgestellt – die Haushälterin und ich rasteten auf dem Dromaplatz.

Mit Behagen aß ich eine mir bisher unbekannte Speise aus dem Ost-Slengsfeld und trank dazu Wasser. Uns gegenüber saß ein Unbekannter mit einer merkwürdig roten Knollennase. Er starrte mich eine Zeit lang an, schob mir schließlich seinen Bierkrug zu und sagte:

„Hier, nimm mal was Richtiges."

Zerfe entgegnete grob:

„Lass den Jungen in Ruhe und sauf allein!"

Der Mann hob langsam beide Hände.

„Is ja gut, war nur Spaß", brummte er.

Tagelang schoben sich in großer Enge Gruppen von Neugierigen durch die innere Stadt zwischen Kerge und Harksgasse, von einer Darbietung zur anderen. Überall hörte man das Gemurmel der Menge, Lachen und das Klatschen applaudierender Hände. Leider spielten meistens mehrere Musikgruppen an unterschiedlichen Orten gleichzeitig, was (für meine Ohren) ein schwer erträgliches Durcheinander an Klängen und Rhythmen ergab.

Manche der auftretenden Akrobaten hatte ich in Kondrake schon früher gesehen, aber nicht so viele auf einmal und nur die besten. Das Staunen über ihre Leistungen lenkte mich einmal mehr von meiner Angst vor Menschenmengen ab. An einem Stand warfen sich zwei Männer kleine Gegenstände so schnell und geschickt zu, dass ich nicht gleich erkannte: Es handelte sich um sechs Kegel.

Mehrere „Schlangenmenschen" verbogen auf unglaublichste Weise ihre Gliedmaßen und lösten sie wieder. Erst traten sie einzeln auf, um dann eine so komplizierte Anordnung zu bilden, dass ich dachte, ihnen brechen gleich gruppenweise die Knochen! Aber die geübten Männer und eine Frau entknoteten sich unverletzt und erhielten viel Beifall.

In einem Zelt trat ein Zauberer aus Kirgmehs auf, der erst seine Gefährtin und dann sich selbst scheinbar halbierte und wieder zusammensetzte. (Jahre später wurde er vor einem Gottesgericht der Ekslerei angeklagt, konnte aber durch Erklären des Tricks sein Leben retten.)

Das Erlebnis mit den Anführern der Kondraker Kindergruppe schien sich leider zu wiederholen – sogar noch schlimmer, denn jetzt hatte ich zwei Quälgeister im eigenen Zimmer: Sie merkten, dass ich sie nicht leiden konnte und rächten sich. Als Kind stotterte ich öfters und sie äfften mich nach, versteckten mein Spielzeug irgendwo in Haus und Garten oder legten mir stachlige Äste und nasse Lappen ins Bett.

Umsonst, dass ich mich darüber beschwerte. Mein Vater meinte, ich solle lernen, mich durchzusetzen! Einmal ordnete er an, dass ich die beiden Söhne seines Vetters aufs Fest begleiten sollte. Auf dem Dromaplatz blieben wir vor einer kleinen Bühne stehen.

Gute Schauspieler führten ein Stück auf, das ich gern besser verstanden hätte. Was mir gefiel, lehnten die beiden aber grundsätzlich ab. Durch Albernheiten und Zwischenrufe störten sie mich und die übrigen Zuschauer.

Vor uns stand ein Mann, der das närrische Getue irgendwann leid war. Er drehte sich plötzlich um und gab ausgerechnet mir eine schallende Ohrfeige, dass ich zu heulen begann. Die zwei schadenfrohen Lümmel hielten sich die Bäuche vor Lachen, bis die Vorstellung abgebrochen werden musste. Einige Zuschauer wollten sie verprügeln, aber sie entkamen durch die Tongkugasse.

Von den auswärtigen Besuchern hörte man zwar viele lobende Worte über unsere Stadt. „Aber dieser Gestank, dieser Lärm!", fügten sie oft mit einem verlegenen Lächeln hinzu und meinten den Dogger-Wald. So mancher Gast betäubte wohl im Rausch sein Unbehagen über den Störenfried am anderen Ufer. Mehrmals in der Nacht von irgendeinem befremdlichen Gekreisch geweckt zu werden – das kannte er nicht. Wer nüchtern blieb, dachte vielleicht im schönsten Fest-Trubel schon wieder an die Abreise.

Später wurde behauptet, ein Drittel der Volksfest-Besucher wären Spitzel gewesen, die im Auftrag der Konklause Dostar-Gegner ausspähen sollten – das ist sicher weit übertrieben, aber auch nicht ganz falsch. Klug war es, gegenüber Fremden wie Bekannten wachsam zu sein. Vielleicht fragte der Bank-Nachbar den fröhlichen Zecher ja nur scheinheilig aus, schrieb einen Bericht darüber und gab ihn weiter. Trotz dieser Gefahr soffen manche wie verdurstende Kühe und gaben hemmungslos vielleicht persönlichste Geheimnisse preis. Ich hörte, was Zerfe meiner Mutter über den „Blauen Piat" erzählte: Die Stammgäste dort hatten ein rüdes Spiel entwickelt. Wer zuerst kotzte, musste einmal „Klaro für alle" bezahlen – das ist slengsaakischer Schnaps.

Es war am Mittag des vorletzten Festtages: Auf dem Undaiplatz spielten ein Geiger und ein Flötist eine schnelle, rhythmische Melodie. Dazu tanzten ein Mann und eine Frau. Sie standen eng nebeneinander, die Arme um die Schultern des anderen gelegt und sprangen scheinbar wild, aber geübt vor, zur Seite und zurück. Trotz der Anstrengung lächelten sie ständig.

Die Anfangsbegeisterung des Publikums war einer gewissen Sättigung gewichen. Ich stand neben Zerfe ganz vorne unter wenigen Zuschauern. Ein Mann bückte sich und warf eine Münze in einen auf dem Boden liegenden Beutel. Auf den Bänken hinter uns lachten und schwatzten Zecher, die mehr mit sich selbst beschäftigt waren.

Am Ende des Stückes verbeugte sich die Gruppe der vier. Die Leistung war hervorragend, der Beifall spärlich. Das Lachen und Schwatzen der trinkenden Gäste verstummte mit einem Mal; ich hörte Rufe nach „Kraft und Tat!". Da stand der schwarze Meister auch schon neben mir, mit einer Miene, die nicht zur Festtagslaune passte. Ich, Zerfe, Zuschauer wie Künstler standen wie erstarrt. Wir entboten schließlich auch den ein wenig schwach geratenen Ehren-Gruß.

Der Landesherr kommentierte das nicht. Er machte eine Geste, dass weitergemacht werden solle. Sofort begannen die Musikanten mit einer anderen schnellen Melodie und das Paar – ein wenig unsicher – tanzte dazu.

Zaghaft lugte ich hinter mich: Da standen Dostars Leibwächter, der Majade der Kurtell, die Duchems, die drei beförderten Luftfahrer, mein Vater sowie weitere Freder der Konklause. Alle machten Gesichter, als wolle das Gefolge den Meister nachahmen. Der alte Palint hielt die Arme verschränkt. Ich hatte das Gefühl, dass er sich schämte, mich hier überhaupt zu sehen. Nur der neue Stellvertreter Jókkobi grinste breit.

Der Erste Habitant schaute eine Weile aufmerksam den Tänzern zu. Sie machten bei den Sprüngen deutliche Fehler. Da, beinahe wäre die Frau sogar gefallen; sie erschrak, fing sich aber wieder.

Dostar schien das nicht zu kümmern. Mit großen, gelassenen Schritten ging er weg, geflissentlich gefolgt von seiner Begleitung. Die hohen Herren verschwanden hinter einem Zelt nebenan.

Geiger und Flötist spielten mit einem Mal besonders schwungvoll. Das Paar machte mit großer Leichtigkeit die schwierigsten Sprünge nach allen Seiten. Sie lächelten entspannt. Die Leute an den Tischen prosteten sich wieder zu. Die Elite des Landes erschien an diesem Mittag nicht mehr; die Stimmung unter den gewöhnlichen Festbesuchern wurde noch sehr ausgelassen.

Für den letzten Tag hatte man ein Seil quer über den Tschajeplatz gespannt. Es begann an einem Dachfenster von Jagladas Haus und endete an einem Fenster des Kergeturms. Ein Akrobat wollte langsam darüber gehen. So etwas hatte noch niemand gewagt; am Nachmittag drängten sich hier die Menschen.

Unter dem Seil hielt man eine breite Gasse frei, aber dort war kein Netz – ein Absturz konnte tödlich sein. Ich stand mit Zerfe vor dem Eingang zum Neunehaus, denn so vermied ich das Gedränge und hatte trotzdem einigermaßen gute Sicht.

Puh, ein mäßiger Nordwest-Wind trug heute wieder einen schrecklichen Gestank in die Stadt, wie Massen faulender Eier. Im Dogger-Wald gab es außer den üblichen Lärm-Plagen eine dominierende Stimme: Etwas sehr Großes atmete rasselnd, als wäre es schwer verletzt.

Die Zuschauer kümmerte das offenbar nicht, man freute sich auf das bevorstehende Ereignis; ich hörte Gesprächsfetzen, Raunen und Lachen auf dem Platz. Über mir gingen, etwas quietschend, die Fensterläden auf. *Dort oben sind Dostars Zimmer*, dachte ich, *er schaut also auch zu.* Ich hätte nur einen Schritt vortreten und mich umdrehen müssen, um ihn zu sehen, traute mich aber nicht.

Da stieg der Akrobat aus dem Dachfenster des Jaglada-Hauses und setzte auf dem Seil vorsichtig einen Fuß vor den anderen. Er hielt eine Stange vor die Brust, um das Gleichgewicht zu wahren. Jetzt war der Mann hoch über der Menge. Alle blickten hinauf. Vereinzelt war Klatschen zu hören oder ein „Hoch"-Ruf; sonst herrschte gespannte Stille.

Der Seil-Künstler hatte die Hälfte der Strecke geschafft. Er hielt einen Augenblick inne. Plötzlich ertönte ein Schrei! Ein einzelner, langer, gewaltiger Schrei, über mir! Wer war das? Was für eine Stimme! Heiliger Arasul, welche Kreatur wurde gerade gefoltert? Und wie groß war sie?

Der Schreck fuhr mir in alle Glieder! Mir war, als spürte ich diesen fremden, wahnsinnigen Schmerz selbst. Ich zog den Hals ein, hielt die Hände schützend auf die Ohren.

Eine gläserne, isolierende Glocke schien mich zu umgeben. Ich hörte weitere Schreie aus der Menge (nicht zu vergleichen mit dem einen, großen), sah, wie sie sich unruhig hin und her schob – mir kam es vor, als wären die Leute weit entfernt.

Ich dachte, der rasselnde Atmer aus dem Dogger-Wald musste verendet sein. Aber, beim Drubal, ich konnte mich doch nicht so getäuscht haben – der Schrei war aus dem Neunehaus, aus dem offenen Fenster über mir gekommen!

Zerfe griff meinen Arm; ich schaute zu ihr hoch. Ihr Gesicht war aschfahl. Über mir schloss jemand die Fensterläden – das fühlte ich.

Einige Leute vor mir redeten wirr durcheinander. Nein, wir waren nicht bedroht! Diese Erkenntnis pflanzte sich in Windeseile durch die Menge fort und verhinderte eine Panik. Sonst wäre meine Angst, erdrückt zu werden, vielleicht wahr geworden.

Augenblicke später lagen die Köpfe in den Nacken. Alle blickten hinauf zum Seil. Das Publikum schrie wie aus einem Mund! Die Stimmgewalt der Kreatur hatte den Akrobaten irritiert – sehr irritiert! Er schwankte verdächtig auf dem Seil und versuchte, die wankende Stange vor der Brust auszurichten.

Da – er stand wieder, machte erneut einen vorsichtigen Schritt nach dem anderen. Ein großes, erleichtertes Seufzen ging durch die Menge. Einen Moment war völlige Ruhe, dann brach frenetischer Jubel aus. Begeisterte Rufe und rhythmisch klatschende Hände, verstärkt vom Echo an den Häusern, wie Schläge. Der Seilläufer, doch noch glücklich am Ziel, winkte aus dem offenen Fenster des Kergeturms.

Dostars Buch, den „reglosen Moddar", kannte ich als Sechsjähriger natürlich nicht. Nur wenige besuchten eine Schule; kaum jemand hatte es gelesen. Von den Ur-Müttern wussten wir also nicht viel. Die im Mittelwald unter Schmerzen ihre Bälger warfen, die „Stimm-Riesinnen". Hatte eine von ihnen uns fast dazu gebracht, andere zu zerquetschen, beinahe den Akrobaten abstürzen lassen? Wenn es so einfach gewesen wäre!

Man redete viel darüber; eigentlich war es *das* Thema am weiteren Nachmittag, am Abend und manchmal noch in der Nacht. Am nächsten Tag (der Schlaf war kurz und hart gewesen) wurde erneut die bohrende Frage gestellt, woher dieser Schrei gekommen war. Vom anderen Ufer natürlich! Das sagte der Verstand. Das Gefühl schien jedes Mal zu widersprechen; die Leute gaben „Laut-Quellen" an, die sie selbst nicht für möglich hielten: die Steine der Häuser, des Platzes, den Kergeturm, Teile der Stadtmauer in unterschiedlichen Himmelsrichtungen, die Kokaju, und (sehr häufig) die alten, halbzerfallenen Schächte des Schienenmovems in den Tiefen von Kondrake.

Meine und Zerfes Empfindungen am Neunehaus waren übrigens vollkommen gleich, vom Öffnen des Fensters bis zum Schließen, dazwischen dieses merkwürdige „Ver-hören", ähnlich dem Versprechen und Verschreiben, hier ein Versagen des Ohrs – und auch unsere Haushälterin hatte nicht nach oben geschaut. Wir waren beide sehr beunruhigt, auch wenn sie ihre Angst mir gegenüber herunterspielte.

Alle, Kondraker wie Gäste, fühlten eine kalte Hand nach ihren Herzen greifen. Die ausgelassene Stimmung verflog wie ein lustiges Wölkchen, hinter der ein großes, graues Gewitter lauerte.

Die Zecher im „Blauen Piat" hatten offenbar die Lust an ihrem Sauf-Kotz-Spiel verloren. Mit bleichen Gesichtern saßen sie beim Schäumer (dem slengsaakischen Bier), sprachen leise über die „Stimme", betasteten ihre geschwollenen Lebern und warteten bang auf das eigene Ende – das erzählte Zerfe jedenfalls meiner Mutter. Ob da Wunschdenken eine Rolle spielte, kann ich nicht beurteilen.

Das größte slengsaakische Volksfest endete überraschend schnell. Viele Gäste hatten es plötzlich sehr eilig, nach Hause zu kommen. Schade, uns Kondrakern wäre es natürlich lieber gewesen, wenn man uns in angenehmerer Erinnerung behalten hätte. Jetzt bereuen wohl manche, überhaupt hier gewesen zu sein; das unheimlichste Erlebnis ihres Lebens wäre ihnen erspart geblieben.

Zwei Tage nach dem Seillauf, am frühen Morgen: Die personenstarken Gefolge der drei Duchems und des Predikars von Marints zwängten sich fast zeitgleich durch enge Gassen. Nach zwei Tagen waren alle vor Kurzem noch überfüllten Quartiere fast wieder leer. Mir persönlich ging es besser als erwartet, denn mit dem Vetter meines Vaters und seiner Familie waren auch diese zwei Jehtser Lümmel aus meinem Zimmer verschwunden – endlich konnte ich durchschlafen.

Eine allgemeine Sinnestäuschung wie diese hat sich in der Stadt bis jetzt nicht wiederholt. Aber der eigenartige „richtungslose Schrei" schien ein Signal, ein Paukenschlag zu noch größerem Lärmen: Jetzt legten die Kreischer und Brüller am anderen Ufer erst richtig zu – jedenfalls gaben sie sich alle Mühe, den Kondrakern das Leben so schwer wie möglich zu machen.

Ein halbes Jahr nach dem Fest: Es war Frühling im Slengsfelt, aber der Wind wehte tagelang aus Norden und brachte einen fauligen Gestank wie aus einem Massengrab in die Stadt. Nicht selten gingen Leute durch Gassen, über Plätze und verloren plötzlich die Besinnung. Da versprach Dostar, seine Bemühungen zur Vernichtung des Dogger-Waldes wieder aufzunehmen.

Die Fabregge bot nicht nur Platz für ein Luftschiff und alles, was zum Fliegen nötig war, der Erste Habitant richtete jetzt auch noch eine Forschungsstätte darin ein. Er suchte Ärzte und Gelehrte aus allen Landesteilen, die mit ihm zusammenarbeiten konnten; besonders gefragt waren Kenntnisse in den Vorkriegs-Wissenschaften. Ab und zu tauchte der vielbeschäftigte Meister noch im Neunehaus auf, aber kaum jemand in der Stadt sah ihn kommen oder gehen. Seine Amtsgeschäfte führte in dieser Zeit Jókkobi.

Die Kondraker tuschelten natürlich hinter vorgehaltener Hand. Je mehr geheimgehalten wurde, desto größer war ihre Lust an der Spekulation. Woran forschte man hinter den alten Mauern? Die mit Dostar arbeitenden Ärzte und Gelehrten hielten es wie die Arbeiter am Luftschiff und kamen nie in die Stadt – warum? Umgekehrt betrat niemand das abgeschirmte Gelände, wenn er dort nichts zu tun hatte. (Es wäre auch nicht ratsam gewesen!) Mein Vater etwa hat sich damals als Freder ausschließlich um das Steuerwesen gekümmert. Als „schweigsamer Fisch" hat er es weder bestätigt noch verneint, aber ich bin überzeugt davon, dass er nie in der Fabregge war.

Mit einem Mal war zu hören: Zur Bekämpfung des Dogger-Waldes würde etwas Neues entwickelt, das es aber (wie immer) im Herbst der Automaten schon einmal gegeben hatte. Genaueres wusste man nicht; wer angeben wollte, erzählte irgendwelche fantastischen Geschichten – es gab immer genug Dummköpfe, die es glaubten.

Eines Tages konnte man es dann ausführlich am Schwarzen Brett lesen, riefen die Auskunfter ihre Nachrichten an jeder Ecke, erreichten Flugblätter andere Städte und Dörfer: Dostar und seine Gehilfen hatten ein tödliches Gas erzeugt und eigens gebaute Hohlkörper damit gefüllt. (Man muss schon deutlich sagen, dass nach so vielen Jahrzehnten wieder Bremben entwickelt worden waren!)

Die neuen Vernichtungs-Versuche knüpften an die vorigen unter Jaglada und Nernst an. Geplant war, einige Gardoi in Abrellen mit der Fisch-Pilate aufsteigen zu lassen. Insgesamt sollten 30 Bremben zwischen den Metrosen abgeworfen werden, auf beiden Seiten des Waldes. Unten würden sie zersprengen und das ausströmende Gas einen großflächigen Nebel bilden. Um seine schnelle Zerteilung zu vermeiden, durfte an diesem Tag der Wind nur schwach wehen. Die vorherrschende nördliche Windrichtung war ungünstig, denn er konnte das Gas – wie den Gestank des Waldes – über den Fluss hinweg auf die Stadt zutreiben. Deshalb wollte man auf Südwind warten. Das Gas habe man in der alten Fabregge schon an gewöhnlichen Tieren ausprobiert – alle seien augenblicklich gestorben.

Wegen möglicher Probleme sollten folgende Anordnungen des Ersten Habitanten unbedingt befolgt werden: Während des Unternehmens dürfe sich in der Stadt niemand ohne Erlaubnis im Freien aufhalten. Bei Luftnot könnte ein nasses Tuch vor Mund und Nase helfen.

Sicher wird verstanden, wenn die Leute lesen oder hören, dass eine Armee gegen uns zieht und welche Waffen sie hat. Aber Dostar überforderte sie offenbar. Vielleicht drückte sich auch der ein oder andere Auskunfter ungeschickt aus. Oder Formulierungen wurden missverstanden – schon die Erwähnung „zersprengter Bremben" löste große Ängste aus. Plötzlich geisterte das Gerücht durch die Stadt, wir würden alle noch in diesem Gas elend umkommen! Aber nein, versicherte man uns nachdrücklich, das seien lediglich Vorsichtsmaßnahmen. Das Gerücht verlor dadurch an Kraft, wollte aber auch nicht ganz verstummen.

Leider spielte dann das Wetter lange nicht so mit, wie es Meister und Gehilfen gern gehabt hätten. Mehrfach stand ein Termin fest und wurde verschoben. Endlich kam ein Tag mit schwachem, südöstlichem Wind. Auskunfter kündigten den geplanten Einsatz innerhalb der nächsten Stunden an.

„Geht in die Häuser!", riefen sie. „Und kommt erst wieder heraus, wenn wir es sagen!"

Ich war damals sieben Jahre alt und sollte in wenigen Wochen das Kreopat besuchen. Mein Vater bemängelte immer noch meine Leistungen im Rechnen. Deshalb gab es auch an diesem Tag keine Befreiung vom Unterricht für mich. Gassen und Plätze draußen waren wie leergefegt – ich saß in meinem

Zimmer mit dem Privatlehrer; neben uns lagen griffbereit die nassen Tücher. Ab und zu stand er auf und schaute zum Fenster hinaus, aber offenbar gab es keinen Anlass zur Sorge.

Mein Lehrer war ein Mensch mit festen und manchmal eigenartigen Gewohnheiten. Er setzte sich immer, rieb voll Tatendrang seine Hände und sagte, nachdrücklich und erwartungsvoll: „Soo..." Ich musste die unterschiedlichen Methoden üben, wie man Summen bildet.

„Schafskopf!", kommentierte er meine Bemühungen. „Streng dich mal an!" Aber seine Mahnungen halfen nichts, jedes Ergebnis war verkehrter als das vorige; es summte und brummte mir nur der Kopf von diesem Zeug.

Lediglich ein paar Gardoi auf der Mauer sahen, wie die Fisch-Pilate von der alten Fabregge aus aufstieg und über dem Dogger-Wald schwebte. Am frühen Abend war dann ganz Kondrake wieder auf den Gassen und Plätzen, mit einer einzigen Frage: Hatte das Gas gewirkt? Man rümpfte die Nase, denn der Wald stank nach wie vor unerträglich. Waren das jetzt auch die vielen Erstickungstoten? Die Ohren hörten: Der Lärm hatte wohl abgenommen, aber Grabesstille war etwas anderes.

In den nächsten Tagen gab es immer wieder neue „sensationelle Nachrichten" auf den bekannten Vermittlungs-Wegen. Zunächst hieß es, die Gas-Bremben hätten die Erwartungen „beinahe" erfüllt. Nach und nach wurde das Lob zurückgenommen und schließlich das magere Ergebnis präsentiert: Versuche an gewöhnlichen Kreaturen mögen in der Fabregge erfolgreich gewesen sein; auf Metrosen, Stockwerksbau und Moruun hatte Dostars Gas offenbar gar keine Wirkung gehabt. Verschiedentlich seien Dogger-Wald-Tiere ohnmächtig geworden, nach ein paar Minuten wieder zu sich gekommen und noch im Gasnebel herumgelaufen, als wäre nichts geschehen.

Der Erste Habitant hätte die mögliche Änderung der Windrichtung in Kauf genommen und damit unser aller Leben gefährdet – immer, wenn man dachte, dieser Vorwurf sei verschwunden, tauchte er wieder auf. Dem Beschuldigten reichte es schließlich; er wollte persönlich dazu Stellung nehmen.

Ich stand im Gedränge des Tschajeplatzes fast an derselben Stelle wie beim Fest; vor mir erhob sich die Tribüne. Die bevorstehende Rede des Ersten Habitanten war mir gleichgültig – ich hatte schlecht geschlafen und ständig von falsch berechneten Summen geträumt. Aber wie sollte ich so etwas meinem Vater erklären? Neben mir hielt er wieder Schreibbrett und Stift, bereit fürs Protokoll.

Wo ihr Idol auftrat, waren sie nicht weit: Rechts von mir standen ein paar jugendliche Nachahmer des Meisters. Sie umringten ihren „Vorsitzenden", diesen lächerlichen Gernegroß.

Das Gemurmel der Menge verstummte. Ich sah Dostar mit seinen Fredern auf die Tribüne zukommen. Eine Kapelle begann, kriegerische Musik zu spielen. (Es war wohl die gleiche wie beim Fest.) Die „Söhne" des „Vaters" beschworen „Kraft und Tat!"; fast klang es wie Kampfgebrüll.

Dann stand der Meister oben am Pult, eine mächtige Gestalt für mich 7-Jährigen unten. Er machte eine Handbewegung; augenblicklich war Ruhe.

„*Kondraker!*", *begann er, nicht laut, aber entschlossen.* „*Ihr habt mich in den letzten Monaten wenig gesehen. Manche wird das gefreut haben.*"

„Nein! Nein!", riefen die jungen Männer.

„*Manche werden mich auch vermisst haben!*"

Die gleichen Schreihälse: „Ja! Ja!"

„*Ihr alle wisst von meiner harten Arbeit! Für euch, meine Freunde, für Kondrake! Damit wir nicht in Gestank und Gekreisch untergehen! Damit wir leben können in dieser schönen Stadt!*"

Begeisterter, rauschender Beifall auf dem ganzen Platz.

„*Ich versammelte die besten Männer. Wir überlegten und probierten, von früh morgens bis spät in die Nacht. Hatten wir das Richtige gefunden? Wir glaubten es und bedachten alle Risiken. Niemand sollte gefährdet werden. Niemand auf unserer Seite der Kokaju. Es stellte sich heraus: Das Mittel, die gewaltige Aufgabe zu lösen, war nicht ausreichend. Aber wen wundert das? Am anderen Ufer ist gleichsam eine Festung, eine Kurtell des Bösen wie keine zweite! Wir hatten ein paar Steine aus einer furchtbar harten Mauer geschlagen, mehr nicht! Gewiss kein voller Erfolg.*

Doch da kommen gleich meine Feinde, natürlich! Wenn ich siege, schweigen sie. Wird es schwierig, kriechen sie aus ihren Löchern und säen Zweifel. Sie sagen: ‚Wir kommen noch alle um wegen Dostars Leichtsinn!' Sie können nichts, sie leisten nichts, nur im Lügen und Verleumden – da sind sie Meister!"

Er schlug mit der flachen Hand auf das Rednerpult.

„*Sie halten sich für so schlau, diese Herren!*", höhnte der Redner. „*‚Wir ruinieren Dostars Ruf'– das ist ihr Plan. Sie sollen mich nicht unterschätzen! Schon ist die Falle aufgestellt – so manches Ungeziefer ist darin klebengeblieben!*"

Der „Erste Sohn", diese mickrige Figur, brüllte: „Zertrete es!"

„*Das fällt mir leicht!*", antwortete Dostar sarkastisch. „*Der Dogger-Wald ist freilich etwas anderes. Wie kommt man dem Geschmeiß dort bei? Der Rugunsguur hat dieses Viehzeug ausgespuckt! Der Mut erlahmt, die Kraft versiegt, der Klügste selbst, der Stärkste weiß nicht weiter. Wer hilft uns hier? Ich sag es euch: Der Neue Skorn, die höchste Macht, sie ruf ich an!*"

Er reckte den Kopf und breitete die Arme aus.

„Arasul, siehst du unsere Not? Gib uns die strahlende Kresne, die schrecklichste Waffe, die ..."

Dostar stockte. Ich war nicht recht bei der Sache gewesen. Ständig gingen mir diese blödsinnigen Summen durch den Kopf – jetzt zerplatzten sie lautlos. Als der Redner schwieg, hörte ich zu. Die Menge murmelte leise und erstaunt.

Da war ich im Geist wieder zu Hause, lauschte an der Tür zum väterlichen Arbeitszimmer, fühlte den gleichen Schrecken wie damals erneut.

Was würde hier passieren? Mein Herz klopfte wild; der Schweiß brach mir aus. Das war kein kleiner Kreis von Eingeweihten, der Tschajeplatz stand voller Menschen.

Eine halbe Minute verging, die Zeit schien sich zu dehnen, alle warteten. Dostar stand oben am Pult, ernst und schweigend. Er wirkte nicht verlegen. Eine Hand hatte er auf seinen Hals gelegt.

Wie seltsam, scheinbar auch kein Lärm vom anderen Ufer; es herrschte gespannte Ruhe. Wenn Kleinigkeiten gefallen wären, man hätte es gehört.

Da öffnete der Meister den Mund weit, ich sah seine Zähne. Er gab sich Mühe. Was kam heraus? Ein langes, tiefes, dunkles Krächzen – ich war nicht überrascht; ich kannte es ja.

Er versuchte es noch einmal. Wieder missraten, auf beklemmende Weise diesmal – wie ein Steinschlag am Berg, auch so laut! Mir stellten sich die Nackenhaare auf. Rufe der Verwunderung, spitze Schreie der Frauen, hektische Bewegung der Menge.

Es konnte nicht sein, was nicht sein durfte. Ablenkung war nötig: Die „Söhne" gestikulierten und riefen Ehren-Grüße ohne Ende. Andere stimmten mit ein, schließlich der ganze Platz; die Leute applaudierten stürmisch. Natürlich, man hatte sich geirrt – es wird sich alles aufklären. Die Stimmung war gerettet. Die schlechten Kopien des Meisters brüllten bis zur Selbstbetäubung.

Der Redner machte keinen weiteren Sprechversuch. Beschwichtigend hob er die Hände. Der Lärm verstummte schlagartig.

Er drehte sich um und krümmte den Zeigefinger, wie ein Lehrer, der etwas von einem Schüler will. Sofort kam Jókkobi und wischte sich die blonde Strähne aus der Stirn. Er stellte sich vorne ans Rednerpult.

Ich war sieben Jahre alt und sah den Stellvertreter von unten, mit mächtigen Beinen und kleinerem Kopf. Er hatte in letzter Zeit kräftig zugenommen. Dostar stieg die Holztreppe hinab. Unten umgaben ihn seine Freder sofort wie ein Schutzwall – er schien dahinter verschwunden.

*

„Fehlt noch ein Schluss!", sagte ich, verlegen lächelnd.

„Hatten Sie keine Zeit zum Schreiben?", fragte Koppin.

„Doch", antwortete ich, „mir fehlte gestern nur ein Blatt. Aus dem Protokoll meines Vaters. Das brauchte ich unbedingt. Vorhin habe ich es aber gefunden."

„Schön. Was ist es?"

„Ein Zitat von Jókkobi. Wie er versuchte, auf dem Tschajeplatz die Situation zu retten." Ich zog eine einzelne Seite unter meinem Manuskript hervor. Mein Vater hatte eine kleine, dicht gedrängte Schrift, sehr unübersichtlich.

„Ah, hier ist es!", rief ich nach einiger Suche. „Der Schluss seiner Rede. Jókkobi sagte über Dostar:

„Wer jahrzehntelang in aufopfernder Arbeit, unermüdlich, voller Ideen und immer bei bester Gesundheit für das slengsaakische Volk tätisch war, dem kann man auch einmal eine kleine Heiserkeit nachsehen!"

Um Koppins Augen bildeten sich Lachfalten. (Wie ich das liebe!)

„Sehr witzig, Ihre Nachahmung", lobte er. „Hat man Jókkobi denn ernst genommen, mit seinem Marintser Dialekt?"

„Die Leute hätten vielleicht gelacht", antwortete ich, „aber immerhin war er ein berühmter Luftfahrer und Nengunenschütze, nach Dostar der zweitmächtigste Mann."

Der Junge überlegte.

„Der Erste Habitant soll heiser gewesen sein? Das glaubte doch niemand, oder!"

„Es war jedenfalls die offizielle Version der Konklause", sagte ich. „Eine Erkältung, man gab dem Wetter die Schuld. Wer traute sich, zu widersprechen? Aber heimlich ging es in Kondrake von Haus zu Haus: ‚Habt ihr den schwarzen Mann gehört? Was für Töne! Ist das ein Muderer, als Mensch getarnt?'"

Kapitel 13

Lernen und leiden

Im Augenblick bin ich guter Stimmung wie lange nicht mehr: Trotz Hochsommers sind weitere Harrou-Fälle ausgeblieben. Schon bald ist Herbst und damit endet die Zeit, in der sie sich bevorzugt entwickelt. Laubin beobachtet weiter fleißig seinen Dependar, der allerdings statt hellsichtiger Baupläne im Moment nur wüste Kritzeleien hervorbringt.

Im Osten des Slengsfelts, selbst auf brezzischem Gebiet sind die Limbanen ungewöhnlich lange nicht mehr gesehen worden. In Kondrake wird erzählt, sie wären den Herden ihrer Beute-Rinder in andere Regionen des Rumenkrags gefolgt – ich traue dieser Botschaft erst, wenn sie unumstößlich ist.

Seit einiger Zeit ist hier und in anderen slengsaakischen Orten spürbare Entlastung eingetreten: Immer mehr Flüchtlinge, die vorübergehend Asyl gefunden hatten, kehren in ihre Dörfer zurück.

Aus vergangenen Angriffen dieser Kreaturen hat man gelernt. Der Topkamer von Braits lässt, wie ich hörte, eine viele Großschreiter lange Mauer mit vorgelagerten Gräben und Beobachtungstürmen als Wall gegen das Limbranat errichten. Bei der Größe dieses Werkes frage ich mich allerdings, ob nicht noch die Enkel des Brezzen-Herrschers daran bauen werden.

Bescheidenere Maßnahmen ergreift man im östlichen Slengsfelt. Nachdem die Rückkehrer die Verwüstungen in ihren Dörfern beseitigt haben, errichten sie starke Wehrmauern und schützen ihre Äcker und Weiden mit hohen Palisaden und allerlei versteckten Fallen.

Manche haben Pech, denn sie kommen heim und der ganze Ort ist niedergebrannt. Kidnam dagegen blieb fast unzerstört. Sowohl der Besitz von Delbas verstorbenem Mann als auch der ihres Vaters weist kaum Schäden auf – das schrieb Delba vor Kurzem einem Schwager, der bereits wieder dort lebt. (Beide pflegen schon seit Monaten einen regen Briefwechsel; alle paar Wochen steht ein Bote vor meiner Haustür.)

Acht Monate wohnen Mutter und Sohn jetzt in meinem Haus. Sie planen gerade, in den alten Heimatort zu reisen, um Möbel und Erinnerungsstücke nach Kondrake mitzunehmen; von Halko beauftragte, bewaffnete Dependare sollen sie begleiten. Der Schwager ist gerade dabei, in Delbas Namen die beiden Häuser und das zugehörige Land zu verkaufen – den Erlös will sie nach ihrer Rückkehr als Mitgift in die künftige Ehe mit Halko einbringen.

Dagegen habe ich ernste Bedenken. Im Nachbarort von Kidnam verstecken sich offenbar einige Durger, gewissenlose Mörder allesamt. Oder was ist, wenn doch plötzlich Limbranen auftauchen? (Vielleicht entdecken sie im „großen Sicherheitswall" des Topkamers noch die ein oder andere Lücke.)

Wie viel „Möbel" und „Erinnerungsstücke" sollen denn – mithilfe der Dependare – hunderte von Großschreitern bis nach Kondrake transportiert werden? Außerdem traue ich diesem Schwager nicht ganz. Wer will denn augenblicklich zwei umfangreiche, leerstehende Anwesen in einem gefährdeten Gebiet zu einem annehmbaren Preis kaufen?

Meine Argumente gegen die Reise entkräftet Delba gern: Viele ihrer Verwandten und Freunde seien schon zurückgekehrt; Halkos Haus würde zunehmend leerer.

„Keine Sorge, Herr Matea", versucht sie mich zu beruhigen, „wir reisen ja nicht allein in den Osten."

Am besten ist es, wenn ich gar nichts mehr dazu sage. Es ist ohnehin nicht leicht, Mutter und Sohn augenblicklich auf ein anderes Thema als „Kidnam" zu bringen.

Ich selbst muss übermorgen für zwei Wochen nach Marints, zu einem Treffen führender Geistlicher über Reformen der Kerge, in Vertretung des erkrankten Devanten Lemreck. Fostin und Klabo werden mich begleiten. Holprige Überlandfahrten mit dem Wagen sind mir nicht in angenehmer Erinnerung. Nebenbei hoffe ich allerdings, dass ich Nachforschungen anstellen kann und meine Erzählung davon profitiert.

Das alles geht mir durch den Kopf, während meine Hand zügig schreibt – über mein Schicksal und das des schwarzen Meisters im Jahr 131.

*

Ein paar Tage war es her, dass Dostar seine Rede abbrechen musste. Man sah ihn mit Jókkobi und einigen Fredern am Kondraker Westtor, wo ein einsturzgefährdeter Turm ausgebessert wurde. Aber nur der Stellvertreter sprach zu den Arbeitern, der Erste Habitant blieb stumm. Manchmal schrieb er etwas auf einen Zettel und Jókkobi las es vor.

Einige Wochen vergingen. Der Sohn des Duchems von Kirgmehs heiratete. Mit dem kinderlosen, schon recht alten Duchem von Tangeleit musste über den Nachfolger geredet werden. Ein Neubau des Gerichts in Jehtse war geplant – zu allen offiziellen Anlässen erschien nur Jókkobi, ohne Dostar.

Die Konklause blieb zunächst bei ihrer Version der „Erkältung". Seine Ärzte hätten dem Ersten Habitanten geraten, möglichst wenig zu sprechen. Offenbar arbeitete er „unentwegt" in der Fabregge an einer neuen Waffe gegen den Dogger-Wald – notwendige Weisungen an die Helfer würden schriftlich erteilt.

Zwei Wochen danach war immer noch „keine Besserung" eingetreten und wiederum zehn Tage später sprach man von „rätselhafter Krankheit". Dostar sei ständig unterwegs zwischen seiner Forschungsstätte und einem berühmten Arzt in Jehtse.

Nach einem Vierteljahr wurde mitgeteilt: Der Erste Habitant kenne seinen Körper besser als jeder andere; er behandele sich jetzt selbst.

Leute, die dabei waren, als Dostars Stimme auf dem Tschajeplatz „in den Keller" ging, würden das niemals vergessen. Leute, die es nicht miterlebt hatten (die slengsaakische Mehrheit), konnten sich eine solche Stimmstörung gar nicht vorstellen.

Anhänger des Meisters waren sehr zufrieden mit der jüngsten Nachricht. Sie glaubten ohnehin, dass im Vergleich mit ihrem Idol alle Ärzte Pfuscher waren.

Drubal, sagt die Heilige Kerge, ist nach den Gotteskriegen entweder angekettet im Rugunsguur oder im Dogger-Wald gefangen. Dadurch wäre, meinten führende Geistliche, die nicht genannt werden wollten, die Fähigkeit des Bösen, den schwarzen Mann zu schützen, über die Jahre schwächer geworden. Viele Gebildete, Nobile und Großnobile übernahmen diese Vorstellung, leider auch die zahlreichen Gruppen der Revai. Die erste Schwäche des vermeintlich unbesiegbaren Alten war für sie geradezu ein Signal!

Eines nur einte Freund wie Feind: Niemand wusste, wo Dostar wirklich steckte. Seit jenem Tag am baufälligen Turm des Westtores schien er regelrecht unsichtbar.

Im Herbst des Jahres 131 kam ich in die Kerge-Schule in den Räumen des Kreopats. Eigentlich unterstand sie dem Devanten Lemreck als unserem geistlichen Oberhaupt. Aber Kontrolle musste sein im „Dostar-Land": Ein Freder hatte traditionell das Amt des obersten Schulaufsehers – als ich hier zu lernen anfing, war das Nernst. Er sollte etwa überprüfen, ob der vermittelte Stoff gegen die vom Ersten Habitanten aufgestellten Richtlinien verstieß.

Man begann die Schule im Allgemeinen mit sieben und beendete sie mit dreizehn. Es gab drei Klassen, die jeweils zwei Jahre dauerten. Jede hatte ungefähr 6-10 Schüler, meist Söhne reicher und angesehener Kondraker, die wieder nach Hause gingen, wenn der Unterricht vorbei war. Ein Teil der Schüler aber aß und schlief auch im Kreopat, denn sie kamen aus anderen Teilen des Slengsfelts. In der ersten Klasse saß neben mir ein Enkel des Duchems von Tangeleit.

Wir wurden von zwei Kuranten unterrichtet, die nicht müde wurden, uns immer wieder zu erklären: „Ihr seid die zukünftige Elite des Landes!" Mich hielten die beiden für besonders anpassungsfähig und willig. Dadurch genoss ich manchen Vorteil, zog mir aber auch den Neid mehrerer Mitschüler zu. Einer von ihnen saß auf der Bank hinter mir. Er wartete nur immer darauf, dass der Lehrer wegschaute, um mir plötzlich mit der flachen Hand heftig in den Nacken zu schlagen. Wie sollte man da in Ruhe lernen können?

In dieser ersten Klasse zeigte ich sehr gute Leistungen. Das lag weniger an meiner Begabung, sondern an der Vorarbeit durch meinen Privatlehrer. Nach einem halben Jahr Schulbesuch beschloss daher der Devante Lemreck meine Versetzung in die zweite Klasse – ich war überrascht, aber stolz.

Jetzt hatte ich neue Mitschüler, die als 9- bis 11-Jährige etwas reifer waren und mich weitgehend in Ruhe ließen. Ich freundete mich mit meinem Bank-Nachbarn Halko an. Er war ein wirklich Hochbegabter, dem jeder Stoff regelrecht zuzufliegen schien. Und er hatte vor dem Besuch der Kerge-Schule keinen Privatlehrer gehabt.

In der zweiten Klasse gab es gewisse Schwerpunkte im Lernstoff. Wer einmal wie ich später Kurant werden wollte, musste sich verstärkt ins Libat Kreder und andere geistliche Schriften vertiefen. Er lernte mehr über alle Arten slengsaakischer Kunst und Kultur, womit ich keine Probleme hatte. Auf mindestens einem Gebiet aber übertraf mich Halko bei Weitem, konnte kein anderer Schüler in allen drei Klassen mithalten, nämlich in der Musik. Oft saß die halbe Schule mitsamt der Lehrer im großen Musikraum des Kreopats und bewunderte Halkos Spiel auf der Klacembe – ein Tasteninstrument, das es erst seit ein paar Jahren gab, mit einer ungeheuren Fülle an Ausdrucksmöglichkeiten.

Unter dem Begriff „Slengsaatik" hatte Dostar eine althergebrachte Lehre zusammengefasst und ergänzt: Es ging um Städtebau, die planmäßige Anlegung von Dörfern, Landwirtschaft, Organisation, Behandlung von Dependaren, Grundregeln des Handwerks, Handel, Währung und Buchführung. Jeder Schüler der zweiten Klasse musste darin Grundkenntnisse erwerben und sie in der dritten vertiefen. Ich war ja erst sieben und sollte den Stoff von 9- bis 11-Jährigen lernen – die „Slengsaatik" wurde mir zur Qual und mein Privatlehrer musste wieder helfen. Mein Vater hielt mir zwar ständig vor, wie viel das koste, ließ mich aber sonst merkwürdigerweise in Ruhe. (Ich hatte den Eindruck, dass er sehr erschöpft war.)

Der reale Dostar schien aus dem öffentlichen Leben verschwunden. Aber ob Amtsstuben, Versammlungsräume von Handwerkern und Kaufleuten, Gerichtssäle und Wohnungen im ganzen Land, überall hingen Bilder des „großen alten Mannes". Sein Stellvertreter Jókkobi sorgte dafür, dass es immer mehr wurden. Ich erinnere mich an eines in der Kerge-Schule, an der Wand über meiner Bank, ein in dunklen Farben gehaltenes, sehr treffendes Porträt. Ich litt ein wenig unter dem Zwang, es ständig anschauen zu müssen. Kein Wunder, dass mir dabei unbehaglich wurde.

Der Devante selbst unterrichtete uns in Religionskunde sowie slengsaakischer Kunst und Kultur. Auf fast jede seiner Fragen meldete ich mich als Erster und wusste die Antwort. Lächelnd meinte Lemreck schließlich, an die ganze Klasse gewandt: „Nicht immer nur Matea!" Beliebt machte mich mein Eifer bei den Mitschülern nicht.

Ein anderer Lehrer liebte es geradezu, uns „Slengsaatik"-Aufgaben schriftlich lösen zu lassen; zum Schluss wurden die Zettel eingesammelt und benotet – auf meinem stand immer viel Unsinn, so viel wusste ich. Verzweifelt schaute ich zu Dostars Porträt hinauf. War der Einäugige heute besonders streng zu mir? ‚Du armseliges Würmchen', schien er zu sagen, ‚verstehst meine einfache und übersichtliche Slengsaatik nicht!' Was blieb mir anderes übrig, als zu Banknachbar Halko hinüber zu schielen und von ihm abzuschreiben? Als Nachfolger im Kaufmanns-Geschäft seines Vaters würden ihm etwa Wissen über Geld und Buchführung auch sehr nützlich sein. Aber die „Slengsaatik"-Kenntnisse meines Freundes gingen weit über das hinaus, was seinem Alter entsprechend von ihm erwartet wurde. Andere brauchten zwei mühsame Wochen des Lernens, was er in zwanzig Minuten begriff.

Die künftigen Kaunets und Lotnams unter meinen Mitschülern gingen zeitweise in die Kurtell, um das Kämpfen zu üben und in Wehrkunde (einem Teil der Slengsaatik!) unterrichtet zu werden. In gewissem Umfang musste ich wohl oder übel anfangs bei der allgemeinen Leibesertüchtigung mitmachen. Also spielte ich Ball mit lauter kleinen, drahtigen Burschen, die sich jetzt schon als harte Gardoi verstanden. Soll ich noch sagen, wie sie den dicken, unbeholfenen Matea zum Idioten machten?

Ich war fast acht, als ich mit Halko in der Karpgasse stand. Man feierte zum 42. Mal den „Tag des Ersten Habitanten" – damals im Jahr 90 hatte Dostar den Akoi Gobinast ermordet und die Macht im Slengsfelt ergriffen.

Der Tag begann wie üblich mit einem Festzug. Jókkobi, der an der Spitze lief, hatte enorm zugenommen und trug gewissermaßen seinen Bauch vor sich her.

Halko flüsterte mir frech ins Ohr:
„Der sieht ja aus wie gemästet."

Hinter dem „Zweiten" kamen gemessenen Schrittes die Freder der Konklause an uns vorbei, der Devante Lemreck und die Kuranten der Kerge, die Kaufleute, der Komptemeister mit den Handwerkern, Ärzte, Pfleger und Schwestern des Hospitals und eine Kvarente Gardoi unter Führung des Majaden.

Zwischen diesen Gruppen der Stadt-Verantwortlichen fuhren pferdegezogene Wagen. Auf ihren geschmückten Ladeflächen stellten übergroße Figuren Motive aus dem Leben des Ersten Habitanten dar. Da hielt etwa ein plump geratener, schwarzbemalter Papierriese mehrere dürre Gestalten, deren Augen ängstlich hervorquollen, unter die mächtigen Arme geklemmt. An der Seite stand auf einem Schild: „So bestraft Dostar die Revai-Lumpen!"

Es lohnte sich für mich, das Gedränge zu ertragen. An diesem „Tag des Ersten Habitanten" hatte man sich mit einigen Wagen große Mühe gegeben; vielleicht, um über die Abwesenheit des Geehrten hinweg zu täuschen. Beinahe ein Jahr war Dostar in Kondrake nicht mehr gesehen worden.

Mittags standen Halko und ich auf dem überfüllten Tschajeplatz. Unter kriegerischen Klängen der Musikkapelle betrat Jókkobi Tribüne und Rednerpult.

Mittlerweile wurde der Stellvertreter im Volk heimlich „der Dicke" oder wegen seines Pathos auch „Wort-Klingler" genannt. Er begann seine Rede mit den für diesen Jahrestag üblichen Beschimpfungen. Der Name „Gobinast" durfte nicht genannt werden. Dostar habe einem „kleinen, widerlichen Schuft die Maske vom Gesicht gerissen". Dies sei aber nur der Auftakt gewesen zu einem „unvorstellbaren Wiederaufstieg des Slengsfelts, das sonst für immer verloren gewesen wäre".

Wie immer stand Jókkobis ernstgemeinter Aussage jedes „ch" im Wege.

„Eine furschtbare Leischengrube stinkt vor unserer Stadt!", rief er erregt. „Ein Mann, ein einziger, kann sie beseitigen! Ihr kennt ihn alle, aber nischt so gut wie isch, sein ehrlischer Freund. Der große Dostar ist unerschütterlisch, unerbittlisch! Aber wo ist er, so fragt ihr, an diesem 42. ‚Tag des Ersten Habitanten'? Isch antworte eusch: Die Pflischt ruft ihn. Der Unübertrefflische ist wieder einmal rastlos, Tag und Nacht. Er wird nischt heimkehren in seine geliebte Stadt, bis er das Schrecklische mit noch Schrecklischerem bekämpfen kann! Und dann wehe dir, Dogger-Wald!"

Plötzlich brüllten irgendwelche „Söhne" mehrmals Ehren-Grüße – man kannte schon ihre heiseren Stimmen.

Beschwörend (unfreiwillig komisch) hob der Dicke die Hand.

„Schandmäuler behaupten, Dostar sei schwerkrank!", tönte er über den Platz. „Er kann eusch nischt mehr helfen! Isch weiß es besser: Der Erste Habitant macht täglisch Fortschritte. Bald schon wird er wieder mit mäschtiger Stimme zu uns spreschen!"

Die Veranstaltung war zu Ende; ich ging mit Halko durch einsame Gassen.

„Was hältst du von Jókkobi?", fragte ich.

Er lächelte verschmitzt und sagte im typischen Dialekt:

„Was soll schon passieren, wenn du einen so ehrlischen Freund hast wie misch?"

Ich war ihm dankbar, laut lachen zu können, denn oft geschah das nicht.

Ein paar Wochen nach dem Festtag: Der Freder Nernst kündigte einen der periodisch üblichen Unterrichts-Besuche an – das genaue Datum wurde (wie immer) nicht genannt. Für diese „Lehrvorführung" von etwa zwei Stunden bereitete man uns Schüler gründlich vor.

An einem Morgen wollte der Devante Lemreck gerade den Unterricht beginnen. Da ging überraschend die Tür auf; der Zweite Habitant Jókkobi, der Freder Jaglada und mein gefürchteter „Slengsaatik"-Lehrer traten ein. Ich wunderte mich ein wenig, denn eigentlich hatte ich statt Jaglada Nernst erwartet. War der Freder krank? Hatte ein Ämterwechsel stattgefunden? Manchmal bekam ich wichtige Ereignisse nicht mit, weil ich etwas träumerisch durch die Welt ging.

Dostars Stellvertreter hielt die Hände über dem Bauch gefaltet und lächelte huldvoll vor der Klasse. (Einen Augenblick dachte ich, dieser Dicke hier und der Nengunenschütze vor zwei Jahren seien zwei verschiedene Personen.) Jaglada war blass im Gesicht und schien nicht ganz bei der Sache. Die strenge Miene meines „Slengsaatik"-Lehrers mahnte mich immer mit Herzklopfen an meine Unzulänglichkeit.

Der alte Lemreck bat die Besucher, hinten auf drei leeren Stühlen Platz zu nehmen. Dann begann er die Schau-Prüfung mit der sogenannten „Zwei-Gott-Lehre": Wie alt ist der Rumenkrag, wie hoch der Himmel, wie tief der Rugunsguur? Warum hat der Große Gestalter das alles geschaffen? War Rumelan ein mit göttlichem Geist gesegneter Mensch oder eine Verkörperung Gottes, im Grunde nicht von dieser Welt? Was wollten die Schardruminer mit seiner schändlichen Zerstrahlung erreichen? Warum entschloss sich Johanaba Skorn, als Zweiter Gott Arasul an seine Stelle zu treten und ihn zu rächen? Was bedeuten die Prophezeiung des Rumelan und seine Blutstropfen auf dem Acker für Unseren Glauben?

Ich sollte mich bei diesen Themen ein wenig zurückhalten, hatte mich der Devante gebeten. Und so ließ ich meinen Mitschülern hier den Vortritt, nicht ohne über einige insgeheim die Nase zu rümpfen. Da war so mancher künftige Gardoi im Kampfspiel vielleicht unschlagbar. Seine Antworten zur Zwei-Gott-Lehre aber hatte er nur im Libat Kreder gut auswendig gelernt.

Der oberste Schulaufseher mischte sich gewöhnlich in die Prüfung ein, aber Jaglada schwieg auffällig. Dafür lenkte Jókkobi mit einem Mal die Stunde in die allerdings erwartete Richtung einer „Dostar-Kunde": Wer ist der Stellvertreter des Arasul unter den Slengsaaken? Wie bekämpfte er den „falschen Akoi"? Zähle seine ruhmreichen Taten beim Wiederaufbau des Landes, der Bekämpfung des Dogger-Waldes und der Limbranen auf!

Mit halbem Ohr hörte ich, was meine Mitschüler auf seine Fragen antworteten. Mein eigener, lange vorbereiteter Auftritt in diesen zwei Stunden war nicht mehr fern. Auf meinem Hemd bildeten sich große Schweißplacken

– wenn ich im Mittelpunkt stand, würden es alle bemerken. Plötzlich ging mir durch den Kopf: *Jókkobi wird es schlecht ergehen und dir auch!* Hoppla, wie kam ich denn auf so etwas? Die Aufregung verwirrte wohl meine Gedanken.

Meine Geduld wurde auf eine harte Probe gestellt, denn vor mir war noch eine „Slengsaatik"-Prüfung vorgesehen. Leider konnte ich von Halkos Leistung kaum profitieren, denn ich hatte Mühe, ruhig auf der Bank zu sitzen. Mein Freund entwarf mit Kreide an der Tafel ein ganzes Dorf mit der Kerge im Mittelpunkt, dem Herrenhof, den Häusern der Dependare sowie ausgedehnten Äckern, Weiden und Nutzwald.

Als er fertig war, versuchte Jókkobi, das Modell anzuzweifeln, worauf der kundige Fachlehrer – mit äußerster Vorsicht – Dostars Stellvertreter höflich darauf hinzuweisen versuchte, dass er keine Ahnung hatte. Der Dicke schien es mit Humor zu nehmen.

„Hervorragend, Halko!", sagte der Lehrer schließlich. „Dieses Dorf kann man geradewegs so bauen." Das will aus dem Mund dieses alten Steinbeißers schon etwas heißen!

Ich spürte plötzliche Erleichterung, als das Warten vorbei war. Meine Erzählung mit dem Titel „Der unglückliche Gottessohn" basierte auf einer Episode aus dem Libat Kreder:

Der unbegreifliche Riesenkörper des Arasul besteht aus vielen, ehemals selbstständigen Kreaturen. Einer davon – ein Teil der göttlichen Lunge – ist der Mensch Uvala. Der will nun nicht in Arasul bleiben und wird vom Vater gewarnt: ‚Du bist nicht reif zum Leben ohne mich!' Aber Uvala will nicht hören und Arasul muss ihn gebären. Durch den Mund des Herrn, groß wie ein Tor, kommt der Sohn zur Welt. Die Warnung erfüllt sich; Uvala erleidet die fürchterlichsten Qualen, irrt durch den Rumenkrag und wird schließlich vom Vater wieder freudig aufgenommen. Er nimmt seinen alten Platz im wunderlichsten aller Körper ein, wodurch des Gottes verletzte Lunge heilt.

Was soll ich sagen? Keine meiner Befürchtungen war eingetreten: Nach der Lesung (ohne Versprecher) klatschten sogar Mitschüler, die mich sonst nicht leiden konnten. Ich war stolz wie nie zuvor! Schon früher hatte ich gemerkt, dass ich Hass und Neid manchmal durch kleine Geschichten von mir abwenden konnte; sie hörten mir offenbar gern zu.

Schließlich gingen die Lehrer, die beiden Herren und die ganze Klasse hinüber ins Musikzimmer. Dort sang Halko mit heller, klarer Stimme aus der Sammlung „Abelasiaden – Lieder der Heiligen Stadt" des berühmten Tonsetzers Ulfru und begleitete sich selbst auf der Klacembe dabei – anhaltender, herzlicher Beifall dankte es ihm.

Die Erleichterung nach dieser Unterrichts-Probe war groß. Meine Mitschüler tobten draußen auf dem Hof herum. Ich saß allein und etwas erschöpft an die Wand des Musikzimmers gelehnt. Die Herren von der

Konklause und die Lehrer standen draußen auf dem Gang. Sie sahen mich nicht, aber ich hörte durch die offene Tür zufällig, was sie redeten.

„Isch bin sehr zufrieden mit dieser Klasse", sagte Jókkobi.

„Danke", antwortete der Devante, „sowohl von den Schülern als auch von den Lehrern wird hier viel erwartet."

„Schade, dass der Schüler mit der Dorfanlage erst neun ist", meinte der Dicke heiter, „wir könnten ihn in der Konklause gut gebrauchen."

Der Slengsaatik-Lehrer lachte verkrampft.

„Sie machen doch selbst Musik, Herr Jaglada", sagte der Devante, „wie fanden Sie denn Halko auf der Klacembe?"

„Er wird es sich später wohl einmal aussuchen können", antwortete dieser, „ob er unbedingt Freder werden will oder ein gefeierter Musiker."

Jaglada ist sehr ernüchtert, dachte ich.

„Ähm, der Sohn des Freders Palint, wie heißt er noch gleich?", fragte Jókkobi.

Die Stimme des Devante:

„Matea." (Mein Herz klopfte!)

Darauf der Dicke:

„Mit seinem Vater Palint habe isch ja täglisch zu tun. Er schreibt unsere Protokolle, und der kleine Matea Erzählungen."

Der Devante, freundlich:

„Wer nur sachlich berichtet, braucht keine Fantasie."

„Seine Geschichte malte auf originelle Weise aus", meinte Jókkobi, „was man im Libat Kreder weitaus sparsamer findet."

„Er nimmt sich zu viel vor", antwortete der Devante, „und sollte sich mehr beschränken. Aber das lernt er noch." (Ich spürte ein nie gekanntes Glück!)

Die Stimme des anderen Lehrers:

„Mateas Leistungen in der Slengsaatik sind allerdings mangelhaft." (Ich zog die Mundwinkel nach unten.)

„Wer später einmal der Kerge dienen will", sagte Jaglada, „muss keine Dorfanlagen entwerfen."

In das Lachen der Herren tönte das Gebrüll meiner Mitschüler auf dem Hof. Dann wieder Jókkobis Stimme:

„Beachtlisch auch, was ihre Jungens über das lange, ruhmreiche Wirken unseres Ersten Habitanten wissen."

Der Devante nutzte die Gelegenheit, vielleicht Neues zu erfahren.

„Wie geht es denn dem Herrn Dostar?", fragte er sehr höflich.

„Der Meister kennt seine Stimme genau", antwortete Jókkobi, „die Besserung ist offensischtlisch und vielversprechend!"

Der Slengsaatik-Lehrer, unterwürfig:

„Dürfen wir also hoffen, den Herrn von Stadt und Land bald wieder reden zu hören?"

Der Dicke:
„Sie untertreiben, mein Lieber. Der Erste Habitant wird uns erneut führen. Wie früher! In eine glorreiche Zukunft hinein!"
Darauf der Devante schlagfertig:
„Eine Zukunft ohne den drubalischen Schandfleck am anderen Ufer?"
„Der Dogger-Wald?", prahlte Jókkobi. „Wird verschwinden, muss vergehen! So wird es kommen, denken Sie an meine Worte."
Wieder der Devante:
„Der Herr Dostar hat eine neue, tödliche Waffe?"
„Sie wollen mehr wissen, als ich verraten darf!", meinte Jókkobi übertrieben heiter. „Nur so viel: Es ist eine geniale Erfindung, wie vom Neuen Skorn selbst, eine gewaltige Sache, fast fertisch und kurz vor der Erprobung!"
„Wenn die Herren Freder uns jetzt bitte folgen wollen", sagte mein Slengsaatik-Lehrer, der alte Speichellecker.
Schritte auf dem Gang entfernten sich; auf dem Hof gab es offenbar eine Prügelei.

Für den Nachmittag hatte man vor der Südmauer ein großes Feld abgesteckt. Ich stand unter den Zuschauern, zwischen dem Devante und Jaglada mit verkniffenem Gesicht. Wir schauten einem Krummholz-Spiel zweier Mannschaften zu. Die eine nannte sich „Kühne Kvarente", die andere „Mutiger Majade". Zum Glück musste ich nicht mehr mitmachen. Einmal hatte ich aus Versehen das Krummholz ins Tor der eigenen Mannschaft geworfen – das führte vorübergehend beinahe zu völliger Ächtung in meiner Klasse. Ein anderes Mal hatte mir einer das blöde Ding so hart gegen den Kopf geworfen, dass die Platzwunde genäht werden musste. Daraufhin ließ mich mein Vater von den Leibesübungen befreien.

An diesem Nachmittag schauten auch einige Kondraker Mädchen dem Spiel der Jungen zu und feuerten entweder die „Kühne Kvarente" oder den „Mutigen Majaden" an – einen kleinen Dicken, der Priester werden wollte, beachteten sie natürlich nicht.

Am Tag darauf traf ich meinen Freund im Musikzimmer; er übte in der Frühe allein auf der Klacembe. Die Tür stand offen. Einige Mitschüler standen schwatzend und lachend auf dem Gang.

„Ich gratuliere", sagte ich zu Halko, „gestern hast du gleich zweimal gezeigt, was in dir steckt."

„Wer weiß", entgegnete er und spielte ein paar Takte, „vielleicht bist du der größte slengsaakische Dichter der Zukunft."

„Schmeichler!" Ich lachte und fragte, was ich schon lange wissen wollte: „Ist denn Jaglada der neue Schulaufseher?"

„Ja." Mein Freund runzelte die Stirn.

„Und was ist mit Nernst?"

„Er hat sich wohl mit Jókkobi gestritten." Halko spielte einen hellen, metallischen Ton. „Der Freder ist nicht mehr in Kondrake."

„Warum?" (Ich ahnte nichts Gutes.)

Er schaute in seine Noten und antwortete nebenbei: „Nernst hat am Hof des Topkamers Zuflucht gefunden. Der Dicke verlangt seine Auslieferung."

„In Braits ist er?", rief ich erstaunt. „Das habe ich gar nicht mitbekommen!" Eine kleine, dahinperlende Melodie; wie schnell doch Halkos Hände waren!

„Das glaube ich. Du liest ständig, aber hörst nicht, was die Leute in den Gassen erzählen."

„Das mache ich, um meinen Vater nicht zu enttäuschen", erwiderte ich schwach. „Die Dinge fliegen mir nicht so zu wie dir. Ich muss sie mir hart erarbeiten."

Er spielte etwas Wehmütiges.

„Es ist nicht nur dein Vater. Du läufst auch vor dir selbst weg. Deine Erzählung kam wirklich gut an, aber wochenlang bist du mit nichts anderem beschäftigt. Das Slengsfelt könnte niederbrennen und du würdest es nicht merken!" Halko hob die Hände von den Tasten und schaute mich an. „Stimmt doch, oder?"

„Du hast ja recht", gab ich zu.

Mit einem Mal fiel mir ein, womit ich ihn beeindrucken könnte. Jemand lief über den Gang vor dem Musikzimmer.

„Moment!", sagte ich und schloss erst die Tür. Halko klappte den Deckel der Tastatur herunter. Ich erzählte ihm von dem gestern belauschten Gespräch. „Was meinst du?", fragte ich schließlich.

„Ob der große Dostar", antwortete Halko ironisch, „wieder zu uns sprechen wird oder nicht, ist mir ziemlich gleichgültig. Ich wüsste gern die Ursache dieser Stimmstörung; da bekommt man leider nie etwas Glaubwürdiges zu hören. Auf das tödliche Mittel gegen den Dogger-Wald bin ich gespannt – irgendwann nutzen dem Wort-Klingler seine Sprüche auch nichts mehr, dann wollen die Leute Taten sehen."

„Warum sagt er immer so viel mit wenig Inhalt?", fragte ich.

„Um Dummköpfe zu blenden!", antwortete Halko. „Jókkobi steht im Schatten des großen Alten. Riesengroß überragt ihn die Autorität des Meisters; er nutzt sie aus für seine Zwecke. Deswegen der ganze Dostar-Kult, die Bilder in allen Häusern, die dauernden Ehren-Grüße, die Aufmärsche dieser unsäglichen Söhne."

„Dabei hungern die Menschen wieder in den Dörfern des Ostens", fiel mir ein.

„Die Revai haben dort augenblicklich großen Zulauf", meinte Halko. „Wenn Jókkobi damit nicht fertig wird – dann gute Nacht, Stellvertreter!"

Ich lachte.

„Immerhin hat ja der Dicke viel Unterstützung – in den Nobilen und Großnobilen."

„Die futtern bei Tisch genau so gern wie er", sagte mein Freund trocken. „Aber wenn er ihre Vorteile nicht wahrt, stecken sie ihn am Ende noch selbst in den Kochtopf. Es würde sich lohnen!"

Ich musste laut lachen.

Jemand blieb vor dem Musikzimmer stehen. Mir blieb das Lachen im Hals stecken, wir schwiegen beide augenblicklich. Die Jungen auf dem Gang lärmten. Dann hörten wir Schritte, die sich entfernten.

„Es ist so vieles ungeklärt", nahm Halko den Faden wieder auf, „dein Vater wüsste wohl Antwort auf einige Fragen. Aber er redet ja nie über Dienstliches."

„Dem alten Palint geht es nicht gut", antwortete ich. „Er kommt abends nach Hause, schließt sich ein und trinkt."

„Der Freder Jaglada wirkt auch bedrückt", meinte Halko. „In der Konklause herrschen offenbar große Spannungen. Sie haben mit diesem durchtriebenen Jókkobi und mit der Flucht von Nernst zu tun. Beinahe hätte es handfesten Streit gegeben."

„Von was sprichst du?"

„Von deinem Vater, du kannst stolz auf ihn sein."

„Ich verstehe nicht."

Sein Blick war vorwurfsvoll.

„Matea!", rief er leise. „Man raunt es sich in der ganzen Stadt zu, nur du hast keine Ahnung! – Jókkobi wollte gegen Braits mit zwei Kvarenten Gardoi vorgehen. Weil sich der Topkamer weigert, Nernst auszuliefern. Dein Vater Palint hat einen Krieg verhindert! Vorgestern in der Konklause."

Mein Gesicht lief vor Scham rot an.

„Nein, das habe ich nicht gewusst!"

Damals fasste ich den festen Vorsatz, mich mehr um Dinge zu kümmern, die wichtig waren und gerade passierten. Aus der Umsetzung ist, fürchte ich, bis heute nicht viel geworden.

KAPITEL 14

Brand-Bremben

Einige Pflanzen im Grasland zeigten bescheidene Blüten – der Frühling des Jahres 133 begann hoffnungsfroh. Auskunfter gingen an einem Morgen durch die Stadt und riefen:

„Kondraker! Der große Dostar kehrt übermorgen zurück! Er wird sich euch zeigen! Kommt alle zur 10. Stunde vor das Neunehaus."

Das war natürlich sofort Thema auf allen Gassen und Plätzen. Zerfe sprach mit meiner Mutter über nichts anderes. Die Auskunfter mussten später klarstellen: Von „zeigen" hatten sie gesprochen, ob der große Dostar „reden" würde, wussten sie nicht.

Die Stimmung der Kondraker steigerte sich bis zum Abend zu einem verhaltenen Jubel. Jetzt wird wieder alles, wie es einmal war, dachten viele. Meine Mutter und Zerfe ließen meistens, in den sicheren Räumen unseres Hauses, kein gutes Haar an der Konklause. An diesem Tag sagten sie sogar Vorteilhaftes über Jókkobi. Wenn mein Vater abends dazu kam, ging es sofort um harmlosere Dinge. Schon längst hatten die beiden Frauen es aufgegeben, ihm Fragen zu stellen, die er sowieso nicht beantwortete.

Wie ein Lauffeuer ging es am nächsten Tag durch die Stadt: Niemand hatte Dostar Kondrake betreten sehen, aber er musste hier sein!

Auf dem Tschajeplatz drängten sich die Menschen bis in die Seitengassen hinein. Mein Vater hielt pflichtgemäß die Schreibwerkzeuge in den Händen, denn es war zumindest eine längere Jókkobi-Rede zu erwarten.

Ich litt nicht wenige seelische Not, denn ich war gewissermaßen eingekesselt, meist zwischen Angehörigen unseres Hauses, Freunden und Bekannten. Ein Fremder stand neben mir, Halko auf der anderen Seite und irgendwo hinter mir waren meine Mutter und Zerfe. Ein „Sohn" mit breitem, dümmlichem Gesicht drehte mir den Rücken zu. Er hielt eine slengsaakische Fahne in der Hand, rote Sonne auf weißem Grund.

Das Gemurmel, Schwatzen und Lachen der Menge wurde leiser. Alle Aufmerksamkeit richtete sich auf den ersten Stock des Neunehauses. Die Soniade im Kergeturm klingelte zehnmal. Die Fensterläden zu Dostars Arbeitszimmer waren seit eineinhalb Jahren geschlossen. Jetzt gingen sie auf und flüchtig sah man den Gardoi, der geöffnet hatte.

Aus dem Dunkel des Raums dahinter trat Dostar ans Fenster. Schwarzer Anzug, kahler Kopf, ernste, entschlossene Miene – genauso kannten wir ihn. Ich hatte trotzdem ein merkwürdiges Gefühl, aber warum?

Einen Augenblick war vollkommene Ruhe. Dann begannen seine Anhänger mit Rufen nach „Kraft und Tat!". Andere auf dem Tschajeplatz ließen sich mitreißen.

Der Herr der Slengsaaken antwortete mit Gesten und – wie erwartet – stumm. Was war denn jetzt mit seiner Stimme? Konnte, würde er reden? Der schwarzgekleidete Kerl vor mir verfügte jedenfalls über gesunde Sprechorgane, denn er brüllte wie besessen! Ich konnte zeitweise gar nichts sehen, weil dieser Hohlkopf die slengsaakische Fahne wild hin- und herschwenkte.

Der Fremde neben mir schaute mich finster an. Ich zeigte wohl zu wenig Begeisterung; da machte ich es wie alle. Die Ehren-Grüße hallten schließlich als ein einziger, rauer Chor über den Platz und die Seitengassen; niemand wollte unangenehm auffallen. Sogar der kluge Skeptiker Halko schien, wenigstens an diesem Morgen, ein glühender Dostar-Anhänger.

Der Meister trat wieder ins Dunkel des Zimmers und Jókkobi kam ans Fenster. Die typische Bewegung: Eitel strich er eine blonde Haarsträhne aus dem Gesicht. Gönnerhaft hob er beide Arme, eine symbolische Umarmung der Menge. Diese Liebesbekundung wollte aber nicht recht ankommen.

„Kondraker! Dies ist ein unvergesslischer Tag der Freude für uns alle. Ihr habt dem Ersten Habitanten einen brausenden Empfang bereitet. Ihr habt ihn nischt allein begrüßt als den unvergleischlischen Führer der Slengsaaken, sondern wie einen lange vermissten Freund!"

Mein Vater notierte, mit einer Miene wie ein Stein, den neusten Wortschwall des „Klinglers". Nach etwa einer Viertelstunde schwieg er endlich und Dostar zeigte sich der Menge. Gegen Ende von Jókkobis Rede hatten sogar einige Mutige gepfiffen. Aber die Begeisterung beim Anblick des Landesherrn wollte wieder kein Ende nehmen! Sein vor mir stehender „Sohn" schwenkte seine Fahne so rücksichtslos, dass mir der Stoff ins Gesicht schlug.

Dostar winkte nur und erwiderte die Huldigungen mit Faust und Hand. Die Hoffnung, er würde doch etwas sagen, schwand schnell. Waren die Leute enttäuscht von diesem Schweigen? Vielleicht schrien sie deshalb so laut, eine von sich selbst besoffene, gedankenarme Masse.

Erneuter Abgang des großen Alten, Auftritt Jókkobi, der pathetisch rief: *„Wie beglückend ist es für den Führer der Slengsaaken, wenn er nischt nur Macht über die Menschen besitzt, sondern auch ihre Herzen für sich gewonnen hat!"*

Und so weiter und so weiter, keine Anbiederung wurde ausgelassen. Mein Vater schrieb mit schneller Hand – alles möglichst wörtlich. (Wie kam mir sein Eifer für die spätere Erzählung zugute!)

Wieder ein Wechsel: Dostar hob am Fenster beide Fäuste, als wollte er sagen: ‚Packen wir's an!' Irgendwo in der Menge schrien sich mehrere „Söhne" heiser. Wiederholt war mir die Fahne meines Vordermanns ins Gesicht geklatscht. „Heh!", rief ich ärgerlich und klopfte ihm leicht auf den Rücken. Der Kerl drehte sich langsam um. Mit kleinen Schweinsaugen schaute er mich schlecht gelaunt an. „Verzeihung!", sagte ich kleinlaut. Da wandte er sich von mir ab. Halkos Miene bedeutete wohl: ‚Leg dich mit dem bloß nicht an!'

Über unseren Köpfen redete gerade wieder unverdrossen Jókkobi:

„Der Erste Habitant kommt nischt mit leeren Händen. Er hat die furschtbarste Waffe erschaffen. Sehr bald, drubalische Kreaturen, wird unsere Fisch-Pilate wieder aufsteigen. Und Bremben über eusch abwerfen, die den schrecklischsten Brand entfachen. Muderer, diesem gewaltigen Scheiterhaufen entkommt ihr nischt! Endlisch fahren eure schwarzen Seelen in den Rugunsguur hinab!"

Da klang manches an, was man gern genauer gewusst hätte. Niemand klatschte; die Menge murmelte zerstreut. Der Stellvertreter wirkte jetzt unsicher. Er hätte das Ende der Welt verkünden können – man wollte es nicht von ihm hören. Dann eine merkwürdige Panne: Jókkobi verschwand und Dostar wollte sich offenbar noch einmal zeigen. Doch zwischen ihn und das Fenster schob sich rasch der Gardoi, der die Läden schloss. Das Stück der zwei Personen, mit einer wortreichen und einer wortlosen Rolle, endete etwas kläglich.

Allmählich leerte sich der Tschajeplatz.

„Mir platzt gleich der Schädel!", sagte meine Mutter, ging aber unverletzt mit Zerfe und einem unserer Gardoi sofort Richtung Südstadt. Mein Vater verschwand mit einem anderen Freder im Neunehaus. Halko und ich suchten die Einsamkeit menschenleerer Gassen, um frei reden zu können. In der Ferne hörten wir die gröhlenden Stimmen der „Söhne".

„Man sollte dem Dicken Sprechverbot erteilen", meinte ich.

Halko lachte.

„Ja, leider schwieg hier der Falsche."

„Glaubst du, sie können den Dogger-Wald niederbrennen?"

„Nein." Halko runzelte die Stirn. „Oder vielleicht doch. Ich bin gespannt, was der geniale Glatzkopf diesmal ausgebrütet hat."

Vor unserem Haus verabschiedete sich Halko. Im Esszimmer traf ich auf Zerfe und meine Mutter, die gerade über den Zweiten Habitanten schimpften. Mutter empfand wohl Reden des „eitlen Fettsacks" als eine Zumutung für ihre Gesundheit. Dann kam mein Vater und sie traute sich überraschend, ihn nach Pilate und Brand-Bremben zu fragen. Aber sie erhielt eine übellaunige Abfuhr:

„Ich kann Steuern berechnen und erheben. Wenn du was über Luftfahrt wissen willst, geh zu einem Navemeister!"

In anderen Kondraker Familien ging es sicher freundlicher zu. Die Neugier auf das geplante Unternehmen war jedenfalls erwacht. Die üblichen Formen zentral gelenkter Nachrichten-Übermittlung brachten jeden Tag scheinbar neue Erkenntnisse. Mit der Abgrenzung zur Vergangenheit nahm man es damals ja nicht so genau. So fand etwa ein Flugblatt mit dem Thema „Entzündliche Stoffe der Vorkriegszeit" bei gebildeten Lesern reges Interesse.

Eine Woche verging. Zu einer ungewöhnlich frühen Zeit lief ich (nicht wirklich wach) zwischen meinem Vater und einem unserer Gardoi, der eine brennende Fackel hielt. Auf unserem Weg durch zuerst stockdunkle Gassen sah ich immer mehr fahle Lichter in den Fenstern – bald würde ganz Kondrake auf den Beinen sein. Gestern war es verkündet worden: Fünfzig Bremben wollte man auf den Wald werfen. Wir alle sollten Zeugen werden, wie der Dogger unterging.

Vor dem Neunehaus standen schon Jókkobi, Jaglada und die übrigen Freder. Rasch wurde die Runde der Stadtverantwortlichen und -mächtigen größer. Der Komptemeister mit den wichtigsten Handwerkern sowie zwei Ärzte des Hospitals trafen ein. Zu meiner Erleichterung kam auch Halko mit seinem Vater als Vertreter der Kaufleute.

Die vielen fackeltragenden Gardoi und Dependare in Begleitung der Herren verbreiteten helles Licht. Wir warteten auf den Devante und die Kuranten der Kerge. Der Zweite Habitant schien froh, meinen Vater zu sehen, denn Jaglada neben ihm hielt die Arme vor der Brust verschränkt und schwieg demonstrativ.

„Hast du geschlafen?", fragte ich Halko.

„Kaum", antwortete mein Freund. Er kam mir ganz nahe und flüsterte: „Wo ist Dostar?"

Ich zuckte mit den Schultern.

Jókkobi war als Einziger um diese Zeit mitteilsam. Er redete auf meinen Vater und den Majaden der Kurtell ein. Ausführlich sprach er über die Fisch-Pilate und der alte Palint nickte zu allem dienststeifrig. (Die Themen „Flugmanöver", „Steuerpult" und „Gasfüllungen" gingen ihm wohl zum einen Ohr hinein und zum anderen wieder hinaus.) Der Dogger-Wald erwachte allmählich lautstark.

„Ach, meine Herren!", rief der Dicke mit einem Mal in die Runde. „Isch wurde gerade nach dem Ersten Habitanten gefragt – er ist leider unpässlich und lässt sich entschuldigen!"

Ich hörte höfliche Worte, ernst gemeinte oder geheuchelte Genesungswünsche, sah verkrampftes Lächeln und wechselte mit Halko einen vielsagenden Blick: Dostar „unpässlich"? Wer glaubte das schon?

Mittlerweile waren auch der Devante und die Kuranten eingetroffen. Vielleicht dreißig Herren, flankiert von Gardoi und Dependaren, gingen über den Tschajeplatz. Die Kreaturen am anderen Ufer boten eine Rugunsguur-Musik am frühen Morgen. Jókkobi lief vor mir, zwischen meinem Vater und dem Majaden. Er redete immer noch, wohl als Einziger, trotz des Lärms.

Für mich war das ein täglicher Anblick: Die hohen Mauern der Kurtell, an denen unsere Gruppe vorbeilief, schienen das gegenüberliegende, viel kleinere Kreopat fast zu erdrücken. Wir aber wollten zur Nordmauer. Der Wind wehte heute ungünstig – puh, der Gestank nahm deutlich zu. Ich drehte mich um. Hinter uns kam eine große Menschenmenge, hier und da mit Fackelträgern, wie eine Prozession.

Oben, zehn Schreiter über dem Boden, standen schließlich so viele, wie der Wehrgang gerade noch fassen konnte. Ich berührte fast die Mauer des einen Turms, der das Nordtor flankierte – Jókkobi hatte es öffnen lassen. Die Kondraker sollten den Sieg über die Muderer möglichst nah erleben.

Die Sonne warf erste, kräftige Strahlen über den Horizont; eine Fackel nach der anderen wurde gelöscht. Unten, vor der Anlegestelle, hatte sich die halbe Stadt versammelt. (Dort verfaulten allmählich die Boote. Wie lange waren unsere Fischer nicht mehr hinausgefahren?)

Der Dogger jenseits der Kokaju lag noch fast im Dunkel, aber die stimmstärksten Kreaturen hatten sich wieder zum Chorgesang verabredet. Selbst Jókkobi neben mir hielt jetzt den Mund. Dieser Gestank – mir wurde übel; ich presste ein Tuch vor meinen Mund. Halko grinste mich mit verzerrter Miene an. Ein paar Schreiter neben mir erbrach sich jemand auf die Zinne.

Das andere Ufer nahm allmählich Konturen an; ich sah den Moruun und die beiden Hügel im Osten und Westen. Mit einem Mal schwebte das Luftschiff schon über uns. Wer hatte es kommen hören? Da war es wieder, mit wohlvertrautem Riesenfischleib, sausenden Metallblättern an schwenkbaren Armen und einem hell erleuchteten Steuerhaus. Wie in einem durchsichtigen Kästchen saßen darin die beiden Navemeister, klein wie Spielfiguren, an ihren Apparaten. Hinter diesem „Boot" an der Unterseite hatte man außen ein langes Gestell angebracht. In Reihen zu fünft hingen dort Gebilde wie längliche Eier. Halko und ich verständigten uns mit Gesten: Das also waren die Brand-Bremben, die Lösung für alle unsere Probleme?

Das Luftschiff wurde kleiner; ich sah das spitz zulaufende Heck mit Ruder-Flossen und wirbelnden Antriebs-Kreisen. Plötzlich gab es einen Blitz am Boden – die Fisch-Pilate oben wurde grell erleuchtet. Sie schwebte zwischen Stockwerksbau und Ost-Hügel, über dem verfluchten Tal der Metrosen. Ein Donnern folgte; die Grusel-Wald-Musik verstummte abrupt.

Ein winziges Etwas, so schien es mir, fiel aus dem Gestell des großen Kunstvogels. Wieder Gewitter mit blendendem Licht und dumpfem Krachen: Die zweite Brembe war im Tal zerschellt. Am Ort des ersten

Einschlags ein helles Flackern, dann am zweiten. Irgendein Vieh kreischte durchdringend. Erneute Blitze und Schläge, schwächer, weil weiter entfernt. Der gasleichte Fischkörper flog von uns weg, nach Norden.

Die Sonne stieg höher über dem fernen Kachoi-See, näher waren uns die Flammen im Wald – der Tag begann feurig! Sprachlos vor Staunen schauten wir uns an, Halko und ich, denn das ganze Tal zwischen Wald und Ost-Hügel brannte! Dicker Rauch stieg auf. Viele wurden wohl da drüben geröstet, das Kreischen schwoll an, bis zur Grenze des Erträglichen. Uns schien es momentan die schönste Musik. Wir konnten es beide nicht fassen und lachten wie närrisch! Die Bremben wirkten! Um mich herum weinende, verzückte Gesichter. Ich zwickte mich: Nein, ich lag nicht im Bett und hatte einen der seltenen Glücks-Träume – das hier war real!

Die Blitze kamen wieder näher, das Donnern wurde lauter. Das Himmelsgefährt flog jetzt von Nord nach Süd, auf uns zu – unter ihm brannte auch das ganze metrosenverseuchte West-Tal! Kein Zweifel, der Dogger war in der Klemme. Großschreiterhohe Flammen beleuchteten aus zwei Himmelsrichtungen einen Moruun, der grässlich zerfurcht wirkte. Beißender Rauch von Nordwesten, wir husteten alle wie Lungenkranke; die Jubel-Stimmung trübte es kaum.

Mit einem Mal sprang etwas sehr Großes im Ost-Tal auf, aus einem prasselnden Rugunsguur, und zerbarst in der Luft in tausend Teile. Das Luftschiff schwenkte in einer langen Kurve über dem grauknotigen Dach und warf zwei Bremben ab. Unglaublich – wo sie zersprengten, brach der Stockwerksbau ein! Der Moruun neigte sich zur Seite und hing über den Flammen. Ganz Kondrake schrie vor Begeisterung! So etwas hatte ich erlebt, als die Limbranen hingemetzelt wurden.

Jetzt kam die Fisch-Pilate wieder zurück, mit rasendem Kreisen unsichtbarer Blätter an beweglichen Armen, die Navemeister im erleuchteten Steuerhaus winkend, dahinter hing das leere Gestell – die Bremben hatten ganze Arbeit geleistet.

Unten an der Anlegestelle sprangen die Menschen vor Freude in die Luft, als wollten sie mitfliegen. Mehrere Kuranten neben mir priesen Dostars Erfindungen als gnadenreichste Geschenke des Arasul. In einem Moment schwebte das Luftschiff keine zwanzig Schreiter über dem Wehrgang und war im nächsten in Richtung alter Fabregge, im Süden, verschwunden.

Mancher wünschte wohl, den Augenblick der Abrechnung endlos dehnen zu können: Nicht mehr dieser bizarre, grausame Riese am anderen Ufer fraß, er wurde gefressen, verschlungen von einem Flammenmeer. So viel schwarzer, die Sonne verhüllender Rauch stieg auf, dass der Morgen fast wieder zur Nacht wurde. Der schräg hängende Moruun würde bald in der Gluthitze schmelzen; lange konnte das nicht mehr dauern!

Auf der Mauer riefen raue Männerstimmen immer wieder:

„*Dank Dostars Bremben brennt schon bald/
der verfluchte Dogger-Wald!*"

Andere stimmten mit ein, auch Halko und ich, man hörte es unten an der Bootsanlegestelle und machte mit, schließlich wurde es zu einem vielhundertfachen Chor. In diesen Minuten herrschte ausnahmsweise Einigkeit zwischen den Kondrakern und den „Söhnen", denen dieser Spruch eingefallen war.

Erschöpft vom Rufen schwieg ich schließlich. Etwas stimmte nicht. Andere wurden offenbar auch stutzig. Hunderte Ohren hörten: kein Kreischen mehr im Wald – das war gut. Gar keine Tierlaute – hervorragend! Aber es schien etwas immer wieder zu platzen, alle zehn Sekunden dasselbe, laute Geräusch über den Fluss hinweg.

Die Flammensäulen brannten mit einem Mal niedriger. Ging das Brennmaterial schon zur Neige? Bei einem Wald, viele Großschreiter lang? Wohl kaum.

Dann sah ich zwei Ströme rasch fließen, im Ost- wie im Westtal. Brennende Teile, rasch erlöschend, schwammen auf ihnen. Vor dem Wald, in der Kokaju, vereinigten sie sich. Eine niedrige Welle kam auf uns zu, schnell und etwas zäh. War das Wasser?

Wer an der Boots-Anlegestelle ganz vorne stand, bekam nasse Füße. Das klingt harmlos. Aber diese Leute schrien, sprangen hoch und fielen hin. Nein, keine normale Welle. Die weiter hinten waren, verstanden nicht, was vorne vorging; nur, dass ein Unglück geschah. Eine Panik brach aus. Hunderte Kondraker rannten vom Fluss weg, um ihr Leben! Alle wollten zum rettenden Tor!

Eine zweite Welle rollte über die Kokaju, spülte weiter aufs Ufer als die erste. Nicht hoch, nicht erdrückend, aber eben kein Wasser. Irgendein furchtbares Zeug – die schon im Schlamm lagen, wurden davon bedeckt. Wer lief und die Welle erreichte ihn, der zuckte, wand sich wie verrückt und entkam vielleicht knapp; viele stürzten platschend hinein. In der Brühe trieben leblose Körper und losgerissene Boote.

Alles schrie durcheinander, um Hilfe, nach Mutter und Vater, Kindern und Geschwistern. Ich erlebte es hautnah mit: Schräg unter mir, nicht sichtbar, aber auf beklemmende Weise hörbar, ballte sich die Menge an einer tückischen Engstelle und jeder behinderte jeden.

Jókkobi beugte sich über die Zinne und brüllte:

„Einer nach dem anderen, ihr Dummköpfe!" Er wurde mühelos übertönt.

Die Wellen hatten die Feuer fast gelöscht. Der Dogger bot einen schauerlichen Anblick. Der seitlich eingebrochene Stockwerksbau, der gekippte Moruun und darüber bis zum Horizont eine dicke, schwarze Wolkenschicht.

Da drang es mit einem Mal aus dem Ost- wie dem Westtal heraus, in ungeheuren Mengen, als wären zwei riesige Rohre geplatzt, hoch spritzte es bis zum welligen Dach! Die Ströme flossen zusammen, eine mächtige Welle drängte heran und nahm auf unserer Seite das halbe Ufer ein. Wer langsam war, wer hinten lief, der fand ein nasses, ätzendes Grab. Unter mir wurde am Nordtor gnadenlos geschoben, gedrückt und mit den Fäusten gekämpft.

Dem Arasul sei Dank stand ich hier oben und wurde nur ein paarmal heftig gegen die Turmmauer gestoßen. Wo war Halko? „Idiot!", hörte ich ihn brüllen – wegen eines panischen Kuranten, der neben ihm stand, wäre er beinahe zehn Schreiter in die Tiefe gestürzt. Insgesamt hatten wir aber Glück, denn einige aus der Gruppe um Jókkobi konnten die Leute auf dem Wehrgang einigermaßen beruhigen.

Das war das traurige Ergebnis des Tages: 22 Menschen waren Opfer der ätzenden Wellen geworden oder erlagen später schweren Hautverletzungen. 14 weitere hatte man auf der Flucht entweder überrannt oder im Stau des Nordtores erdrückt – Kondrake trauerte! Die Kokaju war um etwa vier Schreiter angestiegen, sank aber in den kommenden drei Wochen wieder auf ihr Normalmaß.

Eine kräftiger scheinende Sonne enthüllte schließlich das ganze Ausmaß der Katastrophe: Eine Zeit lang war das Flusswasser durch ätzendes Sekret des Waldes schmutzig-weiß. Es wirkte wahrscheinlich noch in großer Verdünnung. Die in der Brühe treibenden Boote und Leichen waren bald verschwunden – aufgelöst!

In diesen Tagen machte ein böser Spruch die Runde (diesmal wohl kein Einfall der „Söhne"): „Doggers Blut – löscht die Glut". War diese Säure tatsächlich der Lebenssaft des Waldes? Oder diente sie, wie wir schmerzhaft alle erfahren mussten, der Verteidigung? Wo waren die riesigen Hohlkörper zu ihrer Speicherung? Was war geplatzt und ließ das Zeug massenhaft herausschießen? Es zeigte sich einmal wieder, wie wenig selbst ein Dostar über den Wald wusste.

Man hatte ihn vermisst an jenem frühen Morgen. Der Erste Habitant, ein genialer Kopf, und so krank. Viele bedauerten ihn. Brand-Bremben, eine grandiose Idee – leider untauglich.

Der große Erfinder wohnte wieder im Neunehaus, soviel war bekannt. Die Leute standen auf dem Tschajeplatz und schauten zum ersten Stock hinauf. Die Fensterläden blieben tagsüber immer geschlossen. Ganz Gewitzte fanden heraus, dass sie nachts für eine Weile geöffnet wurden. Das machte ein Dependar namens Stukko, der nur dem Ersten Habitanten diente. Also musste doch, so folgerte man, der Alte in diesen Räumen sein. Warum sah man ihn nie?

Der Klage über die vielen Toten folgte die Hoffnung. War sie nicht berechtigt? Die Brand-Bremben hatten beträchtlichen Schaden angerichtet.

Die Fisch-Pilate sah ich in diesen Tagen mehrfach. Sie flog über der Stadt zum anderen Ufer. Angeblich war der Erste Habitant an Bord. So stand es jedenfalls später am Schwarzen Brett zu lesen. Daneben hingen, was den Erfolg beweisen sollte, neue „Lebensechte". Offenbar arbeitete die Mirade wieder und wurde eingesetzt.

Vor dem Neunehaus ballte sich eine kleine Menschenmenge, um die Sensation zu bestaunen. Ein Gardoi bewachte die „Wirklichkeits-Kopien", damit sie niemand zur Erinnerung einfach stahl. Ständig musste er Leute ermahnen, die mit schmutzigen Fingern darüberstrichen, als wären es Heilige Relikte in der Kerge.

Zwei Stunden brauchten Halko und ich, um sie ganz vorne auch betrachten zu können. Eine der „Lebensechten" zeigte Dostar im Luftschiff; er hielt die Mirade vor sein linkes Auge. Darunter stand zur Erklärung: „Der Erste Habitant prüft gewissenhaft den Apparat vor dem Einsatz auf Tauglichkeit." Das Bild sollte Vertrauen wecken, konnte aber ebensogut auch älter sein.

Dann die anderen „Aufnahmen" (die Knopfdrücker sagen das gern), aus allen Himmelsrichtungen und Positionen: Stümpfe einst längerer Metrosen waren hier und da mit Mühe zu erkennen, ansonsten flache Hügel eingesunkenker Wald-Reste und die Krater zersprengter Bremben – alles schwarzverbrannt, fast eine zerfallende Landschaft aus Asche; abfließendes Regenwasser grub seit Wochen tausende Rillen hinein.

„Mutter, wo ist denn die Fratze des Drubal?", fragte ein Kind neben mir.

Diese Frage diskutierten Halko und ich auf dem Nachhauseweg in stillen, menschenleeren Gassen, aus den bekannten Gründen. Die Obrigkeit mochte den möglichen Vorwurf nicht, sie hätte absichtlich etwas weggelassen.

Tatsächlich hatten Lebensechte vom Moruun gefehlt. (Wie schade, auf Bilder des bärtigen Riesen wäre ich neugierig gewesen.) Das konnte nur zweierlei bedeuten, meinte Halko: Entweder war der schief hängende Berg in die Flammen gestürzt – dann gab es keine Bilder, weil der Moruun nicht mehr existierte. Oder es gab ihn, aber man hatte „vergessen", auf den Miraden-Knopf zu drücken, als die Pilate darüber flog. Misstrauen war im Dostar-Land immer angebracht.

Vielleicht hatten wir aber auch unrecht, schon gleich wieder Täuschung zu vermuten. In diesen Tagen sah man viele Kondraker lange still stehen und versonnen lächeln, als würden sie wunderbare Stücke musizierender Akoi hören. Dabei waren es nur die lauten Geräusche der Stadt, mit bellenden Hunden, den vielen Streunern. Im Dogger dagegen Schweigen, die Ruhe der großen Tombe; Leichen lärmen nicht.

Zwei Monate lang änderte sich daran nichts. So ruhig war es bei uns seit Jahrzehnten nicht mehr gewesen. In der Stadt zeigte sich erst verhaltener, dann immer stärkerer Jubel. Fremde Menschen umarmten sich auf den Gassen und Plätzen. Einen Tag lang marschierten die „Söhne" durch Kondrake und gröhlten wieder ihren Spruch von Dostars erfolgreichen Brand-Bremben. Eine Stimmung wie beim Volksfest kam auf; schon begannen Schausteller, die ersten Buden auf dem Undaiplatz aufzubauen.

Mit einem Mal stellte sich Ernüchterung ein: Erst hörte man eine einzelne Kreatur über den Fluss hinweg im Dauer-Heulton, dann steigerte sich der Krach beinahe täglich. Nach einem weiteren halben Jahr war das Kreischen und Toben beinahe schlimmer als vor dem großen Brand. Und wieder rochen wir den unerträglichen Gestank eines Riesenmisthaufens!

Lange durfte niemand das Ufer betreten, war das Nordtor aus Gründen der Sicherheit geschlossen. Mit einer Gruppe aus Stadt-Verantwortlichen um meinen Vater ging ich schließlich hinaus. Die Wald-Säure hatte den Boden bis zum Gestein abgetragen; nirgends wuchs eine einzige Pflanze. Unten am Fluss lagen einige neue Boote, aber die Fischer fuhren (selten genug) bis zum Kachoi-See, um überhaupt etwas zu fangen. Das Wasser war auf unserer Seite zwar klar, aber bis das Leben darin zurückkehrte, sollte es dauern.

Bei dieser traurigen Besichtigung stand Halko neben mir. Am anderen Ufer schienen sich gerade einige Wahnsinnige „einzusingen", alles wie gewohnt. Der Dogger-Wald, wie hatten wir ihn vermisst! Leider keine „Wirklichkeits-Kopie", sondern in monströser Stofflichkeit und, so weit aus der Ferne zu erkennen, alles an seinem Platz: Stockwerksbau und Moruun wiederhergestellt; im Ost-Tal wölbte eine Metrose ihren riesigen Leib, als wollte sie uns mit einem „Freunde, ich bin wieder da!" grüßen. Wir waren nicht überrascht, mein Freund und ich, blieben ganz ruhig. Da hat einer die Schlinge um den Hals und lacht dabei – so weit waren wir.

Gardoi auf der Nordmauer hatten zuerst gesehen, wie der Wald sich langsam hob, ein Stück nach dem anderen, und sich über Wochen entfaltete. Es kam ihnen vor, so sagten sie später, als wäre die Zeit rückwärts gelaufen – der neue Wald stieg als ein böses Kind aus der Asche der verbrannten Mutter!

Die Fisch-Pilate flog jeden Tag darüber; man wusste also, was da unten vorging. Wahrscheinlich wurden ständig neue Bilder gemacht, aber am Schwarzen Brett hingen die alten, die am Ende auch niemand mehr stehlen wollte.

Ein bizarrer Riese war vom Kopf her, vom Moruun, allmählich gewachsen, hatte sich emporgedrückt – darüber mussten die Nordmauer-Wachen zunächst schweigen. Man wollte wohl den vermeintlichen Erfolg länger auskosten, bis das Scheitern nicht mehr geleugnet werden konnte!

Sechs Monate später, im Sommer des Jahres 133, gingen wieder Auskunfter durch die Stadt und riefen:

„Der große Dostar ist an seinem linken Auge erkrankt. Er verträgt momentan kein Tageslicht! Die besten Ärzte versuchen, die Krankheit zu heilen. Betet zu Arasul, Kondraker, dass euer Erster Habitant wieder gesund wird!"

Viele konnten es nicht recht glauben. Der Meister, den man einmal für unverwüstlich hielt, erst die Stimme verloren, jetzt ein neues Leiden am einzigen Auge? Auch dieser Uralte muss irgendwann krank werden, sagte man sich, und sterben.

Manchmal ließen die Wachen vor dem Neunehaus Unentwegte gewähren, die lange hinaufstarrten, als wäre dort oben das Heil, manchmal riefen sie schlecht gelaunt: „Geht endlich weiter, Leute!" Mehr zu sehen als geschlossene Fensterläden gab es ohnehin nicht. Aber die Kondraker malten sich aus, dass dort oben der Erste Habitant wohnte, in zwei fast immer dunklen Zimmern wie in einem Grab.

Wie wurden die Regierungsgeschäfte jetzt geführt? Man erzählte sich, Dostar würde bei Kerzenschein immer wieder, täglich, stündlich, Anweisungen schreiben. Quelle dafür war Jókkobi: „Isch führe nur aus, isch gebe nur weiter, was der Erste Habitant anordnet!" Niemand erwartete, dass der Dicke die Wahrheit sagte.

Gleichsam eingeklemmt zwischen hohen Mauern auf der Nordostseite der Kerge und der Kurtell liegt die Enchgasse – schmal, schmutzig und auch tagsüber ziemlich dunkel. Dort wölbt sich aus der Kergemauer ein halbtonnenförmiger Anbau. Seit Alters her wurde hier ein größeres Fundstück aus dem Leben des Johanaba Skorn aufbewahrt, der Flügel einer Voltane, mit der er einst geflogen sein soll.

„Komm' mit!", sagte Halko und führte mich an diesen trüben Ort.

Die Tür des Anbaus war ausgehängt, das Heilige Relikt weggeräumt. Drinnen lagen Werkzeuge von Handwerkern, aber wegen eines Feiertages wurde nicht gearbeitet.

„Das wird wohl Dostars letzte Ruhestätte", meinte Halko.

„Im Ernst?", fragte ich. „Wer hat dir das gesagt?"

„Einer der Arbeiter", antwortete mein Freund.

„Und von wem weiß der es?"

Er schüttelte den Kopf.

„Keine Ahnung."

Ein paar Regentropfen fielen auf meinen Kopf. Ich schaute nach oben, wo momentan das Dach fehlte. Die alten Fliesen des Bodens waren herausgerissen, der Boden darunter schlammig. Wir standen vor einem kniehohen Podest in der Mitte.

„Passend, um einen Sarg draufzustellen", meinte Halko.

„Glaubst du das wirklich?"

„Es könnte sein."

„Aber der Alte lebt doch noch!"

„Das wird sich zwangsläufig irgendwann ändern", sagte er.

Beim 43. „Tag des Ersten Habitanten" fehlte wieder der wichtigste Mann. Aber der dicke Wort-Klingler lieh ja dem Stummen seine Stimme. Vor einer großen Menschenmenge auf dem Tschajeplatz rief er:
„Der Herr der Slengsaaken hat uns länger regiert, als ein gewöhnlischer Sterblischer lebt! Mögen ihm noch viele Jahre vergönnt sein! Heute wollen wir aber auch des Menschen gedenken, der uns führte, und ihm zurufen: Danke, Dostar!"

*

„Danke Ihnen!", sagte Koppin lächelnd. (Ich hatte ihm vorgelesen.)
„Was stimmt dich so heiter?", fragte ich und dachte an Jókkobi.
Aber nein, er antwortete:
„Ich freue mich, so viel über den Herrn Halko zu erfahren. Als er ein Junge war wie ich."
„Hat er sich sehr verändert?"
„Nein. Er war wohl schon immer ein unabhängiger Kopf."
„Wie treffend!" Ich machte eine Miene komischer Verzweiflung. „Jetzt kenne ich diesen Menschen seit 16 Jahren. Noch nie habe ich erlebt, dass er eine Autorität fraglos anerkennt!"
„So ist es." Koppin lachte.
Plötzlich spürte ich heftigen Neid!
„Du bist gern mit ihm zusammen?", fragte ich scheinbar harmlos.
„Sollte ich das nicht? Meine Mutter will ihn heiraten."
„Doch, natürlich!", sagte ich beschwichtigend und überlegte einen Augenblick. „Habt ihr, ähm, bestimmte Themen, wenn ihr euch trefft?"
„Eigentlich nicht." (Er bemerkte die Falle.)
„Sprecht ihr auch über ... Religion?"
„Manchmal." (Sein Gesicht lief rot an, typisch.)
„Und was meint Halko?"
Er schaute verlegen zu Boden.
„Der Glaube sollte von der Vernunft überprüft werden!"
„Was, überprüfen?!" (Nicht so griesgrämig!) Ich mäßigte meinen Ton: „Du weißt doch: Dem Herrn Arasul müssen alle ungefragt folgen. So steht es im Libat Kreder."
„Ich kenne die Stelle." (Seine Mimik sollte wohl bedeuten: ,Bitte, hör auf!')
„Wenn du Predikar werden willst, solltest du das aber auch ernst nehmen." (Er hat diesen Berufs-Wunsch aufgegeben, dachte ich.)
„Sicher, Herr Matea." Unruhig rutschte Koppin auf seinem Stuhl hin und her.
Ich klopfte ihm kameradschaftlich auf den Arm.

„Lassen wir das!", meinte ich versöhnlich. „Lass uns schauen, was Bisch Gutes gekocht hat!"

Am nächsten Tag war ich bei meinem Schneider in der Harksgasse. Er hatte noch einen anderen Kunden; ich wartete lange allein. Da fiel es mir wie Schuppen von den Augen – mein Freund Halko war ein Eksler! Wie hatte ich das so lange vor mir selbst leugnen können? Er verdarb Koppin, flößte ihm gotteslästerliche Gedanken ein. Ja, der Junge mochte meine Rumenkrag-Erzählung, ließ sich gern vorlesen. Aber das war schon fast alles. Tatsächlich dachte er: ‚Verschone mich mit deinem Arasul!' Daher seine manchmal schlechte Laune. Er wagte nicht, offen gegen den Predikar aufzubegehren und spielte mir Gehorsam vor!

Ein harmloser Termin wegen eines neuen Rocks und solche Erkenntnis, wuchtig und klar: Ich liebte diesen Jungen mehr, als ein Priester lieben durfte! Das hatte ich deutlich gespürt, aber nicht wahrhaben wollen. Heiliger Herr Skorn, das durfte er nie erfahren! Ich wollte mit Halko um seine Gunst kämpfen. Nicht offen und nicht im Streit; eine gute Idee musste her. Ich wollte Koppin zeigen, dass ich kein weichlicher Geistlicher bin, halb in der jenseitigen Welt, sondern ein Mann im Hier und Jetzt. Dazu musste ich ihm etwas Besonderes bieten, das Halko nicht hatte – was könnte das sein?

Kapitel 15

Schamlose Dirnen

Wir standen auf einem Acker, die wichtigsten Geistlichen des Landes, ein ungewöhnlicher Ort für eine Divibale: Hier soll Rumelan die drei Blutstropfen in die Krume geträufelt haben, aus denen er wiedererstehen wollte. In geringer Entfernung sah ich die Stadtmauer von Marints. Der Acker war übersät mit Gaben von Gläubigen, Schmuck, kleinen Figuren und Wunschzetteln an den verschollenen Gott-Menschen. Wo Rumelan der Legende nach in seine Hand schnitt, erhebt sich seine freundlich lächelnde Statue.

Der Predikar von Marints sprach seinen Segen über uns. Dann gingen wir alle den baumbestandenen Weg zurück Richtung Kachoi-See und in die Stadt, vorbei an niedrigen Holzhäusern von Dependaren. So begann der erste Tag unseres Treffens zur Reform der Kerge, der mir in angenehmster Erinnerung bleiben wird.

Leider blieb es nicht dabei: Am sechsten Tag des Treffens erhielt ich einen besorgten Brief von Laubin, der von fünf Harrou-Toten berichtete; auch sein „Lieblings-Patient" war plötzlich gestorben. Eigentlich wollte ich mit anderen Predikaren und Kuranten arbeiten, war aber nicht bei der Sache, sondern mit meinen Gedanken ständig in Kondrake.

Nebenbei hatte ich vor, zwei Zeugen der Dostar-Zeit aufzusuchen; beide wohnen in unbedeutenden Flecken am See. Einer davon war besonders schwierig zu finden gewesen, denn er fürchtet späte Rache von Anhängern des Meisters und lebt unter falschem Namen.

Das Treffen der Kerge-Männer endete wie geplant nach zwölf Tagen und zwei Tage hatte ich mir für die Befragung der Zeitzeugen vorgenommen. Gerade wollte ich in den Pferdewagen steigen, da erhielt ich einen Brief meines Stellvertreters Pnot. Die Zahl der Harrou-Toten, schreibt er, wäre auf zehn gestiegen, man könne von einer Seuche sprechen!

Ein Zwiespalt quälte mich. Einerseits waren die sofortige Anwesenheit und mögliche Entscheidungen des Ersten Habitanten gefragt, andererseits wollte ich unbedingt Wissenslücken in meiner Erzählung schließen. Aber den furchtbaren Zustand der Straßen am Kachoi-See kannte ich nicht. Prompt hatten wir einen Radbruch und ich musste mit Fostin und Jorp in einem heruntergekommenen Wirtshaus übernachten. Trotzdem mich das schlechte Gewissen plagte und mir die Zeit im Nacken saß, konnte ich ausreichend lange mit den Zeugen sprechen und mit wertvollen Notizen nach Kondrake zurückkehren.

Einen Tag später gab es eine denkwürdige Konklause im Neunehaus; Laubin sprach lange über die zwei Formen der Harrou. Meistens würden Wahnvorstellungen und körperliche Zeichen gemischt auftreten, sagte er, manchmal auch zunächst das eine vom anderen getrennt.

Tatsächlich hatte er sich geirrt, denn sein besonderer Patient war eine dieser Ausnahmen gewesen. Die Dauer von drei Wochen, innerhalb der ein Ausbruch zu erwarten ist, überschritt er um mehr als einen Monat. Erst dann wurde die Krankheit körperlich spürbar, jetzt aber mit stetiger Verschlimmerung im Eiltempo.

An einem frühen Morgen hatte der Mann offenbar hohes Fieber und klagte über Schwindel. Am Mittag sprach er nicht mehr, sondern hustete nur noch. Ein paar Stunden später schob man ihm immer neue Wasserkannen hinein; der von unaufhörlichem Durst geplagte Patient konnte keine Kleidung mehr ertragen und schleppte sich nackt zur Versorgungsklappe.

Kurz vor seinem Tod war er nicht einmal mehr fähig gewesen, zum Abort-Eimer zu gehen. Mehrmals wurde seine völlig verschmutzte Zelle danach mit Essig-Lösungen gründlich gereinigt und durch Abbrennen des stark riechenden, sogenannten „Akoi-Krautes" ausgeräuchert.

Laubin blieb beim Entwurf seines Schreckens-Gemäldes gelassen wie immer; das machte die Gewohnheit des Berufs.

„Das körperliche Leiden schreitet meist von oben nach unten, vom Kopf zu den Gliedmaßen, fort. Aber im Grunde hat jeder Patient sozusagen seine eigene Harrou. Es gibt nicht zwei Menschen, bei denen sie vollkommen gleich wäre. Das gilt für alles, etwa Stärke und Anzahl der Krankheitszeichen und ihre Reihenfolge.
Der Tod tritt gewöhnlich nach drei, vier Tagen ein. Aus jahrelanger Beobachtung kann ich sogar von plötzlicher Genesung berichten, zu der ich nichts beigetragen habe. Meist bleiben allerdings Störungen der Beweglichkeit zurück. Auch hier gibt es Ausnahmen: Mein Dependar Gman, ein Pfleger des Hospitals, überwand die Krankheit, aber seitdem ist seine Haut blass, von roten Flecken überzogen. Gman kennt ihr alle, denn so etwas ist ungewöhnlich.
Ursache der Harrou sind wahrscheinlich vom Wind zu uns herübergewehte Keime des Dogger-Waldes; sie wird aber wohl auch von Mensch zu Mensch übertragen. Wie genau? Um das herauszufinden, müssten wir Mittel haben, über die wir nicht verfügen; in alten Büchern habe ich davon gelesen. Ich aber bin ein Arzt der Gegenwart; es bleibt mir nur die Vorsicht – der nächste Patient ist vielleicht mein eigenes Ende."

Dann sprach Laubin von den neun übrigen Toten:
„Beinahe alle gehörten zwei befreundeten Familien an, Nachbarn in der Graufgasse. Auch die Wahnvorstellungen gibt es in zwei Formen: Der eine bildet sich Dinge, Menschen und Tiere ein, die nicht existieren, der andere erzählt von Dostar, von seiner Vergangenheit in den Gotteskriegen bis zu seinem angeblichen Weiterleben in der Gegenwart. Der berühmte Tote ist wohl Zentrum eines allgemeinen Albtraums, an dem viele auf rätselhafte Weise teilhaben.
Aus einem abgesonderten Kondraker Haus wurden Mutter und Schwester tot herausgetragen. Als ich mit dem Vater durch die halb geöffnete Tür sprach, erzählte er mir, der schwarze Meister sitze drinnen auf der Treppe. Natürlich habe ich das nicht nachgeprüft. Kurz danach starb auch dieser Vater.
Als letzte wurden auf der großen Tombe zwei Brüder bestattet. Ein Freund, ein alter Mann, erwies ihnen die letzte Ehre. Tage später brachte man ihn zu mir ins Hospital – seinen stinkenden Atem roch ich schon von Weitem. Aus gewisser Entfernung notierte ich, was er mir zurief: Während der Kurant am Grab ein Gebet sprach, habe Dostars Geist als Zuschauer auf der Mauer gehockt und mit seinem Fonem sehr laut verrückte, drubalische Musik gespielt. Wie konnte er das hören? Der alte Mann, der ein paar Tage später selbst begraben wurde, war von Geburt an taub."

Damit endete Laubins Vortrag; die Freder und ich dankten ihm dafür. Sein täglicher Einsatz für Kondrake, der manchmal fast an Selbstmord grenzte, wurde sehr gelobt.

Als nächstes wurde über mögliche Gegenmaßnahmen gesprochen. Alle fanden unser Instrumentarium von Absonderung und Warten, bis der Patient erkrankt oder nicht, unbefriedigend. Zwei befallene Familien stellen noch kein großes Problem dar. Aber wenn die Seuche sich weiter ausbreitet, würden wir bald an unsere Grenzen stoßen. Vor allem hatten wir nicht genügend Leute, die für die Eingesperrten Besorgungen erledigten und sie bewachten.

„Wir sollten vielleicht das Problem grundsätzlich angehen", schlug Halko vor. „Diese Fantastereien um den schwarzen Mann machen die Leute ja panisch. Man erzählt sich eine düstere Geschichte: Dostars Geist spukt durch Kondrake, solange er in einen vollständigen Körper zurückkehren kann."

„Das höre ich auch von vielen Patienten", sagte Laubin. „Es ist ein Teil des unsichtbaren Wahn-Netzes, in dem sie wie die Fliegen hängen."

„Jetzt liegt der Mann schon so viele Jahre in seiner Gruft", meinte Laats. „Wie soll denn sein Leib unversehrt sein? Blödsinn!"

Und wieder Laubin:

„Ist denn eine Methode der Leichen-Erhaltung nach seinem Tod angewandt worden?"

„Nein, da bin ich sicher", antwortete Halko. „Wir haben alles noch in guter Erinnerung, nicht wahr, Matea?"

„Ja." *Plötzlich kam mir ein Einfall!* „Vielleicht können wir diese Geschichte auflösen."

„Was willst du tun, mein Erster Habitant?" *Wie mich Pnot wieder spöttisch ansah; ich könnte ihn prügeln!*

„Wir gehen in die kleine Tombe, öffnen den Sarg und schauen nach!" *Wie schnell das ging – kaum überlegt, schon ausgesprochen!*

„Und anschließend?" Pnot hatte einen Ton, als wäre ich ein Kind.

„Natürlich finden wir nur Knochen. Genau das sagen wir den Leuten. Der Leib ist zerfallen. Wohin sollte sein Geist zurückkehren?" *Hoppla – wieder lausche ich den eigenen Worten hinterher.*

Eine brauchbare Idee, aber ungewöhnlich. Dass der Vorschlag von mir stammte, war die eigentliche Überraschung. Ein Predikar, die Vorsicht in Person, riet zum Tabubruch! Der Freder Kamba neben mir, ein alter Freund, verschränkte die Arme und schüttelte den Kopf. Lunis und Laats schauten sich an und lächelten verblüfft.

„Ähm, ich versuche gerade, mir das vorzustellen", begann Laubin vorsichtig. „Die Totenruhe wird gestört – und das bei Dostar, ha!" (Er schlug sich leicht gegen die Stirn.) „Aber, warum nicht?", fuhr er fort, mehr zu sich selbst. „Eine Übertretung ungeschriebener Verbote. Es kostet etwas Überwindung; vielleicht hat es Erfolg."

„Der schwarze Mann wird dich in seiner Gruft persönlich begrüßen." Pnot sah mich eindringlich an und sprach mit tiefer Stimme. „Herzlich willkommen, Amtsnachfolger, im Haus des toten Vorgängers!"

„Lass bitte diesen Blödsinn, Pnot!", rief Halko. „Du weißt genau, dass das unmöglich ist! Ich finde Mateas Vorschlag auch nicht schlecht." *Er ist doch ein Freund,* dachte ich.

„Wenn in Dostars Sarg mehr liegt als ein Skelett", meinte Laubin trocken, „lasse ich mir den Kopf rasieren und werde einäugig!"

Alle lachten – das entspannte.

„Wir nehmen dich beim Wort", sagte Halko schmunzelnd. „Habe ich dich recht verstanden, alter Knochenleimer? Dein ärztlicher Ehrgeiz ist geweckt?" Er hob seine Feder. „Dann schreibe ich ins Protokoll, dass du mitgehst."

„Ich bin dabei!" Laubin machte ein grimmig-komisches Gesicht.

Halko blickte in die Runde.

„Noch jemand?"

„Allein in Dostars Gruft? Das muss nicht sein!" Lunis grinste.

Acht Augenpaare starrten mich an und ich war jäh ernüchtert! Der Schweiß brach mir aus, mein Herz klopfte. Alle warteten. *Komm zur Besinnung, Mensch! Du bist kein Held, das weiß man doch. Es tut mir leid, sucht einen anderen.* Da kam es mir plötzlich siedendheiß: *Ich mach es doch!* Wonach ich lange suchte; jetzt war's gefunden.

„Ich gehe mit." (Die Stimme klang wohl fest.)

„Du bist notiert", sagte Halko.

Pnot, die falsche Schlange, klopfte anerkennend auf den Tisch.

„Du entwickelst dich, mein Erster Habitant."

Ich winkte ab.

„Ach, übertreibe mal nicht." Als Datum schlug ich vor, nicht ohne Hintergedanken: „In fünf Tagen, früh um sieben." Die Auskunfter würden es gleich bekanntgeben. Jeder Kondraker sollte sehen, dass wir tatsächlich die kleine Tombe betreten. Dann wollte ich zu den Leuten sprechen: ‚Nehmt euch ein Beispiel an uns. Vergesst diese dumme, grundlose Angst!'

Die Konklause löste sich allmählich auf. Ich sprach noch mit Halko. Er schaute mich aufmerksam an, als wollte er in meinem Hirn lesen.

„Bist du's oder bist du's nicht?", scherzte er.

Ich lachte verkrampft.

„Das hast du mir wohl nicht zugetraut?"

„Allerdings. Das war ein Riesensprung über den eigenen Schatten. Hast du eine Erklärung?"

Ich zuckte mit den Schultern.

„Nein, eigentlich nicht." So log ich und dachte: *Das Glück, alter Freund, ist nicht immer nur auf deiner Seite!*

Die Zweifel kamen am Nachmittag. Unruhig lief ich in meinem Arbeitszimmer hin und her. Mein Herz machte einen Sprung, als es wie erwartet klopfte. (Jetzt weg mit den Bedenken!)

„Du bist ganz bleich", bemerkte ich, als Koppin eintrat.

„Die Harrou", antwortete er bedrückt, „ich habe solche Angst."

„Denk an Kidnam, das lenkt dich ab. Wann fahrt ihr?"

„In fünf Tagen, am Vormittag." *Das passt genau*, dachte ich, mit einem Mal freudig erregt. *Soll ich ihm gleich meinen Vorschlag machen?*

„In ein paar Wochen seid ihr wieder da und die schreckliche Krankheit hat sich bis zum nächsten Jahr verabschiedet – wie immer." (Nein, ich wollte noch warten.)

Momentan setzte uns noch die Hochsommer-Hitze zu. Auf Koppins Gesicht glänzte der Schweiß. Im Dogger-Wald sangen die Doppelwölfe ein schreckliches Heule-Lied.

„Meine Erzählung", meinte ich, „wird dich ein bisschen ablenken. Was weißt du noch vom letzten Mal?"

„Über der Wahrheit schien ein Schleier zu liegen", erwiderte er, „geschickt von Jókkobi gewoben."

„Den kann ich lüften", versprach ich. „Soll ich beginnen?"

„Ich bitte darum."

„Dann noch einmal zurück ins Jahr 131."

*

Gewöhnliche Kondraker hatten Dostar zum letzten Mal am baufälligen Turm des Westtores gesehen. Ein Pferdewagen brachte ihn noch am gleichen Tag zur alten Fabregge, wo die Gruppe der Gelehrten wieder auf ihn wartete. In dieser Zeit soll er noch weitgehend verständlich gesprochen haben.

Fast ein halbes Jahr arbeiteten Meister und Helfer an der Entwicklung der Brand-Bremben. Welche verwendeten Materialien und Makinen auf Funde aus den Gotteskriegen oder auf eigene Entwicklung zurückgingen, ist nicht mehr nachzuvollziehen. Entweder hat man entsprechende Unterlagen nach Abschluss der Arbeiten vernichtet oder sie fielen nach dem Tod des Alten, im 5-jährigen Krieg, einem großen Brand zum Opfer. Ich müsste Teile meiner Erzählung umschreiben, wären alle diese Dokumente noch vorhanden.

Aber schon zu Dostars Lebzeiten konnte in der alten Fabregge eine Katastrophe eben noch verhindert werden. Man probierte einen Vorläufer der späteren Brand-Bremben gerade aus, als durch die Mischung von zwei gefährlichen Substanzen der schwarze Meister samt Gelehrten-Stab beinahe in die Luft geflogen wäre. Überraschend stellte sich heraus, dass der Alte selbst den Fehler begangen hatte. Wie war das möglich, tuschelten seine Helfer, wo doch die beiden unterschiedlich gefärbten Stoffe gut lesbare Namen trugen, die man unschwer verwechseln konnte?

Dostar versuchte offenbar nicht, seine Schuld herunterzuspielen oder sie anderen zuzuschieben. Er kündigte an, die Forschungsstätte verlassen zu wollen. Die Leitung übergab er einem Mann namens Herlin, der Heiligen Kerge wohlbekannt als ein Erz-Eksler. Das ist der einzige Name, den wir haben. Wer sonst in der Gruppe um den Meister an den Brand-Bremben arbeitete, ist nicht bekannt.

Nachts öffnete sich das Kondraker Osttor für den Wagen des Ersten Habitanten. Am nächsten Tag versammelte Jókkobi alle um sich, die im Neunenhaus ein- und ausgingen, Freder, Gardoi und Dependare. Seine Rede war ausnahmsweise überraschend kurz. Er sagte etwa:

„Dass unser Herr zurückgekehrt ist, bleibt streng geheim! Isch lasse jeden auf das Härteste bestrafen, der das missachtet!"

Das verstand ohne Wortgeklingel jeder sofort.

In seine alten Räume im ersten Stock konnte der Meister vorerst nicht einziehen, denn vom zentralen Tschajeplatz aus hätte ganz Kondrake sehen können, dass sie wieder bewohnt waren. Das Fenster des Konklausenzimmers geht dagegen auf einen Hof, der von einer hohen Mauer umgeben ist. Dasselbe gilt für den Raum daneben, der gerade vier mal vier Schreiter im Geviert misst. Hier sollte Dostar zunächst wohnen, in einem Verschlag, der einem Dependar angemessen gewesen wäre.

Hätte man für den Alten nichts Besseres finden können? Wie viele Gebäude in Kondrake ist das Neunehaus nicht sehr groß und hat nicht viele Räume. Diese kleine Kammer bot jedenfalls den unschätzbaren Vorteil, dass er vor den Blicken Unbefugter sicher war. Neben bescheidenem Mobiliar wie Tisch, Bett, Stuhl musste die geheimnisvolle Kiste aus der Voltane hier Platz finden, außerdem Unterlagen, Papiere und Bücher. Sie stapelten sich an drei Wänden des Räumchens bis zur halben Höhe.

Als ich im Frühjahr 132 in die nächsthöhere Klasse des Kreopats versetzt wurde, leitete der Erste Habitant wieder die Konklause, unbemerkt von der Öffentlichkeit. Seine normale Stimme soll dabei immer häufiger in verzerrte Tiefen abgeglitten sein. Das muss auf die Freder so verstörend gewirkt haben, dass er schließlich während der Sitzungen schwieg und Jókkobi erneut den Vorsitz übernahm. Meinungen und Weisungen notierte er auf Zettel, die der Stellvertreter vorlas.

Diese Methode wurde zur neuen Regierungsform: Wenn der Erste Habitant allein in seinem kleinen Wohnraum saß, las er Antworten auf seine Briefe oder schrieb selbst den halben Tag, manchmal bis in die Nacht hinein, Anordnungen und Befehle. Gardoi brachten sie sofort zu allen Empfängern in Stadt und Land. (Müßig zu sagen, was bei Nicht-Ausführung geschah.) Besonders der schriftliche Austausch zwischen Dostar und Herlin in der alten Fabregge war zu dieser Zeit sehr intensiv. Bei der Entwicklung seiner Brand-Bremben kümmerte der Alte sich auch aus der Entfernung offenbar um jede Kleinigkeit.

Während uns bei den Feiern zum 42. „Tag des Ersten Habitanten" Jókkobi Lügenmärchen auftischte, saß der „Unerschütterlische, Unerbittlische" also keine fünfzig Schreiter von der Rednertribüne entfernt in einer Art Abstellkammer – wer hätte das gedacht?

Immer häufiger reichte Dostar während der Konklausen seinem Stellvertreter unleserliche Zettel. Jókkobi rätselte über den Sinn, sagte aber nichts. Seine Freder fürchteten sich ebenfalls vor dem Alten und schwiegen. Nach einigen Minuten peinlicher Verlegenheit merkte Dostar, dass er nicht verstanden worden war. Er schrieb die Mitteilung mühevoll noch einmal, aber manchmal konnte man sie auch dann nicht entziffern.

Einer seiner Freder überreichte dem Ersten Habitanten nach der Sitzung eine der Form nach im ganzen Land gebräuchliche Urkunde. Dostar fand die Stelle zur Unterschrift nicht, war einige Minuten nicht ansprechbar und schien selbstversunken in sich hineinzuhören. Alle waren froh, als er mit einem Mal wieder zur Besinnung kam.

Der Erste und der Zweite Habitant saßen im Konklausenzimmer immer nebeneinander. Vor Jókkobi stand meist ein Becher Wasser auf dem Tisch. Einmal stieß ihn Dostar mit einer versehentlichen Handbewegung um. Der Stellvertreter wischte sich das Wasser vom Schoß und sagte keinen Ton; der Alte schien sein Missgeschick gar nicht zu bemerken. Schließlich entschuldigte er sich doch noch mit stummem Kopfnicken.

Im Herbst des Jahres 132 übernahm Nernst das Amt des obersten Schulaufsehers im Kreopat. Er unterhielt sich mit Jaglada auf dem Gang im Grundgeschoss des Neunehauses. Da öffnete Dostar die Tür zu seinem Verschlag und hielt den beiden einen einigermaßen lesbaren Zettel hin: Er suche vergeblich ein bestimmtes Papier. Jaglada ging mit ihm hinein und entdeckte es sofort, ganz oben und unübersehbar auf dem Arbeitstisch des Herrn.

Sicher war es Nernst, der im Exil am Hof des Brezzen-Topkamers die Geschichten vom allmählichen Verfall des Meisters erzählte. Vor seiner Flucht hatte sich der Freder heftig mit dem Zweiten Habitanten gestritten, aber den Grund dafür konnte ich nicht ermitteln. Die Entschiedenheit, mit der Jókkobi den Flüchtigen verfolgen ließ, erklärt sich jedenfalls durch das Brechen der bisherigen Verschwiegenheit: Dem Arasul gleich sollte Dostar über das Slengsfeld herrschen; so wollte es der von Jókkobi gepflegte Kult. Einen kranken Gott aber zerreißen die Hunde zuerst und ihr nächstes Opfer wäre zweifellos der fette Stellvertreter.

Immer häufiger schrieb Dostar unlesbare Anordnungen, war minutenlang nicht ansprechbar oder suchte Dinge, die durchaus am zugehörigen Platz waren. Aber zwischen diesen plötzlich auftretenden Krankheits-Attacken schien er völlig klar und ganz „der Alte". Er redete nicht mehr viel, sagte weder etwas zu seinem Befinden (das hatte er noch nie getan) noch gab er mündliche Anweisungen; wer Glück hatte, verstand seine schriftlichen Erlasse.

Jókkobi hatte behauptet, dem Ersten Habitanten stünden die „besten Ärzte des Slengsfelts" zur Seite. Tatsächlich wurde in seinem Fall nie ein Arzt zu Rate gezogen. Wer hätte sich auch getraut, ihm eine körperliche Untersuchung vorzuschlagen oder gar an ihm vorzunehmen? Die Scheu, ihn überhaupt anzufassen, war einfach zu groß. Man wollte auch gar nicht so genau wissen, was ihm eigentlich fehlte.

Häufig wird bei langen Konklausen eine Pause gemacht. Die Freder vertreten sich dann meist im ummauerten Hof die Beine. Früher war Dostar immer mit ihnen auf und ab gegangen. Zunächst zog er sich jetzt in seinen kleinen Raum zurück. Später blieb er, sehr zum Unbehagen der Freder, reglos auf dem Stuhl am runden Tisch sitzen. Schließlich kam er doch einmal in den Hof, blieb plötzlich wie angewurzelt stehen, merkte nach ein paar Minuten offensichtlich, wo er war, und verschwand wieder im Neunehaus.

„Mein Erster Habitant, kann ich Ihnen helfen?", fragte der wachhabende Gardoi, ein paar Tage nach dem Zwischenfall im Hof. Dostar stand nachts unten an der Treppe zum ersten Stock und konnte sich wohl nicht entscheiden, ob er hinaufgehen wollte oder nicht. Hatte der Alte vergessen, dass er jetzt die Abstellkammer im Grundgeschoss bewohnte und nicht seine ehemaligen Zimmer?

Wieder besann er sich nach ein paar Minuten von selbst und machte Anstalten, in seinen kleinen Raum zurückzukehren. Er gab dem Gardoi sogar eine späte Antwort auf dessen fürsorgliche Frage. Der Inhalt war wohl durchaus vernünftig. Aber diese Stimme! Es war beinahe das letzte Mal, dass Dostar überhaupt gesprochen hatte, jedenfalls nach meiner Kenntnis.

Erneut trat eine Wende ein, als Jókkobi wieder einmal versuchte, Dostars hingekritzelte Schrift zu entziffern. Denn der Erste Habitant stand plötzlich auf, ging etwas unsicher zur Tür, verfehlte sie mehrmals und stieß stattdessen mit dem Kopf gegen die Wand daneben! Schließlich fand er den Ausgang doch noch und verließ den Raum.

Die Freder waren entsetzt! Anfangs sagte keiner ein Wort. Dann redete jeder, ohne auf den anderen zu hören; Jókkobi rief sie zur Ordnung. Inzwischen konnte er lesen, was Dostar geschrieben hatte: „Entschuldigen Sie mich bitte bei den Herren, aber ich kann im Augenblick das Tageslicht nicht ertragen."

Bald wurde klar, warum der Erste Habitant manchmal Dinge suchte, die man nicht suchen musste. Das lag nicht unbedingt an der zeitweiligen Verwirrung. Sein linkes Auge war nicht blind, aber es reagierte außerordentlich empfindlich.

Von nun an blieb Dostar nur noch in seinem fast verdunkelten Raum neben dem Konklausenzimmer. Bei Kerzenlicht studierte er Akten, schrieb, abhängig von der Tagesform, verständliche oder unverständliche Weisungen und Botschaften. Oft saß er in dieser Zeit auch nur da und starrte die geschlossenen Fensterläden an.

Von Stukko war bereits die Rede; der Alte hatte sich überzeugen lassen, dass er wieder einen persönlichen Dependar brauchte. (Den Vorgänger hatte er damals beim Attentatsversuch erschossen.) Der neue Helfer wartete immer neben der Tür. Wenn er das dreimalige Klopfsignal seines Herrn hörte, kam er herein.

Eingeweihte nannten den kleinen Raum im Grundgeschoss spöttisch „Regierungszelle". Jókkobi betrat sie einmal am Tag, erstattete dem Vorgesetzten Bericht und erhielt neue Zettel, die er manchmal nach Gutdünken deutete.

Erster und Zweiter Habitant waren sich einig, dass die Öffentlichkeit weiterhin nur das Notwendigste über die Krankheit des Meisters erfahren sollte. Dostar gab damals persönlich den (leidlich lesbaren) Befehl, den geflohenen Freder Nernst zum Schweigen zu bringen. Kurz darauf starb dieser am Hof des brezzischen Topkamers unter traurigen Umständen, die erst Jahre danach bekannt wurden, nämlich qualvoll an vergiftetem Fleisch.

Wieder trat eine neue Lage ein, als Herlin in der alten Fabregge baldige Einsatzbereitschaft der neuen Waffe signalisierte. Man rechnete fest mit dem Erfolg der Brand-Bremben und hätte mit der Beseitigung unseres drängendsten Problems auch das System der „Dostar-Herrschaft" für lange Zeit gefestigt. Daher beschlossen die beiden mächtigsten Männer, dass der Meister jetzt auch offiziell zurückkehren und sich den Kondrakern zeigen sollte. Er könnte dann sogar die kleine Kammer verlassen und in seine alte Wohnung umziehen. Dass er bei dem geplanten Auftritt stumm blieb und Jókkobi das Reden überließ, war nicht das Problem, wohl aber die extreme Lichtempfindlichkeit.

Um das geplante Schauspiel dennoch möglich zu machen, heckten die beiden Erzlumpen ihre infamste Schweinerei aus: Jókkobi ließ einen Dependar von der Größe Dostars und mit einer gewissen Ähnlichkeit heimlich ins Neunehaus bringen. Er befahl, ihn kahlzuscheren und ihm eine so geschickte Maske anzulegen, dass er einäugig wirkte, jedenfalls auf eine gewisse Entfernung. Dieser Dostar-Darsteller also war es, der am „Tag der Rückkehr" immer wieder mit dem dicken Wortklingler den Fensterplatz tauschte und der jubelnden Menge zuwinkte – jetzt konnte ich mein Unbehagen von damals erklären.

Der echte Meister saß währenddessen noch in seiner Zelle und hörte die Ehren-Grüße seiner Anhänger durch Mauern gedämpft. Seinem „Doppelgänger" bei dieser schäbigen Komödie wurden die Freiheit und ein prallgefüllter Beutel mit Valem versprochen. Das schien Jókkobi im Nachhinein wohl unangemessen teuer. Der Mann, der den Alten spielte, wurde wahrscheinlich danach auf Befehl des „Zweiten" verschleppt und umgebracht!

Am Tag nach der großen Kundgebung brachte man Bücher, Akten und Dokumente des Meisters in den ersten Stock. In der darauf folgenden Nacht zog er dann selbst um. Gardoi standen schweigend, mit einigem Abstand, im beinahe dunklen Flur des Grundgeschosses. Zuerst trat Stukko aus dem Verschlag, eine blakende Kerze in der Hand; dahinter kam die schwarze Gestalt seines Herrn. Beide gingen langsam die Treppe hinauf und Dostar betrat seine alt-neuen Räume.

Jókkobi selbst hatte des Meisters persönlichen Dependar ausgesucht. Dabei war ihm offenbar nicht bekannt, dass Stukko gewisse Schwächen hatte: Er ließ privat die Zügel des öfteren schleifen, betrank sich und erzählte dann allerlei Geschichten.

Dostars Dependar wurde manchmal abgelöst von einem Mann namens Wrank. (Von ihm wird noch viel die Rede sein.) An einem bestimmten Abend hatte Stukko keinen Dienst. Er verbrachte ihn, wie üblich, im „Blauen Piat" am Donaiplatz. Der beliebte slengsaakische Schäumer war schon reichlich durch die Kehlen der durstigen Stammgäste geflossen. Stukko hatte Lust, vor seinen Freunden ordentlich anzugeben.

„Ich will euch was erzählen", kündigte er an, „aber ihr müsst unbedingt schweigen!"

„Solange wir leben!", riefen sie lachend.

„Ich beobachte den Alten oft heimlich durchs Schlüsselloch", gestand der Dependar. „Ein bisschen was kann man immer sehen, wenn die Kerze auf seinem Arbeitstisch brennt. Gestern Nacht hielt er ein längliches Instrument in der Hand, wie von einem Chirurgen. Wahrscheinlich hatte er das aus seiner Kiste geholt. Diese Arzt-Zange, was immer es war, steckte er sich in die leere Augenhöhle. Freunde, er hat sich selbst operiert! Gewöhnlich macht das irgendein Knochensäger im Hospital."

„Hast du was von ihm gehört?", fragten die Stammgäste.

„Nein!", rief Stukko. „Er stocherte sich mit dem Ding in der alten Wunde herum, ohne einen Laut. Ich hätte gebrüllt, Leute! Der Schreck fuhr mir in die Glieder; ich musste mich erst einmal setzen. Auf meinem Stuhl neben der Tür bin ich im Laufe der Nacht etwas eingenickt. Ich wachte auf, als er dreimal klopfte. Das macht er immer, wenn die Soniade zur zweiten Stunde des Morgens klingelt. Ich kam also herein. Er machte eine Geste, dass ich die Fensterläden öffnen, sein ‚Grab' einmal ordentlich durchlüften sollte. Die Kerze auf seinem Tisch war fast heruntergebrannt. Zweimal ging ich an ihm ganz nah vorbei, aber an seiner Augenhöhle ist mir nichts aufgefallen."

„Hatte er kein Blut im Gesicht?", fragte ein Stammgast. „Oder auf dem schwarzen Anzug?"

„Nein, es war, als hätte es keine Operation gegeben!", rief Stukko. „Also, wenn ich könnte, würde ich meinen Dienst bei ihm quittieren – dieser Herr ist mir unheimlich!"

Der Dependar machte wohl die missliche Erfahrung, dass in einer Schänke am Nachbartisch nicht unbedingt Freunde saßen: Nicht nur Stukko wurde am nächsten Tag vermisst und tauchte nie mehr auf. Auch der „Blaue Piat" hatte von nun an sechs Stammgäste weniger. Die fünf Freunde hatten ihm versprochen, zu schweigen, solange sie lebten. Das machte ihnen jetzt sicher keine Mühe mehr!

Was tue ich, Matea, nicht alles für meine Erzählung? Ich bin in diese Spelunke gegangen und habe die ganze Geschichte vom Wirt persönlich erfahren.

Als selbst die Brand-Bremben nicht ausreichten und der Dogger aus seiner Asche neu entstand, war die Enttäuschung in Kondrake groß. Was konnte man denn jetzt noch tun? Nichts, wir hatten das Äußerste gewagt. Stimmen wurden laut, die Stadt aufzugeben und dem Wald zu überlassen. Sogar der Meister war gescheitert. Sein Vorbild hatte ausgedient, der Dostar-Kult war nur noch Fassade. Endlich konnte man sagen, wie es wirklich um ihn stand; er siechte wohl dahin in seinem „Grab" hinter geschlossenen Fensterläden. Ungeduldig warteten seine Gegner: Wann würde er zum dritten Mal umziehen, nämlich in seine neugestaltete Gruft in der Enchgasse, diesmal endgültig?

*

„Ausgezeichnet!" Koppin klatschte leichten Beifall. „Vielen Dank für Ihren Vortrag."

„Es war mir ein Vergnügen." Ich schmunzelte und verbeugte mich wie ein Künstler auf dem Undaiplatz.

„Mittlerweile kenne ich ganz Kondrake", fiel ihm ein, „nur die Enchgasse nicht, ein gruseliger Ort!"

(Er sprach es selbst an, jetzt nicht länger gezögert!)

„Wollen wir zusammen hin?" (Mein Herz klopfte.)

„Wann denn?", fragte er erstaunt. „Wir reisen in fünf Tagen."

„Morgens um sieben gehen wir in die Enchgasse", sagte ich, so harmlos wie möglich. „Wann will denn deine Mutter, dass euer Wagen fährt?"

„Zur elften Stunde."

„Dann sehe ich kein Problem." Gespannt schaute ich ihn an.

Eine Schweige-Pause. Seltsam, ich hörte auch kein Heule-Konzert im Wald.

„Morgens um sieben wollen Sie dorthin?" Der Junge lächelte unsicher.

„Du meinst, das sei so gar nicht meine Zeit?"

„Ja." Er lachte. „Es ist ein bestimmter Termin, nicht wahr?"

„Richtig. Wir sind nicht allein."

„Wer ist noch dabei?"

„Meine Leibwächter und Laubin."

„Der Arzt und Freder?" Koppins Augen wurden groß. „Was haben Sie denn vor?"

Ich legte ihm die Hand auf das Knie, streichelte es (viel zu lange) und dachte gleichzeitig: *Lass das!*

„Bewahre die Fassung, Lieber", sagte ich, um Ruhe bemüht. „Wir öffnen Dostars Sarg!"

„Heiliger Herr Skorn!", rief er und schob meine Hand weg. (Wie ich mich schämte!) „Warum wollen Sie das tun?"

„Beruhige dich!" Jetzt erzählte ich ihm alles, von meinem Einfall in der Konklause bis zum Zweck der Untersuchung. „Verstehst du? Vielleicht beenden wir das böse Märchen, mit dem sich alle verrückt machen." Er pustete Luft durch die Lippen. Schweiß tropfte ihm von der Nasenspitze. „Hast du Angst vor ein paar Knochen?" (Das Echo meiner Frage schien mich selbst zu treffen.) Er antwortete nicht. „Glaubst du, ich mache das aus Spaß?", fragte ich eindringlich. „Ich handele im Auftrag, als Oberhaupt der Stadt!"

Ich ließ Koppin viel Zeit. Allmählich wurde er ruhiger.

„Sie wollen mich wirklich mitnehmen?"

„Ja, natürlich."

„Einen Zehnjährigen?"

„Ich bin der Erste Habitant, dein Alter lass mal meine Sorge sein." (Das war untertrieben, aber eine Kleinigkeit vergleichsweise.)

Wieder langes Nachdenken. Im Nebenzimmer hörte ich die Stimmen von Delba und Bisch.

Koppins Miene hellte sich allmählich auf.

„Unglaublich!", rief er plötzlich. „Ihre Erzählung hat mich schon gefesselt. Jetzt folgen den Worten aber noch Taten, sozusagen ein Dostar zum Anfassen. Damit habe ich nicht gerechnet. Was für ein Abschluss Ihrer vielen Lesungen!"

„Das Anfassen solltest du besser Laubin überlassen", meinte ich ironisch.

Er sah mich mit ernster Miene an.

„Ich dachte immer, dass der Herr Matea ein guter Autor, aber kein tapferer Mann ist. Wie sich jetzt herausstellt, hatte ich unrecht."

„Danke, Lieber!" Jetzt wurde ich wohl selbst rot bis in die Haarwurzeln.

Eine Zeitlang rang er wieder stumm mit sich selbst; ich ließ ihn gewähren. Schließlich sagte er:

„Ich muss mir schon noch einen Ruck geben." Sein Gesicht war etwas blasser.

„Meinst du, mir ginge es anders?", fragte ich.

„Warten Sie, ich muss mit meiner Mutter sprechen."

„Das habe ich mir gedacht. Dann los!"

Er verließ mein Zimmer. Ein Chaos von Gedanken stürmte auf mich ein. Nebenan wurde geredet, aber inhaltlich verstand ich nichts. Jetzt fiel irgendetwas um und Delba stieß einen kleinen Schrei aus. Nach einer Weile öffnete Koppin meine Tür und sagte:

„Bitte reden Sie mit ihr."

Da wusste ich, dass ein weiterer Kampf bevorstand.

Delba packte bereits für die Reise und meine Haushälterin half ihr. Ich musste also mit zwei Frauen kämpfen. War das gerecht, mein Arasul? Egal, die Hürde musste genommen werden.

Die junge Mutter versuchte, ihre Besorgnis mit gespielter Heiterkeit zu überdecken. Sie stand vor mir mit in die Hüfte gestemmten Händen und rief keck:
„Sie wollen wohl meinen Sohn das Gruseln lehren, Herr Matea?"
„Nein, Delba, darum geht es nicht!" Ich erklärte ihr alles noch einmal. „Wir beseitigen vielleicht einen schädlichen Irrglauben", meinte ich schließlich, „und für Koppin wird es ein einmaliges Erlebnis."
Delba wand ein, ich würde ihn überfordern. Warum ich ausgerechnet einen Tag gewählt hätte, an dem ihm eine anstrengende Reise bevorstehe?
„Weil ich heute früh von meinem Vorschlag selbst noch nichts ahnte!", rief ich.
Unsere Gefühle zeigten sich unmittelbarer als je zuvor, manchmal hart an der Grenze zu einem ernsthaften Zerwürfnis. Koppin unterstützte mich und bestürmte sie immer wieder:
„Mutter, sag bitte Ja!"
Er wäre wohl erfolgreicher gewesen, hätte sich nicht wiederholt meine Haushälterin (natürlich!) zu Gunsten von Delba eingemischt.
„Bisch, ich führe in fünf Tagen eine Amtshandlung aus!", rief ich. „Als Erster Habitant trage ich schwere Verantwortung!"
„Amtshandlung?", meinte sie verächtlich. „Gehen Sie doch in diese Gruft! Aber beschweren Sie sich hinterher nicht bei mir über Schlaflosigkeit."
Damit ging Bisch aus dem Zimmer, um das Abendessen vorzubreiten – ein glücklicher Umstand für den Jungen und mich, denn Delba war jetzt ohne Verbündete und gab schließlich mit einem etwas gekünstelten Lachen klein bei:
„Schluss ihr beiden, ich kann nicht mehr. Koppin, meine Erlaubnis hast du!" Da fiel er seiner Mutter um den Hals.
Finstere Themen wie die Harrou oder den Dostar-Spuk in kranken Köpfen hätten uns bei Tisch den Appetit verdorben; beim Abendessen sprachen Mutter und Sohn nur über ihre bevorstehende Reise. Allmählich konnte ich aber den Namen „Kidnam" nicht mehr hören und versuchte, die beiden auf ein anderes Thema zu bringen.
„Wenn ihr nach Kondrake zurückkehrt", fragte ich Delba, „wirst du wohl bald heiraten?"
„So schnell wie möglich!" Sie lachte laut.
„Du hast es aber eilig", meinte ich, bemüht heiter.
„Ja." Sie kicherte wie ein kleines Mädchen und mied verlegen meinen Blick. Was ging ihr durch den Kopf? Wahrscheinlich Sehnsüchte, die sie in der Ehe stillen, aber nicht unbedingt mit einem Geistlichen wie mir besprechen wollte.
Ich trank einen Schluck Wein und überlegte, wie man die Unterhaltung weiterführen könnte.

„Du bist doch Witwe. Hast du eine Erlaubnis vom Devante, wieder zu heiraten?"

„Gestern erhalten", antwortete sie.

„Und einen Priester, der euch traut?"

„Am liebsten wären Sie mir." Delba lächelte verlegen.

„Halko ist anderer Meinung?" Ich spürte einen Stich in der Brust.

Sie wich mir aus.

„Ich kann ihn gern noch mal fragen."

„Wer also leitet die Zeremonie?" Mein Ton war sachlich.

„Einer von Halkos Freunden." Sie nannte den Namen.

„Aha." Ein Kurant aus dem Kreopat. Ich kannte ihn schon – ein geheimer Eksler. *Passt alles wunderbar*, dachte ich grimmig.

Bisch kam herein. Sie wusste mittlerweile, dass Delba Koppins Wunsch zugestimmt hatte und war insgeheim wütend auf mich. Wortlos stellte sie eine Schüssel auf den Tisch und ging wieder in die Küche.

Wir aßen, tranken und niemand redete. Eine seltsame Spannung lag in der Luft. Ich war traurig und wütend. Mein bester Freund, ein Konkurrent um Koppins Gunst! Mehr noch: Er wollte eine Frau heiraten, die ich mochte, schätzte, liebte? Was traf denn zu? Das fragte ich mich zum ersten Mal überhaupt. Selbst wenn sie mich zum Ehemann hätte nehmen wollen (ein Gedanke, auf den sie bestimmt noch nicht gekommen war!), als Priester des Arasul musste ich ledig bleiben. Plötzlich bedauerte ich meine Wahl, der Kerge zu dienen – auch das noch!

Am liebsten wäre ich mit einem Mal aufgestanden, hätte alle Teller umgeworfen und herumgebrüllt! Stattdessen sagte ich mit belegter Stimme:

„Ich kann dich nur loben, Delba. Eine brave, züchtige Frau wie du hält sich an die Regeln der Heiligen Kerge."

Sie dankte mir leise. Kurzes Schweigen. Ein bisschen Gift musste ich schon herauslassen, sonst würde es unerträglich:

„Es gibt genug sittenlose Weiber, die ein Vorbild wie dich bitter nötig hätten!"

„Meinen Sie jemand Bestimmten?", fragte Koppin.

„Ähm, ja", antwortete ich verblüfft, „die Ekslerinnen von Am-Baats." (Dass mir das jetzt eingefallen war!)

„Gibt es diese Weiber denn noch?", fragte Delba. (Sie schien erleichtert über die Ablenkung.)

Mir ging es genauso.

„Sie bestehen wohl im Geheimen fort", antwortete ich vage. (Der Junge sollte ruhig weiterfragen.)

Er ging darauf ein:

„Ich habe keine Ahnung, von wem ihr sprecht."

„Du weißt, wo Am-Baats liegt?" Ich wischte mir den Mund ab.

„Das Großdorf? Ja, am Kachoi-See."

„Ich habe dir mit Absicht nichts von den Ekslerinnen erzählt, Koppin." Delbas Gesicht war tiefrot. „Knaben sollten von schmutzigen Geschichten nichts wissen."

„Aber wir sind genau in der richtigen Zeit!", rief ich. „Dostar aus dem öffentlichen Leben verschwunden. Der Zweite Habitant und seine reichen Freunde herrschten im Land! Was ich dir vorgelesen habe, mein Junge."

„So weit sind Sie schon mit Ihrem Buch?", fragte seine Mutter.

Bisch räumte einige Teller ab.

„Der Herr Matea opfert dem Schreiben sogar seinen Schlaf. Gesund ist das nicht!"

Ich ließ sie einfach reden.

„Die Kluft zwischen Arm und Reich war damals wieder unerträglich", erklärte ich. „Der Widerstand gegen die damalige Konklause und die Herrschaft der Großnobilen wuchs!"

„Was aber machten diese Ekslerinnen?" Koppin war ganz ungeduldig.

Ich ereiferte mich:

„Nach außen gaben sie sich fromm, als Arasulitinnen! Aber in Wirklichkeit waren sie Ungläubige!"

„Lauter schamlose Dirnen!" Die Tür zur Küche stand offen. Es klapperte; Bisch wusch Geschirr ab.

„Nicht die Männer suchten sich in Am-Baats die Weiber", giftete ich, „sondern die Weiber die Männer! Und das nicht zur Ehe, zur Zeugung von Kindern! Sie verführten zu schamlosen Akten, zu verbotener Lust!"

„Anschließend verstießen sie ihre Liebhaber und suchten sich neue." (Dieser Satz kostete Delba einige Überwindung.)

„Die alten, kraftlosen Kerle warfen sie dem Drubal hin!" Meine Haushälterin trat an den Tisch, einen Putzlappen in der Hand.

„Die böse Schildmakine", rief ich, „nahm ihre Opfer freudig an und verlieh ihnen übermenschliche Kraft!"

„Konnten sie dadurch zaubern?", fragte Koppin.

„Die Ekslerinnen heilten alle nur möglichen Krankheiten." Delba legte ihr Besteck beiseite.

„Einige von ihnen sollen sogar am Himmel geflogen sein!" Bisch fuhr mit dem nassen Lappen so energisch über die Tischplatte, dass wir sofort wegrückten. „Wie die Luftfahrer in der Pilate!"

„Ach, das sind Gerüchte." Ich machte eine saure Miene. „Fest steht, dass mit Yadua diese Weiber nach der Macht griffen!"

„Yadua, die falsche Prophetin?", rief Koppin. „Jetzt verstehe ich endlich den Zusammenhang."

„Keine Prophetin!" Bisch war auf dem Weg zurück in die Küche. „Eine Sau, die ihre ungewaschene Muschel jedem Freier darbot!"

„Langsam!" Ich hob beschwichtigend die Hand. „Sie war schon sehr viel mehr als eine Hure: Yadua, Tochter einer Dependarin, der Vater wegen Diebstahls aufgehängt, kannte sich im Libat Kreder aus wie ein Kurant. Sie hielt mitreißende, feurige Reden. Hunderte von Menschen strömten dorthin, wo sie zum Aufstand rief!"

„Männer!" Delba schüttelte den Kopf. „Lassen sich von einem liederlichen Weib beschwatzen. Es ist immer dasselbe!"

„Du weißt doch, Koppin", sagte ich, „wie zerstritten die Revai untereinander sind? Bis auf den heutigen Tag!"

„Die Fasilaren mögen die Durger nicht." Der Junge verschränkte die Arme. „Und umgekehrt."

„Ganz recht!", rief ich. „Die Gemäßigten wollen immer mit den Radikalen reden, aber am Ende kämpfen sie gegeneinander – das alte Lied. Yadua änderte das. Jedenfalls vorübergehend. Sie sprach mit den Führern beider Gruppen."

„Eine Frau wandte sich an die Scheffe?" Koppin staunte.

„Mit Erfolg!", antwortete ich. „Zum ersten Mal hatten die Revai eine vereinte Stoßkraft. Die Scheffe gaben den Oberbefehl an eine Scheffin ab; Yaduas Halbbruder Hallup war ihr Stellvertreter. Fasilaren und Durger verübten gemeinsam Anschläge und töteten Dostar-treue Nobile. Die reichen Herren flohen; überall drangen Dependare in ihre leeren Häuser ein und plünderten."

„Dann hat diese Frau", meinte der Junge, „das System von Dostars Herrschaft wohl mehr gefährdet als jeder Mann?"

„Du hast es erfasst!" Ich lächelte grimmig. „Im Frühling des Jahres 134 rührten sich die Revai mächtig, da brannte es mit einem Mal überall im Slengsfelt."

„Und was machte Jókkobi dagegen?", fragte Koppin.

Ich lachte böse.

„Der Zweite Habitant hatte überall im Slengsfelt Spione. Sie meldeten, wo sich die Scheffin und ihr Halbbruder gerade aufhielten. Der Dicke schickte Gardoi aus, sie zu verhaften. Vergeblich, die beiden entwischten immer wieder."

„Aber war da nicht etwas mit der Mutter dieser Hure?" Delba hatte aufmerksam zugehört.

„Genau!" Aufgeregt kratzte ich mich am Bart. „Jókkobi erhielt die Nachricht, dass Yadua und Hallup am vierzigsten Geburtstag ihrer Mutter in Am-Baats sein würden. Der Stellvertreter frohlockte. In einer Konklause sagte er: ‚Meine Herren, der Köder ist ausgelegt; bald schnappt die Falle hinter zwei ahnungslosen Mäusen zu. Nischt einmal Drubal selbst kann sie dann noch retten!'"

Kapitel 16

Lankadem und Wrank

„Vieles in meiner Erzählung", sagte ich zu Koppin, „findest du ähnlich auch in slengsaakischen Geschichtsbüchern. Einiges blieb bisher allerdings im Dunkel, das ich jetzt erhellen konnte."
„Toll!", meinte der Junge. „Was haben sie gemacht?"
„Du erinnerst dich an meine Dienstreise nach Marints?"
„Ach ja, die Reform der Kerge", fiel ihm ein. „Wollten Sie danach nicht noch zwei Zeit-Zeugen suchen?"
„Diese Männer habe ich getroffen." Ich lächelte. „An passender Stelle werde ich ihre Erlebnisse einfügen."
„Wie aufregend!" (Das sagte er nicht nur aus Höflichkeit.)
„Soll ich beginnen?"
„Gern."

*

An einem Frühlingstag im Jahr 134 begann der Feldzug; Jókkobi persönlich führte 120 Mann. Offenbar hatte er die Zeit falsch eingeschätzt, denn bis die zwei zugesagten Kvarenten aus Jehtse und Marints zu den Kondrakern stießen, vergingen zwei Wochen. Bis dahin war der Geburtstag der Yadua-Mutter längst vorbei und die Gelegenheit, ohne Anstrengung „zwei ahnungslose Mäuse" zu fangen, vertan.

Die Hauptstreitmacht des Gegners hielt sich jetzt, wie man hörte, im Igmenn, einem gebirgigen Waldgebiet in der Nähe des Kachoi-Sees, verborgen. Ein Ortskundiger versprach, die Unsrigen auf Schleichwegen in die Nähe des Feindes zu bringen. Vernünftig wäre es gewesen, auf die Truppen aus Kirgmehs zu warten, die sich bestens in dem unübersichtlichen Gelände auskannten. Aber den dicken Feldherrn trieb offenbar der Ehrgeiz an, den Ruhm für sich allein zu ernten.

Der ortskundige Führer entpuppte sich bald als Revai und die Gardoi dreier Städte fanden sich auf schmalem Pfad zwischen zwei Höhenzügen von Angreifern umstellt. Wahrscheinlich wären sie aufgerieben worden, aber gerade noch rechtzeitig trafen die Kirgmehser ein und hauten unsere Leute heraus.

Die erste entscheidende Schlacht hatte Jókkobi also mit mehr Glück als Verstand gewonnen. Scheffin Yadua und Halbbruder Hallup waren der Niederlage entkommen und sammelten einen nicht unbeträchtlichen Teil ihrer Anhänger in Am-Baats. Das Großdorf konnte nur schwer eingenommen werden, denn hinter einem breiten Wassergraben lag ein schreiterhoher Palisadenzaun. Trotzdem wäre die Truppe des Zweiten vielleicht erfolgreich gewesen, mit einem durchdachten Plan und unter anderer Leitung – so holte man sich, nach mehreren von ihm befohlenen Sturmangriffen, nur blutige Köpfe.

In der alten Fabregge stand immer noch der einst so hilfreiche Kunstfischvogel. Der schwarze Meister konnte sich schon lange nicht mehr darum kümmern und überließ diese Aufgabe seinem Stellvertreter. Der aber löste den Gelehrten-Stab auf und unternahm nichts gegen den Zerfall der Werkstätten. Unbekannte Eindringlinge hatten das Movem, das die Pilate mit Gas befüllte, schwer beschädigt. Eine neue, dreiköpfige Mannschaft war vor langer Zeit ein- oder zweimal geflogen. In dieser Lage das Luftschiff zur Niederwerfung von Am-Baats einzusetzen, war also fahrlässig. Jókkobi aber schickte einen Boten Richtung Kondrake und befahl den sofortigen Angriff.

Am Tag darauf schwebte die Fisch-Pilate über dem Kachoi-See. Aus ihrem Lager am Ufer winkten ihr unsere Gardoi zu. Plötzlich begann sich der Bug des Schiffes kräftig zu neigen. Die Metallblätter an den Kunstarmen stellten einer nach dem anderen ihr rasendes Kreisen ein. Schwarzer Rauch stieg aus den zersplitternden Fenstern des Steuerhauses. An Land, einen Großschreiter entfernt, hörte man die Schreie der entsetzten Mannschaft! Plötzlich zersprengte das Luftschiff unter mehrfachen, ungeheuren Schlägen und seine Trümmer fielen in den See!

Dennoch konnten Wassergraben und Palisadenzaun überwunden und Am-Baats eingenommen werden. Die Anhänger der Yadua wurden niedergemacht, die Scheffin selbst sowie einige ihrer „Berater" gefangengenommen; Hallup aber fand man nicht. Es war ein Lotnam aus Kirgmehs, der den entscheidenden Angriff auf das Großdorf führte und selbst dabei starb – Jókkobi hatte zum Sieg wenig beigetragen.

Die Kämpfe um Am-Baats waren schon zu Ende, als noch tangeleitische Truppen zu den Unsrigen stießen. Die gar nichts getan hatten, sollten sich bald als die Teuersten erweisen. Denn nicht nur die beiden anderen Duchems ließen sich ihre Unterstützung von Jókkobi teuer bezahlen, am meisten forderte der Duchem von Tangeleit. Jaglada war abgereist, um im Auftrag der Konklause mit dem alten Fuchs zu verhandeln.

Einen Monat hatte es gedauert, die Revai zu schlagen. Laut Zweitem Habitanten waren alle anderen schuld an den Pannen, bloß er nicht. An einem Morgen im Frühsommer des Jahres 134 wollte er mit seinen Truppen in Kondrake einziehen. Dass ihn alle Freder außer Jaglada begrüßen würden, war dem Dicken nur recht. Nach dem Verschwinden von Nernst belauerten sich die beiden und warteten nur darauf, dem anderen zu schaden.

Halkos Vater und der Händler Wigo in der Espergasse kannten sich gut. Umgeben von verpackter Ware in Kisten und Säcken, drängten wir uns zu fünft auf seinem Verkaufsstand, einem hölzernen Vorbau: Wigo und seine Frau, Halko, sein Vater und ich.

Ähnlich eng ging es auf den anderen Vorbauten zu. In den dahinterliegenden Häusern schauten aus jedem Fenster, besonders der ersten Stockwerke, fünf oder sechs Menschen.

Gerade hatte die Soniade zur zehnten Stunde geklingelt; manche warteten schon seit dem frühen Morgen. Die Truppen würden durchs Südtor kommen, aber wann genau? Die Sonne brannte an einem wolkenlosen Himmel. Das Lachen und Schwatzen der Menge war eher einem Stöhnen über die Hitze gewichen. Im Haus gegenüber hing eine Fahne mit einem aufgestickten, starr wirkenden Dostar aus dem Fenster.

Wir beiden Jungen waren 10 und 11 Jahre alt. Auf der einen Seite stand neben mir Halko, auf der anderen Wigos Frau. Sie pustete durch die Lippen und fächelte sich mit einem Tuch Luft zu. Aus der Richtung Harksgasse hörten wir mit einem Mal laute Ehren-Grüße. (Kein vernünftiger Mensch glaubte mehr an einen Dostar voller „Kraft und Tat", die Leute machten das aus Gewohnheit.) Halko seufzte: „Endlich!" Ich hatte zu wenig getrunken. Drinnen in Wigos Haus stand ein voller Wasserkrug auf dem Tisch, aber ich wollte die Spitze des Zuges nicht versäumen.

Nach ein paar Minuten liefen die ersten Heimkehrer an uns vorbei, mit verkrusteten Stiefeln, verbogenen Schilden und Kettenhemden mit herausgeschlagenen Ringen. Unter verbeulten Zweizinkern sah man bärtige, schweißüberströmte, angestrengt lächelnde Gesichter. Einige schwenkten Schwerter und Dolche über ihren Köpfen und riefen mit schwachen Stimmen: „Sieg, Sieg!"

Die Gardoi slengsaakischer Regionen erkennt man an den unterschiedlichen Farben ihrer Röcke; sie kämpfen auch so in geschlossenen Verbänden. Bei diesem Einmarsch aber wirkte manches etwas aufgelöst: Da konnte ein Gardoi im Dunkelbraun der Kondraker nur langsam und qualvoll humpeln, weil ihn zwei Kameraden in kirgmehsischem Grün stützten. Ein dritter hielt seinen Drissong triumphierend hoch, aber sein hellroter Rock der Marintser fiel ihm in Fetzen beinahe vom Kettenhemd.

Die Ehren-Grüße in der Espergasse hielten sich in Grenzen. Manche machten das wohl nur, damit die Nachbarn später keinen Grund zum Tuscheln hatten. Nicht wenige (arme) Kondraker sympathisierten mittlerweile heimlich mit den geschlagenen Revai: Die gemäßigten Fasilaren hatten durch geschickte Führung und Verlässlichkeit einen besseren Ruf als früher.

In der Espergasse war ihre Anhängerschaft praktisch nicht vorhanden, denn Dependare als wohlhabende Kaufleute – das gab es nicht.

Immer wieder traten Kondraker Mädchen und Frauen von den Vorbauten. Sie küssten und umarmten fremde Gardoi. Einige entdeckten unter den Heimkehrern Angehörige und fielen ihnen, vor Freude weinend, um den Hals.

Ein Trupp kirgmehsischer Reiter kam an uns vorbei. In der Schlacht stechen sie gewöhnlich mit überlangen Paiken in die Reihen der Gegner hinein. Die meisten ihrer Pferde gingen jetzt langsam und erschöpft, nur eines war nervös und kaum zu bändigen. Mehrere Mädchen reichten den Gardoi, die sich zu ihnen herabbeugten, bunte Blumensträuße.

Einen Kondraker Lotnam erkannte ich nach so kurzer Zeit kaum wieder: Man hatte ihn – mittlerweile dürr wie ein Skelett – auf sein Pferd geschnallt. Um die Steigbügel zu benutzen, fehlten ihm die Füße.

Die Reiter riefen mit rauen Stimmen so viele Ehren-Grüße, als wollten sie die Zeit zurückdrehen. Auf den Spitzen ihrer hochgehaltenen Paiken schwankten die verfallenden Köpfe getöteter Feinde. Ein Gardoi trank gierig aus dem Wasserkrug einer jungen Frau – ich selbst spürte brennenden Durst und beginnende Kopfschmerzen.

Größer ließ sich der Kontrast nicht denken. Hinter den „Paikern" zogen zwei gestriegelte Pferde einen blank geputzten, offenen Wagen mit rot angestrichenen Rädern. Hier wurde, das spürte man gleich, der wichtigste Mann durch die Stadt gefahren. Auf der Sitzbank hinter einem schmuck gekleideten Burschen auf dem Bock war Jókkobi der einzige Fahrgast. (Bei seiner Leibesfülle hätte auch eine weitere Person nicht bequem Platz gehabt.) Sein langes blondes Haar war im Nacken zu einem Knoten zusammengebunden. Auf seinem vornehmen, dunkelgrünen Gewand prangten viele glitzernde, wohl selbstverliehene Orden. In der einen Hand hielt er einen schön geschnitzten Stab, mit der anderen winkte er freundlich lächelnd der Menge zu. In einem Monat hatte der Dicke sogar noch etwas zugenommen.

Halko, der Spötter, flüsterte mir ins Ohr:
„Jetzt hat er endgültig Schlachtreife!"

Manche Händler in der Gasse dachten ans Geschäft und riefen: „Hoch, Jókkobi!" War der Herr im Fenster gegenüber wirklich so begeistert? Wild schwenkte er seine Fahne mit dem aufgestickten schwarzen Meister hin und her.

Nördlich von uns hörte ich plötzlich brausenden Lärm. Auf dem Undaiplatz sahen wohl viele „Söhne" des Alten jetzt die Spitze des Zuges. Diese Idioten hätten ihr Idol in Ehren-Grüßen noch hochleben lassen, wenn alle Heimkehrer amputiert gewesen wären!

Dienten die ursprünglich zehn Berater der Yadua nur als Unterführer oder (vielleicht nicht alle gleichzeitig) auch als Liebhaber? Das weiss man nicht genau. Vier dieser Männer waren bei der Verteidigung von Am-Baats gefallen. Sechs andere erwartete, zusammen mit ihrer Gespielin, ein grausames Schicksal – denn was macht man im Slengsfelt mit Mördern, Aufrührern und Verächtern von Ehe und Treue?

Die Hälse der Leute auf den Vorbauten reckten sich neugierig-lüstern, denn natürlich waren in Jókkobis Zug die Gefangenen die eigentlichen „Attraktionen". Sie hatten keine Schuhe und trugen knöchellange, schmutzstarrende Hemden. In ihren Fußfesseln stolperten oder wankten sie erschöpft daher. Drei Gardoi, die mit Peitschen hinter ihnen liefen, konnten diese Armseligen leicht bewachen.

Zum Tod verurteilte Schwerverbrecher werden hierzulande manchmal doppelt bestraft – sie müssen bis zur Hinrichtung selbstgeschnitzte Tiermasken tragen. Auch hier sah man nicht die Mienen der Unglücklichen, sondern roh gekerbte Schweinsgesichter mit Schnauze, spitzen Ohren und schrägen, tückischen Augen; hinter kahlgeschorenen Köpfen wurden sie von dünnen Schnüren gehalten. Einem der Yadua-Berater hatte geronnenes Blut das lange Hemd über den halben Rücken dunkelbraun gefärbt. Mir kam es vor, als würde ich austauschbaren, stummen Schauspielern in einem grausigen Bühnenstück zuschauen.

Zuerst kamen die Männer und dann die Frau. Nur weil Yadua große Brüste hatte, ahnte man ihr Geschlecht unter dem graufleckigen, weiten Hemd. Die viel zu enge Fußfessel war eine mit Bedacht gewählte Grausamkeit, eine Geh-Folter. Einen Augenblick blieb sie erschöpft stehen, aber der Gardoi hinter ihr schlug sie einmal mit der Peitsche. Da wand sie sich vor Schmerz, stöhnte, versuchte, schneller zu laufen und wäre beinahe gestürzt. Gewöhnlich lasse ich an der größten Hure des Slengsfelts kein gutes Haar. Aber als 10-Jähriger hatte ich Mitleid mit ihr – warum raubt man jemandem die Menschlichkeit?

Manchen Zuschauern schienen diese sieben noch nicht genug gedemütigt. Wie erfindungsreich doch die Leute beim Beschimpfen waren – einige ordinäre Sprüche hörte ich zum ersten Mal und wurde rot vor Scham. Ein Rufer etwa verspottete Yadua als „Scheffin der Schwänze".

Andere warfen mitgebrachtes faules Obst und Gemüse nach den Gefangenen. Ein kleiner Junge zielte ungeschickt und traf mit seinem angebissenen Apfel nicht die Gefangene, sondern den Gardoi hinter ihr. Der drehte sich zur Seite und drohte ihm (wohl zum Spaß) mit der Peitsche. Der Vater des Jungen lächelte den Wachmann verkrampft an, während sein Sohn hinter den Beinen des Erwachsenen ängstlich Schutz suchte.

Die lebende Kriegsbeute konnte ich eben noch sehen, da kamen zwei Frauen die Espergasse entlang. Sie trugen weite, schwarze Kleider und gefaltete Hauben auf den Köpfen. Alles an ihnen machte den Eindruck von Sauberkeit und Würde. Die eine raffte ihren langen Rock und machte einen großen Schritt über einen vor ihr liegenden Haufen Pferdeäpfel. Die beiden hatten es nicht nötig, Opfer noch mehr zu entrechten oder mit Obst zu bewerfen. Diese Nobilinnen aus gutem Hause waren die „Mutter Leiterin" der „Schwestern vom Gottesfisch" und ihre Stellvertreterin.

Am Feldzug hatten sie nicht teilgenommen. Aber Yadua verkörperte alles, was diese Frauen sich für immer verweigern mussten. Das Ende ihrer sittenlosen Erzfeindin war nahe – jetzt ernteten die beiden die Früchte ihrer Enthaltsamkeit. Ein frommer Kondraker mir gegenüber kniete nieder vor der Mutter Leiterin. Sie machte das Zeichen der Kresne und segnete ihn. Ihr Gesicht unter der Haube wirkte verhärmt.

Zwei große Wagen fuhren an uns vorbei. Auf ihren offenen Ladeflächen lagen die Schwerverwundeten. Manchmal rührte sich etwas unter den fleckigen Laken. Ich erinnere mich an ein großes, aschfarbenes Gesicht mit offenem Mund, das sein Leiden nicht zu begreifen schien. Der Kopf eines zweiten Mannes war vollständig mit Binden umwickelt. Ein dritter hob wie zum Gruß seine Armstümpfe.

Neben und zwischen den Wagen liefen die gewöhnlichen Brüder und Schwestern vom Gottesfisch. Die Kleider und Hauben der zehn Frauen waren schmutzig und zerschlissen. Wie lange trugen die Männer ihre Hosen und Kittel schon? Acht von ihnen, meist Dependare und alle tiefgläubig, hatten den Feldzug begleitet.

Die frommen Frauen und Männer wohnen hinter dem Hospital in zwei, durch einen Hof und hohe Mauern getrennten Häusern. Einige von ihnen waren in Kondrake geblieben, denn auch hier gab es immer genug Kranke. Manche trugen jetzt im Zug der Heimkehrer mit Tüchern bedeckte Körbe, offenbar mit medizinischem Gerät.

Ein Verwundeter schrie laut. Der zweite Wagen mit den Schwerverletzten hielt an, ein Stück von mir entfernt. Eine Schwester stieg hinauf und gab dem Mann zu trinken. Der schluckte gierig, schüttelte sich plötzlich wie unter einem Krampf, drehte sich und erbrach alles von der Ladefläche herab. Nach einer Weile rollte der Wagen weiter.

Dahinter kamen vier Reiter. Der Bart des einen war grau und zerzaust. Unter seinem Hut mit breiter Krempe quoll struppiges Haar hervor. Er trug einen weiten, dünnen Sommermantel mit einer hellen Stoffkresne auf dem Rücken. Natürlich hatte er nicht gekämpft, dafür war er zu alt. Er ordnete an, das merkte man gleich. Was die Mutter Leiterin für die Frauen, war er für die Männer – der „Pflegemeister". Unter seiner Führung tagten sie sogar im Komptehaus, wie etwa die Schneider und Bäcker.

Auch die drei anderen trugen die breitkrempigen Hüte vornehmer Herren. Ihre dünnen Mäntel zeigten kunstvolle Übergänge vom Blauen ins Violette. Es handelte sich um Ärzte des Hospitals, bei einem gar um den Oberarzt: Elkai war der Vater von Laubin, ein Mann mit strenger Miene. Er galt als der „kleine Arasul". Wenn er etwas befahl, kuschten alle, selbst der Pflegemeister und die Mutter Leiterin.

Zum Schluss zog eine gemischte Truppe aus Tangeleit, zu Fuß und Pferd, an uns vorüber. Diese Gardoi brauchten keine neuen, in ihrem Fall ockerfarbenen Röcke, denn gekämpft hatten sie nicht, kosteten aber dafür umso mehr.

In der Espergasse stieg man von den Vorbauten und folgte den letzten Reitern. Ihre hochgehaltenen Paiken überragten alles andere, trugen aber keine abgeschlagenen Köpfe – die anderen hatten Kriegs-Trophäen, weil sie pünktlich zur Schlacht gewesen waren.

Jedermann wollte zum Tschajeplatz, wo es einen Festakt geben sollte. Halkos Vater redete mit seinem Freund Wigo. Ich stand reglos, mit leicht schlotternden Knien und drückte eine Hand auf die schmerzende Stirn.

Wigos Frau blickte mir mit einem Mal ins Gesicht und fragte:
„Matea, du bist ja leichenblass! Ist dir schlecht?" Ich nickte stumm.
Kurz danach saß ich am Tisch im Wohnraum des Händlers.
„Trink!", sagte die Frau und schob mir Kanne und Becher zu.
Sie ging und kam nach etwa einer Viertelstunde wieder. Eine Tür stand offen. Draußen in der Espergasse war kein Mensch mehr.
„Du hattest wirklich großen Durst", meinte sie lachend – die Kanne war fast leer.

Es ging mir besser, aber ich fühlte plötzlich große Erschöpfung.
„Übermorgen ist eine Prüfung im Kreopat", sagte ich. „Gestern Nacht konnte ich nicht schlafen."
„Ach so", antwortete sie, „dann leg dich erst mal hin!"
Im Schlafzimmer stand neben dem Ehebett eine zusätzliche Liege. Ich zog mir eine dünne Decke über die Beine und weiß nur noch, dass stundenlang jubelnde, aber jämmerliche Gestalten vor meinem inneren Auge vorbeiliefen.

Am nächsten Tag verließen die fremden Truppen Kondrake. Erst am übernächsten sprach ich mit Halko, nach einer Slengsaatik-Prüfung, in der ich (notgedrungen) von ihm abgeschrieben hatte.
„Wie war der Festakt gestern?", fragte ich ihn.
„Oje", antwortete er, „du hast nichts versäumt. Jókkobi führte ein Zwiegespräch, vor allen Leuten auf dem Tschajeplatz, der echte Dicke im Dialog mit einem eingebildeten Dostar."
Ich lachte.
„Wie lief das ab?"
„Er zählte die Vorwürfe auf, die man ihm machte – sein unsichtbares Gegenüber sprach ihn in allen Punkten frei!"

„Der echte Dostar wird wohl anderer Meinung sein", sagte ich.

„Hoffentlich", erwiderte Halko. „In der Stadt hört man das Gerücht, dass Jókkobi heute Mittag zum Alten geht. Ich bin gespannt, was dabei herauskommt."

Mein Freund täuschte sich, denn von diesem Treffen wurde fast nichts bekannt. Bis ich, Matea, mit einem Mann sprach, der Auskunft geben konnte: Wrank, der persönliche Dependar des großen Alten, der Nachfolger des verschwundenen Stukko.

Als Wrank dem Meister diente, war er 31. Ich traf ihn, unter anderem Namen, vor Kurzem in einem elenden Nest am Kachoi-See. Ich darf auch nicht sagen, wie der Flecken heißt, denn nach so langer Zeit fürchtet Wrank immer noch, dass ihm plötzlich ein Attentäter gegenübersteht. Er verriet damals nämlich seinen Herrn, nicht wie Stukko in Bierlaune an Saufkameraden, sondern für Geld. Wrank hatte, wie viele Dependare, Schulden noch von den Vorvätern. Er wollte in Kondrake frei sein. Jókkobi wusste das und bezahlte Dostars Dependar gut. Der Zweite Habitant misstraute dem Ersten. Der Dicke wollte immer genau wissen, woher der Wind wehte. Er brauchte Wrank für Spitzeldienste.

Dreizehn Jahre nach diesen Ereignissen ist Dostars ehemaliger Dependar wieder bettelarm. Diesmal bezahlte ich ihm, damit er den Mund aufmachte, nicht wenig! Hier ist es, was ich von ihm erfuhr:

Am Tag, als ich (wie sich später herausstellte) in der Slengsaatik-Prüfung durchfiel, betrat der Zweite Habitant die jetzt leerstehende Regierungszelle im Neunehaus, wo schon Wrank auf ihn wartete.

„Vier Wochen haben wir uns nischt gesehen", sagte Jókkobi, „es ist viel passiert."

„Hier auch", erwiderte Wrank. „Der Zustand des Herrn Dostar hat sich verschlechtert."

„Wie bedauerlisch!" Der Stellvertreter versuchte, betroffen zu wirken. „Gib mir einen vollständigen Berischt."

Wrank erzählte: Er hatte mehrmals gehört, wie der Alte offenbar in seinen Zimmern stürzte, sich über den Boden schleifte und von selbst wieder aufstand. Dabei gab er nie das dreimalige Klopfsignal, dass der persönliche Dependar ihm helfen sollte. Und ohne dieses Zeichen würde er nur im Ausnahmefall wagen, einzutreten.

„Unter dem Arbeitszimmer des Ersten Habitanten", sagte der Dependar, „sitzen in der Küche oft die wachhabenden Gardoi. Was ich ihnen vom Tag berichte, hören sie manchmal zur dritten, vierten Nachtstunde, wenn ich nicht neben seiner Tür sitze und warte – ein Poltern und Schleifen."

„Furschtbar!", heuchelte Jókkobi.

„Wenn der Herr mir die Erlaubnis gibt, einzutreten", fuhr Wrank fort, „sitzt er meistens hinter seinem Arbeitstisch und studiert wie gewohnt bei Kerzenlicht Akten und Dokumente."

„Er hat sisch nischt verletzt?", fragte der Stellvertreter.

„Ich kann jedenfalls nichts erkennen", erklärte Wrank. „Trotz Dunkelheit ist auch immer alles aufgeräumt; nur er kann sich manchmal nicht an die eigene Ordnung erinnern."

Jókkobi triefte vor Mitleid:

„Der größte Führer der Slengsaaken und dann diese schwere, unverstehbare Krankheit."

Wrank hatte ein merkwürdiges Gefühl.

„Bitte bedenken Sie", sagte er, „abgesehen von diesen Attacken ist der Herr Dostar wach und aufmerksam – ich würde ihn nicht unterschätzen!"

„Wer sagt, dass isch ihn unterschätze?", fragte Jókkobi ungehalten. „Was gibt es denn da zu bedenken?"

„Ich meinte ja nur", wiegelte Wrank ab. (Er war zu weit gegangen.)

„Seine schriftlichen Weisungen", fragte Jókkobi, „nimmst nur du entgegen und gibst sie weiter?"

„So ist es."

„Kann man sie entziffern? Sind sie sinnvoll?" Der Zweite Habitant lächelte schief.

„Die Adressen kann ich lesen", erwiderte Wrank. „Nur darauf kommt es mir an. Ansonsten höre ich in jüngster Zeit keine Klagen."

„Er hatte Zeit genug, mir zu schreiben." Jókkobi wischte sich den Schweiß von der Stirn. „Meinen genauen Standort gab isch ihm immer bekannt. Isch habe nischts von ihm erhalten."

„Dazu kann ich Ihnen nichts sagen", antwortete Wrank vorsichtig, „fragen Sie doch den Herrn bitte selbst."

Jókkobi schwieg und schnaufte.

„Bevor Am-Baats fiel", begann er erneut, „habe isch ihm einen ausführlischen Brief zur Lage geschickt. Hat er den erhalten?"

„Ja", sagte Wrank. „Aber ich muss Ihnen etwas sehr Ungünstiges mitteilen!"

„Was denn?!", rief der Dicke ängstlich.

„Alle drei Duchems haben ihm geschrieben", erklärte der Dependar. „Keiner hat sich lobend über Sie geäußert."

„Verflucht!"

Der Stellvertreter versuchte sich offenbar zu sammeln. Er schaute aus dem Fenster auf den Neunehaus-Hof. Wrank wartete. Ein persönlicher Dependar sollte sich zurückhalten. Dann wieder Jókkobi, mit leiser Stimme:

„Was denkt denn der Herr Dostar jetzt von mir?"

„Ich gab eine Antwort vorhin schon", erwiderte Wrank ruhig. „Es tut mir leid, aber ich diene ihm nur."

„Ja, natürlisch." Der Zweite tupfte mit einem Tuch über sein Gesicht. Wrank wurde etwas mutiger.

„Ich glaube, dass die Sache für Sie nicht gut aussieht."

„Isch ... habe doch alles getan."

„Den Verlust der Fisch-Pilate", sprach Wrank gedämpft, „hat er Ihnen wahrscheinlich sehr übelgenommen!"

„Dieses verdammte Ding!" Jókkobis Lippen zitterten. „Isch kann doch nischts dafür!"

Der Dependar schwieg. Vom Turm der Kerge klingelte die Soniade zur dritten Stunde des Nachmittags. Jókkobi ging mit gesenktem Kopf und auf dem Rücken verschränkten Händen einige Male hin und her. Schließlich schaute er Wrank entschlossen an.

„Isch überzeuge ihn schon. Lass uns hinaufgehen; es hilft ja nischts sonst!"

Sie stiegen die Treppe nach oben. Wrank rief an der Tür:

„Mein Erster Habitant, der Herr Jókkobi ist da!" Sofort klopfte es dreimal von innen und der Dependar öffnete. Der Stellvertreter ging zögernd an ihm vorbei.

Eine Kerze brannte auf einer Ecke des Arbeitstisches; in ihrem Schein warf der Meister einen großen Schatten an die Wand dahinter. In einem offenen Tintenfass steckte eine Feder. Seitlich lagen einige leere Zettel sowie ein Stapel Dokumente und Bücher. Seine Hände (mit Handschuhen) ruhten auf der Tischplatte. Wrank sah, wie das linke Augenlid des Alten zuckte und zitterte. Das bisschen Licht war ihm wahrscheinlich schon zu viel. Ansonsten saß er reglos, wohl immer noch ein Raubtier, das plötzlich angreifen konnte – griffbereit lag neben ihm im Halfter die Nengune. Der Stellvertreter stand in respektvollem Abstand vor dem Tisch, ein dickes Häufchen Elend vor seinem Herrn. Wrank hörte die übliche, aber zaghafte Grußformel. Der Alte rührte sich nicht. Jókkobi schaute den Dependar einen Moment lang hilflos an, als wollte er sagen: ‚Ich gehe gleich wieder mit dir hinunter.' Dostar machte jetzt eine energische, ungeduldige Bewegung, dass der Zweite ihm endlich berichten sollte!

Wrank schloss die Tür. Auf der Treppe hörte er Jókkobis Stimme, ohne den Inhalt zu verstehen. Der Dependar wartete im Konklausenzimmer. Um den runden Tisch standen neun leere Stühle. Nach einer Weile hörte er Schritte und rief leise:

„Hier bin ich."

Der Zweite trat mit ernstem Gesicht ein. Er schloss die Tür und setzte sich ächzend neben Wrank. Umständlich entfaltete er einen Zettel. Beim Lesen presste er die Lippen zusammen, als fühlte er einen Schmerz. Dostar hatte nicht viel geschrieben, das konnte der Dependar sehen. Aber Jókkobi las offenbar mehrmals, als könne er nicht glauben, was da stand.

Schließlich ließ er den Zettel sinken und sagte leise:
„Er hat misch abgesetzt!"
„Sie sind kein Stellvertreter mehr?"
„Nein!" Auf Jókkobis Stirn waren Falten.
„Das habe ich jetzt doch nicht erwartet!", log Wrank.
„Isch auch nischt!" Der Dicke schaute verwundert auf den Zettel, als könne er es nicht glauben.
„Ist alles verständlich?", fragte der Dependar
„Ja!", erwiderte Jókkobi mürrisch. „Kein Gekritzel, der Herr Dostar ist ganz Herr seiner Sinne!" Eine Weile saß er stumm, eine Hand zur Faust geballt.
Beide schwiegen. Jókkobi atmete schwerfällig und schwitzte ungeheuer.
„Hol mir etwas zu trinken!", befahl er barsch.
Der Dependar brachte ihm einen Becher Wasser, den Jókkobi mit einem Zug fast leerte.
„Darf ich nach der Begründung des Herrn fragen?" (Wrank war sehr behutsam.)
„Ach", erwiderte Jókkobi verächtlich. „Isch habe wohl sein Vertrauen verloren. Blödsinn, auf das Geschwätz dieser Duchems zu hören!"
„Sie haben so viel für ihn getan", meinte der Dependar, dachte aber etwas anderes.
„Natürlisch!" Der Dicke lachte böse. „Die Limbranen habe isch bekämpft, habe dem Herrn Denkmäler gesetzt. Ist das der Dank für alles?"
Sie sprachen mit großen Pausen.
„Wenn Sie nicht mehr Stellvertreter sind, was machen Sie dann?", fragte Wrank.
„Schon morgen schreibe isch dem Predikar von Marints."
„Sie wollen wieder in Ihre Heimat zurück? In Ihr altes Amt?"
„Was sonst?" Jókkobi schaute ihn kummervoll an. „Von irgendetwas muss isch doch leben."
Ihre Blicke begegneten sich. Da wurde der Dicke plötzlich rot im Gesicht. Hatten sie den gleichen Gedanken? Es ging um das „Leben", nicht wahr? Befürchtete Jókkobi, es unerwartet und plötzlich zu verlieren?
„Isch muss nachdenken." Kurz entschlossen stand er auf, trank den Rest aus dem Becher und stellte ihn absichtlich kraftvoll auf den Tisch. „Draußen wartet mein Leibwäschter. Wir sehen uns bei der nächsten Sitzung."
Minuten später: Wrank betrat eine Abstellkammer, drückte sich gegen die Wand und schaute vorsichtig aus dem Fenster: Jókkobi und sein Gardoi gingen über den Tschajeplatz. Vor einem Kehrrichthaufen blieb der entlassene Zweite stehen und zerriss Dostars Zettel in kleinste Stücke.
Der Dependar wartete, bis die beiden weg waren, sammelte alles wieder ein, klebte die Fetzen zusammen und bewahrte die Verfügung dreizehn Jahre

lang auf – sie zu kaufen, hat mich nicht wenige Valem gekostet. Das hat der Alte ihm geschrieben:

„Jókkobi,
selten habe ich mich in einem Menschen mehr getäuscht als in Ihnen. Die Macht, die ich Ihnen verlieh, hat wohl im Keim bereits vorhandene, höchst unangenehme Charakterzüge wie Großspurigkeit, Leichtsinn, Verschwendung und Verschlagenheit in Ihnen verstärkt. Denken Sie nicht, dass der Erste Habitant nicht mehr weiß, was außerhalb seiner dunklen Wohnung vorgeht. Ich merke wohl, wann Sie mir Lügen auftischen! Leider muss ich befürchten, dass mein Leiden sich jetzt rasch verschlimmert. Es wird also höchste Zeit, meinen Nachfolger zu bestimmen. Der werden nicht Sie sein, Jókkobi, sondern der Freder Jaglada, wenn er aus Tangeleit zurück ist! Eine entsprechende Verfügung für ihn werde ich noch schreiben. Sie werden dem neuen Ersten Habitanten dann auch unverzüglich Ihren Rücktritt vom Amt des Stellvertreters bekanntgeben! Bis dahin ordne ich an, mit der Revai-Scheffin Yadua und ihren Anhängern auf die übliche Weise zu verfahren."

Der letzte Satz gibt Rätsel auf: Was war die „übliche Weise"? Da wurden viele Jahre Gerüchte gestreut, aber es fehlte ein Beweis – ich, Matea, kann ihn liefern: Ja, Dostar ließ so manchen Feind nicht öffentlich hinrichten, sondern opferte ihn dem Dogger.

Zum Glück lebt der schwerkranke Lankadem noch, in einem anderen, mit Absicht ungenannten Ort am Kachoi-See. Sein Lungenleiden begann wohl vor mehr als einem Jahrzehnt. Damals diente er als Gardoi in Kondrake und führte im Auftrag des Meisters, als Mitglied einer geheimen Hinrichter-Gruppe, Todgeweihte in den Wald.

Hier ist es, was er mir erzählte:

„Die Gefangenen waren schon mehrere Tage im Gefängnis der Kurtell, als ein Bote des Herrn Jókkobi uns die Nachricht brachte: Morgen früh, kurz nach Sonnenaufgang, sollen sie in den Dogger-Wald gebracht werden.
Wir waren zwei Kampionen Gardoi unter Führung des Kaunets Gorani. Ich und ein Kamerad waren in den Gebrauch der Abrellen eingewiesen und wurden bei Zwischenfällen am unmittelbaren Waldrand eingesetzt.
Am nächsten Morgen stießen wir von der Anlegestelle am Nordtor mit drei Booten ab. Sechs Dependare, allesamt Sträflinge, mussten rudern. Wie wir Gardoi durften sie über die geheimen Hinrichtungen mit keinem Außenstehenden sprechen. Es ist wohl eine besondere Tortur, selbst zum Essen und Schlafen die Holzmasken nicht ab-

nehmen zu können – die sieben Todeskandidaten wirkten sehr geschwächt. Wir hatten sie auf die Boote verteilt.
Bei der Überfahrt saßen mir Yadua und einer ihrer Berater gegenüber. Das Krächzen, Brüllen und Kreischen vom anderen Ufer wurde lauter. Der Wind wehte aus nördlicher Richtung. Ein Filter verschonte mich vor dem stärker werdenden furchtbaren Gestank. Ich betrachtete die beiden durch die Schutzgläser meiner Haube und hörte die Frau die ganze Zeit Gebete murmeln. Immer hatte ich das Gefühl, nicht als Person zu handeln, sondern unerkannt unter der Abrelle – das machte mir die Aufgabe leichter. Die sieben Revai hatten keinen Urteilspruch gehört, aber die Nähe des Todes war offensichtlich.
Wir vertäuten die Boote auf dem ascheverkrusteten Ufer der anderen Seite. Ich kannte den verfluchten Wald vor und nach dem Brand. Tatsächlich gab es Unterschiede, nicht zu unseren Gunsten: Der Moruun war seit der Katastrophe um etwa ein Drittel gewachsen; das konnte man schon von der Kondraker Nordmauer aus deutlich sehen. Wie ein riesiges, oben abgeflachtes Ei, von senkrechten Klüften und Rissen überzogen, erhob er sich einen Großschreiter hoch über dem knotigen Dach. Wenn ich dort drüben war, dachte ich stets: Wird dieses Riesenei irgendwann zerbrechen? Und was kommt dann zum Vorschein?
Unsere sechs Ruderer blieben unter Bewachung von zwei Kameraden zurück. Ohne Fußfesseln ließen wir die Gefangenen, vor und hinter ihnen Gardoi, in einer Reihe gehen.
Wir liefen über die Kuppe des kahlen Ost-Hangs. Aus dem Tal zu unserer Linken stieg tosender Lärm auf. Gorani musste brüllen, um verstanden zu werden, und machte schreckliche Späße. ‚Wer da unten gleich stirbt, hat Glück‘, höhnte er, ‚manche dieser verdammten Muderer nisten in ihren Opfern.‘ Einem Gefangenen wurde schlecht. Ich sah unter seiner Schweinsmaske Erbrochenes heraustropfen.
Schon nach zehn Minuten mussten wir halten, denn keine zwanzig Schreiter von uns entfernt wuchsen die Metrosen über die Hügelkuppe hinweg. Der einstige Weg des Herrn Dostar mit seiner Gruppe nach Norden war uns also versperrt; der Wald wuchert seit dem Brand üppiger denn je.
Wo wir gerade standen, sollte die Hinrichtung stattfinden. Der Hang fiel mit geringer Neigung 40 Schreiter bis zum Waldrand ab. Zwei Metrosen von der Größe unserer Stadttore wuchsen zu uns hinauf und verjüngten sich stark dabei. Vergeblich zuckten ihre Enden, die kahlen Ästchen, begierig nach uns – wir waren zu weit entfernt.

Unten an der Funzid-Mauer kletterten mit krallenbewehrten Flügeln hunderte kreischender, beinloser Vögel. Zwischen den Kriechbäumen war eine große Höhle, in der wohl ein Doppelwolf hauste – sein aggressives, heiseres Bellen ließ mich erschauern. In einem Sekret-Tümpel schwamm ein großes, ekelhaftes Gallertzeug mit langsamen Bewegungen. Der feste Boden bestand aus einer Art grauem Gras. Aus dem zersplitterten Rohr eines Trümmerstücks drang das furchtbare Röcheln mehrerer Panzerasseln. Neben der Höhle wuchs die „Riesenperücke" einer fleischfressenden Pareste. Wie ein gewaltiger Schleier waberten im Wind Schwärme rot-grüner Insekten am Waldrand.

Eine Wald-Welt, dachte ich, unbeschreiblich finster, obwohl sie im hellen Sonnenschein lag. Gorani befahl den Gefangenen, dort hinabzusteigen.

‚Wer seine Maske abzieht oder es wagt, umzukehren', rief er, ‚auf den wird mit den Drissong geschossen!'

Die ganze Zeit waren einige sehr schwache Gefangene von anderen gestützt worden. Sie halfen sich jetzt auch bei dem furchtbaren Gang in den Tod, sehr zu Goranis Missfallen. Er brüllte immer wieder: ‚Auseinander, auseinander!', aber die Verurteilten waren schon auf halbem Weg umgeben von einem mächtig tönenden Rugunsguur und hörten ihn nicht.

Bald hatten sie alle Hände voll zu tun, Insekten von Hemden, Armen und Beinen abzustreifen. Zwei Verurteilte blieben einen Augenblick zögernd stehen, da gab Gorani den Schießbefehl. Drissong-Bolzen flogen hinunter. Sie verfehlten die lebenden Ziele absichtlich nur knapp.

Die Wald-Opfer machten vorsichtige Schritte über das merkwürdige graue Gras und wichen dem Sekret-Tümpel aus. Immer hektischer wehrten sie zudringliche Insekten ab. Ein Verurteilter riss sich in panischer Angst die Maske vom Gesicht. Er öffnete den Mund weit zu einem Schrei, der in unfassbarem Lärm unterging. Als er versuchte, den Hang hinaufzusteigen, traf ihn ein Drissong-Bolzen ins Bein und er fiel in den Tümpel. Jeder noch so verzweifelte Versuch, wieder herauszukommen, ließ ihn nur noch mehr in der gallertigen Masse versinken, die sich langsam über ihn schob.

Die Masse der Insekten wurde zu einer dichten, dunklen Wolke, von kleinen roten Punkten bis zu handtellergroßen grünen. Ein Todgeweihter rannte, halbblind, übersät von hunderten zappelnder Biester, auf eine der gewaltigen Metrosen zu. Die erhob sich plötzlich mehrere Schreiter hoch in die Luft und krachte mit solcher

Wucht auf den Mann nieder, dass noch Wald-Sekret bis zu uns auf die Kuppe spritzte und der ganze Hügel erschüttert wurde!
Ein anderer wurde unter Trauben beinloser Vögel begraben, die kreischend von den Funziden fielen. Ein halbschreitergroßer Doppelwolf schoss aus seiner Höhle. Seinem Rumpf entsprangen drei Oberkörper, von denen zwei leblos und schlaff herabhingen. Er sprang einen Verurteilten an, der rücklings zu Boden fiel. Die gelben Zähne des einen Mauls genügten, um das Opfer binnen Sekunden in Stücke zu reißen.
Unter einer aufgeregt flatternden Insekten-Schicht sah man schließlich nur noch schwache Menschenbewegung: Zwei Opfer sanken nicht zu Boden, ihre Körper schienen im Stehen zu schmelzen; sie schrumpften bis zum völligen Verschwinden. Einem dritten bohrte sich etwas Grellgelbes mit großer Kraft und Geschwindigkeit durch die Tiermaske – erst flogen Holzspäne, dann spritzten Blut und Hirn!
Nach etwa einer halben Stunde schienen die meisten Insekten satt. Aber immer noch kamen kleinere Schwärme, die nicht gefressen hatten. Die dunkle Wolke hob sich allmählich vom Waldrand. Der Doppelwolf knurrte wieder in der Dunkelheit seiner Höhle. Von dort bis zu der Stelle, wo er den Mann zerfleischt hatte, zog sich eine Spur von Eingeweiden. Mehrere Panzerasseln krochen aus dem zersplitterten Rohr und machten sich röchelnd darüber her – offenbar waren sie Aasfresser.
Von den Verurteilten war nicht viel übrig geblieben, aber auf der Pareste lag jemand. Ich konnte, nachdem sich der Insektenschwarm weiter gelichtet hatte, oben ein (maskenloses) Gesicht und unten die Füße erkennen. Entweder war das die Frau oder ein Rest von ihr. Gorani winkte mich heran und brüllte, nahe an meiner Schutzhaube: ‚Geh runter, und wenn sie nicht tot ist, hilf nach!'
Ich machte mich daran, den Befehl auszuführen. Die äußersten Ästchen der Metrosen zuckten in höchster Erregung, waren aber immer zu kurz. Das unglaubliche Getöse von außen erstickte jedes eigene Geräusch. Die Kriechbäume wuchsen bis zu enormer Höhe und der Weg zwischen ihnen wurde enger. Mein Herz klopfte wild. Kleinere Insekten setzten sich auf meinen Schutzanzug. Eine Panzerassel kroch langsam an mir vorbei; ein Teil ihrer Beinchen umklammerte einen großen Knochen.
Unten am Waldrand kamen noch mehr Insekten, aber die Abrelle ließ mich ungenießbar erscheinen und sie ließen von mir ab. Ein menschlicher Totenkopf ragte halb aus dem grauen, schwammigen Gras. Aus seinen leeren Augenhöhlen flutschte ein Strom faustgro-

ßer Maden. Im Tümpel schwammen die Reste eines Mannes, eingesponnen in unzählige Gallert-Fäden. Vielleicht fünfzig beinlose Vögel zerrten, grauenhaft kreischend, mit ihren Krallenflügeln einen blutigen Brustkorb hinter sich her.
Die Scheffin der Revai lag auf der Pareste, als wäre sie rückwärts auf einen großen Busch gefallen. Ihr schmutziges Hemd war zerfetzt, die Schweinsmaske hing mit zerrissener Schnur an ihrer Wange. Mehrere Dutzend weißlicher „Greisenhaare" hatten sie gefesselt, vor allem die Gliedmaßen. Sie zogen kräftig, Yaduas Arme und Beine waren bläulich angelaufen. Die furchtbare Pflanze ließ sich Zeit, wann würde sie zu fressen beginnen?
Die Frau lebte, auch wenn sie mit eingeschnürter Brust kaum Luft bekam. Die Tentakel der fleischfressenden Kreatur tasteten auch nach mir, aber ich hielt Abstand. In diesem ohrenbetäubenden Lärm hatte ich Mühe, klar zu denken.
Yadua drehte mir den Kopf zu. Ihren Blick kann ich nicht beschreiben und nicht vergessen. Das Grauen hatte diese junge Frau völlig entstellt. Nicht einmal eine Greisin lag vor mir, sondern eine menschliche Ruine mit faltenreichem, wachsbleichem Gesicht! Mit großer Anstrengung öffnete sie aschfahle Lippen und flüsterte etwas, das ich natürlich nicht verstand. Aber ich wusste, was sie wollte: Schnell sterben!
Immer hielt ich mich an die Schweige-Regel unserer Hinrichter-Gruppe. Was dann passierte, habe ich selbst nie weitererzählt. Irgendjemand, der dabei war, muss es dann doch getan haben: Die Geschichte von Yaduas Ende ging durchs ganze Slengsfeld, undeutlich, als dunkles Gerücht, ohne dass mein Name genannt wurde, eine Legende schließlich. Die Revai griffen sie auf und entwarfen das überall bekannte Zeichen: Ihre Fahnen zeigen Yadua mit leblos baumelndem Kopf, wie gehenkt! Ich, Lankadem, sorgte dafür, dass sie so starb. Und als Symbol unsterblich wurde. Ich drehte den Kopf der Frau mit heftigem Ruck zur Seite. Ihr Genick musste gebrochen sein, aus ihrem Mund lief Speichel. Die Greisenhaare der Pareste wollten mich plötzlich packen, aber ich sprang zurück und sie griffen ins Leere."

Kapitel 17

Linkes Auge, rechtes Ohr

Der Gardoi war Jókkobis Leibwächter. Eine Lampe in der Hand, stieg er zuerst die Treppe hinauf, hinter ihm kam Wrank. Im ersten Stock knarrten die Holzdielen unter ihren Schritten. Der Dependar schaute in einen langen, dunklen Flur. An seinem Ende schien durch ein Fenster ein großer, gelber Vollmond. Eine Nacht bei klarem Himmel, wie geschaffen für den Bestien-Chor des Dogger, dem an- und abschwellenden Geheul von Doppelwölfen, einem kehligen Quaken und einem Solisten mit genauem Zeitgefühl: Alle zwei Minuten kreischte er wie wahnsinnig. Wer bei dieser Darbietung in Kondrake schlafen konnte, war entweder taub oder schon tot.

Der Leibwächter klopfte an eine Tür.

„Was ist denn?", rief der Dicke von drinnen.

„Verzeihung, dass ich Sie wecke", antwortete der Gardoi.

Wieder Jókkobi, sehr mürrisch:

„Isch bin natürlisch wach! Was hast du?"

„Der Dependar des Ersten Habitanten steht neben mir."

Sie hörten schlurfende Schritte. Die Tür ging einen Spalt auf und der entlassene Zweite schob seinen Kopf hindurch. Er hatte seinen Knoten gelöst und ein Schwall langer, blonder Haare hing ihm im Gesicht.

„Es geht um den Herrn Dostar?" Jókkobi klang etwas aufgeregt.

„Ja!" Wrank machte ein ernstes Gesicht. „Kann ich Sie allein sprechen?"

„Natürlisch!" Er wirkte mit einem Mal sehr eifrig. „Geh wieder nach unten!", befahl er dem Gardoi. „Wenn ich disch brauche, rufe isch."

Wrank stand in Jókkobis Arbeitszimmer. Eine Kerze brannte auf dem Tisch. Der Dicke trug ein Nachthemd, denn es war schon lange nach Mitternacht. Er band seine Haarflut wieder im Nacken zusammen und fragte:

„Ein erneuter Sturz des Herrn?"

Der Dependar räusperte sich.

„Nein, ich glaube, dass er tot ist."

„Was?!" Jókkobis Augen wurden ganz groß. „Und du glaubst es nur?"

„Ich wollte, die Dinge wären eindeutiger." Wrank blickte verlegen zu Boden.

Jókkobi kratzte sich nervös.

„Was ist denn passiert?"

Der Dependar erzählte: Zur zehnten Morgenstunde holte er dem Herrn immer das Frühstück aus der Küche im Grundgeschoss. Aber Dostar gab gestern kein Klopfsignal, sodass Wrank nicht hineinging.

Er wartete bis zum Nachmittag; drinnen war alles still. Vor der Tür rief er: „Mein Erster Habitant, geht es Ihnen gut?" Keine Antwort. Da betrat er die Wohnung. Alle Fensterläden waren geschlossen. Der Meister lag im Bett und schien zu schlafen, war aber vollständig bekleidet. Wrank rief seinen Namen, berührte ihn gar – keine Reaktion.

„Vielleicht ist ihm übel geworden", meinte er. „Selbst die Stiefel hatte er nicht ausgezogen."

„Und dann?", fragte Jókkobi heiser.

Wrank fuhr fort: Der Meister hatte weder Puls noch Herzschlag. Da bedeckte er ihn mit einem Tuch, setzte sich neben sein Bett und hielt mehrere Stunden die Totenwache; immer wieder klingelte die Soniade. Das Licht durch die Spalten der Fensterläden wurde noch spärlicher, draußen ging schon die Sonne unter.

„Ich bin etwas eingenickt", sagte der Dependar. „Die Kerze war fast heruntergebrannt, als ich wieder nach dem Herrn sah. Sein linker Arm lag nicht mehr unter dem Tuch, sondern baumelte seitlich der Bettkante."

„Kann er abgerutscht sein?" Jókkobi war sehr unruhig.

„Nein, unmöglich. Er hatte sich offenbar bewegt und war doch allem Anschein nach tot. Ich betete für ihn – reglos lag er da. Dann ging ich hinunter zu den beiden Wachen, gab vor, das Abendessen für den Herrn zu holen und schüttete es heimlich weg. Anschließend aß ich wie üblich selbst mit den Gardoi, denn alles sollte normal aussehen."

„Rischtig gemacht!" Jókkobi lächelte verkrampft.

„Wir saßen zu dritt am Küchentisch", erzählte Wrank weiter, „da kam ein Bote ins Neunehaus und meldete, der Herr Jaglada sei wieder in der Stadt."

„Er ist zurück?" Jókkobi runzelte die Stirn. „Was sagte der Bote noch?"

„Ob der Erste Habitant den Freder jetzt noch empfangen wolle, fragte er. Ich täuschte vor, den Wunsch weiterzugeben, ging nach oben und kam kurz danach zurück mit der Auskunft: Dem Herrn gehe es sehr schlecht; der Freder Jaglada solle doch bitte warten bis zur morgigen Konklause."

„Ausgezeichnet!" Jókkobi lächelte schief. „Hat der Herr Dostar eine Verfügung für Jaglada geschrieben?"

„Wenn es die gäbe", antwortete Wrank, „hätte ich sie jetzt wahrscheinlich."

„Vielleischt liegt die Verfügung irgendwo", meinte Jókkobi ängstlich, „und er starb, bevor er sie dir geben konnte."

„Das könnte natürlich sein." Wrank überlegte einen Moment und ging alle Möglichkeiten durch. „Seien Sie unbesorgt", fuhr er schließlich fort, „bis jetzt weiß nur ich, dass der Erste Habitant Sie abgesetzt hat."

„Gut!" Jókkobi atmete erleichtert aus.

Einen Augenblick Schweigen. Die Nacht war erfüllt von unangenehmem Ouaken, verrückten Doppelwölfen und einem verdammten Kreischer, der wohl pünklich alle zwei Minuten gefoltert wurde.

„Hast du mir alles erzählt?" (Der Dicke war zappelig.)

„Leider nein."

„Dann weiter!", rief er ärgerlich.

Nach diesen Ereignissen hatte der Dependar in seiner eigenen Kammer etwas geschlafen.

„In der Nacht wachte ich auf", sagte er. „Wenn der Herr sich bis jetzt nicht gerührt hat, nahm ich mir vor, melde ich den Wachen seinen Tod. Er lag genauso, wie ich ihn verlassen hatte. Erleichtert wollte ich wieder gehen. Da hörte ich hinter mir ein Geräusch, drehte mich um und traute meinen Augen nicht: Der Herr Dostar hatte das Tuch vom Gesicht gezogen und die Beine angewinkelt. Sein linkes Auge starrte mich an! Einen Augenblick dachte ich, dass mein Herz stehenbleibt! Fluchtartig verließ ich seine Wohnung."

„Natürlisch, beim Drubal!" Jókkobi war sichtlich erschrocken.

„Nachdem ich mich etwas beruhigt hatte", erzählte Wrank, „ging ich noch einmal hinüber. Das Gesicht des Herrn war unbedeckt, also hatte ich mir das nicht eingebildet."

„Wann war das?" Jókkobi biss sich auf die Lippe.

„Vor etwa einer Stunde", antwortete Wrank. „Ich ging hinunter in die Küche, wo die Nacht-Gardoi saßen. Der Erste Habitant sei sehr krank, sagte ich, und wolle unverzüglich mit Ihnen sprechen!"

„Du bist dein Geld wert!" Jókkobi klopfte ihm auf die Schulter. „Warte hier, isch ziehe mich nebenan um."

Kurze Zeit danach verließen drei Männer Jókkobis Haus im Akmaat, Wrank und der Stellvertreter vorneweg, dahinter der Leibwächter mit der brennenden Fackel. Sie bogen in ein Gässchen ein, vorbei am Wohnhaus der „Schwestern vom Gottesfisch"; sein hoher Bau mit vielen Fenstern war nur ein Schemen in der Nacht. Dann weiter am Hospital entlang und durch die Andrugasse, links die hohe Mauer des Neunehaus-Hofs, rechts niedrige, bucklige Häuser.

In der Stadt schien außer ihnen niemand, nicht einmal Bettler lagen in den schmutzigen Ecken. In ihren Betten zogen die Leute vielleicht die Decken über die Köpfe, aber es nutzte nichts: Welche seltsamen Frösche quakten denn so? Wen zerrissen die Doppelwölfe gerade voll Mordlust? Den Kreischer, alle zwei Minuten ein kräftiger Biss? Oder spukten die verdammten Seelen der sieben Revai im Dogger? Man wusste von der Hinrichtung am Tag zuvor; wie ein Lauffeuer war es durch Kondrake gegangen.

Die Fassade des Neunehauses lag im Mondlicht. Der Gardoi steckte seine Fackel in einen Halter. Wrank kramte in seiner Tasche und schloss auf.

Sie gingen durch einen Flur. Mattes Kerzenlicht drang durch einen Spalt der Küchentür, die jetzt ganz aufgestoßen wurde.

„Wer da?!", rief ein Gardoi und trat im gleichen Augenblick heraus.

„Isch bin es", sagte Jókkobi, „der Erste Habitant wünscht misch zu sprechen!"

„Danke, ich weiß Bescheid." Der Gardoi senkte höflich den Kopf und deutete auf die Treppe. In der offenen Küchentür stand der zweite Wachhabende. Er hielt die Hand vor den Mund und gähnte.

„Warte bei ihnen, bis wir zurückkommen!", befahl Jókkobi seinem Leibwächter.

Wrank ging voraus. Durch das Geländer sah er die drei am Küchentisch sitzen. Hinter ihm schnaufte der Dicke.

Neben der Tür zur Herren-Wohnung stand der Warte-Stuhl des Dependars. Er zündete eine auf einem Teller festklebende Kerze an und öffnete. Der stockdunkle Raum dahinter wurde spärlich erleuchtet.

Eine weitere, offene Tür zum Schlafzimmer. Der Meister lag im Bett, auf dem Rücken, Arme und Beine gestreckt. Ein großes Tuch bedeckte ihn bis zur Brust. Wrank hielt die Kerze über den Kopf des Toten. Er sah die rechte Augenhöhle, umgeben vom bizarren Narbenkranz, und das linke, geschlossene Auge. Dostars Nacken ruhte auf einer weichen Rolle. Daneben lag ein größeres Kissen.

Wrank fühlte sich auf unangenehme Weise hellwach. Hier drinnen klangen die tobenden Wald-Kreaturen eigenartig gedämpft, als hätten selbst sie Respekt vor dem verstorbenen Feind.

Schwitzend stand ihm der Dicke gegenüber, auf der anderen Seite des Bettes. Der Dependar fühlte sich mit einem Mal seltsam erleichtert, dass der hohe Herr jetzt die Verantwortung hatte und nicht er.

Jókkobi hob die Hand des Toten und ließ sie wieder los. Schlaff fiel sie herab.

„Wie lange, sagtest du, liegt er schon so? Vielleischt fünfzehn Stunden?", fragte er.

„Ja."

„Steif ist er nischt."

Dann verlangte der Dicke einen Spiegel. Das Kerzenlicht wanderte zu einem niedrigen Schrank neben dem Bett. Wrank holte das Gewünschte aus einer Schublade und reichte es Jókkobi, über den Toten hinweg. Oben auf dem Schrank, neben seinem Kopf, steckte im Halfer (griffbereit) die Nengune des Meisters. Auch im Bett war er immer wachsam gewesen – zu Lebzeiten.

Beide Männer beugten sich über die Leiche. Jókkobi öffnete, mit zwei zitternden Fingern und sichtlichem Ekel, Dostars Mund ein wenig.

„Leuschte hierhin!", befahl er, um nach einer Weile zu murmeln: „Er beschlägt nischt!"

Langes Schweigen.

„Der Fall ist doch völlisch eindeutisch", prahlte er mit einem Mal.

Wrank räusperte sich.

„Wenn Sie meinen, dass er tot ist, dann melden wir es doch."

„Noch nischt!" Der Dicke schüttelte heftig den Kopf. „Erst muss isch herausfinden, ob es eine Verfügung für Jaglada gibt."

Ungewöhnlich rasch ging er hinüber ins Arbeitszimmer des Dienstherrn, der Dependar sofort hinter ihm her: Der Dicke hatte viel Masse zu bewegen.

„Mehr Lischt!", rief er, nach Luft schnappend. „Man sieht ja hier nischts!"

„Warten Sie!" Wrank lief in seine eigene Kammer und kam nach ein paar Minuten zurück. Jetzt brannte ein Leuchter mit drei Kerzen auf Dostars Arbeitstisch.

„Schon besser!" Jókkobi schnaufte angestrengt. Er hatte bereits damit begonnen, alles zu durchwühlen. Neben ihm lagen verstreut Akten und Dokumente. „Hier, für disch", sagte er beiläufig und schob dem Dependar einen versiegelten Umschlag zu. Der las den Namen des Empfängers: „An den Majaden der Kurtell." *Dostars letzter Brief,* dachte Wrank und steckte ihn in die Hosentasche.

Jókkobi hatte mittlerweile die Schubladen geöffnet und durchsucht. Auf dem Regal hinter dem Arbeitstisch standen Bücher. Er nahm jedes einzelne und schüttelte es, aber was er suchte, gab es wohl nicht. *Der Dicke hört nicht auf mich*, dachte Wrank, dieses Wühlen hätte er sich sparen können.

Schließlich (das war die meiste Arbeit) legte und stellte er alles wieder so, dass niemand etwas bemerken konnte. Leise läutete die Soniade zur zweiten Stunde nach Mitternacht. Jókkobi saß schweratmend an Dostars Tisch, Wrank auf einem Besucherstuhl ihm gegenüber. Im Schein des Leuchters warf der Dicke einen großen Schatten auf das Bücherregal. Eine Pause in anstrengender Nacht. Er starrte durch die offene Tür auf das Bett des Toten.

„Hah!", rief er plötzlich.

„Was ist?" Wrank war fast eingeschlafen.

„Es steht alles zum Besten!"

„Was meinen Sie?"

„Der Alte ist tot und eine weitere Verfügung gibt es nischt." Wieder dieses schlitzohrige Lächeln. „Wen werden die Freder also morgen zum Ersten Habitanten wählen?"

„Normalerweise den Stellvertreter."

„Was heißt normalerweise, Kerl?!"

Der Dependar war vorsichtig.

„Man hat nicht die beste Meinung von Ihnen."

„Ach so, ja."

Wieder brütete Jókkobi lange vor sich hin. Auf seinem Rock waren große Schweißplacken. Mit einem Mal klatschte er in die Hände.

„Hör zu!", rief er. „Jetzt ist alles durchdacht."
„Ich bin ganz Ohr." Wrank fühlte sich unbehaglich.

Der Dicke erläuterte seinen Plan: Morgen würden zwischen der achten und neunten Stunde die Freder zur Konklause eintreffen. Wrank sollte ihnen des Meisters Tod verkünden (wahrscheinlich in der Frühe eingetreten) und dann von ihrem Besuch in der Nacht erzählen: Der Erste Habitant hätte sein nahes Ende gespürt und die Amtsübergabe an den bisherigen Zweiten verfügt. Allgemeine Betroffenheit und Warten auf den jetzt wichtigsten Mann im Land. Der kommt zuletzt, erfährt vom tragischen Geschehen und stimmt ein in die allgemeine Trauer.

„Was meinst du dazu?" Der Dicke lachte.
„Alles sehr schön", lobte der Dependar, „fehlt nur noch ein entsprechendes Dokument des Herrn."
„Das schreibe isch selbst!", rief Jókkobi. „Gleisch nachher, wenn isch nach Hause komme."
„Man wird aber doch erkennen", meinte Wrank zurückhaltend, „dass die Verfügung nicht von ihm stammt."
„Ach was!" Der Dicke winkte ab. „Energisch, ein bisschen verkritzelt – so war Dostars Schrift zuletzt. Leischt nachzuahmen!"
„Sind Sie sicher?"
„Natürlisch!" Er beugte sich zu Wrank hinüber und flüsterte vertraulich: „Isch habe es schon mehrfach ausprobiert und niemand hat es bemerkt!"
„Wann soll er Ihnen das Schriftstück gegeben haben? In dieser Nacht?"
„Genau!"
„Ich war dabei und soll es bezeugen?" (Wrank fühlte sich mulmig.)
„Wenn du gefragt wirst, ja!"
Der Dependar versuchte, einen klaren Gedanken zu fassen; das war um diese Zeit gar nicht so einfach.
„Ein guter Plan", sagte er schließlich matt, „ich gratuliere."
Jókkobi schien dagegen wach vor Begeisterung.
„Gestern noch entlassen, das Leben aufs Höchste gefährdet und morgen an der Spitze des Slengsfelts! Was will isch mehr?"
„Arasul segne Sie, Herr."
Ein langes Schweigen folgte. Im Wald schien etwas erschöpft zu stöhnen. Die Doppelwölfe heulten leise klagend. Es war ruhiger geworden. Die Soniade am Kergeturm zeigte die dritte Stunde an. Der Dicke starrte unablässig auf das Bett mit dem Toten.
„Wenn er jetzt aufwacht", murmelte er mit einem Mal, „dann ist vielleicht alles vergeblisch."
Wrank hielt sich nur mit Mühe wach.

„Sie meinen", antwortete er schwerfällig, „der Herr Dostar könnte vielleicht doch noch etwas ganz anderes verfügen?"

„So ist es." Jókkobi schaute ihn lauernd an.

„Ich halte das für unwahrscheinlich, denn seine letzten Lebenszeichen waren schwach." Wrank hatte einen Kloß im Hals. „Aber ganz ausschließen würde ich es nicht."

„Dann sollte man etwas dagegen tun!", rief der Dicke und stand plötzlich auf.

Wrank war mit einem Schlag hellwach.

„Was haben Sie vor?"

„Was wohl?" Jókkobi bewegte seine nicht unbeträchtliche Masse wieder schnell, jetzt ins Schlafzimmer. Der Dependar eilte ihm hinterher; sein Blut rauschte. „Isch helfe ein bisschen nach!", rief der Dicke gepresst, weil atemlos.

„Bitte!" Wrank fasste seinen Arm. „Machen Sie das nicht!"

Einen Augenblick standen sie beide in dieser Haltung, wie erstarrt. Jókkobi war mit Luftholen beschäftigt. Schließlich hatte er sich wieder gefangen. Klar vernehmlich, mit bösem Blick auf den Dependar, sagte er:

„Nimm deine Hand da weg! Isch bezahle disch und du gehorschst!"

„Natürlich!" Wrank verbeugte sich und trat zur Seite.

„Kein Wort zu irgendjemandem, was isch jetzt tue! Verstanden?"

„Ja, Herr."

Im Nachbarzimmer brannte der Kerzenleuchter. Jókkobi warf einen vagen Schatten auf Dostars Bett. Der Dependar stand am Fußende. Der Dicke griff nach dem Kissen neben dem Kopf des Toten und hob es hoch.

„Für nachdrückliche, ewige Ruhe!", stieß er hervor.

Da öffnete Dostar das linke Auge. Wrank sah es wie in einem Albtraum. Der Alte schien etwas auf seinem Nachttisch zu suchen. Dann zeigte er mit dem Finger, die Geste einer Anklage, auf das erhobene Kissen. Das genügte schon.

„Oh!", sagte Jókkobi und ließ das Kissen fallen.

Dostar erhob sich ein wenig. Er packte den anderen am Kragen und zog ihn zu sich herab. Wrank standen die Haare zu Berge. Der Tote verzog das Gesicht zu einer Grimasse des Hasses. (Gefühle hatte er im Leben nie gezeigt.) Die verkniffenen Lippen öffneten sich. Jókkobi schien willenlos. Dostar wollte ihm etwas sagen. Der Dicke wollte es nicht hören, auf keinen Fall. Er drehte seinen Kopf von ihm weg, aber das half nichts.

Sogar der Wald schien lautlos, einen Moment lang. Denn Dostars Stimme erklang, eine sehr langsame, sehr tiefe Stimme, jedes Wort gleich betont, dicht vor Jókkobis rechtem Ohr:

„Du wirst mich nicht los!" Dann löste sich die packende Hand und der kahle Kopf sank wieder zurück.

Wranks Schrecken war groß, aber gering zu dem von Jókkobi: Dostar hatte schon von ihm abgelassen, da stand der Dicke weiter gekrümmt über dem Toten. Dann ging er langsam rückwärts, den Rumpf immer noch nicht aufgerichtet. Seine dünnen Beine schienen sich unter dem wackelnden Leib von selbst zu bewegen. Er schaute ständig auf den Toten, als würde der ihn gleich wieder bedrohen. „Ooh!", stöhnte er entsetzt, lang anhaltend. Dostar lag wie vorher, die Glieder gestreckt, das linke Auge geschlossen. Nur sein Mund war ein wenig offen. Und das Leichentuch hing verräterisch fast auf dem Boden.

Wrank sah Jókkobi im langsamen Rückwärts-Gang im Nachbarzimmer. Er ließ sich in den Stuhl am Arbeitstisch fallen. Da hockte er wie ein schlaffer Sack im Licht der Kerzen, mit angstgeweiteten Augen. Wrank ging zu ihm und schloss die Tür hinter sich.

Das sorgte für Abstand, aber nicht gleich. Die Zeit schlich dahin. Im Wald antworteten die Doppelwölfe leise einem schwachen Quaken; war der Gefolterte gestorben? Man hörte ihn nicht mehr. Wranks Herz schlug wieder normal. Er hatte das irritierende Gefühl, alles außerhalb seines Körpers zu betrachten. Die Nacht umfing ihn. Er sagte nichts.

Jókkobi hing zusammengesunken in Dostars Stuhl. Sein kalkweißes Gesicht glich einer öligen Masse, der Blick war glasig. Er hielt den Kopf nach rechts gebeugt, seine Hand drückte von hinten gegen die Ohrmuschel. Wrank verstand. Der Dicke lauschte der Stimme des Meisters. Jetzt unhörbar für andere, nur für ihn: *Du wirst mich nicht los.* Dieser eine Satz. Die Wiederholung machte es, die Botschaft sollte sich unbedingt, unbarmherzig einprägen. Je mehr, desto wahnsinniger. Gab es vielleicht eine Erlösung? Jókkobi schien gerade darum zu bitten – er weinte leise.

Wrank befürchtete, das würde so bleiben. Er täuschte sich: Nach einer Weile schaute ihn Jókkobi an, immer noch kreidebleich und mit großen Augen, aber offenbar wieder in dieser Welt.

„Das war alles ein böser Traum, nischt wahr?", fragte er.

„Nein, leider nicht", antwortete der Dependar.

„Was hast du gesehen und gehört?"

„Dasselbe wie Sie, Herr."

„Die Einzelheiten, Kerl. Fang an!"

Was sollte das? Wrank begann sehr vorsichtig mit Jókkobis Absicht. Bei der Erwähnung des Erstickungs-Kissens zuckte der Dicke schon zusammen und runzelte die Augenbrauen. Mit Bedacht sprach der Dependar weiter. Sein Gegenüber hörte schweigend zu. Immer wieder schüttelte er heftig den Kopf. Wrank verstand, dass Jókkobi nicht glaubte, was er selbst getan hatte, obwohl es keine halbe Stunde her war. Er zweifelte an allem und jedem. *Ein falsches Wort*, dachte der Dependar, *und er geht auf mich los.*

Aber der Dicke wurde nicht agressiv, sondern plötzlich verletzbar weich, ein reuiger Missetäter.

„Isch bin verloren!", jammerte er und wischte mit dem Handrücken über sein tränennasses Gesicht, wie ein kleiner Junge.

Wrank wollte ihn beruhigen.

„Dostar hat sich noch einmal aufgebäumt. Es wird sich nicht wiederholen."

„Und sein Geist?" Jókkobi erschrak plötzlich grundlos. „Er will misch verfolgen, über das Grab hinaus. Damit hat er gedroht! Isch werde ihn nischt los. Ah!" Seine Unterlippe zitterte; Speichel rann ihm aus den Mundwinkeln. Er verdrehte die Augen, beugte den Kopf zur Seite und wollte wieder eine Hand hinter sein rechtes Ohr legen – aber die andere Hand schlug sie weg!

„Genug!", rief er mehrmals.

Der Dependar blickte besorgt zur Eingangstür. Hatten die Wachen etwas bemerkt? Die Dogger-Wald-Kreaturen übertönten wohl immer noch das meiste.

Der innere Kampf kostete ihn viel Kraft und erschöpfte den Dicken schließlich völlig. Wie betäubt hing er im Stuhl, zuckte gelegentlich wie bei einem Krampf oder murmelte etwas. Erneut verging viel Zeit. Aus dem Wald kam ein auf- und abschwellendes Klagen. Wrank war todmüde. Aber ohne Erlaubnis des Herrn konnte er nicht einfach gehen.

„Ah!", rief Jókkobi und riss die Augen auf.

„Haben Sie geträumt?", fragte Wrank schwerfällig.

„Ja. Isch stand am Bett des Meisters. Er machte gerade den Mund auf, um zu spreschen!" (Beim Arasul, gleich würde er wieder heiße Tränen vergießen.)

„Sie müssen sich wehren!", mahnte Wrank leise. „Wie Sie es vorhin gemacht haben!"

„Was meinst du?" Der Dicke blickte erstaunt wie ein Kind.

„Sie wissen es nicht mehr? Ihre linke Hand schlug die rechte vom Ohr weg!"

„Ach, wirklisch?" Wrank sprach weiter über die Notwendigkeit des Widerstandes, bis er merkte, dass Jókkobi nicht zuhörte: Er saß mit offenem Mund und starrte wieder die Tür zu Dostars Schlafzimmer an. Die Soniade läutete zur vierten Stunde des frühen Morgens.

„Isch gehe jetzt!", sagte er plötzlich.

Wrank schüttelte sich. Er hatte einige Zeit gedöst. Ächzend stand der Dicke auf. Die Kerzen im Leuchter waren fast heruntergebrannt. Durch den Fensterladen des Arbeitszimmers kam schwaches Tageslicht.

„Wie fühlen Sie sich?", fragte der Dependar.

„Isch lebe noch", meinte Jókkobi bitter.

Wrank wurde leichtsinnig, das machte die ungewohnte Zeit, der unterdrückte Schlaf.

„Scheintote gibt es immer wieder einmal", plapperte er, „meine Mutter wachte damals im Sarg auf."

„Scheintote", flüsterte Jókkobi zerstreut.
„Ich wollte Ihnen etwas vorschlagen."
„Das wäre?"
„Wenn Sie nachher zur Konklause kommen", sagte Wrank, „dann schauen Sie zuerst mich an. Von mir erfahren Sie den letzten Stand: Wenn ich die Hand zum Mund nehme" – er machte eine Geste des Schweigens – „hat sich der alte Herr bis dahin nicht mehr gerührt."
„Und wenn du es nischt tust?" Der Dependar zuckte mit den Schultern.
„Isch weiß schon, wie isch seinem Fluch entgehe", meinte Jókkobi mit aschfahlem Gesicht. Wrank erwiderte nichts.

Langsam und unbeholfen trugen die dünnen Beine des Dicken stattlichen Leib die Treppe hinab; eine Hand hatte er immer am Geländer. Der Dependar folgte ihm. Der Gardoi, der sie begrüßt hatte, war sehr wachsam. Kaum hörte er oben Schritte, trat er aus der Küche und wartete an der untersten Stufe. Sein Kamerad saß in entspannter Haltung auf dem Küchenstuhl. Jókkobis Leibwächter, den Kopf auf der Tischplatte, schien zu schlafen.
Der Dicke blieb mit einem Mal neben der Wache stehen. Er starrte auf die Tür der ehemaligen, kleinen Regierungszelle.
Der Mann schaute ihm ins Gesicht und fragte:
„Was ist mit Ihnen?"
Keine Reaktion zunächst, der Dependar hielt die Luft an.
„Alles bestens", krächzte der Dicke schließlich, „nur müde."
Wrank berührte seinen Rücken – Jókkobi zitterte.
„Es ist ja auch spät in der Nacht", sagte der Gardoi freundlich.
„Das stimmt!", antwortete Wrank, übertrieben heiter. „Mir fallen die Augen schon von selbst zu!"
Der Gardoi blickte misstrauisch die Treppe hinauf.
„Wie geht es denn dem Ersten Habitanten?", fragte er.
„Unverändert", erwiderte Wrank. „Die Lage ist ernst, aber der Herr Dostar ... lebt!"
„Er lebt!", wiederholte Jókkobi dumpf, beugte den Oberkörper zur Seite und legte die Hand hinter das rechte Ohr. Den Mund weit geöffnet, lauschte er der nur für ihn reservierten Stimme. Zweifellos war er ein privilegierter, armer Hund, ein bedeutender Fettfleck in der Welt. *Verflucht*, dachte Wrank, *er macht es auch vor anderen!*
„Herr Jókkobi!" Der Gardoi rüttelte an seinem Arm. „Brauchen Sie einen Arzt?"
„Alles in Ordnung!" Jókkobi nahm die Hand vom Ohr und stellte sich gerade hin. Er schüttelte sich wie ein nasser Hund, der aus dem Wasser steigt. „Wo ist mein Leibwäschter!", brüllte er plötzlich. „Schläft denn der faule Bastard? Isch will nach Hause!"

Wie von einer Nadel gestochen, sprang der Mann vom Stuhl auf. Der Dicke watschelte unbeholfen voraus und hätte dabei leicht stürzen können. Der hochgeschreckte Gardoi lief mit noch wackligen Knien hinter ihm her – so verließen sie das Neunehaus.

Der Dependar ging wieder in Dostars Schlafzimmer. Ihm wurde fast übel vor Angst, als er ans Bett trat, aber der Tote lag wie zuletzt. Er bedeckte ihn mit dem Leichentuch. Sein Blick fiel auf den kleinen Nachttisch. Die Nengune war nicht mehr da. Als Dostar „erwachte", hatte er sie offenbar gesucht. Jókkobi musste sie weggenommen haben, während Wrank den Kerzenleuchter holte. Hätte der Alte die Waffe noch greifen können, um den Dicken zu erschießen?

Die Kammer des Dependars umfasste zweieinhalb Schreiter im Geviert und lag neben Dostars Arbeitszimmer. Durch ein winziges Fenster kam schwaches Tageslicht. Irgendwo in Kondrake krähte ein Hahn. Das auf- und abschwellende Klagen aus dem Dogger wurde noch leiser. Er legte sich angekleidet aufs Bett. Seinen großen Auftritt vor den Fredern und Jókkobi durfte er nicht verpassen. Würde der Dicke überhaupt zur Konklause erscheinen? Bei rasch wechselnder Gemütslage zwischen Leugnen, Wut, Zerknirschung und Angst?

Der Dependar döste vor sich hin. Die Wand zu Dostars Arbeitszimmer schien sich mit einem Mal in seine Kammer hineinzuwölben. Unklare Gestalten und große, nebelhafte Hände griffen stundenlang nach ihm. Er durfte nicht zu tief einschlafen, denn niemand würde ihn pünktlich wecken.

Die Sonne stand schon am Himmel. Vom Tschajeplatz kam das Gemurmel der Menschenmenge. Wrank saß benommen auf der Bettkante. Wie elend er sich fühlte! Die Soniade klingelte achtmal an diesem Morgen. *Jetzt nicht mehr hinlegen*, dachte er. Seine erste Sorge galt Dostar. Aber die Leiche hatte sich keinen Fingerbreit mehr gerührt. Er schloss die Tür zur Wohnung ab und ging ins Grundgeschoss.

In der Küche saßen die zwei Gardoi des Tagdienstes. Er überbrachte die traurige Nachricht; die Wächter machten pflichtgemäß betroffene Gesichter. Vom Besuch Jókkobis bei Dostar hatten sie schon vom Nachtdienst erfahren.

„Als der Zweite ging, war der Herr noch aufmerksam und klar", log Wrank. „Der Tod muss irgendwann heute morgen eingetreten sein."

Der Türklopfer wurde mehrmals betätigt. Die Freder Kamba, Kaver und Tosch trafen kurz nacheinander ein. Heute sind sie die dienstältesten Freder, seit fünfzehn Jahren im Amt, damals waren sie junge Männer um die zwanzig und neu in der Konklause.

Wieder erzählte Wrank seine Geschichte. Er hörte Kommentare wie: „Ein großer Mann ist von uns gegangen!" – „Er hinterlässt eine Lücke, die sich nicht schließen lässt." (Kamba und Kaver konnten Dostar nicht ausstehen.) „Die Sonne geht am Tagesende unter, aber am nächsten Tag wieder auf." (Tosch war schon immer ein ziemlicher Schwätzer.)

Man wollte gemeinsam von dem Verstorbenen Abschied nehmen und wartete auf Jaglada und vor allem auf Jókkobi. Weitere Freder kamen, auch mein Vater Palint. Wenn die Tür aufging, sah Wrank die Leibwächter der Herren draußen auf dem Platz warten. Er kämpfte mit der Erschöpfung einer durchwachten Nacht, hatte das Lügen aber schon geübt.

„Der Erste Habitant hat eine Amtsübergabe an den Stellvertreter verfügt", sagte er mit Herzklopfen.

Die Freder schienen davon wenig angetan; Jókkobi war nicht beliebt.

Dann trat Jaglada zu ihnen.

„Was ist denn das für eine sonderbare Gesellschaft?", fragte er. „Warum steht ihr alle an der Treppe?"

Wrank musste nicht mehr viel erzählen, denn andere taten so, als hätten sie alles nachts und morgens mit eigenen Augen gesehen.

„Wart ihr schon oben?", wollte der Freder wissen.

„Nein!", tönte es beinahe im Chor.

„Der Stellvertreter fehlt noch!", sagte mein Vater.

„Du vergisst seine Beförderung", meinte Jaglada grimmig, „wir warten auf den neuen Ersten Habitanten!" Einige Freder lachten leise.

Allmählich verstummten die Gespräche. Die Soniade zeigte die neunte Stunde an. Die Freder standen im Grundgeschoss mit verschränkten Armen.

„Der Herr von Stadt und Land ist nicht gerade pünktlich!" Jaglada war äußerst gereizt.

Endlich kam Jókkobi.

„Arasul zum Gruß!" Seine Stimme war hell und leise. Die Freder antworteten murmelnd, abwartend.

Jókkobi zog die Schultern etwas hoch, als müsse er sich schützen. Die langen, blonden Haare waren sehr nachlässig zum Knoten gebunden. Sein kalkweißes Gesicht wirkte aufgedunsen. Die müden, geröteten Augen suchten Wrank. Der Dependar nahm die Hand vor den Mund. Da wirkte der Dicke gleich entspannter und versuchte, zu lächeln.

Er ging auf die Gruppe zu, watschelnde Beine unter einem enormen Rumpf. Vor Jaglada blieb er stehen. Der blickte ihn mit unbewegtem Gesicht an.

„Der Herr Dostar ist tot!", sagte er.

„Isch habe mir gedacht, dass es niescht mehr lange geht", antwortete der Dicke.

„Du warst gestern Nacht bei ihm?", fragte Jaglada kalt.

„Ja. Er ließ misch rufen."

Jókkobi erzählte seine Version der vergangenen Nacht. Wrank wurde mit jedem Satz ruhiger, denn der Dicke schien glaubwürdig. Er lauschte nicht auf eine eingebildete Stimme. Dem Arasul sei dank, seine Hand blieb weg vom rechten Ohr!

Der Dependar kannte Jókkobi gut. Sicher, die Nacht hatte Spuren hinterlassen, die Leichenblässe, die hohe Stimme, die seltsame Frisur des sonst so eitlen Mannes. Aber er hatte sich offenbar gefangen, kam sogar immer mehr in Form. Er verstieg sich wieder in falsches Pathos, der verhinderte Mörder begann sein Opfer in den höchsten Tönen zu loben, bis Jaglada plötzlich rief:

„Genug jetzt!" Der Redeschwall des Dicken brach sofort ab. „Du hast ein Papier des Toten?", fragte Jaglada.

„Ja."

Der Freder streckte die Hand aus.

„Zeig her!"

Das war ausgesprochen unfreundlich. Aber Jókkobi beschwerte sich nicht. Er reichte dem Freder einen Zettel. Der verzog keine Miene und las laut vor:

„Ich, Dostar, Erster Habitant von Stadt und Slengsfelt, mit schweren, körperlichen Leiden, aber klarem Geist, verfüge als meinen letzten Willen, dass mein langjähriger Vertrauter, der Zweite Habitant Jókkobi, mein Nachfolger im Amt wird!"

Allgemeines Schweigen und ernste Gesichter. Neben Jaglada stand Wrank. Der Freder schwenkte den Zettel verächtlich zu ihm herüber und fragte grob:

„Ist das die Verfügung von gestern Nacht?"

„Ja", log Wrank tapfer.

Jaglada schaute wieder auf den Zettel, diesmal länger. Einen Augenblick runzelte er die Stirn. Eine spannungsvolle Pause; Wrank hielt die Luft an. Dann sagte der Freder:

„Fürs Archiv!" Die Dokumente der Konklause verwaltete Kaver. Jaglada überreichte ihm das Schreiben. Der Dependar atmete aus. Die entscheidende Hürde war genommen!

„Ich gratuliere, Jókkobi", sagte Jaglada kühl.

Der Dicke schaute flüchtig Wrank an und lächelte erleichtert. Jetzt mussten sie ihn wählen!

Aber sein schärfster Gegner gab keine Ruhe.

„Dostar hat von deinen Verfehlungen gewusst und dich trotzdem ernannt", meinte er ruhig. „Wie hast du dieses Kunststück fertiggebracht?"

„Was denn für Verfehlungen?!", rief der Dicke selbstbewusst.

„So krächzen etwa die Piats durchs Slengsfelt" – der Freder lächelte böse –, „dass der große Feldherr andere für sich siegen lässt!"

„Nischts als Verleumdungen! Isch erwarte, dass du disch augenblicklisch entschuldigschst!"

„Wir sollten unseren kleinen Konflikt", antwortete Jaglada, „besser nachher in der Konklause klären. Der Meister ist tot und wir streiten uns vor seiner Wohnung. Gehen wir besser hinauf und erweisen ihm die letzte Ehre."

„Ja, richtig!" Die Freder murmelten zustimmend.

Alle ließen dem mutmaßlichen neuen Ersten Habitanten höflich den Vortritt; wer fragte, ob er ihn wollte? Er hielt sich am Geländer fest und stieg langsam von Stufe zu Stufe. Hinter ihm kamen Wrank und die übrigen Freder.

Jaglada war schon im ersten Stock. Merkwürdig: Er drehte allen den Rücken zu, hielt seine Fäuste geballt und schien vor Wut zu kochen! Der Dicke – noch auf der Treppe – blieb vorsichtshalber hinter ihm stehen.

„Freu' dich nicht zu früh, Jókkobi!", sagte Jaglada. „Nernst konntest du vertreiben, aber ich kenne dich jetzt!"

„Was willst du denn?", rief der Dicke ängstlich.

„Wenn dich die anderen wählen, dann ich bestimmt nicht", antwortete Jaglada. „Hier geht es nicht mit rechten Dingen zu. Ich komme dir schon noch auf die Schliche. Eines solltest du dir merken" – er drehte sich um und sagte, ohne Gehässigkeit und wie beiläufig: „Du wirst mich nicht los!"

„Aah!", schrie Jókkobi anhaltend. Seine Hand klatschte auf das rechte Ohr. Seine Knie sanken auf die Kante einer Stufe. Er wäre nach vorn gekippt, aber Wrank packte ihn unter den Achseln. Die Freder riefen erstaunt, erschrocken:

„Was ist mit ihm?"

Er hielt den Kopf seitlich, die Hand fest aufs Ohr gepresst. Blutete er dort? Eine Stimme auf der Treppe:

„Ein Insekt ist ihm hineingeflogen!"

Kein Insekt, dachte Wrank, *sondern ein Satz mit bösem Stachel!* Jaglada hatte Worte auf ihn abgeschossen, eine zufällige Wiederholung mit enormer Wirkung. Verblüfft stand der Freder im ersten Stock, beobachtete kopfschüttelnd das Drama auf der Treppe und verstand seine Rolle darin nicht.

„Weg da!" Jókkobi hieb mit einem Ellbogen nach hinten, in Wranks Magengrube. Der krümmte sich zusammen und ließ ihn los. Der Kranke wälzte sich auf der Treppe und heulte:

„Erbarmen! Aufhören!"

Die Gruppe von Wachen und Fredern geriet durcheinander, in Sekunden. Die Außentür flog auf und die Leibwächter strömten herein. Alle wollten helfen, aber nur wenige kamen nahe genug heran. Dabei gerieten sie in ein Handgemenge mit dem Patienten, der sich wehrte wie ein Tier vor dem Schlachter. „Ah! Ah!" Jókkobi kniff die Augen zusammen. Sein Gesicht schien ein einziger, qualvoll aufgerissener Mund.

„Bringt ihn ins Konklausenzimmer!", rief Jaglada.

Dann rangen sie unten vor der Regierungszelle mit ihm. Eine Zeit lang war der Kranke verdeckt von einem Knäuel keuchender Männer, das schließlich mit einem Schlag auseinanderflog, sodass man den Dicken wieder sah. Mit dem linken Arm schlug er um sich, teilte mit beiden Beinen wechselnd Tritte aus, ohne umzufallen, und hätte sogar beinahe Kamba in den Hals gebissen.

Endlich saß er im Konklausenzimmer auf einem Stuhl, kampfunfähig. Wrank drückte ihm fest auf beide Schultern. Andere hockten vor ihm und hielten Arme oder Beine. Durch ein offenes Fenster schauten zwei Dependare, die im Hof arbeiteten, dem einmaligen Schauspiel zu: Ein Herr, der den Verstand verlor. Wann bekam man sonst so etwas geboten?

Kaver bewegte mit einem Mal den rechten Arm des Kranken seitwärts und das Problem-Ohr wurde frei. Jaglada schaute hinein.

„Ich kann nichts erkennen", meinte er schulterzuckend.

Wrank brauchte jetzt weniger Kraft, um den Patienten zu halten. Dessen Augen waren geschlossen, die Lippen von schaumigem Speichel bedeckt. Er zitterte am ganzen Körper.

„He, Jókkobi!", rief Jaglada rau. „Kannst du mich hören?"

„... los!", war die leise jammernde Antwort.

„Ja, loslassen. Das machen wir erst, wenn du Ruhe gibst. Verstanden?!"

Der Kranke stöhnte nur. Wrank trat beiseite, andere zogen die Hände zurück. Jókkobi hing auf dem Stuhl, ein sehr dickes Häufchen Elend.

„Du wirst ..." Er hatte den Mund voller Speichel.

„Was werde ich?", fragte Jaglada.

„Au!", sagte der Patient, mehr nicht.

Kamba rieb seinen Hals.

„Beinahe hätte er mir in die Kehle gebissen. Beim Arasul, er ist verrückt geworden."

„Das denke ich auch!" Jaglada lächelte verachtend. Dieser Widersacher war erledigt!

„Herr, darf ich etwas sagen?"

Der Freder drehte sich um. Jókkobis Leibwächter hatte gesprochen.

„Ja?"

„Ich habe den Zweiten Habitanten gestern Nacht hierher begleitet", erklärte der Gardoi, „da war noch alles in Ordnung mit ihm. Auf dem Rückweg zum Akmaat schien er irgendwie verwirrt und klagte über eine Stimme auf dem rechten Ohr."

„Linkes Auge!", nuschelte der Dicke.

„Dann mach das Auge auf, damit man nachschauen kann!", rief Jaglada mitleidlos. Der Patient reagierte nicht. „Lauf ins Hospital und hol einen Arzt!", befahl der Freder dem Leibwächter.

„Jawohl." Der Gardoi verließ das Zimmer.

Alle standen um Jókkobi herum, beobachteten ihn und versuchten, sein Verhalten zu erklären. Der Dicke plapperte, offenbar halbwegs träumend, von „Bett" und „Stimme". Die Soniade klingelte zur zehnten Stunde. Da öffnete der Kranke die Augen. Er deutete auf einen leeren Stuhl und sagte mit sabbernden Lippen, aber ruhig und verständlich:

„Du wirst misch nischt los!"

Im nächsten Moment sackte er wieder in sich zusammen und schien eingeschlafen. Die Männer schüttelten verwundert die Köpfe. Jaglada lächelte unsicher; was ging da vor?

Die Zeit verstrich tatenlos. Die Freder murmelten ungeduldig.

„Das reicht mir jetzt!", meinte Jaglada schroff. „Wir können für ihn nichts tun." Er ließ sich von Wrank den Schlüssel zur Dostar-Wohnung geben. Der Dependar und die zwei Tag-Wachen sollten bei dem Kranken bleiben und auf den Arzt warten. Alle anderen wurden wieder vor die Tür geschickt. „Weg mit euch!", rief Jaglada den Dependaren im Hof zu. Augenblicklich verschwanden sie von ihren günstigen Stehplätzen am Fenster.

„Kommt, meine Freunde!" Er deutete zur Tür. „Lasst uns nicht länger zögern. Wir wollen den großen Toten ehren!"

Die Freder gingen die Treppe hinauf.

Die beiden Gardoi setzten sich an den runden Tisch im Konklausenzimmer. Wrank betrachtete Jókkobis Gesicht: Der Patient atmete schwer und flüsterte irgendetwas. Vom Tschajeplatz kam ein gellendes Lachen. Im Dogger-Wald gesellte sich zum dauernden Jammerton das Heulen eines Doppelwolfs; dem täglichen Grusel-Konzert fehlten noch einige Akteure. Die Sonne schien hell in den Hof, wo die beiden Arbeiter gerade lustlos einen Karren ausluden. Viel lieber hätten sie ihre Fensterplätze wieder eingenommen, wie Wrank sehen konnte. Sie trauten sich aber nicht noch einmal heran.

Jókkobi schaute plötzlich mit glasigen Augen um sich.

„Wrank?", flüsterte er.

„Ja, mein Herr!" Der Dependar beugte sich vor.

„Bring mir was zu trinken." Eine heisere Stimme wie aus dem Keller.

Wrank kam mit einem Becher Wasser aus der Küche zurück. Der Dicke trank gierig und verschüttete zittrig die Hälfte auf seinem Rock.

„Isch will nach Hause!", sagte er leise.

Der Dependar legte ihm vertraulich die Hand auf den Arm.

„Sie können jetzt noch nicht nach Hause!"

„Warum nischt?"

„Weil gleich der Arzt kommen wird."
Jókkobi schüttelte schwach den Kopf.
„Ein Arzt kann mir nischt helfen!"
„Aber Ihr Ohr schmerzt doch", sagte einer der Gardoi.
„Kein Schmerz!" Jókkobi hob kraftlos die Hand und zeigte irgendwo an die Decke. „Er sprischt zu mir."
„Wer?" Die Gardoi blickten sich erstaunt an.
„Dostar!" Der Kranke verdrehte die Augen.
„Was?" Die Wachen waren verblüfft.
Plötzlich fuhren Jókkobis Hände wie panisch über den Tisch.
„Die Ver...Verfügung", stammelte er, „... muss schreiben!"
Wranks Herz machte einen Sprung. Jetzt ruhig Blut! Erst kämpfte er ein wenig mit Jókkobis Händen, dann streichelte er sie fast.
„Gut!", wiederholte er mehrmals. „Alles gut!" Es wirkte: Der Dicke saß wieder wie betäubt, den Kopf im Nacken, auf seinen Lippen kleine, platzende Speichelblasen.
„Welche Verfügung? Wer muss schreiben?", rätselten die Gardoi.
Jetzt wurde es eng. Rasch gehandelt, bevor der Kranke versehentlich noch mehr erzählte. Der Dependar beugte sich über den Tisch und flüsterte, damit Jókkobi seine Worte nicht etwa aufgriff:
„Er ist irre, das seht ihr doch! Wir solllten ihn schnellstens wieder ins Akmaat bringen."
„Jetzt sofort?"
„Ja!"
„Aber du hast doch eben noch gemeint, dass gleich der Arzt kommt!", rief der eine Gardoi.
„Eigentlich warten wir schon viel zu lange", erwiderte Wrank gereizt.
„Nach Hause", murmelte Jókkobi. Ein Speichelfaden lief ihm am Kinn herab.
Der Dependar zeigte auf ihn:
„Du hörst doch, was er selbst will!"
„Aber der Herr Jaglada hat befohlen ...", gab der erste Gardoi zu bedenken.
„Jaglada, der Hund!" Jókkobi schlug mit der Hand auf den Tisch. „Wollt ihr mir wohl gehorschen! Der Alte ..." Er brach ab, verdrehte die Augen und seine Hand zeigte wieder irgendwo an die Decke. „Die Stimme", krächzte er, „... nischt los!"
„Was will er uns denn sagen?" Die Gardoi schauten einander fragend an.
„Kommt, Freunde!" Wrank machte eine rasche Handbewegung, als wäre jetzt alles egal. „Holt den Pferdewagen, ich bitte euch!"
Die eine Wache verließ den Raum, kam nach ein paar Minuten wieder und erklärte, alles sei bereit. Zwei Leibwächter der anderen Herren würden

den Patienten ins Akmaat fahren, ihm ins Haus helfen und vorübergehend warten, bis dauernde Hilfe eintreffen würde.

„Kommen Sie, Herr Jókkobi." Der andere Gardoi packte den Dicken unter der Achsel. Der stand langsam und schwankend auf. Sein Gesicht glänzte wie von weißer Salbe. Zu zweit gingen sie in kleinen Schritten. Der Kranke hielt den Kopf gesenkt, ein Bild vollständiger Niederlage.

„Gute Genesung!", rief der Dependar ihm nach. Jókkobi reagierte nicht. Die Eingangstür schlug irgendwie hart und endgültig zu, dachte Wrank.

Er saß mit den beiden Gardoi wieder in der Küche, als die Freder die Treppe herunterkamen; die Totenehrung war zu Ende.

Zu dritt traten sie dienststeifrig an die unterste Stufe.

Mein Vater ging hinter Jaglada und fragte ihn:

„Bist du jetzt froh?"

„Dass ich Erster Habitant werde?", antwortete Jaglada. „Nein!"

„Tatsächlich?" Der alte Palint schien erstaunt. „Ich dachte, du wolltest dieses Amt!"

„Ich wollte nur", erwiderte der Freder, „dass dieser Fettsack es nicht bekommt!"

„Jetzt verstehe ich", sagte mein Vater.

Jaglada gab Wrank den Schlüssel zu Dostars Wohnung zurück. Er schaute durch die offene Tür ins leere Konklausenzimmer und fragte:

„Wo ist Jókkobi?"

„Er wollte unbedingt nach Hause." Der Dependar fühlte Unbehagen. „Zwei Leibwächter fuhren ihn mit dem Pferdewagen."

„Und der Arzt?"

„Wir warten immer noch."

In diesem Moment betätigte jemand den Türklopfer.

„Ich wette, dass er das ist", meinte Jaglada beinahe fröhlich und öffnete selbst. Tatsächlich, es war der Arzt; die beiden Herren kannten sich gut.

„Du kommst spät!", meinte der Freder scherzhaft.

„Auch anderen Patienten geht es schlecht", war die etwas mürrische Antwort.

Jaglada lächelte böse.

„Aber niemand fühlt sich schlechter als der Dicke."

Die beiden lachten. Der neben ihm stehende Leibwächter hatte dem Arzt schon das Wesentliche mitgeteilt. Jókkobi sei zurück im Akmaat, hörte er jetzt und zog mit dem Gardoi des Kranken und verdrießlichem Gesicht ab.

Die Freder standen oder saßen schon im Konklausenzimmer; Wrank hörte Gesprächsfetzen.

„Kaver", sagte Jaglada, „geh mal ins Archiv und hole einen Zettel von Dostar."

„Nichts Bestimmtes?", fragte der Freder.

„Nein", war die Antwort, „ich will nur die Schriften vergleichen. An der Verfügung des Alten ist mir vorhin etwas aufgefallen."

Kaver ging in den Keller unter der Treppe, kam nach wenigen Minuten zurück und schloss die Tür zum Konklausenzimmer. Die Herren drinnen murmelten. Die Sitzung hatte begonnen.

Wrank versuchte, vor den beiden Gardoi seine Panik zu verbergen! Er saß mit ihnen in der Küche, trank Wasser, hörte altbekannte Witze und lachte krampfhaft. Gleichzeitig arbeitete sein Gehirn mit Hochdruck: Vielleicht war Jókkobi ein guter Schriften-Nachahmer, dann brachte auch die zweite Prüfung nichts und der Dependar hatte Glück. Was aber, wenn die Verfügung, deren angebliche Echtheit er bestätigt hatte, sich als Fälschung herausstellte? Der Dicke konnte Wrank nicht mehr schützen – jetzt nicht und wahrscheinlich in der Zukunft auch nicht mehr.

Die Gardoi tauschten gerade Erfahrungen mit leichten Mädchen aus; ihm stand der Angstschweiß auf der Stirn. Immer wieder schielte er auf die Tür zum Konklausenzimmer. Jeden Moment konnte jemand herauskommen und ihm peinliche Fragen stellen. Er sah schon den Hinrichter vor sich, der ihm die Folterwerkzeuge zeigte. Was, beim Drubal, konnte ihm helfen? Er müsste das Neunehaus augenblicklich verlassen! Aber er war nur ein Dependar, der ständig kontrolliert wurde. *Ein Vorwand muss her, denk' nach!*

Wie zufällig griff er an seine Hosentasche und hörte es leise knistern. Ein Stein fiel ihm vom Herzen, denn dort steckte Dostars letztes Schreiben! Das war die rettende Idee; jetzt galt es, sie geschickt umzusetzen. Wrank schlug sich plötzlich mit der Hand gegen die Stirn. Die beiden anderen schauten verdutzt. Er rief:

„Verflucht, beinahe hätte ich's vergessen." Bevor die Gardoi fragen konnten, um was es ging, war er schon aus der Küche heraus und im ersten Stock.

Jedermann kannte Wrank, wenn er die Post in einem großen, umgehängten Beutel austrug. In seiner Kammer warf er dort schnell ein paar persönliche Dinge hinein und den Brief, der seinen Kopf retten sollte. Den Schlüssel zur Herren-Wohnung steckte er ins Schloss und eilte mit schnellen Schritten die Treppe hinab. Da traten ihm auch schon die beiden Gardoi entgegen.

„Halt, mein Freund!", rief der eine. „Wohin denn so eilig?"

„Ein dringender Botengang steht noch aus!", antwortete er schnaufend und zog das Schreiben hervor: „Hier bitte!"

Der eine Gardoi konnte nicht lesen, der andere entzifferte mit Mühe und Not den Empfänger: „An den Majaden der Kurtell". *Wenn sie jetzt noch in deinen Beutel sehen wollen, setzt dein Herz aus*, dachte der Dependar.

Aber dass er die wichtigsten Habseligkeiten bereits „reisefertig" bei sich trug, blieb unentdeckt.

„Das ist in Ordnung", meinte die eine Wache und gab Wrank den Brief zurück, „schau zu, dass du bald wieder zurückkommst."

Vor dem Neunehaus saßen zwei Leibwächter über einem Brettspiel, die anderen schauten zu und gaben Ratschläge. Sie sahen Wrank mit seinem Dienst-Beutel und nickten ihm zu. Der Dependar grüßte freundlich und war schon an ihnen vorbei, mit einem unbeschreiblichen Gefühl der Leichtigkeit!

Tatsächlich ging er Richtung Kurtell und am Gefängnis vorbei, dem er vielleicht jetzt schon glücklich entronnen war. Er zerriss Dostars letzten Brief und versteckte sich in einem verwahrlosten, leerstehenden Haus im Ostviertel.

In der Nacht kam er heraus und dachte beklommen, dass sie ihn wohl schon suchen würden. Er klopfte am Haus eines Freundes. Sie begrüßten sich mit „Yadua siegt!", denn beide waren Revai. Der Freund hatte im Kampf einen Arm verloren. Er bewahrte 2.000 Valem für Wrank auf – alles, was Jókkobi ihm für Spitzeldienste bezahlt hatte. Der Dependar gab dem Freund einen vereinbarten, kleineren Teil.

Am nächsten Tag fuhr er mit einem vom Markt kommenden Bauernwagen durchs Osttor hinaus, verborgen unter einem Haufen leerer Säcke, um in Kondrake nie mehr aufzutauchen.

KAPITEL 18

Zwei Bestattungen

Wieder gestörter Schlaf, seit mehreren Nächten schon. Ständig wachte ich auf und dachte sofort an Dostars Gruft. Ein Versuch der Beruhigung: Was könnte passieren? Meine Brüder im Kreopat darf ich nicht fragen. Seitdem sie von unserem Vorhaben gehört haben, meiden sie das Gespräch mit mir und schauen mich immer so merkwürdig an. Natürlich, sie glauben an Geister, die ich aus meinem Kopf verbannen sollte, dringend!

Was die Stimmen der Vernunft – Halko, Lunis, Laats und Laubin – sagen, muss (ausnahmsweise) maßgebend sein. Tote sind für sie ... einfach tot. Sie fürchten sich nicht, also geschieht auch nichts. Ich brauche nur das Wort „Unglück" auszusprechen, schon tritt es ein.

Den nächtlichen Kampf um Schlaf entschied schließlich die Erschöpfung, aber nicht lange: Mit einem kleinen Schreck schlug ich die Augen auf und das böse Spiel begann von vorne. Ich bereue, dass ich meinen Fredern diesen Vorschlag machte und Koppin imponieren wollte. Was nun? Ich muss in die Enchgasse; mein Ruf steht auf dem Spiel! Ich gebe mir selber den Befehl und werde mich notfalls zu diesem Termin morgen früh prügeln!

Bei der heutigen Konklause sprachen meine Freder zu den verschiedensten Themen, aber ich konnte ihnen immer nur ein paar Minuten geistig folgen. Sie wollten meine Meinung zu allem Möglichen wissen. Meine Befindlichkeit bemerkten sie wohl, spielte aber bei meinem Amt natürlich keine Rolle. Im Laufe der Sitzung wurde es schlimmer und ich quälte mich durch eine Art immer zäher werdenden Brei. Am runden Tisch im Neunehaus saß Matea, eine leere Hülle. Mein Geist war ständig im Bett, das wahrscheinlich in der kommenden Nacht noch weniger Ruhe bieten würde – ein Drubalskreis!

Wie gern hatte ich Koppin immer vorgelesen. Seit Tagen kämpfte ich mit meinem Text – das sollte er nicht merken. Es half mir die Gewohnheit; ich hatte viel geübt. Meine Stimme war kraftlos, dachte ich, ein müder Leierton auf Dauer. Er merkte offenbar nichts, schien selbst entspannt und schlief wahrscheinlich gut.

Es klopfte. Der Junge trat ein.

„Wie geht es Ihnen?", fragte er.

„Gut", antwortete ich knapp.

„Sie sehen müde aus."

„Es ist das Wetter, viel zu heiß. Außerdem zermürbt mich der Dogger-Wald mit nächtlichem Konzert."

„Ich verstehe." Koppin lächelte und setzte sich. „Morgen früh lesen wir nicht", meinte er.

„Sondern?" (Sein harmloser Satz erschreckte mich schon, ich zuckte etwas zusammen.)

„Ihre Erzählung des Vergangenen nähert sich der Gegenwart."

Ein kluger Junge, dachte ich wieder. Besser hätte ich es auch nicht ausdrücken können. Aber gleichzeitig erschreckte mich auch sein Satz.

„Was befürchtest du?", fragte ich, äußerlich ruhig. „Dass der Scheintote wieder lebendig wird, wie bei Jókkobi und Wrank?"

„Nein." Er lachte laut, ein wenig gekünstelt. „Nicht mehr nach dreizehn Jahren im Sarg."

„Das denke ich doch auch!" (Wie reizbar meine Nerven waren.)

„Was bringen Sie denn heute?", fragte er erwartungsvoll.

Meine Stimme war belegt; ich räusperte mich übertrieben laut.

„Zwei kürzere Kapitel. Einmal die große Trauerfeier. Dann die Folgen von Dostars Ende, ein elendes, 5-jähriges Kriegstheater. Soll ich beginnen?"

„Ich bitte darum."

Also las ich.

*

Die Nachricht vom Tod des schwarzen Meisters lief in Windeseile durchs ganze Land. Jaglada musste in diesen Tagen viele Hände schütteln. Einmal hätte ihn Dostars letzte Verfügung, so hieß es offiziell, als Amtsnachfolger ausgewiesen, zum anderen war er von der Konklause einstimmig zum Ersten Habitanten gewählt worden. Mein Vater wurde als dienstältester Freder der neue Zweite.

Jókkobi galt rasch als hoffnungsloser Fall. Nur sein Leibwächter und einige Ärzte des Hospitals, alle zum Schweigen verpflichtet, durften sein Haus betreten oder verlassen. Nachbarn im Akmaat wollten mehrmals nächtliches Schreien gehört haben. Viele meinten, dass der Dicke die Harrou habe und verrückt geworden sei. Der Tod des Ersten und die schwere Krankheit des Zweiten Habitanten – man zerbrach sich sehr die Köpfe über diese merkwürdige Gleichzeitigkeit. Die Antwort der Konklause lautete, dass der Tod des großen Alten seinem glühendsten Anhänger das Herz gebrochen habe. (Diese Version glaubten wirklich nur Dummköpfe.)

Mit entscheidenden Schicksalswenden der zwei größten Männer des Landes einher ging das Verschwinden von Wrank, doch Spekulationen, wie das alles zusammenpasste, liefen ins Leere.

„Der Dependar des Meisters hat für Jókkobi spioniert", lallte in diesen Tagen ein Gast im „Blauen Piat". „Dieser Wrank ist ein Revai." Da gab ihm der Wirt persönlich einen Schäumer aus, damit der alte Säufer endlich sein dummes Maul hielt.

Die Freder hatten im Neunehaus von Dostar Abschied genommen. Aber schon am nächsten Tag wurde er in der Kerge aufgebahrt, denn man erwartete sehr viele, die ihm die letzte Ehre erweisen wollten. Auch „getrauert" wird bei den Slengsaaken streng nach der Schicht: Zuerst gingen der Majade der Kurtell mit einigen ranghohen Gardoi am Sarg des Alten vorbei, dann der Devante Lemreck mit den Kuranten, der Lexer mit seinen Gehilfen, die Kondraker Kaufleute unter Führung von Halkos Vater, der Komptemeister und die Handwerker, die Ärzte des Hospitals und schließlich der Hinrichter und seine beiden Peitscher – diese drei werden gesellschaftlich gemieden, aber zu ihren blutigen Schauspielen strömen regelmäßig alle zum Undaiplatz.

In den kommenden Tagen gab es vor allem ein Thema in Kondrake: die Trauergäste, die schon eingetroffen waren oder noch kommen sollten. Natürlich der Predikar von Marints und die drei Duchems mit Gefolge, die Neunerräte fast aller, selbst kleinster Dörfer sowie Abordnungen der verschiedenen Kurtells, vielleicht 160 Gardoi unter Leitung ihrer Lotnams und Kaunets. Bald waren erneut, wie beim großen Fest, alle Gasthöfe überfüllt und Privatquartiere nur noch zu überhöhten Preisen verfügbar; der Wirt des „Blauen Piat" machte zum zweiten Mal das Geschäft seines Lebens.

Halko und ich standen im Mittelgang der Kergehalle, morgens am vierten Tag des Abschiednehmens. Andere Schüler des Kreopats umgaben uns, denn heute durften wir „trauern". Eigentlich freute uns eher, dass wegen der Bestattungs-Feierlichkeiten tagelang der Unterricht ausfiel.

An der Reihenfolge der Gruppen konnte man nichts ändern; sie wurde von der Konklause immer am Tag zuvor bekanntgegeben. Hinter uns kamen die Gattinnen der Freder, an der Spitze Jaglades Frau und meine Mutter. (Nur schwere Krankheit hätte sie von der Anwesenheitspflicht befreit; Kopfschmerzen waren keine Ausrede.)

Weiterhin warteten die Gattinnen aller anderen hochgestellten Kondraker, von der Frau des Majaden bis zu den Frauen der reichen Fernkaufleute, alle in ihren besten Kleidern, eine Menschenschlange über das Eingangsportal hinaus bis auf den Tschajeplatz. Ganz am Ende, am Neunehaus, standen die graugekleideten, langbärtigen Dependare von Keltsevoi.

Eine andere Gruppe als uns Schüler hatte man höher eingestuft. Vor uns standen etwa dreißig „Söhne Dostars". Zwischen uns und ihnen herrschte seit Jahren stillschweigende Feindschaft, denn die Glatzköpfe hielten uns für verwöhnte Sprösslinge reicher Eltern. Jetzt tuschelten sie miteinander und warfen uns hasserfüllte Blicke zu. Wir schwiegen, verschränkten die Arme und vermieden es, in ihre Gesichter zu schauen. Man wollte diesen brutalen Schlägern nicht in dunklen Ecken begegnen.

Von der hellsten Stelle der Kerge, der Oyare, waren wir nur noch ein paar Schreiter entfernt. Den Altar bedeckte feines Spitzentuch. Darüber hing an Ketten das Riesengemälde von den Gotteskriegen. Das farbige Glas der Kuppel darüber ließ das Licht seltsam unwirklich scheinen.

Drei Stufen führen vom Mittelgang zur leicht erhöhten Oyare. Dort stand Dostars offener Holzsarg, umgeben von einem breiten, flachen Hügel aus Blumengebinden. Der Tote trug einen schwarzen Anzug und war bis zur Brust bedeckt von dunklem Tuch. Damit man ihn vom Gang her besser sehen konnte, lag der Kopf höher als die Füße. Dadurch verdeckte er aus meiner Sicht auf Tallos Bild ausgerechnet die Heilige Stadt Abelas.

Im Mittelgang standen wir eng gedrängt. Langsam ging es voran, Schritt für Schritt. Räuspern und leises Husten der Menge erfüllte die Haupthalle. Wer vorne angekommen war, verharrte einen Augenblick. Jeder hing seinen Gedanken nach, ob an Dostar oder nicht, wer konnte das wissen? Dann machte man mit Faust und Hand, aber stumm, zum letzten Mal den Ehren-Gruß.

Die „Söhne" traten immer zu zweit vor. Sie huldigten ihrem Idol und schlugen dabei die Hacken der Stiefel zusammen.

Die beiden letzten Glatzen verschwanden durch den seitlichen Ausgang. Halko und ich wollten die Zeremonie auch gemeinsam hinter uns bringen. Kämpferisches Getue war uns allerdings fremd. Ich betrachtete den Toten, der sogar schwarze Handschuhe trug. Die schmalen Lippen des verkniffenen Mundes waren geschlossen. Seine rechte Augenhöhle anzusehen, vermied ich.

Meine Gedanken ließ ich kommen und gehen. Ein ängstlicher, dicklicher Zehnjähriger stand am Sarg eines Mannes, der unglaubliche 116 Jahre gelebt hatte! Ich sah mich wieder im Kreopat auf der Schulbank, versuchte verzweifelt, eine Slengsaatik-Aufgabe zu lösen und schaute zu seinem böse blickenden Porträt empor. Dann hörte ich die Stimme meines Vaters, der mich in unserem Haus Dostar vorstellte. Der Erste Habitant schien mir 6-Jährigem bei seinem Besuch wie ein elegantes, schwarzes Raubtier. Im Mittelgang der Kerge spürte ich jetzt die gleiche Aufregung wie damals, was mir sofort mächtig auf die Blase drückte.

Mehr als eine Minute lang trauerte vorne fast niemand. Ich schielte zu Halko hinüber und machte wie er den stummen Ehren-Gruß. Dann folgten wir den anderen durch die Seitenpforte. Das matte Tageslicht eines schmutzigen Gässchens umgab uns.

Zwei „Söhne" standen in einem dunklen Hauseingang. Sie überlegten offenbar, ob sie uns anpöbeln sollten, entschieden sich aber doch zu unserer Erleichterung dagegen. Wir warteten, bis meine Mutter herauskam. Ich musste ohnehin wieder zum Elternhaus und Halko wollte uns begleiten.

Auf dem Heimweg schwiegen wir beide weitgehend. Dafür redete meine Mutter pausenlos. Natürlich fühlte sie sich schlecht und hatte ihre letzte Kraft aufgeboten, heute mitzugehen!

Selten kamen mehr als 500 Menschen zu den Divibalen. Am späten Vormittag des übernächsten Tages waren es aber vielleicht 800. Die Delegationen aus allen Teilen des Landes wurden selbstverständlich bevorzugt und saßen auf den vordersten Bänken. Nie zuvor hatte es ein solches Gedränge in den Seitenhallen gegeben. Zwischen den torförmigen Rundbögen schien gerade noch Platz, dass man im Stehen atmen konnte.

Es passten nicht alle in die Kerge, die an diesem Tag dabeisein wollten. Zerfe etwa hatte mit ihrem Platz ganz hinten Glück gehabt; viele Dependare auch hoher Herren sowie alle Bauern aus Keltsevoi warteten draußen vor der Pforte.

Alle Schüler des Kreopats saßen in der Enge einer Bank ziemlich weit vorne, ich ganz außen am Mittelgang und neben mir Halko. Den Hügel aus Blumengebinden hatte man umgeschichtet; er verdeckte Dostars Sarg vollständig. Drei Kerzenleuchter brannten auf dem Altar. Die farbige Glaskuppel verbreitete bläuliches Licht.

Wir waren sehr erwartungsvoll, besonders Halko. Neben dem Altar standen einige leere Stühle, eine Klacembe, eine dickbauchige, fast mannshohe Geige und ein großes Schlagwerk.

Leider galt dieselbe Reihenfolge wie zwei Tage zuvor: Die beiden Bänke vor uns waren voller „Söhne". Vor mir saß ein bulliger Glatzkopf – er hatte das rechte Auge schwarz angepinselt und roch durchdringend nach altem Schweiß.

Auf den zwei Bankreihen hinter uns hatten die Frauen wichtiger Männer Platz genommen. Eine Fremde war mir beim Hereinkommen sofort aufgefallen, denn blondes Haar galt ja als Seltenheit. Jetzt war sie schräg hinter mir und redete leise mit meiner Mutter in unverkennbarem Marintser Dialekt.

Halko bestätigte flüsternd meine Vermutung: Die Blonde war Jókkobis Schwester, heute erst angekommen, um den kranken Bruder zu besuchen – aber den Zutritt in sein Haus hatte man ihr verweigert. Darüber beklagte sie sich gerade ausgerechnet bei meiner Mutter. Die interessierte sich für das Schicksal des Dicken wahrscheinlich herzlich wenig und hätte sicher lieber von ihren eigenen Beschwerden gesprochen.

Zehnmal hörten wir die dunklen, feierlichen Klänge der „Soniade des Herrn" – gleich würde die Feier beginnen. Bei Trauerdivibalen werden immer Reden auf den Verstorbenen gehalten. Als Erster trat der Devante Lemreck auf die Oyare. Er war meiner Meinung nach besser, wenn er nicht, wie hier, den Toten so überschwänglich lobte. Aber jeder Redner hatte damals von vornherein im Kopf, was erwünscht war oder nicht. (Es konnte gefährlich sein, das nicht zu tun.)

Nach ihm sprach der Majade, der Vorgänger von Pekks.

„Der große Dostar", rief er, „hinterlässt eine gefährliche Lücke, in die unsere Feinde eindringen wollen! Aber wir Gardoi stehen bereit, sie zu schließen!"

Schärfer formulierte es der Kondraker Lexer, ein berüchtigter Menschenjäger:

„Wir müssen entschieden gegen Zersetzer und Zerstörer im Land vorgehen, sonst droht uns die völlige Vernichtung!"

Nicht immer waren die „Feinde" so eindeutig zu ermitteln wie gewaltbereite Revai. Zählte zu den „Zersetzern und Zerstörern" nicht auch ein kritischer Geist wie Halkos Vater? Der sprach nach dem Lexer im Namen der Kondraker Kaufleute und brachte geschickt sogar einige ironische Spitzen gegen die Herrschaft des Verstorbenen. Halko stieß mich von der Seite an, in meiner Bankreihe sah ich schmunzelnde Gesichter. Die „Söhne" dagegen blickten säuerlich oder verstanden die Anspielungen nicht recht.

Kein Trauerredner vergaß, Jókkobi zu erwähnen.

„Arasul prüft den Armen mit schwerster Krankheit", meinte der Devante.

Jedermann wusste von Jagladas Hass auf den Dicken. Aber niemand wunderte sich über seine scheinbar versöhnlichen Worte. Er wünschte dem langjährigen „Gefährten in der Konklause alles Gute und eine rasche Genesung". Dann sprach er davon, wie „unser Mann aus Marints" die Limbranen in Stücke schoss. Seinen alten Freund Nernst, der offiziell noch als „Verräter" galt, erwähnte er nicht.

„Wir müssen", sagte Jaglada schließlich, „mit harter Hand durchgreifen, damit das Slengsfelt nicht im drohenden Chaos versinkt!" Der 5-jährige Krieg warf in allen Reden seinen dunklen Schatten voraus.

Immer wieder stieg der Devante auf die Oyare und begann ein bekanntes Lied, in das alle einstimmten. Als ein manchmal etwas schwankender Riesenchor, begleitet von den wuchtigen Klängen des Orgems auf der Empore, sangen wir: *„Es klopft! Lasst Johanaba ein"*, *„Schick uns Voltanen starke"* sowie *„Zerreißt, zersprengt den Rugunsguur!"*

Oder wir standen auf und beteten mit ihm: *„Allerbarmer Arasul"* und *„Herr im See, erhöre mich"*. Jeder, bis in die hinterste Reihe, verstand den Devante damals mühelos. (Das hat sich jetzt, dreizehn Jahre danach, doch sehr geändert: Der alte Lemreck spricht und singt bei den Divibalen ohne einen einzigen Zahn.)

Das letzte Drittel der Feier war gekommen. Ab und zu räusperte sich jemand; sonst herrschte völlige Stille. Da ging das Hallentor mit leisem Quietschen auf und viele drehten die Köpfe: Fünf Männer und eine Frau kamen gemessenen Schrittes durch den Mittelgang. Zwei von ihnen hielten ihre Instrumente in den Händen, eine Querflöte und eine Geige mit

Streichbogen. Ulfru, der berühmteste Tonsetzer des Slengsfelts, führte sie an.

Ich wechselte Blicke mit Halko. Nie hatte ich den Freund glücklicher gesehen, denn dieser Mann war sein großes Vorbild.

Die sechs Musiker trugen weiße, knöchellange Gewänder. Aber niemand glich darin so sehr einem Akoi wie Ulfru. Das lag nicht nur an seinem schulterlangen, weißen Haar. Die hagere, bartlose Gestalt des großen Tonsetzers überragte alle anderen um Hauptteslänge. Er ging so nahe an mir vorbei, ich hätte ihn anfassen können. Seine feinen Hände mit langen Fingern schienen mir ideal für einen Klacembe-Spieler.

Etwas störte freilich den würdevollen Eindruck, denn Ulfru hatte stark vorstehende Zähne, richtige Hauer! Das Reden, so wurde erzählt, sei daher nicht seine Sache. Aber niemand wollte ihn sprechen hören; wir waren gespannt auf sein einmaliges Tastenspiel. Eine füllige, dickbusige Frau kam als letzte durch den Mittelgang. Sie war aber nach dem Meister die berühmteste dieser Gruppe, mit dem Ruf einer begnadeten Stimme.

Im bläulichen Licht der gläsernen Kuppel schien mir die Oyare nicht ganz von dieser Welt. Die Musiker rafften ihre Gewänder und nahmen etwas umständlich Platz, während die füllige Sängerin stand. Der weißhaarige Meister saß mit geradem Rücken an der Klacembe. Gegeben werden sollten vier Lieder aus seiner Tondichtung *„Slengsaakia"* mit dem Titel *„Ernste Wahrheiten"*.

Die Gruppe stimmte sich ein; irgendjemand auf den Bänken hustete nervös. Dann hob Ulfru mit großer Geste die Hand. Das Stück begann mit dem gleichzeitigen, kraftvollen Einsatz aller Instrumente.

So etwas hatte ich noch nie gehört! Wie die Sängerin melodisch und mit größter Leichtigkeit die schwierigsten Passagen meisterte – einfach großartig! Aber Stimmen schienen mir auch die Instrumente. Mir war, als ob sie in einer Sprache redeten, die man nicht mit dem Kopf verstehen konnte, sondern nur mit dem Herzen. Da stritt etwa, bei langsamem, dunklem Klöppeln des Schlagwerks, die Geige mit der großen Bassgeige, während Flöte und Klacembe versöhnlich einstimmten. Oder sie klagten alle gemeinsam in bewegend-schluchzenden Tönen, denn die *„Ernsten Wahrheiten"* handelten alle vom unerbittlichen Tod.

Im letzten Lied ging es um den Seelenschmerz einer Frau, die gerade ihren geliebten Mann verloren hat: Geige, Bassgeige, Querflöte und Schlagwerk befanden sich sozusagen im Aufruhr! Ulfru wühlte förmlich in den Tasten der Klacembe. Immer wieder schüttelte er wild seine weiße Haarmähne. Seine geübten Finger bewegten sich, als führten sie ein schnell dahingleitendes Eigenleben. Die Augen geschlossen, der Mund lächelnd mit großen, schiefen Zähnen, wandte er sein verzücktes Gesicht manchmal den Kergebänken zu. Die Sängerin ließ ihre großartige Stimme von den höchsten in die tiefsten Töne fallen.

Ein langes, trauriges Wehklagen der Instrumente, dann ein harter, gewissermaßen unwiderruflicher Schlussakkord, mit einem kunstvollen Entsetzensschrei der Sängerin – ein Blumenkranz rutschte von Dostars Sarg. Mein Herz klopfte. Ich hatte plötzlich Angst. Was passierte da vorn? Nichts – auf der Oyare verbeugten sich die Musiker. Das füllige Stimmwunder legte den Kranz wieder zurück. Man hatte zu heftig musiziert. Der Hügel aus Kränzen war wenig stabil.

In der Kerge klatschte man eigentlich nicht. Ulfrus Gruppe aber bekam reichlich Applaus. Ihr Auftritt, da waren sich alle einig, machte Dostars Totenfeier erst zu etwas wirklich Besonderem. An den kleinen Kranz-Ausrutscher erinnere ich mich lebhaft, auch wenn er harmlos war.

Für den Morgen danach hatte Jaglada die Freder der Konklause eingeladen, Angehörige konnten gern teilnehmen. Meine Mutter schützte erfolgreich Unwohlsein vor; dafür zwang mich mein Vater, mitzugehen.

Auf dem großen Balkon im ersten Stock von Jagladas Haus fanden wir alle Platz. Dort stand ich zwischen dem alten Palint und der Frau des Gastgebers. Die meisten Gattinnen der Freder waren erschienen. Jókkobis Schwester fehlte, nach einem offenbar heftigen und ergebnislosen Streit mit dem neuen Ersten Habitanten über ihr Zugangsrecht zum Haus des Bruders.

Ich schirmte meine Augen gegen die Sonne. Im Süden des Tschajeplatzes lag das Neunehaus. Vierzig Schreiter vor mir erhob sich die Westfassade der Kerge. Im Dogger-Wald heulten die Doppelwölfe. Der Platz unten war aus meiner Sicht gewissermaßen schwarz von Menschen. Sie drängten sich bis in die seitlichen Gassen hinein.

Dann erklang die „Soniade des Herrn" zehnmal. Die Akoi-Figuren im Kergeturm drehten sich langsam. Das Gemurmel der Menge verstummte. Die große Pforte ging auf. Acht Totenträger, Dependare der Kerge, trugen auf den Schultern Dostars geschlossenen Sarg heraus. Feierlich langsam schritten sie die kurze Treppe hinab. An ihrer untersten Stufe begann eine aus zwei langen Reihen gebildete Gasse: Alle „Söhne" waren angetreten, dem verehrten „Vater" das letzte Geleit zu geben.

Die acht Dependare wurden jetzt von der Menge verdeckt, der Sarg scheinbar über den Köpfen aller langsam vorangeschoben. Von meinem Balkon-Platz aus schien mir die menschliche Gasse insgesamt eine U-Form zu bilden, von der Kerge-Treppe bis zum Beginn der Enchgasse. Im ersten Abschnitt der kurzen Strecke standen „Söhne" mit umgehängten Trommeln, die dumpfe Wirbel schlugen, unterbrochen von bedeutungsvollen Pausen.

Im zweiten Abschnitt hielten ihre Kameraden gezückte Schwerter schräg empor. Der Sarg bewegte sich jetzt, leicht auf und ab schwankend, unter einem Spalier von in der Sonne blitzenden Klingen hindurch. Dunkel lag der

Eingang zur Enchgasse. Die Trommler setzten zum letzten Wirbel an. Die Menge schwieg. Die Doppelwölfe heulten.

Ich schaute auf hunderte Köpfe hinab. Slengsaaken sind meist schwarzhaarig. Inmitten der Menge entdeckte ich eine deutliche Abweichung – Jókkobis Schwester. Sarg und Träger waren in der Enchgasse verschwunden, die Feier zu Ende. Die Leute begannen, sich zu bewegen. Ich musste die Blonde im Auge behalten, aber warum?

Plötzlich hatte ich für Sekunden ein ganz merkwürdiges Gefühl, als würde sich eine unsichtbare Glocke über mich senken. Ich war von allem isoliert, von den anderen auf dem Balkon, von der Menge auf dem Platz. Stadt, Fluss und Wald schrumpften und verschwanden für einen Augenblick. Nur diese blonde Frau schien mir wichtig. Da spürte ich einen eiskalten Atem im Nacken und fröstelte. Erschrocken drehte ich mich um, aber es stand nur der Freder Kamba hinter mir, der erstaunt fragte:

„Was ist mit dir, Matea?"

„Nichts Besonderes", war meine Antwort, „ich bin wahrscheinlich erkältet."

Tatsächlich lag ich in den folgenden Tagen mit Fieber im Bett. Mittlerweile wusste ich natürlich mehr als an jenem Tag auf Jagladas Balkon: Während halb Kondrake den Weg des Sarges verfolgte und ich mir offenbar sinnlose Mühe gab, den blonden Kopf unter den vielen Schwarzhaarigen nicht zu verlieren, muss sich die Lage im Hause Jókkobi dramatisch zugespitzt haben.

Sein Leibwächter wollte nach ihm sehen – der Dicke stand nackt hinter seinem Arbeitstisch, wusste offenbar nicht, wo und wer er war und hielt den Gardoi für einen gedungenen Mörder! Mit einem Mal richtete er Dostars kleine Nengune auf ihn. Der Leibwächter hob die Hände und redete lange beruhigend auf den Verrückten ein. Jókkobi schien Vernunft anzunehmen, nahm aber die Waffe nicht herunter. Er grübelte lange schweigend, brüllte dann plötzlich: „Jetzt! Jetzt wirst du misch los!", schob den Lauf der Nengune in den Mund und drückte ab. Sein Kopf zersprengte und im Umkreis von mehreren Schreitern lagen Knochenstücke, klebten Blut und weißliche Hirnmasse im Raum.

Man begrub ihn mit bescheidener Zeremonie am folgenden Tag auf der großen Tombe und etwas abseits, in einem Selbstmördern vorbehaltenen Teil. Das war die zweite Bestattung in der gleichen Woche wie die erste. Unter den wenigen Trauergästen wollte Jókkobis Schwester von ihrem Bruder Abschied nehmen. Sie brach dabei zusammen und scheint sich nicht wieder davon erholt zu haben.

KAPITEL 19

Der 5-jährige Krieg

Der Sturm blieb länger aus, als die meisten befürchtet hatten: Jaglada konnte sich seines Amtes als Erster Habitant drei Jahre lang erfreuen. Dass er eines Tages erstochen in seinem Bett gefunden wurde, betrachteten viele als Zeitenwende. Aber wer steckte hinter dem feigen Mord?

Mein Vater, 33 Jahre alt, rückte an die Spitze des Landes auf.

Sechs Monate später war der alte Palint auf einer Dienstreise. Er ritt mit seinen Begleitern durch ein Dorf bei Kirgmehs, fiel plötzlich vom Pferd und war tot. Ein winziger vergifteter Bolzen hatte ihn am Hals getroffen. Eine sofortige Durchsuchung der umliegenden Häuser führte zu nichts. Bald wurde jedoch klar, dass die Revai dahinter steckten. Das erste Opfer ihres errneuten, hinterhältigen Kleinkriegs war Jaglada gewesen.

Der Leichnam meines Vaters wurde nach Kondrake überführt. Der neue Erste Habitant Lias – ein Freder von über 50 – benannte in einem Festakt die Gasse vor unserem Haus um in „Palintsweg". Wir schrieben das Jahr 137.

Ich dachte immer, dass sich meine Eltern manchmal geradezu gehasst hatten. Trotzdem trauerte meine Mutter jetzt so sehr, als wäre ihre große Liebe gestorben. Ich fand es nur schade, dass mein Vater kein anderes Erziehungsmittel gefunden hatte, als meinen Willen zu brechen. Dabei wäre er jetzt vielleicht sogar stolz auf mich gewesen: Mit dreizehn hatte ich alle Klassen des Kreopats durchlaufen, war vom Devante zum „Jung-Kuranten" ernannt worden und durfte Schüler der ersten Klasse in Religionskunde unterrichten.

Zwei ältere Freder starben kurz hintereinander wahrscheinlich eines natürlichen Todes. Durch Druck und Erpressung erzwangen die „Söhne", dass zwei von ihnen in der Konklause nachrückten. Kamba, Kaver und Tosch wurden von den Glatzköpfen derart terrorisiert, dass sie aus Kondrake flohen. Den Ersten Habitanten Lias hatte das Neunehaus zu diesem Zeitpunkt schon zwei Monate nicht mehr gesehen. Irgendetwas war wohl häufig und lange unbemerkt in seinem Essen gewesen – der Arme siechte auf grauenvolle Weise dahin.

Jetzt waren die jungen Dostar-Anhänger in der Lage, uns einen der ihren als Landesherren aufzuzwingen. Der sogenannte „Erste Sohn", das ohnehin mickrige Männchen im viel zu großen schwarzen Anzug, war wohl auf unerklärliche Weise in seiner Kleidung noch mehr geschrumpft und mit siebzehn Jahren plötzlich verstorben. Sein Nachfolger, der neue „Erstgeborene", war mir ebenfalls kein Unbekannter; der Kerl hieß Daif und hatte bei der Trauerfeier in der Kerge vor mir seinen lieblichen Duft verströmt.

Seine Schlägertruppe wählte ihn sicher, weil er ihr mit seinen schlechten Eigenschaften ein Vorbild war. Zumindest sorgte er für Machterhalt, denn in seiner Konklause war nur ein Freder kein „Sohn". (Immerhin konnte man den Glatzköpfen nicht vorwerfen, dass sie Lias vergiftet hatten. Gewalt war ihr einziges Mittel der Auseinandersetzung, die Wirkung von Pflanzen zu verstehen, hätte ihr Denkvermögen überfordert.)

Ob gemäßigte Fasilaren oder radikale Durger, die Revai hatten sich gesammelt und traten zum ersten Mal seit dem Tod der falschen Prophetin offen hervor, wieder in Am-Baats. Der Scheffe dieser erfolgreichen Räuberbande aus ungewaschenen Dependaren war ein alter Bekannter: Yaduas Halbbruder Hallup. Im Frühjahr 138 gelang es seinem Haufen, Marints einzunehmen und den dortigen Neunerrat unter Leitung des Predikars zum Drubal zu jagen! Jetzt beherrschen die Revai (vor allem die gefürchteten Durger) fast den ganzen Nordosten des Slengsfelts; eine Abspaltung vom übrigen Land drohte.

Die drei Duchems verweigerten dem „Dostar-Sohn" Daif die Anerkennung als Führer des Landes. Aus Jókkobis Fehler lernte er nicht, weil er meinte, schon alles zu wissen. Er glaubte, gestützt auf ein Ochler Gardoi und einen Verband brutaler Glatzen-Brüder, den Krieg schon so gut wie gewonnen zu haben.

Die Revai unter Hallup hatten aber die Erfahrung, die ihm fehlte. Sie bereiteten ihm in der Schlacht von Andegast am Kachoi-See eine vernichtende Niederlage. Daifs abgeschlagener Kopf wurde auf den Palisadenzaun des Dorfes gespießt; das war im Jahr 138.

Die Duchems erkannten, dass nur eine gemeinsame, äußerste Anstrengung ihre Herrschaft bewahren konnte. Ihr Mann der Stunde hieß Leovigil, ein Lotnam aus Tangeleit; ein Glücksfall der slengsaakischen Kriegsführung, wie sich herausstellte: Ihm gelang die vielbejubelte Rückeroberung von Marints. Ein nicht sehr großes Schlachtfeld beim nahegelegenen Dorf Bannakert am See war über und über bedeckt von Revai, die Leovigils Leute niedergemetzelt hatten. Scheffe Hallup fiel lebend in die Hände der Sieger und wurde – wie man hörte – an den nächsten Baum gehängt.

Ich konnte froh sein, dass mein Leben als Jung-Kurant im Kreopat lange so ruhig verlief; erst später wurde mir das bewusst. Da fand ich eines Tages meine Mutter tot auf dem Bett liegend. Sie hatte offenbar Schmerzen und Melancholie nicht mehr ausgehalten. Ein um Kinn und Haar gebundenes

Tuch sollte mögliches Erbrechen eines starken Giftes verhindern. Ich war erst vierzehn und konnte dem Haus Palint nicht vorstehen. Aber die schützende Hand der Kerge wachte über mir, denn der Devante Lemreck übernahm meine Vormundschaft, bis ich achtzehn wurde. Kuranten sorgten in seinem Auftrag für Haushalt und Verwaltung meines Besitzes.

Selten waren die Duchems mächtiger gewesen als nach dem Sieg von Bannakert im Jahr 138. Den nächsten Ersten Habitanten konnten nun sie bestimmen, eine einmalige Gelegenheit! Am Hof des Duchems von Kirgmehs lebten die ehemaligen Freder Kamba, Kaver und Tosch im Exil. Sollte einer von ihnen (sie waren alle Kondraker) neuer Führer des Landes werden?

Auch über den Kriegshelden Leovigil sprach man, wollte den Starken aber nicht noch stärker machen. Nach langem Gezerre einigten sich die drei lokalen Herrscher auf einen schwachen Kompromiss-Kandidaten: Terns, den Schwager des Duchems von Jehtse. Der neue Erste Habitant ritt mit seinen Truppen nach Kondrake, lagerte vor der Mauer und forderte Einlass.

Es gab damals in der Stadt nur eine von beinahe allen anerkannte Kraft: der Devante Lemreck. Die schwächste Konklause aller Zeiten bestand lediglich aus zwei „Söhnen". Viele ihrer Kameraden waren in der Schlacht von Andegast gefallen oder an Krankheiten gestorben. Der Niedergang der Dostar-Anhänger war offensichtlich, machte sie aber umso bösartiger. Besonders die Kondraker Oststadt litt unter ihrem Terror.

Im Gefolge von Terns waren auch Kamba, Kaver und Tosch zurückgekehrt. Sollte man sie wieder in ihre alten Rechte einsetzen? Mit einem Fremden als Ersten Habitanten? Der alte Lemreck führte die Verhandlungen von unserer Seite. Die zwei „Söhne" als Freder blockierten zunächst alles, aber ohne diese Dummköpfe und ihre Kumpane mit einzubeziehen, war kein Frieden möglich.

Vor dem Kreopat sprach der Devante schließlich zur versammelten Menge. Dabei hielt er ein Papier hoch, das neben seiner Unterschrift auch hingekritzelte Zeichen der beiden Glatzköpfe trug. Terns wurde darin anerkannt, ebenso Kamba, Kaver und Tosch als alt-neue Freder. Aber nach wie vor hatten die zwei „Söhne" in der Konklause ein gewichtiges Wort mitzureden. Konnte das gutgehen?

Der Wunschkandidat der Duchems zog mit seinen jehtsischen Truppen in die Stadt ein – das sahen die Kondraker mit Unbehagen. Bald stellte sich heraus, dass Terns guten Willens, aber das unbeholfene Gekrakel der beiden „Söhne" das Papier nicht wert war, auf dem es stand. Ihre Glatzen-Freunde begannen vom Ostviertel aus mit Anschlägen auf die fremden Gardoi. Die schlugen zurück und die Auseinandersetzung schaukelte sich hoch. Das alte Misstrauen zwischen Kondrakern und Jehtsern brach auf.

Jetzt war mir der Krieg ganz nahe, nämlich mitten in der Stadt, mit Getümmel und Geschrei in allen Gassen. Nach einer wegen Lärms schlaflos verbrachten Nacht wollte ich eines Morgens ins Kreopat gehen und fand den Palintsweg voller Leichen, einige tote Nachbarn, aber vor allem „Söhne" sowie fremde und einheimische Gardoi.

Terns' Leute suchten ihre Gegner überall, auch in Häusern, deren Bewohner ihnen vielleicht Sympathien entgegenbrachten – das gab viel böses Blut! An einem Nachmittag klingelte die „Soniade der Not" unaufhörlich, denn ein Feuer legte mehrere Häuser in Schutt und Asche. Hatten betrunkene Gardoi aus Jehtse den Brand gelegt, wie später behauptet wurde? Fest steht: Ohne das sofortige Eingreifen von Terns, der persönlich die Löscharbeiten leitete, wäre Kondrake verloren gewesen.

Eine Woche später zerstörte ein zweites Feuer die meisten Gebäude der alten Fabregge. Es brannte mitten in der Nacht, aber die „Soniade der Not" schwieg und ließ die Kondraker schlafen. Die alten Flug-Einrichtungen des Meisters hielten mittlerweile alle für schädliches Drubalswerk.

Niemand dankte es Terns, dass er die Stadt gerettet hatte. Zwei Monate war der neue Erste Habitant an der Macht, da stieß ihn jemand aus dem Fenster von Dostars alter Wohnung. Der erste Stock des Neunehauses liegt nicht hoch. Überall sonst in Kondrake hätte Terns vielleicht mehr Glück gehabt, aber der Platz vor dem Haus ist gepflastert. Er starb auf der Stelle an einem Schädelbruch.

Hatte da ein Kahlgeschorener nachgeholfen? Wohl kaum. Die meisten von ihnen waren mittlerweile aus der Stadt geflohen oder lebten nicht mehr. Die Konklause unter meiner Leitung hatte es später leicht, die Dostar-Anhänger und ihre Symbole zu verbieten, denn sie führten mittlerweile ein Schattendasein. Aber der Terns-Attentäter war vielleicht ein Revai – beauftragt von Scheffe Hallup!

Versehentlich hatte man wohl bei Bannakert den Falschen an den Baum gehängt. Der totgeglaubte Halbbruder der bereits von Dogger-Wald-Kreaturen verdauten Prophetin war immer noch quicklebendig! Mit einer großen Anzahl verlauster Schurken versuchte er im Jahr 139 erneut, ein „Reich der Revai" zu errichten, diesmal vom Großdorf Ti-Kleit aus. Der Umstand, dass nun der Südosten von Kriegsgetümmel betroffen war und damit der Einflussbereich des Jehtse-Duchems, machte uns Kondraker glücklich. Denn wir sahen die fremden Truppen, die jetzt an anderer Stelle dringend gebraucht wurden, aus der Stadt marschieren und weinten ihnen keine Träne nach.

Wenn die drei Duchems es fertigbrachten, ihre Rivalität zu vergessen, waren sie auch erfolgreich. In heikler Lage fiel ihnen rechtzeitig der alte Kriegsheld Leovigil ein. Der führte in ihrem Auftrag die vereinigten Ochler aus Kirgmehs, Jehtse und Tangeleit gegen Ti-Kleit. In der entscheidenden

Schlacht am Lagoi-See trieben sie die Feinde ins ufernahe Wasser und machten sie in Scharen nieder.

Der große Heerführer wurde durch einen wahrscheinlich verirrten Drissong-Bolzen leicht verwundet, starb jedoch an Blutvergiftung. Mit besonderer Gründlichkeit sorgte man dafür, dass Hallup nicht mehr „auferstehen" konnte. Auf dem Marktplatz von Jehtse begann zunächst einer der örtlichen Peitscher damit, ihm den rechten Fuß abzusägen und der Hinrichter beendete die langsame Tortur schließlich mit dem Abtrennen des Kopfes, den er triumphierend vor den jubelnden Zuschauern hochhielt – dazwischen aber lag das blutigste Schauspiel, an das sich die Leute erinnern konnten.

Die Sieger verfolgten unter neuer Leitung versprengte Gruppen der Aufständischen allzu weit nach Osten. Der Topkamer von Braits fühlte sich in seinem Herrschaftsgebiet bedroht. Dass er sich in dieser Lage mit Lumpengesindel verbündete, hätte er sich bis vor Kurzem wohl auch nicht träumen lassen. In der Folge schlugen brezzische Truppen und Reste der Revai gemeinsam unsere Gardoi und verwüsteten slengsaakische Dörfer.

In meinem Haus gab es einen natürlichen Todesfall: Als ich eines Abends, aus dem Kreopat kommend, die Küche betrat, fand ich die alte Zerfe mit dem Kopf im wassergefüllten Spülbecken – sie wollte wohl gerade Geschirr reinigen, als sie verschied. Ich sorgte dafür, dass die treue Dependarin ein schönes Grab auf der großen Tombe erhielt, mit dem Gesicht zum Kergeturm gerichtet. Auf Vermittlung des Devante wurde Bisch ihre Nachfolgerin.

Der Krieg begann, unübersichtlich zu werden. Hallup hatte Durger und Fasilaren noch einmal vereinigt. Jetzt verfolgten sie ihre Ziele wieder getrennt oder bekämpften sich untereinander. Die Duchems hatten die eigenen Gardoi nicht mehr im Griff. Truppenteile machten sich selbstständig und zogen plündernd durchs Land. Kuranten und Predikare vergaßen schändlicherweise ihre geistlichen Aufgaben und bedrohten mit gemieteten Kämpfern ihre Nachbarn.

Später sprach man von der herrscherlosen, der schrecklichen Zeit – im ganzen Jahr 140 gab es keinen Ersten Habitanten. Als 16-jähriger Jung-Kurant unterrichtete ich die erste Klasse jetzt auch in slengsaakischer Kunst und Kultur. Aber nur wenige meiner Schüler konnte ich damit begeistern; am liebsten spotteten sie über Anwärter auf das höchste Amt, die wahrscheinlich bereits im Grab lagen. Ich fand es äußerst mühsam, diese wilden Jungen stattdessen zu Lobgesängen auf den Herrn Arasul zu überreden.

Mit 17 bekam ich eine neue Aufgabe, denn der Devante wünschte, dass ich an Sitzungen der Konklause teilnahm. Dort saß ich den drei erfahrenen Herren Kamba, Kaver und Tosch gegenüber. Gewiss, sie waren gläubige Arasuliten, nahmen mich freundlich auf, aber was sollte ich hier? Mir war unbehaglich bei dem Gedanken, hohe Verantwortung zu tragen und zum Wohl anderer wichtige Entscheidungen zu fällen. Meinen Platz sah ich bei der reinen Lehre im Kreopat.

Im Jahr 142 ging das landesweite Metzeln und Schlachten in einen allgemeinen Erschöpfungszustand über. Der Devante reiste nach Braits, um mit dem Topkamer einen Friedensvertrag auszuhandeln. Ich rechnete fest damit, dass er nach seiner Rückkehr einen der bewährten Alt-Freder zum Ersten Habitanten ernennen würde. Aber ich hatte mich getäuscht: Der alte Lemreck wünschte den Sohn des Palint an der Spitze des Slengsfelts! Er dachte wohl, dass ein Musterschüler im Kreopat auch ein guter Führer des Landes ist. „Du machst das schon!", meinte er lächelnd, wenn ich zweifelte.

Ziel des mittlerweile 71-Jährigen war, immer mehr in den Hintergrund zu treten und andere regieren zu lassen. Er ernannte die zum Neunerkreis fehlenden Freder, das waren Laubin, Lunis und Laats. Besonders freute mich, dass Halko mit uns am runden Tisch saß.

Warum der Devante Pnot zu meinem Stellvertreter machte und ihm nicht das höchste Amt anbot, ist mir unbegreiflich. Der Zweite Habitant weiß sich stets bestens auszudrücken, wo ich mühsam nach Worten suche. Bin ich bereits müde vom Argumentieren, scheint er gerade aufzublühen. Seine Entscheidungen fallen rasch, während ich immer lange zögere. Er lächelt wissend, wenn ich eine andere Meinung habe. Denn am Ende kann ich sicher sein, nachgeben zu müssen.

Wir fünf jungen „Nachrücker" waren vom Alter her nicht weit auseinander. Der etwa 40-jährige Kamba wurde mir unter den Alt-Fredern ein väterlicher Freund. Kaver lernte ich als wortkargen, misstrauischen Menschen kennen. Leider erwies sich Tosch als wenig zuverlässig. Er drehte nach einem slengsaakischen Sprichwort gern „seine Fahne, wie der Wind blies".

Unversehens stand ich, gerade 18 Jahre alt geworden, nicht nur meinem eigenen Haus, sondern als Erster Habitant auch diesen acht Fredern vor – aus freien Stücken hätten sie mich sicher nicht gewählt.

In einem waren wir uns rasch einig: Ein Alleinherrscher wie Dostar sollte künftig verhindert werden. Bei umstrittenen Entscheidungen hatte der Mann an der Spitze das letzte Wort, aber die Konklause auch das Recht, ihn jederzeit abzusetzen.

Monatelang beschäftigten wir uns (oft bis in die Nacht hinein) mit grundlegenden Fragen des Slengsfelts wie etwa der Sicherung des Friedens, größerer Gerechtigkeit in der Verteilung des Landbesitzes und dem dringend notwendigen Ausbau unserer Straßen.

Nach drei harten Jahren ernteten wir zunehmend die Früchte unserer Arbeit, denn beinahe alle unsere Vorhaben nahmen einen zufriedenstellenden

Verlauf. Dabei wurden im Volk meist die Namen der anderen jungen Nachrücker genannt, selten mein eigener – sehr zu meinem Ärger.

Dann hatte ich eine Idee, die bestens zu meiner Stellung als Kurant passte: In einer Konklause beantragte ich, Dostar endlich öffentlich als Eksler, hundertfachen Verbrecher und Lügner zu verurteilen! Mein Vorschlag wurde angenommen, denn Lippenbekenntnisse kosteten nichts.

Auskunfter verkündeten bald auf allen Gassen und Plätzen: Wer die Wege des schwarzen Mannes heimlich weiterverfolgte, sogenannte „Forschungen" betrieb oder versuchte, unheilvolle Makinen wiederherzustellen oder neu zu bauen, musste mit schweren Strafen an Leib und Leben rechnen!

Ich hätte der Kerge einen großen Dienst erwiesen, lobte mich der Devante. Davon beflügelt, forderte ich in der Konklause:

„Lasst uns ein Zeichen setzen, Dostars verhängnisvolles Erbe sammeln und verbrennen!"

Ich musste dafür einige Überredung aufbringen, aber es gelang. Die drei Alt-Freder und ich trafen Vorbereitungen für den Vernichtungsakt. Wir schickten Gardoi aus, die verdächtiges Material beschlagnahmen und lagern sollten.

Der lange festgelegte Tag kam. Zahlreiche Gäste aus dem Slengsfelt, viele Kondraker, Kuranten des Kreopats, die Freder und ein großes Aufgebot von Gardoi versammelte sich auf freiem Feld jenseits der Südmauer. Auf einem großen Scheiterhaufen lag Dostars unheilvolle Hinterlassenschaft, etwa Hülle und Korb der ersten Pilate, Behälter und Geräte aus dem einstigen Arbeitszelt, mehrere Abrellen, schwarze Anzüge aus seinem Besitz, Fonem und Mirade sowie Teile des Dampfpflugs, mit dem er die Bauern zum Staunen gebracht hatte.

Mein Stellvertreter sagte in seiner Rede:

„Der vom Drubal verblendete Geist glaubt, mit seinen Apparaten wie Gott werden zu können – ein verhängnisvoller Irrtum!"

Nach Pnot sprach ich und endete so:

„Wir gehen den Weg der Wahrheit als Makinenlose!"

Dann gab ich das Signal, den Scheiterhaufen zu entzünden. Als die Flammen fast wieder erloschen waren, fuhr ein Windstoß in die Asche und ein Doppelwolf heulte besonders laut im Wald. Ich rief:

„Dieser Tag ist ein Triumph des Glaubens und eine Niederlage für Drubal. Hört nur, wie sein unheilvolles Tier jammert!"

Leider hatten sich alle Gutgläubigen geirrt und es nicht sofort gemerkt, auch der Devante nicht. Nach dem Vernichtungsakt ernannte er mich 21-Jährigen sogar zum jüngsten Predikar des Slengsfelts.

Nüchterne Überlegung brachte mich später darauf, dass bei mehr als 45 Jahren Herrschaft des schwarzen Mannes unsere „Sammlung" etwas spärlich ausgefallen war. Jemand hatte unser Vorhaben missbraucht, um

Dostars Erbe gerade vor der Zerstörung zu bewahren und zu verstecken! Mein Verdacht fiel auf den Zweiten Habitanten – dieser Mann redete mit doppelter Zunge. Beweisen konnte ich nichts, vermute aber: Pnot ist nur der Kopf einer ganzen Bande von Ekslern, Knopfdrückern und Hebelspielern in höchsten Kreisen.

Die letzten Absätze dieses Kapitels habe ich Koppin wieder vorenthalten. Denn ich kann ihm einfach nicht erzählen, wie ich mit naivem Gemüt und aus eigener Schwäche heraus immer wieder auf gerissene Halunken hereinfalle!

Kapitel 20

Der falsche Schädel

„Halt!", rief Jorp auf dem Bock. Die Pferde blieben stehen. Mein Wagen war in der Gruttgasse; zu dritt stiegen wir aus – Fostin, Koppin und ich. In einiger Entfernung erhoben sich die Steinmassen von Kerge und Kurtell. An der Mauer der großen Tombe warteten Laubin und ein Dependar. Ich kannte den Mann nur flüchtig, aber er musste es sein: Eine Hautkrankheit war geblieben nach überstandener Harrou. So seltsam wie Gman sieht niemand in Kondrake aus.

Ich begrüßte den Arzt und stellte ihm Koppin vor. Es war nicht schwer, mich zu reizen; ich zeigte auf seinen Begleiter und fragte grob:

„Was soll er dabei?"

Laubin dagegen blieb freundlich.

„Mein Dependar ist eingewiesen. Hast du ein Problem damit?"

„Das war nicht abgesprochen."

„Ich brauche vielleicht Hilfe", erwiderte er. „Gman kann uns nützlich sein." Er warf dem Dependar, böse lächelnd, einen flüchtigen Blick zu. „Man muss ihm nur ab und zu klarmachen, wer die Befehle gibt!"

Laubin hatte eine Tasche umgehängt, in der wohl seine Instrumente waren. Gman tat mir leid, denn er ist doppelt gezeichnet: Einmal überziehen überall rote Flecken sein blasses Gesicht. Zum anderen verunstaltet ihn von der Oberlippe bis zur rechten Wange eine Narbe, die ihm Laubin selbst zugefügt haben soll; seine Bemerkung eben passte dazu. Der Arzt und Freder ist wohl ein Mann mit zwei Gesichtern – nach oben schmeicheln, nach unten bestrafen. (Mir fiel ein, dass ich als Dienstherr eigentlich Bisch schlagen könnte.)

„Du treibst viel Aufwand wegen ein paar Knochen", meinte ich mit einem unbehaglichen Gefühl.

„Ob es so ist, wissen wir noch nicht mit Sicherheit." Laubin lächelte. „Wir sind für alle Fälle gerüstet. Nicht wahr, Gman?"

„Jawohl!", antwortete der Dependar.

„Er spricht nur mit meiner Erlaubnis und ist so verschwiegen wie Fostin." Der Arzt machte ein liebenswürdiges Gesicht. „Wie das mit deinem jungen Freund ist, kann ich nicht beurteilen."

„Das Vertrauen von Herrn Matea weiß ich zu schätzen!", rief Koppin.

„Das glaube ich dir." Wie ruhig Laubin wirkte. Als würde er gleich einen Patienten besuchen, der sich lediglich den Fuß verstaucht hatte. „Wie hast du geschlafen?", fragte er mich, scheinbar besorgt.

„Unruhig." (Heiliger Arasul, ich hatte kein Auge zugetan!)

„Wollen wir gehen?"

„Du hast den Schlüssel?"

„Gman holte ihn gestern bei den Totenträgern."

„Dann los!", sagte ich verdrießlich. Klabo, drinnen im Wagen, hob grüßend die Hand. „Wir sind bald zurück!", rief ich. (Am liebsten wäre ich sofort wieder eingestiegen!)

Jorp stieg vom Bock.

„Wir passen auf", erwiderte er.

Vom nahen Kergeturm erklang die Soniade siebenmal. Die Sonne schien noch schwach; es würde wohl heute wieder sehr heiß werden. Der mäßig wehende Wind aus Nordwesten brachte fauligen Geruch aus dem Dogger-Wald. Ein abgehacktes Schnattern von dort wurde gelegentlich von heiserem Gebell übertönt.

In der Nacht hatte es geregnet; unsere Schuhe und Stiefel sanken tief ein im Matsch der Gruttgasse. Laubin lief voran. In seiner umgehängten Tasche scheppterte etwas. Ich ahnte nichts Gutes.

Wer im Ostviertel wohnt, gehört zu den Ärmsten der Stadt. Jedes Haus zu unserer Rechten schien kleiner, buckliger und baufälliger als das vorhergehende. Aus einem kam das Gekeife von zwei streitenden Weibern. Ausgedehnte Misthaufen versperrten uns manchmal fast den Weg. Ein paar zerlumpte Kinder betrachteten uns schweigend. Wir folgten der Tombe-Mauer, die einen Knick machte.

Auf einem Eisentor ist das Relief eines Akoi zu sehen. In tiefer Trauer bedeckt er sein bärtiges Gesicht mit beiden Händen. Das Tor stand halb offen. Dahinter liegt ein Grab am anderen, jedes mit einer Holzkresne, ein einziger, niedriger Wald aus Schnitzwerk.

Weiter geradeaus, die Gruttgasse entlang, erheben sich die beiden „Steingebirge". Die prächtige Kerge-Fassade im Westen hat hier ihr Gegenstück in der schmucklosen Fassade des Ostens. Nur die schmale Enchgasse trennt sie von der mächtigen Mauer der Kurtell mit dem hohen, südöstlichen Wehrturm.

Zwei Gardoi standen an diesem Morgen in einem Fenster unter dem Dach. Unten aber, am Ende der Gruttgasse, warteten wohl hundert Kondraker auf uns! Sie wollten Zeugen sein bei einem Unternehmen, das noch niemand gewagt hatte.

Als wir näherkamen, begann sich die Menge zu teilen. Männer zogen ihre Hüte vor uns; Frauen senkten die Köpfe. Ich hörte Begrüßungen, sah

Bekannte und nickte meist stumm. Meine Versuche, zu lächeln, gerieten wahrscheinlich zu Grimassen. Vereinzelt gab es Rufe: „Großartig!" oder „Nur Mut!". (Ich fühlte mich wie ein Gardoi, der Angst hat vor der Schlacht und flüchten will.)

Lunis und Laats, die Arme vor der Brust verschränkt, grinsten mich frech an. Vereinzelten Gesprächsfetzen entnahm ich, dass die Leute sich über Koppins Teilnahme wunderten, obwohl die Auskunfter sie angekündigt hatten – wie peinlich mir das jetzt war. Dann, der vollkommene Kontrast: Wir traten in die Stille und den Schatten der Enchgasse.

Mit vielleicht sieben Schreitern ist sie so breit wie andere Kondraker Gassen, wirkt aber wegen der hohen Mauern zu beiden Seiten besonders eng. Ich wagte einen Blick hinauf: Oben an der Kurtell kann durch kleine Öffnungen siedendes Wasser und heißes Pech auf mögliche Angreifer geschüttet werden. Aber wer würde ausgerechnet hier Leitern aufstellen wollen, um diese Festung zu erobern?

Wir liefen am Boden, klein wie Insekten, so schien es mir. Auch die Sonne eines fortgeschrittenen Tages kann in diese Tiefe kaum vordringen, sodass in der Enchgasse ständige Dämmerung herrscht. Hoch über unseren Köpfen sah ich einen Streifen Tageslicht mit ein paar ziehenden Wolken. Vom nächtlichen Regen tropfte es immer noch auf uns herab, vor allem vom Dach der Kerge. Über jeweils drei Stufen führen altersschwarze Holztüren ins Innere des Gotteshauses. Aber ich kenne keinen, der hier hinein- oder hinausgeht, mich selbst eingeschlossen.

Die Bewohner dieses Viertels laden hier offenbar ihren Müll ab, denn überall vor den Mauern lag stinkender Unrat. Über uns pfiff der Wind etwas, drang ein Schnattern und Bellen aus dem Dogger-Wald zu uns herab und das heisere Gekrächze von Piats. Mit Ratten, Tierkadavern und Essensresten gibt es hier reichlich Nahrung für sie.

In der Mitte der Enchgasse wölbt sich das Halbrund der kleinen Tombe aus der Kergemauer heraus – eine Engstelle, die mir Probleme macht wie keine zweite. Gegenüber der Kurtell ist der Eingang zur Gruft, eine der hier üblichen Holztüren über drei Stufen. Davor lagen die Scherben eines Tonkrugs und der blutige Leichnam einer Katze. Ich zuckte zusammen. Hatte gerade ein Piat hoch über mir etwas fallen lassen? Nein, es war nur ein besonders dicker Wassertropfen gewesen. Der nächtliche Regen hatte viel weggespült; bei langer Trockenheit ist hier unten alles weiß von Vogelkot.

Über der Tomben-Tür hängt ein gemeißeltes Relief.

„Geh ruhig näher und schau es dir an", sagte ich zu Koppin.

Laubin hatte die Tasche auf den Boden gestellt und tastete seine Kleidung ab; wahrscheinlich suchte er den Schlüssel. Sein Dependar kratzte mit missmutigem Gesicht an seiner Narbe.

Der Junge betrachtete das Kunstwerk: ein glatzköpfiger, einäugiger Herr der Slengsaaken, eine große, zentrale Figur, steht mit erhobenem Zeigefinger vor einer Gruppe viel kleinerer Leute. Seine linke Hand hält ein schlauchartiges Gebilde, das unten in einen Kasten mit Röhren und Knöpfen übergeht. Was diese Makine darstellen soll, wüsste der Betrachter des Reliefs wohl gern; der Meister erklärt sie offenbar gerade seiner aufmerksamen Zuhörerschaft. Seinen rechten Stiefel hat er auf ein unruhiges Geringel aus Lurchen und dicken Würmern gestellt – wohl eine freie Darstellung von Dogger-Wald-Kreaturen. Unter dem Relief ist zu lesen:

„Dem größten Führer der Slengsaaken, Steuermann in allen Fährnissen, Bändiger der Bestien, Lehrer und väterlichem Freund, dem unvergleichlichen und einzigartigen Dostar. Möge die Erinnerung an Ihn dauern bis in die fernste Zukunft unseres Volkes!"

„Möchtest du etwas dazu wissen?", fragte ich Koppin.

„Im Augenblick nicht." (Beim Arasul, war der Junge wieder blass.)

„Dann mach bitte auf, Laubin." (Stand ich wirklich hier? Ich wünschte mich an jeden anderen Ort!)

Der Arzt drehte den Schlüssel im Schloss. Als er die Tür aufdrückte, quietschte sie durchdringend.

Einer nach dem Anderen traten wir ein. Die Tür blieb angelehnt, das dicke Mauerwerk dämpfte den Lärm der Piats und des Dogger-Waldes beträchtlich. Schlechte Luft hier drinnen. Es war wesentlich kühler als draußen; mich fröstelte.

Anfangs konnte ich fast nichts sehen, aber hören: viel Unruhe und hastiges Geraschel. Etwas lief über meinen Stiefel. Wer war mehr erschrocken – ich oder die flüchtende Ratte?

Allmählich gewöhnten sich unsere Augen an die Dunkelheit. Die Mosaiken des kreisförmigen Fußbodens stellen eine lange Prozession ernster Figuren dar. In einer Spirale zur Mitte hin werden sie immer kleiner – so viel konnte man trotz des Schmutzes überall erkennen. Fünfzehn Schreiter darüber erhebt sich die Decke des Tonnenbaus. Sein eines Halbrund wölbt sich zur Enchgasse hin, das andere (spiegelbildlich) zum Inneren der Kerge. Die eine Hälfte der Decke besteht aus Glas zwischen kunstvollen Streben, die andere aus durchgehendem Mauerwerk.

Wir standen im „helleren" Teil der Gruft. Die Tageszeit und die Färbung des Glases tauchten hier Wand und Boden in ein mattes, fast erlöschendes Rot. Geschickt hatte der Glaser dort oben rätselhafte Figuren eingearbeitet. Ich fühlte mich beklommen, als ich sie länger betrachtete.

Die hintere Hälfte der kleinen Tombe lag im Dunklen; ich konnte so etwas wie einen Haufen Gerümpel erkennen. An der Wand entlang (die Tür ausgenommen) zieht sich eine schmale Steinbank offenbar durch den ganzen Raum. Man hatte sie wohl zur Andacht der zahlreichen Dostar-Verehrer geplant, eine völlige Fehleinschätzung, wie sich herausstellte. Denn die Furcht vor dem schwarzen Meister steigerte sich mit den Jahren noch; niemand besuchte seine Gruft. Seine Totenträger waren nachweislich zuletzt hier hereingekommen. Wir wagten es vielleicht als Erste wieder – ausgerechnet ein Hasenfuß wie ich führte sie an!

Die kleinsten Trauernden des Bodenmosaiks verschwinden unter einem fußhohen Podest, auf dem Dostars Sarg steht. Er ist nicht aus Holz, sondern aus Stein, wuchtig und wannenartig mit abgerundeten Ecken. (Die Totenträger mussten ihn damals nach der Zeremonie in der Kerge umgebettet haben.) Der massive Deckel hat zwei seitliche Griffe, die wohl Schlangen darstellen sollen. Zwischen den gemeißelten Tierfüßen und dem Podest hing ein Spinnennetz am anderen, eine Fallen-Welt im Klein-Format. Ich sah feingliedrige Täter sich langsam darin bewegen und eine Menge zappelnder oder regloser Opfer.

„Mehr Licht wäre gut." Das sagte ich, dachte aber, dass es besser dunkel bliebe.

Fostin zündete eine Lampe an und Koppin hielt sie. Laubin sah mich erwartungsvoll an; über sein Gesicht lief ein Schweißtropfen, trotz der Kühle.

Ich brachte keinen Ton heraus und nickte nur. Es war klar, dass mein Gardoi und Laubins Dependar die Schwerarbeit machen sollten.

„Männer, hebt an!", befahl der Arzt.

Sie standen nebeneinander und packten die Griffe.

„Hoch!", rief Gman gepresst.

Der Deckel bewegte sich kaum. Wie viel, beim Drubal, wog das Ding? Ein zweiter Versuch – eiserne Scharniere knarzten beängstigend; seit vielen Jahren rosteten sie vor sich hin. Der Deckel ging jetzt ganz auf, mit anhaltendem Quietschen, dass mich schauderte. Weil ich zögerte, musste Laubin mich heranwinken. Ich trat mit Koppin an den offenen Sarg und dachte: *Sie hören alle, wie dein Herz schlägt!*

„Ach", sagte ich und weiter nichts. Ich hatte schon genug gesehen. Es traf mich schlimmer als erwartet, denn er war viel mehr als ein Skelett – der Leib des schwarzen Meisters schien vollständig! Wahrscheinlich lag er nackt unter einem verblichenen Tuch, das ihn bis zur Brust bedeckte. Seine seitlich liegenden Arme hatten viel Platz, als könne, müsse er nach etwas greifen.

Je länger man hinschaute, desto schlimmer wurde offenbar dieser erste, unangenehme Eindruck. Fostin schüttelte immer wieder ungläubig den Kopf, Gman kratzte nervös an seiner Narbe und Koppins Gesicht war kreideweiß. Dostar hatte sich überhaupt nicht verändert. So kannten wir ihn: mit kahlem Kopf, einer langen, etwas höckrigen Nase und dem Narbenkranz um die rechte Augenhöhle, das andere Auge geschlossen – als wäre sein Tod noch nicht lange her. Wenigstens der Staub hatte sich die Zeit genommen, auch in den Sarg einzudringen und den Meister mit einer dünnen Schicht zu bedecken. Aber mir kam die schreckliche Vorstellung, dieser seltsame Leichnam könne sich im nächsten Augenblick erheben, mich am Kleid des Predikars packen und mir ins Ohr flüstern: *Du wirst mich nicht los.* Ich spürte den Wahnsinn in mein Gehirn kriechen und musste mich mit Macht in die Wirklichkeit zurückrufen!

Laubin wischte sich mit einem Tuch über die Stirn.

„Puh", stöhnte er, „dieser Mann ist wirklich eine Herausforderung!"

„W... willst du abbrechen?", stotterte ich. (Das wäre mir am liebsten gewesen.)

„Aber was denn?", rief der Arzt. „Jetzt geht es erst los!"

Er bückte sich, holte ein dickes Bündel aus seiner Tasche, legte es auf Dostars Brust und rollte es auseinander. In eingenähten Beuteln steckten Instrumente – Zangen und Messer aller Größen, ein Hammer und eine Knochensäge.

„Beginnen wir." Laubin rieb sich die Hände. (Er bekämpfte wohl die eigene Angst mit Eifer.)

„Kannst du mir helfen?", fragte er Koppin. „Wo immer ich arbeite, folgt mir deine Lampe. Verstanden?"

Der Junge nickte.

Der Arzt nahm ein kurzes Rohr aus einem Beutel. Er setzte dem Leichnam das eine Ende auf die Brust. Das andere, trompetenartig erweiterte hielt er sich ans Ohr.

„Kein Atem", sagte er schließlich. Wann prüft man schon einmal bei Toten den Pulsschlag? Laubin hielt eine Weile Dostars Handgelenk und zuckte dann mit den Schultern – nichts gefunden.

Gman hielt seinem Herrn zwei Handschuhe hin. Die zog er an (sie waren sehr eng), öffnete Dostars Mund und schaute hinein.

„Zunge und Zähne", murmelte er, „alles tadellos." Er schien sich jetzt doch zu wundern und lächelte verlegen. „Verrückte Sache, das."

Ich fühlte beinahe selbst einen Schmerz, denn jetzt führte er eine Zange in Dostars Mund ein. Damit ruckte und zerrte er so sehr, dass der Kopf des Toten wild hin- und hergedreht wurde.

„Verdammt!", ächzte der Arzt und setzte seine ganze Kraft ein – ohne Ergebnis. Verwundert zog er die Zange heraus, schaute sie an und sagte leise, mehr zu sich selbst: „Ja, sind denn das Zähne aus Eisen?"

Auch das sah sehr geübt aus: Ein rascher Schnitt mit einem kleinen Messer, von einer Stirnseite zur anderen – die Haut der Leiche blieb unverletzt.

„Ist die Klinge stumpf?" Er lachte, aber nicht heiter. „So etwas ist mir noch nie passiert!"

Eine Weile beugte er sich tief über Dostars leere Augenhöhle und rief schließlich:

„Näher mit der Lampe!" Koppin gehorchte. Der schwarze Meister wurde an diesem Morgen gut ausgeleuchtet.

„Ähm, Laubin?" (Durfte ich ihn etwas fragen?)

„Moment, bitte."

Einen Augenblick war beinahe völlige Stille, bis auf die krächzenden Piats draußen. Der Arzt bewegte ein noch kleineres Messer in seinem Untersuchungsfeld sachte hin und her. Ohne aufzublicken, streckte er fordernd die Hand nach hinten.

„Gman, kleiner Löffel." Messerchen herausgezogen; das neu eingeführte Instrument war eine winzige bauchige Kelle an einem dünnen Stiel.

„Da ist es!" Er erhob sich. Gman hatte schon einen Becher in der Hand. Laubin goss silberfarbene, etwas zähe Flüssigkeit hinein, eine geringe Menge. Sein Dependar verschloss das Gefäß.

„Dann war ich ja doch noch erfolgreich." Er warf die Handschuhe in einen Beutel, den Gman ihm hinhielt.

„Was wolltest du mich fragen, Matea?" Er lächelte bemüht freundlich.

Ich räusperte mich verlegen.

„Was war denn vorhin mit dem Zahn und der Haut?"

Er rollte das Instrumenten-Bündel zusammen. Sein Dependar öffnete die Tasche.

„Wenn ich das schon wüsste", antwortete er spöttisch, „bräuchte ich die Probe nicht."

„Herr Laubin", sagte Koppin leise.

„Was ist?"

„Schauen Sie bitte."

Wieder beugten wir uns über Dostar. In seiner Augenhöhle stieg plötzlich die Flüssigkeit hoch, überraschend viel „Probe". Fostin rief:

„Heiliger Arasul!" So schnell konnte niemand reagieren, das Zeug wurde immer mehr – es lief dem Toten in Rinnsalen an der Schläfe herunter. Koppins Lampe schwankte. Der Arzt schaute verblüfft. Gman deutete stumm mit dem Finger auf das Unheil.

„Laubin, was hast du gemacht?" Meine Knie wurden weich, meine Hände zitterten.

„Nichts Besonderes", antwortete er, seltsam ruhig. „Einen kleinen Schnitt."

Die meiste Flüssigkeit war wohl schon ausgetreten und begann, zu erstarren. Der Tote sah schrecklich aus: Seine Augenhöhle wurde überdeckt von einer aufgequollenen, silberfarbenen Masse. Auf seiner rechten Schläfe bildeten sich langsam festwerdende Streifen bis zum Ohr. Ich konnte nicht wegsehen; mein Zittern hörte nicht auf.

Heiliger Herr Skorn, der schwarze Meister machte den Mund auf! Jetzt flüsterte er etwas, ganz leise, nicht zu verstehen. Ich hatte kein Gefühl mehr in den Beinen. Dann öffnete er das linke Auge. Verdammt, genau das machte Dostar! Dieser Blick, ich kannte ihn ja – kalt, erbarmungslos, böse. Er starrte mich an.

„Aah!", schrie ich. „Macht den Deckel zu, sofort!"

Ich wollte mich wegdrehen, kämpfte mit dem Gleichgewicht, meine Füße machten, was sie wollten, ein paar seltsame Schritte, wie ein komischer Tanz, meine Arme ruderten wild in der Luft und schon lag ich auf dem Rücken. Benommen blickte ich zur Seite. Ein großer Trauernder des Bodenmosaiks, halb bedeckt von Rattenkot-Kügelchen, kam auf mich zu.

Koppin half mir beim Aufstehen. Er führte mich zu dieser Sitzbank für Besucher. Die so klug waren, diese Gruft nicht zu besuchen, im Gegensatz zu mir Esel! Der Junge wischte schnell ein paar Spinnweben weg. Da saß ich nun neben der Tür und atmete schwer. Jókkobi fiel mir ein, warum wohl? Meine Ellbogen bluteten etwas. Die Hände führten eine Art zitterndes Eigenleben. Verdammtes Viehzeug, eine große Spinne kroch an mir hoch; Koppin wischte sie ab. Er hockte vor mir, bleich wie die Wand und wusste nicht, dass ich ihn liebte.

„Da, sein Auge ist wieder zu!", rief Fostin aufgeregt. Er stand am Sarg, ein paar Schritte entfernt, aber ich hörte ihn, als wäre er am anderen Ende eines Tunnels.

Ein Speichelfaden lief aus meinem Mund. Hatte ich denn gar keine Kontrolle mehr? Warum lag Dostar in diesem Sarg und nicht ich? Mein Leben war verwirkt, ich spürte es. Das war nur der Anfang gewesen.

Gman und Fostin fluchten und stöhnten leise, denn sie schlossen gerade den Deckel. Ein Einzelner konnte ihn nicht hochheben. Aber der schwarze Meister?

Laubin war zu mir getreten. Er schaute sehr besorgt.

„Hast du dir etwas gebrochen?"

„Nein." Meine Stimme klang dünn und hoch. „Ich kann schon wieder aufstehen." Ein Versuch – als wäre alles aus Wachs; ich knickte ein. Da saß ich erneut und ächzte.

„Bist du in letzter Zeit schon mal gestürzt?"

„Nein."

„Und dieses Zittern?"

„Zum ersten Mal." Ich hob meine Hand und dachte: Hör auf! Da wurde sie ruhig.

„Wie war es in den letzten Tagen?", fragte der Arzt. „Hattest du Zeichen einer Grippe? Fieber? Trat dir Schleim aus Mund und Nase?"

„Du meinst, ich habe die Harrou?" Ich sagte das ganz ruhig, nur die Hand zitterte wieder.

„Möglich wäre es. Du weißt doch, dass bei jedem die Krankheit anders verläuft." Er wischte den ärgsten Schmutz von der Bank, verscheuchte eine große Spinne und setzte sich neben mich. „Seit Tagen sehe ich dich leiden. Der Zusammenbruch musste kommen und ich ahnte auch, wann – wahrscheinlich heute!" Er sprach geübt einfühlsam. Ich schnaufte und schwieg. „Das muss man erst mal begreifen!" Jetzt wurde er leidenschaftlich; seine Hände gestikulierten. „Du schlägst etwas vor, das noch niemand vorher getan hat. Es übersteigt deine Kräfte bei Weitem, auch nach eigener Einschätzung. Warnungen anderer schlägst du in den Wind. Jetzt ist es passiert und du sitzt da in deinem Elend. Warum?"

Ich hörte seine Stimme und meinen schweren Atem. Koppin hatte sich auf die andere Seite der Tür gesetzt. Wir schauten uns stumm an.

„Bitte, Laubin, nicht hier und jetzt", sagte ich rau.

„Es fehlt dir die Vertraulichkeit?"

„So ist es."

„Ich verstehe."

Er stand auf und ging langsam hin und her. Eine Zeit lang herrschte Schweigen. Draußen krächzten die Piats und lärmten irgendwelche Wald-Kreaturen. (Wie groß und missgestaltet mussten Gänse sein, die so abgehackt schnatterten?) Fostin und Gman waren zu uns getreten.

Ich spürte einen Hauch von Kraft und wollte auch Laubin in Verlegenheit bringen.

„Von dir scheint das ja alles abzuprallen."

Der Arzt blieb stehen und lachte laut.

„Oh nein, da täuschst du dich."

„War das nicht schrecklich genug?", rief ich mit einem Mal. „Was gibt es Schlimmeres als diesen ..." Ich suchte nach Worten.

„... lebenden Leichnam?", ergänzte er.

„Ja." (Ich fror mit einem Mal, als wäre es Winter.) „Das linke Auge", murmelte ich, „wie es mich angestarrt hat."

Er drehte sich zu mir.

„Du fürchtest Dostars Rache?"

„Du nicht?"

„Doch, natürlich." Laubin streckte die Arme aus. „Wir alle haben seine Totenruhe gestört! Du bist in bester Gesellschaft mit deiner Angst." Unruhig setzte er seinen Weg fort und redete dabei, fast ein Monolog mit sich selbst. „Ein normaler Mensch war der Meister nicht, das wusste ich. Aber wer hätte das gedacht – nach dreizehn Jahren! Liegt da, als ob er schläft. So was!" Er blieb stehen und schüttelte mehrmals den Kopf. „Das verstehe, wer will." Dann setzte er sich wieder neben mich und meinte mitfühlend (vielleicht war er nur ein guter Schauspieler): „Willst du so gleich vor die Leute treten? Fast ohne Stimme, leichenblass, mit aufgerissenen Ärmeln, die Kleidung beschmutzt?"

Auf was wollte er hinaus? Egal, hier schien eine Möglichkeit der Entlastung.
„Könntest du das nicht für mich tun?", fragte ich leise.
„Was soll ich denn den Leuten erzählen? Die Wahrheit?"
„Natürlich nicht!", rief ich angstvoll. „Brauchst du noch mehr Verrückte in der Stadt?!"
„Nein", antwortete er. „Eines muss ich dir gestehen, Matea." Vertraulich legte er mir die Hand auf die Schulter. „Mir fehlte von vornherein etwas an deiner Idee – ein handfester Beweis."
Ich stutzte einen Moment und fragte verblüfft:
„Meinst du diese silbrige Masse?"
„Nein." Er lachte. „Du zeigst den Leuten, was sie sehen wollen."
„Aber es sind doch keine Knochen da", sagte ich schwach.
„Tatsächlich?" Er wirkte merkwürdig gut gelaunt. Seine große Tasche stand neben ihm; er holte ein kleines Säckchen heraus. „Ich habe nachgedacht die letzten Tage, für alle Fälle vorgesorgt. Schau her!" Laubin hob einen menschlichen Schädel hoch. Ich folgte seinem deutenden Zeigefinger, während er erklärte: „Dieser Mann verlor sein rechtes Auge, siehst du? Es wurde sogar unten ein wenig Knochen herausgeschlagen – ein wirklich schwerer Unfall. Er hätte gleich daran sterben können, allein er überlebte und hatte das Glück, mich kennenzulernen. Ist dieses Prachtstück nicht ideal für uns?"
Ich starrte das Ding an, als wäre ich blöde geworden. Mein dumpfer Kopf ahnte etwas, aber mein Mund füllte sich mit Speichel und schwieg.
„Die rechte Augenhöhle ist sehr groß", murmelte ich schließlich und steckte den zitternden Finger hinein.
„Wenn der schwarze Meister nicht eine Haut wie das zäheste Leder hätte, wenn man sie abschälen könnte, wie würde wohl sein Schädel darunter aussehen?", fragte Laubin.
„Wie dieser hier."
„Genau!"
Ich fühlte meinen Körper erstarren.
„Du willst den Leuten", sagte ich schwerfällig, „den falschen Totenkopf für den richtigen ausgeben."
„Genau das habe ich vor", meinte er lächelnd.
„Wer war denn dieser Unglückliche zu Lebzeiten?" Plötzlich schmerzte mein Rücken; ich griff mit der Hand nach hinten.
„Spielt das eine Rolle?", fragte er. „Als Arzt denke ich oft: Heilen kannst du nicht, aber sammeln – hinterher natürlich, haha!"
Ich zog meine Hand hinter dem Rücken hervor; sie war schmutzig vom Rattenkot.
„Du willst die Leute belügen." (Wer sprach da gerade aus mir?)
Laubin schaute mich verdutzt an.

„Was hattest du denn vor?", fragte er kühl. „Mein Einfall sollte deinen ergänzen. Manchmal brauchen die Leute mehr als Worte; Dinge, die sie be-greifen, anfassen, berühren könnnen. Aber gut, lassen wir das." Er legte den Schädel mit den ungleichen Augenhöhlen wieder in das Säckchen und meinte lächelnd: „Ich darf dich daran erinnern, dass du Erster Habitant bist. Deine Pflichten muss ich nicht übernehmen."

„Nein, ich bitte dich!", rief ich hastig. Wie mein Herz pumpte!

„Du bist also doch einverstanden?"

„Ja." (Beim Arasul, das Atmen fiel mir schwer.)

Wie im Nebel hörte ich, dass der Arzt jetzt unsere Begleiter einschwor: Zwei Herren hatten miteinander gesprochen und war der eine auch hinfällig und leicht zu beschwatzen, so mussten doch alle dem getroffenen Beschluss folgen. So ist das bei den Slengsaaken – kein Wort zu Dritten, bei Androhung schwerer Strafen.

„Mein Junge", sagte Laubin zu Koppin, „auch für dich gilt diese Pflicht."

„Ich bin alt genug, um das zu wissen", antwortete er.

„Bleib hier." Der Arzt legte mir die Hand auf den Arm. „Wir gehen jetzt vor die Gruft."

Mir schwamm alles vor den Augen.

„Ich ersticke hier!", stöhnte ich.

„Das hilft jetzt nichts!", rief er ungeduldig. „Willst du deinen Ruf vollends ruinieren? Man sollte dich nicht so sehen. Dein junger Freund kann dir Gesellschaft leisten." War da ein spöttischer Unterton?

„Alle zu mir!", rief Laubin draußen auf der Gasse.

Mein Kopf war nahe am Türspalt, ein bisschen frische Luft! Ich sah die Leute nicht, aber hörte ihre Schritte beim Näherkommen und was sie redeten: „Herr Laubin will die Rede halten, wo ist der Erste Habitant?" (War ich ein Fisch auf festem Land, vor dem Vertrocknen?) Der Arzt erklärte, ich sei zusammengebrochen. Er hätte aber auch gute Nachrichten. Man murmelte erwartungsvoll.

Mit einem Mal blickten mich zwei hämisch lachende Kindergesichter an – Koppin drückte von innen gegen die Tür, die sie leicht geöffnet hatten. Sofort waren sie weg.

Man gewöhnt sich auch an die unwirtlichsten Orte, wenn lange nichts geschieht. Allmählich wurde ich ruhiger. Zu Füßen des Jungen blakte die Lampe. Die Ratten kamen wieder aus dem Dunklen. Sie liefen über die Trauerfiguren des Bodenmosaiks. Die durchwachte Nacht rächte sich; krampfhaft hielt ich mich wach, denn ich hatte Angst, von der Bank herab in diesen Schmutz zu fallen.

Auf Halko war ich eifersüchtig gewesen, hatte Koppin für mich gewinnen wollen. Konnte man noch schlimmer scheitern? Da hörte ich erschrockene

Rufe und zuckte zusammen; ich war wohl kurz eingenickt. Laubin zeigte wahrscheinlich das wertvolle Stück aus seiner Sammlung. Ja, er sagte gerade, dass man die Totenruhe nicht weiter stören wolle, Dostars Schädel müsse gleich wieder zurück in den Sarg.

„Es gibt keinen Grund mehr, Angst zu haben!", rief der Arzt. Hatte er vorhin nicht das Gegenteil behauptet?

Diese abgehackt schnatternden Gänse-Muderer im Dogger-Wald – ich hielt mir die Ohren zu und machte wohl ein sehr verzweifeltes Gesicht. Koppin schaute mich mitleidig an. Wir saßen einen Schreiter auseinander, hätten aber getrennter nicht sein können. Sein letzter Tag in Kondrake, den ich ihm gründlich verdorben hatte. Wann wollte seine Mutter abreisen? In ein paar Stunden verließen sie diese Stadt durch das Ost-Tor. Wir waren allein hier drinnen, gerade jetzt wäre Zeit, zu reden, wenigstens ein paar Sätze, eine geflüsterte Erklärung – ich bekam den Mund nicht auf!

Meine Gefühle für ihn erschienen mir lächerlich. War ich nicht selbst eine Witzfigur? Durch meinen Kopf geisterten spöttische Stimmen: ‚Ha, der dicke Predikar. Nur Jókkobi war fetter als er. Matea hat einen Lustknaben. Er wollte ihm zeigen, was für ein furchtloser Kerl er ist. Doch wie leicht war es, ihn das Gruseln zu lehren.'

Kein Wasser, mich zu reinigen. Matea, der schmutzige Narr.

„Geht nach Hause", rief Laubin draußen, „und erzählt es weiter: Dostar ist Vergangenheit!"

Im Gegenteil, dachte ich. *Kommt herein, macht den Sarg auf (zwei Mann genügen) und überzeugt euch von seiner Gegenwart. Die traurigen, dunkelbraunen Augen meines Geliebten. Schaut den geilen Priester, wie er allein an sich herumspielt. Was will denn ein Zehnjähriger von dem Dicken?*

Wenn Koppin die Wahrheit wüsste, er wäre nur entsetzt. Mein Kleid war verdreckt von Spinnweben und Rattenkot. *Ich träumte, hier nackt vor ihm zu sitzen. Die silbrige Masse in der alten Wunde, wie schnell sie aufstieg; die Rinnsale auf Dostars Schläfe erstarrten. Und wieder sein linkes Auge, voller Hass!*

„Aah!", schrie ich. „Schließt den Deckel, schnell!"

„Bist du eingeschlafen?" Laubins Hand lag auf meiner Schulter. „Tut mir leid, wenn ich dich erschreckt habe."

„Ist ... ist schon gut", stotterte ich.

Sie standen alle wieder im Lampenlicht, meine Begleiter an diesem verhängnisvollen Tag. Welcher Treffpunkt ist besser geeignet als eine Gruft? Gemütliches Geplauder am Sarg bei slengsaakischem Schäumer?

„Sind die Leute weg?" Meine Lippen schienen aneinander zu kleben, jedes Wort fiel mir schwer.

„Einige nicht", antwortete Laubin. „Sie möchten dich wohl gern sehen. Das möchte ich dir nicht zumuten. Warten wir noch."

„Gut." (Eine Qual war es, hier zu sitzen, angewiesen auf Hilfe.)

Nach einer Weile öffnete Laubin die Tür ganz; die Angeln quietschten durchdringend. Schnell trat er nach draußen und rief:

„Wusste ich es doch – weg mit euch, Lumpenpack!"

Die schmutzigen Gesichter der Kinder schauten grinsend zu mir herein, um augenblicklich wieder zu verschwinden; ich hörte sie die Enchgasse entlang rennen, der Arzt keuchend hinter ihnen her.

Noch atemlos kam er wieder und sagte:

„Gman, hol den Wagen des Ersten Habitanten!"

Der Dependar verschwand. Durch die offene Tür war es deutlich heller in der Gruft. Koppin löschte die Lampe. Vom nahen Wachturm der Kurtell erklang ein Hornsignal.

„Du machst das schon!" Laubin klopfte mir auf die Schulter.

„Danke für deinen Zuspruch", flüsterte ich, dachte jedoch: *Wer schützt mich vor diesem Monstrum im Steinsarg? Niemand! Das Beste wäre ein schnelles Ende, ein traumloser, ewiger Schlaf!* Das konnte ich mir nur selbst bereiten, aber hatte ich auch den Mut dazu?

Kapitel 21

Das Wirtshaus an der Vestri

Der Arzt schloss die Gruft ab. Meinen Wagen sah ich am Ost-Ende der Enchgasse stehen. Weiter konnte Jorp nicht hineinfahren, denn er musste noch wenden. Bei Laubin eingehängt, dachte ich (sehr ungewohnt) über das Gehen nach: rechter Fuß, linker Fuß. Fostin trug die Tasche mit den Instrumenten. Wenn ich schnaufend stehenblieb, machten es die anderen auch. Das dauerte lange; Koppins Mutter würde schon warten.

Meine Beine schienen manchmal knochenlos weich. Ein Piat stieß krächzend herab, packte vor mir irgendeine Beute und stieg wie ein Pfeil wieder auf – in Sekunden. Was für eine Schnecke war ich dagegen?

Neben mir ragte die Kurtellmauer hoch auf. Warum gossen die Gardoi nicht heißes Pech herab und verbrannten mich? *Jókkobi wird es schlecht ergehen und dir auch.* Wann hatte ich das gedacht? Als ich ein Schüler war im Kreopat. Kein sinnloser Satz, wie ich damals glaubte.

Einige Male wäre ich beinahe vornüber in den Dreck gefallen, aber Laubin hielt mich.

„Stehenbleiben!", rief er, lachend und keuchend. Da waren wir schon fast beim Wagen. Eines der Pferde schüttelte seine Mähne und schnaubte.

Jorp auf dem Bock betrachtete mich schweigend. Die Tür war offen; Fostin und der Arzt mussten mich, die Hundert-Ponder-Lebendmasse, noch ein wenig anheben. Ich plumpste auf die Sitzbank und krächzte: „Durst!" Klabo reichte mir eine Flasche.

„Ich fahre mit!" Laubin nahm neben mir Platz. Mir gegenüber saßen Fostin und Koppin. Der Junge war so sehr Teil meines Lebens, wie konnte er denn jetzt verreisen? Auch seine Mutter war mir ans Herz gewachsen; sie roch immer so gut nach einem bestimmten Duftwässerchen. (Nie durfte sie erfahren, dass mir das gefiel!)

Einen Moment stellte ich mir vor, der Gruft-Gang hätte nicht stattgefunden und meine Freunde wollten nicht nach Kidnam. Doch, heute war der Abschied, leider, wochenlang hatten sich die beiden auf die alte Heimat gefreut.

Klabo setzte sich zu seinem Kameraden vorn auf den Wagen, mit Fünfen wurde es zu eng im Inneren.

„Hüh!", rief Jorp und die Pferde trabten los.

Ich schaute durch die Holzgittertür. Die Häuser sind verwahrlost und baufällig; wir fuhren durch die Binhol, eine lange Gasse im Ostviertel. Jorp probierte also eine Abkürzung, eine vernünftige Idee in der Mitte der Woche. Denn zwischen Kerge und Harksgasse war an einem Markttag wie diesem – und zu dieser Zeit – mit dem Wagen kein rechtes Vorankommen. Auch hier ging es sehr gemächlich. Die Räder drehten sich langsam im Dreck; die Binhol schien nur aus Schlaglöchern zu bestehen. Mit einem Mal blieben wir ganz stehen. Laubin machte auf seiner Seite die Tür halb auf und fragte, was los sei.

„Eine Karre vor uns hat ihre gesamte Ladung verloren!", rief Jorp. „Die Binhol liegt voller Fässer." Hier arbeitet Kondrakes bekannteste Brauerei, wo Zwischenfälle jeder Art als normal gelten.

Ich fühlte mich wie eingekapselt, abgetrennt von der Außenwelt. Aus einiger Entfernung waren Rufe, Flüche und Schimpfen zu hören. Fostin stieg aus und redete mit irgendwelchen Leuten. Dann kam er wieder und sagte:

„Es hat keinen Zweck; das kann noch Stunden dauern. Wir fahren besser doch durch die innere Stadt." Kurz darauf wendete unser Wagen umständlich und fuhr zurück. Ich stöhnte.

Auf dem Undaiplatz machte uns eine große Menschenmenge nur widerwillig Platz. Gespannt schaute man einem reisenden Heiler zu, der eine Zange aus dem Mund eines Patienten zog und sie triumphierend hochhielt. Laubin lächelte. Er dachte wohl an seinen eigenen, erfolglosen Versuch heute Morgen.

In der Harpnoigasse war der Verkauf fast zum Stillstand gekommen. Einige Schweine, die in einen Hof getrieben werden sollten, wollten sich nicht einfach schlachten lassen. Sie rannten panisch quiekend umher, stießen Tische um und mussten erst mühsam eingefangen werden.

Wir fuhren weiter im Schleichgang. Die Espergasse war voller Menschen und die Händler schrien sich heiser, alles „billiger" und „noch billiger". Geflochtene Körbe aus Kirgmehs, Töpferei- und Metallwaren aus Tangeleit, Silberschmuck aus den Chembergen. Als die Soniade vom Kergeturm zehnmal klingelte, sah ich, dass Koppin kaum ruhig sitzen konnte.

Auf dem Donaiplatz hatte sich vor dem öffentlichen Backhaus eine lange Schlange gebildet. Die Leute vertrieben sich die Wartezeit mit Lachen und Schwatzen und waren kaum auseinanderzubringen. Die halbe Stadt schien auch heute beschlossen zu haben, sich in der Harksgasse neu einzukleiden.

Überall mussten spielende Kinder von ihren Müttern weggezogen werden, versperrten uns Kästen, Tische, Bänke und Trittbretter von Haus zu Haus den Weg. Hunderte von bloßen Füßen, Schuhe oder Stiefel traten den Dreck und Schlamm der Gassen zu Brei.

Wir standen so oft, dass die Leute nah herankamen und durch die Holzgittertüren zu uns hereinlugten. Die Nachrichten-Übermittlung von

Mund zu Ohr war entschieden schneller als mein Wagen. Gesprächsfetzen entnahm ich, dass man schon genau Bescheid wusste: „Erster Habitant eine seelische Ruine, der schwarze Meister ein Haufen Knochen mit bemerkenswertem Schädel." Wer ahnte schon, dass das kostbare Sammler-Stück wohl wieder in Laubins Tasche neben mir lag? Einmal schlug Koppin wütend gegen die Tür und rief den Gaffern zu: „Weg, weg!" Ich war wie betäubt, sonst wäre es mir peinlicher gewesen, so unverhohlen angeglotzt zu werden.

Endlich fuhren wir aus der Osergasse heraus. An der Ecke zum Palintsweg stand ein Wagen, ähnlich wie meiner, auf dem Dach, mit Seilen gesichert, Stapel von Gepäck. Ein Dependar auf dem Bock schien eingeschlafen; ein zweiter schnitzte gelangweilt mit seinem Messer an einem Holzstück. Ich brachte Koppin mindestens drei Stunden später als vorgesehen; Delba war wohl schon in heller Aufregung.

Von Laubin gestützt, trat ich zitternd und wackelnd durch die Tür des Esszimmers. Delba und Halko saßen vor benutztem Geschirr am Tisch und hielten sich an den Händen. Bei meinem Anblick standen sie erschrocken auf. Obwohl Fostin mir einen Stuhl beinahe unter den Hintern schob, war ich unsicher. Endlich hatte ich Platz genommen und begnügte mich damit, irgendwie zu existieren.

„Wie sehen Sie denn aus?", fragte Delba entsetzt. „So schlimm hatte ich es mir nicht vorgestellt."

Bisch kam durch die zweite Tür aus der Küche. Sie schüttelte den Kopf.

„Wenn dieser Mann nur auf mich hören würde, einmal nur!"

Halko sagte zu Laubin:

„Wir wissen schon alles."

„Was genau?", fragte der Arzt.

Halko erzählte. Seine Version kannte ich im Wesentlichen schon von beliebigen Leuten in der Stadt. Meine Haushälterin räumte unterdessen geräuschvoll den Tisch ab.

„Von wem habt ihr es erfahren?", fragte Laubin.

„Die Nachbarin kam vor einer Stunde", antwortete Bisch kühl. „Sie weiß immer das Neuste."

Laubin lächelte.

„Man sollte vielleicht mal über weibliche Auskunfter nachdenken."

Nach langer Untätigkeit wollten jetzt alle schnell handeln und redeten durcheinander. Delba sagte zu Koppin:

„In unserem Zimmer steht noch deine große Tasche."

„Ich hole sie gleich." Der Junge lief zur Tür hinaus.

„Was machst du denn hier?", rief Bisch aus der Küche.

„Ich koche heißes Wasser für den Herrn", antwortete Fostin.

„Weg! Das ist meine Aufgabe!", erwiderte sie empört.

„Alte Giftschlange!", schimpfte Fostin. „Setz dich hin und halt den Mund!"
„Was?!" Es folgte Gepolter und Geschrei.
Laubin schilderte Halko ausführlich meinen Zustand. Mein Freund nickte von Zeit zu Zeit und schaute flüchtig zu mir her. (Man hätte mich vielleicht auch selbst fragen können.) Ich hörte Koppin die Treppe herabeilen. Ein wenig außer Atem kam er wieder herein, in der Hand die Tasche.
Mit einem Mal waren drei Personen mehr im Raum: der wartende „Holzschnitzer", der Mutter und Sohn begleiten sollte, sowie Klabo und Jorp, die meinen Wagen untergestellt und die Pferde versorgt hatten.
„Hau endlich ab!", schrie Bisch in der Küche.
Jeder sprach und machte irgendetwas, nur ich war wie ein Stein auf einem fremden Stern.
Dann kniete Delba vor mir und drückte sogar meine schmutzigen Hände. (Ich war so stumpf, dass ich ihre Zuwendung nicht recht bemerkte.)
„Sie haben sich solche Mühe gegeben", meinte sie eindringlich, „und sind nicht belohnt worden – wie schade!"
„Danke." (War das meine Stimme?)
„Ich wollte, wir hätten mehr Zeit, darüber zu sprechen." Sie wirkte sehr besorgt. „Aber verstehen Sie doch: Die Zeit rennt davon und am Ende ist es Nacht, bis wir ankommen."
„Wo wolltet ihr heute übernachten?", fragte Laubin.
„Im Wirtshaus an der Vestri", antwortete Delba.
„Das schafft ihr noch", meinte der Arzt. „Aber keine weitere Verzögerung mehr!"
„Bleibt hier, reist morgen." (Hörte mich jemand? Ich flüsterte wohl.)
Meine Haushälterin putzte energisch den Esstisch ab und redete mit sich selbst:
„Ich werde noch wahnsinnig in diesem Haus."
Koppin kam vom Palintsweg herein.
„Die Dependare warten, Mutter."
Durch das Esszimmer ging ein nervöses Hin- und Her von Höflichkeiten, guten Wünschen und Hoffnungen auf ein baldiges Wiedersehen.
„Werden Sie rasch wieder gesund." Ich spürte Delbas Händedruck und roch ihr Duftwässerchen.
„Vielen Dank für alles." Koppin berührte mich am Ärmel. Zwei dunkelbraune Augen blickten mich an; wie ich sie liebte ... „Ihre Rumenkrag-Erzählung ist das Beste in Ihrem Leben", sagte er.
Ich beherrschte mich, nicht loszuheulen; was für ein harter, hastiger Abschied!
Verschwommene, sprechende Körper schienen sich durch den Raum zu bewegen; die Erschöpfung gaukelte mir das vor. Delba sagte:
„Wir kommen ja wieder. Im Winter, ganz bestimmt."

„Gute Reise!", wünschte Laubin.

„Schreib mir bitte, sobald es möglich ist." (Das war Halko.)

„Wenn wir im Wirtshaus sind, Liebling", versprach Delba.

„Du hast mehr Verstand als der Herr Matea", meinte Bisch. „Bleib so, Koppin."

Mein Freund legte mir die Hand auf die Schulter.

„Ich gehe mit den beiden und komme morgen wieder."

‚Halt', wollte ich sagen, ‚nicht so schnell' – da fiel die Haustür knallend zu. Augenblicklich wurde es ruhiger.

„Das Waschwasser steht oben." Fostin trat zu mir und dem Arzt.

„Frecher Hund!", schimpfte meine Haushälterin in der Küche.

Auf dem Palintsweg hörte ich einen Mann laut lachen. Ein Pferd wieherte und Wagenräder rollten knirschend.

Langsam ging ich mit Laubin aus dem Esszimmer und stieg, ein Fuß vor den anderen, die Treppe hinauf.

Auf meiner Pinne entleerte ich die Blase, verlor beim Aufstehen das Gleichgewicht, setzte mich wieder unfreiwillig und schlug heftig mit dem Rücken gegen die Wand. Benommen öffnete ich nach einiger Zeit die Tür und kam zögernd heraus. Fostin und der Arzt sahen schweigend zu, wie ich vorsichtig durch mein Schlafzimmer schlich und mich überall abstützte. Ich sagte:

„Mir dreht sich alles."

„Gleich kannst du schlafen", erwiderte Laubin. „Ich will dich nur kurz anschauen."

Als würde sich die Zeit endlos dehnen, so zog ich mich aus; Fostin musste helfen. Schließlich lag mein Predikars-Kleid wie ein schmutziger Lumpen am Boden. Ich stand nackt vor den beiden Männern, ein unglücklicher Fettkloß, unter der schwitzenden Achsel gestützt von Fostin. Mir fehlte die Nengune, wie Jókkobi den Lauf im Mund und einfach abgedrückt!

„Setz ihn auf den Hocker", sagte der Arzt. War ich ein Möbelstück zum Verschieben? Am ganzen Körper zitternd, aber nicht vor Kälte, machte ich mit Fostins Hilfe ein paar tapsige Schritte. (Heiliger Arasul, was hatte ich eigentlich?) Laubin tastete meinen Rücken ab. Ich stand als Dienstherr über diesem Mann und saß entblößt vor ihm. Meine Benommenheit war aber größer als das Schamgefühl.

„Alles in Ordnung." Der Arzt klopfte mir auf die Schulter. „Man sieht, dass du gefallen bist – das wird von selbst wieder!"

„Das Wasser ist noch warm", meinte Fostin.

Ich wusch mich umständlich, als würde ich mit Widerständen kämpfen.

„Jetzt lasse ich dich in Ruhe. Wir sehen uns morgen." Laubin wirkte heiter, sein Beruf machte ihm Spaß, all das fremde Leid, das er nicht hatte.

Draußen vor meinem Arbeitszimmer knirschten die Treppendielen.

Endlich lag ich, leise stöhnend, im Bett. Fostin hatte die Fensterläden wohl fast geschlossen, es war ziemlich dunkel. Vom Palintsweg hörte ich Geräusche. Waren das meine Freunde? Nein, ich schlief wahrscheinlich schon. Ich wurde berührt und öffnete die Augen. Fostin zeigte auf den Tisch neben mir.

„Wenn Sie etwas brauchen", sagte er, „dann klingeln Sie."

„Danke", brachte ich hervor und schien augenblicklich zu versinken.

Sanft glitt ich abwärts, in wohltuendes Dunkel, leider nicht lange: *Verkniffene Lippen tauchten auf, unverständlich flüsternd. Trauernde liefen wie flache Scherenschnitte um mich herum. Plötzlich rannte eine Schar Ratten über meine Decke. Aufpassen, dass kein Unheil geschieht und trotzdem weiterschlafen, wie war das möglich?*

„*Herr Laubin*", *sagte Koppin leise.*

„*Was ist?*"

„*Schauen Sie bitte.*"

Ich sank nicht mehr tiefer. Um mich herum quoll silbrige Masse, mein Körper steckte darin, nur der Kopf schaute heraus. Sie verfestigte sich mehr und mehr, bald wäre ich eingequetscht in hartem Gestein. Ach was, ich träumte nur. Da schoss etwas auf mich zu und wurde ganz groß, mit schmerzhafter Klarheit: Dostars starrendes Auge!

Sofort war ich hellwach. Mein Herz klopfte nicht, es galoppierte wie ein Pferd! Das hatte ich noch nie erlebt. Der Schweiß trat mir aus allen Poren. Das Blut rauschte wie nie zuvor. Würde ich gleich sterben?

Ich saß auf dem Rand meines Bettes, alarmiert von Angst. Unten auf dem Palintsweg lachte meine Nachbarin laut. Sprach sie gerade mit Bisch?

Durch die Fensterläden kam etwas Licht, es musste Nachmittag sein. Lange hatte ich wohl nicht geschlafen. Immer noch lief und lief mein preiswürdiges Herz-Pferd. Sollte ich nach Fostin klingeln? Wie weit war es noch bis zur Ziellinie? Luft – etwas lag bleischwer auf meiner Brust! Musste ich auf die Pinne? Ein Versuch des Aufstehens, alles drehte sich. Nein, eine Täuschung, kein wirkliches Blasen-Bedürfnis. Es dauerte, aber mein Herz beruhigte sich allmählich. Ich entspannte mich etwas. Würde ich Ruhe finden?

Durchaus nicht. Meine Träume waren jung und wollten feiern, so laut und bunt wie möglich!

Nackt und zitternd stand ich, von Fostin unter der feuchten Achselhöhle gestützt, vor ganz Kondrake auf dem Undaiplatz. Es war ein heißer Sommertag und alle warfen lange Schatten. Laubin nahm mir den Kopf von den Schultern und rief:

„*Das ist Dostars Schädel. Seht ihr die große, rechte Augenhöhle?*"

Lunis und Laats, ganz vorne unter den Zuschauern, lachten sich buchstäblich tot!

Da stürzte die Sonne auf mich nieder und verwandelte sich augenblicklich in Dostars riesiges, graues Auge!

Schrecklich war mein Erwachen, denn erneut hämmerten die Hufe meines Herz-Pferdes.

So ging es weiter, Stunde um Stunde, den Rest des Tages, wenn ich das richtig einschätze, und in der Nacht auch: Meine Träume hatten mehr Kraft, durchzuhalten als mancher Zechbruder im „Blauen Piat"; sie brauchten weder Klaro noch Schäumer, sondern nährten sich von bösen Erinnerungen. Wiederholt eingeschlafen, kam der Alb immer von Neuem und peitschte mein müdes Fleisch wach.

Mehrmals klingelte ich nach Fostin. Er zündete eine Kerze an und stützte mich auf meinem zitternden, wackelnden Gang zur Pinne. Ich plumpste auf den Sitz und erledigte mein Geschäft; er wartete vor der offenen Tür. Am frühen Morgen schien der Arme manchmal im Stehen einzuschlafen. Ich war völlig erschöpft, aber meine Nerven sangen immer noch das böse Lied „Schlaf nicht ein!".

Jämmerlich wie die Ernüchterung nach dem Rausch war dann dieser Albtraum (das muss kurz vor Sonnenaufgang gewesen sein):

Ich saß nackt in Dostars Gruft, als Einziger groß, alle anderen klein wie die überall umherwuselnden Ratten. Einem erbärmlich geschrumpften Zwerg ohne Arme und Beine gestand ich meine Liebe. Plötzlich lief ein winziges, quiekendes Schwein durch die kleine Tombe, verfolgt von einem Metzger mit erhobenem Messer und Bisch mit einem Putzlappen; sie rief:

„Hinaus aus meiner Küche!"

Aus der Wand wuchsen Fostins Kopf und seine Arme, die eine Schüssel hielten.

„Das Wasser ist noch warm", sagte er.

Ein Kinderspielzeug war Dostars Sarg. Aber plötzlich ging der Deckel auf. Ein einziges Auge lag darin, das blitzte in einem furchtbaren Weiß, wie eine Strahlwaffe in den Gotteskriegen; wer hineinsah, wurde blind!

Ich wachte auf und lauschte, schweißüberströmt, meinem Herzen, das von seiner panischen Flucht erzählte.

Fostin hatte die Fensterläden geöffnet; es war hell in meinem Schlafzimmer. Die Stadt stank nach faulen Eiern. Im Dogger-Wald wurde ein noch nie gehörtes Stück geprobt. (Man gab sich jedenfalls große Mühe, den Ohren stets Unerträgliches zu bieten.) Ich fühlte mich wie ein leidendes Stück Fleisch am Haken eines Metzgers in der Harpnoigasse.

Bisch kam mit dem Frühstück auf einem Tragebrett und stellte es neben die Klingel. Dabei redete sie irgendetwas, mehr mit sich selbst. Sie sah zu, wie ich langsam aufstand und die paar Schritte bis zum Tisch vorsichtig alleine ging. (Nein, ich hätte ihr nicht erlaubt, mir zu helfen.)

Ich setzte mich unsanft und machte eine Handbewegung, dass sie gehen sollte. Noch in der Tür murmelte sie verärgert. Dann war ich wieder allein. Kein Appetit, das meiste ließ ich stehen. Wenn das so bliebe, würde ich von selbst abnehmen. Mein Herz schlug normal, was war das nur gewesen? Ich kaute noch, da fielen mir schon die Augen zu. Würde ich endlich Schlaf finden?

Tatsächlich, mein Traum-Abgrund blieb leer. Jemand stieß mich an: Laubin stand neben meinem Bett. Er fragte mich nach dem Befinden. Was ich geantwortet habe, weiß ich nicht so genau, es ging ein bisschen durcheinander. Von den Albträumen und dem Herzrasen habe ich ihm jedenfalls erzählt.

Der Arzt legte mir die Hand auf die Stirn und sagte:

„Kein Fieber." Sein Instrumentenbündel lag am Fußende meines Bettes. Warum dachte ich gleich an die Knochensäge, als er es aufrollte? Mein Herz pumpte kräftig! Aber er hielt nur einen Spatel in der Hand. Fröhlich sagte er: „Mund auf!" Tief gebeugt stand er über mir. „Der Schlund scheint normal", meinte er. „Keine Rötung, kein übler Geruch."

Ich krächzte irgendetwas von „Harrou". Lächelnd schüttelte er den Kopf.

„Ich denke nicht." Dann fühlte er mir den Puls und rief: „Oha, du regst dich mal wieder auf!"

Schnaufend lag ich da. Seine Arzttasche hatte er auf meinen Tisch gestellt und suchte etwas darin. Plötzlich, ganz unvermittelt, wurde ich wütend!

„Ein Untoter ist doch wohl Grund genug, sich aufzuregen!", rief ich.

Unbeeindruckt kramte er weiter. Ich richtete mich auf. Würde das Herz-Pferd gleich wieder galoppieren? Nein, das Rennen fand wohl nur in der Nacht statt, wenn es besonders störend war.

Laubin redete, während er mir den Rücken zudrehte:

„Sieh es mal realistisch. Wir haben Dinge gesehen, die wir nicht erklären können. Aber ich behaupte, dass es eine Erklärung gibt. Irgendjemand findet sie irgendwann; es muss sie geben! Wenn dann die Ursache klar benannt ist, lachen alle und fragen: ‚Warum haben wir Narren Angst gehabt?'"

Verblüfft suchte ich nach einer passenden Antwort. Schließlich kam ich mit meiner ärgsten Befürchtung:

„Was ist, wenn Dostar aus dem Sarg steigt?"

Laubin wandte sich zu mir, ein Fläschchen in der Hand.

„Das kann er nicht. Seine Reaktionen sind schwach. Er hebt keinen Deckel an, mit dem noch zwei Männer Schwierigkeiten haben."

„A...aber er ist doch schon herumgespukt", stotterte ich.

„Dostar geistert durch eure Köpfe!", rief Laubin mit einem Mal. „Begreifst du nicht? Er nimmt sich die Macht, die ihr ihm gebt! Lasst euch nicht die Hirne vernebeln. Glaubt nicht jeden Unsinn! Gebraucht euren Verstand!"

Ich war nicht minder erregt:

„Und die Visionen der Harrou? Die Übereinstimmungen zwischen Leuten, die sich nicht kennen?"

„Wenn wir forschen könnten, wie wir wollten", erwiderte er, wieder viel ruhiger, „wüssten wir auch dafür den Grund."

Ich schwieg. Er hatte nur angedeutet, dass er der Kerge die Schuld gab. Sie wollen alles erklären, diese Eksler, nichts ist ihnen heilig. Sie glauben nicht, fürchten nicht Arasuls Strafgericht. Erriet Laubin meine Gedanken? Mehr wollte er wohl nicht dazu sagen, zeigte auf das Fläschchen.

„Es enthält ein starkes Medikament, lauter Würfelchen", erklärte er. „Nimm eines tagsüber und zwei zur Nacht, immer mit viel Wasser."

„Wie heißt das Mittel?", fragte ich und dachte: *Ein Drubalist behandelt dich, ein Möchte-Gern-Forscher.*

„Feleks", antwortete er.

„Hast du es selbst hergestellt?" *Hauptsache, er kann dir helfen*, fiel mir ein.

„Ja."

„Was kostet deine Behandlung?" (Unpassende Stelle für diese Frage!)

Laubin lachte.

„Das wirst du bezahlen können." Er griff nach seiner Tasche. „Du machst dich selbst verrückt, Matea – das ist deine Krankheit. Entspanne dich. Fostin soll dir einen Stock beschaffen. Geh damit, erst ein paar Minuten, dann nach Belieben gesteigert. Es wird dir guttun. Wir sehen uns morgen."

Er schloss die Tür hinter sich; draußen quietschten die Treppendielen.

Mittlerweile war es fast Mittag. Ich erzählte Fostin vom Befund des Arztes und dass ich einen Stock bräuchte. Wir vermieden jedes Gespräch über Dostars Gruft. Ich kreiste sehr um mich selbst, aber mein Eindruck war, dass der Bajade auch litt. Wie wohl Koppin das alles verarbeitet hatte? *Idiot, was hast du ihm zugemutet!* Als wäre das schrecklichste Unglück geschehen, dass selbst die Augenzeugen untereinander schweigen. Laubin war die Ausnahme: Mit einem Arzt musste man vertrauensvoll reden können. Gab es keine Geister, nur weil er nicht daran glaubte?

Dann kam Bisch und brachte das Essen. Das Fenster musste offen bleiben, sonst erstickte man hier – ich roch den Gestank der Stadt mehr als die Suppe. Während ich lustlos löffelte, räumte sie meine Zimmer auf. Sie redete auch nebenan im Arbeitszimmer absichtlich laut und immer dasselbe: Es würde mir viel besser gehen, wenn ich endlich ihren Rat befolgte.

Ich saß da, im Hochsommer, starr wie ein Klotz. Die Solisten und Chöre im Dogger-Wald waren in Hochform. Bisch griff wieder ihr Tragebrett. Sie meckerte, dass ich bald dünn wäre wie ein Strich, ich solle nur so weitermachen. Ich nahm – fast nebenbei – eines von Laubins Würfelchen, trank viel Wasser dazu. Bisch fragte:

„Was schlucken Sie denn da?"

Ich bin ganz sicher, dass ich geantwortet habe – nur was?

Meine Haushälterin sagte später, ich wäre aufgestanden, ohne wacklige Beine und hätte mich ins Bett gelegt. Aber das wusste ich nicht mehr. Noch nie hatte ich ein solches Medikament genommen. Das erste Feleks meines Lebens hatte eine umwerfende Wirkung!

Die Tür zu meinem Schlafzimmer wurde geöffnet, da machte ich die Augen auf. Halko besuchte mich, es war wohl schon Abend. Worüber haben wir geredet? Fast nur über Delba und Koppin, sagte er später. Wie man sich doch täuschen kann: Ich meinte, wir hätten kein anderes Thema gehabt als Laubins fantastische Medizin. Was diese Eksler alles zustande brachten – ich war begeistert! Ein dicker rosa Nebel umgab mich; es ging mir richtig gut!

Ich wusste, dass Laubin regelmäßig von Halko eingeladen wurde. Aber es passt doch, dass der eine Eksler den anderen besucht. Ein Freund, dem ich misstraute, den ich als Konkurrenten um Koppins Gunst sah. Aber diese seelische Wunde schien mit einem Mal geheilt, nichts mehr davon! Arasul hin und her, was sollte das? Ich werde ein Knopfdrücker, ein Makinenfreund. Man muss den Zweiten Gott schon leugnen, um solche Drogen herzustellen!

Gleich würde ich glücklich aus dem Bett springen. Bei Vollmond ist es besser, liegenzubleiben. Wie lieblich ist der Gestank der Stadt, vor allem die Pferdepisse.

Hinter dem dicken, rosa Nebel warteten die Albtraumfiguren. Feleks drängte sie mit Macht zurück.

"Wir können nichts machen", meinten sie schulterzuckend. "Vorerst nicht."

Einige spielten gelangweilt Ball mit Dostars linkem Auge, aber ich war geschützt.

Mitten in der Nacht erwachte ich ausgesprochen heiter und dachte: *Wo ist denn Halko?*

Am nächsten Morgen war ich früh schon munter und klingelte nach Fostin. Er schien sich sehr zu wundern, denn er kannte meine Gewohnheit, spät aufzustehen.

Der Stock, den er mir brachte, hatte kunstvolle Schnitzereien. (Selbst Kleinigkeiten fielen mir auf, wenn sie schön waren; Feleks wirkte lange nach.)

"Nimm Platz und schau mir zu", sagte ich zu Fostin.

Langsam ging ich vor ihm auf und ab, anfangs schleppend, mit manchmal weichen Knien. Die Soniade zeigte die sechste Stunde des jungen Tages an, da übte ich schon; mein Schritt wurde besser und besser.

"Siehst du!", rief ich.

Er saß auf meinem Stuhl am Tisch im Schlafzimmer und klatschte Beifall. War ich nicht ein Geh-Künstler? Jetzt lief ich, so zügig wie möglich, in mein Arbeitszimmer und wieder zurück.

"Einwandfrei!" Fostin freute sich.

Bisch kam herein, stemmte die Fäuste in die Hüften und fragte verwundert: „Was ist denn hier passiert?"

„Der Herr kann wieder gehen!", rief mein Bajade.

„Er soll sich mal nicht übernehmen", meinte sie trocken. „Gestern wollte er noch sterben."

Ich überhörte ihre Bemerkung.

„In einer Stunde möchte ich frühstücken."

„Ihr Wunsch ist mir Befehl!" Sie verbeugte sich spöttisch und verschwand.

Die schnelle Zimmer-Durchquerung gelang ein zweites, ein drittes Mal. Schnaufend, aber glücklich, saß ich anschließend auf meinem Bett.

„Ist es das?", fragte Fostin und zeigte auf das Fläschchen.

Ich nickte stumm.

„Damit kann man ja wohl Tote auferwecken", meinte er, aber gleich darauf, als er mein Gesicht sah: „Entschuldigung."

„Angenommen!" Ich lächelte schon wieder.

Das war es überhaupt – die vollkommen ungewohnte, dauernd gute Stimmung. Ich schlief besser, wachte früh auf und war voller Tatendrang. Die Treppe zum ersten Stock wurde zu meinem Übungsfeld. Immer die Hand am Geländer, stieg ich mehrmals hinauf und hinunter, kommentiert von meinem Zuschauer Fostin. Bisch kam aus der Küche, sah einen Moment zu und schüttelte wortlos den Kopf.

An den folgenden Tagen ging ich, forsch den Stock schwingend wie ein Wanderer, durch die Haustür, zur Osergasse und zurück.

„Heute war es nicht so gut", meinte Fostin einmal, „das rechte Bein schleifte ein wenig."

„Mein Zustand schwankt", erwiderte ich zuversichtlich. Der rasche Fortschritt war in der Tat erstaunlich. Denn ich zitterte und speichelte nicht, brauchte keine nächtliche Begleitung zur Pinne. Vor allem hatte dieses Herzrasen aufgehört.

Laubin kam jeden zweiten Vormittag, fragte nach dem Befinden, schaute sich meine Geh-Bemühungen an und war sehr zufrieden. Er legte mir eine Rechnung auf den Tisch.

„Die ist nur vorläufig", meinte er freundlich.

Schwierigkeiten, meine zerstreuten Gedanken zusammenzuhalten, schienen der Vergangenheit anzugehören: Ich las mir alles genau durch. Laubin hatte seine Leistungen einzeln aufgeführt, sogar seine stützende Begleitung von der Gruft zum Wagen; nichts fehlte. Ein Hauptrechnungsposten war das Feleks, mein Mutmacher und Gute-Laune-Mittel.

Die regelmäßige Einnahme der Arznei bewirkte auch jetzt, dass ich nicht augenblicklich wütend wurde. Mit heiterer Gelassenheit nahm ich die (vorläufige) Endsumme zur Kenntnis. Sie war so hoch, dass die fünfköpfige

Familie eines Dependars davon ein Jahr hätte leben können. Aber ich gehöre einer anderen Schicht an, habe einen Hof in Keltsevoi und zwei Ämter. Als Erster Habitant wird mir das Ungemach, mit dem ich mich herumquälen muss, wenigstens angemessen vergütet. Und Predikare der Heiligen Kerge waren noch nie arme Leute.

Im Grunde, dachte ich, war doch Laubin für mich ein Glücksfall! Andere Ärzte prüfen Farbe und Geruch des Patienten-Urins. Sie zapfen den Kranken das „schlechte Blut" ab und liegen in der Deutung selbst einfacher Krankheiten manchmal großschreiterweit auseinander. Diese Pfuscher heilen nicht, sondern verkürzen meist das Leben des Patienten. Dagegen mein Feleks-Mann: Donnerwetter, das Zeug krempelte mich regelrecht um! Woraus bestand es? Eine Mischung von Pflanzen – klar. Aber was genau? Er verriet mir sein Berufsgeheimnis nicht.

In seiner Gegenwart lachte ich über einen eigenen Witz; das hatte es auch schon lange nicht mehr gegeben.

„Wie viel hast du genommen?", fragte er.

„Wie du es verordnet hast."

„Halbiere das Würfelchen am Tag." Er lächelte. „Das reicht auch."

Ich versprach es. Es ging mir großartig. Woran hatte ich sonst immer gelitten? Am Dreck in allen Gassen – Feleks hatte wohl so etwas wie einen „Riech-Schutz". Das Lärmen des Dogger-Waldes schien mir ein (freilich misslungener) Versuch, eine neue Form von Musik zu schaffen, endend in akkustischer Qual. Ich selbst war der Gestalter meiner Zukunft, niemand sonst! Alle Widersprüche würde ich überwinden. Weg mit den Pfuschern, ich wollte nur noch Ärzte wie Laubin. Aber die Preise mussten fallen!

In der Binhol war eines der verwahrlosten Häuser zusammengestürzt, das zweite in diesem Monat, eine ganze Familie tot. Ich würde mit Lunis und Laats reden. Sie sollten Kondrake teilweise abreißen und neu aufbauen. Das war natürlich vollkommener Blödsinn! Aber ich konnte mich an den freien Gedanken erfreuen, all den schillernden Luftblasen. Die verrücktesten Sachen gingen mir durch den Kopf: Delba, Halko, Koppin und ich würden eine große, glückliche Familie mit reicher Nachkommenschaft bilden. Stundenlang konnte ich mit geschlossenen Augen dasitzen und solchen Illusionen nachhängen.

Wer wie Dostar dem ärztlichen Messer so hartnäckig widersteht, meinte Laubin, wem eine silbrige Masse aus der Augenhöhle quillt, ist kein Mensch, aber was dann?

Ich fragte ihn:

„Hast du die Probe untersucht?"

„Nein", antwortete er. „Ich habe meine Möglichkeiten der Erforschung überschätzt und brauche Hilfe."

„Von wem?"

„Ein Gelehrter in Tangeleit. Aber der Mann hatte schon einmal Schwierigkeiten." Er lächelte vielsagend.

Der gewünschte Helfer hatte also als Eksler vor einem Gottesgericht gestanden; jetzt verstand ich. Schon das Wort „Erforschung" hätte mich sofort hellhörig machen müssen. Manchmal staunte ich über mich selbst, denn ich nahm neuerdings Standpunkte ein, die ich als Predikar ganz und gar nicht vertreten durfte. So versprach ich Laubin in einem Gefühl grenzenloser Zuversicht, dem Gelehrten aus Tangeleit die Zusammenarbeit mit ihm zu ermöglichen. Zwei Tage später nahm ich das wieder zurück. Der Devante hätte mich gefragt, ob ich noch bei Sinnen sei.

Eine Zeit lang vertrat ich Laubins Meinung, als wäre es schon immer meine eigene gewesen. Bestand die Gefahr, dass noch einmal jemand in diese Gruft ging und merkte, dass wir gelogen hatten? Nein, denn die meisten Slengsaaken haben unaussprechliche Angst vor Geistern. Aber die gibt es nicht, versicherte er mir immer wieder! Die Kerge hatte unrecht, das Gegenteil zu behaupten. Das Unerklärliche, anscheinend Übersinnliche, so Laubin, entsteht nur in der eigenen Seele.

Es machte mir Freude, die neugewonnenen Ansichten niederzuschreiben; es war wie eine Befreiung! Wenigstens auf dem Papier konnte ich den ganzen Ballast einmal abwerfen, den Ernst und die Würde des geistlichen Amtes, die strengen Regeln, den Unterwerfung fordernden Arasul.

Ich beschloss, meine Rumenkrag-Erzählung mit einer Prente vervielfältigen zu lassen. Aber sie durfte nicht so bleiben, wie sie war. Ein Predikar, der Knaben liebt – unmöglich! Und vieles andere mehr, das Intime, meine Wünsche, meine Begierden, mein Hass. Also müsste ich umschreiben, weglassen, ändern, eine Arbeit für Jahre! Schon bei Koppin hatte ich viel Zeit für „gereinigte Fassungen" aufgewendet.

Aber war ich nicht jung, gerade 23? Gestern noch ein jäher Abstieg ins Greisenalter, schwach, die Beine ohne Gefühl, die Stimme dünn und kaum vernehmlich, heute aus der Asche gestiegen, wie neugeboren, ein Wunder an Kraft dank Feleks? Vielleicht besser ein ganz neues Buch über unsere Welt schreiben, gleich mehrere Bände? Ich traute mir augenblicklich alles zu. Ha, das Leben war herrlich – manchmal hatte ich Lust, mein Bett unter den Arm zu nehmen und fortzutragen!

Fostin berichtete mir: Die Limbranen hatten kürzlich wieder bei Braits alle Einwohner eines Dorfes gefressen.

Wäre das ständige Hunger-Problem dieser Schlauchzüngler nicht leicht zu lösen? Man gewöhnt sie einfach an pflanzliche Kost! Ich lachte laut, als mir diese kuriose Idee einfiel. Erzählen sollte ich sie niemandem. Ich gebe zu, dass ich augenblicklich einen seltsamen Sinn für Humor habe. Bisch sagte, sie würde mich kaum wiedererkennen; ich solle vorsichtig sein mit diesem Rauschgift.

„Ich bin doch nicht süchtig!", rief ich.

„Aber wenn Sie so weitermachen – bald", antwortete sie.

Mein Arzt, nahm er auch Feleks? Wahrscheinlich geriet er in Hochstimmung, wenn er Rechnungen schrieb. Ich fragte ihn nach der Harrou. Nur fünf Tote in der letzten Woche, antwortete er. Bald wäre der Sommer vorbei, dann würde es wohl ganz aufhören.

„Dostar", versicherte er mir, „hat beim Gefasel der Sterbenden seit Tagen keine Rolle mehr gespielt."

War der Spuk seit unserem Gruft-Gang also aufgelöst? Schon möglich, meinte Laubin; es bliebe abzuwarten.

„Manchmal verordne ich Feleks auch vor Operationen", erzählte er einmal.

„Und wenn die Patienten das nicht bezahlen können?", fragte ich.

Laubin lächelte.

„Dann muss es eben ohne Betäubung gehen."

Halko besuchte mich häufig. Neulich wirkte er sehr besorgt. Schon zehn Tage waren vergangen und noch immer keine Nachricht von Delba und Koppin.

„Du kennst doch das Wirtshaus an der Vestri", fiel mir ein. „Wie viele reitende Boten gibt es dort?"

„Nur einen", antwortete er.

„Dann ist er sicher mit einem anderen Auftrag unterwegs", meinte ich, „du weißt, wie lange Briefe manchmal brauchen."

„Du hast recht", erwiderte er, schien aber immer noch unruhig. Mittlerweile versuchte ich, Laubins medizinische Sicht zu übernehmen. „Willst du eine halbe Feleks?", fragte ich in Geberlaune.

„Nein, danke." Er lachte jetzt doch. „Ich sehe ja, wie es bei dir wirkt."

Seit einigen Tagen nahm ich die Mahlzeiten wieder unten ein, vor der Küche, am großen Esszimmertisch. Es machte mich traurig, dass Delbas und Koppins Plätze leer waren.

Beim heutigen Frühstück musste ich mir wieder einige Ermahnungen meiner Haushälterin anhören. Schnaufend, die Hand am Geländer, stieg ich anschließend die Treppe hinauf – immer noch wog ich entschieden zu viel.

Oben kam Fostin aus dem jetzt leeren Gästezimmer, mit besorgter Miene.

„Was hast du?", fragte ich.

Er lugte nach unten, wo Bisch werkelte und leise vor sich hinschimpfte.

„Wir sollten ungestört sein", meinte er.

„Komm in mein Arbeitszimmer", sagte ich.

Plumps, hockte ich ächzend; er schloss die Tür.

„Also, was ist?"

„Gestern starb eine Frau", begann er, „eine Dependarin im Haus von Herrn Halko. Sie hatte die Harrou. Im Fieber sprach sie von Dostar."

Mein Herz machte einen Sprung.

„Was genau hat sie gesagt?"

„Jemand hätte dem Meister in der Augenhöhle herumgebohrt. Dabei sei eine silbrige Masse ausgetreten und erstarrt."

„Was!?" Meine gute Laune, wie weggewischt! „Woher weiß sie das?"

„Das frage ich mich auch." Fostin blickte mich ernst an.

„Hat jemand von uns geplaudert?"

„Das glaube ich nicht", meinte er.

Lange Pause. Das Fenster stand auf, ein heißer Spätsommertag. Ein Zisch-Chor erklang im Dogger-Wald, eine bedrohliche, wenn auch eher leise Verschwörung von Schlangen? Mit welchem Inhalt? Ich hörte einen Auskunfter in irgendeiner Seitengasse und verstand auch ihn nicht.

„Nachher kommt Laubin", sagte ich schließlich, „vielleicht hat er eine Erklärung."

„Der Herr weiß immer viel", meinte der Bajade tröstlich.

Ich stand am Fenster, als Laubin eintrat. Da war er erneut, der Riss in meiner inneren Welt, ein altvertrauter Gast trotz Feleks. Ich fragte den Arzt nach der Dependarin, da lächelte er, falsch und verkrampft.

„Dieser Fall kommt eben zu den fünf anderen hinzu", rief er, „die wirklich – ich gebe dir mein Ehrenwort – vollkommen unbedenklich waren!"

Lange sprach er dann über das „Netz gemeinsamer Erinnerungen", das manche Kranke teilten. Man könne aber nicht wirklich forschen, wenn überall sofort Grenzen aufgezeigt würden. Das alte Lied. Ich schluckte beklommen.

„Du siehst nicht gut aus, Matea", meinte Laubin.

„Das kann ich mir denken." Ich stand, die Hände auf die Fensterbank gestützt, und atmete schwer.

„Nimm tagsüber wieder jeweils ein ganzes Würfelchen", ordnete er an. „Wenn du nachts aufwachst und nicht mehr schlafen kannst, noch ein zusätzliches."

„Das werde ich tun."

„Reg dich vor allem nicht so auf. Du gefährdest deinen Heilungs-Erfolg!"

„Das ist alles nicht leicht." Kraftlos senkte ich den Kopf. Mein Mund füllte sich mit Speichel.

Unten an der Ecke zur Osergasse stand Gman. Er verschränkte die Arme und wartete auf seinen Herrn. Seit unserem Gruft-Gang hatte ich ihn nicht mehr gesehen. Was war so wichtig an dem Mann? Ich wusste es selbst nicht. Laubin merkte, dass ich ihn betrachtete.

„Hast du ihm diese Narbe geschlagen?", fragte ich.
„Im Gesicht – ja", antwortete er.
„Warum?"
„Er ist ständig abgehauen und ich musste ihn wieder einfangen lassen. Da bestrafte ich ihn mit der Peitsche. Jetzt ist er unterwürfig wie ein geprügelter Hund." Der Arzt lachte.

Wann Halko käme, wollte Laubin wissen. Morgen, antwortete ich. Von ihm könne ich Genaueres erfahren. Dann verließ er mich. Ich stand immer noch am Fenster. Unten auf dem Palintsweg winkte er Gman auffordernd, mit großer Geste. Dann ging der Herr voraus, sein gehorsamer Hund hinterher, mit unglücklichem Gesicht. Würde er auch bellen, wenn Laubin es ihm befähl?

Nachts träumte ich:
So schnell war mein Wagen noch nie gewesen.
„Wohin willst du?", schrie ich nach draußen.
Vom Bock tönte Jorps Stimme:
„Ins Wirtshaus zum schlagenden Herz!"
„Gut!", antwortete ich, so laut wie möglich. „Wir müssen uns beeilen. Bald kommt die Nacht."
Noch waren wir in Kondrake, einer Traumstadt der Riesen, die Gassen und Plätze fast völlig leer und breit wie nie; in weiter Entfernung lagen zweistöckige Häuser, hoch wie Berge. Ein Osttor mit gewaltigen Flügeln stand weit offen; wir rasten hindurch, auf Rädern, die Funken sprühten. Delba, Koppin und ich saßen drinnen, angstvoll, steif wie Puppen. Wann würde der Wagen zerbrechen, das Gepäck in alle Winde zerstreut? Könnten die Pferde plötzlich sterben? Alles knirschte und schwankte bedrohlich. Wir sausten durchs Grasland (selbst unser Kergetum ist ein Zwerg gegen die Hügel hier), in Senken, schauerlich tief wie der Rugunsguur und wieder hinauf und hinab.
„Wann sind wir endlich da?" (Ein heftiger Schmerz, ich griff mir an die Brust.)
„Gleich!", brüllte Jorp.
Ein völliger Stillstand, von einem Moment zum nächsten. Von den Pferdeleibern verdampfte der Schweiß, im Wagen roch es nach qualmendem Holz. Ich stieg als Erster aus und stand am Flüsschen Vestri, groß wie ein Meer. In der Ferne erhob sich das Wirtshaus, eine gewaltige, unübersehbare, rote, pumpende Masse, ein Herz-Gebirge, das sich emporhob und zusammensank in ewiger Wiederholung.

Ich erwachte, in kaltem Schweiß gebadet. Eine Zeit lang lag ich in Todesangst.

Ein Rückfall, der zu befürchten war. Ich setzte mich auf den Bettrand und zündete eine Kerze an. Mit zitternder Hand griff ich nach einem

weiteren Würfelchen Feleks – er hatte es mir ja erlaubt, „notfalls". Bald setzte die Wirkung ein. Warum hatte ich mich aufgeregt?
Ein rosa Gebilde umgab mich, ein bisschen zäh, aber immerhin. Ich träumte offenbar wieder. Störend allerdings, dass ich mich kaum bewegen konnte.
Wieder saß ich in meinem Wagen. Die Kondraker Gassen und Plätze waren enger denn je: Überall wuchsen wie Pilze Kästen, Kisten, Händler mit Tischen und Trittbretter mit Fußgängern aus dem schlammigen Boden.
Keine Fahrt, wir standen still. Das lastende Gepäck drückte das Holzdach knirschend herab. Jorp auf dem Bock wirkte wie geschmolzen, unsere Pferde waren unnennbare, zusammengesunkene Reste. Ich hatte das Gefühl, überall zu kleben.
Weit vor uns, jenseits der Stadtmauer, wölbte sich das rote, langsam pumpende Herz-Gebirge. Meine Fahrgäste, Delba und Koppin, sahen ganz merkwürdig aus, ich konnte gar nicht hinschauen.

Durch Laubins Arznei veränderte sich mein Leben auf sonderbare Weise: Zwar ging ich (meistens) normal, sprach deutlich und war aufmerksam im Gespräch. Aber unter einer Hülle aus Feleks schien ein böses, wildes Kind zu rumoren.

Da frühstückte ich etwa, aber andauernd zappelten meine Füße unter dem Tisch. Das war kein gewöhnlicher Bewegungsdrang – ich wollte vor irgendetwas davonlaufen.

Bisch brachte mir ein Glas Milch. Da hob ich meine rechte Hand, die ein Messer hielt und machte eine kleine, unauffällige Bewegung, mehr nicht. Meine Haushälterin redete ständig und ich antwortete so gelassen wie möglich. Gleichzeitig durchzuckte mich ein mörderischer Gedanke, den ich sofort zurückwies!

Eine Stunde später wartete ich auf Halko. Unruhig ging ich mit dem Stock in meinem Garten hin und her. Ich stand vor einem Apfelbaum und dachte plötzlich: *Nimm ein Seil und häng dich auf!* Ich hätte losheulen können und wusste nicht, warum.

Endlich kam der Freund; wir setzten uns auf die Bank. Mein böses, inneres Kind schlief unter einer dicken Schicht aus Laubins Wundermittel.

Die Sonne schien heiß an diesem Morgen. Über uns wölbte sich ein wolkenlos blauer Himmel. Es wehte kein Wind. Die Stadt stank. Im Dogger-Wald schien eine Horde Schwachsinniger unaufhörlich zu plappern.

Ich klopfte auf das Holz zwischen mir und dem Freund und sagte:

„Hier hat auch Koppin gern gesessen." Schon waren wir beim Thema Mutter und Sohn. Halko hatte keine Ruhe mehr, denn es gab noch immer keine Nachricht von Delba und dem Jungen.

„Ich kenne den Besitzer des Wirtshauses", erklärte er. „Noch heute schicke ich ihm einen Brief und Geld. Er soll Leute beauftragen, nach den beiden zu suchen."

„Sehr vernünftig!", meinte ich, scheinbar ruhig. „Aus Zeitnot, denke ich, fuhren sie mit dem Wagen einen anderen Weg. Wer weiß, wo sie dann übernachtet haben."

„Das vermute ich auch", antwortete Halko.

Dann kam ich mit dem, was ich unbedingt wissen wollte.

„Du hattest einen Harrou-Fall in deinem Haus?"

Jetzt erzählte er: Die Kranke hatte zwei Tage lang isoliert in ihrer Kammer gelegen. Ihre Freundin, ebenfalls Dependarin bei Halko, schob ihr auf einem Brett Nahrung und Getränke durch die halboffene Tür. Sie war es auch, der die Patientin die Dostar-Geschichte von der austretenden, silbrigen Masse erzählte. Von ihr wiederum erfuhr es mein Freund. Die Leiche der Frau wurde schließlich so schnell wie möglich auf der großen Tombe bestattet, ihre Kleidung in Halkos Garten verbrannt, die Kammer auf die übliche Weise gereinigt und mit Akoi-Kraut ausgeräuchert.

Halko machte eine bedeutungsvolle Pause. Meine Augen gingen ziellos hin und her – das fiel auf.

„Leider bin ich noch nicht am Ende", sagte der Freund leise und einfühlsam.

„Was gibt's noch?" (Meine Füße begannen zu zappeln.)

„Du kennst doch meine Tante in der Karpgasse?", fragte Halko. Ich nickte. „Was die Dependarin im Fieber erzählte, hat die Tante geträumt", erklärte Halko, „genau dasselbe."

„Wann hatte sie diesen Traum?" (Meine Hände zitterten.)

„In der Nacht vor eurem Gang in die Gruft."

„Weiß das noch jemand außer dir?" (Wie mich die Angst würgte!)

„Das ist unwahrscheinlich", meinte der Freund. „Du weißt, wie zurückgezogen die Tante lebt. Sie ist sehr alt und spricht eigentlich nur mit mir."

Der Himmel schien einen Moment schwarz zu werden. Brannte die Sonne mir das Hirn weg?

„Ist dir nicht gut, Matea?", fragte Halko.

„Ich habe vergessen, Feleks zu nehmen", log ich.

„Dann hole es am besten gleich nach."

In der einen Hand den Stock, die andere bei Halko untergehakt, ging ich mit weichen Knien ins Haus. Mein Kopf wackelte ständig wie bei einem Greis.

Drei Tage später wurde es ganz furchtbar. Ich frühstückte und es ging mir elend wie nie. Dabei hatte ich vergangene Nacht sogar vier Würfelchen genommen – jetzt war ich am Esszimmertisch gleichzeitig anwesend und abwesend. Gerade hatte meine Haushälterin einen heftigen Streit mit Fostin.

Es wäre meine Aufgabe gewesen, einzuschreiten; ich saß aber sozusagen inmitten eines dichten Ruhe-Nebels. Hatte Bisch meinen Zustand bemerkt? Wahrscheinlich. Es war mir gleichgültig.

Plötzlich schien sich ein glühendes Messer durch meinen Kopf zu bohren, noch durch die widerständigste Feleks-Schicht – ich verstand etwas! Besser: Ich bekam eine Ahnung, wie es um Dinge stand und wie sie sich entwickelten. Als würde der Zeitstrom hier und da stehenbleiben, in der Vergangenheit und in der Zukunft. Nein, nicht Monate oder Jahre, es ging um Tage oder Stunden. Ereignisse in groben Umrissen, die waren und die sein werden, erschienen, beängstigend genug. Genauer brauchte ich es nicht, mehr konnte ich kaum ertragen. Am liebsten hätte ich geheult, doch Laubins Droge trocknete auch Tränen, bevor sie liefen.

Ich aß und trank mit langsamsten Bewegungen. Auf meiner Stirn perlte der Schweiß. Bisch trat an den Tisch, einen Putzlappen in der Hand. Die Soniade klingelte achtmal. In wenigen Minuten würde Halko kommen. Nein, wir waren nicht verabredet. Heute musste es geschehen, wie die Nacht auf den Tag folgt.

War ich, der dunkle Zukunft-Ahnende, vom Schicksal auserwählt? Gern hätte ich darauf verzichtet. Jetzt klopfte es an meine Haustür. Der vage Schrecken begann, Konturen anzunehmen.

„Ich gehe schon", sagte ich leise. Meine Haushälterin war zurück in der Küche und antwortete nicht.

Draußen stand tatsächlich Halko, bei ihm ganz ungewöhnliche Verzweiflung im aschfarbenen Gesicht. Ich bat ihn freundlich herein. Viel besser als er sah ich bestimmt nicht aus. Das Lächeln hatte ich fast verlernt. Warum wollte ich es üben, ausgerechnet an diesem Morgen? Es sah wohl so aus, als würden unsichtbare Klammern meine Mundwinkel hochziehen. Beim Arasul, der Freund wirkte regelrecht verstört!

„Was hast du, Lieber?", fragte ich mit piepsiger Stimme.

„Hier, lies!", antwortete er leise und rau.

Er reichte mir einen Zettel, den ich umständlich entfaltete. Meine Hände zitterten. Mein Ruhe-Nebel hatte plötzlich empfindliche Lücken.

„Mein alter Freund Halko,
wir suchten in einem Umkreis von mehreren Großschreitern nach deiner Braut und ihrem Sohn, zunächst vergeblich. Es schien, als hätte sie das Grasland verschluckt. Schon wollten wir aufgeben, als einer meiner Männer abseits eines Trampelpfades Trümmer eines Wagens fand, zerfetztes Gepäck und weit verstreute Leichenteile von Pferden und Menschen. Unter einer Brücke in der Nähe entdeckten wir einen Haufen abgenagter Knochen, die nach meiner Schätzung nicht von einem Erwachsenen stammen. Es ist meine traurige Pflicht, dir diese schreckliche Nachricht zu übermitteln

– offensichtlich wurden die Menschen, die du liebst, Opfer von Limbranen.
Ich bin in Gedanken bei dir.
Nimerfro, Besitzer des Wirtshauses an der Vestri"
Den Brief hatte ich halblaut vorgetragen. Bisch stand neben mir, in der Hand benutztes Geschirr.
„Oh!", stöhnte sie, hielt den Teller schräg und Essensreste fielen herunter.
Halko, die Ellbogen auf dem Tisch, verdeckte sein Gesicht in namenloser Trauer mit beiden Händen – diesen Anblick konnte ich kaum ertragen!
Meine Haushälterin nahm sich einen Stuhl. Sie saß mit den beiden Herren am Tisch. Eigentlich hätte ich ihr das erst erlauben müssen, aber nicht jetzt. Halko ähnelte dem Akoi-Relief am Eisentor zur großen Tombe – ich beherrschte mich, nicht zu schreien; nur ich wusste, warum ...
Bischs Gesicht war nass von Tränen. Ich spürte eine Gemeinsamkeit mit ihr wie niemals zuvor, wahrscheinlich nur vorübergehend. Wie leid mir der Freund tat! Ja, ich war ihm lange gegenüber eher feindlich gesinnt. Vergessen, jedenfalls für den Moment! Das böse Kind in mir war etwas gewachsen.
Birut hatte wieder einmal Nachtdienst gehabt und ein paar Stunden geschlafen. Gähnend kam er ins Esszimmer, sah uns wie versteinert sitzen und fragte:
„Was ist denn passiert?" Statt einer Antwort las ich Nimerfros Brief noch einmal. „Ach!", sagte er nur und schloss den Mund nicht mehr.
Klabo und Jorp hatten den Stall gereinigt und die Pferde versorgt. An einem strahlenden Sonnentag wollten sie mich begrüßen und fanden uns in schmerzlicher Erstarrung. Erneut musste ich vorlesen. Als ich geendet hatte, schauten sie sich fassungslos an.
Halko nahm endlich die „Akoi-Hände" vom Gesicht; sofort spürte ich Erleichterung! Sollte ich mich dafür bedanken? Er hätte es nicht verstanden und ich konnte nicht so viel erklären.
Der Freund stand auf. Meine Gardoi sprachen ihm ihr Beileid aus. Sie drückten ihm die Hand und er bedankte sich kaum hörbar – ein gebrochener Mann; so kannte ich ihn nicht.
Fostin kehrte aus der Stadt zurück. Er konnte Nimerfros Brief selbst lesen.
„Das Mittagessen!", rief Bisch irgendwann erschrocken und verschwand sofort in der Küche.
Ich handelte – lange geübt – als Predikar der Kerge, machte wiederholt das Zeichen der Kresne, legte mehrmals die Hand aufs Herz und sprach Gebete der Klage. Alle machten es mir nach, auch Halko, obwohl er nicht wirklich glaubt.
Ich selbst sprach altbekannte Texte auswendig und fühlte nur Leere dabei. Gewisse Aufgaben konnte ich erfüllen, mehr nicht. So wie andere nicht überlegen müssen, wenn sie gehen: Etwas, das ich üben musste.

Bisch wirkte gehetzt, als sie das Mittagessen servierte. Es war wie immer gut, mein Magen aber wie zugeschnürt. Mein Innen-Schutz bröckelte, das böse Kind wurde dagegen größer und größer.

„Schmeckt es denn?", fragte meine Haushälterin. „Sie müssen essen, Herr Matea!" Ich bejahte, ließ aber fast alles stehen.

Der kleine Quälgeist in mir kratzte, biss und trat mit einem Mal um sich. Die Schuld schmerzte körperlich, die Scham brachte mich schier um. Leute wie ich gelten als abartig. Priester ist der Kerl auch noch! Mutter und Sohn waren viel zu spät aufgebrochen – wegen mir. Ich liebte einen Toten. Ich liebte den Tod!

„Nichts mehr!", krächzte ich.

Halko sah von seinem Teller auf. Unter dem Tisch zappelten meine Beine. Ich zitterte mit dem Löffel und verschüttete Suppe. Halko lief zur anderen Tür.

„Fostin!", rief er in den Gang hinaus. „Komm bitte."

Mein Kopf wackelte, weil er es nicht fassen konnte: Warum mussten die beiden so grausam umkommen?

Alle merkten, dass ich Ruhe brauchte – sofort.

„Danke für alles." Mein Freund umarmte mich. Wann war das zum letzten Mal geschehen? Aus dem Mund lief mir Speichel; ich suchte ein Tuch und fand keines. Meine Haushälterin wischte ihn ab.

So sehr bemüht, viel geübt und dann das. Schritt für Schritt, Stufe für Stufe stieg ich mit Fostin die Treppe hinauf – die verfluchte, gedehnte Zeit hatte mich wieder! In meinen Zimmern dann die vorläufige Erlösung – ein Würfelchen mit viel Wasser. Nach ein paar Minuten die erste, wohltuende Wirkung. Ich lag im Bett. Bald wurde ich sehr, sehr ruhig.

Was aber ließ mich ahnen, was geschah und was geschehen würde? Vor allem war es ein Traum gewesen, in der Nacht davor, der schlimmste meines Lebens:

Ich stand am offenen Fenster meines Arbeitszimmers. Der Sommer war sehr heiß. Der Tag hatte gerade begonnen, aber Wolken verdunkelten den Himmel. Starker Regen ging nieder. Wer wollte zu dieser Zeit, bei diesem Wetter hinaus? Aber wo sich Palintsweg und Osergasse treffen, standen zwei Menschen. Die Armen werden ganz nass, dachte ich. Wer war das? Sie regten sich nicht und bedeckten ihre Gesichter mit den Händen, wie in großer Trauer. Jetzt erkannte ich sie – dort unten waren Delba und Koppin! Ich rief ihnen zu:

„Es regnet doch, kommt herein!" Keine Bewegung.

Da begriff ich, da durchfuhr es mich wie ein Blitz! Der Verlust meiner zwei Freunde ließ meine Beine plötzlich haltlos wackeln und zittern!

Mit einem Mal sah ich hinter den beiden einen großen, dunklen Mann. Mutter und Sohn fielen nach vorn, in eine große Regenpfütze. Staunend stellte ich fest, dass sie flach wie Spielkarten waren. Der Unheimliche hatte sie mit Leichtigkeit umgeworfen. Seine Füße traten kraftvoll auf platte Figuren. Da floss ihr Blut in großen Mengen und vermischte sich mit dem Wasser.

Die Gestalt kam näher und ich erkannte Dostar, verzerrt, in die Länge gezogen. War er im Tod gewachsen? Er hatte sich sein Leichentuch umgeworfen wie einen regennassen Mantel. Darunter war er wohl nackt. Barfuß stand er im Palintsweg. Von seinem kahlen Kopf spritzten Tropfen. Aus seiner Augenhöhle quoll erstarrte, silbrige Masse. Sein linkes Auge starrte mich an. Vor Kurzem hatte ich an seinem Sarg gestanden. Jetzt war er aus seiner Gruft zu einem Gegenbesuch gekommen – in alter Freundschaft, versteht sich!

Er hob seine Hände über den Kopf, sie hielten den falschen Schädel. Einen Augenblick stand er so, wie anklagend. Mit Schwung warf er Laubins Sammlerstück gegen die Mauer meines Hauses; ich hörte, wie es zerbarst. Dann machte die hochgewachsene Zerr-Gestalt zwei, drei Riesenschritte durch aufspritzende Pfützen und verschwand im nächsten Moment in meinem Haus.

Lange saß ich danach, mit wild klopfendem Herzen, auf dem Bettrand und versuchte, meine hin- und herjagenden Gedanken zu beruhigen. Ein Gespenst war irgendwo hier drinnen. Es wollte sich an mir rächen. Es würde mich qualvoll sterben lassen. Wirklich? War ich verrückt wie Jókkobi?

In meinem Haus war es noch fast dunkel. Ich stellte eine brennende Kerze vor meine Zimmer. In der einen Hand den Stock, die andere am Geländer, ging ich langsam die Treppe hinab. Im alten Arbeitszimmer meines Vaters schliefen jetzt meine Gardoi. Aus der halboffenen Tür kam ein mehrstimmiges Schnarchen.

Ich drehte den Schlüssel und öffnete die Eingangstür. *Herr Arasul*, betete ich, *lass meinen Albtraum nicht wahr sein.* Leider hatte ich Pech.

Der Regen war real gewesen. Im Palintsweg standen überall Pfützen. Was ich im ersten Licht des frühen Morgens sah, gefiel mir gar nicht. Viele Male prüfte ich, ob meine Wahrnehmung stimmte oder nicht. Ich hätte diese Quälerei vielleicht noch Stunden fortgesetzt. Aber bald würden alle in meinem Haus munter werden. Bisch könnte mir unangenehme Fragen stellen. Also gab ich auf und schlich zurück in meine Zimmer.

Das war es, was ich fand: Wo Dostar den falschen Schädel gegen die Mauer geschleudert hatte, lagen die Scherben eines zerbrochenen Tonkrugs. Eine Spur von zwei nackten, schlammigen Füßen begann an der Osergasse. Sie kreuzte die Stiefelspur meines Nachtwächters Birut auf dem Palintsweg, führte in mein Haus und endete vor der Wand zum Esszimmer. An einer Stelle war die Ferse des Barfüßigen noch draußen, der Vorderfuß aber schon drinnen – dazwischen aber lag die nachts verschlossene Eingangstür.

Stunden später beim Frühstück ging es mir elend wie nie. In der Küche wurde (wie gesagt) heftig gestritten.

„Hau ab!", schrie Bisch.

„Dumme Ziege!", schimpfte Fostin, stürmte heraus und knallte die Haustür hinter sich zu.

Ich aß und trank inmitten meines Ruhe-Nebels. Die Haushälterin kam an meinen Tisch, immer noch wutschnaubend. Ich fragte flüsternd:

„Was war denn los?"

„Da ist einer mit dreckigen, nackten Füßen vom Eingang bis zum Esszimmer gelaufen!", rief sie empört.

„Ich war es nicht", sagte ich kraftlos.

„Das weiß ich doch!" Sie berührte mich wie zufällig am Arm. „Einer der Herren Gardoi ist wohl ein kleines Schwein. Wer, glauben Sie, musste schon am frühen Morgen alles aufputzen?"

„Du!", entgegnete ich tonlos.

„Eben!" Energisch wischte sie den Tisch ab, dass es bis auf meinen Teller spritzte. „Ich finde den Schmutzkerl noch heraus."

„Wie machst du das?", fragte ich leise.

„Ganz einfach." Sie schaute mich listig an. „Der mit den größten Füßen, der war's!"

Die Soniade klingelte zur achten Stunde. Bisch grummelte in ihrer Küche. In wenigen Minuten würde Halko kommen. Nein, wir waren nicht verabredet. Aber heute musste es geschehen.

„Ich gehe schon", sagte ich leise, als es draußen klopfte.

Der schrecklichste Tag konnte beginnen.

Welt im Glas

Hallo, ich bin's, der große Unbekannte. Nicht Arasul, nicht Rumelan, aber im Rumenkrag ein Gott, jedenfalls für Matea. Ja, blättern Sie ruhig noch mal zurück zum Kapitel 7 „Mordsee und Moruun", da beschwert sich der fromme Erzähler auf das Heftigste über mich.

Sind Sie auch unzufrieden mit mir? Dass ich die Geschichte so abrupt enden lasse? Aber sie soll ja weitergehen! Was wird aus Matea? Kommen die Limbranen wieder? Brütet der Dogger-Wald neues Unheil aus? Warum ist Dostars Leiche „nicht tot zu kriegen"? Kann man den bösen Geist bannen? Wird am Ende Bisch alles schrubben, damit in die Dunkelheit ein bisschen Licht kommt?

Das alles erfahren Sie, und mehr: in Teil 2 „Rumenkrag – Die Wurmgleiche". Ich mache mich auch gleich wieder an die Arbeit. Bis zur Apokalypse soll es schließlich spannend bleiben!

Ihr Erik Altenzehnt

GLOSSAR

A

Abelas – Heilige Stadt der Arasuliten
Abrelle – Ganzkörper-Schutzanzug
Absonderung – Methode zur Verlangsamung der Harrou-Ausbreitung
Adre – Eine geheimnisvolle Frau in Dostars Leben
Agermanats – Herrschende Sippe in Abelas, stellt Reo/a
Akoi – Blauäugige, hochgewachsene Boten Arasuls
Akoi-Kraut – Tötet Erreger durch Ausräuchern
Alte Fabregge – Verlassene Fabrik im Süden von Kondrake (s. a. Fabregge)
Am-Baats – Ein „Großdorf", zusammengewachsen aus „Am" und „Baats"
Andegast – Ort einer Schlacht am Kachoi-See
Animalte – Reich der guten Seelen auf dem Grund des Santaroi-Sees bei Abelas
Arasul – „Zweiter Gott" in der Nachfolge Rumelans, auch „Neuer Skorn" genannt
Arasuliten – Anhänger des Arasul
Arasulitische Priester – Hierarchie: Jung-Kurant (in Ausbildung) – Kurant – Predikar – Devante
Argesului – Hauptschiff in der Flotte des Arasul
Auskunfter – Städtischer Ausrufer

B

Bajade – Unterführer von vier Gardoi, einer Kampione (s. a. Gardoi)
Bannakert – Ort einer Schlacht bei Marints
Birut – Ein Gardoi in Fostins Kampione (s. a. Paike)
Bisch – Mateas Haushälterin
Braits – Städtischer Nachbar des Slengsfelts mit großem Umland
Brauzess – Hauptstadt des Omer-Haukats
Brauzessen – Bewohner von Brauzess
Bremben – Bomben im Herbst der Automaten
Brezzen – Bewohner von Braits
Brüder und Schwestern vom Gottesfisch – Fromme „Mönche und Nonnen" im Dienst des Kondraker Hospitals

C

Chemberge – Südlicher NW-Rumenkrag
Chemmen – Bewohner der Chemberge

D

Daif – Ein Erster Habitant mit geringem IQ
Dampfpflug – Dostars Erfindung revolutioniert die Landwirtschaft
Delba – Mutter von Koppin
Denkende Bremben – Kampf-Drohnen im Herbst der Automaten
Dependar/in – Abhängige(r), Unfreie(r)
Devante – „Bischof, Kardinal" (s. a. arasulitische Priester)
Divibale – Gottesdienst der Arasuliten
Dogger-Wald – Mutierte Gefahrenzone, „regloser Moddar"
Doppelhasen – Unglückliche, aber schnelle Geschöpfe
Doppelwolf – Muderer des Dogger-Waldes
Dostar – Herr der Slengsaaken, einäugiger Alleskönner und Diktator, „schwarzer Meister" etc.
Drissong – Slengsaakische Armbrust
Drubal – Gegenspieler von Arasul, Herrscher von Schardrumin, „böse Schildmakine"
Drubalist – Anhänger des Drubal, Schimpfwort der Arasuliten
Duchems – Besonders reiche Großnobile und lokale Führer in Kirgmehs, Jehtse und Tangeleit
Durger – Anhänger der Yadua, wollen die alte Ordnung beseitigen und selbst an die Macht (s. a. Revai)

E

Eksler – Glaubt nicht an Arasul, „Ketzer" (s. a. Drubalist)
Elektritt – Für Arasuliten „unheilige" Kraft der Elektrizität
Elkai – Oberarzt im Kondraker Hospital, Vater von Laubin
Erster Habitant – Slengsaakischer Landesherr
Erster Sohn – Vorsitzender der Kondraker Jugendorganisation (s. a. Söhne Dostars)
Estrigat – Land im Rumenkrag
Estriger – Bewohner des Estrigat

F

Fabregge – Fabrik im Herbst der Automaten
Fasilaren – Anhänger der Yadua, wollen in ihre „neue Ordnung" auch alte Kräfte einbinden (s. a. Revai)
Feinschleifer – Kondraker „Optiker", „Brillenmacher"
Feleks – Teure Arznei mit Risiken und Nebenwirkungen
Fias – Ein arasulitischer Heiliger, Autor der „Sprüche" im Libat Kreder
Fisch-Pilate – Dostars „Luftwaffe"
Fonem – Handy, Smartphone im Herbst der Automaten
Fostin – Ein Bajade in Diensten Mateas (s. a. Gardoi)

Freder – Einer von acht Vertrauten des Ersten Habitanten
Funzid – Säulenbaum im Dogger-Wald

G
Gardoi – Krieger, Soldat; Hierarchie: Gardoi – Bajade – Kaunet – Lotnam – Majade. 4 Mann bilden eine Kampione, 10 Kampionen eine Kvarente, 20 Kampionen ein Ochler
Gman – Ein verunstalteter Dependar aus der Hospitals-Bruderschaft, dient Laubin
Gobinast – Anführer missionierender Akoi, erster Devante im Slengsfeld
Gottesgericht – Verfahren der Kerge gegen der Ekslerei Verdächtige
Gotteskriege – Jahrzehntelanger Kampf zwischen Arasul und Drubal
Gorani – Kaunet (s. a. Gardoi) einer Hinrichter-Gruppe
Großnobile – Besonders reiche Grundbesitzer (s. a. Duchems)
Großschreiter – 1.000 Schreiter
Große Tombe – Städtischer Friedhof
Großer Gestalter – Schöpfer des Rumenkrag (s. a. Rumelan)
Grulf – Ein geistig beschränkter Kindermörder
Grundgeschoss – Erdgeschoss, Parterre

H
Halko – Freund Mateas und Freder seiner Konklause, vielseitig begabt
Hallup – Yaduas Halbbruder
Harrou – Eine tückische Krankheit mit vielen Gesichtern
Hauker – Bewohner des Omer-Haukats
Heiliges Schattel – Fliegende Wohnkugel des Arasul
Herbst der Automaten – Endzeit der Hochtechnologie
Herlin – Ein Bremben-Entwickler
Higmet – Stadt im Hinterland von Schardrumin
Hinrichter – Slengsaakischer Henker

I
Igmenn – Gebirgiger Wald am Kachoi-See

J
Jaglada – Ein Helfer Dostars, später Freder
Jehtse – Slengsaakische Stadt
Johanaba Skorn – Staatschef des Omer-Haukats („Alter Skorn"), nach der „Gottwerdung" durch Körperwahl „Neuer Skorn" oder Arasul
Jókkobi – Ein Helfer Dostars, später Zweiter Habitant
Jorp – Ein Gardoi in Fostins Kampione
Jureks – Ein von Dostar verfasstes Gesetzbuch

K

Kachoi-See – Liegt im NO-Slengsfelt
Kamba – Ein Freder in Mateas Konklause
Kampione – Vier Gardoi unter einem Bajaden, einer ist Drissong-Schütze, ein anderer Paiker (s. a. Gardoi)
Kaunet – Militärischer Dienstgrad (s. a. Gardoi)
Kaver – Ein Freder in Mateas Konklause
Keltsevoi – Vorstadt von Kondrake mit Landwirtschaft am Flüsschen Nostri
Kerge – Meint „Kirche" als Gebäude und/oder priesterliche Hierarchie
Kerge Unseres Guten Herrn vom Meer – Kondraker „Münster"
Kerge vom gottgewordenen Skorn – Abelasisches „Münster"
Keulenaal – Muderer des Dogger-Waldes
Kidnam – Dorf im Südosten des Slengsfelts, Heimat von Delba und Koppin
Kirgmehs – Slengsaakische Stadt
Klabo – Ein Gardoi in Fostins Kampione, Drissong-Schütze
Klacembe – „Wohltemperiertes" Tasteninstrument
Klaro – Hochprozentig-Slengsaakisch!
Kleine Tombe – Dostars Gruft
Knotenband – Unterteilt das landesübliche Längenmaß Schreiter
Körperwahl – Grenzenloses „Design" der eigenen, menschlichen Gestalt im Herbst der Automaten
Kokaju – Größter slengsaakischer Fluss
Kompte – Einzelne Handwerkerzunft wie etwa Schuhmacher (s. a. Obermeister)
Komptehaus – Zunfthaus der Kondraker Handwerker
Komptemeister – Ihm untersteht das ganze Komptehaus
Kondrake – Hauptstadt des Slengsfelts
Konklause – Regierung des Slengsfelts, acht Freder und der Erste Habitant, K. bezeichnet auch deren Sitzungen
Koppin – Ein zehnjähriger Junge, Schüler von Matea, Sohn von Delba
Kreopat – Dienstsitz des Devante, Verwaltung der Kerge, Elite-Schule
Kresne – Heiliges Zeichen der Arasuliten (zweigezinkte Gabel), ursprünglich Waffe des Arasul
Krummholz-Spiel – Nichts für Unsportliche
Kurant – Einfacher Geistlicher (s. a. arasulitische Priester)
Kurtell – Festung, Kaserne der Gardoi
Kvarente – 40 Bewaffnete (s. a. Gardoi)
Kybalt – Mutmaßlicher Erbauer der Schildmakine Drubal

L

<u>Laats</u> – Ein Freder, Zwillingsbruder von Lunis, zuständig für Bauwesen
<u>Lagoi-See</u> – Liegt im Süd-Slengsfelt
<u>Lankadem</u> – Gardoi in einer geheimen Hinrichter-Gruppe
<u>Lappenfrosch</u> – Muderer des Dogger-Waldes
<u>Laubin</u> – Kondraker Oberarzt im Hospital
<u>Lebensechte</u> – Fotografien
<u>Lemreck</u> – Devante und ehemaliger Lehrer Mateas (s. a. arasulitische Priester)
<u>Leovigil</u> – Ein Held des 5-jährigen Krieges
<u>Leviator</u> – Schwerkraft aufhebende Makine im Herbst der Automaten
<u>Lexat</u> – Gericht
<u>Lexer</u> – Richter
<u>Lias</u> – Erster Habitant, Nachfolger Palints
<u>Libat Kreder</u> – Heiliges Buch der Arasuliten
<u>Ligoro</u> – Stadt im Hinterland von Schardrumin
<u>Limbranat</u> – Heimat der Limbranen
<u>Limbranen</u> – Vogelköpfige Ungeheuer, auch „Schlauchzüngler" und „Vierschnäbler" genannt
<u>Limbranen-Seile</u> – hygienisch bedenkliche Fessel-Methode
<u>Lotnam</u> – Militärischer Dienstgrad (s. a. Gardoi)
<u>Lunis</u> – Zwillingsbruder von Laats, ebenfalls Freder, zuständig für Bauwesen

M

<u>Majade</u> – Oberster Gardoi
<u>Makine</u> – Maschine, Motor
<u>Manken</u> – Bewohner des Mankenlandes
<u>Mankenland</u> – Nördlicher NW-Rumenkrag
<u>Marints</u> – Slengsaakische Stadt
<u>Matea</u> – Erzähler, Predikar der Kerge, Erster Habitant
<u>Merkantehaus</u> – Tagungsstätte der Kondraker Kaufleute
<u>Metrose</u> – Kriechbaum im Dogger-Wald
<u>Mirade</u> – Kamera, erzeugt „Lebensechte"
<u>Moddar</u> – „Riesen-Amöben", die durch Vertilgen der Landschaft noch riesiger werden
<u>Mordsee</u> – Trübes Gewässer nördlich des Dogger-Waldes
<u>Morfe</u> – Apparat, der eine andere Gestalt vortäuscht
<u>Moruun</u> – Berg auf dem Dach des Dogger-Waldes
<u>Movem</u> – Alles, was sich durch Makinen am Boden bewegt, meist Auto
<u>Muderer</u> – Durch ausgebrachte Gifte entstandene Mutanten

Muderer-Mütter – Stimmstarke Riesinnen, sorgen für Dogger-Wald-Nachwuchs
Mutter Leiterin – „Äbtissin" der „Schwestern vom Gottesfisch" im Hospital

N

Navemeister – Piloten der Voltanen
Nengune – Maschinenpistole bzw. -gewehr (kleine/große N.)
Neri – Herrscherin von Abelas (s. a. Reo/a)
Nernst – Ein Helfer Dostars, später Freder
Neunehaus – Zentraler Regierungssitz des Slengsfelts (s. a. Konklause)
Nichter – Hinrichtungs-Apparat im Herbst der Automaten, Auflösung des Verurteilten
Nimerfro – Ein Gastwirt
Nobile – Überwiegend auf dem Land lebende Edelleute, Grundbesitzer
Nostri – Nebenfluss der Kokaju

O

Obermeister – Vorsteher einer einzelnen Kompte = Zunft (s. a. Komptehaus, Komptemeister)
Ochler – 80 Bewaffnete (s. a. Gardoi)
Omer-Haukat – „Land aller Hauker" im Rumenkrag, Heimat des Johanaba Skorn
Orgem – Orgelähnliches Instrument
Oyare – Raum des Predigers um den Altar in der Kerge

P

Paike – Gardoi-Lanze mit Mehrfach-Funktion
Palint – Vater von Matea, Steuereintreiber (Taxer) unter Dostar
Panzerassel – Muderer des Dogger-Waldes
Pareste – Fleischfressende „Riesenperücke" im Dogger-Wald
Peitscher – Helfer des Hinrichters
Pekks – Ranghöchster Gardoi = Majade (s. a. Gardoi)
Pflegemeister – „Abt" der „Brüder vom Gottesfisch" im Hospital
Piat – Schwarzer, rabenähnlicher Vogel
Pilate – Luftfahrzeug, Heißluft-Ballon
Pinne – Slengsaakische Toilette für Besserverdienende
Pnot – Zweiter Habitant in Mateas Konklause
Ponder – Gewichtsmaß, etwa ein Kilo
Predikar – Gehobenes Priesteramt (s. a. arasulitische Priester)
Prente – Druckerpresse
Prusser – Bewohner des Prussidel
Prussidel – Land im Rumenkrag

R

<u>Reo/a</u> – HerrscherIn von Abelas
<u>Revai</u> – Aufständische Anhänger der Yadua, meist arme Bauern (s. a. Durger und Fasilaren)
<u>Rugunsguur</u> – Unterwelt des Rumenkrag
<u>Rumelan</u> – Der Große Gestalter im Körper eines Menschen
<u>Rumenkrag</u> – Welt des Erzählers, treibende „Scholle im All"

S

<u>Saatschiffe</u> – Bringen das Moddar-Unheil in alle Gegenden des Rumenkrags
<u>Salte</u> – West-Ozean des Rumenkrags
<u>Santaroi-See</u> – Bei Abelas, mit dem Reich der guten Seelen, Animalte, auf dem Grund
<u>Schäumer</u> – Slengsaakisches Bier
<u>Schardrumin</u> – Stadt des Drubal, Feindbild der Arasuliten schlechthin
<u>Scheffe</u> – Anführer einer Revai-Gruppe (s. a. Durger und Fasilaren)
<u>Schemell</u> – Zerstörtes Dorf am Dogger-Wald
<u>Schienenmovem</u> – Alle Arten von Bahnen und Zügen im Herbst der Automaten
<u>Schlauchzüngler</u> – s. Limbranen
<u>Schreiter</u> – Landesübliches Längenmaß
<u>Sdarbal</u> – Verseuchtes Gebiet zwischen Mordsee und Abelas
<u>Sichler</u> – Kleine, sichelförmige Kampfflugzeuge der Akoi
<u>Slengsfelt</u> – Land im Rumenkrag, Heimat des Erzählers Matea
<u>Slengsaaken</u> – Bewohner des Slengsfelts
<u>Slengsaatik</u> – Von Dostar zusammengefasste Wirtschaftslehre, „Staatsbürgerkunde"
<u>Slingsch</u> – Sprache des Slengsfelts
<u>Söhne Dostars</u> – Kondraker Jugendorganisation
<u>Soniade</u> – Spielwerk im Kergeturm, erklingt zur vollen Stunde, bei Notlagen und zu den Divibalen
<u>Spinnenfisch</u> – Muderer des Mordsees
<u>Stukko</u> – Dostars persönlicher Dependar

T

<u>Tallo</u> – Berühmter Maler und Bildhauer
<u>Tangeleit</u> – Slengsaakische Stadt
<u>Taxat</u> – Kondraker Steueramt
<u>Taxer</u> – Steuereintreiber
<u>Terns</u> – Ein Kompromiss-Kandidat als Erster Habitant
<u>Ti-Kleit</u> – Ein „Großdorf", zusammengewachsen aus „Ti" und „Kleit"

Tomter – Ein Freder, Taxer unter Dostar
Topkamer – Herrscher der Brezzen
Tosch – Ein Freder in Mateas Konklause
Trilonen – Dreieckige, kleine Kampfflugzeuge der Schardruminer

U

Ulfru – Berühmter Komponist, Liedersammlung „Abelasiaden" und Tondichtung „Slengsaakia"
Urbiale – Schardruminer Rathaus
Urfe – Ursprünglich nördlicher Nebenfluss der Kokaju
Uvala – „Verlorener Sohn" des Arasul, Teil der väterlichen Lunge

V

Valem – Slengsaakische Währung
Vendroma – Untermeerische Stadt in der Salte
Vestri – Nebenfluss der Kokaju
Vierschnäbler – s. Limbranen
Voltane – Flugzeuge aller Art, Rad- und Plattenschiffe sowie „Sichler" und „Trilonen"
Voltaport – Flughafen

W

Wigo – Ein Händler in der Espergasse
Wiwinner – Zweiter Habitant in Dostars Konklause
Wrank – Dostars persönlicher Dependar, Nachfolger von Stukko

Y

Yadua – Emanzipierte Frau unter kriegerischen Machos, legendäre „Scheffin" der Revai

Z

Zerfe – Haushälterin, Vorgängerin von Bisch
Zum Blauen Piat – Bekannteste Kondraker Kneipe
Zwei-Gott-Lehre – Handelt von Rumelan und seinem Nachfolger Arasul
Zweiter Gott – s. Arasul
Zweizinker – Helm der Gardoi mit kleiner Kresne als Spitze